Le Dieu dans l'ombre

Megan Lindholm
alias Robin Hobb

Le Dieu dans l'ombre

Traduit de l'américain par Claudine Richetin

Éditions SW-Télémaque
Paris

un

En vol, le 11 mars 1976

Je cesse de regarder fixement par le hublot et me penche pour jeter un coup d'œil à mon fils, dans le siège à côté de moi. Il n'y a rien à voir dehors, de toute façon. À l'extérieur du hublot ovale, la nuit sidérale défile en silence. Le ciel est couvert et seules, quelques étoiles sont visibles. Rien qui puisse empêcher mon esprit de tourner en rond. À l'intérieur, on entend le bruit des moteurs, le ronronnement des petits ventilateurs individuels qui brassent l'air confiné. Des rangées de dossiers rouges, de nuques. La plupart des lampes au-dessus des têtes sont éteintes. Des passagers assoupis se sont enveloppé les épaules des minuscules couvertures fournies par l'hôtesse. D'autres lisent des journaux et des magazines, fument ou parlent à voix basse à leur voisin. Quelques-uns boivent assidûment. Rien ici non plus qui puisse m'occuper l'esprit.

Teddy dort. Il a demandé le siège côté hublot et, naturellement, nous le lui avons laissé, tout en sachant qu'il n'y aurait pas grand chose à voir au cours de ce vol de nuit Fairbanks-Seattle. Il a quand même pu voir disparaître derrière nous les lumières de la piste d'envol et de la tour de contrôle et apercevoir les lueurs fugitives d'une petite ville, quelque temps après. Puis il est allé deux fois aux toilettes, a bien ri en découvrant le sac en papier pour vomir dans la poche du siège, a reçu de l'hôtesse un album à colorier et des galons de pilote en plastique, a colorié un petit moment, puis a commencé à trouver le temps long et à s'agiter un peu. Et maintenant, il a fini par s'endormir. Je lui retire avec précaution son livre *Le Pays des bêtes sauvages*[1], de Sendak, dont le coin lui meurtrit la joue. Je pousse un soupir de soulagement en partie dû à l'anxiété. À présent que Teddy s'est assoupi, plus rien ne peut me distraire de mon angoisse. Sauf Tom. Je détourne mon attention de mon fils de cinq ans en direction de mon mari.

Qui est endormi lui aussi dans le siège à ma gauche.

Une mèche de cheveux clairs est retombée sur son front. Il respire doucement, régulièrement, en paix avec le monde et avec lui-même. Je sais bien que je devrais le laisser dormir. Ce vol qui part de Fairbanks en pleine nuit et arrive à Seattle trop tôt pour qu'on ait assez dormi est affreusement pénible. Je devrais le laisser dormir pour qu'il soit frais et dispos quand ses parents viendront nous chercher à l'aéroport. Je ne devrais pas le réveiller, juste pour qu'il me parle et me rassure. Je devrais vraiment le laisser dormir.

Mais je remets ses cheveux en place, doucement. Il sourit et, sans ouvrir les yeux, avance sa main pour prendre la mienne. Pendant quelques instants, nous fonçons à travers la nuit sans rien dire. Des inconnus occupent les sièges autour de nous, ils dorment, fument, lisent ou sirotent le contenu de leur verre. Mais Tom et moi sommes seuls au milieu d'eux. C'est quelque chose que nous avons toujours su faire, créer autour de nous une bulle d'intimité sereine, quelles que soient les circonstances.

« Toujours inquiète ? me demande-t-il doucement, sans ouvrir les yeux.

– Un peu, reconnais-je.

– Idiote. »

Sa main serre brièvement la mienne, puis se détend. Il soupire, change de position dans son siège pour me faire face. Il appuie son visage contre le dossier pendant qu'il me parle, comme lorsque nous bavardons au lit, chez nous, allongés face à face, la tête sur l'oreiller. Je regrette de ne pas y être, pour pouvoir me blottir contre lui et le tenir pendant qu'il me parle. Il parle doucement, sa voix grave me calme comme les histoires qu'on raconte avant de s'endormir.

« Ça va être très agréable, tu vas voir. Pour vous, en tous cas. Moi, il faudra que je remplace Bix au magasin et à la ferme jusqu'à ce que son épaule soit guérie. Labourer les champs, réparer les tracteurs… Mais Teddy et toi, vous allez vous régaler. Teddy aura toute la ferme pour courir. Les œufs à ramasser, les poussins, les canetons, les cochons, tout ça. Et ma mère et mes sœurs seront ravies de vous avoir. Depuis que je t'ai épousée, Maman et Steffie meurent d'impatience de te prendre sous leur aile. Pour aller faire les courses, te présenter à tout le monde. Steffie avait plein de projets quand je l'ai eue au téléphone, je ne sais pas comment tu vas faire pour la suivre. » Il sourit en pensant à sa sœur cadette. Je me rapproche de lui, pose la tête près de la sienne. « C'est ça, justement. Je ne sais pas comment je vais faire pour la suivre, moi non plus. » Je revois Steffie telle que je l'ai vue la dernière fois, au cours d'une brève visite à Noël il y a deux ans. Elle venait de quitter le lycée cette année-là. Elle rentrait d'une soirée, vêtue d'un fourreau de velours vert foncé, avec de hauts talons, des bijoux aux oreilles, au cou et au poignet, comme si elle sortait d'un magazine de mode. Mais elle s'était précipitée pour nous embrasser, nous dire combien elle était contente que nous ayions pu venir pour Noël. Le souvenir réveille en moi le même pincement au cœur que j'avais ressenti alors : sa beauté m'avait tant intimidée que j'avais eu un frisson de peur.

Pourquoi ?

Parce qu'elle était si belle, si parfaite. Le vilain sentiment de jalousie que m'inspiraient toujours les jolies femmes s'était réveillé. Qu'elle fût la sœur de Tom importait peu. Ce n'était pas une jalousie sexuelle. Je savais que je ne pourrais jamais rivaliser avec des femmes de ce genre, qu'on ne m'avait jamais appris à être élégante, féminine, charmante, époustouflante et tous les autres adjectifs que Steffie et mère Maurie illustraient avec tant d'aisance. Pourtant, Tom avait été entouré de ce type de femmes en grandissant. Comment avait-il pu choisir une petite souris grise comme moi ? Et s'il s'éveillait un matin en s'apercevant qu'on l'avait trompé ?

Je me rends compte soudain que Tom continue à parler : « Steffie et Ellie t'adorent. Papa et maman te trouvent très bien. Bien entendu, je crois que c'est surtout parce qu'ils n'en reviennent pas qu'une femme ait pu vouloir de moi. Ils te sont probablement secrètement reconnaissants de m'avoir épousé et de les avoir débarrassés de moi en m'emmenant en Alaska. »

Il me taquine, bien sûr. Personne ne pourrait avoir envie de se débarrasser de lui. Tom est un produit aussi parfait que Steffie, grand, beau, musclé, charmant, gentil et intelligent. Tom aurait pu avoir l'embarras du choix. Je suis encore éberluée que ce soit moi qu'il ait choisie. Mais six ans de mariage m'ont montré que je peux croire à ce miracle. Je peux donc lui dire franchement : « J'ai peur de faire quelque chose qui ne va pas, c'est tout. Dire une énormité, renverser ma soupe. Nous ne sommes jamais restés aussi longtemps chez eux, Tom. C'est long de vivre un mois chez les gens, de les voir tous les jours. Je ne sais pas comment je vais m'en sortir. »

Il refuse de partager mon inquiétude. « Tu t'en sortiras très bien. Ils t'aimeront, comme moi. De plus, nous serons dans la petite maison aménagée pour les invités. Tu seras tranquille. Je sais que tu ne tiens pas toujours à avoir de la compagnie. Elles comprendront quand tu auras besoin d'être seule. »

Il y croit. Impossible de douter de la conviction sereine qu'exprime sa voix. Je voudrais bien en être aussi sûre.

Il perçoit mon doute. « Écoute, Evelyn, il n'y aura pas de problème. Laisse-les s'occuper de toi. Elles adoreront ça. Tu iras faire des courses avec elles. Chez le coiffeur. Acheter des boucles d'oreilles, je ne sais pas, moi, faire ce que font les femmes quand elles sont ensemble. Tu t'amuseras bien, tu verras. »

Je jette un coup d'œil à ma sobre jupe noire assortie à la sobre veste noire qui couvre mon simple chemisier blanc. Je pense aux jeans, aux sweat-shirts et aux tennis que j'ai mis dans ma valise. J'essaie de m'imaginer dans les magasins avec Steffie. Velours vert. Boucles d'oreilles scintillantes. Les images ne coïncident pas. « J'essaierai, dis-je, dubitative.

– J'en suis sûre. Tout ira bien. » Il presse à nouveau ma main et s'allonge dans son siège.

« Et ton père ? » dis-je doucement.

Tom sourit brusquement. « Ce vieux filou t'impressionne encore ? Écoute, Evelyn, ce sont des airs qu'il se donne. Tu n'as qu'à lui tenir tête et lui répondre sur le même ton. Il ne te marchera sur les pieds que si tu le laisses faire. Il y a longtemps que j'ai compris ça. »

Au souvenir des yeux noirs perçants et de la mâchoire carrée de son père, je murmure sans joie : « Facile à dire… »

« Plutôt maigrichonne, hein ? » avait-il remarqué à haute voix à l'intention de Tom la première fois que nous avions été présentés. J'étais restée figée, incapable de dire un mot, jusqu'à ce que mère Maurie me serre gaiement la main en disant : « Oh, ne faites pas attention à lui, il vous taquine. » Mais je n'avais pas décelé le moindre rire dans son regard. Uniquement une froide évaluation, comme si j'étais une génisse que Tom ramenait à la maison pour la reproduction de la race.

Je confesse : « Il me terrifie. »

Tom rit en sourdine. « C'est parce que tu le laisses faire, c'est tout. Tu comprends, il était obligé d'avoir ce caractère pour en arriver là. S'il n'avait pas été direct et sûr de lui, s'il n'avait pas emmerdé les gens pour en tirer le maximum, il serait encore en train de labourer sa parcelle pour essayer de rembourser ses emprunts. C'est un emmerdeur autoritaire, je le sais. Mais ne crois pas qu'il ne soit comme ça qu'avec toi. Il est comme ça avec tout le monde, juste pour voir jusqu'où il peut aller. Tu n'as qu'à fixer la limite. »

Il voit mon air sceptique, suggère une alternative. « Mais il y a d'autres façons d'en venir à bout. Tiens, regarde Steffie, par exemple. On joue les gentilles petites filles à papa par devant et on fait ce qu'on veut par derrière. » Il rit tendrement de la manière dont Steffie entortille leur père autour de son petit doigt.

Tout est si simple pour lui. Tom est comme ça. Les gens ne lui posent pas de problème. Dès le premier regard, il les jauge et sait exactement comment les prendre. Et tout le monde l'aime. Instantanément, dès la première fois. Et continuent à l'aimer, toujours. Quand nous étions à l'université, toutes les filles avaient le béguin pour lui et les garçons le trouvaient formidable. Les marginaux, les motards, les drogués, les normaux, les profs, les responsables des associations, tout le monde l'aimait. Il s'adapte facilement, est toujours partout à sa place. Je lui ai toujours envié ce talent : il est capable d'être celui qu'il faut pour tout le monde, en toutes circonstances.

Et pour moi, il est tout. Mari, amant, meilleur ami. Il y a peu de gens dans ma vie, mais je ne me suis jamais sentie seule depuis que Tom y est entré. Il y remplit toutes les niches. En le regardant, une vague de tendresse me submerge. Après tout ce qu'il a fait pour moi, c'est le moins que puisse faire pour lui. Habiter auprès de sa famille pendant un mois, m'en faire aimer, être gentille avec eux. Ce ne sera pas difficile. Faire en sorte que Tom soit fier de moi. En un sens, c'est quelque chose que je leur dois. Et quand ça deviendra dur, je n'aurai qu'à me rappeler que c'est la famille de Tom et que sans eux, il n'existerait pas.

Ce qui me rappelle, l'espace d'un instant, que sans Tom, c'est moi qui n'existerais pas. Pas comme je suis maintenant. Il a fait d'une sauvageonne horriblement introvertie une femme compétente à l'aise dans sa vie. Je songe à notre chalet avec ses quatre hectares de bois, à mon emploi dans le magasin de produits biologiques d'Annie. J'ai des amis maintenant, de vrais amis, ce que je n'avais jamais eu dans mon enfance ni mon adolescence. Annie et nos clients fidèles, et nos voisins Pete et Beth, et Caleb qui nous apporte le courrier, et tous les autres dont Tom m'a si aisément fait des amis. Je l'ai suivi dans ce domaine inconnu de l'amitié, j'ai appris le contact avec les autres en le regardant faire. Il fallait dépasser tous ces doutes stupides, il fallait les oublier, tout comme les souvenirs cuisants du collège, du lycée et tous les efforts inutiles de ce temps-là.

Mais je m'entends encore dire : « C'est que la façon dont ils vivent et font les choses est tellement différente de… eh bien, de la façon dont j'ai été élevée et dont nous vivons, nous. Je veux dire, la maison de mère Maurie a l'air de sortir d'un magazine de décoration et on dirait toujours que Steffie va prendre le thé avec la reine Elizabeth. »

Tom émet un gloussement. « Oui, c'est vrai. Je vois ce que tu veux dire. Ça m'agace parfois, moi aussi. Mais ça n'a pas toujours été comme ça. Quand Steffie, Ellie et moi étions enfants, il y avait beaucoup moins d'argent à la maison. Je me rappelle avoir beaucoup porté de vêtements hérités des cousins, et nous avions des meubles d'occasion. Je me souviens du temps où les rallonges des tables étaient des planches recouvertes d'une nappe. Mais depuis les dix dernières années, depuis que le magasin de matériel agricole a démarré en flèche, les affaires de mon père ont beaucoup prospéré. Et il aime ça, il aime pouvoir payer de belles choses à ma mère et aux filles, il aime le confort et les beaux meubles, et gâter Steffie et tout ça. Bon sang, je sais qu'il a assez mangé de vache enragée. Il a travaillé très dur pour amener la famille où elle en est. Il ne faut pas lui en vouloir parce qu'il aime bien montrer qu'il n'a plus de problèmes d'argent. C'est un point d'honneur pour lui. Mais ça ne veut pas dire qu'il va nous mépriser parce qu'on n'a pas d'argent et qu'on est obligés de se contenter de peu. Il sait ce que ça veut dire. » Tom a l'air un peu vexé que je trouve intimidante la prospérité de sa famille.

« Je sais, mais… » Cette fois, je décèle moi-même la tonalité geignarde de ma voix et m'interromps une fraction de seconde avant que Tom ne dise : « Chut ! Arrête, tout de suite. Tu es en train de te monter la tête pour rien. Détends-toi. Ils vont t'adorer. Tu n'as qu'une chose à faire, c'est te détendre et être toi-même. »

Je concède : « D'accord. » Je perçois dans sa voix l'espoir implicite que j'arrête de couper les cheveux en quatre et que je le laisse dormir. Je m'allonge donc dans mon siège en fermant les yeux. Je fais semblant de dormir.

[1] Titre original : *Where the Wild Things Are,* publié en français sous le titre : *Max et les maximonstres.*

2 deux

Fairbanks, Alaska, 1963

Onze ans. Entre l'enfance et l'adolescence. Deux nattes, couleur de paille sale. Des nattes ébouriffées qui me descendent jusqu'aux épaules, les cheveux s'échappant de la tresse comme les pousses d'une liane de houblon. Elles n'ont pas été défaites, brossées et renattées depuis des jours, des semaines peut-être. Peu importe. Personne ne me fait de remontrances. Ma mère a six enfants et ses deux filles aînées sont à un âge beaucoup plus difficile que moi. Ce sont elles qui exigent toute son attention. Qu'est-ce que ça peut lui faire si mes cheveux n'ont pas été brossés ni peignés, si les nœuds rebelles n'ont pas été lissés et si les longues tresses n'ont pas été refaites, serrées au point de me faire mal aux tempes ? C'est l'été, il n'y a pas d'école et nous vivons en pleine campagne. Personne ne verra sa fille cadette se transformer en sauvageonne, en pouliche de prairie.

Et je ne m'en prive pas. Mon jean est troué aux deux genoux, et ma chemise a appartenu à deux autres frères ou sœurs avant moi. Chemise de garçon ou chemise de fille, seuls les boutons le savent. Elle tombe tout droit sur ma poitrine androgyne. Mes tennis aussi sont percées et mes chaussettes tire-bouchonnent autour de mes chevilles. Oui, c'est moi, les yeux couleurs de minerai de cuivre, durs et verts, et le nez parsemé de taches de son. Enfant mal soignée, négligée ? Pas vraiment. Enfant libre, sans surveillance, sans entraves, n'ayant pas conscience de sa liberté, puisque c'est le seul état que j'aie connu. Enfant libre dans la lourde chaleur de juillet, la forêt baignant autour de moi dans les quelques vingt-sept degrés du soleil de l'été de Fairbanks.

Je suis où je ne devrais pas être, mais je ne le sais même pas, et m'en moquerais si je le savais. Entre la tour de l'aéroport de Fairbanks sur Davis Road et ce qui deviendra finalement l'aéroport international de Fairbanks. C'est censé être un territoire protégé, mais personne ne s'en soucie. Pas à cette époque. Si je veux, je peux suivre les allées forestières jusqu'aux hangars des petits avions. Un peu plus loin, et je trouverais les vastes terre-pleins de l'aéroport où les avions déposent les voyageurs directement sur l'asphalte des pistes. Il y aurait des gens, du bruit et de la circulation. Tout ce que je déteste. Je suis beaucoup mieux où je suis, assise sur le bord de la rivière, et je me dis que c'est le plus bel endroit du monde.

La fondrière varie selon les saisons, comme un lièvre des neiges change de fourrure, mais elle est toujours aussi belle à mes yeux. Pendant l'hiver, c'est une vaste étendue de neige, ponctuée seulement des ombelles des plus hautes plantes. La neige suit étrangement les creux et les bosses des touffes d'herbes. Les chouettes la survolent, guettant les minuscules musaraignes et les souris qui vont apparaître à la surface pour braver le désert blanc. Si je marche avec précaution, je peux me déplacer sur la croûte gelée sans la briser, dominant la terre, en prenant appui sur des millions de cristaux de glace. De traîtres rayons de soleil ramollissent parfois cette croûte et je me retrouve jusqu'aux hanches dans la neige, qui immanquablement se fraie un passage par tous les interstices de mes vêtements. Voilà pour l'hiver.

Puis vient le printemps avec le dégel, quand la rivière s'emplit d'une eau qui reflète le ciel et, sur les berges, les branches entrelacées où bourgeonnent les minuscules feuilles. La neige se réfugie dans des creux isolés, sous l'ombre étroite des arbres, puis fond goutte à goutte alors que se remplit le fossé, qui s'anime alors d'un courant perceptible, emportant toute la neige fondue vers la rivière Chena, et on entend au-dessus d'elle les cris des oiseaux, les corbeaux noirs sur le bleu transparent du ciel. Le vent du dégel me rougit les joues, et mes vieilles chaussettes clapotent dans mes bottes trouées. Pendant le dégel de printemps, la fondrière est profonde, mais je ne sais pas exactement à quel point car l'eau est bien trop froide pour penser à y patauger. Je saute de motte de terre en touffe d'herbe pour la traverser et, quand l'eau est au plus haut, je ne peux pas du tout la traverser. Je rentre à la maison trempée, les mains gercées et violacées comme des pattes d'oiseau, le nez qui coule, les yeux verts de printemps.

Mais ce n'est pas maintenant. Maintenant c'est l'été. La première verdure a disparu. Il y a de grandes herbes jaunes, plus hautes que moi, avec des ombelles qui se balancent, lourdes de graines. L'eau s'est cachée sous la terre vivante, n'apparaissant qu'en flaques secrètes et peu profondes, bordées de mousse verte et de fougères, grouillantes de larves de moustiques. Des airelles de sous-bois, tendres petites plantes aux feuilles rondes, pas plus grandes que ma main, tapissent la berge où je suis assise. À côté de moi, il y a des plants de myrtilles, qui ont perdu leurs fleurs en clochettes mais ne sont pas encore chargés de leurs petites billes bleues. Aujourd'hui, j'ai vu un renard roux, une gélinotte dans la gueule, et une nichée de petits lapins qui s'aventuraient timidement hors de leur terrier. J'ai vu les os verdâtres d'un élan tué cet hiver fourmillant de petits insectes et j'ai déplacé les os pour voir les asticots blancs qui grouillaient dessous. Des myriades de petites créatures, sans parler de moi, vivent et chassent ici. Le faune en fait partie.

Il est à mes côtés, lézardant comme moi sur la berge. Il est étendu et la caresse du soleil s'attarde sur son ventre. Il n'a rien de remarquable et est totalement merveilleux. Je l'aime comme j'aime entendre les loups hurler la nuit, et les histoires de chevaux sauvages qui galopent en horde dans les plaines avec un bruit de tonnerre. Je l'aime comme j'aime mes mains, mes cheveux et mes yeux verts. Il clôt le cercle de ce que je suis et me rend complète. En l'aimant, je m'aime moi-même. Mentalement, je l'appelle Pan, mais je ne lui ai jamais parlé à voix haute, et lui non plus. Nous sommes aussi proches qu'il est possible.

Il a un visage et des bras de garçon, une touffe de cheveux frisés sur la tête, interrompue seulement par les bourgeons de ses cornes, plus courtes que mon pouce, brillantes et marrons comme des glands. Il a un torse bronzé de garçon, aux côtes saillantes, les bouts des seins bruns comme des empreintes de pouce. À partir des hanches, il est nettement et naturellement chèvre. Il a des sabots clairs et fourchus, un peu plus jaunes que mes ongles mais bien plus épais. Le poil de ses pattes est pareil à celui de toutes les chèvres, lisse et brun, si dru qu'il cache toute trace de sa peau. Son pénis est aussi discret que celui d'un chien, serré contre le bas de son ventre dans son étui velu. Je n'en ai jamais vu que le bout rose et pointu, comme celui d'un chiot. Du haut de mes onze ans, je trouve que c'est un excellent dispositif, bien meilleur que les parties génitales pendouillantes et fripées de mon petit frère. Plus intime sans être trop prude.

Il roule sur le côté pour me faire face, en bâillant, puis il sourit. Il a les dents d'une blancheur que seules ont les dents des jeunes carnivores, et les yeux d'une couleur sans nom. Couleur du soleil qui a filtré entre les jeunes ramures d'un bouleau, puis est tombé sur un tapis de feuilles de l'an passé. Des yeux de terre, ni bruns ni verts ni jaunes. Couleur d'une forêt qu'on regarde de loin.

Il se lève avec un regard interrogateur, je hausse les épaules et me lève pour le suivre. Mon chien est sur nos talons. Il halète délicatement dans la chaleur de l'été, sans presque faire de bruit. Ce n'est pas le genre de chien à laisser pendre une longue langue rose. Il est plus qu'à moitié loup, mon Rinky, avec sa toison noire et lisse, ses joues et son front pâles. Dans les bois avec moi, il est complètement loup et je suis son louveteau, aussi sûrement que Mowgli était celui d'Akela. Il m'a tout enseigné, ce chien, de ce qu'une jeune créature doit savoir pour survivre dans la forêt. C'est de lui que j'ai appris à rester immobile et silencieuse, et à bouger avec la forêt plutôt qu'au travers d'elle ou contre elle. Je l'ai observé et j'ai vu comme il remplit parfaitement la niche que lui a allouée la nature. Moi aussi, à son exemple, je serai parfaite à ma place.

Rinky et moi suivons Pan, qui nous emmène vers la fondrière. Nous marchons dans les fossés qui serpentent entre les touffes de racines. À peine quelques semaines plus tôt, l'eau coulait là où nous posons aujourd'hui nos pieds. Nous avançons avec la même fluidité, en silence, à la recherche de notre rythme. Pan n'a ni hanches ni fesses, seulement les flancs maigres d'un animal et la queue frétillante des cervidés. Ses sabots fourchus laissent des marques plus profondes que les pattes de loup de Rinky, et ce sont mes tennis qui laissent le moins de traces visibles. Les insectes vrombissent autour de nous et l'air est lourd de pollen et de sommeil. Je crois qu'à part nous, rien de plus gros qu'une musaraigne ne bouge à cette heure dans la forêt.

C'est alors que, comme une explosion juste sous mes pieds, le canard surgit devant moi, ses rémiges brunes me giflent le visage quand il s'envole en battant des ailes. Je lui ai fait peur : il supporte que Pan et Rinky passent si près de son nid, mais moi, en tant qu'humain, je suis pour lui une expérience totalement étrangère. Je tombe en arrière avec un cri inarticulé, en portant les mains à mon visage pour me protéger, mais il est déjà loin. J'ai les yeux qui pleurent de la gifle reçue, mais le mal ne va pas plus loin. Quand je baisse les mains et fronce les paupières pour exprimer mes larmes, je m'aperçois qu'ils se moquent de moi.

La langue rose de Rinky pend cette fois, moqueuse, sur ses crocs blancs hérissés et ses lèvres noires de chien. Pan est encore pire : il se tient le ventre à deux mains, plié en deux, ses boucles brunes lui tombant dans les yeux tandis qu'il tressaute d'hilarité silencieuse. Il a les dents très blanches, la bouche ouverte de gaieté. Vexée, je les ignore tous les deux et m'accroupis pour examiner le nid.

C'est un nid récent, probablement le deuxième qu'a construit le canard cette année. Pour un œil peu attentif, il est vide. Mais du pouce et de l'index, je soulève la douce couverture de duvet qui dissimule les quatorze œufs de turquoise pâle. Les œufs ne sont guère plus gros que les œufs ordinaires du supermarché, mais ils sont beaucoup plus réels. Les œufs du magasin sont froids, d'un blanc d'os, avec une texture sèche et crayeuse, pris au piège dans leur boîte en carton. Ceux-ci sont tièdes et lisses, presque cireux au toucher. J'en prends deux, Pan en prend un et nous laissons à la cane le loisir de revenir à sa couvée.

Nous retournons à la berge ensoleillée de la rivière asséchée, et nous asseyons sur la mousse pour manger nos œufs. Pan et moi mordons l'extrémité du nôtre et crachons les bouts de coquille avant d'aspirer le blanc tiède et coulant et la masse globuleuse et soudaine du jaune. Rinky prend le sien entre ses pattes de devant et le casse délicatement pour pouvoir laper l'œuf, puis manger la coquille qui le contenait.

Et c'est tout pour ce jour-là, mais il n'y faut rien de plus. Il est complet, comme la scène emprisonnée dans le presse-papier de verre, c'est une entité qui se suffit à elle-même. J'ai onze ans et je suis allongée entre un faune et un chien. Nous formons un cercle à nous trois, de l'homme à la bête et vice versa. Je les aime comme j'aime mes mains et mes cheveux, sans réfléchir, je les accepte totalement. Ce sont les deux êtres les plus importants de mon existence et ils le seront toujours. Quand nous serons grands, je serai la compagne de Pan et nous vivrons et chasserons dans ces bois et Rinky courra toujours à nos côtés. Je sais tout cela comme je sais que le ciel d'été est bleu et que le permafrost est froid.

3 trois

Tacoma, mai 1976

J'ai horreur d'acheter des vêtements. De les essayer. Je déteste les minuscules cabines d'essayage avec leurs rideaux qui bâillent sur les côtés, le sol jonché d'épingles et d'étiquettes. Je déteste enfiler par la tête des vêtements raides, étrangers, ensorcelés d'épingles cachées, de boutons boutonnés, dans les profondeurs desquels je me sens prise au piège. Je déteste me tenir à trente centimètres d'un miroir pour tenter de voir de quoi j'ai l'air dans cette tenue peu familière, avec mes cheveux ébouriffés et mon maquillage tout taché après ma lutte pour y rentrer. Ce qui m'a fait transpirer.

Stupide. Voilà de quoi j'ai l'air. Le décolleté bâille sur ma poitrine absente. Mes chaussettes et mes tennis détonnent à la place où devraient apparaître des mollets gainés de fin nylon, des chevilles fines et d'élégantes sandales blanches. Je lisse de la main le tissu constellé d'un motif de feuilles ton sur ton. J'aime beaucoup la robe et je regrette qu'elle m'aille si mal. Mais c'est impossible. Je ressemble à une poupée rustique engoncée dans une robe de bal de Barbie. Ken serait horrifié. Je détache à tâtons les boutons et entreprends de me glisser hors de la robe. La voilà coincée au niveau de mes épaules trop larges.

Une vendeuse ouvre le rideau d'un coup sec. Mes yeux couleur d'olive émergent du haut de la robe, mes cuisses pâles se hérissent de chair de poule dans le soudain courant d'air. « Oh, mon Dieu », dit-elle. Je suis sûre que sa compassion s'adresse à la robe, et pas à moi. « Elle ne vous plaît pas ? Voulez-vous que je vous apporte une autre taille ? Vous voulez l'essayer dans une autre couleur, peut-être ? »

Un autre corps, plutôt, me dis-je. Un autre visage. Apportez-moi ça, et je réessaierai la robe. « Non, merci », fais-je à haute voix. Ses yeux se plissent de désapprobation. Elle doit travailler à la commission. Mère Maurie et Steffie passent gaiement près de ma cabine. Elles s'amusent comme des folles. Ma belle-mère et ma belle-sœur aiment toutes les deux l'ambiance joyeuse des magasins, elles adorent essayer interminablement, juste pour le plaisir de voir de quoi les vêtements auront l'air. Toujours déshabillée, je frissonne au moment où elles passent. Une autre vendeuse les suit, les bras chargés de vêtements de couleurs vives. « Evelyn, lance Steffie sans s'arrêter. Nous mourons de faim ! Nous allons directement au restaurant, tu sais, à côté de chez Frédéricks. ? D'accord ?

– D'accord », dis-je indistinctement. » Je ne connais pas le restaurant, étant donné que je n'y suis jamais allée. Je ne suis pas très sûre de l'emplacement de Fredericks. Peu importe. Je me débrouillerai. Je suis en train de m'étrangler avec la robe. Ma vendeuse soupire et court vers une autre cabine. Elle y passe la tête et je l'entend s'exclamer avec ravissement : « Tout le monde ne peut pas se le permettre, mais sur vous, oh, sur vous ! » Elle applaudit, enchantée.

Je libère tant bien que mal un bras et une main et je tire le rideau pour qu'il ne bâille plus que de dix centimètres de chaque côté. Je m'extirpe péniblement de la robe, faisant des efforts sincères pour ne pas éclater les coutures des épaules. Je frissonne dans mes sous-vêtements en la remettant avec difficulté sur le cintre que je suspends au crochet de la cabine d'essayage. Une fois remise sur son cintre, la robe a repris sa ligne harmonieuse d'origine et un charme qu'elle n'aura jamais sur moi. Je la gratifie d'un ricanement furieux que, tout en me baissant pour ramasser mon jean et mon chemisier, je surprends dans le miroir. Pendant un bref instant, je suis œil contre œil et canine contre canine avec moi-même. L'expérience n'a rien d'agréable.

Quelqu'un, qui m'a dit un jour qu'il m'aimait, m'a comparée à un cerf. Compliment étrange, qui ne vous rassure pas sur votre féminité. Mais compliment cependant, que j'ai noté et auquel je tiens. Je me redresse et me regarde dans le miroir en cherchant à retrouver le cerf qu'il avait vu. Je ne vois que des morceaux de moi, je ne me perçois pas comme un ensemble. Un slip de coton sans fantaisie, qui me protège des mycoses infectieuses. Des jambes qui me rappellent les pieds bruns du tabouret de piano de mon arrière-grand-mère. Je distingue les lignes de mes côtes. J'ai le ventre musclé, c'est une bonne chose. Je trouve ça bien. Mais ça ne l'est peut-être pas. Ce n'est peut-être pas féminin. Comment se débarrasse-t-on des muscles de son ventre, me demandé-je sans trop y croire. Mes seins têtus n'ont pas voulu me suivre dans mon corps de femme. Ce sont des seins de fillette de douze ans, dont la honte se dissimule dans des bonnets capitonnés qui leur donnent presque une taille adulte. J'ai les clavicules saillantes, les épaules larges, le cou long et gracieux. Est-ce là le cerf qu'il a vu ? Je roule les épaules, observe les muscles lisses sous la peau. Mon visage. Je ne peux pas voir mon visage. Je vois les rides sur mon front, je vois mes pommettes larges, j'aurais dû m'épiler les sourcils, le rouge à lèvres a l'air absurde sur moi, il ne me fait pas une bouche de clown, non, mais c'est comme si j'avais mangé quelque chose de vénéneux qui m'aurait taché la bouche de cette horrible couleur.

« Puis-je vous montrer autre chose ? » C'est la vendeuse, qui regarde par la fente du rideau. Elle ne peut rien me montrer que je n'aie déjà vu. Je serre mon jean et ma chemise contre moi.

Je marmonne : « Non. Je vous remercie, non, pas aujourd'hui. Merci. »

Elle s'en va. Je me demande si quelqu'un attend que la cabine se libère. Une dame élégante, élancée, portant des vêtements gracieusement pliés sur son bras, des billets plein son portefeuille. Des pommettes hautes, lisses comme du bois ciré. Les vendeuses n'ouvrent jamais son rideau. Il n'y a qu'à celles qui me ressemblent qu'on réserve ce genre de choses.

Je me sermonne : Arrête de te rendre malheureuse. Et pourquoi m'arrêter ? réponds-je, alors que je fais ça si bien. Il faut bien que tout le monde soit doué pour quelque chose. J'enfile mon jean. Wranglers, taille 9, aussi familier que ma propre peau, et bien plus seyant. Ma chemise. Une simple chemise bleue, qui se boutonne devant, je la rentre dans le jean, remonte la fermeture Éclair, boutonne, boucle la ceinture de cuir. Voilà qui vaut mieux qu'une armure, un jean qui vous va bien, une simple chemise de travail qui ne prétend pas être autre chose. Je boutonne mes poignets et me souris dans le miroir. C'est mieux. Je sors un Kleenex usé de ma poche et essuie le rouge de ma bouche. De mieux en mieux. Je me sens beaucoup plus moi-même.

Dans le coin du salon d'essayage, il y a plusieurs sacs en plastique coloré chargés de butin provenant de divers magasins. Je les ramasse. Ce sont les sacs de mère Maurie et de Steffie, pleins de robes, de chaussures et… non, voyons, pleins de gais petits ensembles, de jolies sandales de couleur vive, de bains de soleil et de tenues de plage. Maurie et Steffie n'achèteraient jamais quelque chose d'aussi prosaïque qu'une robe et des chaussures. Je souris à cette idée. Leurs sacs suspendus à mon bras me coupent les poignets et je me hâte à leur recherche dans la grande avenue.

Je ne suis pas douée non plus pour les centres commerciaux. Steffie a essayé de m'y faire sentir à l'aise, mais ça ne marche pas.

Ils sont trop étrangers à mon expérience. Elle y nage avec l'aisance d'un poisson tropical parmi les algues et les galets de son aquarium. En revanche, je suis constamment distraite, ahurie par leur infinie variété. Il y a trop de choix, trop de choses à acheter. En général, je n'achète rien, tout simplement parce que je ne parviens pas à me décider. Steffie sélectionne sans effort sur les portemanteaux, essaie une douzaine de vêtements, en achète deux, sans s'inquiéter de ce que, dans le magasin d'à côté, il y aura une robe encore plus seyante, un pantalon qui mettra encore mieux en valeur son derrière parfait. Je lui envie cette certitude. Je sais que je ne l'atteindrai jamais.

Je ralentis ou, du moins, j'essaie. Le flot de gens me pousse, alors je continue dans la même direction. C'est peut-être que je ne fais pas confiance aux lieux où le soleil ne brille jamais, où le temps s'arrête et où le climat ne change jamais, sauf dans les vitrines. Je perds tout sens de l'orientation, toute capacité à prendre une décision. Des flots de gens bougent avec moi, ou me croisent. Parfois, j'ai le vertige et je me demande si je ne reste pas immobile au milieu de leur mouvement. Mais non, me voici à l'extrémité de la galerie marchande. Malheureusement, ce n'est pas la bonne. Je fais demi-tour et entame la traversée dans l'autre sens.

Je me demande si mère Maurie et Steffie m'attendent avec impatience. Ou si elles ont déjà commandé et s'apprêtent à commencer leur repas sans plus penser à moi qu'à un caniche attendant dehors dans la voiture. Je fais partie de leur famille depuis six ans. Qu'est-ce que j'ai donc qui ne va pas, qui fait que je ne peux pas éprouver envers elles les sentiments que je devrais éprouver, que je ne peux me sentir libre et à l'aise comme si j'étais vraiment un membre de leur famille ? Ça ne vient pas d'elles. Ce ne peut être de leur faute. Elles sont toujours correctes, toujours calmes et d'humeur égale, toujours gentilles. Steffie est si bien élevée, si incroyablement parfaite dans tous ses rôles. Aujourd'hui, dans celui de la jeune femme du monde qui suit les tendances de la mode. Et mère Maurie est, comme d'habitude, parfaite dans son rôle de soutien de « maman de Steffie ». Je sais que je suis jalouse d'elles et de leur aisance à s'adapter à cet endroit. Je sais qu'elles ne font pas exprès de me donner l'impression que je suis gauche et rustique et provinciale. Mais elles y réussissent pourtant.

Je suis à mi-chemin de la galerie marchande quand la chose se produit. Surgi de nulle part, le bras d'un homme me prend la taille, me serre, me tire du flot des chalands aussi facilement qu'un ours prélève d'un coup de patte un saumon dans un banc de poissons au moment du frai. C'est un violeur, un tueur fou, un voleur, et je suis trop stupéfaite pour prononcer un mot. Alors une voix me chuchote à l'oreille : « Evelyn ».

Je n'ai jamais entendu cette voix, alors pourquoi la reconnais-je ? Est-ce la façon dont il prononce, ou son timbre guttural qui relâche mes muscles et me maintient immobile dans le creux de son bras comme une biche fascinée par la lumière des phares ? J'ai un sourire aussi vide que le mannequin qui nous observe dans la vitrine.

Ses boucles brunes lui tombent sur les yeux, de toutes ses dents très blanches, il sourit de mon expression médusée, la bouche fendue d'amusement. Il me tient dans le méandre de son bras, à l'abri du courant des chalands indifférents qui nous frôlent. Il est plus grand que dans mon souvenir, et ses yeux ont une teinte plus franchement marron. Nous restons debout sans parler et j'ai le sentiment étrange qu'un cercle se referme.

Il se penche alors en avant, sa bouche près de mon oreille. Son haleine est tiède. Il a l'odeur de la forêt en été, des framboises sauvages et des feuilles en décomposition, des mélèzes et des buissons d'airelles en fleurs. Il sent l'Alaska. « J'avais peur que tu m'aies oublié », dit-il, et sa voix ressemble au vent dans les branches. « Mais non. Pas plus que moi, je ne t'ai oubliée. Je suis encore là. Si tu as besoin de moi. Si tu veux de moi.

– Je… » C'est le seul mot que je peux prononcer. La galerie marchande est soudain un décor de carton-pâte mis en place pour une pièce de théâtre prétentieuse. Je n'y ai pas ma place. Je ne suis pas obligée de jouer le rôle qui m'a été assigné. Je pourrais renverser le mur de faux plâtre, sortir dans la lumière, le vent et la forêt. Retrouver mon identité et le sentiment d'être moi-même.

« Viens avec moi », insiste-t-il. Ses doigts suivent mes vertèbres. « Maintenant. Rentrons. »

Je veux le suivre. À cet instant, je le veux vraiment. Mais les mâchoires du piège me retiennent. Des frontières se dressent autour de moi. La montagne de linge à repasser sur la table du chalet des invités. Le réfrigérateur a besoin d'être dégivré. Il y a tout ce que je devrais faire, que j'avais l'intention de faire, que je dois faire avant de pouvoir me considérer comme libre. Des promesses. Des devoirs. Autant de choses qui me donnent ma réalité. Oh, et des gens aussi. Un peu tard, je me rappelle les gens. J'ai un petit garçon, un mari. Ils dépendent de moi. Ils m'aiment. Que penseraient-ils de moi si je m'enfuyais ainsi en abandonnant mes responsabilités ? Qui me respecterait si personne n'avait besoin de moi ? Qui serais-je, sans eux ? Et moi, est-ce que je ne les aime pas, ne sont-ils pas toute ma vie ? Comment ai-je pu seulement penser à les quitter, être tentée un seul instant ? Cette idée me bouleverse. Je vais lui dire tout ça, lui dire que je suis heureuse où je suis, qu'il n'y a plus de place pour lui dans ma vie. Que je n'ai plus besoin de lui.

Je répète : « Je... », en m'étranglant sans pouvoir aller plus loin.

« Alors viens sans tarder », m'invite-t-il, sûr de mon assentiment. Son index me caresse la joue en un adieu fugace.

Puis il me lâche la taille. Il disparaît, se mêlant à la foule, et je le suis d'un regard fixe. Il ne porte qu'une veste de denim sur son torse nu et son jean coupé au genou ne masque guère son étrangeté morphologique. Ses sabots claquent nettement sur le linoléum lisse de la galerie marchande, mais personne ne fait attention à lui, aucune tête ne se détourne pour le regarder passer. Je suis la seule à le regarder disparaître, porté par le flot. J'entends encore le bruit de ses sabots longtemps après l'avoir perdu de vue dans la mosaïque chatoyante de la foule.

Je ferme les yeux, j'essaie de maîtriser le tremblement qui m'assaille. Je sens le verre froid contre mes mains moites, lisse contre mon dos. Je me rends compte que je suis adossée à une vitrine. Je me redresse d'un air coupable. Mes paumes ont laissé des empreintes au beau milieu de la vitre polie. Les sacs de vêtements se sont écroulés en vrac à mes pieds. Je les ramasse distraitement en tentant de les défroisser. J'ai l'esprit en tumulte, une tempête de voix se déchaîne sous mon crâne. Une voix fait le souhait que Maurie et Steffie ne remarqueront pas l'état des sacs. Une autre me crie qu'il m'a parlé, qu'il a prononcé mon nom, que j'ai enfin entendu sa voix. Mais la voix de la raison fait taire les deux autres, leur impose le calme. Je me dis fermement que j'ai encore rêvé, que j'ai laissé libre cours à mon imagination pour me donner de l'importance et que si je ne me dépêche pas de rejoindre le restaurant… Je ne sais pas ce qui va se passer si je ne vais pas tout de suite au restaurant, mais j'ai le sentiment oppressant que ce sera terrible. La chance que quelque chose de merveilleux survienne s'est présentée, le temps d'un battement de cœur, et je l'ai ratée. Il ne reste que l'horreur. Alors j'y vais, balançant mes sacs en marchant, d'un pas décidé à présent, me faufilant à droite et à gauche dans la foule comme un conducteur qui tricote sur la voie rapide pour dépasser les voitures trop lentes. J'essaie d'oublier que je suis échevelée, coupable, frissonnante de secrets. Je m'interdis de le chercher du regard.

Le restaurant est une caverne obscure qui s'ouvre soudain dans le mur de vitrines de la galerie marchande. Il n'y a pas de porte, seulement un espace ouvert avec le présentoir des menus, la caisse et une hôtesse qui monte la garde. Dans le fond, tout est obscurité et musique assourdie. Les tables sont drapées de grenat, les menus couleur sang et or, la salle tendue d'un tapis rouge. L'un des murs est couvert de miroirs, mais il me faut quelques instants avant de me rappeler que c'est mère Maurie et Steffie que je cherche à apercevoir parmi les reflets des tables. Je ne semble pas plaire à l'hôtesse, qui ne fait pas mine de m'accueillir ni de me proposer une table. J'ai l'habitude des gens de son espèce. « Je vais retrouver quelqu'un », dis-je en passant prestement, tentant vainement d'empêcher mes sacs de frôler les dossiers de chaises et de s'accrocher au coin des tables.

Juste au moment où je suis certaine qu'elles ne sont pas là, qu'il doit y avoir un autre restaurant à côté d'une autre magasin Fredericks, je les aperçois. Elles sont assises tout au fond, dans un box, l'air chic et détendu dans leurs élégantes robes d'été, comme dans une publicité pour le champagne ou le rouge à lèvres. J'entasse les sacs contre l'extrémité de la banquette et me glisse à côté de Steffie. Je me rends compte que je respire aussi fort que si j'avais couru un cent mètres. Je repousse les cheveux qui me tombent dans les yeux et sens ma paume trempée de sueur. Je crois que Steffie n'a jamais transpiré de sa vie, et elle me regarde avec des yeux ronds, franchement amusée, passer la paume sur mon front puis m'essuyer la main sur la jambière de mon jean.

« Tu t'es perdue ? demande gentiment Steffie.

– Un peu, reconnais-je. Je perds toujours le sens de l'orientation dans les galeries marchandes.

– Oh, moi aussi », ment-elle par solidarité. Elle est parfaite. Steffie est synonyme de perfection. Elle porte un petit ensemble décontracté qui me fait penser aux tenues de tennis, mais auquel ses boucles d'oreilles et son fin bracelet donnent un air habillé. Elle met plus de soin à s'habiller pour aller faire des courses que je n'en ai mis pour me préparer le jour de mon mariage. Sa peau a un beau hâle doré, ses yeux bruns sont immenses. Si j'étais un homme je m'agenouillerais à ses pieds.

Dans le silence qui suit, Steffie boit une longue gorgée. Je ne peux m'empêcher de penser que c'est quelque chose qu'on lui a enseigné, qu'à un moment précis de son adolescence, mère Maurie l'a fait asseoir devant la table de la cuisine pour lui apprendre exactement comment on boit avec distinction un verre de thé glacé. Elle fait ça trop bien pour que ce soit un hasard de la nature. Je l'observe comme les sauvages nus devaient regarder Magellan s'arroger leurs territoires. Avec le même respect et la même incompréhension. Elle jette un coup d'œil à mère Maurie, puis à moi. Puis elle s'éclaircit la gorge, après avoir choisi un sujet de conversation adapté à mon niveau. De quoi parlaient-elles avant mon arrivée ? Et pourquoi sont-elles si laborieusement gentilles avec moi, alors que de toute évidence je ne fais pas partie de leur monde ?

« As-tu finalement décidé d'acheter la robe verte que tu essayais tout à l'heure ? Nous ne voulions pas te presser, mais je mourais tout simplement de soif. J'espère que ça ne te dérange pas.

– Non, pas du tout. » C'est un mensonge. Un demi-mensonge. Ce qui m'aurait beaucoup plus dérangée, c'est qu'elles m'aient attendue devant la cabine d'essayage, en pépiant des commentaires destinés à m'aider. C'est ce qu'elles font parfois. Je les soupçonne de penser que si elles avaient assez de temps et d'argent, elles pourraient faire quelque chose de moi. Comme on arrange une vieille voiture pour la revendre. Couper ma longue tignasse rebelle pour lui donner une apparence joliment décontractée, m'habiller de tenues qui dissimuleraient astucieusement mes jambes maigres et ma poitrine plate. Me transformer en femme digne de Tom Potter. Cette idée me terrifie. Du coup, je parle trop, trop vite. « Non, je n'ai pas pris la robe. À la dernière minute, je me suis dit qu'elle faisait trop jeune pour moi. Et je me sens toute nue dans une robe sans manches, je ne sais pas pourquoi.

– On dirait une vieille dame », me taquine mère Maurie en souriant. » Son sourire semble un peu crispé. Je me rends compte soudain que ma remarque manquait plutôt de tact. La robe que j'ai critiquée a une coupe très similaire à celle que porte mère Maurie. Mais sur elle, son allure juvénile semble appropriée. Mère Maurie est une petite femme menue, une poupée de céramique aux yeux bleus, et Steffie une blonde dorée aux longues jambes, une Barbie de plage. Je remarque soudain qu'elles représentent les deux extrêmes du panel de la féminité américaine, et que je n'ai pas ma place entre elles deux. Je suis en dehors de la courbe, moi.

« Qu'est-ce que tu prends, maman? demande Steffie en consultant un menu rouge et or. Juste un goûter, ou carrément le dîner?

– Allons-y pour le dîner. Les garçons auront une faim de loup quand ils vont arriver et cela nous épargnera le souci de faire la cuisine et la vaisselle en rentrant. »

Je souris, j'acquiesce, j'écarte un peu de mes yeux mes mèches brunes emmêlées. Les garçons, me dis-je en parcourant le menu, les garçons. Et nous, nous sommes les filles, ou du moins Steffie et Maurie. Les garçons, ce sont son mari, mon mari, son frère, son fils et mon fils. Et pourtant ils ne sont que trois. Eliza, Elizabeth, Betsy et Bess, la vieille berceuse anglaise me revient soudain en mémoire. Cinq noms pour trois hommes. Trois garçons, je veux dire. Tous des garçons, pour toujours. Et nous sommes les filles pour toujours. Même quand Steffie se résoudra à se marier, elle restera une fille. Et probablement vierge, si j'ai bien compris. Toutes les femmes dans cette famille sont vierges, sauf lorsqu'elles « attendent ». Alors, les plaisanteries de grand-père Potter sont salées au-delà de ce qu'on peut croire, et de ce que je peux supporter, comme si on parlait d'enfants surpris à des jeux dégoûtants.

Je commande et mange sans faire attention, j'ai déjà fini alors qu'elles sont encore en train de couper leurs sandwiches en petits triangles bien nets, qu'elles grignotent leur fromage frais du bout de leur fourchette. Je bois du café pour passer le temps, ajoutant du sucre et du lait à chaque fois que la serveuse remplit ma tasse sans fond. Je roule les sachets vides de sucre et de crème en minuscules tubes, je forme des étoiles, des hexagones et des parallélogrammes sur la table. Extrêmement amusant. Il n'y a que les gens ennuyeux qui s'ennuient, me disait ma mère.

«...tu as d'autres courses à faire, Evelyn? »

Je sursaute et me redresse sur ma chaise. Steffie et mère Maurie me dévisagent toutes les deux, le regard poliment inquisiteur. Encore en train de rêvasser en classe !

« Euh… je voulais m'arrêter au magasin de musique pour regarder les cassettes. » Soudain, j'ai l'impression d'être une gamine. Autant dire que je veux m'arrêter au magasin de bonbons, pour acheter des sucettes rouges et vertes et une poignée de billes de chewing-gum.

Je me sens gênée, et elles s'en rendent compte.

« Toi et ta musique ! » Mère Maurie émet un petit éclat de rire condescendant. « D'accord, mais il faudra que tu y ailles pendant que nous serons à la pharmacie pour l'ordonnance de Tommy. As-tu pensé à l'apporter ? »

Elle continue à parler pendant que je fouille dans mon sac, et que je finis par sortir de ma poche de veste le flacon vide de médicaments pour l'allergie de Tom. Il est tout collant, Teddy a dû jouer avec, et je l'essuie subrepticement sur ma serviette de table avant de le tendre. J'essaie de retrouver le fil de la conversation mais je m'aperçois que personne ne parle, tout le monde attend.

Les hommes sont arrivés, et je ne sais ni quand ni comment. Grand-père Potter, voûté mais toujours impressionnant, pose ses grandes mains sur le rebord de notre table. Du regard, il scrute la tablée, admirant sa femme et sa fille idéale. Il a tendance à dire des choses du genre : « Chez les Potter, les hommes ont toujours été fiers de dire que leurs femmes étaient bien habillées, que la moisson soit bonne ou mauvaise. Nous prenons soin de nos femmes. » Ses yeux se posent sur moi, s'envolent vers le ciel. C'est un homme étrange, me dis-je. Fier de l'élégance et de la bonne éducation de sa femme et de sa fille et tout aussi fier de sa propre rudesse et des ses manières frustes. Il ne mâche pas ses mots, se soucie peu de vexer les autres. De toute la famille de Tom, Grand-père est le seul qui ne prenne pas la peine de cacher qu'il ne me comprend pas, qu'il ne croit pas que je vais m'adapter. Il m'effraie, et je voudrais pouvoir le lui cacher.

En cet instant, je voudrais disparaître sous la table pour échapper à ce regard cruel. Mais soudain, Tom s'installe sur le siège à mes côtés, sa cuisse réchauffe la mienne, et instantanément tout va bien, aucun prix n'est trop lourd à payer pour le bonheur de l'avoir. Il est grand et doré, les cheveux blonds, les yeux marrons, de grandes mains, dont l'une caresse subrepticement ma cuisse avant de venir se poser sur la table. Il sent l'eau de Cologne et le gasoil, cette odeur de mécanicien qui ne quitte jamais tout à fait sa peau. L'hôtesse les a accompagnés jusqu'à la table et je sens son regard qui va de Tom à moi pour revenir à Tom. Elle ne comprend pas plus que moi pourquoi cet homme qui ressemble à un cow-boy de publicité, cet homme superbe, s'assoit à côté d'une femme telle que moi. Je me rapproche de lui et pose ma main sur la sienne. L'hôtesse détourne le regard, s'éloigne. Je respire. Je suis en sécurité à présent. Mon Tom est avec moi.

Mon Teddy est là aussi, accroché à la main de son grand-père et sa petite tête a l'air vulnérable, avec ses cheveux coupés de frais et lissés. Je n'aime pas ça et l'espace d'un instant ma colère s'emballe, pour qui se prend ce vieil homme, à toujours imposer à mon fils sa manie de « lui donner l'air d'un vrai garçon » ? Personne ne m'a demandé s'il avait besoin de se faire couper les cheveux. J'aime ses mèches de cheveux plumeuses, je me moque qu'elles cachent le haut de ses petites oreilles roses. Mais Teddy me regarde de ses grands yeux bruns écarquillés. Il a été très courageux, n'a pas bronché quand le rasoir vrombissant a mordillé sa nuque vulnérable. Je lui souris en essayant de lui transmettre mon approbation, d'oublier comment, quand nous venions d'arriver, Grand-père l'a emmené chez le coiffeur, sans me prévenir ni me demander mon avis, et l'a ramené, les yeux rouges, mort de honte. « Le petit chéri à sa maman s'est mis à pleurer quand le coiffeur a voulu lui raser la nuque et autour des oreilles. Quoi, il ne sera pas dit que mon petit-fils ressemble à un de ces maudits hippies. Si tu veux être comme ça, tu restes avec ta mère, bébé ! Je peux te le dire, ce n'est pas mon fils qui se serait comporté comme ça en public ! Cinq ans, et on dirait un vrai bébé ! »

J'avais vu Teddy se ratatiner sous chaque affirmation méprisante et j'avais bêtement aggravé la situation en mettant mon bras sur les épaules de mon fils, espérant le protéger du dédain de son grand-père. Et Teddy, mon Teddy, avait écarté violemment mon bras et m'avait repoussée pour s'enfuir de la petite maison et aller pleurer dans les champs, honteux soudain d'avoir peur de quelque chose d'inhabituel, honteux de laisser sa mère l'embrasser et le réconforter. Et le méchant vieillard m'avait lancé un regard furieux en disant : « Tu couves trop ce gamin. Tu vas le gâter. Il est temps qu'il soit plus souvent avec des hommes, au lieu de toujours rester dans les jupes de sa mère. »

Et moi, trop figée de colère pour répondre, l'avait toisé et obligé à sortir de la petite maison, de la seule force de mon glacial regard vert.

Mais c'était ailleurs, à un autre moment, et je ne peux pas me permettre d'y penser maintenant. Au contraire, je me force à sourire et, par-dessus Tom, je me penche pour tendre la main à mon Teddy. Mais mon fils se contente de sourire, d'un sourire à la fois secret et suppliant. Il se glisse par l'autre extrémité de la banquette circulaire, forçant tout le monde à se pencher pour le laisser passer et repoussant Steffie contre moi de l'autre côté. Grand-père n'a rien perdu de la scène. « C'est le grand garçon de Grand-père, aujourd'hui, maman. Il va s'asseoir de ce côté-ci avec moi. »

Les yeux de Grand-père sont noirs comme des éclats d'anthracite enchâssés dans son visage pâle et bouffi. C'était un homme costaud naguère, grand, à la peau tannée par le soleil. Peut-être qu'à cette époque les rides autour de ses yeux étaient dues à son rire. À présent, il a l'air décoloré, comme un objet retrouvé sous un tas de détritus, une étiquette de boîte de conserve dont les couleurs ont passé, les haricots verts sont devenus bleus et le fermier est devenu chef d'entreprise, ses cors aux pieds à l'étroit dans des chaussures pointues qui lui donnent des ampoules. J'aurais pu avoir pitié de lui s'il n'avait pas été si détestable. Je refuse de croiser son regard, je ne lui laisserai pas cette victoire. En revanche, je serre la main de Tom en le regardant dans les yeux.

« Avez-vous trouvé cette pièce ? » demande mère Maurie.

Tom acquiesce : « À la casse, oui. » Il se tourne vers moi : « Tu as déjà mangé ?

– Oui, mais si…

– C'était combien ? » interrompt mère Maurie avec irritation. Il s'agit d'affaires, à quoi pense Tom d'y mêler une conversation avec sa petite femme ? Mère Maurie a changé de casquette. L'élégante qui fait ses courses a fait place à la femme d'affaires avisée, au courant de tous les détails de l'entreprise familiale de machines agricoles.

« Dix-sept cinquante. Une neuve coûte vingt-deux, mais si le vieux Cooper veut utiliser son tracteur dans les champs dès mardi, il va devoir se contenter d'une pièce d'occasion. » Tom se remet à étudier le menu avec appétit, tout en éludant habilement les questions inquiètes de mère Maurie.

Elle n'apprécie pas le fournisseur de pièces de rechange, et ne s'en cache pas. Elle veut que tout le monde le sache, au contraire. S'il croit s'en tirer en traitant de la sorte l'entreprise Potter, il va avoir une surprise. La prochaine fois, elle s'adressera directement à l'usine, et se passera totalement de ses services, bien fait pour eux. Enfin, quoi, elle doit bien leur commander au moins pour deux ou trois mille dollars de pièces par an, et ce n'est vraiment pas du travail de leur faire faux -bond comme ça, ils ne vont pas tarder à s'en rendre compte. Elle s'enorgueillit de sa propre sévérité, parle net et presque trop fort, si bien que les gens aux tables voisines entendent et peuvent voir à quel point cette petite femme d'affaires est intraitable. Elle est très fière de ses compétences, tout comme Grand-père Potter, qui approuve vigoureusement du chef tandis qu'elle poursuit sa tirade.

Les doigts de Tom se referment sur les miens et me serrent étroitement. Autour de nous, les autres parlent, et il leur répond, mais ses doigts contre les miens tiennent une conversation différente, et l'homme qui me parle n'est pas le même que celui qu'ils connaissent. Je n'écoute que lui, laissant les autres voix se perdre dans un bruit de fond semblable à un bourdonnement d'abeilles. Je sais que je n'appartiens pas à leur monde. Ce qui compte pour moi, c'est que malgré tout le monde de Tom et le mien se sont croisés et que dans cette étroite intersection, nous pouvons être ensemble.

quatre 4

Fairbanks, hiver 1963

Ma famille est une famille de braconniers. Très peu de gens le savent en dehors de nos proches et personne ne vous croirait si vous le leur disiez, car nous avons l'air de gens très ordinaires. Ma mère travaille dans une boutique de fleuriste où elle compose des bouquets. C'est un emploi à temps partiel et elle est toujours rentrée à la maison avant nous. Elle estime que les enfants ont besoin de leur mère en rentrant. Mon père travaille pour la Golden Valley Electric Association, dans la centrale thermique qui est juste en face de mon école, de l'autre côté de la cour. Parfois, quand je rate le car, je traverse la route et j'attends, dans l'obscurité et le bruit des gros générateurs, qu'il soit prêt à me ramener à la maison. Pour moi, la centrale électrique est une immense caverne pleine d'énormes machines qui font en permanence un bruit d'enfer. Il y a des échelles, des jauges à vérifier, et il y fait toujours chaud, par contraste avec l'intense froid extérieur.

Les gens appellent mon père l'ingénieur de l'usine. Je trouve extrêmement bizarre. D'une part c'est ma mère qui compose, qui est ingénieuse, pas mon père. D'autre part, bien qu'il y ait un train qui passe juste derrière la centrale de la GVEA et dépose des montagnes de charbon semblables à de gigantesques tas de crottes, à ma connaissance mon père ne conduit jamais d'engins. Mais ce n'est pas le genre de choses que je suis capable d'expliquer aux adultes, si bien que lorsqu'ils disent que mon père est l'ingénieur de l'usine, il est plus facile de les laisser dans leur ignorance.

Le bâtiment de la GVEA est gris avec des fenêtres noires et de grandes cheminées noires qui, autour de notre école, répandent une suie épaisse sur la neige immédiatement après qu'elle est tombée. La neige devant l'école n'a pas bon goût, et je n'en mange jamais, même quand j'ai très soif.

Mon école s'appelle l'école de l'Immaculée-Conception, et j'y vais avec mes deux plus jeunes frères et ma petite sœur. Mes deux sœurs aînées vont au lycée Monroe, qui est réuni par un hall couvert à l'école de l'Immaculée-Conception, comme deux frères siamois soudés par la hanche. Il y a dans les deux écoles des prêtres jésuites en soutane noire, qui ont la manie agaçante d'apparaître parfois en chemise écossaise et pantalon noir qui les font presque ressembler à n'importe qui. Il y a aussi des sœurs en guimpe blanche et longue jupe noire dont le froufroutement n'est couvert que par le cliquetis du rosaire qu'elles portent sur la hanche comme « un saint six-coups ». Elles sont plus honnêtes, et ne s'habillent jamais autrement qu'en sœurs.

Me voici, dans la cour, je suis facile à reconnaître parce que je porte une parka usée de velours côtelé et que j'ai les jambes nues. Il fait moins vingt, mais il est encore obligatoire de passer la récréation du matin dans la cour. Les petites filles doivent également porter des robes ou des jupes. Personne ne semble voir qu'il y a là une contradiction. Nous sommes censées jouer, je suppose, courir et batifoler par moins vingt degrés tout en préservant toute notre modestie de petite fille. Les garçons jouent, courent et se roulent dans la neige, se font tomber en poussant des hurlements, l'haleine embuée. Je les regarde, sans bouger, incapable de comprendre leur énergie absurde. Les autres filles bavardent en petits groupes. La plupart portent des blousons de ski en nylon bleu ou rouge vif, et leurs jambes d'échassiers sont couvertes de collants assortis à leurs jupes plissées. Je déteste les collants. Ils dégringolent toujours en plis autour de mes chevilles et je suis alors obligée de les saisir par la ceinture sous l'épaisseur de ma robe pour essayer de les remonter. Impossible de faire ça de manière distinguée. Il est plus facile d'aller jambes nues, mieux vaut endurer le froid que les regards supérieurs des petites filles dont les collants ne tombent jamais, les froncements de sourcils indignés de la sœur qui surveille la récréation tandis que je me débats pour remettre mes collants en place. Je préfère avoir des engelures et des gerçures.

L'une des plus grandes cruautés de mes parents est de m'envoyer à l'école en hiver. Bien que tous mes frères et sœurs y aillent aussi, je le prends toujours comme une torture personnelle que mes parents persistent à m'infliger. Je ne m'en plains pas ouvertement. Je suis bonne élève, très bonne même, si on considère comme importantes les matières académiques. Je me venge, je bouleverse toutes les moyennes de classe avec mes vingt sur vingt, je rends quinze fiches de lecture alors qu'on nous en demande cinq, mais cela ne suffit jamais à rivaliser avec les collants assortis à la jupe et aux rubans de cheveux. Je me rends vaguement compte que je ne sais pas me battre. Je mets toujours mon énergie dans les domaines qu'il ne faut pas.

Mais il y a plus grave. L'école n'est pas mon terrain de prédilection. Je m'offusque de devoir gâcher le peu de lumière solaire des jours d'hiver enfermée dans une classe, au lieu de courir en liberté dans la blancheur scintillante des paysages d'hiver de Fairbanks. Ce n'est même pas ça, d'ailleurs. Je trouve qu'il y a quelque chose de contraire à la nature dans l'obligation scolaire, quelque chose de destructeur. Prendre un jeune être et l'enfermer de force dans un espace clos avec trente congénères du même âge… Ferait-on cela à un chiot ou un jeune chimpanzé ? On sait ce qui se passe dans ces conditions avec des poulets ou avec des rats. Le résultat est le même avec des enfants, sauf que les dégâts sont moins visibles. Si j'étais un poulet persécuté par les coups de bec des autres jusqu'à ce que les entrailles lui sortent du rectum, quelqu'un me prendrait en pitié. Mais je suis un enfant et on demande aux enfants d'endurer stoïquement des tortures dignes des damnés. Je me dis, complaisamment peut-être, que c'est pire pour moi que pour les autres enfants. Ceux qui jouent dans la cour de récréation, qui rendent visite à leurs camarades, vont dormir chez eux, échangent des jouets, ne perçoivent pas ce que l'institution scolaire a de singulier. Mais moi, je suis un jeune animal en bonne santé, qu'on empêche de chasser, courir et grandir en liberté pour le jeter dans un parc plus inhumain que tous les zoos de ciment et d'acier. Chaque matin, dès que je pose le pied dans le car, tout pouvoir m'abandonne et je perds tous mes moyens. Je deviens une proie, et je le sais. Entre les murs de l'école, je sais que les faunes sont des animaux fantasmagoriques, des créatures imaginaires auxquelles croyaient les Grecs et les Romains, dans les ténèbres de leur ignorance, et que les gentilles petites filles n'ont foi qu'en Jésus-Christ. Jouer avec un faune est probablement un péché mortel, comme la calomnie et le dénigrement, l'avarice et l'oisiveté. Je me dis que j'irai en enfer. Je me dis que je n'y peux rien, de toute façon.

Mais le soir, à peine descendue du car, le monde m'appartient. Toutes les misères de la classe me semblent appartenir à un donjon imaginaire de conte de fées, rien qui ne vaille la peine d'en parler à mes parents. Le car nous laisse près de notre boîte à lettres orange, sur la rue Davis. Mes frères et sœurs prennent le chemin en direction de la maison, mais je reste sur la route, attendant que le car ne soit plus que des feux arrière rouges et orange, avant de disparaître totalement. Mes frères et sœurs se hâtent dans la nuit tombée, impatients de retrouver la chaleur. J'attends, agrippant la poignée de mon cartable. L'obscurité argentée d'un après-midi d'hiver d'Alaska m'enveloppe. Les étoiles sont sorties et la Grande Ourse est basse sur l'horizon. Des bouleaux argentés et des peupliers bordent l'avenue jusqu'à notre maison. C'est la seule sur ce chemin et on ne peut même pas en voir les lumières depuis la route. Je ne sais pas pourquoi nous appelons « avenue » l'allée qui mène à notre maison. C'est ainsi. On ne peut y passer qu'avec une seule voiture et en hiver elle est séparée en deux ornières de neige tassée, avec de la poudreuse au milieu. Mes frères sont loin déjà. J'avance seule entre les arbres qui inclinent vers moi leur charge de neige comme une cape d'hermine sur leurs bras nus. Il fait nuit, et cependant on voit distinctement. La neige est blanche sur le sol et les branches, les arbres gris comme des fantômes, et entre les deux, c'est l'obscurité. La neige sèche de l'avenue crisse sous mes bottes.

Tout d'abord, la maison n'est que quelques rayures de lumière à travers les arbres. Puis j'arrive à l'endroit qui a été défriché pour y cultiver notre jardin. Les arbres ont été coupés et le sol naguère labouré est couvert d'un édredon de neige ondulante. Je vois dans l'obscurité la maison accroupie dans la neige, longue et basse comme un animal aux aguets. Le toit est chargé d'une épaisse couverture de neige, mais la couche la plus ancienne a glissé sur les pans d'aluminium en enserrant la maison d'un mur blanc qui donne l'impression qu'elle est sortie comme un champignon de la terre et de la neige environnantes.

Je monte ensuite sur la galerie de bois qui résonne sous mes pas. Il faut pousser la porte avec l'épaule parce que la partie inférieure est toujours recouverte d'une glace qui tente de la sceller hermétiquement. Je l'ouvre avec un bruit sourd et me voilà dans le territoire maternel. Notre maison est construite en rondins sombres striés de fibre de verre rose et jaune, et le toit est bas. Pourtant, je la revois dans mon souvenir pleine de lumière ambrée, d'une belle couleur de miel, riche d'un chaud parfum de biscuits en train de cuire. Le ragoût d'élan, aussi inévitable que les devoirs de maths trihebdomadaires, mijote déjà sur la cuisinière à gaz. La radio est toujours allumée, et ma mère toujours occupée à quelque tâche, à sa façon désordonnée et peu efficace. Quand elle fait la lessive et le repassage, c'est en quantités astronomiques, elle entasse des montagnes de linge encore chaud sur les chaises, charge la table de piles de sous-vêtements pliés et de serviettes de toilette, emplit à déborder une corbeille de chaussettes dépareillées. Si elle fait des biscuits, il y a de hautes piles de saladiers collants, des nuages de farine sur les tables, sur le plancher et même sur les chiens huskies qui dorment n'importe où, et des biscuits qui refroidissent, éparpillés sur toutes les surfaces planes disponibles de la cuisine. Quand elle nous tricote des pulls ou des bonnets, un modèle ne lui suffit pas. Elle doit combiner les motifs, changer les instructions. Elle a tricoté une parka à mon père en vingt-sept couleurs différentes, en combinant quatorze modèles. C'est une œuvre épique de fils et d'aiguilles. Ma mère a dans mon esprit des proportions mythiques. Dire que je l'aime, c'est dire que j'aime la terre. Mon amour est minuscule par rapport à elle, inutile à la poursuite de son existence. Elle est le foyer, la maison, la nourriture, la chaleur, la fée du logis. Elle me laisse presque totalement libre de mes faits et gestes. Je ne l'en aime que davantage.

Je descends au sous-sol par le vieil escalier raide et bruyant. En bas, c'est une tanière : des lits, des murs, d'autres lits, d'autres murs. Un véritable labyrinthe de nids d'enfants, des lits superposés, des lits de camp en métal vert, un fouillis de commodes, toutes les surfaces horizontales recouvertes de linge propre ou sale, de journaux, de livres et de jouets éparpillés. Je me change, j'enfile l'une sur l'autre plusieurs épaisseurs de jeans usés, de pantalons de velours, de tee-shirts, de chemises, de pulls, et pour finir une parka des surplus de l'US Air Force. Je mets mes chaussettes, celles de mon frère, plus celles de mon père et une paire de rangers de toile. Je remonte l'escalier, Rinky sur les talons. Disparais dans la nuit de la forêt. Cours en silence dans les sentes des lapins, presque courbée en deux pour ne pas déplacer la neige qui repose si délicatement sur chaque brindille et branche basse. Rinky explore devant, à côté, derrière, partout, mais il est toujours là quand je m'arrête et m'accroupis dans la neige. Il mordille la manche de ma vieille parka, laisse des marques de crocs dans le tissu. Tôt ou tard, tous mes vêtements portent la marque de ses dents. Peu m'importe. Il me tire jusqu'à ce que je me relève, et nous poursuivons tous les deux, suivant les chemins que nous avons tracés, observant ce qui a changé depuis notre dernier passage. Ici, des gouttes de sang sur la neige, laissées par la proie d'un renard. Là, une créature a grignoté l'écorce d'une branche morte et plus loin, un animal gros et lourd a traversé notre sentier. Cette piste et sa fugace odeur musquée éveillent mon enthousiasme. Un élan. Il y a des élans dans nos bois. Le temps est bientôt venu.

Je n'ai pas besoin de dire à ma mère que j'ai trouvé des traces d'élan. Elle sait. Peut-être est-elle sorcière, elle le devine. Je trouverai les couteaux aiguisés sur le comptoir, un rouleau neuf de papier de boucherie. Plusieurs jours à l'avance. Puis, un soir, l'inévitable se produira. Nous serons tous les six autour de la table, tête penchée sur nos livres. Impossible de bouger un coude sans recouvrir le livre de mathématiques de l'un ou de froisser les pages du devoir de l'autre. Les stylos crissent, les chiens ronflent sous la table, quelqu'un marmonne des chiffres à voix basse. Le silence est étonnant pour une maison habitée par huit personnes. Mes sœurs ont des bigoudis sur la tête, on entend mon père tapoter sa pipe contre le bord du cendrier.

C'est alors que tout commence.

« Evelyn, éteins la lumière. »

Ma mère est plaquée contre l'obscurité froide d'une fenêtre. Je me lève pour éteindre toutes les lampes, appuyant sur les interrupteurs jusqu'à ce que l'obscurité extérieure pénètre par les fenêtres, sourde de sous le canapé, emplisse la pièce. Personne ne bouge, excepté mon père. Je reste près de l'interrupteur, je l'entends traverser la pièce de son pas lourd pour rejoindre ma mère. Ils scrutent l'obscurité en parlant à voix basse.

Si je ne fais pas de bruit, je peux sans me faire remarquer me glisser vers une autre fenêtre et épier moi aussi. Ils sont dans le jardin, fouissant la neige dans ce qui reste du carré de choux, ramenant à la surface une douzaine de feuilles gelées, une tête à demi pourrie, un trognon vert, dur comme du bois, solidifié par le gel. Ils me font penser à des navires, de hauts navires à voile, je ne sais pas pourquoi. À cette époque, leurs bois sont tombés, leur laissant une tête bosselée et déformée. Ils ont le nez long et paraissent mous, comme des animaux empaillés insuffisamment bourrés. Leurs grandes oreilles de Mickey pivotent dans l'obscurité comme des antennes, mais ils ne sont pas vraiment aux aguets. Toute leur attention porte sur les maigres feuilles de chou, les trognons gelés des brocolis, la tête de chou-fleur oubliée qu'ils ont déterrés. Ils ne se rendent pas compte que dans la maison sans lumière, les observateurs silencieux sont en train de choisir celui d'entre eux qui va mourir.

Il y en a quatre cette fois-ci. J'ai un jeu bien à moi qui consiste à prédire celui que nous allons abattre. J'y joue à présent. Pas la femelle. On ne tue pas la poule aux œufs d'or. Épargnons la femelle. Pas le vieux mâle. Pourquoi est-il avec eux ce soir, à cette période de l'année, je ne le comprendrai jamais. Mais il est là, et sa viande sera dure, c'est certain. Il en reste deux, le jeune veau né ce printemps, à en croire son apparence, et le plus âgé né au printemps précédent. Ce sera lui, le plus vieux des veaux, j'en suis sûre. Mais je ne dis pas un mot de mes réflexions. La chaîne de commandement n'apprécie pas ces spéculations.

« Préparons-nous », dit mon père. » C'est tout ce qu'il a à dire. Ma sœur cadettes et mes deux petits frères ramassent déjà leurs livres et se dirigent vers le sous-sol. Ils sont encore trop jeunes pour faire autre chose que gêner. Je les entends descendre l'escalier dans l'obscurité et un instant plus tard, une lampe s'allume dans le sous-sol. La lumière jaune inonde l'escalier, suinte dans l'obscurité qui m'entoure, prêtant des formes vagues aux sombres carcasses des meubles. Sissy et Candy, mes deux sœurs aînées, se faufilent vers le sous-sol pour se trouver une tenue adéquate. Elles possèdent très peu de vêtements susceptibles de tolérer des taches de sang ou d'éventuelles éraflures, pas plus que de les protéger du froid dans notre travail immobile. Je suis déjà à la porte et j'enfile les vêtements que je laisse souvent en tas dans l'entrée, au grand mépris de mes sœurs. Le temps que mon père endosse sa parka et glisse une cartouche dans le fusil, je suis prête.

Il ouvre la porte d'un coup sec, laissant le froid pénétrer dans la pièce. L'air glacé se condense en affluant dans la pièce, formant des écharpes fantomatiques de brouillard qui s'aventurent quelques secondes à l'intérieur avant de se désintégrer. Il ferme rapidement la porte derrière lui, mais pas avant que je ne me sois glissée dehors. Il ne fait pas attention à moi, ou feint de m'ignorer. Peu importe, cela revient au même. Je le suis comme son ombre en sortant de la véranda.

Avec la nuit, un froid plus intense s'est installé. C'est un froid qui gèle les petits poils à l'intérieur de mes narines, qui colle mes cils pendant une fraction de seconde quand je cligne des yeux. Je remonte mon écharpe sur mon nez et ma bouche pour protéger mes poumons de l'air glacial et tente de réfréner l'envie de me lécher les lèvres. Toute humidité a disparu de l'air et la neige est une poussière sèche qui crisse sous le pas de mon père quand il se fraie un chemin à travers la cour. Nous avançons lentement, glissant dans la nuit comme des ombres désincarnées, sans traquer les élans, mais en nous déplaçant avec une aisance silencieuse dans l'obscurité.

Le vieux mâle lève la tête. Une feuille de chou gelée pend de ses lèvres proéminentes. Il est le seul à nous observer, les oreilles tournées vers nous comme des mains suppliantes. Il ne donne aucun signe d'alarme, n'émet aucun hennissement pour avertir les autres. Il nous regarde seulement. Je me demande s'il sait ce qui va se passer.

Mon père s'arrête et je m'immobilise derrière lui. Nous attendons sans rien dire. Il ne se retourne pas pour me regarder mais me tend la torche qu'il tenait. « Éclaire juste derrière son oreille », me dit-il.

J'opine de la tête en prenant la torche, mais il ne me voit pas. Il n'a pas besoin de se retourner ni de voir le signe que j'ai fait pour savoir que j'obéirai. C'est mon père. Cette nuit, c'est lui le chef. C'est lui qui sait où envoyer la balle qui va abattre l'élan. En d'autres nuits, dans cette cour, il m'a montré les constellations. Il m'a montré Spoutnik qui passait en clignotant et m'a dit que si je le désirais de toutes mes forces, je pourrais aller dans la lune un jour. C'est à la fois terrifiant et exaltant d'avoir quelqu'un qui croit en vous à ce point là. Je pointe la torche vers le jeune mâle que nous avons choisi. Je regarde mon père lever son fusil à l'épaule. Quand il est prêt, il fait un imperceptible mouvement, à peine un hochement de tête. J'appuie sur le bouton de la torche.

La lumière éclate, projetant l'élan dans la réalité. L'ombre floue se mue soudain en une image d'une précision foudroyante, on distingue les moustaches givrées qui tombent de son museau, la crinière ébouriffée sur le cou, une grande oreille frangée, un œil unique et flamboyant qui capture ma lumière. Moins d'un souffle plus tard, le fusil explose à côté de moi et l'élan s'effondre, tombant de mon cercle de lumière dans la mort et l'obscurité.

C'est fini. J'éteins la torche. Debout côte à côte dans la nuit, mon père et moi contemplons ce que nous avons fait.

*

Les animaux ont le corps assemblé avec une grande précision, comme s'il était prévu de les démonter. Organes internes entrelacés avec la précision d'un casse-tête chinois, attendant la main humaine, vulnérable au froid dans sa nudité mais réchauffée par le sang frais, au moment où elle s'insinue pour soulever le foie et le libérer d'un coup de couteau. Je dépose le foie dans un saladier encastré dans la neige et subrepticement, je lèche la lame. Électrique. Le sang frais est électrique sur la langue, comme des étincelles qui éclatent dans ma bouche. J'en suis presque réchauffée. Une heure s'est écoulée depuis le coup de feu et je ne suis pas rentrée à la maison. J'ai les orteils comme du bois dans mes chaussures de toile. J'aurais dû mettre une paire de chaussettes supplémentaire.

La torche de mon père me localise. « As-tu pris le cœur et le foie ? » demande-t-il. Je fais un bref signe de tête en direction du saladier. Il me lance la langue qu'il vient de détacher et je la recueille adroitement dans le récipient. Je me lève en l'emportant et je me dirige vers la maison. « Prends les couteaux, me dit mon père. Ils ont besoin d'être aiguisés. » Et je me baisse gauchement pour les ramasser. Ils sont alignés par terre dans la neige tassée près de la carcasse, leur lame est glacée et l'une d'elle colle douloureusement à mes doigts nus. Je suis presque arrivée à la maison quand Sissy me rejoint. Elle sort de la chaleur et de la lumière et je vois qu'elle a encore ses bigoudis sous son bonnet de laine. « Je vais les prendre », dit-elle avec empressement, et je la laisse faire. Elle préfère porter les abats à la maison, rester assise devant la table et aiguiser les couteaux avec l'huile et la pierre, plutôt que de s'accroupir dans l'obscurité près de l'élan abattu pour le transformer en côtelettes. Je ne la comprends pas.

J'y songe tandis que mon père et moi travaillons à découper l'élan en morceaux. En partie à la hachette, en partie à la scie.

La tête, les quartiers avant, l'arrière-train, la selle, le collier. C'est le genre de travail qui dégoûte mes sœurs. Elles fuient l'obscurité et le froid glacial de la nuit, le sang rouge vif et l'odeur musquée de la viande fraîchement abattue leur répugnent. Mon père lui-même fait ce travail à contrecœur, il songe qu'il devra se lever demain à six heures, se demande si nous allons nous faire prendre pour braconnage, et lâche un juron quand la lourde tête refuse de se séparer du collier. Aucun d'eux n'éprouve les mêmes sentiments que moi.

Ils ne peuvent pas plus comprendre les miens que je ne comprends les leurs. Je sais ce qu'ils pensent. Ils se sentent avilis par cette situation. La viande qu'on achète au magasin, dans un plateau de carton emballé de plastique, la viande qui porte des étiquettes de prix, des indications nettes, c'est un aliment identifié comme faux-filet, rumsteck, ou tranche grasse. Aucun morceau ne porte l'étiquette : « Tranche d'épaule prélevée de nuit sur un gros animal mort dans un champ de neige. ». Rien qui puisse leur rappeler que l'animal a été dépouillé alors que la chair était encore chaude et que la vapeur s'élevait dans la nuit jusqu'aux étoiles gourmandes. Ils ne veulent pas se souvenir qu'ils sont des prédateurs, des carnivores. Ils préfèrent manger les muscles avachis d'un animal élevé jusqu'aux jarrets dans sa propre bouse, castré, vacciné, inspecté, abattu d'une chiquenaude dans le front, réfrigéré dans une grande pièce blanche et découpé en tranches bien nettes par des machines électriques. De la viande « désanimalisée ». Cette idée me répugne, exactement comme elles sont dégoûtées quand elles pensent à leur sœur qui plante un couteau dans la chair d'un animal mort, qui s'agenouille dessus pour passer la lame dans la chair morte. Une fois les tripes enlevées, on sépare l'arrière-train du reste de l'animal à l'endroit où s'arrêtent les côtes et où se connecte l'épine dorsale. Il faut faire vite, tailler au couteau, à la scie, à la hachette, en s'efforçant d'abîmer le moins possible de muscle. Puis on écarte les deux parties de l'arrière-train pour atteindre l'intérieur de la colonne vertébrale que nous fendons à la hachette, puis au couteau, pour séparer en deux cuissots.

« Tu as fini ? » demande mon père et quand j'acquiesce de la tête, il saisit l'un des quartiers arrières et le soulève. Je l'aide, le guidant plus que je ne porte, et le cuissot est déposé sur une feuille de polyéthylène. J'ai obscurément honte de ne pas avoir été capable de soulever toute seule le quartier d'élan et je suis donc bien décidée à le transporter toute seule jusqu'au garage. Ensuite, mon père l'attachera à une corde de nylon jaune en perçant la cuisse entre l'os et le tendon, et le suspendra aux poutres pour laisser son sang s'égoutter lentement pendant quatre ou cinq jours. Cela s'appelle saigner la viande, et c'est important, car sinon elle sera dure et aura goût de gibier. Mais pour l'instant il est revenu à son travail de boucherie et coupe entre les vertèbres à l'aide de la hachette. Une minuscule écharde d'os me pique la joue. Ce qui me rappelle à l'ordre.

La feuille de polyéthylène noir est de la taille d'un drap de lit. Je me mets dos à elle et j'agrippe deux des coins que j'amène sur mes épaules comme un harnais. Le cuissot d'élan est lourd, mais la feuille de plastique glisse facilement sur la neige. Une fois mise en mouvement, elle me suit toute seule. En arrivant sur la neige tassée de l'allée, c'est encore plus facile. Je fais rouler le cuissot hors de la feuille, sur la neige propre près du garage et cours chercher une autre cargaison.

Avant minuit, toute la viande est suspendue. Mon père et moi la contemplons. Elle se balance doucement, avec de légers grincements étranges. Le garage n'est pas chauffé, mais assez de chaleur s'y infiltre en provenance de la maison pour qu'il n'y gèle pas. Le lent égouttement de sang va continuer à tacher le sol de ciment. Nous hochons la tête de satisfaction et mon père bourre lentement sa pipe. Il l'allume, aspire bruyamment pour la ranimer puis se détourne de l'élan. Je tire la ficelle qui éteint la lumière. Nous sortons du garage dans l'obscurité de la nuit et il lève le bras pour descendre la lourde porte. Nous sommes à nouveau dans le noir.

La fumée de la pipe de mon père s'élève en volutes, comme la vapeur des entrailles de l'élan. Il a recouvert d'une pelletée de neige la poche de tripailles. Demain matin, elle sera gelée. Les chiens vont creuser pour l'atteindre et passeront des semaines à grignoter et à lécher ce délice glacé, jusqu'à ce qu'il disparaisse. Il ne reste que la tête. Nous le savons tous les deux. « Débarrasse nous de la tête », dit simplement mon père, et il s'en retourne vers la maison. Je le regarde partir. Les fenêtres de la maison sont d'un beau jaune tiède. Je sais que maintenant mes frères et ma petite sœur sont couchés, ainsi que mes sœurs aînées, probablement. La peau de mon visage est si froide que j'ai l'impression de porter un masque de carton raide. Je peux bouger les orteils en les appuyant fort contre la semelle de mes chaussures, ce qui réveille la douleur. L'humidité de ma respiration s'est solidifiée en une épaisse couche de givre sur mon écharpe devant ma bouche. J'ai envie de rentrer.

Mais il y a la tête.

La forme se referme avec un bruit sourd derrière mon père et je me retrouve seule dans le noir. Je n'ose même pas rentrer chercher Rinky pour qu'il me tienne compagnie, car il serait beaucoup trop intéressé par la tête et les tripes. Il ne ferait que me rendre la tâche plus difficile. Je saisis la feuille de polyéthylène noir et me dirige vers le jardin.

Une tête n'est pas aussi grosse qu'un cuissot, mais a une forme beaucoup plus malaisée à transporter, et c'est plus lourd qu'on ne croit. La meilleure façon de la soulever est de la prendre par la base des deux oreilles, à rebours de la partie tranchée du cou. J'ai le nez sur la poitrine, les mâchoires vides bâillent, sans langue. Même dans l'air glacé, l'odeur d'élan et de sang est puissante. Je me tourne vivement, je lâche les oreilles, si bien que, sur ma lancée, j'envoie directement la tête sur la feuille de plastique, et je l'enveloppe avec en laissant un coin libre pour me servir de poignée.

La nuit est claire et froide. Je tourne le dos à la maison et à ses chaudes fenêtres jaunes et me mets à tirer. La tête me suit, sur mes talons, et je sors de la cour, quitte l'avenue pour entrer dans les bois. Je sais où je vais aller.

Je suis l'une de mes pistes préférées, où il y a des peupliers, des bouleaux, des aulnes et des saules diamants. Mon sentier serpente au milieu d'eux. De petits buissons s'accrochent au passage à ma cargaison, sans toutefois déchirer le plastique. Je continue à tirer, laissant derrière moi une trace singulièrement ridée, comme le passage d'un asticot géant. La tête avance facilement, le plastique glisse sur la neige. Je peux marcher d'un pas normal et un quart d'heure plus tard, je suis arrivée à mon but.

Ici poussent les épinettes, en bosquets inattendus parmi les arbres à feuilles caduques. Pour on ne sait quelle raison, elles poussent en groupes irréguliers, par paquets de dix, quatorze ou neuf. Mais presque toujours, au centre du groupe, il y a un espace où rien ne pousse. Je m'agenouille et avance à quatre pattes sous les branches basses, près d'un tronc où la neige est moins profonde, car les hautes branches en ont retenu la plus grande partie. Puis je ressors dans la neige profonde et me retrouve soudain au centre du bosquet. Des douves de neige et un mur de branches de résineux m'encerclent. En levant les yeux, j'aperçois le ciel noir où est suspendue la Grande Ourse. Sans cérémonie, je largue la tête à cet endroit. Je replie le plastique noir sous mon bras et je ressors à quatre pattes. Les bois ont l'air plus déserts et plus sombres et je frissonne avant de retrouver les lumières de la maison qui percent à travers les arbres pour m'encourager.

Quand je rentre, mon père est dans la baignoire, ma mère lit dans son lit. Personne ne m'appelle ni ne me pose de questions. Personne ne m'accueille, hormis Rinky, qui me fait la fête en se tortillant de joie, les moustaches frémissantes à mon odeur de sang. Je quitte devant la porte mes vêtements d'extérieur et descends sans allumer la lumière. En bas, tout le monde dort, formes floues sous les couvertures comme du mobilier dans un garde-meuble. Je frissonne encore en me déshabillant dans le sous-sol obscur avant de grimper dans mon lit. Rinky renifle et hume mes vêtements ensanglantés tandis que je sombre dans le sommeil, la tête dans mes bras, les mains encore empreintes de l'odeur collante et sucrée du sang. Je rêve qu'un grand soleil éclaire la neige et qu'un faune extirpe les yeux bruns gelés d'un crâne d'élan pour se les glisser dans la bouche. C'est un beau rêve et je souris en dormant.

cinq 5

Tacoma, la ferme, juin 1976

Il y a dix ou quinze ans, la ferme était une ferme laitière. Et il était de bon ton de désigner la pièce dans laquelle je suis sous le nom de « salle de laiterie ». C'est aujourd'hui une salle de séjour et fait partie de ce que mère Maurie appelle « la petite maison » par opposition à la sienne, « la grande maison ». Quand elle en parle devant des visiteurs, elle l'appelle « le chalet des invités » mais pour la famille c'est « la petite maison ». Je trouve que c'est une dichotomie intéressante. Depuis quelques temps, je trouve des dichotomies intéressantes dans tout ce que dit mère Maurie.

C'est comme un cancer qui grandit en moi, une mauvaise odeur cachée que je ne peux plus contrôler. Une colère secrète, de petits yeux rouges dans le noir. La première fois que je suis venue en visite et qu'on m'a montré les nombreux domaines dans lesquels les femmes de la famille Potter me sont infiniment supérieures, j'étais prête à leur rendre des points. C'était le chemin le plus facile. Il était également difficile de discuter. Je ne suis pas douée pour faire les courses, je n'ai pas de goût pour coordonner les couleurs, je n'ai jamais rien commandé à la représentante Avon et je n'ai jamais organisé de réunion Tupperware. J'acceptais de manquer de style et de sophistication, d'être la souris des champs qui arrivait de sa cabane de rondins d'Alaska, émerveillée par la classe et la gaieté de la vie dans les quarante-neuf autres États. Pendant une semaine, un mois, voire deux, j'étais capable de faire preuve d'une humilité bienséante. Mais je commence à me lasser. Je commence à être sur la défensive en ce qui concerne mon infériorité, et même à la protéger. Il faudra me prendre comme je suis. Je commence aussi à soupçonner que leur brillance n'est que du papier collé. Les parfums Avon commencent à sentir le désodorisant. Ma colère est comme un acide qui bouillonne à petit feu et me ronge de l'intérieur, qui me délie la langue et ajoute une touche de cruauté à la moindre de mes pensées.

Mais c'est mon problème, pas celui de mère Maurie. Tout comme ce living-room. Nous sommes ici depuis mars. C'est une petite maison gaie, décorée de couleurs vives, jolie comme le chalet des sept nains. Il y a de grandes fenêtres avec des rideaux blancs vaporeux qui laissent le soleil inonder le carrelage blanc. Le mobilier est composé d'osier blanc et de coussins jaunes. Il y a une petite table à dessus de verre, beaucoup trop jolie pour être utile, de charmants petits tapis éparpillés et deux lampes à pétrole qui contiennent de l'eau colorée.

La cuisine est encore mieux. Il y a une minuscule cuisinière blanche, avec une bouilloire de céramique qui trône sur le dessus. La bouilloire est un chef-d'œuvre de chez Woolworth, absolument inutilisable, avec un bec qui goutte et qui ne contient de toute façon qu'à peine trois tasses d'eau. À côté d'elle, au centre de la cuisinière, il y a un support à cuiller en forme de petit canard jaune. La minuscule table de cuisine est couverte d'une toile cirée à carreaux rouges et blancs. Il y a des cadres sur les murs qui disent des choses comme : « Cuisinière en chef », « Et dire que c'est pour ça que j'ai fait des études ! », et « Les invités préfèrent ma cuisine ». Il y a un pot à biscuits en forme de petit cochon. La vaisselle dans les placards est en plastique résistant avec de joyeux coqs rouges sur toutes les assiettes.

La chambre est correcte. Le couvre-lit vient de chez Sears et le patchwork n'est en fait qu'un motif imprimé, mais je peux le pardonner. Je peux pardonner les abat-jour décorés de ponts couverts, et les pieds de lampes en forme de vieille chaussure.

Ce que je n'arrive pas à pardonner, c'est la salle de bains. Il semble que le thème central soit les enfants en train de déféquer, comme si c'était la plus jolie chose du monde. Sur une plaque au-dessus des toilettes, on voit un chérubin frisé accroupi sur son pot. Il y a aussi une adorable statuette d'un petit garçon, assis sur un petit siège de céramique, salopette tombant sur les chevilles, et dont le visage rose porte un air de concentration extrême. Les toilettes elles-mêmes sont habillées dans le même thème. La chasse d'eau et la lunette sont couvertes de housses représentant un petit garçon, le derrière à l'air, en train « d'arroser les fleurs de maman ». Il y a même un cendrier en forme de WC, avec l'indication, « pour vos mégots ». La touche finale est un livre qui pend au bout d'une chaîne à côté des toilettes. La couverture annonce *Poèmes pour le petit coin*. Existe-t-il pire torture que d'essayer de préparer le déjeuner dans une cuisine miniature tandis que votre mari hurle depuis les toilettes : « Hé, chérie, écoute celle-là ! » ? Depuis quelque temps, Tom s'est mis à m'infliger ce genre de supplice.

Je suis tombée dans un piège, sans m'en rendre compte. Dès que nous sommes entrés avec nos valises, mère Maurie a pris la peine de me faire remarquer que le mobilier était « pratiquement neuf, sans une égratignure ». Elle m'a fait faire le tour de la maison des invités, m'en a dévoilé toutes les merveilles tandis que je me sentais obligée d'émettre des gloussements admiratifs devant les éléments de salle de bains « coquins mais si mignons » qui la faisaient rire comme une gamine. C'est Steffie qui avait fait toute la décoration, me dit-elle. Steffie prendrait peut-être un jour des cours en décoration d'intérieur, elle avait beaucoup de goût. Elle avait trouvé certaines des idées dans des magazines, me confia-t-elle, mais la plupart sortaient directement de son imagination. Extraordinaire, non ?

Et naturellement mère Maurie sait bien qu'elle peut compter sur moi pour tout garder propre comme un sou neuf et m'assurer que « cet incorrigible Tom » va enlever ses bottes avant d'entrer, et ne pas laisser « ce coquin de Teddy » maltraiter le mobilier, Steffie en aurait tout simplement le cœur brisé si quelque chose arrivait à cette petite maison, avec toute la peine qu'elle s'est donnée pour la rendre aussi jolie qu'une vraie maison de poupées… Et j'avais hoché la tête en acquiesçant allègrement, car il est facile d'accepter ce genre de contrat quand vous n'avez l'intention de rester qu'un mois et que vous ne déferez peut-être même pas complètement vos bagages.

Mais c'était en mars et nous voici en juin. Inutile de regretter ma solide petite maison dans les bois près du lac Ace, sur l'ancienne route de Nenana. Insensé de rêver à une maison au plancher de bois peint, avec un tire-bottes scellé dans le mur devant la porte. Mon canapé avachi me manque, avec sa couverture afghane dans laquelle nous nous blottissons tous les trois pour lire à Teddy *Les Histoires comme ça* avant d'aller au lit. Comme me manque le meuble-couchette que Tom a construit pour la chambre de Teddy, avec des étagères sous le lit pour ranger les jouets et les livres. Et mon poêle à bois, et le bruit des pommes de pin qui tombent sur le toit de tôle ondulée pendant la nuit. J'ai envie de rentrer chez nous.

Mais c'est impossible. Pas tout de suite, mais bientôt, me dit Tom. Dès que Bix ira mieux. Bix, le mari d'Ellie, met très longtemps à se rétablir. Ellie est l'aînée de la famille Potter. On parle rarement d'elle mais pourtant elle est là. Et Bix est son costaud de mari, homme à tout faire aussi utile qu'une allumette suédoise. Bon gendre, pas trop intelligent, mais qui sait se servir de ses dix doigts. Jusqu'à ce qu'il se casse la clavicule. Difficile de conduire un tracteur avec une clavicule cassée, et les champs doivent être hersés et ensemencés. Il faut que la ferme ait l'air prospère et bien entretenue car à moins de cinquante mètres se trouve l'entreprise de machines agricoles qui donne sur la grand-route. C'est le père de Tom qui en est le propriétaire et qui la dirige, avec l'aide de mère Maurie et Steffie pour tenir les comptes, commander les pièces détachées et épousseter les étagères. Ellie, la sœur aînée de Tom, s'occupe de la grande maison pour toute la famille. Et le mari d'Ellie, aussi grand, aussi serviable et aussi rustique qu'elle, fait de son mieux pour aider partout où on a besoin de lui. Mais pour son père, ce n'est pas tout à fait comme si Bix était son fils, m'a confié Tom avec candeur. Dick Potter aime à savoir le travail important de la ferme sous la responsabilité de quelqu'un de la famille. Il fallait bien que cet idiot de Bix se casse la clavicule au printemps, au moment où il y a le plus de travail à la ferme. Tom doit donc rester, quelque temps encore, pour herser et ensemencer les champs, déplacer les tuyaux d'irrigation des jeunes plants, assurer l'entretien des machines, et jouer son rôle de fils de Dick. C'est sa famille. La famille, c'est important. Je comprends.

Parfois.

Parfois, je suis gentiment raisonnable. Je comprends tout ce que me dit Tom, l'importance de sa famille, qui attend et a besoin de sa loyauté. Il y a quelque chose de très américain dans ce concept de la famille élargie et de la vieille propriété familiale, et de l'entraide nécessaire pour surmonter les difficultés. Parfois, j'ai envie que Teddy apprenne cette notion et qu'il se souvienne en grandissant de ses premiers matins à la ferme, quand il donnait à manger aux poules, conduisait le tracteur à côté de Bix ou Tom, allait à la ville dans le camion rouge de Grand-père, puis allait s'asseoir au pieds de Grand-mère pour regarder la télévision le soir.

Et parfois je veux les retrouver, rien que pour moi, mon Tom, mon Teddy, je ne veux pas être la femme de Tom. Je veux être Evelyn, dans la maison de rondins que Tom et moi avons construite, dans un endroit plus proche de la forêt que de la ferme. Je veux rentrer chez moi, dans ma propre maison, avec mes meubles, retrouver mes livres, mon jardin et mes bois. Je ne veux pas avoir à faire attention au mobilier de rotin ni aux coussins de couleur claire qui se tachent à la moindre trace de poussière. Je veux me vautrer sur mon canapé avec un grand soupir de soulagement et évacuer toute cette tension qui m'écrase. Je veux rentrer chez moi.

Ces temps derniers, quand Tom parle de chez nous, c'est de la ferme qu'il parle. « Rentrons à la maison », m'a-t-il dit hier quand je l'avais, sous le faux prétexte d'une course à faire, enlevé pour quelques instants coupables à ses obligations afin de l'avoir tout à moi. Je voulais m'arrêter pour boire un café et lui parler. Mais il était inquiet, mal à l'aise, l'esprit encombré de tâches inachevées. « Il faut que je rentre à la maison », avait-il répété. Mon cœur s'était serré. Ma maison est-elle donc différente de la sienne à présent ? Parfois, je vois tout cela comme un complot soigneusement élaboré contre moi, comme quand j'étais à l'école primaire et qu'il y avait des coteries auxquelles je ne pouvais appartenir, quels que soient les efforts que je déployais pour me faire accepter. Je ne vaux pas mieux que le mari d'Ellie, je ne vaudrai jamais autant qu'une vraie fille, je ne ferai jamais vraiment partie de la famille. Et parfois, la ferme familiale des Potter me fait davantage penser à une entreprise corporative à la japonaise qu'à la ferme du vieux MacDonald. Parfois, je les soupçonne de façonner et de limer Tom comme un maillon défectueux qui accroche, pour le forcer à s'intégrer dans la chaîne au lieu de bloquer la machine. Je crois qu'ils vont me voler Teddy, lui apprendre qu'il est le vrai petit-fils de la famille, qu'il leur appartient donc et n'a rien à voir avec sa mère, qui n'est qu'une pièce rapportée.

Si jamais je pense à tout ça, je suis capable de me mettre dans une rage noire. Comment osent-ils ! Je ne les laisserai pas faire ! Tom et Teddy sont à moi, rien qu'à moi, et jamais ils ne les auront !

C'est stupide. Égoïste. Lamentable. Je sais. Mais j'ai si peu à faire. Quand Tom part travailler, Teddy le suit, ou se fait « emprunter » par Grand-père qui veut se faire valoir en l'emmenant en ville prendre son café matinal avec ses vieux copains. Moi je reste là, dans mon chalet de Blanche Neige ensorcelé, et j'essaie de faire disparaître une tache de graisse sur un coussin jaune, ou les traces des doigts collants de Teddy sur la table de verre, et l'affaissement de plus en plus marqué du fauteuil de rotin qui n'a jamais été conçu pour un homme de la taille de Tom. Je suis sûre que mère Maurie va tranquillement mentionner ces signes d'usure aux membres de la famille comme autant de preuves de mon incompétence et de mon infériorité par rapport à une vraie fille. Et je fais l'expérience d'une amusante dichotomie en m'entendant marmonner que je n'ai pas la moindre envie d'être traitée comme une vraie fille, tout en essayant dans le même temps de nettoyer des traces de beurre de cacahuètes sur l'accoudoir du fauteuil de rotin.

Lorsque j'ai épuisé pour m'occuper toutes les tâches ménagères désespérées, je peux avoir recours à une infinité de livres pour passer le temps. « *Les Fureurs de la passion* », « *La Rage au cœur* », « *Le Beau Prétendant* » et « *Les Flammes du désir* ». Steffie en a un mur entier dans sa chambre et m'a dit que je pouvais les emprunter quand je voulais. Ce sont tous des romans d'amour, dans différentes collections, et elle les classe par numéros. Elle marque une petite croix sur la couverture intérieure de tous ceux qu'elle a lus, de façon à ne pas les relire par accident. C'est facile d'oublier, me dit-elle, ceux qu'on a déjà lus et, avant d'utiliser cette méthode, il lui est déjà arrivé de se retrouver au milieu du livre avant de s'apercevoir qu'elle le connaissait. La petite croix, me dit-elle, lui évite de perdre du temps. Les autres livres de la grande maison sont des manuels techniques concernant les tracteurs. C'est Steffie la lectrice de la famille, tous les Potter s'accordent à le dire, et ils sont très fiers des heures qu'elle passe plongée dans les livres.

Il y a une solution de rechange à l'entretien du rotin et aux *Fureurs de la passion*. Je peux aller visiter la grande maison.

Pendant la journée, je peux aller regarder Ellie travailler. C'est une grande femme maigre, qui a hérité par accident de la carcasse masculine de Dick Potter. Ils semblent tous deux honteux de cette erreur. Elle la minimise en se déplaçant dans la maison le dos voûté, portant ses blouses à carreaux à la manière d'un déguisement, comme une nappe recouvrant un carton d'emballage. Ellie a une seule fonction : elle travaille. Elle passe la serpillière sur les carrelages, balaie les planchers, frotte les murs, pétrit des miches de pain, coupe des légumes en morceaux et les jette dans des marmites d'eau bouillante, elle astique les vitres et époussette les étagères. Elle n'arrête jamais. Si je viens pendant la journée, elle se dit que j'ai sans doute une bonne raison pour ça et ne s'occupe pas de moi. Ce n'est pas elle qui va s'arrêter pour boire une tasse de thé et bavarder. La conversation avec Ellie est un exercice difficile. C'est un réseau de phrases inachevées qui la suivent de pièce en pièce pendant qu'elle range, nettoie, manie le chiffon et le flacon de dépoussiérant, l'éponge et le détergent. Comment va-t-elle ? Je vais très bien, excuse-moi, il faut que je passe la serpillière sous tes pieds. Et comment va Bix ? Bix va mieux, à part une douleur dans le dos, et c'est bien fait pour lui, il n'avait qu'à ne pas aller travailler avec ses souliers du dimanche alors qu'il a encore l'épaule bandée, et excuse-moi, il faut que j'attrape la cire à parquets.

Que puis-je faire d'autre ? Un jour je me suis levée tôt et j'ai donné à manger à toutes les poules, tous les canards et tous les cochons. J'en ai donné trop aux poules, trop aux canards et pas assez aux cochons, et la nourriture pour poulets coûte cher, presque sept cents la livre à présent, et les cochons vont s'échapper de leur enclos s'ils ont faim dans la journée et bien sûr mère Maurie savait bien que je voulais me rendre utile, mais ce n'est pas comme si j'avais ça dans le sang, comme Tom, alors forcément, c'était normal que je me trompe, mais donner la mauvaise quantité de nourriture aux volailles, ça peut avoir des conséquence sur la ponte, et naturellement c'est grave à cette saison-ci, alors peut-être que je pourrais laisser Ellie le faire, comme d'habitude, mais merci d'avoir cherché à rendre service, c'était si gentil de ma part.

Est-ce que ça vient de moi ?

Parfois, je me dis que ça vient uniquement de moi. Qu'il y a quelque chose en moi qui ne tourne pas rond, quelque chose de petit, de mesquin, et d'égoïste qui me pousse à donner une interprétation négative à tout ce qu'on me dit. Quand je raconte à Tom ce qui s'est passé, il me regarde d'un air perplexe. « Eh bien, si on donne la mauvaise quantité de nourriture aux volailles, ça peut avoir des conséquences sur la ponte, », me dit-il, comme si ça expliquait tout, et il se replonge dans son manuel d'entretien du tracteur.

Le soir tombe dans la petite maison, mais pas paisiblement du tout. J'ai les nerfs à fleur de peau, j'ai envie d'exploser, de hurler et de crier. Et Tom, naguère si sensible qu'il savait répondre à mes questions sans que je les formule, ne s'en aperçoit même pas. Soyons sage. Soyons patiente. Soyons une bonne épouse et contenons cette colère déraisonnable. Pensons à quelque chose qui vaille la peine.

« Je crois que je vais aller chercher Teddy, dis-je. Il se fait tard, et je trouve qu'il a assez regardé la télévision pour aujourd'hui. De toute façon, à cette heure-ci, il n'y a probablement rien d'intéressant pour lui. »

Tom grogne, revient à la table des matières, tourne des pages, suit du doigt un schéma déjà sale. J'ai la main sur la poignée de la porte quand il répond.

« Oh, Teddy dort chez maman. Ils s'est endormi sur le canapé, alors maman lui a mis une couverture. Ça n'aurait pas de sens de le réveiller.

– Mais... » dis-je, et je m'interromps. Mais quoi ? Mais je veux mon bébé ? Je veux lui lire une histoire, le border dans son lit de fortune sur le canapé de rotin, voir en levant les yeux de mon livre sa poitrine se soulever et s'abaisser sous la couverture, sa petite bouche se plisser dans son sommeil ? Ne soyez pas stupide, Evelyn. Laissez le dormir où il est, ne réveillez pas cet enfant pour le traîner dehors à travers la cour humide juste pour le recoucher ensuite. Il a toutes les chances d'attraper un rhume pour une sottise pareille. Laissez mon petit-fils tranquille. Je lâche la poignée de la porte, retourne à mon coussin jaune sur mon siège de rotin blanc. Je tente de me plonger dans la passion contrariée de Marlena pour le duc Aimsly, de croire à des histoires de gens qui se détestent cordialement pendant des mois avant de tomber dans le lit l'un de l'autre en murmurant des inepties de cheveux de jais, de lèvres inférieures gonflées de désir, de virilités turgescentes et de vallées secrètes ruisselantes de féminité. Je regarde Tom.

J'ai rencontré Tom pendant l'hiver 1969. Mes parents m'avaient « envoyé » faire des études à l'université de Washington, et nous nous étions rencontrés pendant un cours d'anthropologie. C'était l'une de ces options surpeuplées, obligatoires pour tous les étudiants de première année. Chaque jour, une nouvelle vague d'étudiants se déversait dans l'amphithéâtre, s'insinuait dans les sièges étroits dépourvus de dossier, relevait les minuscules pupitres pliants à peine assez grands pour y appuyer un cahier de taille normale. Il n'y avait aucune interaction avec le professeur. Il entrait, donnait son cours et repartait. On notait les présences en faisant passer une feuille de signatures. Les examens étaient en général des QCM. Tout ce qui représentait les pires caractéristiques de l'éducation de masse.

Mais j'avais toujours été une élève consciencieuse. Tous les jours, je m'installais au premier rang, au centre. Je ne quittais pas le professeur des yeux. J'essayais de capter la moindre des ses paroles en dépit du brouhaha du reste de la salle, et de déchiffrer les notes qu'il griffonnait sur le tableau noir. Tom était assis à côté de moi. Au bout de plusieurs semaines, nous nous sommes vus. C'était le plus beau garçon qui m'avait jamais regardée en souriant. Ça fait du bien de se rappeler ce genre de choses un soir comme celui-ci.

Plus tard, je pense encore à lui en le regardant se déshabiller. Je suis déjà en chemise de nuit, assise sur mon coin du lit et je me brosse les cheveux. J'ai les cheveux couleur d'acajou à cause du soleil, et toujours aussi indisciplinés. Ils ne sont ni raides ni frisés, mais quand l'air est humide ils ondulent naturellement et s'enroulent autour de la brosse. Je passe lentement la brosse dans mes cheveux en regardant Tom déboutonner sa chemise.

Une de mes vilaines pensées importunes est que j'éprouve moins de plaisir qu'avant à le regarder se déshabiller. Ce n'est pas l'homme qui a changé, mais mon attitude, car Tom met un point d'honneur à garder la forme. Son corps est très bien, mieux que bien, mieux que ne le mérite le mien. Il pourrait poser pour des photos de culturiste. Si je posais nue, les gens seraient obligés d'y regarder à deux fois avant de voir que je suis une femme. J'essaie de ne pas lui être reconnaissante de partager son corps avec moi, car une petite voix en moi me souffle que, malgré son absence de grâce et de courbes, le mien est cependant un récipient solide et utile, un bon petit animal dans lequel je suis bien. Mais je ne peux m'empêcher d'être fière de Tom et de jouir du reflet de sa gloire.

Je le regarde se pencher légèrement pour faire glisser son tee-shirt par-dessus sa tête. Il est grand et bien musclé et se courbe avec grâce, les muscles de son dos ressortent le long de son épine dorsale. Il se redresse et ses cheveux blonds retombent souplement en place, presque jusqu'à ses épaules. J'aime ses cheveux. Quand nous faisons l'amour, ils me caressent la joue. J'aime nouer mes mains sur sa nuque, sentir les muscles sous mes paumes et la douceur de ses cheveux entre mes doigts, comme la crinière d'un étalon. Dick Potter déteste les cheveux souples de son fils. Il parle de Foutue Coupe de Cheveux de Hippie, avec les majuscules indignées sous-entendues. Mais c'est pour moi une petite victoire que Tom n'ait pas cédé à ses injonctions de les faire couper.

Il a passé cette dernière semaine torse nu dans les champs et la peau de son dos est toute dorée. Quand il se redresse et me regarde, il n'est que couleurs chaudes et ambrées : peau de miel, cheveux blonds, et des yeux brun clair. Les couleurs d'un lion. Il sait que je le regarde et me sourit, anticipant le plaisir. Il est si incroyablement beau qu'une douleur me serre le ventre. Non de désir, mais d'amour contrarié. Je l'aime tant. Et je suis sur le point de provoquer une dispute.

« Tom, mon chéri, quand est-ce que nous rentrons chez nous ? »

Il s'immobile au moment de descendre son pantalon et, de surprise, s'assoit sur le lit. Il se retourne pour me faire face, son visage juvénile plissé de perplexité. Il pensait à faire l'amour, et non à un chalet abandonné et à un jardin envahi par les mauvaises herbes. Sa belle crinière de lion est ébouriffée à l'endroit où il a passé le tee-shirt. Ses yeux d'ambre, qui ont à présent la couleur du soleil dans les bouteilles de bière, s'écarquillent.

« Quand est-ce que quoi, Lyn ? »

Je répète avec un entêtement patient : « Quand est-ce que nous rentrons chez nous ? Nous ne devions passer qu'un mois ici, souviens-toi ? Juste un agréable interlude printanier dans la vieille ferme familiale, pour sortir un peu Teddy d'Alaska, lui faire voir ce qu'est vraiment la saison des semailles de printemps. Et puis, on ne sait comment, c'est devenu un peu plus d'un mois. D'accord pour le mois de mai, même s'il y avait beaucoup de choses que j'aurais voulu faire chez nous à cette saison. Teddy s'est bien amusé avec les porcelets, les poussins, les canetons et tout ça. Mais, mon chéri, nous voilà en juin et je pensais que nous partirions d'un jour à l'autre. Et alors, hier soir au dîner, ton père se met à parler tout à coup comme si nous restions ici jusqu'à la fin de l'été, et l'hiver prochain, en plus. » Je perçois la stridence de ma voix, respire profondément. Je cesse de me passer la brosse dans les cheveux en me rendant compte que je me suis irrité le cuir chevelu. Je prends soin de baisser le ton. « Mon chéri, tu peux me dire ce qui se passe ? »

Tom pousse le soupir patient du mari injustement harcelé. C'est une de ses nouvelles manies, que je n'apprécie pas particulièrement. « Lyn, ma chérie. Ne tire pas de conclusions hâtives. Tu es devenue si susceptible, ces derniers temps. Oui, papa m'a demandé si je pouvais envisager de rester ici jusqu'à la fin de l'été et une partie de l'hiver. Tu sais que Bix s'est blessé à l'épaule. Et bien, il va être handicapé plus longtemps qu'on ne le pensait. Ce qui laisse papa seul pour s'occuper de la ferme et de l'entreprise. Et c'est une époque de l'année où il y a beaucoup de travail. Pas seulement à la ferme, mais c'est la saison où les gens achètent du matériel agricole. Ce n'est pas facile d'avoir une paire de bras en moins, quelle que soit l'époque, si bien que papa nous a invités à rester. C'est tout. Seulement jusqu'à ce que Bix soit sur pied. Et, entre nous, je ne crois pas que ça prenne si longtemps que papa le pense. Probablement encore un mois ou deux. C'est tout. Et je ne lui ai pas donné de réponse définitive, je lui ai dit que je voulais t'en parler d'abord. Mais tu sais comment sont mes parents. Ils s'imaginent que s'ils font comme si quelque chose allait arriver, ça se passera obligatoirement. »

Et c'est généralement ce qui se passe, en ce qui nous concerne, me dis-je. Non, je l'ai pensé tout haut, apparemment, vu l'éclat qui étincelle soudain dans le regard de Tom. Il finit de se déshabiller en silence, rejetant du pied son pantalon en tas sur le plancher. Il repousse les couvertures sur le côté et pose ses grandes jambes pâles dans le lit. Il tire les couvertures sur lui avant de recommencer à parler.

Sa voix ment, trompeuse, raisonnable et douce. « Si tu as l'intention d'adopter cette position, alors je suppose que ça ne vaut même pas la peine d'en discuter. » Petite idiote, espèce d'enfant gâtée, lâche, mesquine, me clame son attitude. Tu refuses avant même de m'avoir écouté. Méchante sans cœur. Il courbe les épaules sous le drap blanc et la couverture bleue. Ses cheveux sont étalés en éventail sur l'oreiller. Les oreillers sont blancs, mais les volants garnis des broderies au point de croix de mère Maurie. Un beau coq au panache multicolore pour Tom, une jolie petite poulette bien dodue pour moi. La légende au point de croix sur l'oreiller de Tom proclame qu' « il est toujours prêt à se pavaner et à coqueriquer » alors que ma poulette affirme avec pétulance qu'elle préfère « rester au nid ». Ils sont assortis à une parure qui nous a été offerte comme cadeau de mariage. Steffie les trouve adorables. Ils me donnent envie de vomir. La voix de Tom me rappelle à notre querelle : « Je leur dirai que tu n'es pas d'accord, et c'est tout. »

Oh ! Bonne idée. Vas-y, dis-le leur. J'aimerais voir la tête qu'ils vont faire. Je prends une profonde inspiration, mets de côté ma mesquinerie. « Tom, ne le prends pas comme ça. Tu sais bien à quoi je pense, ou du moins tu le devrais. Il y a notre maison. Elle est vide depuis le mois de mars, c'est de la provocation au vandalisme. Dieu sait qu'elle doit déjà être pleine de souris et d'écureuils à l'heure qu'il est.

– Pete et Beth ont dit qu'ils garderaient l'œil dessus.

– Pete et Beth travaillent tous les deux, mon chéri. S'ils vont chez nous une fois par semaine, la seule chose qu'ils pourront faire, c'est nous prévenir quand les vitres seront cassées. Nous ne sommes pas aussi isolés que nous l'étions. L'été dernier, j'ai vu des randonneurs presque tous les jours. Et ce pauvre Bruno va se demander ce qui nous est arrivé. Je sais qu'ils lui donneront à manger, mais ce n'est qu'un chiot. Il sera déjà à moitié sauvage si nous rentrons maintenant. Et il y a l'école de Teddy. Il commence l'école maternelle à l'automne. Je ne veux pas qu'il commence ici, pour avoir à le changer au milieu de l'année. C'est déjà assez dur de commencer l'école sans qu'on lui fasse ça. Et enfin, mais non des moindres, il y a le petit problème de mon emploi. »

En dépit de mes efforts, ma voix se fait hachée et de plus en plus acerbe. N'en fais pas une dispute, restons-en à la discussion, me dis-je en me morigénant. Il faut qu'il voie la logique de ce que tu lui dis, inutile d'être méchante. Dis-lui simplement les choses. Explique-les lui. Je m'interromps un instant, espérant qu'il va répondre. Mais non. Je reprends ma respiration et je poursuis :

« Il m'a fallu beaucoup de culot pour demander un aussi long congé. Si Annie n'était pas une amie en même temps qu'elle est ma patronne, elle n'aurait jamais accepté. Mais elle ne peut continuer à tenir le magasin toute seule. Elle a un jeune qui l'aide pour l'été, mais dès l'hiver le gamin va retourner en classe et elle se retrouvera seule. Elle sera obligée d'engager quelqu'un pour prendre ma place, et je n'aurai plus d'emploi quand nous rentrerons. »

Je m'interromps pour reprendre mon self-control. Tom va comprendre. C'est un homme raisonnable, qui m'a toujours traitée en égale, comme une personne à prendre en considération. Mais le silence se prolonge et on dirait qu'il a besoin de faire un effort pour se maîtriser avant de parler. Nous ne sommes bons ni l'un ni l'autre à ce genre d'exercice. Nous nous disputons très rarement, la plupart des problèmes s'arrangent en discutant, ou bien nous cédons mutuellement devant la compétence de l'autre. Je laisse Tom se servir de la camionnette d'occasion que nous avons achetée, il me laisse choisir l'isolation pour le grenier, nous reconnaissons qu'il y a des domaines où l'un est plus compétent que l'autre. Mais aujourd'hui, c'est différent, c'est un domaine d'opinion basé sur les émotions. Et nous sommes tous deux experts en émotion.

« Bon Sang, Lyn, soupire-t-il enfin. Tu parles comme si

j'étais en train de préparer un meurtre. Tout ce dont il est question, c'est de passer l'hiver avec mes parents et de leur donner un coup de main dans une situation difficile. Je veux dire, bon Dieu, ils ont quand même payé mes études, ils m'ont élevé... Je le leur dois. Et j'ai réfléchi à tous les détails dont tu parles. Il y a ici une bonne école pour Teddy, juste sur la route. Le car s'arrête juste devant le portail. Et je parie que Beth et Pete pourraient s'occuper de louer notre maison pour l'été, ne serait-ce que quelques semaines, si nous leur disons quel genre de locataires nous voulons. La garde de Bruno pourrait faire partie de la location. Et, tiens, papa a dit que si nous restions ici cet hiver, il ne voyait pas de raison pour ne pas acheter à Teddy le petit poney que Red a à vendre. Tu sais qu'il en bave d'envie à chaque fois que nous passons devant. Il avait pratiquement les yeux qui lui sortaient de la tête quand il a entendu mon père en parler.

– Parce que vous en avez parlé devant lui ? Tom, ce n'est pas juste ! Vous lui donnez des espoirs fous, et quand maman va vouloir rentrer à la maison, c'est elle qui aura le mauvais rôle. Et tu n'as pas encore parlé de mon emploi ! »

Je suis sincèrement en colère à présent, et je ne fais plus attention à la petite voix de la raison qui continue à me souffler de rester calme, d'être adulte, d'essayer de voir les deux points de vue. Tom est figé d'indignation, raide comme un cadavre sous les draps blancs glacés. Ses mâchoires saillent quand il parle.

« Tu fais toute une affaire à propos de rien. Teddy est assez grand pour savoir qu'il ne peut pas toujours avoir ce qu'il veut. Je ne vois pas pourquoi il faut toujours que tu te mettes en colère. Que ce soit n'importe quelle idée, si j'en parle d'abord à ma mère et à mon père, tu la détestes automatiquement. C'est forcément nul, de toute façon. Et ton emploi, parlons en ! Employée dans une espèce de petit magasin marginal de rien du tout, tu parles d'une affaire ! Je veux dire, quelles sont tes perspectives de carrière, directrice du rayon fruits secs ?

Acheteuse de thés biologiques ? Ça n'a pas d'importance, Lyn ! Tu pourras toujours le récupérer, ou trouver un autre boulot tout aussi minable !

– Si, c'est important ! C'est important pour moi ! Et tu as parfaitement raison, je n'aime pas ça du tout quand tu vas discuter de tes foutus projets et de tes idées avec tes parents avant de m'en parler ! Tu es censé être mon mari, je te signale. Tu as oublié ? D'habitude, les gens mariés prennent leurs décisions ensemble, et non avec leur papa et leur maman. Et il se trouve que j'aime mon petit boulot minable, figure-toi. C'est difficile de trouver un travail qu'on aime, tu devrais le savoir. Tu en as laissé tomber assez souvent. Et mon petit boulot minable ne te déplaisait pas tant que ça l'hiver dernier quand c'était uniquement grâce à lui qu'on pouvait manger ! »

Je m'arrête d'un seul coup. Je pose soigneusement les mains sur ma bouche, résistant à l'envie de me donner des coups de poing. Je me battrais. Je regrette de ne pas pouvoir le faire. Je suis allée trop loin, j'ai dépassé la limite, bien au-delà des bornes implicites que nous nous sommes fixées pour nos disputes. C'est la première fois que je lance ce genre de choses à Tom. Il ne peut pas garder d'emploi permanent, c'est quelque chose que nous reconnaissons tacitement tous les deux, non comme un défaut mais comme une preuve de son caractère indépendant. Je ne le lui ai jamais lancé à la figure comme un couteau.

Il a les yeux écarquillés de peine et de vulnérabilité. Je l'ai touché franchement, profondément, le blessant là où le sang s'amassera et coagulera à l'intérieur. J'ai imposé ma façon de voir comme quelque chose qui m'est dû, lui lançant ses échecs au visage pour l'obliger à céder. Il me regarde en silence, sa peine pénètre au plus profond de lui, il est trop gravement blessé pour pouvoir riposter.

« Tom, Tom, je te demande pardon. J'étais tellement en colère, je me suis mise à dire n'importe quoi pour te faire mal. Je ne voulais pas dire ça, tu sais bien que je ne voulais pas dire ça. J'ai très bien compris pourquoi tu les avais laissés tes boulots. Et je ne voulais pas que tu continues. Mais j'ai de la peine, moi aussi. Quand tu vas voir tes parents pour leur demander conseil et prendre des décisions avec eux, ça me donne l'impression d'être complètement nulle et sans importance. Il n'y a rien pour moi ici, et ça me donne l'impression que je ne suis rien.

– Teddy et moi ne sommes rien. » Il le dit comme s'il l'acceptait, d'une voix égale.

« Non, non, ce n'est pas ce que je voulais dire. Teddy et toi, vous êtes tout pour moi. Ne fais pas attention uniquement à mes mots, tu sais ce que je veux dire. Je t'en prie, Tom, pardonne-moi pour ce que je t'ai dit. »

Je rampe vers lui sur le lit, enveloppe son corps rigide avec le mien, mon ventre sur son dos tiède. J'enfouis le visage dans ses cheveux si doux, et berce son corps qui résiste. Mes mains inquiètes parcourent son corps, pétrissent ses muscles durs, flattent, caressent pour les détendre, massent pour dissoudre la colère qui nous sépare. Il finit par se laisser aller à mon étreinte. Il se retourne dans mes bras, m'étreint à son tour.

« C'est fini, bébé, c'est fini, murmure-t-il, ses lèvres près de mon oreille. N'y pensons plus. » Sa voix est apaisante. « Nous sommes trop fatigués tous les deux pour discuter, et encore plus pour nous quereller. Nous avons dit tous les deux beaucoup de méchancetés. Si tu veux rentrer à la maison à la fin de l'été, eh bien, c'est comme ça. Je comprends que tu puisses être un peu mal à l'aise avec mes parents. Papa et maman ont été obligés d'être agressifs pour se faire une place au soleil, et ils nous ont encouragés dans le même sens quand nous étions enfants. Profite de l'occasion, fais affaire… tu sais comment ils sont. Si bien que quand j'ai vu une chance pour nous de louer notre maison, et de toucher un salaire ici, et maman qui paye les notes d'épicerie, bon, je me suis dit que ça pourrait nous faire du bien sur le plan financier, tu comprends. Nous remettre en selle, nous donner une deuxième chance. Je ne savais pas que tu avais tant à cœur de rentrer à la maison, c'est tout. Je dirai demain à mes parents que nous partirons à la fin de l'été. Il faudra bien qu'ils comprennent. » Il a les yeux grand ouverts en disant ça, ils scintillent de chagrin et de sincérité au moment où il cède tout pour moi. Se sacrifie.

Il m'a vaincue. Je capitule instantanément, lui disant que je n'avais pas pensé à l'angle financier, que bien entendu nous pouvons rester au moins jusqu'à la fin de l'été, et nous parlerons de l'hiver à tête reposée, oui, ce serait merveilleux pour Teddy d'avoir un poney, et mon emploi, bon, ce n'était qu'un emploi, en définitive. Et ainsi de suite. J'abandonne tout. Je veux réparer la peine que j'ai causée. Quelle importance a mon emploi, de toute façon ? Tom et Teddy, voilà tout ce qui compte. Quelle importance ai-je, de toute façon ? Soumets-toi à Tom, et tu n'auras plus rien à redouter. Plus besoin de me demander ce qui se passerait si juste une fois je maintenais mes positions, si j'insistais pour faire ce que je veux. Plus besoin de me demander s'il me quitterait, ou s'il me mettrait en demeure d'accepter ses conditions ou de partir, de m'interroger pour savoir ce que je deviendrais sans lui. Cède à Tom, et plus rien ne te fera peur, nous ne nous disputerons plus.

Longtemps après qu'il m'ait dit que je suis un ange, et qu'il m'aime, et que nous étions bien stupides de nous disputer, et que ses parents vont être contents de son aide, oui, et longtemps après qu'il se soit endormi, je reste éveillée à me regarder mentalement, nue et désemparée.

Je pense au petit magasin que tient Annie. Il est situé dans la partie donnant sur la rue d'une vieille maison d'Ester, pas très loin du saloon Malemute de Robert Service. Pas très loin de chez nous en voiture, même quand les routes sont blanches de neige glacée et que mes phares trouent l'obscurité diurne d'Alaska. Il y fait chaud, grâce à un poêle à bois au milieu de la pièce, et il y a toutes ces caisses pleines de noix, de graines, de céréales biologiques, les petites boites de thé portant des noms magiques, comme Crinière du Dragon ou Épice du Verger, toutes les tisanes qu'Annie mélange elle-même dans la minuscule arrière-boutique. C'est une épicerie d'alchimiste, un lieu où l'ordinaire se transforme en or. Les murs sont lambrissés de pin couleur de miel, couverts d'étagères, de crochets et d'alcôves où s'accumulent les marchandises, petits sacs de cuir brodés d'aiguilles de porc-épic, huiles de massages dans des flacons précieux, théières en faïence grimaçantes, fabriquées par une vieille amie d'Annie, tous ces objets font plaisir à vendre…

Je n'y retournerai pas. Je le sais tout à coup, avec une certitude qui tremble au fond de moi. J'y ai perdu ma place, prise par quelqu'un d'autre. Si je retourne un jour dans ce magasin, ce sera comme cliente, cantonnée dans l'espace public, je ne serai plus celle qui va préparer un mélange spécial dans l'arrière-boutique en continuant à parler par-dessus les portillons à claire-voie, ni celle qui offrira à un enfant un sucre d'orge ou un bâton de bois de réglisse. Je touche Tom, je passe mes mains sur ses flancs, j'ai envie qu'il se retourne et me serre contre lui. J'imagine qu'il passe ses mains sur moi de la même façon, caresse mon corps et le rend désirable en le touchant. Qu'il me rend belle en me désirant. J'ai envie qu'il pose les mains sur mes seins minuscules et les fasse grossir en en pinçant le bout entre ses doigts, en les mordillant doucement.

Je me suis échauffée et j'ai besoin de lui, j'ai besoin qu'il m'étourdisse de sensations physiques pour pouvoir ne plus penser. Je ne veux plus me dire que j'ai déjà entendu quelque part ces techniques de discussion. Je ne veux pas me rappeler mère Maurie en train de les utiliser sur Steffie pendant tout le printemps dernier, comme elle semble peinée par les refus de sa fille mais les accepte poliment sans cesser de lui faire remarquer qu'elle a pour elle la logique, la raison et les bonnes manières. Usant sa confiance en elle jusqu'à ce que Steffie cède, puis la cajolant pour lui démontrer comme elle a raison d'obéir à sa mère. Ça marche à tous les coups. Comment pourrais-je ignorer à quel point la technique est efficace ?

Je m'accroche à Tom, glisse ma main par-dessus sa hanche

pour le couvrir de ma paume, puis j'agrippe fermement son pénis. Je veux qu'il grossisse dans ma main, qu'il devienne une épée qui aura raison de mes doutes. Mais il se contente de marmonner, l'emprise du sommeil est plus intime et plus étroite que la mienne. Il n'a pas besoin de moi, pas comme j'ai besoin de lui. Il peut se disputer avec moi, se réconcilier, puis se tourner de l'autre côté et s'endormir en oubliant nos différends temporaires. Il n'a pas peur, lui, quand nous sommes en désaccord. Mes bouts de seins sont durs, je les appuie contre son dos et le contact est une torture délicieuse. Je me frotte contre son immobilité, je me rends folle. Retourne-toi, touche-moi. Je le supplie silencieusement. Rends-moi désirable, donne-moi de l'importance, fais-moi exister.

« Lyn… » se plaint-il en se libérant de mon étreinte, de la cuisse que j'ai passée par-dessus sa hanche. Il n'aurait qu'à se retourner, bander, je ferais tout le reste. « Chérie, gronde-t-il gentiment, il faut que je me lève très tôt demain matin. » Il prend une profonde inspiration, expire. Je m'allonge dans le creux tiède qu'il vient de quitter. Son odeur s'attarde sur l'oreiller et je la respire, savourant l'endroit où il était comme un chien reniflant une chienne en chaleur. « Dois montrer le cerf à Teddy, marmonne-t-il dans son oreiller. Quand j'arrosais vers la mare, j'ai vu des traces ce matin. Je me demande comment il a pu franchir la clôture électrique, mais il y a plein de traces. Il faut dormir, bébé. »

Il s'éloigne dans le sommeil aussi sûrement qu'il partira travailler demain matin, me laissant seule et douloureuse. Sans importance. Quelle est la valeur d'une femme non désirée, d'une femme qui n'accomplit aucune tâche, ne remplit aucune fonction ? Les draps se refroidissent autour de moi, deviennent des plaines de blancheur glaciale, Tom n'est plus qu'une lointaine chaîne de montagnes que je n'escaladerai jamais. Je suis seule.

Non, je ne suis pas seule.

Soudain son visage m'emplit l'esprit, et l'odeur de musc que je sens tout à coup n'est plus celle de Tom. Le désir qui m'envahit est aussi soudain et inattendu qu'un coup de marteau, une passion impérieuse qui fait de mon désir de Tom une simple démangeaison, une envie passagère. Je le reconnais soudain, mieux que je n'ai jamais connu aucun homme. Sa langue, je le sais, serait râpeuse comme celle d'un chat, impatiente de découvrir mes secrets, et son sexe m'emplirait et se gonflerait contre moi. Pour lui, je serais tout, compagne, amie, amante. En étant simplement moi-même. J'imagine la fourrure lisse de ses flancs sous mes paumes, comment mes doigts chercheraient les protubérances à la base de ses cornes en dirigeant sa bouche sur mon corps.

Je m'agite dans les draps, mes bouts de seins froissés par la percale de mère Maurie, et je m'abandonne à mon fantasme. Mais mon imagination ne suffit pas à me rassasier et je suis trop fière pour me toucher moi-même. Le sommeil sera le seul à me prendre ce soir, et la caresse de mes rêves est trop légère pour m'apporter le plaisir libérateur.

6
six

Fairbanks, printemps 1964

Il est toujours là pour moi, dans la forêt. Pour moi, il n'est ni dieu, ni animal. Mais dans un sens, une sorte d'esprit. Il est l'essence de la forêt, de la mousse, des champignons, des animaux, des arbres et des plantes. Quand il est avec moi, la forêt tout entière est aussi avec moi. Et la forêt est le seul endroit où je me sente entière. Mon monde est séparé en trois : l'école, la maison et la forêt. Seule, la forêt est paisible, salutaire. Seule la forêt est mienne.

Avec chaque année qui passe, ça va de mal en pis à l'école. C'est une tension constante. Pas pour les notes. J'estime avoir droit aux 20, et je les obtiens, immanquablement, malgré les professeurs qui ne m'aiment pas et les autres élèves qui me harcèlent. Je les obtiens de force de Mrs Haritsen, je la noie de devoirs supplémentaires que je n'ai pas vraiment besoin de faire, je ne cesse de lever frénétiquement la main pour donner la bonne réponse, je rends des rédactions de cinq pages quand elle n'en demande que trois, j'utilise toujours des phrases complètes, une ponctuation irréprochable et une grande écriture nette pour tous mes devoirs.

Elle me déteste, naturellement. Mais elle n'a pas le droit de le montrer. C'est une institutrice laïque, volontaire dans cette école catholique. Ce n'est pas une religieuse et à mes yeux, ce n'est pas un vrai professeur. Elle vient des Etats-Unis, elle est jeune et l'Alaska lui fait peur. Je le vois bien. Et c'est pourquoi elle me déteste.

Elle peut m'imposer certaines contraintes. Par exemple elle nous fait faire une dictée et passe dans les rangs en dictant un mot, une phrase contenant le mot, puis répète de nouveau le mot. « Pneumonie, dit-elle. Le médecin dit que l'enfant malade a une pneumonie. Pneumonie. Oh, Mon Dieu ! » Toute la classe sursaute, chacun lève les yeux de sa copie. Elle se tient près de mon pupitre. « Evelyn. Regardez-moi vos mains ! Je ne corrigerai pas un devoir rendu par une élève aussi sale. Allez les laver immédiatement ! »

Et je me lève pour aller laver mes mains propres mais crevassées. J'utilise le grossier détergent et l'eau à peine tiède, et les essuie à l'aide de torchon en papier rugueux. Elle continue la dictée sans moi, comme si je n'avais aucune importance et effectivement, je n'en ai aucune pour elle. Je retiens mentalement les mots qu'elle dicte, « psychiatre », « physicien », « symphonie » tout en frottant le dos de mes mains dont la peau est presque noircie par les gerçures constantes du vent et de l'eau glacée. Je frotte jusqu'à en avoir mal et je retourne sans bruit à ma table. Je copie rapidement les mots, ignorant le regard noir qu'elle me lance de ses yeux d'oiseau en espérant de toutes ses forces que je vais lever la main pour lui demander de répéter. Il ne faut surtout pas que je lui donne cette chance de m'écraser. Je sais que demain elle trouvera autre chose.

Un jour, en rentrant en classe après le cours de gym, je m'étais changée trop rapidement et tous les garçons ont éclaté de rire quand j'ai passé la porte. Piquée au vif, j'ai vu d'un coup d'œil que j'avais mal boutonné mon chemisier et que dessous, le tricot de corps à picots de dentelle laissait voir en transparence mes côtes saillantes, ma poitrine plate et mes bouts de seins semblables à des framboises vertes. Tout autre professeur aurait vu mon visage écarlate et rappelé la classe à l'ordre en détournant leur attention. C'est ce qu'auraient fait toutes les sœurs. Mais Mrs Haritsen n'a ni la douceur ni la gentillesse que les religieuses cachent sous leur rigidité extérieure et leur habit noir. Toute la douceur de Mrs Haritsen n'est qu'apparence, dans ses cheveux blonds ondulés et ses robes aux teintes pastel. Intérieurement, elle est aussi dure que le silex. Elle m'oblige à écrire au tableau : « Une jeune fille catholique doit faire preuve de décence et de modestie. Une jeune fille catholique doit faire preuve de décence et de modestie. » Jusqu'à ce que le tableau soit complètement recouvert, jusqu'à ce que j'aie mal au bras, que j'aie la tête qui tourne, à force de tenir la main en l'air. Mais je l'ai fait. Et elle est obligée de me donner les 20 sur 20 que je mérite.

Je sais ce que je dois être pour elle. Un petit animal sauvage et indiscipliné. Elle perçoit en moi un refus de la civilisation qu'elle m'offre. Comme un chaton sauvage et crotté rescapé d'un orage, qui crache et plante ses crocs inoffensifs dans la main tentant de lisser sa fourrure ébouriffée, qui dédaigne la soucoupe de lait tiède qu'on lui offre, et qui choisit au contraire de se blottir sous le canapé en espérant que quelqu'un, ne serait-ce qu'un instant, laissera la porte entrouverte, afin de pouvoir bondir pour retrouver l'obscurité et l'orage extérieurs. Je ne suis ni mignonne ni aimable.

Alors elle m'impose sa volonté. Il ne s'agit pas de notes, ni rien d'autre que je comprends. Je ne sais pas ce qu'elle attend de moi. Je sais seulement que si je le lui donne, je ne serai plus moi-même. Mon moi est la seule chose que je possède et je m'y accroche instinctivement, sans même savoir à quel point je tiens à mon identité.

Je ne suis pas comme les autres filles, qui lui posent des questions sur ses vêtements, ses coiffures, son vernis à ongles, qui font cercle autour de son bureau à la récréation pour écouter en gloussant Mrs Haritsen leur raconter quelque compliment que lui a tourné son mari, ou « les sottises et les bêtises » qu'elle a faites à l'université. Je n'aime pas quand elle dit qu'elle regrette l'Idaho, qu'elle évoque tout ce que nous manquons en grandissant dans « ce pays sauvage ». Elle plaint les autres fillettes et sa pitié leur donne un vague sentiment d'insécurité, elles se demandent quelles merveilles elles peuvent rater pour éveiller de sa part une telle condescendance. Je ne veux pas de sa pitié. Si elle n'aime pas l'Alaska, elle n'a qu'à partir. Croit-elle vraiment que la forêt va se métamorphoser en ville simplement parce qu'elle le désire, que les routes vont s'élargir et se paver, que les hivers seront moins froids et moins dangereux parce que la petite Mrs Haritsen pense qu'ils le devraient ? Elle est idiote. Je l'oblige à me mettre des 20 sur 20 et j'espère qu'elle va bientôt repartir aux Etats-Unis. Je prie pour que ce soit une religieuse qui me fasse la classe l'année prochaine.

La situation est presque aussi catastrophique à la maison. Mes sœurs se disputent le même garçon. Jeffrey a rencontré Sissy à un bal, mais quand il est venu la voir à la maison, il a fait la connaissance de Candy et maintenant c'est elle qu'il invite au cinéma à la place de Sissy. Ma mère ne sait plus à quel saint se vouer. Elle dit à mes sœurs qu'elles doivent résoudre la question toutes seules. Elle leur demande, pour la forme, s'il est possible que l'une d'entre elles ait envie de sortir avec un tel mufle. Bien sûr que oui. Il a une voiture. Ma mère se tait et repasse une montagne de linge en refusant d'entendre la moindre récrimination. Donc Sissy pleure et traite Candy de « salope » quand je suis seule à l'entendre. Et Candy passe un temps infini à se pomponner devant le miroir de la salle de bains, indifférente aux vessies qui débordent, quand elle ne boude pas parce que Sissy refuse de lui prêter son ombre à paupières bleue.

Tout ça me rend la vie impossible. D'abord, Kimmy me dénonce quand, à la torture, je finis par aller faire pipi dehors de l'autre côté du chemin. Peu importe si c'est la faute de Candy qui monopolisait la salle de bains. Je suis « une sauvage » et ma mère m'en fait le reproche, non pas discrètement mais dans la cuisine devant mes petits frères qui en rient comme des fous. « Et qu'est ce que tu as utilisé comme papier de toilette ? demandent-ils en interrompant le sermon. Des feuilles ? De la mousse ? De l'écorce de bouleau ? » Ils rient aux éclats, incontrôlables, même quand ma mère retourne ses remontrances contre eux. Pas moyen de les arrêter, et j'en profite pour m'échapper tandis que j'entends ses « ce n'est pas drôle » en descendant l'escalier à pas de loup.

Mais la chambre que je partage avec Sissy et Candy est un lieu malsain, lourd de tension et de rancune. Candy est en train d'enlever ses bigoudis et, allongée sur son lit, Sissy lit sans la regarder. Elle l'ignore avec une telle intensité que le silence est à couper au couteau et que je suis tentée de la supplier de regarder Candy, de cesser de l'ignorer. Un seul regard suffirait à déclencher l'orage et alors elles pourraient hurler, gémir et lancer les brosses à cheveux à travers la pièce. La tension serait brisée et je pourrais me détendre, je pourrais lire de mon côté pendant qu'elles se disputeraient, aussi imperturbablement que je peux attendre la fin d'un orage assise sous un épicéa.

Mais Sissy refuse de regarder et Candy est si vexée qu'elle se détourne du miroir et que c'est moi qu'elle attaque. « Est-ce que maman t'a dit de rester dans le sous-sol quand Jeffrey viendra me chercher ? demande-t-elle.

–Non, dis-je en essayant de prendre un ton méprisant, mais sans y réussir. » Je suis trop surprise et je ne parviens pas à le cacher.

« Eh bien, elle avait dit qu'elle te le dirait, alors tu as intérêt à ne pas l'oublier. » Candy se retourne vers son miroir.

C'est peut-être l'ouverture attendue par Sissy. Elle referme violemment son livre et se redresse, raide comme la justice, le visage bouleversé d'indignation. « Ce n'est pas vrai. Elle a dit que tu pouvais le demander gentiment à Evvie, et on ne peut pas dire que ce soit le cas. Je le dirai !

–Je t'en prie, dis-le. Qui s'en soucie ? Pas toi, en tout cas. Tu te fiches éperdument de ce que les gens pensent de notre famille. Regarde Evvie, tiens ! Regarde-la, toujours par monts et par vaux. Susan Adams m'a dit que Kerry Pierce lui avait demandé si Evvie était une fille ou un garçon. Il n'arrivait pas à le voir. Qui le pourrait ? Personne ! Regarde-moi l'allure qu'elle a ! La dernière fois que Jeffrey est venu, elle portait la même chemise, avec les mêmes taches, je pourrais le jurer. Il va croire que ce sont les seuls vêtements qu'elle a !

–Mais ce n'est qu'une gamine ! » Sissy bondit à ma rescousse. « Laisse la tranquille. Ce n'est pas de sa faute, si elle est comme ça !

–Peut-être, mais elle pourrait au moins être propre. Regarde la ! De la boue sur les genoux, Dieu sait quoi sur le menton, les cheveux pleins de brindilles, sans doute parce qu'elle est allée pisser dans les buissons. Comme un petit animal.

–La faute à qui, si elle ne pouvait pas utiliser la salle de bains ? demande Sissy. »

Je ne dis pas mot. Je me regarde dans le miroir, par-dessus l'épaule de Candy. C'est un grand miroir en pied, et je peux me voir en entier. Je fixe mon reflet. Je ne me rappelle pas la dernière fois où je me suis regardée dans une glace. Soudain, je comprends tout. Pourquoi Mrs Haritsen me déteste, pourquoi personne ne veut déjeuner avec moi. Je vois tout à coup le jean sale en lambeaux et la chemise trouée aux coudes. Je pense à ce que je portais à l'école vendredi, la jupe plissée verte dont la moitié de l'ourlet pend, le chemisier jaune à petites fleurs qui a une tache de café sur le devant. Je me demande pourquoi je n'y jamais pensé avant, pourquoi j'ai toujours été si observatrice pour les autres et si peu pour moi-même. Je me demande pourquoi ma mère me laisse sortir dans cet état, puis je comprends. Elle n'a pas le temps de s'en préoccuper. On ne graisse que les rouages qui grincent. Si je ne demande pas à aller chez le coiffeur, si je ne réclame pas de vêtements neufs, d'argent pour m'acheter de la crème pour les mains, du vernis à ongles et des chaussettes neuves, des lacets neufs, des jeans qui ne soient pas hérités de quelqu'un d'autre, je n'aurai jamais rien. Nous tirons déjà le diable par la queue. Heureusement qu'il y a une des filles qui ne réclame pas, ne gémit pas, ne fait pas de caprices. Je pense au nouveau vernis à ongles de Sisy, au pull de mohair blanc de Candy, à la nouvelle poupée Barbie de Kimmy et je sais que cela aurait dû être mon tour, ma nouvelle robe, mon nouveau jean. Mais ce que je ne réclame pas, c'est comme si je n'en avais pas besoin, et si je suis satisfaite de mon sort, personne ne m'en voudra.

Mon attention revient à la chambre : mes soeurs sont encore en train de se disputer, ostensiblement à mon sujet, mais en réalité à cause de Jeffrey. « Tu te moques bien des sentiments des autres, de ceux d'Evvie, des miens, de tout le monde, du moment que tu obtiens ce que tu veux, dit Sissy, et les larmes ruissellent sur ses joues.

–Ce n'est pas vrai ! Tu sais que ce n'est pas vrai. Ce n'est pas de ma faute si c'est moi que Jeffrey a préférée, et ce n'est certainement pas de ma faute si Evvie ressemble à un tas de linge sale ! »

J'attrape sur son lit le livre de Sissy et l'envoie voler à travers la pièce. Ce n'est qu'un livre de poche, ça ne devrait pas être grave, mais quand Candy le reçoit en pleine figure, elle se met à hurler et avant même que le livre soit retombé par terre, je vois le sang qui jaillit de son nez. Elle hurle une nouvelle fois, l'air fait des bulles dans le sang qui coule et tombe sur le pull de mohair blanc, mais je suis déjà partie, je me faufile en croisant ma mère qui descend, je m'enfuis avant qu'elle ne sache que c'est moi la coupable. Je saisis au passage dans la cuisine un couteau et un petit seau, me disant qu'ils m'aideront à retrouver ses bonnes grâces à mon retour. Ricky m'emboîte le pas quand je sors en courant et se colle à mes côtés comme un side-car. Nous filons dans l'avenue, traversons Davis Road. Et entrons dans ma forêt.

Le sentier est dur sous mes pas, la terre battue par mes propres passages, je cours, je vole, franchissant d'un bond les troncs abattus, évitant les endroits marécageux. Je pourrais le suivre dans le noir tant je le connais par coeur, et c'est d'ailleurs ce que je fais souvent. Il est assez nettement tracé au début, car il suit une ancienne futaie, mais ensuite il arrive à la fondrière, encore pleine d'eau à cette période de l'année, et je la contourne parallèlement, courbée en deux pour suivre un ancien passage de lapins, ignorant les branches qui accrochent au passage mes cheveux et mes vêtements, je retourne à la terre comme un animal, je m'enfuis au fin fond de la forêt. Je cours jusqu'au moment où je suis sûre de ne pas pouvoir les entendre s'ils m'appellent, même s'ils envoient un des garçons jusqu'à la boîte à lettres sur Davis Road pour hurler mon nom. Je m'arrête et je m'effondre, haletante, sur la mousse épaisse. Ricky me renifle, pour s'assurer que tout va bien, appuie sa truffe noire et fraîche contre ma joue et dans mon oreille, puis s'en va vaquer à ses occupations, quelles qu'elles soient. Je reste seule avec l'image du sang de Candy qui dégouline sur sa lèvre jusque sur son pull-over. Un sang rouge foncé, qui jure avec ses cheveux presque roux. Je ne me souviens pas qu'elle ait déjà saigné du nez, en tout cas pas après avoir reçu un coup. Je suis sûre qu'elle va pleurnicher pendant au moins une heure et Jeffrey doit venir la chercher dans une demi-heure. Je parie que le sang ne partira pas sur le mohair, même si elles le font tremper dans l'eau froide et mettent du détachant. Eh bien, me dis-je avec rage, au moins comme ça je ne serai pas là pour lui faire honte quand Jeffrey viendra la chercher.

Mon petit seau est à côté de moi sur la mousse, le couteau de cuisine à lame courte dedans. Je remonte les genoux pour y appuyer le menton. Mais je m'interromps pour les regarder. Ils sont boueux, dans l'après-midi je me suis roulée par terre en jouant avec Rinky. Et troués, en plus, si bien que mon genou apparaît, sale, à travers la déchirure.

Et alors ?

Je ne peux pas oublier la gamine sale et négligée que j'ai aperçue tout à l'heure dans le miroir. Ce n'est pas comme ça que je m'imaginais. Je me vois comme quelqu'un qui me ressemble. Jusque là, je m'imaginais plutôt en termes de compétences qu'en termes d'apparence. Je me vois courir. Marcher. Grimper aux arbres, sauter les ruisseaux, chercher les champignons, repérer le gibier. Je n'avais pas d'image précise de moi-même. Je n'ai regardé que de mon point de vue, sans jamais me demander à quoi je ressemblais vraiment, aux yeux des autres. Ce n'est pas brillant.

Et cependant, une partie de moi refuse avec entêtement de céder, de rentrer à la maison pour me laver, me brosser les cheveux, mettre des vêtements propres et réclamer à ma mère des vêtements et des chaussures neuves. Une partie de moi dit, bien fait pour eux. Peut-être que je n'ai découvert ça qu'aujourd'hui, mais je soupçonne qu'eux l'ont toujours su. Depuis le début. Ils n'ont pas fait ce qu'il fallait, et même si moi je l'ignorais jusqu'à maintenant, eux le savaient. Alors, ils n'ont qu'à vivre avec. Si mon apparence les dérange, tant pis pour eux. Je suis comme je suis. Et puisqu'ils n'ont jamais fait l'effort de venir gentiment vers moi, de m'aider à changer, qu'ils aillent se faire voir. Je ne changerai pas. Jamais. Pour toujours jusqu'à la fin des temps. Ils n'ont qu'à avoir honte. Je ne demanderai pas de vêtements neufs, de chaussures neuves. Et s'ils m'en offrent, je n'en voudrai pas. Jamais.

Je ferme les yeux, imaginant l'horreur, si ma mère et mes sœurs étaient allées m'acheter des vêtements neufs, des chaussures brillantes, un manteau sans marques de dents sur la manche, des jeans sans trous aux genoux ? Et si elles m'entouraient, me brossaient les cheveux, me les coupaient, me les frisaient ? Et alors j'irais à l'école. Et toutes les autres remarqueraient l'énorme changement, elles feraient cercle autour de moi et me poseraient des questions : « Où as-tu trouvé cette robe neuve ? » « Ce sont de nouvelles chaussures ? » « Je trouve que cette coiffure te va beaucoup mieux. » « Tu es vraiment bien. » Et je serais obligée de sourire et de les laisser m'examiner sous toutes les coutures. Ce serait une façon d'admettre que j'avais tort, qu'avant j'étais négligée et minable. De reconnaître qu'elles avaient raison de me plaindre pendant tout ce temps, de me trouver répugnante, de me rejeter. Ce serait capituler. C'est trop tard. Je suis allée trop loin, je ne peux même plus me rendre. En tout cas si je veux continuer à être ce que je suis.

J'ai les yeux qui me piquent comme si j'avais envie de pleurer, mais c'est absurde. Je suis en colère, je ne suis pas triste. En colère. Je prends le couteau dans le seau et le lance profondément dans la mousse. En colère. Je frappe la mousse, encore et encore.

Ricky revient vers moi, renifle mes cheveux, renifle ce que je fais, manquant ce faisant de se faire taillader la truffe, trouve mon activité incompréhensible et par conséquent sans intérêt, et s'éloigne à nouveau. Revient une seconde plus tard, me lèche l'oreille d'un coup de langue consolateur et repart.

La musique commence, hésitante et sans conviction. Je lève le menton d'un centimètre et me fige, l'oreille aux aguets.

Cette mélodie ne comporte que cinq ou six notes et me semble familière, mais je n'arrive pas à mettre un nom ou des paroles dessus, ni à me rappeler où je l'ai déjà entendue. Je tourne lentement la tête pour écouter. Les sons se transmettent bizarrement au bord de l'eau et il me faut une minute avant d'être sûre d'en avoir repéré la direction. C'est de l'autre côté de la fondrière. Zut.

Je me lève, attrape mon seau. Il y a un passage pour traverser la fosse, où je ne me mouillerai que jusqu'aux genoux, et je prends cette direction. Au passage, je regarde s'il n'y a pas de champignons. Ma mère adore les champignons et m'en a enseigné vingt-sept variétés comestibles, ainsi que celles que ne dois pas toucher et celles qui sont simplement inutilisables ou n'ont pas de goût. Je trouve plusieurs lactaires délicieux, dont le chapeau est tavelé de vert, mais dont la discrète bague orange autour du pied facilite l'identification. Je passe le couteau sur les lamelles et observe le liquide qui suinte. Famille des *Lactarius*. Comme les poivrières. Je roule avec délectation les noms latins sur ma langue en ramassant les champignons avant de repartir.

Le fond de mon seau est couvert de champignons quand j'arrive au gué. Debout sur la berge, je repère mes marques avant de m'engager en sautant de motte en motte, longe un tronc d'arbre pendant un moment, puis recommence à avancer de touffe d'herbe en touffe d'herbe. Rinky arrive, saute et éclabousse pour me rattraper et manque me faire tomber en me doublant à toute vitesse. Je ne fais que deux faux-pas, du même pied à chaque fois, si bien qu'en atteignant l'autre rive je n'ai qu'une jambe mouillée jusqu'au genou et les deux pieds mouillés jusqu'aux chevilles. Pas mal.

La musique n'a pas cessé, mais devient plus fluide, comme si le musicien commençait à avoir plus de pratique. Je sais qui c'est, sans avoir besoin de percevoir son odeur insaisissable dans l'air. Je suis mes oreilles et mon nez à présent, suis le son et l'odeur qui ruissellent entre les arbres et les broussailles, et je m'arrête encore de temps à autre pour ajouter un ou deux autres champignons à ma récolte. Voici un pied de mouton, au chapeau irrégulier hérissé de petites pointes lui tenant lieu de lamelles, et un petit bolet orangé dont le chapeau recouvre encore fermement le pied blanc, dissimulant les rangées régulières de tubes qui remplacent les lamelles.

Et voici un faune : pattes de chèvre arquées, il est perché sur un tronc d'arbre mort, les joues rouges d'avoir soufflé, et me regarde approcher avec un regard joyeux. Il ne cesse pas de jouer mais continue pour moi au contraire, délibérément, pour me montrer comme il sait manier sa flûte de Pan. Car c'est une authentique flûte de Pan, dont les petits tubes de roseau sont ficelés avec un lien végétal. Elle a l'air neuve, le bois n'a aucune éraflure. Elle est intacte, fabriquée de frais pour le printemps. Je m'assois près de lui sur le tronc d'arbre, et je regarde comment elle est faite, comment sa bouche bondit de tube en tube. Il transpire, les boucles qui lui retombent sur le front sont humides et je suis de nouveau frappée par son odeur, plus suave que l'haleine tiède des tout jeunes chiots, épicée comme les herbes aromatiques écrasées, comme la résine des arbres, la purée de framboises et le terreau noir qu'on émiette dans la main. Toutes les douceurs de la terre enfermées dans une odeur. C'est un plaisir de s'asseoir à ses côtés et de humer son parfum, et la musique qu'il joue a une identité comparable. Haletante et douce, elle chuchote comme le vent, comme l'eau sur les cailloux et la pluie qui goutte dans les branches, légère comme un cri d'oiseau et cependant sonore comme l'appel d'un élan. Il continue à jouer et je l'écoute.

Quand il s'arrête, ce n'est pas la fin du chant, mais seulement la fin de sa respiration. Le chant continue autour de nous, plus pâle à présent, les notes ne sont plus que murmure, mais il est encore là, dans le souffle de la forêt, et je comprends ce qu'il faisait. Il ne jouait pas avec la forêt, il anticipait son chant et l'accompagnait. Il lit mon émerveillement sur mon visage et sourit de toutes ses dents, fier de lui sans réserve. Il essuie sa flûte contre l'une de ses cuisses velues et me la tend.

Je la prends avec précaution, craignant un instant que ce ne soit une sorte de défi de sa part, une provocation à jouer aussi bien que lui. Si c'est le cas, je n'essaierai pas. Quelque chose en moi répugne à toute forme de défi, aujourd'hui. Mais à ses yeux, ce n'est pas une compétition, seulement une façon de partager. Il me regarde avec empressement porter la flûte à la bouche et essayer de souffler dans l'un des tubes. Qui résonne doucement, mélancolique comme le ululement d'un hibou, et mon cœur bondit de joie. Chaque partie de la flûte me parle d'une voix que je connais déjà, et j'oublie le faune, j'oublie tout sauf de jouer avec les sons que je peux produire. C'est comme de parler un nouveau langage, non, comme si j'avais été muette toute ma vie et que j'étais soudain douée de parole, de la parole de mes amis les plus chers. Je parle comme l'eau, ou encore comme le vent dans les branches, je parle leur langue, qui n'exprime pas leurs pensées, mais ce qu'ils sont.

Je sens soudain la main du faune posée sur mon genou et je souffle une dernière fois dans la flûte. Je m'arrête à regrets, je l'essuie sur la partie la plus propre de ma manche avant de la lui rendre. Il la prend avec un sourire qui signifie : « Attends, attends, tu vas voir. » Il la tient entre ses mains et ses ongles ronds sont de la même couleur que ses sabots, deux tons plus clairs que les minuscules pointes de ses cornes qui apparaissent dans les boucles de ses cheveux. Ses cornes commencent à pousser cette année et je me penche vers lui pour en toucher une, sachant qu'il ne va pas tressaillir ni repousser ma curiosité. La corne est dure, lisse comme du bois poli, et cependant noueuse comme une vrille, et je sens la pointe acérée contre ma paume. Il incline la tête pour éviter ma main et me glisse un coup d'œil oblique entre ses cils et ses pommettes, puis rejette la tête en arrière, offrant sa gorge brune et gonflée, et porte la flûte à ses lèvres. Il ferme les yeux.

Il joue Pan.

Il joue un rayon de soleil sur un flanc tavelé dans un bosquet de bouleaux, il joue des yeux marrons que le rire fait scintiller de vert, il joue le galop imprudent des sabots fourchus sur la pierre glissante de glace, le souffle repris après la course dans les bois, les doigts serrés sur mon bras quand il me réclame le silence, le contact de son épaule contre la mienne quand nos têtes se penchent ensemble sur la première anémone des bois, il joue le vent dans les boucles brunes et l'eau qui ruisselle sur ses omoplates. Ma gorge se serre de toute la beauté qu'il irradie.

Quand j'ouvre les yeux, il a baissé sa flûte et je ne sais pas depuis combien de temps j'écoute le silence qui fait aussi partie de son chant. Il croise mon regard brillant et la couleur de ses joues n'est pas due qu'à l'effort de son jeu. Il se gratte la tête, griffant tendrement la base de ses cornes naissantes. De sa main libre, il m'offre de nouveau la flûte.

Mais cette fois je ne tends pas la main pour la prendre. Je sais ce qu'il veut entendre, et je ne souhaite pas le jouer. Je ne jouerai pas la musique des jeans troués et des genoux sales, du nez qui coule et des mains gercées. Je ne jouerai pas ma honte et je fais semblant de ne pas voir son geste. Alors, il me pique du bout de flûte, et comme je ne réagis toujours pas, il recommence, plus fort, en me l'enfonçant dans les côtes.

Je lui lance un regard furieux. Il me fait une grimace, avalant ses joues et roulant des yeux. Je m'empare de la flûte avant qu'il ne me pique une nouvelle fois. Instantanément, il s'immobilise sur son tronc d'arbre, attentif et poli. J'ai envie de l'insulter. Il m'observe en silence, attendant que je joue, et je ne comprends pas pourquoi il est si méchant avec moi, si exigeant. Il sait ce que je suis, et il le voit. Pourquoi chercher à le mettre en musique ? Mais il me regarde toujours, il attend, le visage lisse et je le regarde longtemps dans les yeux, tentant de découvrir où il dissimule la méchanceté qui le pousse à exiger ce que je ne veux pas.

Mais je ne parviens pas à lire en lui et enfin, de colère, je porte la flûte à mes lèvres. Je ferme les yeux et hurle des notes rauques de genoux sales et de cheveux emmêlés. D'un grincement risible, la flûte évoque le visage sale, les mains plus rugueuses que les pattes de chien, les vêtements déchirés battant au vent qui croasse, les bras maigres et le torse plat.

La flûte claque contre mes dents, m'ébranle jusqu'à l'épine dorsale, me coupe la lèvre supérieure et la gencive avant de voler par-dessus ma tête. J'ouvre les yeux, effrayée. Il a encore la main levée, la paume dirigée contre moi, comme s'il allait me frapper à nouveau et me gifler au visage. Il me jette un regard scandalisé, blessé. Nous nous dévisageons, éloignés l'un de l'autre et quelque chose saigne en moi, une blessure qui n'est pas vraiment corporelle et qu'il partage, ressent avec la même acuité que moi. La douleur dure longtemps et je ne sais pas comment faire pour l'arrêter.

Je me baisse lentement pour ramasser la flûte. Elle est intacte, à l'exception d'une goutte de sang à l'extrémité d'un des roseaux. Je l'essuie sur ma chemise et la lui tends avec précaution. Il la prend comme si elle était enduite de crotte de chien, entre deux doigts dédaigneux. Il me lance un regard que je ne sais pas interpréter, saute du tronc d'arbre, frotte soigneusement la flûte sur la mousse, arrache une poignée de feuilles de saule avec lesquelles il l'astique vigoureusement, la tachant de vert mais la débarrassant de je ne sais quelle saleté imaginaire. Il émet un soupir ostensible en se rasseyant sur le tronc d'arbre. Au moment où il porte la flûte à sa bouche, je me lève. J'ai assez entendu de musique pour aujourd'hui. J'ai surtout peur qu'il ne se remette à chanter sa beauté, en contrepoint cruel de ma dernière performance.

Des doigts châtains agrippent mon poignet comme un étau. Il est depuis toujours plus fort que moi mais il n'a jamais jusqu'à aujourd'hui fait usage de cette force, sauf pour jouer. Je refuse de lutter, sachant que je ne peux pas me libérer de son étreinte. Je me contente de le fusiller du regard et de prendre un visage froid aussi impassible qu'une congère. Je regarde derrière son épaule, dans les ombres mouvantes de la forêt, car le vent s'est levé et entraîne dans la danse les branches et les herbes. Du coin de l'œil, je vois sa main gauche porter la flûte à sa bouche.

Il joue et je suis forcée d'écouter, mais personne ne peut m'obliger à montrer que j'écoute. Je continue à fixer le vide derrière lui pendant qu'il chante une minuscule grenouille verte accrochée sous une feuille, une grappe d'airelles sous une ombrelle de feuilles vermeilles, les menus grelots des aulnes bruissant sur les feuilles nouvelles, et la sève des épicéas qui scintille dans la lumière du soleil. Je regarde danser les ombres. Il s'interrompt, mais ce n'est pas pour reprendre son souffle. Il me secoue violemment par le poignet et j'essaie de résister. Je le regarde d'un oeil dur et glacé. Quelque chose dans ses yeux de forêt m'empêche de détourner les miens, même quand il reprend sa flûte pour la porter à sa bouche. Il recommence à jouer le même air.

Mais cette fois, je ne peux renier la cheville fine qui passe dans l'eau près de la grenouille, les doigts bruns robustes qui cueillent les airelles, le rire qui fait écho au bruissement des aulnes, les cheveux que le vent ébouriffe en passant près de l'épicéa et qui ont le même éclat scintillant que la sève. Il continue à jouer, observant mon visage, et j'entends une haleine tiède tachée de fraises des bois, une silhouette endormie, blottie dans les hautes herbes, et des yeux verts aux cils chargés de flocons de neige. Ce que j'entends, c'est moi et ce n'est pas moi, comme le reflet dans une mare mêlant mon image à la lumière diaprée sur le fond boueux tapissé de feuilles.

Il joue deux fois la même mélodie avant de consentir à me lâcher et il me fixe du regard comme s'il m'ordonnait de l'imprimer dans ma mémoire. Evelyn Sylvia. Evelyn des forêts, c'est elle l'Evelyn qu'il connaît, cette musique c'est mon nom, tel que le chante la flûte, tel que la forêt elle-même le chuchote.

Ses doigts se desserrent sur mon poignet tandis qu'il continue à jouer. Je libère ma main, ramasse mon seau pour partir.

Rinky accourt à mon claquement de langue et barbote à mes côtés pour retraverser le trou d'eau. Sa queue noire se recourbe en panache sur son dos luisant et j'ai envie de rebrousser chemin pour demander à Pan de me jouer la musique de Rinky. Une autre fois. Une autre fois. Sa musique me suit encore, sur les ailes du vent, mais à mesure que je m'éloigne, elle se mêle au chant de la forêt si bien que je ne sais plus si c'est la forêt que j'entends ou l'interprétation qu'en donne Pan.

Sa musique m'a fait perdre la tête. Je vois le visage de ma mère au moment où je referme la porte dont le bruit résonne comme le claquement d'un piège sur mes chevilles. Ce n'est pas une heure pour courir la forêt et mon offrande de champignons n'est pas suffisante. On m'ordonne de m'asseoir et d'éplucher des pommes de terre tandis que j'ai droit à un récital de mes péchés. Elle reconnaît que Candy a dit des choses cruelles, mais cela n'excuse pas ma violence physique. Sissy et Candy montent du sous-sol pour écouter de concert et rajouter les détails que ma mère pourrait oublier. Le nez de Candy a cessé de saigner mais le pull de mohair, comme je le suspectais, est probablement perdu, bien qu'il trempe encore dans l'eau froide. Je me mords la langue pour ne pas dire tout haut que maintenant elle va probablement me le donner, on refile les vêtements abîmés à Evelyn, elle est trop bête pour faire la différence.

Candy a également les deux yeux au beurre noir, ce qui explique la soudaine cordialité de Sissy à son égard. Jeffrey est venu chercher Candy pour sortir mais en voyant le nez gonflé et les yeux bouffis, il a tourné les talons, pas très galamment. A présent, elles sont toutes deux d'accord pour le traiter de salaud, mais ne me sont pas reconnaissantes de leur avoir révélé cette évidence. Candy exige que je rembourse son pull-over, ce qui ne manque pas d'ironie, étant donné que je n'ai jamais d'argent sauf pour Noël et mon anniversaire. On me juge et je suis condamnée à faire le ménage à fond de la chambre que nous partageons. Je les laisse tempêter sans dire un mot et je sens à quel point mon silence attise la colère de mes soeurs. Mais il ne semble que rendre ma mère plus pensive. Elle ramasse le tas de pommes de terre que je viens d'éplucher, les jette dans un ragoût qui mijote et les tourne en fixant le mur blanc au-dessus de la cuisinière à gaz. Son regard gris vert est lointain, comme si elle écoutait une musique plutôt que les jérémiades bêlantes de mes sœurs.

Le lendemain matin, je m'aperçois que l'ourlet de ma jupe plissée a été recousu. Le pull de mohair sera teint en marron avant que je ne le retrouve plié dans mon tiroir. Je ne dis mot, et personne d'autre non plus.

sept

La ferme, juin 1976

« Est-ce qu'on va rester ici pour que je puisse avoir mon poney ? » Il y a une trace de jus d'orange autour de la bouche de Teddy, comme un point d'interrogation matérialisé à sa question. Il prononce ces mots comme si de rien n'était, mais il a le regard vaguement accusateur, comme s'il s'attendait à ce que je lui ruine tous ses espoirs. Comme si quelqu'un l'avait mis en garde contre ma cruauté.

Je refuse de laisser leur avertissement se réaliser. « Je pense que oui, chaton. Il faut que papa et moi en parlions encore un peu. Est-ce que tu as envie de rester ici tout l'hiver ? »

Je me penche au-dessus de la table et lui ébouriffe les cheveux, mais ils sont trop courts maintenant. Il fait le geste de les remettre en place et, l'espace d'une seconde, a l'air surpris de les sentir si courts. Mais ils repousseront. Ce n'est pas définitif, rien de tout ceci n'est définitif. Ils peuvent modifier son apparence extérieure mais ils ne pourront pas changer ce que j'ai mis en lui. Mon enfant des longues journées passées ensemble, plein des histoires que je lui ai lues, des questions auxquelles j'ai répondu et des questions que j'ai posées, qui a grandi dans mon ventre puis s'est nourri de mon esprit. Mon enfant. Mon petit garçon à moi, m'étais-je dit. Celui-ci est entièrement à moi, mère Maurie. Peut-être pouvez-vous encore faire répondre Tom au coup de sifflet, mais pas mon Teddy. Celui-ci, je le garde.

Je repousse cette pensée dès qu'elle émerge, troublée par ma propre paranoïa. Je ne comprends pas ce qui m'arrive. Parfois, quand j'y pense, j'ai peur.

Teddy réfléchit gravement à ma question et j'attends solennellement sa réponse. « Oui, maman. Je crois que j'aimerais rester ici. Je pourrais avoir un poney et aller dans l'école où allait mon papa quand il avait le même âge que moi. Et quand Bix sera guéri, il va m'apprendre à conduire le gros tracteur. Et je serai un homme, pas une poule mouillée. »

Il a les yeux qui brillent en finissant sa déclaration. Il est évident que l'idée lui plaît, mais je suis un peu troublée de la lui entendre formuler en des phrases directement sorties de la bouche de Grand-père.

« Alors, je suppose que nous resterons, dans ce cas », dis-je maladroitement. Une cruelle tentation me vient. Ce serait si facile de dire : « Dommage pour ton pauvre petit chiot qui va être tout seul tout l'été. Dommage que ton camion Tonka reste sur l'étagère et se couvre de poussière, dommage qu'Eddie, le petit voisin, n'ait personne avec qui aller se baigner dans la carrière cet été. Mais peut-être qu'un poney, c'est mieux. J'espère que notre petit chien Bruno ne va pas se sauver parce qu'il se sentira trop seul. J'espère que personne ne va cambrioler notre chalet et voler tous tes jouets. J'espère que les souris ne vont pas ronger tous tes animaux en peluche. » Je pourrais leur montrer comment on fait, comment on tourne la tête d'un petit garçon jusqu'à ce qu'il ne sache plus ce qu'il veut, comment on lui fait peur et le torture jusqu'à ce qu'il veuille tout ce que vous voulez.

Mais on ne fait pas ça un enfant qu'on aime, et c'est ainsi que je sais qu'ils n'aiment pas vraiment Teddy. À la façon dont ils l'utilisent pour nous manipuler, Tom et moi. Peut-être que ce soir je le ferai remarquer à Tom, pour lui ouvrir les yeux et lui montrer comment on nous roule dans la farine. Ou peut-être que ce soir je m'avancerai devant une locomotive lancée à toute vitesse et que je l'arrêterai d'un geste de la main. Teddy finit de manger et porte tant bien que mal son assiette dans l'évier. Il lève la main en un geste d'adieu silencieux, ce qui est pour lui la dernière tendance cool, et je réponds de la même façon. Il sourit soudain, se précipite vers la porte et disparaît plus vite qu'un renard roux dans les hautes herbes. Il va faire ce que font les petits garçons toute la journée quand leur maman prend soin de leur laisser la bride sur le cou. Je ne vais pas tout gâcher en lui demandant ce qu'il est si pressé d'aller faire. Que ce soit n'importe quoi, c'est son domaine privé. Un garçon a besoin d'être seul et indépendant.

Mais si jamais il n'est pas seul ? Je commence à faire le compte du temps qu'il passe à la maison avec moi, par comparaison avec le temps qu'il passe avec Grand-mère à la grande maison. Évidemment, ils ont la télévision. Il faut compter plusieurs heures dans cette colonne. Et ils ont un réfrigérateur bien garni, et un freezer que tante Steffie approvisionne en sucettes glacées et eskimos variés. Une attraction majeure. Et personne ne lui impose de discipline. S'il devient insupportable, ils se contentent de me le renvoyer. De plus en plus, je commence à m'en rendre compte, je deviens la punition, la relégation quand on est vilain. Moi, je suis celle qui dit « prends ton bain, range tes jouets, brosse-toi les dents, va au lit. » Celle qui donne les bonbons, c'est la voisine.

Je m'aperçois que j'ai les mâchoires tellement serrées que j'en ai mal aux joues. J'astique le même coin de table depuis cinq minutes. Je me redresse et porte mes mains froides à mon front moite. Essaie de te calmer, me dis-je, raisonnable. Tu vas de plus en plus loin tous les jours. Tu exagères. Ces gens ne sont pas méchants. Ce sont simplement des grands-parents ordinaires qui profitent de leur petit-fils pendant sa première longue visite depuis qu'il est né. Tous les grands-parents aiment gâter leurs petits-enfants, leur donner des bonbons, des privilèges, des jouets et des poneys. Si maman refuse, demande à grand-mère, dit le tee-shirt. Je souris intérieurement, tristement. Je redeviens calme. Réelle.

Qu'est-ce qui te prend, me dis-je doucement. Qu'est-ce qui te donne ces idées folles ? Qu'est-ce qui te rend si jalouse de ton territoire, qui te met si vite en colère ces temps derniers ? Un frisson d'inquiétude me glace. Qu'est-ce qui m'arrive ? Depuis quelques temps, je ne vois que le pire dans les intentions et les gestes des autres, y compris Tom, Tom que j'aime par-dessus tout, au-delà de toute raison ou de toute prudence. Si je peux douter de Tom, en qui pourrai-je avoir confiance ? Qu'est-il arrivé à la sécurité de notre couple ? Nous ne nous disputons, ne nous harcelons jamais, nous rions ensemble des mêmes choses et il me serre bien au chaud contre lui la nuit. Il est grand, il est beau et fort et il m'aime. Je le sais. Mais parfois on dirait que dès qu'il est question de ses parents, nous devenons agressifs. Qu'est devenue ma sérénité, la paix intérieure que je cultivais si soigneusement ? Je me sens raccommodée, comme une tasse de porcelaine cassée qu'on a mal recollée, et je sais que la première fois qu'on me remplira, je vais retomber en pièces en ébouillantant tout ce qui m'entoure.

Je me force à faire la part des choses. Voilà, me dis-je : tu as vu le problème. Donc, il est résolu. Tu n'as qu'à repartir de zéro, aujourd'hui même, tourner une nouvelle page, être meilleure, refuser d'être la proie de tels sentiments. Prends une résolution, tout de suite. Plus de plaintes, plus de querelles. Plus de scènes. Ne te fie qu'à la logique. Montre à Tom un peu plus d'affection, fais en sorte qu'il t'aime à nouveau. Soutiens ton mari dans ce qu'il croit devoir faire. Il voit votre séjour ici comme le paiement d'une dette, comme une façon d'être quitte envers ses parents de tout ce qu'ils ont fait pour lui. Comment peux-tu le lui reprocher ? C'est nécessaire pour lui, pour être en paix avec lui-même.

Je me fais une tasse de thé bien chaud pour me calmer. Sachet de thé dans la tasse. Eau dans la bouilloire. Bouilloire sur la cuisinière. Je range la vaisselle pendant que l'eau chauffe. Verse l'eau fumante dans la tasse. Respire l'arôme réconfortant du thé qui infuse. Enlève le sachet. Ajoute le sucre. M'assois dans le fauteuil près de la fenêtre. Me concentre juste quelques instants sur ces mouvements simples, pour en faire un rituel de sérénité. Respire profondément et me détends.

Je bois ma tasse à petites gorgées et ferme les yeux un instant. Les vieilles images familières me reviennent. Je pense à une pièce noire, complètement obscure. Un mince fil blanc brillant traverse le sol de la pièce. C'est l'idée que je me fais de la santé mentale. Si je peux passer toute ma vie à marcher dans ce hall obscur, en équilibre sur le fil blanc sans jamais le briser, alors je resterai normale. Je serai acceptée. Mais c'est une telle tentation de se détendre, de se laisser aller, de tomber de cette arête acérée de rationalité dans les profondeurs chaudes et obscures de mon propre monde.

Pan vient de mon obscurité. Je le sais. Pan vient forcément de cette obscurité. Quand j'avais décidé que je voulais devenir réelle, il y tant d'années, je l'avais banni dans cette obscurité, dans un recoin caché de mon esprit. Échangé, dans une illusion bizarre de vie réelle, contre Tom et plus tard contre Teddy. J'avais laissé derrière moi la solitude familière, et avec elle abandonné les rêves que j'avais fabriqués pour la gérer. Pan, mon compagnon imaginaire, était un mécanisme de défense, un outil pour lutter contre l'isolement.

Et voilà qu'il est de retour. Qu'est-ce que ça veut dire ?

N'y pense plus. Oublie-le pour l'instant. Occupe-toi de ce qui est à portée de main. Des tâches ménagères à accomplir, une vie à vivre. Je bois une gorgée de thé.

Il est froid.

Le reste de la journée passe de manière aussi insaisissable. Je fais le ménage. Je n'ai rien d'autre à faire. Il n'y a aucun véhicule que je puisse emprunter pour aller en ville, et de toute façon on ne va pas en ville sans raison, alors que mère Maurie tient le compte de la consommation d'essence. Les jardins devant la maison appartiennent à mère Maurie et sont fidèlement entretenus par Ellie. On ne doit pas marcher dans les champs ensemencés de peur d'écraser les jeunes plants. Il y a les bois, bien sûr, au-delà de la basse-cour. Mais il n'y a rien là-bas pour moi, aucune raison d'y aller.

Donc, je fais le ménage. Des tâches domestiques. Balayer le même plancher que j'ai balayé hier, épousseter les mêmes étagères, nettoyer la même baignoire. Je me prépare à déjeuner avec application. Des sandwiches au thon, coupés en triangles, une poignée de chips, un pot de thé. Tom ne rentrera pas déjeuner, il discute affaires à la grande maison. Teddy est avec lui. Je mange mon thon à petites bouchées en me demandant ce qui se passerait si j'allais là-bas, si je frappais à la porte et entrais. Est-ce qu'ils lèveraient tous les yeux de leur assiette, surpris, se demandant qui vient les déranger pendant leur repas, qui ose rompre l'intimité familiale ? Ridicule. Ils m'accueilleraient avec le sourire, me feraient une place à table. Mais il y aurait la question, de mère Maurie, vraisemblablement. « Ah, Evvie, quelle bonne surprise ! Et qu'est-ce qui vous amène ? » Et je ne saurais que répondre, je préfèrerais mourir plutôt que de dire : « Je me sens seule. J'ai envie de voir mon mari, je veux regarder manger mon bébé. » Ces raisons ne valent rien pour des gens aussi terre à terre que les Potter. Je n'ai pas de véritable raison d'y aller, aucune envie d'entendre pendant tout le déjeuner une discussion sur les tuyaux d'arrosage, ou de savoir si le stock de joints est suffisant. Ce serait absurde d'y aller, ce serait idiot.

Après le déjeuner, j'ai la vaisselle à laver, à essuyer puis à ranger soigneusement. C'est bon d'être occupée. Après la vaisselle, je lis un roman. Celui-ci parle de pirates. Leur capitaine est en fait un noble qu'ils ont kidnappé, et qui a gagné leur respect par son adresse à l'épée au point qu'il est devenu leur chef. Tout ce qu'il veut, c'est regagner ce qui lui appartient légitimement et il se met en route pour capturer l'un de ses propres vaisseaux, maintenant commandé par le vil cousin Alfred qui s'était arrangé pour le faire kidnapper afin d'hériter la place de capitaine. À bord, il y a également la fiancée du stupide cousin, la belle et capricieuse Désirée. Elle a des tresses noires de jais et une lèvre inférieure pulpeuse. Elle fait superbement la moue et ne veut pas épouser le stupide Alfred, auquel elle a été fiancée de force par son père, qui ne pense qu'à l'argent. David, bien entendu, capture le navire, fait de Désirée prisonnière et demande une rançon en échange de sa libération, espérant faire beaucoup de peine au stupide cousin. Au début, Désirée déteste David et croit que ce n'est qu'un pirate avide qui ne s'intéresse qu'à l'argent, comme son père, mais tout en le détestant, elle ne peut s'empêcher de penser constamment à ses larges épaules, à ses dents blanches, son sourire narquois et ses yeux bleus ironiques, à l'élégance avec laquelle il la couvre de son manteau après que l'un des pirates moins civilisé lui a déchiré son corsage...

« Si nous restons ici cet hiver, dis-je, prenant la précaution de toujours dire *si* et non *puisque*, alors je suppose qu'il faudrait que je cherche un travail, non ? Qu'en penses-tu ?

– Attends une seconde... » dit Tom, sans même lever les yeux. Le soir tombe, obscurcit les fenêtres et remplit la maison d'ombres. La table est un îlot submergé de lumière jaune. Le reste de la cuisine est une confusion de ténèbres. L'épais manuel de mécanique de Tom a une couverture jaune, tachée de gasoil. Les notes de Tom et un schéma occupent complètement le dessus de la table. Il n'y a pas de place pour moi. « Je te réponds dans une seconde, chérie. Je suis sûre que le problème est traité dans la section des appareils hydrauliques, et je crois que je vais le trouver si on me laisse tranquille pendant dix minutes sans m'interrompre. D'accord ? »

Je ne réponds pas, mais il ne le remarque même pas. Il est déjà immergé dans les valves et les fils, les filtres et les brides de serrage. Ça ne me dérange pas. J'ai d'autres choses à faire. Teddy est prêt à aller au lit, il a pris son bain et, propre comme un sou neuf, il attend, les joues vermeilles, que je lui lise une histoire. Il est devenu un petit moricaud lui aussi, mon fils, il a encore les fesses innocemment blanches mais tout le reste de son corps est rôti à point jusqu'à la limite de ses sandales. Ses cheveux blonds sont devenus blanc cendré, et son visage est si bronzé que ses yeux bleus n'en sont que plus frappants. Je m'assois sur le sol à côté du canapé de rotin qui lui sert de lit.

Je demande : « Qu'est-ce qu'on lit ? » une question est de pure rhétorique. *Le Pays des bêtes sauvages* est déjà posé à côté du lit. Nous le lisons tous les soirs depuis trois mois, et il ne manifeste aucun signe de lassitude. Ça ne me dérange pas, même si à présent je peux le réciter de mémoire. Il y a quelque chose de bon pour Teddy dans ce livre, et quand il l'aura digéré, il sera prêt à aller plus loin.

« Celui-ci », dit-il en me tendant un petit livre des aventures de Scoubidou. » Je l'accepte, non sans réticence, et je feuillette ses pages toutes neuves.

« C'est tante Steffie qui me l'a donné. C'est notre préféré. Quand je vais là-bas le samedi matin, on regarde Scoubidou à la télé tous les deux, et le hit-parade aussi. »

L'expérience culturelle par excellence. Nous lisons le livre lentement et Teddy prend bien soin d'examiner toutes les images. C'est la même histoire qu'ils utilisent dans tous les dessins animés, et Teddy semble apprécier cette familiarité.

Quand nous avons fini, je ne peux m'empêcher de dire : « Tout compte fait, je crois que je préfère *Le Pays des bêtes sauvages.*

– C'est pas mal, concède Teddy. Mais c'est pas réel.

– Et un chien qui parle et qui chasse les fantômes, c'est réel ? »

Il fronce les sourcils. « C'est réel dans l'histoire. C'est pas un rêve. Tante Steffie dit que Max s'endort dans son lit et qu'il rêve de toutes les bêtes sauvages. Elle dit qu'il fait un cauchemar parce qu'il est allé se coucher sans dîner, et que c'est ça toute l'histoire, en fait.

– Ah bon ? dis-je. » Je tente de trouver les mots exacts. « Je ne crois pas que ce soit un rêve dans l'histoire. On ne dit nulle part qu'il s'endort et qu'à la fin il se réveille.

– Mais alors comment il fait pour aller au pays des bêtes sauvages ?

– En bateau. Son lit se transforme en bateau.

– Non. Ça peut pas vraiment se passer. C'est juste qu'il s'est endormi et qu'il a rêvé, c'est tout. C'est une histoire bête, ça raconte juste le rêve de quelqu'un. »

Il fourre le livre de Scoubidou à la place d'honneur, sous son oreiller. Je ramasse *Le Pays des bêtes sauvages* en me relevant et je l'emporte. Je me dis que c'est mon livre à présent, que Teddy a grandi et l'a mis au rancart. Peut-être que Teddy m'a mise au rancart moi aussi, parce qu'il est trop grand. Je me sens épuisée, vide. Pourquoi a-t-il fallu qu'elle lui enlève ça ? Je me le demande. Est-ce qu'elle savait seulement ce qu'elle faisait ? Est-ce de la cruauté méchante, ou juste de l'ignorance ? Et pourquoi est-ce si important pour moi ? Est-ce que je me fais du souci pour Teddy, en fait, ou est-ce que je m'inquiète de moi et de ce qu'elle m'a pris, une intimité que Teddy et moi partagions ? Je sens que Teddy me regarde et je me retourne vers lui.

« Est-ce qu'on pourra acheter des nouveaux livres la prochaine fois qu'on ira en ville ? J'avais plein de livres dans notre ancienne maison mais ici j'en ai presque pas. On pourra en acheter d'autres ?

– Que veux-tu dire, notre ancienne maison? Les livres qui sont chez nous sont encore à toi et ils seront encore là quand nous rentrerons. Si nous restons ici encore quelque temps, je nous en ferai peut-être envoyer quelques-uns. Mais pas tous, parce qu'après ils prendraient trop de place dans nos bagages quand nous rentrerons.

– On peut pas juste en acheter des neufs?

– Peut-être. Quelques-uns. Je verrai. » Je remonte les draps qui glissent, le borde soigneusement. « Ne t'en fais pas. Papa et moi allons en parler ce soir et décider quand nous repartirons chez nous. Je te le dirai demain matin, et tout ça sera plus clair. On saura exactement ce qu'on doit faire.

– Tante Steffie a dit qu'elle a vu un livre de Titi et Gros Minet au drugstore. » Ses yeux se ferment déjà. Je ne réponds pas mais j'éteins la lampe à la tête du lit. Tandis que je me relève encore une fois, il me demande, les yeux fermés: « Et si on rentre jamais chez nous? Si on habite ici pour toujours? Alors est-ce qu'on fera envoyer toutes mes affaires?

– Ne dis pas de bêtises, lui dis-je. Nous rentrerons chez nous et tu retrouveras toutes tes affaires. Et maintenant, tu dors. »

Je quitte son chevet comme un acteur quitte une partie non éclairée de la scène, et passe dans la lumière de la cuisine et le décor de Tom. Le plafonnier mobile éclaire un cercle sur la table, illuminant le manuel de Tom. Je vois ses mains bouger, griffonner des notes au crayon sur un bloc jaune. Il a l'air fatigué, vieilli. Il a les mains tatouées de graisse et de gasoil, les ongles cassés. Le duvet doré qu'il avait au dos des poignets et des avant-bras a été rongé par les détergents. Les rides aux coins des yeux et de la bouche, entre les yeux et sur le front, ressortent en lignes pâles sur son bronzage. Il lève les yeux de son manuel, me sourit et se remet à tracer un diagramme. Quand je passe derrière sa chaise, il tend le bras et m'accroche un instant de sa main libre pour m'attirer contre lui. Je l'étreins soudain, impulsivement, le visage dans ses cheveux, je sens son odeur malgré celle du gasoil. « Hmm… » dit-il en s'immobilisant une seconde. Puis il se penche à nouveau en avant, ses doigts suivent vaguement son dessin, sa main m'abandonne. Je m'écarte de lui.

Je m'installe dans un autre fauteuil, de l'autre côté de la table. Je pose mon roman de pirates sur le bord de la table, lui vole un peu de lumière, attirée comme un papillon de nuit par sa lueur, et tente de me plonger dans les aventures de Désirée, David et Alfred. Ce sont tous des imbéciles. Des gens ennuyeux et bêtes, pris dans une intrigue rebattue, qui vont inévitablement faire ce qu'on attend d'eux. Alfred sera démasqué comme escroc et kidnappeur. David récupérera sa fortune et épousera Désirée. Comment peuvent-ils être aussi aveugles aux autres possibilités ? Et qui a pu mettre une idée pareille dans la tête de Teddy ? Rester ici pour toujours. Tous les trois entassés dans cette minuscule maison, pour toujours sous l'emprise de mère Maurie. Je me vois maintenant, en jeune épousée de la tribu Potter. Je souris à cette idée et reviens à mes pirates. Mais au bout d'un moment je m'aperçois que je me frictionne les mâchoires et que j'ai les muscles douloureux.

« Tom ? Tom ?

– Oui, une seconde, Lynn… Bon, qu'est-ce qu'il y a ? »
Il referme le manuel sur son crayon et me regarde en soupirant. J'ai l'impression d'avoir sept ans et de me faire gronder parce que j'ai parlé pendant la dictée. Je balbutie des excuses. « Je voulais juste te parler une minute, mon chéri. Est-ce que tu as repensé à l'idée de rester ici pour l'hiver ?

– Bien sûr. » Il s'étire, roule les épaules sous son tee-shirt. « J'ai dit aux parents que tout était réglé. Papa était vraiment soulagé. » Il s'interrompt devant l'expression de mon visage. « Ce n'est pas ce sur quoi nous nous étions mis d'accord ? » Il a l'air sincèrement perplexe. Frénétiquement, je me creuse la mémoire pour retrouver notre conversation. Quand ai-je accepté, quand lui ai-je dit, d'accord, nous resterons tout l'hiver ?

« Non, Tom, je ne crois pas. Je croyais que nous avions dit d'accord jusqu'à la fin de l'été, mais que nous reparlerions de l'hiver. Je veux dire, il faut encore en discuter. D'abord, il faut que je trouve du travail et je ne vois pas ce que je peux faire en ville. Et puis il faudrait nous faire envoyer toutes nos affaires, ce qui veut dire demander à quelqu'un de les emballer. Et ça voudrait dire que nous passerions tout l'hiver ici, dans cette minuscule maison, et qu'il faudrait essayer de trouver des locataires corrects pour la nôtre, en espérant qu'ils ne la mettraient pas à sac… »

La voix me manque. Les mots résonnent autour de moi. Déjà vu. Je sais ce qui va se passer ensuite. J'ai de plus en plus de mal à me contrôler, tout me paraît flou. Je ne sens plus le livre que je tiens dans la main. C'est comme si j'étais entraînée dans une chute d'eau. D'abord, Tom sera surpris de ma résistance. Puis irrité. Alors je céderai plutôt que de le mettre en colère. Nous resterons tout l'hiver dans cette malheureuse petite cabane. Le désespoir me submerge, c'est une sensation presque physique. Il n'y a pas d'échappatoire possible. Aucune. La pièce est écrite. Je n'ai plus qu'à dire mes répliques.

« Lynn, je ne peux pas aller voir papa maintenant, alors qu'il compte sur nous, et lui dire… Ça va ? »

Je fais oui de la tête, avalant la boule nauséeuse qui me bloque la gorge. Un immense souffle d'inertie me submerge, noyant la voix de Tom. Parle-lui, me dis-je, en le voyant bouger les lèvres, pencher la tête pour tenter de me convaincre d'être raisonnable. Je sais ce qu'il est sans doute en train de dire, mais on dirait que mes oreilles sont incapables de capter ses mots. Dis-lui que tu as peur. Dis-lui qu'ils vont te voler Tom et Teddy, et que tu vas rester seule dans le noir. Dis-lui. Dis-lui maintenant.

Mais ses mots coulent comme une rivière, me dépassent, touchent à peine mes oreilles en nous emportant inexorablement. « que nous restions. Ça ne me paraissait pas correct de les laisser dans l'incertitude. Maman a tout prévu. Tu peux utiliser sa machine à laver et son sèche-linge le mardi, ça convient à l'emploi du temps de tout le monde. Steffie était incroyablement contente. Elle adore son neveu, tu sais, et elle se sent seule ici tout l'hiver. Elle se disait que c'était super que vous puissiez être ensemble plus souvent. Elle a plein de projets pour ramasser des fruits sauvages cet automne, et faire des conserves, et elle veut faire de la couture et de la cuisine avec toi cet hiver. Elle veut vraiment que tu rentres dans la famille, que tu te sentes une partie de la tribu. Elle pensait que peut-être tu voudrais aller faire des courses, acheter des vêtements plus appropriés pour cette région… »

Le bruit de vide enfle à nouveau, me submergeant comme une vague. J'écarquille les yeux, cherchant à voir Tom, mon Tom. Ils vont l'attirer dans la machine familiale et l'avaler, l'absorber. Puis ce sera Teddy. Puis moi. Au début, ce sera pour aider à préparer les copieux repas familiaux, faire la couture et la lessive. Puis au printemps peut-être que je serai chargée de m'occuper des volailles, d'aider au jardinage. Au bout d'un an, ce sera comme si je n'avais jamais existé en tant que personne distincte. Nous vivrons heureux jusqu'à la fin du monde. Il me suffit de céder. Capituler. Reconnaître qu'ils avaient raison de me prendre en pitié. Reconnaître que j'avais besoin qu'on s'occupe de moi. Arrêter d'être moi-même et devenir la femme de Tom Potter.

« Ne fais pas des grimaces comme ça, ma chérie. Tu vas avoir des rides. Alors, qu'en dis-tu ? »

Va te faire voir, Tom Potter, espèce de sale traître, sale traître, sale traître… Et moi aussi, parce que je m'entends dire : « Bon, mais il va falloir régler les détails au fur et à mesure, je suppose. C'est juste pour l'hiver, d'accord ?

– Bien sûr, chérie. Tu ne crois pas que nous allons vivre ici pour toujours, quand même ? »

Tu parles que je le crois ! Pourquoi souris-tu si chaleureusement en te replongeant directement dans ton manuel ? Je regarde mon livre, étudie la forme des mots sur la page. J'en lis quelques-uns, ils n'ont pas de sens. Alors j'essaie de les compter. Autrefois, je réussissais à me calmer en faisant ça. Compter les mots contenus dans une page. Mais ce soir ça ne marche pas.

« Je vais au lit », annonce Tom en refermant le vieux manuel. Il se met debout et s'étire, il me paraît immense dans la petite pièce. « Je veux commencer à travailler tôt demain matin, et remettre ce tracteur en état. Après, j'irai prendre le petit-déjeuner en ville avec papa. Si tu veux, je peux emmener Teddy, comme ça tu pourras faire la grasse matinée. » Il se tait. Je compte les mots, sans lever les yeux de la page. « Tu viens te coucher, demande-t-il, mais ce n'est pas vraiment une question.

– Oui, dans une seconde. » Je tourne la page, continue à compter.

Il reste devant moi quelques secondes encore. Je perçois sa satisfaction. Il a tout, le beurre et l'argent du beurre. Il a retrouvé sa famille, son univers familier. Sa femme se montre compréhensive, son fils est intelligent, que désirer de plus ? Il m'attend quelques secondes puis hausse les épaules et traverse le couloir d'un pas lourd. Dès qu'il est parti, je sens mes épaules s'affaisser. Je respire à nouveau, comme si l'air était revenu dans l'espace qu'occupait Tom. Je m'adosse dans mon fauteuil, pose mon livre n'importe où sur les notes qu'il a griffonnées, et j'écoute les sons de Tom qui se couche. Eau qui coule dans la salle de bains. Bruit d'interrupteur qu'on y éteint, puis qu'on allume dans la chambre. Chaussures qui tombent sur le plancher, froissement de vêtements. J'entends sa boucle de ceinture teinter sur le plancher. Encore quelques froissements et le sommier grince. Silence. Le silence se prolonge, devient agressif.

Je sais exactement comment il est couché. La tête presque sous les couvertures, il est lové en chien de fusil. Il a laissé la lumière pour moi. Il a les yeux fermés mais il est loin de dormir. Le devoir m'appelle.

Je me lève et éteins la lampe de la cuisine. La nuit s'engouffre dans la pièce par les fenêtres sans rideaux. Il y a un quartier de lune, et les étoiles pointent dans un ciel à demi couvert. Signe de pluie peut-être pour demain. Pluie. Pluie pour les cultures qui lèvent en sillons verts tendres. Ce serait bien pour les champs.

Pluie. Si on vit dans la forêt, que fait-on quand il pleut ? On s'abrite sous un énorme épicéa, j'imagine. Où ici, dans l'État de Washington, sous un cèdre. La pluie pénètre rarement à travers les branches pour tomber près du tronc. Ce n'est pas trop mal. On peut s'asseoir, le dos contre le tronc du vieil arbre énorme, et respirer toutes les odeurs humides et riches de la forêt. Odeurs de mousse mouillée et de fleurs qui s'égouttent, d'humus et de résine. On récolte peut-être un peu de résine dans les cheveux, mais est-ce bien grave ? Peut-être qu'on a un peu froid, aussi, mais pas un froid dont une bonne veste en peau de mouton ne puisse garantir. Mais les moustiques ? Je ne sais pas. Je m'éloigne de la fenêtre sombre et me laisse guider par la lumière de la chambre comme un papillon de nuit attiré par la flamme. Bonne comparaison, me dis-je. Voler dans le feu pour me détruire. Mais je dois être plus sotte qu'un papillon de nuit. Lui ne se laisse prendre qu'une fois.

J'éteins la lumière en entrant dans la chambre. Je laisse tomber mes vêtements en tas sur le sol. Me laver les dents ? Je n'en ai pas le courage. Je grimpe dans le lit, m'étends sur les draps frais. Presque simultanément, Tom me rejoint. Il m'attire contre lui et m'étreint à m'étouffer. Je sors la tête et la tourne sur le côté pour pouvoir respirer un air plus frais et non utilisé. Il m'embrasse dans le cou, caresse mon corps au hasard.

« Tu veux bien, bébé ? J'ai tellement besoin de toi », murmure-t-il dans le creux de mon cou, ponctuant sa question de baisers légers et pressants.

Besoin, me dis-je. C'est le mot, Tom. Un mot qu'il ne me déplairait pas d'entendre plus souvent dans ta bouche. Tu as donc besoin de moi physiquement, tout de suite. C'est sans doute le seul besoin que tes parents et tes sœurs ne peuvent pas satisfaire. Le seul qu'il me reste. Alors peut-être que je devrais te dire non, parce que ce n'est pas suffisant, parce que ce n'est pas ce dont j'ai besoin, moi. Mais je ne crois pas. Tom, mon amour. Je crois que ce n'est qu'une raison de plus de te satisfaire.

Peut-être que dans ce lit, sous ce corps doré et souple qui commence à s'épaissir à la taille, sous le visage où des rides commencent à apparaître, il y a le jeune homme que j'ai tant aimé autrefois. Et s'il est encore dans ce lit avec moi, même s'il a changé de forme, comment pourrais-je le refuser ? Pas une seule fois, Tom, tu n'as parlé des vergetures que tu touches en ce moment même, pas une fois tu ne m'as taquinée pour l'empâtement de mes cuisses et de mes hanches. Te demandes-tu, toi aussi, en caressant ce corps épaissi, où je suis passée, comment tu peux m'atteindre ? Je suis là, Tom, je suis là et j'ai besoin de toi, moi aussi. Et le besoin augmente, comme un pont entre nous, enfle, s'accroît, reflue un moment puis revient plus fort que jamais. Monte encore, continue à monter, jusqu'au moment où je chancelle au bord d'un précipice. Je sens Tom palpiter en moi, je me laisse glisser, j'entame une longue chute sans fin dans les chaudes ténèbres de la jouissance.

Les draps sont moites de notre sueur. J'ouvre les yeux dans une obscurité qui semble trop lumineuse. Vaguement, je me demande pourquoi les fenêtres ne sont pas embuées. Nous changeons tous deux de position, nous écartons pour trouver un endroit plus frais dans les draps humides.

« Je t'aime », dit-il. Et l'espace d'un instant, tout est simple et vrai. Et je peux répondre, sans cynisme, sans angoisse, sans réfléchir : « Je t'aime, moi aussi. » C'était ainsi, avant, me dis-je, aussi simple, aussi bon. Juste lui et moi, heureux d'être ensemble. Amoureux. C'était ainsi.

Et cette pensée me fait horreur, parce qu'elle me révèle que ce n'est plus vrai aujourd'hui.

Il m'attire contre lui, content, me cale affectueusement contre sa poitrine comme un ours en peluche, la main posée à plat sur mon ventre, son pénis mollement mouillé contre mes fesses. Il sombre immédiatement dans le sommeil. Je sens contre ma nuque son souffle chaud et humide.

Je me libère doucement de son bras et traverse pieds nus le couloir jusqu'à la salle de bains. Ma chemise de nuit est suspendue à une patère, je la descends et l'enfile. L'étoffe est diaphane, imprimée d'un camaïeu de grosses fleurs blanches et gris pâle. C'est Tom qui me l'a offerte et je l'ai toujours aimée. Elle est immense et floue et je la sens à peine bouger sur mon corps, comme si je ne portais rien. Je me souviens d'un soir en Alaska, un orage s'annonçait et Teddy avait laissé dehors Monsieur Bojangles, son raton laveur en peluche. J'étais sortie pour le chercher. Le vent s'était levé, faisant voler mes cheveux en arrière et plaquant ma chemise contre mon corps en le dessinant sur l'étoffe transparente. J'avais entendu arriver la camionnette de Tom et je l'avais attendu en haut de l'allée, immobile, détournant les yeux de la lumière des phares, tandis que le vent soufflait dans mes cheveux et gonflait ma chemise. Il avait coupé le moteur, mais laissé les phares allumés et était resté là à me regarder, son visage blanc luisant dans l'obscurité de la cabine. Finalement, je m'étais approchée de la camionnette, dans le vent qui faisait claquer ma chemise, et à cet instant il avait éteint les phares, sauté de la cabine et m'avait prise contre lui, les mains tremblantes. « C'est toi ! », avait-il dit dans un souffle, en m'étreignant, serrant mon corps à travers l'étoffe soyeuse. Il avait ri, d'un rire chevrotant qui semblait absurde. « Je ne t'avais pas reconnue, dans le noir. Tu avais l'air… d'une apparition, d'un fantôme, je ne sais pas. » Il avait enfoui son visage dans mes cheveux en murmurant : « C'était si beau. »

Et nous avions fait l'amour à cet endroit, sur la pelouse à peine poussée à moitié envahie par la mousse, dans les ténèbres de l'orage arrivant au galop, dans le vent qui nous submergeait, puis sous la pluie qui nous avait trempés tous les deux, sans parvenir à nous refroidir.

Je m'aperçois que je suis sortie de la petite maison, sur la petite pelouse qui me pique les pieds. Je reconnais les dalles de ciment qui pavent l'allée, fraîches et rugueuses sous mes talons. Je regarde autour de moi.

Mais la nuit n'est pas vraiment noire. Les grands lampadaires ronronnent doucement en haut de leur poteau, auréolés d'un nuage d'insectes. Les lumières sont encore allumées au premier étage de la grande maison. Il n'y a pas de nuit, il n'y a qu'une sorte de grisaille qui me fatigue les yeux plus que le crépuscule, une non-obscurité aride qui a bu la plupart des étoiles. L'air est lourd et immobile, trop chaud pour une vraie soirée. On a volé la nuit, la lune n'est plus qu'un réverbère, et cet air confiné semble provenir de je ne sais quel ventilateur.

Encore quelques pas et je me retrouve sur le chemin, dont les gravillons aigus me rentrent dans la chair. Je les ignore, mon pas se fait léger, mes pieds s'arrondissent sur les pierres pour ne rien sentir, je retrouve le souvenir de leçons apprises des années plus tôt. Au-delà du jardin potager, jusqu'à la lisière des prairies. Je sens l'odeur du fumier, de l'engrais de fientes de volailles et de la sécheresse du sol. Il faut absolument qu'il pleuve bientôt. Je suis debout, les mains posées sur la clôture de fils de fer barbelé, et ma chemise de nuit tombe mollement sur mon corps. De l'autre côté de ce pré, il y a la basse-cour et une petite mare. Et des traces de pieds fourchus profondément imprimés dans la boue.

Je n'irai pas. Je n'irai pas.

Je me rends compte que j'écoute, non seulement de toutes mes oreilles, mais de toute ma peau. J'ai les narines palpitantes, tous les sens en éveil, aux aguets.

Les mains que je plaque sur mes oreilles sont froides, et les gravillons mordent mes pieds nus tandis que je cours retrouver le lit de Tom.

8
huit

Fairbanks, été 1965

Du sang. Du sang sur ma petite culotte de coton, dans la cuvette des toilettes, sur le papier absorbant dans ma main. Du sang rouge, mon propre sang rouge qui me souille. Un gouffre s'ouvre dans mon estomac. Je me sens prise au piège, coincée.

Et je suis censée être ravie ? Je suis censée dire fièrement : « Je suis une femme à présent ! Ah, la féminité, quelle merveille ! » J'ai mal au cœur et je suis en colère, je ne suis pas fière du tout. Ce sang, qui s'écoule de moi de façon aussi incontrôlable que la morve d'un nez enrhumé ! J'essuie encore mon petit buisson, et à nouveau, le Kleenex ressort taché de rouge, de caillots et de filets rouges. Je serais plus fière de regarder mon chien blessé au ventre. Sont-ils idiots, tous ces livrets ridicules qui vous parlent de vos règles, que vous allez avoir tous les mois, ils vous présentent ça joliment, comme si c'était un abonnement à un magazine, et toutes ces âneries sur le doux plaisir de savoir qu'on est une femme ? Jusqu'au journal d'Anne Frank, ce passage qui dit « malgré l'odeur et la gêne, c'est comme d'avoir un doux secret. ». Ou quelque sottise de ce genre. Zut, zut et zut ! Je sais que je vais devoir aller voir ma mère.

Et ma mère, qui ne m'a jamais trahie, commence ce jour-là. Elle accueille la nouvelle sans surprise quand je lui dit : « Maman, je crois que j'ai mes règles.

– Oh, mon Dieu », dit-elle, comme si je lui annonçais que les chiens ont encore fait tomber le fil à linge ou qu'un imbécile a déchargé son fusil sur notre boîte à lettres. « Oh, mon Dieu. » Je suis la troisième fille, je m'attendais à quoi ? À une fanfare et des étendards ? Ce n'est pas nouveau pour elle. Je n'ai envie ni qu'elle annonce ni qu'elle célèbre l'événement, mais je veux qu'elle dise quelque chose, qu'elle m'explique ce qui a changé, outre cette ennuyeuse fuite de liquide que manifeste mon corps. Au lieu de quoi, elle demande : « Bon, tu comprends ce qui se passe, je suppose ? » et je réponds oui, parce que c'est vrai, je sais toute cette histoire de muqueuse d'utérus qui pèle, qui coagule et qui s'écoule par mon vagin comme de l'eau sale dans un tuyau d'évacuation. Je comprends tout ça, mais ce n'est pas ce que j'ai besoin de comprendre. Il doit y avoir autre chose, autre chose qu'on ne m'a pas dit. J'attends.

« Bon, tu vas avoir besoin de serviettes », dit-elle. Puis, à ma grande honte, elle appelle : « Sissy, Candy ! » Elles montent quatre à quatre du sous-sol, répondant à une note particulière dans la voix de ma mère, inaudible pour moi. Quand elles arrivent dans la cuisine, elle leur dit, à voix plus basse : « Est-ce que l'une de vous a une deuxième ceinture pour serviettes hygiéniques ? » Elle leur dénonce ma vulnérabilité. Je rougis de colère, pas de honte ni de pudeur. La rage est comme un feu qui explose en moi. Je les hais, toutes.

Candy en a une. Elle l'apporte dans la salle de bains où ma mère m'a emmenée, la tenant roulée discrètement dans la main de peur que l'un des mâles de la maison ne l'aperçoive. Je la prends, consciente de son innommable répugnance malgré sa blancheur. C'est une bande élastique qui fait le tour de ma taille, munie de deux pinces qui pendent devant et derrière pour maintenir la serviette en place. Il faut que j'ajuste l'élastique à ma taille et ma mère insiste pour m'aider, et pour m'aider à fixer la serviette hygiénique. Pour la première fois de ma vie, le contact des mains de ma mère me fait horreur. Je me sens intensément, personnellement violée par le fait que quelqu'un soit témoin d'une telle honte. L'humiliation est trop forte pour les larmes, seule la colère y suffit. En levant les yeux, je m'aperçois que Sissy et Candy ont passé la tête dans la porte entrebâillée.

« Allez-vous-en ! » Malgré la rage de ma voix, elles restent là, sans bouger, les yeux écarquillés et stupides comme ceux d'une femelle élan que j'aurais dérangée dans les bois. Je reprends mon souffle pour crier, mais ma mère fait un geste de la main et elles s'en vont.

« Maintenant, me dit-elle comme si elle parlait à une attardée mentale, tu sais que tu dois changer la serviette quand tu vas aux toilettes. Et tu la jettes dans la poubelle, pas dans les toilettes. Enveloppe-la bien pour que les chiens ne puissent pas la sentir et la sortir de là. »

Je remonte déjà mon jean, que je ferme et reboutonne, tellement pleine de haine et de colère pour ce qu'elles m'ont fait que je ne peux pas parler. Garnie d'une couche comme un bébé, l'horrible cellulose blanche bien serrée contre moi, qui me frotte à chaque pas, je m'en vais, je sors directement de la salle de bains et de la maison. Direction la forêt. Je siffle mes chiens. Minnie, la vieille chienne, a trop chaud et trop envie de dormir pour vouloir m'accompagner, mais Rinky bondit, toujours prêt pour l'aventure. Il s'arrête brusquement, puis avance, la queue toute droite, les oreilles dressées. Il me renifle sans délicatesse, fourrant le museau dans mon entrejambe.

Je lui file une bonne claque, qui s'écrase sur son museau. Il recule et agite mollement la queue, comme pour montrer qu'il voulait jouer, c'est tout, qu'il n'avait pas l'intention d'être vexant, on ne peut plus plaisanter ou quoi ?

Non, on ne peut plus. Pas aujourd'hui en tout cas. Je prends le chemin au petit trot et il est obligé de courir pour me suivre. Au bout du chemin, je traverse Davis Road et pénètre dans la forêt. La terre battue de mon sentier est ferme sous la semelle de mes tennis, et je me mets à courir, j'ai besoin d'aller au fond des bois, de me défouler, de réfléchir sans vraiment penser, tandis qu'à chaque enjambée la serviette blanche frotte ironiquement l'intérieur de mes cuisses. J'accélère, j'allonge la foulée, je sens l'effort et le pâle soleil d'été de Fairbanks me réchauffer les épaules. Le problème, voyez-vous, c'est que je n'avais jamais vraiment cru que ça m'arriverait à moi. Tous ces stupides documents photographiques et ces croquis aseptisés montrant l'utérus, le vagin et les ovaires silhouettés en noir et blanc n'ont rien à voir avec le sang sur ma petite culotte. Tous les savants cours de biologie, les discours des religieuses sur le devoir des jeunes filles de rester chastes et pudiques, de peur d'inciter les garçons à la tentation, les petits livrets produits par Kotex distribués pour lire à la maison, tout ça ne me concernait pas. C'était bon pour les filles qui portaient des bas nylon, se crêpaient les cheveux, fumaient en douce dans les toilettes et faisaient passer des lettres aux garçons. Des filles qui voulaient devenir des femmes, qui rêvaient d'être féminines et avaient des barrettes assorties à leurs chaussettes. Qui échangeaient des rouges à lèvres, chipaient l'ombre à paupières de leur mère. Avaient les oreilles percées, embrassaient les garçons. Celles-là méritaient bien de sentir le sang couler entre leurs cuisses, mais pas moi. Je n'avais jamais rien demandé. Je ne voulais rien avoir à faire avec tout ça.

Mais ça m'était tombé dessus. Zut et zut. Comme une balle dans la nuque une froide soirée d'hiver. Inévitable et irréversible. Je suis une femme, finalement.

Je le ressens comme une défaite majeure. Jusqu'à maintenant, j'étais un être humain. J'étais libre d'aller et venir comme bon me semblait, sans que ma mère y trouve à redire. Tout ça va changer, je le sais, dès qu'il lui viendra à l'idée que maintenant je suis non seulement capable d'avoir des relations sexuelles, mais d'être enceinte. Mes allées et venues vont être limitées, on me posera des questions pour savoir d'où je viens quand je rentrerai de la forêt à dix heures du soir en été, les cheveux emmêlés de brins d'herbe et de mousse, les genoux de mon jean humides et sales.

Jusqu'à maintenant, j'étais libre de rêver ce que je voulais. Mais à présent, ils vont attendre de ma part des rêves féminins, des rêves de rendez-vous, de robes et de maris. De parfum, de bijoux et de hauts talons. L'essence de la vie remplacée par des colifichets. Plus de chasses, plus de captures ni de longues courses dans l'étreinte de l'hiver. Plus rien n'aura de sens, sauf de trouver un mari.

Ils vont vouloir me changer. Je sais comment ça va commencer. De façon subtile, hypocrite. Quand on me traînera dans les magasins à la fin du mois d'août, pour acheter les vêtements d'école. Des bandeaux de dentelle élastique pour porter là où je suis censée avoir des seins mais n'en ai pas. Comme un ironique rappel à l'ordre à mon corps qui devrait faire quelque chose de ce côté-là, bourgeonner subitement. Des bas nylon, glissants et sans aucune capacité isolante, pour remplacer les chaussettes. Des chaussures étroites et cirées qui ne permettent de porter qu'une seule paire de chaussettes, au lieu des gros bottillons ou des rangers. Des frous-frous sur mes chemisiers, dentelle, rubans, tout ce qui peut donner un peu de volume à la poitrine et faire croire que j'en ai. Et pour Noël, on m'offrira des pull-overs avec des petits lapins brodés, une robe neuve, une brosse à cheveux et un miroir de toilette. Je ne trouverai plus dans mon soulier de cartouches de vingt-deux, de jouets à ressorts, de tablettes de chocolat. À la place, il y aura de jolis petits flacons d'eau de Cologne, des foulards, des bijoux fantaisie. Adieu réalité, bonjour féminité.

Je me souviens qu'un jour, quand j'étais toute petite, mon père m'avait emmenée sur la pelouse, nous avions observé le ciel nocturne pendant plusieurs minutes et il avait dit soudain : « Le voilà, regarde ! Il est là. » C'était Spoutnik, et il m'avait tout expliqué, avec un enthousiasme croissant à mesure qu'il parlait, ce que ça signifiait que les Russes aient réussi à mettre un satellite en orbite, et que la lune était un satellite elle aussi et pas aussi éloignée qu'on le croyait jadis. Un jour, m'avait-il dit, si j'étais bonne en maths et en sciences, je pourrais aller dans la lune. Je me rends compte soudain que quand il m'avait dit ça, il avait oublié lui aussi que j'étais une fille et qu'un jour je deviendrais une femme.

C'est un pas en arrière, de devenir femme. La serviette absorbante, l'inexorable écoulement de sang, la restriction des activités, tout ça n'est qu'une sorte de retour à l'enfance. Je suis moins aujourd'hui qu'hier, je suis diminuée par cette fuite de sang corporelle. Ce n'est même pas ma faute, mais la punition me poursuivra pendant ma vie entière.

J'arrive à la prairie. Je suis à bout de souffle, j'ai la gorge sèche et Rinky halète. Je m'arrête de courir aussi brusquement que j'ai commencé et me laisse tomber pour me reposer. La terre est humide et les hautes herbes dépassent ma tête quand je m'assois. Je suis cachée, en sécurité, invisible pour tout le monde à l'exception du soleil et d'un éventuel oiseau de proie. Rinky se jette à côté de moi, pose le museau sur le genou de mon jean. Il halète, ruisselant de salive sur ma jambière à chaque respiration. Je lui gratouille distraitement les oreilles et il ferme les yeux d'extase.

D'accord, me dis-je, marchandant sans parler à voix haute, car je ne parle jamais à voix haute dans les bois. La voix humaine est trop singulière, trop discordante pour s'harmoniser avec le langage plus subtil de la forêt et de ses habitants. Bon. C'est horrible. Mais voyons jusqu'à quel point. D'accord. Ça va durer de trois à cinq jours, selon le petit livret. Cinq jours au pire. Cinq jours par mois. Douze mois par an. Oh, non, ça veut dire soixante jours par an. Deux mois chaque année avec cette horreur dans ma culotte. À essayer de cacher mes serviettes de rechange pour aller à l'école. Je parie que c'est pour ça qu'elles ont des sacs à main. Pour cacher ces maudites serviettes. En espérant que ça ne va pas démarrer d'un seul coup pendant le devoir de maths ou un jour où vous n'avez pas de serviette dans votre sac. Merde. Deux mois par an. Mais ça ne dure pas éternellement, ça s'arrête un jour, quand on a cinquante ans et quelques, ce qui veut dire que, voyons, environ trente-sept fois deux mois, ça donne, oh ! Calamité, ça fait soixante-quatorze mois, soit plus de six ans condamnée à cette maudite torture !

Je me laisse tomber sur le dos, dans l'herbe, et fixe le ciel aveugle. Il s'étend à l'infini, bleu, éternel, impavide. Inutile de lui demander pourquoi je suis maudite, de me demander s'il existe un moyen d'échapper à mon destin. J'essaie d'oublier la garniture ouatée pressée contre moi, pour profiter de la journée. La lumière du soleil me caresse, les herbes tracent sur moi de minces ombres diaprées. Rinky, qui s'ennuie, roule lui aussi sur le dos et offre son ventre nu aux rayons du soleil, s'ébroue et pousse enfin un grand soupir de contentement. C'est facile pour lui. Il a un pénis qui lui décore le ventre. Vaguement, je regrette de ne pas être chien, pour n'avoir à supporter que deux fois par an chaleurs et pertes de sang. C'est bien plus raisonnable comme système. Je somnole, presque satisfaite dans mon mécontentement.

Je sais qu'il est là avant d'en être consciente, le changement dans l'air aussi subtil et lent que les nuages passant devant le soleil. Son odeur voyage dans le vent léger, graduellement, d'abord comme une vague possibilité, puis plus forte, plus chaude, jusqu'à donner enfin la certitude qu'il arrive. Je reste allongée, immobile, les yeux mi-clos, feignant l'indifférence. C'est un jeu auquel nous jouons parfois, à nous surprendre l'un l'autre. Je suis meilleure que lui et j'ai réussi une fois à le faire sursauter si fort en éclatant de rire qu'il avait bondi et glissé dans la fondrière. Je sais que ça le vexe que je sois plus furtive que lui, mais je ne laisse pas apparaître sur mes lèvres le moindre signe de mon sourire intérieur. Laissons-lui croire que je ne me doute de rien jusqu'au moment où il va bondir sur moi sans réussir à me faire broncher. Ce qui le rendra fou.

Deux fois, il tourne autour de moi et mes oreilles suivent son déplacement. J'entends les ombelles grenues des hautes herbes frôler ses flancs, la manière dont il pose les sabots avec précaution en se rapprochant à chaque orbite. Je sens son odeur bouger avec le vent, changer avec ses émotions, aussi perceptible pour moi qu'un langage. Son excitation augmente à mesure qu'il croit me prendre au dépourvu. Je regarde le ciel bleu à travers l'entrelacs de mes cils, le visage soigneusement impassible. Ses yeux de forêt doivent scintiller, ses joues rosir, il doit entrouvrir les lèvres en respirant sans bruit par la bouche. Je l'entends qui entame son troisième cercle, se rapprochant de plus en plus. Il doit me voir maintenant, et je sens qu'il s'arrête pour m'épier à travers les tiges des hautes herbes.

Il s'arrête. Le vent souffle de moi vers lui, à présent, et je ne peux sentir son odeur, mais je sens son regard sur moi, il m'observe pour voir si j'ai perçu sa présence. Une trop grande immobilité me trahirait autant que l'inverse. Je bouge légèrement, faisant mine de m'étirer pour me permettre de me tourner et de le voir entre mes cils.

Oui, il m'observe. Mais il est figé, une sorte de terreur horrifiée trouble son visage et je vois ses narines frémir à nouveau pour sentir mon odeur. Son front se ride de perplexité. Il lève un sabot, commence à faire un pas en avant, puis se ravise. Il se balance, dans un silence indécis. Puis il lève à nouveau le pied, le pose, fait un pas silencieux.

En arrière.

Il s'éloigne de moi. J'ouvre les yeux, peu importe à présent notre jeu. Il croise mon regard et, l'espace d'un instant, s'immobilise. Il me regarde comme si je l'avais trahi. J'ai changé, j'ai établi une différence entre nous deux. Je m'assois, des herbes emmêlées dans mes cheveux. Je ne dis rien. Il n'y a jamais eu de mots entre nous. Mais je le regarde, et je suis sûre qu'il doit lire la même chose dans mes yeux. Trahison. Il a laissé ma métamorphose creuser un fossé entre nous. Comment a-t-il pu, comment peut-il s'éloigner de moi, être le premier à me mépriser pour la traîtrise dont mon corps est victime ?

J'ai envie de l'atteindre d'une façon ou d'une autre, d'élever la voix, de tendre la main pour le retenir, mais je ne le peux. Je le regarde au contraire faire lentement un autre pas en arrière. Puis un autre. Et un autre encore. Je me lève, et les herbes entre nous se transforment en un océan qui nous arrive à la taille, ondulant des friselis du vent. C'est une scène digne d'un tableau, la jeune fille et le faune, le ciel bleu, les herbes jaunissantes qui masquent ses flancs bruns, sa peau bronzée, ses cheveux couleur de miel sur acajou ciré. Je sens sur moi la caresse du soleil au travers de ma mince chemise de coton, et ses yeux aussi, intrigués pour la première fois par ce qu'il y a sous les vêtements dont je me suis couvert le corps. Ses yeux de forêt tombent soudain sur mon entrejambe. Il fait un autre pas en arrière.

Je ne peux en supporter davantage. La colère accumulée dans mon cœur explose en mots incohérents, et je me lance vers lui en hurlant – je ne sais quoi, encore aujourd'hui –, je l'anéantis de ma voix humaine, le fais trébucher et tomber à genoux. Il se relève d'une cabriole agile, saute et rebondit comme un chevreuil sur le sol inégal en s'enfuyant pour m'échapper. Paniqué.

Le bruit fait bondir Rinky qui saute en cercles autour de moi, tentant de voir ce qui m'a alarmée. Il repère le faune et gambade joyeusement à sa poursuite, pas vraiment pour le rattraper, plutôt pour voir où il court. Je crie à nouveau, sans paroles, comme si la sensation de douleur qui m'arrache la gorge était un réconfort. Un hurlement comme celui d'un lynx en chasse, un cri de rage et de menace. Le faune atteint la lisière de la prairie et la forêt l'enveloppe comme une mère aux cent bras embrasse son enfant pour le consoler, le cache dans son sein pour le protéger du danger. Rinky bondit une dernière fois, s'arrête à la lisière du bois, me regardant de loin de son œil rond et brun de loup. Je ne viens donc pas ? Je ne veux donc pas jouer aujourd'hui, courir sur les pistes des lapins avec eux, chasser, puis me jeter par terre à l'ombre en haletant ?

Je le regarde fixement, le cœur lourd de colère, j'attends qu'il disparaisse, que Rinky, lui aussi, m'abandonne. Il ne bouge pas, perplexe, le soleil allume des éclairs dans les quelques poils blancs qui parsèment son pelage noir. Ses petites oreilles pointent dans ma direction, sa mâchoire pend légèrement et il tire la langue pour se rafraîchir. Vas-y, lui dis-je mentalement. Va te faire voir. Oublie-moi, je m'en fiche. Va-t-en. Laisse-moi. Qui a besoin de toi ? Personne n'a besoin de personne.

Il hausse les épaules. Ce n'est pas vraiment un mouvement d'épaules, au demeurant, plutôt une attitude de loup, une ondulation du pelage, un frémissement des oreilles. Puis il revient vers moi au petit trot, les herbes s'ouvrent devant lui et ondulent dans son sillage. Quand il arrive près de moi, il se met debout sur les pattes de derrière, les pattes avant autour de ma taille, me mordille le visage pour jouer et me pince le bout du nez si fort que je crie et le repousse, et nous tombons et roulons tous les deux dans l'herbe, il referme les dents sur mon poignet mince à chaque fois que je l'attrape et me serre jusqu'à ce que je le libère. Puis nous recommençons à nous attraper, à nous pincer et à nous mordre, grognant et jappant tour à tour, jusqu'à ce que, épuisés tous les deux, nous nous laissions tomber, hors d'haleine, dans le soleil couchant. Je le serre de toutes mes forces contre moi, le visage enfoui dans l'épaisse fourrure de son cou, je sens sa sincérité, sa loyauté comme un circuit de chaleur qui passe entre nous. Lui aussi le perçoit car il se livre immobile à mon étreinte, sans se débattre ni tenter de me mordiller ou de poursuivre la bagarre. Les larmes me piquent les yeux et je m'essuie les joues contre son pelage, sans tristesse, mais heureuse de savoir que j'ai trouvé en qui placer ma confiance.

Le soleil se couche. Oui, la journée s'achève, sans se transformer tout à fait en nuit, prenant cette lumière grise plus froide qui caractérise le crépuscule de l'été d'Alaska, un moment où les couleurs semblent avoir leur ombre propre. Cette lumière tamisée est douce à mes yeux et il est plus facile de repérer le gibier, non seulement parce qu'il y en a davantage à cette période de l'année. C'est la lumière naturelle du chasseur et l'heure naturelle de la chasse. Rinky et moi le sentons tous les deux et, sur le chemin du retour, nous avançons sans bruit, bougeant avec la forêt et non contre elle, nous glissant prestement entre les arbres, nous faufilant sous les grosses branches, d'un pas déterminé, le regard implacable.

Nous repérons le lapin au même moment, mais c'est Rinky qui le prend en chasse, bondissant soudain, le corps bandé à sa poursuite. Je suis inexplicablement fatiguée et j'ai mal aux reins. Je continue vers la maison, sachant que Rinky ne va pas tarder à me rattraper, le museau taché de rouge, et les pattes avant pommelées de sang frais.

L'idée du sang me ramène à mon dilemme. Être une femme et le refuser, ou bien être une femme et tenter d'y prendre plaisir. Je ne parviens pas à envisager la deuxième solution sans dégoût. Mais elle existe, c'est une possibilité que je me force à envisager. Je pense à Candy et Sissy, à la maison, en train de faire ce qu'elles font toute la journée. Comment vont-elles me traiter, maintenant que je suis l'une d'elles ? Y a-t-il des secrets à partager, une nouvelle camaraderie à découvrir ? Je les imagine en train de me donner des leçons, de me mettre du rouge sur les ongles, de souligner mes yeux verts de vert plus sombre, et je frémis d'un sentiment proche de l'anticipation. J'apprendrai peut-être, ça ne me semblera plus si horrible. C'est peut-être un talent que je peux maîtriser et utiliser en cas de besoin. Être une femme. Me tapoter les poignets d'une goutte de parfum. Je m'imagine rentrant à l'école en septembre, d'un pas plus élastique, une assurance nouvelle dans le regard. Mes vêtements de couleurs vives tombent joliment et mes cheveux souples et lisses encadrent doucement mon visage. Serai-je mieux acceptée ? Quelque chose en sera-t-il facilité ? Alors profite des avantages, aussi petits soient-ils, et sois une femme, puisque tu ne peux pas faire autrement.

Je monte les marches bruyamment et pousse la porte qui n'est pas verrouillée. J'ai raté le dîner, une fois de plus, mais peu importe, une tartine de beurre de cacahouètes et la moitié d'une pomme me suffiront. Pour la première fois, autant que je me rappelle, je vais chercher la compagnie de mes sœurs sans raison particulière. Elles se tourneront vers moi en souriant et je leur rendrai peut-être leur sourire pour montrer que nous partageons un secret.

Je les trouve dans le sous-sol, où leur rire me guide. Je franchis le palier et m'immobilise.

Kimmy est ma plus jeune sœur. Huit ans. Cheveux blonds qui bouclent tout seuls aux extrémités, dents blanches parfaites, fossettes, c'est la petite fille que tout le monde adore. Jolie. Petite. Fille. De toute évidence destinée à devenir une femme un jour.

Elle est entre leurs mains, ravie de leur attention. Sissy lui met des bigoudis, roulant soigneusement les mèches de cheveux blonds de lin en grosses saucisses qui s'accrochent sur son crâne. Candy lui met du vernis sur les ongles des orteils, une teinte différente de rose sur chacun. Rose nacré, Rose de Lune, Opale rosée, Sucre d'Orge. Ses paupières sont déjà striées de couleurs, ses joues deux pommettes rouges, ses lèvres tachées de rose poivré. Elle sourit avec ravissement, et Candy et Sissy rient tout haut en parlant au-dessus de sa tête de je ne sais quel garçon de l'école.

« Mais… », dis-je », me demandant comment elles peuvent faire cette erreur, oublier que c'est moi qui commence à avoir ces affreux saignements, moi qui mérite ces marques d'initiation, cette cérémonie de bienvenue à la féminité.

Candy lève les yeux. « Je parie que tu croyais te dispenser de la vaisselle, encore une foi, Evelyn. Eh bien, non, ma vieille. Je t'ai laissé tous les plats et les casseroles, et maman était d'accord, elle a dit qu'il fallait que tu apprennes que ce n'était pas en te passant de dîner que tu éviterais les corvées.

– Va te faire foutre », dis-je de ma voix la plus glaciale. » Elles ont un hoquet et je remonte quatre à quatre, la peur au ventre, sachant que ça ira très mal pour mon matricule si elles rapportent à mon père que j'ai dit le mot interdit. Je soupçonne cependant qu'elles sont trop scandalisées pour oser même me dénoncer.

Comme elles me l'ont annoncé, les plats et les casseroles m'attendent dans l'évier, dans l'eau froide et graisseuse, et ma mère me lance un regard entendu quand j'entre dans la cuisine. Je ne prends même pas la peine de parler. Je sors les casseroles de l'évier, le remplit d'eau propre et chaude qui me brûle les mains quand je récure les fonds rebelles. « Il est temps que tu commences à faire ta part des tâches ménagères dans cette maison, et je suis contente que tu sembles enfin t'en rendre compte », remarque ma mère tandis que je sors la dernière casserole de l'eau savonneuse et la pose à l'envers sur le séchoir. Je n'ose pas répondre, de peur d'éclater en sanglots, en sentant ce premier nœud coulant se refermer autour de mon cou. Ils vont se resserrer plus fort tous les jours, jusqu'à ce que je périsse étouffée de délicatesse féminine. J'avale ma salive, prends deux pommes, un couteau et le pot entier de beurre de cacahouètes et sors dans la véranda. Je mange dans le noir, accroupie sous le porche comme un petit animal, et je lèche le beurre de cacahouètes sur mes doigts. Pareille à moi-même.

Plus tard ce soir-là, j'ai des douleurs au ventre, des crampes qui me tordent tandis que mon corps libère le sang à demi coagulé. Je n'en parle à personne mais je vais me coucher et j'appelle Rinky pour qu'il vienne avec moi sous les couvertures, j'appuie mon ventre douloureux sur son dos bien chaud et mon visage dans le pelage de son cou pour que mes larmes ne s'entendent pas dans la chambre commune.

Et les foutus livrets se trompent. Ce n'est pas trois jours, ni même cinq, que dure cette calamité, mais sept foutus jours de pertes sanguinolentes. Sept foutus jours. Je me répète furieusement le mot défendu, avec le sentiment qu'il est parfaitement approprié.

9 neuf

La ferme, juin 1976

« Tom, où est ta salopette sale ? C'est mon jour de lessive aujourd'hui. »

Pas de réponse. Je sors la tête du placard dans lequel je suis en train de chercher et me retourne. Il est parti. Probablement dans la cuisine, boire une tasse de café. Je le suis, mais il est déjà sorti et se dirige vers le hangar. Je m'aventure pieds nus sur les marches de bois hérissées d'échardes.

« Tom, Tom ! »

Il se retourne en me lançant un regard agacé. « Quoi ? Je suis pressé !

– Ta salopette sale ? Où l'as-tu mise ?

– C'est maman qui l'a prise. Elle l'a lavée avec les affaires de papa dans sa lessive d'hier. À plus tard ! »

Il se retourne et poursuit son chemin. Je reste appuyée contre la porte à le regarder s'éloigner. La journée est déjà chaude et le soleil fait briller sa casquette rouge de baseball. Au-dessus de la visière, elle porte une étiquette qui indique : « Matériel agricole Potter ». Publicité directe. La rage en moi est comme un insecte qui s'accroche et grossit en grignotant l'intérieur de mon estomac. La double porte claque bruyamment quand je rentre dans la maison. La bouilloire déborde sur la cuisinière, s'efforçant de siffler tout en crachant des gouttes d'eau bouillante par le bec. J'éteins le gaz et pose avec impatience la bouilloire sur un autre brûleur.

Eh bien !

Calmons nous à présent. Tu es en colère, Evelyn. Voudrais-tu, je te prie, m'expliquer exactement la raison de cette colère ? Parce que la mère de Tom a lavé sa salopette, voilà pourquoi. Mais pour qui se prend-elle, à la fin ?

Pour sa mère, c'est tout. Et maintenant calme-toi. Pourquoi est-ce si terrible qu'elle ait lavé sa salopette ? Elle avait peut-être une machine à remplir, voulait économiser de l'énergie, de l'eau chaude, tout un tas de bonnes raisons de ce genre.

Peut-être. Mais j'en doute. Habituellement, c'est tout juste s'il ne faut pas une loi du Parlement pour faire changer Tom de salopette. Alors qu'est-ce qui l'a incitée à le lui demander, à le forcer à la quitter ? Elle trouvait qu'elle était trop sale, je parie. Mauvaise image pour les Matériels agricoles Potter si son pauvre petit chéri se balade avec des vêtements de travail dégoûtants, parce que sa femme est si nulle et si négligente qu'elle ne s'occupe pas de lui.

Un. Deux. Trois. Quatre. Cinq. Six. Sept. D'accord. D'accord. C'est bon. Regardons froidement la situation. Fais-toi une tasse de thé tout en réfléchissant. C'est ça, occupe-toi les mains, et voyons si tu peux revenir à un état d'esprit adulte. Toi, Evelyn, te voilà vexée parce que mère Maurie a lavé la salopette de Tom. Tu le ressens comme une critique directe de tes talents d'épouse, c'est ça ?

En grande partie.

Voyons, Evelyn ! Je te croyais au-dessus de ça. Est-ce que tu ne disais pas à Annie il y a plusieurs mois que tu avais vraiment atteint la libération le jour où tu avais réussi à laisser les lits non faits toute la journée sans te sentir coupable ? Tu sais, tout aussi bien que Tom, qu'il est assez grand pour te dire s'il estime que sa salopette est trop sale pour aller travailler. Il est même capable de la laver lui-même, ou de demander à sa mère de le faire. À moins que tu n'aimes particulièrement laver ses salopettes ? Tu prends ton pied à jouer les fées du logis ?

Non. Non. Ce n'est pas ça du tout. C'est seulement ...

Ça suffit, Evelyn. Tu as besoin de travailler. Et je ne parle pas de surveiller la cuisson des confitures ou de mettre des pêches en conserve. Tu as besoin d'un véritable travail, de huit heures du matin à cinq heures du soir. Tu commences à devenir vraiment bizarre, ma fille. Il est temps de reprendre un peu contact avec la réalité.

Oui, sans doute. Et temps aussi de mettre Teddy à la garderie, avec des enfants de son âge, pour qu'il puisse jouer. Tous ses caprices de ces derniers temps viennent uniquement de ce qu'il est le seul enfant de la maison, que les adultes lui prêtent trop attention, ce qui ne lui vaut rien. Il a besoin de jouer. Et j'ai besoin de travailler. J'ai besoin de retrouver une vie à moi.

Je m'extrais de mon fauteuil et retourne à la chambre. Le panier de linge sale déborde. Je mets le surplus dans une taie d'oreiller et prends la direction de la grande maison. Demi-tour. J'ai oublié le détergent. Puis je sors dans la cour surchauffée où la lumière éblouissante m'oblige presque à fermer les yeux. Le soleil cogne, la journée baigne dans de chaudes couleurs de céramique, d'odeurs de poussière et de plantes qui poussent. Et d'autre chose encore.

Je m'arrête. Je retiens mon souffle, refusant de respirer cette odeur. Mais j'ai les bras chargés de linge, je ne peux pas me boucher les oreilles pour occulter le son ténu qui l'accompagne.

Ce pourrait être la radio d'une voiture, près du magasin de matériel agricole. Qui jouerait en sourdine, qu'on aurait laissé allumée dans une voiture aux vitres fermées. Mais ce n'est pas de la musique country, ce n'est pas le rythme de « *My Baby's Got the Hots for Someone Else.* » Ce que j'ai entendu était le souffle haletant d'une chaude journée d'été. Le son d'une flûte. D'une flûte de Pan. Le soleil tape sur ma tête nue, m'étourdit, et la sueur coule entre mes cils, me pique les yeux. Une goutte de transpiration glisse comme un doigt furtif entre mes seins. Une flûte de roseau. Qui joue la mélodie d'une grenouille verte cachée sous une feuille verte bien fraîche, près d'un ruisseau, la mélodie des cônes des aulnes grelottant sur les feuilles tombées…

Je suis près de la clôture, j'appuie ma charge de linge sur le plus haut des fils de fer barbelés. La forêt est de l'autre côté, au-delà de la basse-cour. Le maquis arrive jusqu'à la clôture électrique de celle-ci. Au-delà de la clôture, commencent les collines, presque abruptes. C'est là que prend sa source le minuscule ruisseau qui alimente la mare de la basse-cour. Après les broussailles qui bordent la clôture, les arbres sont encore petits puis grandissent à mesure que grimpe la colline. Tom m'a dit qu'il y avait une rivière plus importante dans ces collines, dont notre ruisselet est un affluent. Une rivière où on peut attraper des truites qui virevoltent entre deux eaux sur les fonds sablonneux. Il y a longtemps, il m'avait dit que lui, Teddy et moi, irions un jour y pique-niquer tous les trois, nous prendrions un grand panier rempli d'œufs durs, de salade de pommes de terre, de sandwiches à la dinde froide avec plein de mayonnaise crémeuse et de laitue craquante. Tom porterait les cannes à pêche sur l'épaule et Teddy courrait devant nous en faisant des allers-retours et en s'efforçant de ne pas crier pour ne pas faire peur aux poissons. Je porterais une robe blanche sans manches et j'aurais les jambes nues.

Le son de la flûte semble s'éloigner. Je m'accroche aux images de Tom, à la blancheur de son tee-shirt collé à sa peau dorée par la sueur, je le vois debout derrière Teddy qu'il encourage et acclame tandis qu'il sort un poisson de l'eau, tout en prenant soin de ne pas toucher au moulinet, pour ne rien lui ôter de son triomphe. C'est ce qu'il aurait fait, il y a trois ou quatre mois. Aujourd'hui il est trop occupé pour aller à la pêche avec son petit garçon et sa femme, il y a des choses plus importantes à faire, des tracteurs à réparer, des pièces à vendre. La flûte augmente d'intensité.

« Tu cherches Teddy, Lynnie ? Il est parti en ville avec Grand-père. »

Je fais volte-face en laissant tomber la taie pleine de linge sale dans la poussière. La taie d'oreiller brodée du beau coq triomphant, comme je le remarque non sans culpabilité en la ramassant hâtivement. Je me retourne pour faire face à Steffie. Elle vient vers moi en traversant la cour et me parle depuis les marches, à l'ombre du porche de la grande maison. Par contraste avec la lumière de la mare et des collines éblouissantes de soleil, je la distingue à peine.

« Lynnie ? » dis-je stupidement. Je suis comme un dormeur qu'on réveille, et mes rêves sont moites et coupables. Est-ce que je rougis, ou est-ce seulement la chaleur du soleil qui empourpre mes joues ?

« Bien sûr, Lynnie. Je trouve que ça s'intègre mieux, que c'est plus familier. Maurie, Steffie, Teddy, Ellie et Lynnie. Evelyn, ça a toujours été comme un prénom de roman, pour moi. »

Je me rends compte que Steffie essaie d'être gentille. Elle veut me faire plaisir en changeant mon nom pour qu'il s'accorde mieux avec sa famille. Un peu comme couper les orteils de la sœur de Cendrillon pour pouvoir enfiler la pantoufle de vair. Je m'aperçois soudain que je la regarde encore fixement, car elle se sent obligée d'ajouter : « Ça fait plus campagnard qu'Evelyn. Evelyn, c'est un nom de la ville.

– Ouiche, c'est sûr. Passe-moué donc quèques taches de rousseur et un vieux chapeau d'paille, j'vons aller traire les vaches. »

Nous éclatons de rire presque au même moment. Steffie est ravie, comme si elle avait réussi à convaincre un enfant timide d'accepter un biscuit.

« Tu fais ta lessive aujourd'hui ?

– Non, j'allais juste lui faire prendre l'air. » Elle rit de ma médiocre plaisanterie comme si c'était la réplique du siècle.

Tandis que je traverse la cour pour la rejoindre, elle ajoute innocemment : « On dirait vraiment que ce paysage te plaît. Qu'est-ce que tu regardais donc l'autre soir, il y a une semaine ou deux ?

– Je… » Le soleil est trop chaud, la cour trop aveuglante. J'ai l'impression de tomber dans une blancheur infinie qui me brûle. Et l'éclat de ses yeux me scrute depuis l'obscurité protégée du porche, me transperce, me perce à jour.

« Rien.

– Je me disais que peut-être tu avais tout simplement trop chaud pour dormir, mais maman a dit que tu t'étais sans doute disputée avec Tommy et qu'il fallait que je vous laisse tranquilles.

– Trop chaud, oui. » Je fais bêtement écho à ses paroles. Je les imagine, comme ils ont dû me voir, tous assis sous la véranda dans leurs fauteuils d'osier en train de prendre le frais, à regarder leur folle de belle-fille errer dans la cour en chemise de nuit, en rêvassant en direction de la basse-cour. Je suis morte de honte, d'une honte trop forte pour me faire rougir, trop aiguë pour me faire mal tant elle me tranche à vif. Je retrouve ma langue en montant les marches d'un pas mal assuré. « J'avais trop chaud pour dormir, mens-je faiblement au moment où la double porte se referme sur moi. Il va probablement encore faire chaud cette nuit. »

Steffie hoche sagement la tête. « C'est ce que j'ai dit à maman. Je veux dire, je ne vous vois pas en train de vous disputer, Tommy et toi. Tommy a trop bon caractère. Je ne l'imagine même pas en train de se disputer avec quelqu'un. Même quand nous étions petits, il cédait toujours et préférait me laisser faire ce que je voulais plutôt que de se laisser entraîner dans une dispute. Mon père ne pouvait pas supporter qu'on se bagarre. Il fouettait Tommy jusqu'au sang s'il nous faisait pleurer, Ellie ou moi. » Elle revit ce souvenir pendant une longue minute, puis elle hausse les épaules. « Bon, il faut que je finisse ce que j'ai à faire. À bientôt. » Elle disparaît dans les entrailles de la maison, me laissant me demander si Tom et moi disposons d'une quelconque intimité dans cette maison. Jusqu'où peut porter la voix d'une conversation dans la cuisine, par une nuit claire et chaude ? Et dans la chambre ? Est-ce qu'ils passent leurs soirées à nous épier, les Potter, assis sur leur véranda ? Est-ce que je deviens paranoïaque ?

Il faut franchir une deuxième porte pour passer de la véranda dans la maison, je la pousse de l'épaule pour entrer. La cuisine s'étend, vaste et blanche, sous mes yeux. Il y a la place de tuer un bœuf et de le découper sur la table. C'est le genre de cuisine, conçue à l'époque où la cuisine était le cœur de la maison, où on peut travailler, et parler, et grandir. Les appareils ménagers étincelants sur les grands comptoirs ont l'air dérisoire, comme s'ils s'excusaient de leur présence en ce lieu de cuisine traditionnelle. Pas question ici de préparation instantanée. Il y a place pour les sacs de farine, les saladiers de porcelaine, les blancs d'œufs battus en neige, les mains dans la farine et la pâte qui lève. Seuls, les boîtes à biscuits et les énormes pots de grès ont l'air de se sentir à l'aise. Cette cuisine a dû être aménagée pour une femme industrieuse, appréciant l'espace et l'efficacité. Je regrette de ne pas l'avoir connue, de n'avoir pu passer du temps ici avec elle à la regarder, émerveillée, sortir du four les miches de pain, pétrir la farine et le beurre pour la pâte, garnir les tartes de fruits. Je crois que nous nous serions bien entendues.

L'escalier de la cuisine descend dans la lingerie, au sous-sol. Je charge la première fournée dans la panse béante de l'énorme machine à laver blanche. Tandis qu'elle mâche et digère confortablement, je remonte dans la cuisine.

Cette histoire de lessive me met dans une situation inconfortable. C'est un dilemme hebdomadaire. Est-ce que je reste assise dans le sous-sol à regarder tourner la lessive dans la machine ? Est-ce que je remonte m'asseoir dans la cuisine de mère Maurie, ce sanctuaire inviolé, pour boire un café en attendant que ma lessive tourne en bas ? Ou est-ce que je retourne à la petite maison, pour épousseter et ranger consciencieusement, en revenant en courant toutes les vingt minutes pour vérifier la progression de la lessive ? Quelle que soit la décision que je prends chaque semaine, j'ai toujours l'impression que ce n'est pas la bonne. Comme si ce n'était pas ce qu'on attend de moi, et qu'ils soient obligés de s'adapter à mon étrange comportement. Mais de toute façon, que peut-on attendre d'une femme qui erre la nuit dans la cour, en chemise de nuit, et regarde avec nostalgie en direction de la basse-cour ?

Aujourd'hui, je m'installe dans l'immense cuisine. J'ai apporté un magazine au fond de mon panier à linge, et je me sers une tasse du café noir et fort que mère Maurie garde constamment au chaud dans l'énorme cafetière chromée et étincelante. Je préfère le thé, mais il faut un petit miracle pour trouver du thé dans cette cuisine. Je n'en ai vu faire qu'une fois, le premier soir où nous sommes arrivés. Quand j'étais encore une invitée. Cependant, un effort prodigieux avait été nécessaire et mère Maurie n'avait pas pris la peine de cacher le dérangement provoqué. D'abord, il y avait eu le jeu de cache-cache pour dénicher quelques maigres sachets de thé froissés dans une boîte de Lipton à demi écrasée au fond d'un placard. « Personne dans la famille ne boit de thé, avait innocemment expliqué mère Maurie. Alors je n'en achète pas, c'est tout. Pourquoi faire une dépense supplémentaire, alors que je sais que ça va rester inutilisé pendant des années ? »

Puis, une fois le thé trouvé, il avait fallu chercher une petite casserole pour faire bouillir l'eau. Une grosse bouilloire en cuivre étincelant trône sur l'énorme cuisinière blanche, mais c'est uniquement pour la décoration. Ses flancs brillants n'ont jamais connu la chaleur de la flamme. Le thé que m'avait préparé mère Maurie était noir et âcre, trop chaud et trop amer pour être adouci d'une goutte de lait. Cependant, je l'avais bu et j'avais remerciée mère Maurie.

Je bois du café à présent, noir, parce que c'est comme ça qu'ils le boivent tous et qu'il n'y a pas de petit pot de lait ou de crème dans le frigo, pas de sucrier accessible pour ceux qui n'ont pas les mêmes goûts qu'eux. Il n'y a que du café noir acide dans de grands mugs de faïence blanche. Ou le soda basses calories de Steffie, à l'orange, la marque la moins chère du magasin. Elle le boit dans de grands verres avec beaucoup de glace. Elle m'en a offert une fois, mais j'ai refusé en la remerciant. À présent, je n'envisage même pas d'y goûter. Et si jamais elle avait compté ses cannettes et s'apercevait qu'il en manque une ? Est-ce qu'elle demanderait qui l'a bue ? Je n'ose imaginer la scène.

Je suis assise à la grande table de cuisine avec un mug de café et un magazine *Woman's Day*, un vieux numéro sortant d'on ne sait où, qui s'est retrouvé dans le porte-revues de la petite maison. Je me plonge dans le magazine et dans le silence comme dans une baignoire d'eau chaude. Pas un bruit dans la grande maison. Si Steffie et Ellie se livrent à quelque activité, c'est dans le silence mystérieux des étages supérieurs de la maison. Teddy est parti en ville avec Grand-père et Grand-mère. Je n'ai pas la moindre idée d'où se trouve Tom. Je ne cherche pas à le savoir, je refuse de me laisser tracasser par cette idée. L'après-midi m'appartient. Je peux rentrer et récurer les murs ou m'allonger pour lire et paresser sans rien dire à personne. Je suis bientôt plongée dans un article sur le thème : « Que représente pour vous l'amendement à la constitution pour l'égalité des droits des femmes ? » J'entends claquer la double porte, puis des petits pieds qui trottent sur le linoléum.

« Regarde moi ! Je suis un cow-boy ! »

Je me retourne pour voir cette merveille. En effet, mon Teddy est un cow-boy, des bottes au chapeau, en passant par la ceinture à lanières sur le jean et la chemise marron à manches frangées, le bandana bleu et rouge autour du cou et les six-coups étincelants dans leurs étuis de plastique. Son visage rayonne de joie et de la chaleur de l'été.

Je prends une profonde respiration, repasse mentalement toutes mes résolutions pour être conciliante. « En effet, dis-je avec un enthousiasme feint. Sauf pour les pistolets, évidemment. Les vrais cow-boys n'avaient pratiquement jamais besoin de pistolets. Il n'y a que les faux cow-boys qu'on voit à la télévision qui en portent.

– Si, ils en avaient, affirme-t-il, en serrant agressivement ses petites mains sur la crosse en plastique blanc de ses pistolets. Pour tuer les méchants, les serpents et tout ça ! Pan ! Pan ! » Il dégaine comme à la télévision et m'exécute sur-le-champ.

J'ai la main plus rapide que la parole. Je saisis ses poignets et pointe les canons des pistolets vers le plafond. « Ne pointe jamais un pistolet sur maman, même si c'est un jouet. ». Je m'efforce de garder un ton uni, mais les mots résonnent quand même comme une accusation brutale. J'essaie de l'adoucir. « C'est très mal élevé de pointer un pistolet sur quelqu'un.

– Lâche-moi ! » Il se débat pour se libérer, recule d'un pas et me vise à nouveau avec ses pistolets. « Pan ! T'es morte, voilà. T'avais qu'à pas me retenir.

– Teddy ! Ça suffit ! Tu dis des sottises. Tu sais ce que papa et maman t'ont dit à propos des pistolets. Quand tu seras grand, tu auras un vrai fusil et tu apprendras à chasser. Mais pas des armes pour s'amuser. Les jouets donnent de mauvaises habitudes. Après, quand on a un vrai fusil, on est obligé d'apprendre à perdre toutes ses mauvaises habitudes avant de pouvoir l'utiliser. Les pistolets en plastique te font croire que les armes sont des jouets. Pourquoi ne poses-tu pas ces trucs idiots ? »

Teddy serre les mâchoires avec entêtement. « NON ! Ils sont à moi. Et papa veut bien. Il était là quand Grand-père me les a achetés. »

Je me mords fermement la langue. Qu'est-ce qui est vrai, qu'est-ce qui est important, là, tout de suite, de quoi nous souviendrons-nous dans quelques années ? Je cherche à prendre du recul et je n'y parviens pas. Voyons les choses plus simplement. Comment faire pour retirer les pistolets à Teddy en lui faisant le moins mal possible ? Des pas lourds montent l'escalier et entrent dans la cuisine. La porte grince et Grand-père pose sur la table deux sacs de produits d'épicerie.

« On se croirait à OK Corral ! » C'est le père de Tom qui s'adresse à moi, il perçoit que quelque chose ne va pas, se demande pourquoi je suis agenouillée par terre en faisant les gros yeux à Teddy et comment il va faire pour protéger son petit-fils de ma stupidité caractérielle. Tom est derrière lui. Il pose deux autres sacs de papier brun et se sert immédiatement une tasse de café. Je lui lance un regard furieux mais il déplie le journal et s'installe devant la table avec son café, souhaitant à l'évidence rester neutre dans ce rapport de forces. Croit-il vraiment qu'il va pouvoir s'abstenir ? Je vais le faire changer d'avis. J'ignore délibérément son père.

« Tom, est-ce toi qui as acheté deux pistolets à Teddy ? Alors que nous nous étions mis d'accord sur le fait que c'est une mauvaise idée ? »

Il lève les yeux, innocemment, d'un air las et préoccupé. Je ne suis pas dupe. « Quoi ? Ah, oui, quand je m'en suis aperçu, papa les avait déjà offerts à Teddy. Je ne voulais pas qu'il hurle pendant tout le chemin du retour, et papa ne savait pas que nous étions contre les pistolets en plastique. Je suppose que ce ne sont pas deux pistolets qui vont lui faire grand tort. Il s'en lassera vite, j'en suis sûr. »

Et voilà. Tout est expliqué. Il tente de retourner à son journal. Mais je suis sans pitié ni retenue. Que tout le monde le sache, alors, que son père écoute et regarde. Qu'il voit quels problèmes il crée quand il fait comme si Teddy était à lui et qu'il pouvait en faire ce que bon lui semble.

« Tom, nous en avons beaucoup parlé. Je suis étonnée que tu puisses laisser passer ça. Rappelle-toi, tu… »

– Pourquoi ce petit homme ne pourrait-il pas avoir un ou deux pistolets en plastique ? Il ne peut pas faire de mal avec ça. » Le père de Tom vient à sa rescousse. Pourquoi embêtes-tu mon fils, femme déraisonnable ? Tu devrais être tout sourires, ravie que j'aie jugé bon de faire un cadeau à ton enfant.

Je prends une grande respiration, et reviens à l'attaque par la bande. « Je sais qu'il ne peut faire aucun mal avec ces pistolets. Mais ils lui donnent de mauvaises habitudes, des idées fausses sur l'usage des armes. C'est de cette façon que les accidents arrivent, on voit des enfants qui pointent de vrais pistolets contre leur copain ou leur petit frère, qui appuient sur la gâchette en disant pan ! Et on est tout surpris quand quelqu'un meurt vraiment. Les armes en plastique font croire à un enfant qu'il peut viser et tirer sans que rien ne se passe. Tuer devient un jeu. Quand Teddy sera assez grand pour avoir un vrai fusil, il faudra qu'il perde plein de mauvaises habitudes sur la manière de tenir une arme, comment s'en servir et…

– Mes enfants ont toujours joué avec des pistolets. Ça ne leur a jamais fait de mal. Je veux dire, tu n'es pas un meurtrier caché, que je sache, Tommy ? »

Tom sourit gentiment de cette plaisanterie sans malice et continue à lire son journal. Il ne fait pas de commentaires. Le vieux n'a qu'à se débrouiller pour faire entendre raison à Evelyn. Il lui dira les choses telles qu'elles sont.

« Je ne voudrais pas que Teddy croie…

– Je ne pense pas que les enfants doivent avoir de vraies armes à feu, de toute façon. Pas avant dix-huit ans au moins. Ils ne savent pas s'en servir et ils pourraient blesser quelqu'un. » C'est Steffie qui intervient pour nous faire profiter de cette perle de sagesse.

« Ils ne savent pas s'en servir parce qu'ils n'en ont jamais eu, à part des jouets qui ne font aucun effet. J'ai été habituée aux armes depuis que je suis toute petite, Steffie. Il y avait toujours un fusil chargé près de la porte d'entrée. J'ai eu ma première carabine, une vingt-deux, quand j'avais à peu près dix ans. C'est mon père qui m'a appris à m'en servir et à l'entretenir, et sa tâche a été d'autant plus facile que je n'avais jamais eu de pistolets en plastique auparavant. Je …

« Tu veux dire que tu tuais vraiment quelque chose avec ? » Steffie est médusée. L'image de ce qu'elle pense défile sur le mur de la cuisine comme sur un écran. Me voici, à onze ans, les bras rouges jusqu'aux coudes du sang d'une multitude de petits lapins, de mignons oiseaux, abattus sans autre raison que de satisfaire mon appétit de carnage.

« Une arme à feu, c'est fait pour tuer, Steffie, lui fais-je doucement remarquer pour l'habituer à cette idée nouvelle. Je débarrassais le jardin de ma mère des taupes et j'empêchais les écureuils de voler la laine de verre dans le grenier. Plus tard, je l'ai utilisée pour apporter des spécimens à un exposé de sciences naturelles au lycée. Je crois…

– Je trouve que c'est fou ! » Steffie me dévisage. « Imaginer une petite fille qui tue des animaux pour s'amuser. Au moins les fusils en plastique… »

Grand-père Potter intervient : « Enfin, Teddy est votre fils, Evelyn. Si c'est votre opinion, c'est comme ça. Je ne peux pas dire que je vous comprends. Mais c'est votre droit. Tom et vous ne voulez pas qu'il joue avec des pistolets, un point c'est tout. Je ne suis pas du genre à me mêler de ce qui ne me regarde pas. Mais c'est vous qui lui reprenez ses six-coups, pas moi. Je ne veux pas briser le cœur de ce petit bonhomme pour une raison que je ne suis même pas sûr de comprendre. » Sa voix pleine de gentillesse trahit sa peine de me voir si cruelle. « Pauvre enfant », ajoute-t-il.

Voilà le jugement, cœur de pierre, espèce de mère sans cœur ! Je jette un coup d'œil aux alentours pour savoir où est Teddy, mais l'objet de la discussion a depuis longtemps filé sans demander son reste. Je me rends compte qu'ils l'ont probablement tous remarqué et que ça les amuse secrètement. Dois-je le poursuivre, l'attraper, le jeter à terre, le défaire de ses pistolets de cow-boy dans la poussière de la cour sous les yeux hostiles qui m'observent en douce à l'abri de la fenêtre ? Dois-je le pourchasser de mes instincts meurtriers comme je pourchassais jadis de pauvres petits rongeurs sans défense ? Ils m'observent, s'attendant à ce que j'inflige cet horrible traitement à mon fils pour qu'il puisse courir dans leurs bras en pleurant pour se faire consoler. Peu importe ce que je ferai, ils gagneront à tous les coups.

Je suis sauvée. Le minuteur de la machine à laver me signale que la lessive est terminée. Je me hâte de battre en retraite dans la lingerie pour transvaser le linge mouillé dans la sécheuse, pour emplir à nouveau la machine à laver et mettre en marche les ronronnements et mouvements perpétuels. Je prends mon temps, délibérément, deux fois plus qu'il n'est nécessaire pour cette simple procédure. Quand je refais surface, la cuisine est vide, à l'exception d'un journal abandonné et d'une cigarette qui envoie un futile signal de fumée du bord d'un cendrier.

La colère en moi est vivante, comme une créature séparée qui gronde à l'intérieur. Une créature trop forte pour faire partie de l'être faible que je suis devenue. Je suis une ombre, aussi impuissante qu'un rêve à redonner une forme aux événements qui ont lieu autour de moi. Seule ma colère a de la force et rugit de défi dans la misérable citadelle de mon corps, refusant d'être conquise ou vaincue. Je voudrais tenir Tom et le secouer, le secouer comme un prunier. Où était-il donc quand j'avais besoin de soutien, d'approbation pour mon rôle de parent dans cette maison ? Il était là devant la table, comme un enfant lui-même, un fils qui refuse d'affronter sa part de remontrances paternelles. Et je suis en colère aussi contre Steffie, et contre le père de Tom. Mais ma colère se retourne également contre moi, me menace, regrette de ne pas pouvoir me détruire pour trouver une enveloppe plus digne. Je suis devenue totalement impuissante. Pas une fois je n'ai hurlé ni insisté. Je suis toujours si raisonnable, si ouverte à la logique, si influençable, si humble. Je me donne envie de vomir.

Quand Teddy est entré, j'aurais dû simplement et calmement lui enlever les pistolets, avant de tout lui expliquer. C'est lui l'enfant, je suis la mère. Et Tom est le père, mais pas aujourd'hui. Non, aujourd'hui, c'est Tommy, le garçon de Potter. J'ai entendu qu'on l'appelait comme ça ici, au drugstore, à la quincaillerie. Quand je leur tends un chèque, ils le regardent un instant en fronçant les sourcils puis ils disent : « Vous devez être la femme de Tommy, le garçon de Potter. » Et je dois baisser la tête et acquiescer, même quand j'ai envie de crier que non, je n'ai pas épousé Tommy, le garçon de Potter, que je ne savais même pas qu'il existait depuis que nous sommes mariés. Et que maintenant que je le sais, je ne suis même pas sûre que je l'aime.

Je me demande ce qu'il faudrait faire pour que Tom Potter me revienne, qu'il redevienne mon homme. Je me demande ce qu'il faudrait faire pour retrouver mon Teddy, mon petit satellite qui s'est libéré de mon attraction pour aller se mettre en orbite autour d'autres planètes. Je me demande ce qui me reste, ce qui me retient ici. Et l'image s'impose à moi tout à coup. Nous sommes un système solaire qui a explosé. Je ne tourne plus en orbite autour de Tom, et Teddy ne gravite plus autour de ma vie. Le sentiment de désolation qui me submerge soudain est atrocement familier. Je lui ferme la porte au nez.

Oublie. Oublie tout ça, n'y pense plus, ça va probablement s'arranger. Le bruit des machines me donne mal à la tête. Tant pis, laissons-les tourner et essorer toutes seules. Personne ne va partir avec ma lessive. Je quitte la fraîcheur de cave de la cuisine et passe sous la grande véranda couverte. Doucement, je ferme la porte isolante, puis la porte de bois, sur les bruits de ma lessive qui continue à s'accomplir. Je sors dans la lumière éclatante de l'arrière-cour. Cette partie de la cour n'est que lumière et poussière, traces de pneus, camions qui tournent au ralenti dans le soleil et peinture bleue étincelante. De l'autre côté, devant la maison, il y a la pelouse et les parterres de fleurs, et trois gros arbres qui font une ombre fraîche. Mais vous ne verrez jamais personne s'y reposer, allongé dans l'herbe ou dans une chaise longue en lisant des romans. Cette partie de la cour n'a qu'un rôle d'apparat, pour épater les clients qui passent en se rendant au bureau de la direction. N'y mets pas les pieds, tu déparerais dans la perfection du décor.

Je traverse l'arrière-cour poussiéreuse, fendant les vagues épaisses de la chaleur comme un petit bateau luttant contre la tempête. Je passe par la grange obscure et odorante et ressors dans la prairie. Que je traverse en regardant où je mets les pieds et en prenant garde de ne pas déranger les vaches alanguies. Ce sont des vaches Angus, d'énormes bêtes noires trapues qui vivent une existence placide en attendant de se retrouver sous plastique au supermarché, ou dans la cocotte de la ménagère. Elles font à peine attention à moi. Je traverse la vaste prairie et me faufile sous les barbelés. Je suis à présent la clôture de la basse-cour, surmontée d'un fil électrique, qui s'est rompu en plusieurs endroits et a brûlé les herbes assez hautes pour avoir osé empiéter sur son contrôle. Les poulets s'épouillent au soleil ou se trémoussent dans la poussière, les canards jouent dans la mare en claquant des ailes, pour faire ruisseler l'eau fraîche jusqu'au cœur de leur plumage. Ils lèvent la tête et se taisent en voyant un être humain s'approcher de leur parc, de l'autre côté de la clôture. Mais ils reprennent leurs ébats et je leur tourne le dos pour regarder vers les friches.

Les friches. Terrains trop marécageux pour la pâture ou le foin, malsains pour les pieds du bétail, où pourriraient les semis, terrains constitués seulement d'une mince couche humide de terre arable et de vase, sous laquelle il n'y a que sable et gravier. Friches laissées à l'état sauvage dans le désert soigneusement discipliné que devient le reste de la vallée. Plus loin, c'est le *no man's land*, qui appartient à tout le monde et à personne, « forêt domaniale ». Par-delà les friches marécageuses s'élèvent les ondulations des collines couvertes de bouleaux et de peupliers, de saules et d'aulnes, quelques épineux épars au tronc rouge et vert sombre. De ces collines descend le ruisseau, et de l'autre côté des terrains en friche, j'entends le bruit de l'eau, et le vent qui souffle dans les hautes cimes des arbres comme un joueur de flûte chuchotant dans son instrument.

Un sentier traverse les friches. Je le savais. Je m'applique à le suivre. Je ne veux pas savoir qui ou quoi l'a tracé. Parfois il est immergé sous une eau peu profonde qui recouvre la boue et la mousse. Dans ce cas, je me contente de marcher à côté, sautant de touffe en touffe d'herbes hautes, sans me mouiller les pieds plus haut que les chevilles. Qui se soucie que mes chaussures soient trempées ? J'ai les pieds au frais.

Peu à peu, le sentier devient plus sec et je sais qu'il prend de l'altitude. Je suis encore sur les terres en friche. Et soudain, je marche sous les frondaisons des premiers arbres, j'entends le murmure du ruisseau et l'appel de la flûte que je ne peux plus ignorer.

Je ne m'enfuis pas de chez moi. Je ne cherche pas à échapper à la vaisselle sale, à la lessive, à une belle famille aux querelles envahissantes. Je ne fuis rien du tout. Je cours vers un but. Vers la forêt, l'endroit où la solitude n'a jamais pu m'atteindre. Je refuse de me demander si Pan existe vraiment, s'il y a un être vivant qui chuchote cette musique, si je cherche à fuir la réalité, si je ne suis même plus tout à fait saine d'esprit. Les bois se referment sur moi, et la flûte me montre le chemin.

L'odeur de la terre chaude monte autour de moi, les années s'effacent. Voilà des plantes qui me sont plus familières que le visage vacillant de mes parents. Voilà des cornouillers et des salicaires, des églantines et du cresson, et des violettes foncées entrelacées dans l'herbe. Elles me souhaitent la bienvenue, s'inclinent devant moi et chuchotent dans mon sillage. Je les sépare de la main, et la flore accueillante de ces lieux me livre passage. Ma vigilance se relâche. Je me sens au milieu d'amis, mes muscles se détendent. Je me déplace dans la forêt avec entrain, souplesse et agilité. Je redeviens enfant.

Un jeune bouleau m'accroche timidement une mèche de cheveux. Je m'arrête près de lui, pose la paume sur la rondeur de son tronc, lisse comme du papier, m'imprègne les doigts de sa blancheur poudreuse. Je sens la vie monter dans la sève de ses capillaires. Nous partageons cet instant serein, deux êtres vivants qui n'ont rien besoin de prendre à l'autre. Puis je me libère doucement et poursuis mon chemin.

Rien ne presse. J'ai perdu le sens du temps, oublié toutes les pendules et leur approche chronométrée. Pas question de laisser disséquer cette journée en tranches insipides, indistinctes, une demi-heure de marche, trois minutes de contact avec un arbre. Ce moment est une unité et doit être savouré comme tel.

Pas de branches qui crissent contre la toile du jean, aucun bruit de pas sur le terreau de feuilles. Je me déplace comme une renarde en chasse qui suit avec circonspection le son et l'odeur de sa proie. Bientôt, je sens l'air plus frais sur mon visage, je vois les roseaux se dresser devant moi et j'ai sous les pieds la rive du ruisseau. Je le suis en remontant vers la source, je sais que bientôt j'arriverai à une berge dégagée, une plage tapissée de mousse épaisse, dépourvue de cailloux et de vase, prévue pour une rencontre. Je perçois l'odeur musquée de Pan, je la respire bouche ouverte, en savoure les effluves sur ma langue.

Et j'arrive à lui.

10 dix

Fairbanks, fin des années soixante.

Mes souvenirs d'enfance se téléscopent. Ce devait être le dernier jour, celui où Pan m'a laissée dans l'herbe avec ce sang, quand je me suis relevée et que j'ai continué sans lui. Je ne l'ai jamais revu dans la forêt. J'essayais de l'arracher de ma vie, de me dire qu'il n'avait jamais existé. C'était un reniement dû à la rancœur, une tentative pour me venger de son abandon. Mais malgré mon reniement et sa disparition de ma vie, il n'était jamais parti tout à fait. Il refusait de me laisser tranquille, le faune aux pieds de chèvre. Il était toujours là, à la limite du perceptible, presque complètement caché, mais il empêchait tout le reste de tourner rond. Comme un tout petit gravier sous le linoléum neuf, comme ces quelques flocons de céréales du petit - déjeuner pris au piège sous la nappe de lin du dîner et les verres de cristal, comme une seule mouche morte sous le papier peint qu'on vient de poser, ôtant à toutes choses leur simplicité lisse et sereine. Une petite imperfection dans mon maquillage, une infime partie de moi qui n'admettrait jamais la réalité. Comme ces minuscules fragments invisibles sur les draps de percale bien lisses, qui vous rentrent dans la peau la nuit et qu'aucun brossage ne peut éliminer, mais qui trouveront un nouvel endroit pour se fixer, vous marquant à la hanche, ou à la pointe de l'épaule. Pan était toujours là. Il ne voulait pas me laisser grandir, ne voulait pas me laisser devenir complètement réelle.

J'avais un soupçon, une angoisse secrète.

Il me gardait pour lui.

J'avais toujours peur que quelqu'un ne s'en aperçoive. Comment pouvais-je devenir un adulte réel, si mon invisible compagnon de jeux me hantait, se moquait de moi en me demandant: « réalité ou faux-semblant? » à chacune de mes pensées, chacun des résultats que j'obtenais? Il était l'œil qui apparaissait la nuit au coin inférieur de la fenêtre, l'ombre aperçue derrière moi dans le miroir, l'unique empreinte de pied fourchu dans le chemin après l'orage de la nuit, le minuscule fragment bleu de coquille d'œuf, par terre près de ma table de nuit. Jamais assez pour être réel, mais toujours trop pour passer inaperçu.

Cet automne-là, j'étais entrée au lycée. C'était un jeu complètement nouveau. Mes sœurs m'avaient précédée au lycée Monroe en y établissant un niveau que j'étais bien incapable de maintenir. Il ne s'agissait pas des résultats scolaires. J'avais toujours réussi dans ce domaine. C'était sur le plan social. Elles avaient été présidentes de leur promotion, gagné des concours d'élocution, été rédactrices en chef du journal de l'école en même temps que coqueluches de la classe. Autant de rôles que je ne pouvais jouer. Tous les professeurs se demandaient quel était mon problème, pourquoi je n'étais pas comme mes sœurs. Ils réussissaient en général à me prendre à la fois en grippe et en pitié.

Et ce n'était pas tout. Il y avait les bals. Les rendez-vous avec les garçons. Pas pour moi, mais pour les autres filles. Oh, bien sûr, j'allais au bal, à la remorque de mes sœurs. Désorientée, ahurie, je faisais tapisserie et regardais les autres danser. S'il arrivait que les garçons posent le regard sur moi, soit ils se moquaient, soit ils ne me voyaient pas. Je n'en avais pas vraiment de peine, parce que je ne m'attendais pas à autre chose. Mais au fil du temps, à mesure que je passais de première en terminale, et que les railleries se faisaient de plus en plus précises, j'avais compris qu'il me fallait changer si je voulais survivre. Il fallait que je trouve une façon de m'intégrer, mais je ne savais pas comment m'y prendre. Je me disais qu'il y aurait forcément un prix à payer pour ce changement, mais je ne savais pas très bien ce que ce serait.

Le prix à payer devait être mon passé.

D'abord, il y eut une crue, juste à la fin de l'été. La Chena et le Tanana sortirent de leur lit, et leurs eaux boueuses vinrent inonder notre chemin, submergeant ma forêt, noyant notre jardin, emplissant le sous-sol de la maison dont elles épargnèrent à peine l'étage supérieur. Ma famille se réfugia sur les hauteurs, et nous dûmes élire domicile pendant plusieurs jours sur la colline du campus de l'université d'Alaska. Chaque jour, j'allais en haut de la colline regarder en bas les terrains inondés, observer le lent, très lent retrait des eaux. La crue laissa une couche de boue sur toute la forêt, comme des traces de baignoire sale à la base des arbres, un résidu brunâtre et sableux sur les plantes à végétation basse. Il n'y eut pas de récolte de fruits sauvages cet automne-là. Je repris mes promenades, mais ma forêt avait été salie, m'était devenue étrangère, la mousse cachée sous une couche de boue, les buissons souillés d'écume et de dépôt sablonneux. Je me promis que l'hiver purifierait la forêt, que la fonte des neiges au printemps restituerait sa verdure intacte.

Mais d'abord vint l'automne. Et avec lui l'école, une nouvelle école. Une école publique, parce que l'inondation avait ruiné ma famille, et que Sissy entrait en première année à l'université d'Alaska où était déjà Candy. Pour moi, ce fut un sursis, sous la forme du lycée Austin E. Lathrop. Un endroit où nul ne me connaissait, ni moi ni mes sœurs. Où je pouvais faire semblant d'être quelqu'un d'autre, recommencer à zéro, sans être la cadette de quiconque.

Je pris mon courage à deux mains. Je me fis une réputation de sauvageonne et de mauvais sujet. Aucune fille de ma famille ne l'avait été avant moi, mais j'y parvins. J'avais les vêtements qu'il fallait pour ce rôle, les jeans usés, les chemises de garçon, les blousons informes. J'en avais le vocabulaire. La seule chose nécessaire, c'était du culot, et j'en trouvai, je ne sais comment. Je cachai mes bonnes notes, des seize et des dix-huit dont les professeurs ne revenaient pas, à mes nouveaux amis. J'horrifiais les autres filles. Mais les garçons commençaient à me regarder. J'étais la fille qu'on ne pouvait pas choquer, qui connaissait plus de blagues cochonnes qu'eux, qui n'avait jamais peur de relever leurs défis. J'étais indisciplinée, j'avais mauvaise réputation, j'étais libre.

Je me répétais que Pan n'avait jamais existé, jamais. Farouchement, je faisais comme s'il avait disparu, excusant ma trahison par le prétexte que c'était lui qui m'avait abandonnée le premier. Je me persuadai que je croyais qu'il n'avait jamais été qu'imaginaire. Cependant, je redoutais le retour du printemps, quand la forêt m'appellerait de nouveau.

Mais cette épreuve me fut épargnée.

Les chenilles processionnaires arrivèrent et se mirent à dénuder la forêt à mesure que poussaient les feuilles nouvelles. Les bois ne furent bientôt plus qu'un lieu dépouillé où le soleil pénétrait cruellement sans être filtré par le doux frémissement de la voûte végétale. Pire, les insectes laissèrent de longs filets fantomatiques pleins de sécrétions collantes et soyeuses suspendus dans les arbres et, quand je suivais mes sentiers, ils s'emmêlaient dans mes cheveux, les grosses chenilles grouillantes me tombaient sur la tête et les épaules. Ce fut un été sans feuillage et quand j'y pensais, ça me rendait malade et je me sentais aussi dépouillée que les arbres eux-mêmes. J'étais comme un drogué contraint de suivre de force une cure de désintoxication, en manque de forêt. Chaque fois que j'y pensais, je me persuadais que tout allait revenir, que mes bois redeviendraient aussi verts, aussi profonds et aussi frais qu'avant, que la fondrière coulerait, brune et argentée et que le ciel bleu s'y reflèterait à nouveau.

Mais en attendant, je peuplais mon été de motocyclettes et des garçons couverts de poussière qui allaient avec. De ces garçons qui aimaient qu'une fille n'ait pas peur de se salir sur les chemins de traverse, se moque d'avoir les cheveux emmêlés par le vent. Ma mère était tellement soulagée de voir que j'avais des amis qu'elle me laissait la bride sur le cou comme elle ne l'avait jamais laissée à mes sœurs. J'en profitais pour prendre le mors aux dents, partir au galop, courir la prétentaine, boire de la bière, apprendre à conduire les motos et embrasser les garçons.

Et si le soir, dans mon lit, je repensais à la journée passée en sachant qu'elle n'avait pas été aussi merveilleuse que j'avais tenté de le faire croire, si je savais que la bière m'avait paru amère, la moto surtout bruyante, malodorante et sans autre puissance que celle que lui donnait son moteur, si le garçon n'avait été qu'un garçon comme les autres, sans plus, si seule dans mon lit je soupçonnais que j'avais échangé mon héritage contre un plat de lentilles, je savais aussi que, pendant ces longues nuits de Fairbanks où le soleil de minuit brillait à ma fenêtre, aussi vite, aussi follement que je courre, je n'échapperais jamais au faune. Il avait tracé le cercle où j'étais enfermée et n'avait plus besoin de courir pour me rattraper. Quelle que soit la direction que je prendrais, je ne pourrais jamais m'éloigner de lui. Si au cours de ces nuits j'avais faim d'autre chose que du beurre de cacahouètes, des pommes, du céleri et des raisins secs chapardés la nuit dans la cuisine, si j'avais froid au point que ni les couvertures ni Rinky ne pouvaient me réchauffer, si je me sentais plus seule que la lune se noyant dans le ciel bleu nocturne, alors je me promettais que les chenilles processionnaires seraient parties l'été prochain. Je me promettais la forêt, le ciel et de longues journées pour en profiter, sans les interminables négociations sentimentales qu'impliquaient les garçons, je me promettais des heures entières où je serais libre et naturelle au lieu de contrefaire des attitudes qui passaient aux yeux des autres pour la vraie liberté. Parfois, au bord du sommeil, quand je ne m'asseyais pas dans mon lit pour regarder par la fenêtre avec l'angoisse d'y voir surgir quelqu'un, parfois, à la limite de l'inconscient, je me promettais la forêt et le faune.

Mais je ne devais jamais les retrouver, plus jamais.

L'oléoduc arriva et mon Alaska disparut. L'école était bondée, mes cours de latin se tenaient dans un escalier faute de place, les pick-ups jaunes de la compagnie Alyeska apparurent à chaque carrefour, la ville se débattait contre la marée croissante d'ivrognes et de putes de la Deuxième Avenue. Je me moquais bien de tout ça. Mais les prix de l'immobilier se mirent à grimper et la civilisation vint me poursuivre jusque dans la forêt, déboisant et asséchant la fondrière. D'abord, vinrent les géomètres, qui tracèrent des lignes parfaitement droites dans ma forêt, laissant derrière eux des pistes de jalons et de rubans de plastique rose. Puis vinrent les tracteurs, amoncelant les arbres en gigantesques tas à brûler, grattant la terre arable pour mettre à nu le permafrost sablonneux comme de la crème glacée. La fosse fut comblée de gravier. Ils découpèrent la dernière partie en petits rectangles sur lesquels ils posèrent des mobile homes, un par rectangle. Des gamins au nez morveux, en pantalon de velours côtelé marron, faisaient du tricycle dans leur cour. Les gens des caravanes avaient des carrés de pelouse pelée et jaune et une motoneige garée devant leur abri de jardin en tôle. Plusieurs caravanes s'enfoncèrent de guingois dans le permafrost qui fondait et s'effondrait à cause de la chaleur produite. Au début, je pris ça pour un signe encourageant. Mais les nouveaux arrivants se contentèrent de les remettre à niveau à l'aide de crics, installèrent quelques blocs de béton supplémentaires autour, et restèrent. Ils ne partirent pas et la forêt ne revint pas. Tout ce qui m'avait appartenu avait disparu pour ne jamais revenir. Le faune aurait dû disparaître, lui aussi.

Mais il n'en fit rien. Et je ne pouvais quitter mon enfance s'il était encore là.

Je vieillissais. Sans la forêt, je n'avais pas le choix. Je sortais avec des garçons, j'essayais de devenir réelle. Mais on aurait dit qu'il me fallait beaucoup plus longtemps qu'aux autres pour grandir. Aussi libre, aussi mauvais sujet que je fusse, j'avais déjà quinze ans quand je découvris ce que tous les autres connaissaient depuis l'âge de treize ans, et j'avais dix-sept ans avant d'avoir l'impression d'en avoir seize. Mais je faisais de mon mieux. Je sortais avec les garçons, les retrouvais sur la banquette arrière de leur voiture. Je n'osais pas aller très loin, je n'osais jamais leur laisser toucher les petits seins nus que je protégeais derrière un rempart de polyester rembourré et de doublure de tricot. J'avais peur que, si jamais ils les touchaient, ils ne s'aperçoivent, ils ne sachent que le faune ne me laissait pas grandir loin de lui. Peur qu'ils ne comprennent que je n'étais pas réelle, comme eux, que je ne devenais pas vraiment adulte. Peur que mes propres seins ne me trahissent, ne montrent à ces garçons que j'appartenais déjà au faune.

Pendant mon année de terminale, je ne sortis qu'avec des garçons stupides. J'avais des résultats excellents mais ne sortais jamais avec qui que ce soit dont la moyenne dépassait le niveau médiocre. Je sortais avec les mauvais garçons, ceux qui se faisaient prendre pour vol à l'étalage, ivrognerie, tapage nocturne, vandalisme. J'appris à démarrer les voitures en court-circuitant le contact, à forcer une serrure, à falsifier une carte d'identité. Mais je ne me fis jamais prendre, n'eus jamais de problème, ne fus même jamais soupçonnée. J'étais invisible. J'étais toujours là, à la marge de leur bande, avec leurs copines sans être vraiment l'une d'elles, parce que je les intimidais en leur montrant que je me fichais de ce qu'elles pensaient de moi. J'observais ces mauvais garçons dans leurs folies, leurs ivresses, leurs défis, leurs fureurs soudaines quand ils s'affrontaient, les pugilats qui se terminaient par une lèvre fendue ou un nez sanguinolent, rarement plus, puis par de simples poignées de main quand ils disaient : « Allons, on était saoul, on était en colère, on voulait pas en arriver là, des copains comme nous, pas moyen de les séparer. » Je regardais tout ça de loin, non pas comme un chercheur observant des rats de laboratoire, mais comme un enfant qui regarde par la rampe de l'escalier les adultes en train de boire des cocktails et de converser amicalement. Je regardais de la ligne de touche, sachant que, aussi stupides qu'ils en aient l'air, ils allaient tous de l'avant, ils grandissaient, ils progressaient vers l'âge adulte. Et je ne pouvais pas les suivre.

Je montais à l'arrière de leurs motos, dissimulée au regard des flics dans l'obscurité froide des piliers de béton sous le pont de l'université. J'allais à leurs fêtes dans les sous-sols et les garages, les regardais boire, fumer de la dope, se peloter, vomir dans la neige, se battre et pleurer. Je les regardais faire ce que moi, j'étais incapable de faire. Je les regardais grandir.

Un soir, j'escaladai la tour lumineuse de l'aéroport au bout de Davis Road, avec David, qui était tellement saoul que je croyais qu'il allait glisser sur les barreaux gelés et s'écraser en bas dans les ténèbres glacées qui nous entouraient. En haut, il fit un vaillant effort pour tracer en pissant ses initiales sur la neige intacte si loin sous nos pieds, tentant de marquer un D et un P plus gros qu'il n'en avait jamais pissés auparavant. Mais il était trop saoul et la grande expérience rata. En refermant son pantalon, il se coinça la peau dans la fermeture Éclair glacée et il fallut que je l'aide à se libérer tandis qu'il jurait et poussait des cris de putois. Il faisait moins vingt ce soir de janvier, et nous étions dans une zone interdite, très étroitement surveillée, tout en haut de la tour lumineuse de l'aéroport, avec son phare clignotant, c'était la première fois que je touchais le pénis d'un homme, et il était trop saoul, il avait trop mal et trop froid pour s'en soucier. J'avais dix-sept ans et il en avait seize, et ça aurait dû être une sorte de cérémonie initiatique, le début de mon passage à l'âge adulte.

Mais ce ne le fut pas.

Vous voyez le tableau ?

Ils grandissaient et me dépassaient, et je restais sur place. Des traces de pieds fourchus marquaient encore les chemins que je croisais au cours de mes longues promenades, les garçons dans mes rêves avaient des embryons de corne et des yeux couleur de forêt. Si je laissais un livre sous un arbre, le marque-page disparaissait, remplacé par une anémone pulsatile odorante. Le matin, quand je rentrais la lessive familiale qui avait séché au vent toute la nuit, mes chemises fleuraient autre chose que le vent frais de la nuit. Une odeur forte, à moitié sylvestre et à moitié caprine. Les chemises que je portais étaient imprégnées de son odeur, marquées comme son territoire.

Et je ne grandis pas. Ni alors, ni plus tard. Ni quand mes sœurs aînées quittèrent la maison pour aller à l'Université, puis ensuite se marier. Ni quand je passai le baccalauréat, et que mes parents m'offrirent des valises neuves et m'envoyèrent à l'université de l'État de Washington en septembre. Ni quand je suivis les cours de la fac, où j'étudiai la biologie et la botanique dans les livres et obtins encore des résultats excellents, tout en sachant que les livres ne connaîtraient jamais les plantes comme je les connaissais. Ni quand je rencontrai Tom, ni quand nous avons commencé à sortir ensemble. Ni même quand le télégramme arriva un soir très tard dans mon dortoir, et que le gardien d'étage vint frapper à la porte de ma chambre, en me tendant la sinistre enveloppe jaune qui m'annonçait que mes parents venaient d'être tués tous les deux dans un accident de voiture quelques heures plus tôt. « Rentre maison stop », disait le télégramme.

Je ne rentrai pas. Ce n'était plus ma maison. Ma maison avait disparu, était enterrée sous des lotissements neufs et un nouveau motel sur Davis Road. Je ne devais rien aux corps que mes parents avaient habité jadis. Je n'irais plus dans la lune pour mon père et je ne serais plus botaniste pour ma mère. Plus de centre auquel se raccrocher, le manège était devenu fou, les chevaux roses et les hippopotames bleus pouvaient s'éparpiller aux quatre coins du monde. Je tourbillonnais dans le vide, libre, sans attaches, sans cœur.

Et je tombai directement dans les bras de Tom.

Je sortais avec lui, de manière informelle, depuis presque un an. Par intermittence, sans rendez-vous sérieux, sans sorties officielles au bal ou au restaurant. Nous prenions un café ensemble entre les cours, nous retrouvions parfois par hasard au cinéma, ou à l'occasion d'une sortie à Seattle. Je ne l'appelai pas pour lui annoncer mon deuil en pleurant. Je ne sais toujours pas comment il vint à l'apprendre. Mes camarades de chambre le surent, comme elles avaient appris, tôt ou tard, par osmoses ou phéromones, tous mes soucis personnels. Je suppose que l'une d'elles a pu le prévenir. Mais l'après-midi suivant, il était là, avec une unique rose jaune, et nous avons séché tous les cours pour aller au zoo, où nous nous sommes promenés en silence au milieu des animaux en cage, sans rien dire, sans même nous toucher.

Et ce soir-là nous avons fait l'amour.

Il avait un canapé lit défoncé dans un minuscule studio. Il y avait une boîte de lait vide sur la table et de la vaisselle sale dans l'évier. Le tapis tressé près du lit s'effilochait. Le rideau de la fenêtre de la salle de bains était remplacé par une serviette fixée avec des punaises. L'oreiller sentait son after-shave. Voilà ce que je devais me rappeler pendant des années. En revanche, il me faudrait un effort pour me remémorer cette impression de nouveauté particulière, la sensation d'étirement quand Tom entra en moi, ouvrant une voie encore inutilisée. Un souvenir fugace, aussi difficile à retenir que le parfum d'une fleur. Je ne devais jamais me rappeler comment nous en étions arrivés là, mais seulement que je lui étais reconnaissante de son expérience et de sa patience. Reconnaissante. Et après, après qu'il m'eut tenue contre lui et embrassée, après que nous nous fûmes rhabillés, j'avais fait la vaisselle.

De la maison de mon père à celle de Tom. Me cachant de moi-même autant que du faune. M'accrochant frénétiquement à ces apparences de normalité.

Tom était ainsi à cette époque. Les mots étaient inutiles, nous communiquions sans nous toucher. Nous dérivions ensemble, sans douleur, comme deux feuilles prises dans le tourbillon d'un ruisseau. Je restai à l'université, travaillant l'été à la bibliothèque et vivant grâce à une bourse l'hiver. Tom rentra en septembre et il revint à moi de la même manière qu'il reprit les cours. Il me dit qu'il m'aimait. Il me fallut longtemps pour y croire, mais avant même d'être sûre que c'était vrai, je lui étais reconnaissante de me dire les mots. Tom dépassait tout ce que j'avais jamais espéré : il était beau, intelligent, et bien élevé. Il s'entendait bien avec tout le monde, attirait les amitiés comme un aimant les épingles. Il devint le nouveau centre de ma vie.

Nous avions continué à coucher ensemble, et ça s'était passé mieux que je ne l'avais craint. Il n'avait fait aucun commentaire négatif sur mon anatomie peu développée, mais dit au contraire qu'il aimait mes petits pieds, mes longs cheveux, mes yeux verts. Il ne manifestait aucune inhibition dans nos rapports physiques et je n'avais pas tardé à être comme lui. Tom me donnait l'impression d'être chez moi en pays étranger, il était comme tous les clichés de droiture. J'avais fait brièvement la connaissance de sa famille pendant les vacances de Pâques, et Steffie m'avait confié que j'étais la première fille qu'il présentait à ses parents depuis des années. Ils semblaient soulagés de me voir et s'étaient montrés très gentils, bien qu'un peu contraints.

À la fin de sa dernière année, j'avais quitté l'Université. Nous nous étions mariés et installés en Alaska, et je ne me souviens pas qui de nous deux en avait eu l'idée. Je me rappelle seulement que cela semblait être ce qu'il fallait faire et que nous étions heureux. Nous avions trouvé un emploi tous les deux et acheté le terrain avec le chalet délabré, et Teddy était né. J'avais tout, tout, l'homme, le bébé, le chien, la camionnette, la terre, tout. Je refusais de voir les traces de pied fourchu près de l'étang, je faisais la sourde oreille à tout ce qui n'était pas le bruit du vent dans les branches. Ma vie était belle et j'étais satisfaite. C'est si rare d'être heureux et de le savoir, au même moment.

Nous téléphonions à sa famille, je leur envoyais de longues lettres détaillées, des photos de Teddy bébé, du chalet, du jardin. Du premier élan que Tom avait tué. Ils semblaient heureux du bonheur de Tom et, même si nous ne pouvions accepter leurs fréquentes invitations à leur rendre visite, j'aurais juré que j'avais la belle-famille idéale. Quant à ma propre famille, je n'en avais guère de nouvelles et je les voyais encore moins. Ils étaient là, à Fairbanks, mais leurs cercles de vie n'avaient pas d'intersection avec les miens. Je savais vaguement qu'ils allaient bien et ça me suffisait. Je ne leur en voulais pas, mais n'avais pas non plus de désir pressant de renouer avec aucun d'eux. Ils avaient leur vie et j'avais la mienne, et la mienne était à part, différente, de même que j'avais toujours été à part, différente. Je n'éprouvais aucune rancœur à leur égard.

Trop de bons souvenirs pour se les remémorer tous. La pêche au saumon à Chitna, où il y a des fantômes peints sur les murs des maisons et où le vent ne cesse jamais de souffler. Les sentiers de ma forêt que j'avais appris à Tom, l'audacieux renard roux qui venait dans la cuisine voler une livre de bacon sur la table, Tom réparant le carburateur du camion pendant que je tenais la torche pour l'éclairer, nos promenades ensemble dans l'obscurité, sur le chemin enneigé, quand nous allions chercher le courrier de Noël dans notre grosse boîte à lettres. J'avais tout ça.

Je croyais que tout était réel, notre vie ensemble, notre bébé, notre maison. Mais tout en y croyant, c'était trop beau pour être vrai. C'était comme l'entracte au milieu d'un long film, comme les vacances entre les périodes d'examen. Ma vie avec Tom était une sorte d'intermède en dehors de ma vraie vie, un commentaire entre parenthèses dans la phrase de mon existence. Je ne parvenais pas à me rattacher à mon enfance. C'était comme si on y avait greffé une suite, la réalisation provisoire d'un souhait. Je comprends ça à l'instant même où je pose le pied dans la clairière de Pan. Quand ses yeux croisent les miens, je reprends mon souffle et ma vie interrompue recommence. C'est comme si Tom et le bébé n'avaient jamais existé, comme si l'Université avait été un mauvais rêve, mon chalet un conte de fées, trop joli pour que je puisse le garder. Ce n'est pas une excuse, même pas une explication. Voilà seulement comment ça s'est passé.

11
onze

La forêt, juin 1976

C'est une petite clairière dans la forêt, comme une perle d'émail enfilée sur le ruban brillant du ruisseau. Parfaite comme ne le sont jamais, ou toujours, des lieux de ce genre. Le lit du ruisseau est sableux et bordé de roseaux. Les arbres étant à quelque distance, la lumière passe librement dans leur feuillage et caresse le ruisseau d'un reflet d'argent trop scintillant pour qu'on puisse le regarder. Les berges larges sont couvertes d'une verdure de mousse épaisse plus profonde que le plus riche tapis, décorée des feuilles de l'an passé. Une fraîcheur monte du ruisseau qui se mêle à la chaleur implacable du soleil et l'adoucit, l'harmonise. La lumière ici ne peut être cruelle, ne peut brûler ni brunir la végétation. L'été n'écrase pas ce lieu, il le caresse. Et sur la berge, il y a le faune.

Ses couleurs sont vert forêt et brou de noix, et sa peau a toutes les teintes du bois poli. Il a des odeurs de glycine et de musc, de mousse et de baies, de feuilles et d'animal, et sa chaleur monte comme la vapeur s'élève du sol de la forêt réchauffé par le soleil matinal. Je sens sans les toucher sa peau tiède et souple, ses cheveux fins et doux, ses flancs lisses, ses sabots aux arêtes polies. Caprin et humain, homme et enfant à la fois. Ses yeux sont jeunes, ses joues vermeilles sous la barbe courte et la moustache. Le coin de ses yeux est nervuré de rides et son regard empreint d'une sagesse d'homme, compensée par la douce courbe de sa lèvre et l'agilité de ses doigts qui dansent. Il joue de la flûte, allongé près du ruisseau, et je connais parfaitement cette musique, bien que je ne l'aie jamais entendue. C'est Pan, Evelyn et la forêt, réunis en une seule mélodie. Il lève les yeux pour croiser les miens, et la panique que j'éprouve n'a rien à voir avec la peur.

Je viens à lui comme une biche à l'eau, comme un loup attiré par le sang, un corbeau par une charogne. Je suis consciente de son odeur, mais c'est plus qu'une odeur et j'en suis plus que consciente. C'est ce que je respire en guise d'air, elle me nourrit, redonnant force à ce qui en moi s'était affaibli, effaçant de moi toute marque de civilisation. Je viens à lui et à mesure que j'approche, il souffle de plus en plus doucement dans sa flûte, jusqu'à rendre la mélodie au ruisseau et aux feuilles frémissantes qui la reprennent. Il abaisse alors sa flûte.

Debout, je le regarde. Je n'ai pas envie qu'il me parle et il ne me dit rien. Je ne veux pas de ses paroles, je ne veux que sa présence apaisante, sa réalité qui m'isole bientôt du monde blessant et éclaté dans lequel je vivais. Nous sommes une entité complète, nous deux. Nos regards ne se sont pas lâchés, mais il sourit maintenant en découvrant légèrement ses dents. Qui sont plus blanches que celle d'un homme, et ses canines un peu plus longues et plus pointues.

Je m'assois près de lui sur la berge et ce changement de position me fait éprouver un soudain sentiment de gêne. Je ne devrais pas être ici, me chuchote une voix, une vibration annonciatrice d'un danger que je ne peux préciser. J'ai soudain la bouche sèche, une diversion est nécessaire. « Bonjour », dis-je, et je me maudis au moment où ma voix humaine, si aiguë et ténue, semble flétrir l'atmosphère éthérée de la clairière.

« Bonjour », répond-il. La profondeur de sa voix compense la mienne, lui apporte l'harmonie, me donne le sentiment d'appartenir à ces lieux. Soudain, j'ai envie de m'ouvrir comme une gousse mûre et d'éparpiller mes pensées devant lui, de lui dire tous mes chagrins et mes angoisses, toutes les colères à double tranchant qui me blessent plus cruellement que n'importe qui. Je le regarde, ma gorge se serre et mes yeux s'emplissent soudain de larmes qui font vaciller son image. Je tente de parler, mais seules mes larmes coulent, ruissellent sur mon visage et je perds le souffle, je ne peux plus respirer, je pleure comme le font les tout jeunes enfants qui ont très mal et très peur, sans bruit, le visage si tordu de douleur que seules les larmes peuvent s'échapper de leurs yeux.

Assis près de moi, il me laisse pleurer. Il ne dit pas : « Allons, allons, ne pleure plus. » ni : « Vas-y, pleure un bon coup, ça te soulagera. » Non, il me laisse pleurer, me regardant sangloter sans gêne et, quand j'ai la gorge douloureuse et mal à la tête, il va au ruisseau se mouiller les mains pour les passer sur mon visage brûlant. L'eau fraîche m'adoucit les yeux, lave ma peau de la morsure du sel. Il retourne au ruisseau et revient une fois encore, les mains mouillées, passe doucement les doigts sur les traces de mon chagrin, et les efface. Puis il se rassoit près de moi, et son bras m'entoure aussi naturellement que ma tête se pose sur épaule tiédie par le soleil. « Je t'ai trouvée », dit-il, et je n'ai jamais entendu mots plus réconfortants. Sa peau est chaude sous ma joue, je ferme les yeux pour mieux la sentir. Soudain, je suis aussi lasse que si j'avais voyagé toute ma vie pour atteindre enfin cet endroit et cet instant. Je me laisse aller contre lui tandis que ses doigts suivent les muscles de mon dos et de ma nuque. Je sens qu'il bouge, se retourne pour soutenir mon poids.

Sa barbe s'emmêle brièvement dans mes cheveux, je sens qu'il pose ses lèvres sur le sommet de ma tête, un baiser chaste et réparateur. Il répond à la question vieille de douze ans.

« Je ne savais pas », dit-il doucement, et je sens qu'il a attendu aussi longtemps pour dire ces mots que j'ai attendu pour les entendre. « Je ne me souvenais pas encore à cette époque de la différence entre féminin et masculin. Ton odeur était ce jour-là comme la clameur d'une trompette olfactive. Quand je me suis rendu compte que tu étais femme et que j'étais homme, que nous étions… que nous pouvions être… les deux moitiés d'un tout… » Il s'arrête de parler et je perçois presque la confusion bouleversante qu'il a dû ressentir en ce lointain jour d'été. « J'ai pris peur », dit-il doucement, et il rit en me serrant plus fort contre lui. « Je me suis enfui. Et quand j'ai repris mes esprits, tu étais partie. Et je ne savais pas, alors, comment faire pour te faire revenir. Je n'avais pas encore retrouvé ce souvenir dans ma mémoire. Je t'observais, je te voulais, mais je ne savais pas comment te ramener à moi. Et je crois que tu ne voulais pas revenir. Pas à ce moment-là. Tu n'étais pas plus prête que moi. Il fallait que j'attende, que je trouve la patience à mesure que je commençais à savoir. Si tu savais quels efforts j'ai faits pour me rappeler ! Mais quand j'ai enfin trouvé, je suis venu te chercher. Et je me suis aperçu que tu en avais pris un autre. »

Il se tait, et je sens dans son silence des abîmes de désespoir. Aucun mot ne me vient. En revanche, j'ai soudain une perception biaisée de ma vie avec Tom. Mes années de bonheur avec lui n'ont été que moments volés, indulgence égoïste de ma part. J'avais toujours su quelle était ma vraie place, mais m'en étais volontairement détournée, l'avais refusée. Quelle douleur avais-je causée au faune ? Quelle était l'ampleur de ma trahison ? Mais je ne savais pas ! La protestation monte en moi comme un cri, étouffée par son bras qui se resserre légèrement autour de moi. Je lève la main pour recouvrir la sienne, je sens ses phalanges, ses tendons, ses articulations, la réalité de la main qui me serre. Mes doigts sont froids contre la tiédeur des siens. Je les glisse dans sa main, ses doigts enveloppent la mienne d'un geste compréhensif.

« Pendant quelque temps, dit-il d'une voix rauque, j'ai tenté d'en trouver une autre. Je me disais, s'il y en a une comme toi, il doit y en avoir d'autres. Je vais les chercher. Alors j'ai regardé. J'ai attendu, vagabondé. J'ai vu des jeunes filles pique-niquer dans les prés, des jeunes femmes ramasser des myrtilles, j'en ai observé qui jardinaient, de loin, à la lisière de la forêt. Mais aucune ne convenait et même celles qui étaient presque comme il faut, je ne parvenais pas à attirer leur attention. Elles ne pouvaient pas, ou ne voulaient pas me percevoir.

Finalement, j'ai abandonné. J'ai recommencé à te suivre. À ce moment-là, j'avais compris que tu étais la seule. Si je ne pouvais pas t'avoir tout de suite, alors la seule chose que j'avais à faire, c'était … t'attendre. » Il met dans ce mot une profondeur que je n'avais jamais sentie auparavant. Attendre. Il le prononce comme si c'était une condamnation à perpétuité, attendre devient la chose à faire à l'exclusion de tout le reste. La perspective sous laquelle je perçois sa vie me fait perdre la respiration. Comment est-ce possible, me dis-je, de centrer sa vie autour d'une personne et d'attendre son bon plaisir, de n'agir que dans l'unique espoir qu'elle vous remarquera, se souviendra de vous, surtout quand cette personne vous a laissé de côté comme un jouet d'enfance désuet, irréel, inutile ? Comment était-ce, me dis-je, et soudain je sais, en un seul mot. Tom. N'a-t-il pas été mon soleil et moi la plus lointaine et la plus froide des planètes prises au piège de son attraction ? Le pincement de douleur qui me fait tressaillir me surprend par son intensité. Je frissonne et ouvre les yeux, me redresse. Le faune libère instantanément son étreinte. La fraîcheur s'insinue en moi, du côté où j'avais chaud à son contact.

L'éclat de la lumière me surprend. Je n'ai jamais connu qu'en rêve cette étreinte réconfortante et affectueuse, que j'ai pu me raconter dans le noir pour compenser la difficulté de mes journées. Quand je me pelotonne sur mon oreiller, le serre contre moi, l'étreins comme je ne peux plus étreindre Tom. Impossible de croire à pareille tendresse à la lumière du jour. Je jette un coup d'œil au faune, mais il regarde l'eau. De profil, il a l'air d'un roi, d'un conquérant, avec sa mâchoire carrée, les lèvres serrées, les yeux qui voient au-delà de mon horizon limité. Puis il se tourne vers moi, et les yeux qui cherchent les miens me donnent envie de le serrer contre moi, pour le protéger contre son chagrin. Mais comment faire, si c'est moi la cause du chagrin ?

Il sourit, l'absolution du martyr. « Alors j'attendrai, dit-il. Et quand tu seras prête, tu viendras à moi. Tu sauras que je t'attends.

– Non, s'il te plaît », dis-je. Je ne veux pas. C'est un trop grand sacrifice en mon nom, une expérience qui m'est trop étrangère. J'ai l'habitude d'être celle qui aime, je ne suis pas à l'aise qu'on m'aime ainsi, j'ai l'impression que c'est faux, idiot, un sentiment sacchariné encore moins plausible que les passions romantiques des livres de Steffie. Je le regarde, consternée.

Il hausse les épaules et détourne le regard, et c'est comme un rideau qui se ferme. Il ne me regarde pas en disant : « N'en parlons plus, si tu préfères. » Le regard de ses yeux limpides me vrille, puis me quitte à nouveau. Il rit, mais d'un rire fragile. « Je n'aurais pas cru que la dévotion te donnerait envie de fuir. »

Il connaît mes pensées avant moi. Je me rassois, reconnaissant un peu tard que j'étais sur le point de me lever, de partir pour échapper à son honnêteté. Qu'est-ce qui m'arrive ? Comment se fait-il que je galope si ardemment après l'amour de Tom, mais que je tourne casaque devant l'offre du faune ? Qui y a-t-il de si effrayant à être aimée ?

Je n'ai pas de réponse. Je feuillette mentalement les livres de psychologie que j'ai lus, tentant d'identifier une névrose ou une psychose, un traumatisme ou un déséquilibre chronique qui puisse expliquer cette faille. Rien ne me vient à l'esprit. Etre aimée est depuis trop longtemps hors de ma portée. Je ne peux plus y croire. Mais comment l'expliquer au faune ? Même pour moi, ça n'a pas de sens. La quête m'est-elle devenue plus chère que l'objet lui-même ?

« Evelyn Sylvia, dit-il, comme s'il prononçait un titre. Je ne voulais pas te faire penser à tout ça, dit-il doucement. Je voulais seulement t'expliquer ce que j'avais fait, il y a tant d'années. Et te faire savoir que pour l'instant, je ne te demande rien. Rien. »

Je le regarde longuement. Au loin, j'entends le klaxon d'une voiture, incongru dans ce décor. Pan jette un coup d'œil dans cette direction puis revient à moi. Le klaxon retentit à nouveau, une trompe hurlante comme des oies en colère, mais à cette distance la colère ne fait pas d'effet. « Je ne sais même pas ce que je fais ici », dis-je.

– Tu es venue en reconnaissance », dit-il, et la simplicité de sa réponse me semble évidente. « Viens. » Il se lève et me tend une main bronzée. Je la prends et il me tire pour m'aider à me mettre sur pied mais, même une fois que je suis debout, il la garde. Je ne la retire pas. Je ne fais rien de mal, me dis-je, je tiens la main d'un ami d'enfance, pas la peine de culpabiliser pour ça. « Je sais où il y a des buissons de myrtilles », me dit-il en baissant la tête pour éviter les branches basses d'un groseillier sauvage. Ses cornes tintent légèrement en heurtant les brindilles. « Elles ne sont pas encore mûres, bien entendu, mais plus tard nous… »

Il laisse l'idée en suspens et je n'ai pas besoin d'acquiescer. Sa main est tiède contre la mienne, je baisse la tête et je le suis. Je sens les légères aspérités de la peau de sa paume contre la mienne, le frottement est agréable. Nous bougeons avec la forêt et il me montre des choses, nous échangeons très peu de mots. Ici, un nid de troglodyte, construction incroyablement plus sophistiquée que toute construction humaine, et là une femelle porc-épic qui avance en se dandinant, suivie de ses trois petits, poils et piquants dressés comme s'ils étaient coiffés en brosse. Elle nous ignore, ne s'alarmant ni de la présence du faune ni de la mienne. Mon odeur, me dis-je, est probablement masquée par la sienne. Il me prête son appartenance à la forêt.

Je ne sais combien de temps s'écoule. Il me montre des choses que je ne savais plus voir, et augmente à mes yeux la valeur de cette forêt si différente de celle de mon Alaska natal. Nous grignotons un champignon jaune dont je ne connais pas le nom, mais point n'est besoin de mots dans notre silence. Nous nous enfonçons dans la forêt, parallèlement au ruisseau, en escaladant à peine le flanc de la colline. Il me désigne une infinité de choses, mais mon regard s'attarde sur la courbe de ses épaules nues, sa nuque solide que frôlent doucement ses cheveux bruns inégaux, son sourire presque caché dans sa barbe, sauf quand apparaissent les pointes de ses dents blanches. Sous sa houlette, je me rappelle mon amour pour ces lieux sauvages, incultes. Et bien d'autres choses encore.

Ce n'est que lorsque nous arrivons à une prairie, un endroit sauvage envahi d'herbes folles, que je me rends compte que les ombres s'allongent et que le soleil n'est plus au-dessus de nos têtes. La notion du temps me revient dans un sursaut. Mon linge est encore dans la machine, probablement en train de moisir avec cette chaleur, mes draps dans la sécheuse, Tom et Teddy s'inquiètent pour leur dîner.

« Il faut que je rentre », dis-je avec une angoisse soudaine, au moment où je me rends compte à quel point je me suis éloignée, et la distance qu'il me faudra parcourir pour rentrer. Il fera nuit, me dis-je, avant que je ne retrouve la prairie aux vaches. L'obscurité ne me fait pas peur, et je ne crains pas de m'égarer. Non, j'ai toujours eu un bons sens de l'orientation, j'envisage déjà de rentrer en coupant tout droit plutôt que de suivre en sens inverse le lit du ruisseau. Non, ce n'est ni la distance, ni l'obscurité qui rendent si long le trajet de retour. Je pense aux questions que suscitera ma longue absence.

Et Pan me pose la première question, la plus angoissante de

toutes : « Est-ce que tu dois vraiment rentrer ? » Ce n'est ni une formule de politesse ni une manière de me taquiner, mais une question sincère.

« J'ai un enfant », lui dis-je. Il hoche la tête, et une lueur de compréhension éclaire son regard, en même temps qu'une profonde douleur.

« Je n'en ai pas, moi », explique-t-il. Et pour la première fois de la journée il lâche ma main. Il se détourne de moi, regarde par-delà la prairie inculte, les yeux perdus dans le vague.
Je me sens comme un bateau à la dérive.

« Il faut que je rentre », dis-je, impuissante. Je voudrais lui reprendre la main, mais je me retiens. Je fais un pas pour m'éloigner, mais il se retourne et bondit vers moi.

« Je connais une passe de chevreuil, me dit-il, et ses yeux bruns liquides s'illuminent soudain. Nous pouvons courir. Viens ! »

Il me prend la main, me tire comme une poupée de son. Je trébuche d'abord, puis prends le rythme de son pas, cours avec lui, cours comme je n'ai jamais couru depuis très longtemps. J'ai peur de souffler et de perdre haleine, de trébucher et de le prier de ralentir, mais non. C'est facile. Courir m'a toujours été facile. Je me demande quand j'ai commencé à me dire que c'était fatigant. Nous fonçons dans les profondeurs de la forêt, et nous sommes à présent obligés de baisser la tête, mais à peine, car les cerfs ont tracé le passage le plus aisé, abattant avec leurs bois la plus grande partie des branchages supérieurs. Nous pouvons courir, moi sur les talons de Pan, en ne baissant que légèrement la tête. La terre est ferme sous nos pas, mais souple, et absorbe le choc de chaque foulée, l'air est presque frais à l'ombre des arbres. Je transpire, mais le vent de notre course me rafraîchit et l'odeur musquée de la sueur de Pan m'attire comme si j'étais un chien de chasse. Je cours, plus derrière lui qu'à ses côtés, et le sentier commence à descendre, et nous allons de plus en plus vite, ses sabots résonnent et mes tennis battent le sol au même rythme. Nous délogeons un gros oiseau, faisan ou gélinotte, il s'envole trop vivement pour que je puisse l'identifier, claquant furieusement des ailes en prenant son essor. Pan continue à courir et je le suis, c'est comme si je grattais une démangeaison ignorée, mes poumons s'emplissent de l'air pur de la forêt qui m'étourdit et m'enivre.

Le sentier serpente légèrement et croise d'autres passes plus étroites. À une intersection, une biche regimbe soudain, affolée, écrasant presque le faon qui la suit, mais nous sommes déjà passés avant qu'elle ne prenne vraiment peur et ne s'enfuie. Pan rit tout haut et je me rends compte que j'ai moi aussi, assez de souffle pour rire. « Allons ! » me presse-t-il soudain en me tirant par la main, et nous courons, aussi vite, plus vite que je ne le croyais possible, sans nous soucier des obstacles inopinés ou des branches basses. La manche de ma chemise s'accroche et se déchire, mais je m'en moque, je garde le même rythme, sur ses talons, je le serre de près, le mettant au défi d'aller encore plus vite. Il accélère puis soudain, « Arrête, arrête ! » souffle-t-il. J'ignore son avertissement en riant nerveusement mais il s'immobilise, se retourne, bras écartés, et me retient avant que je ne plonge tête baissée dans la clôture de fil de fer barbelé qui surgit soudain. Un cerf pourrait facilement la franchir d'un bond, et Pan peut-être, lui aussi, mais je ne pourrais pas plus sauter par-dessus que m'arrêter seule dans ma course folle. Je le télescope de plein fouet, mais il me bloque sans difficulté et m'entraîne dans un tourbillon pour briser mon élan.

Le monde s'écroule autour de moi et s'immobilise d'un seul coup. Je suis accrochée à lui, hors d'haleine, pantelante, à peine capable de tenir debout. Je le tiens dans mes bras, et je sens sa cage thoracique se soulever et s'abaisser tandis qu'il reprend son souffle avec moi. Je ris par saccades, cherchant ma respiration, je ris du bonheur de la course, et il rit avec moi. Je lève les yeux pour le regarder, son visage est trop près du mien, ses yeux trop grands. Je n'ai plus assez de souffle pour rire, j'oublie comment faire pour reprendre ma respiration. Je ferme les yeux et sa bouche se pose sur la mienne, je me dis que je ne dois pas, mais j'ai plus envie de ce baiser que je n'ai eu envie de quoi que ce soit auparavant. Il a les lèvres douces, sa barbe rêche caresse mon visage, il fait claquer ses dents contre les miennes, délibérément me semble-t-il, comme un cerf heurte ses andouillers veloutés contre un arbre. L'espace d'un instant, j'ai une conscience électrique de son corps, de chaque point de contact entre nous, de chaque partie de moi entravée par les vêtements qui érigent une barrière entre nos peaux.

Nous nous écartons dans un sursaut, au même moment, comme deux aimants dont les pôles sont soudain inversés. Il recule vers la forêt, sa peau sombre se mêle à la lumière vespérale des arbres, seule la blancheur de son sourire m'attire comme un phare.

Je pourrais le suivre, maintenant, je pourrais l'attirer par terre sur mon corps, je serais la seule à le savoir, personne ne me punirait d'un péché aussi secret. Ce pourrait être un cadeau que je m'offrirais, un secret aussi doux et sans remords qu'un bonbon qu'on a mangé à l'insu de ses frères et sœurs. Je ne lèserais personne, n'ôterais rien à personne, je m'accorderais seulement quelque chose dont j'ai besoin, dont j'ai un immense besoin. Je fais un pas.

« Lynn-nnn ! »

Mon nom résonne dans la plaine, dans la basse-cour et la prairie aux vaches. Je me retourne pour voir si je vois Tom, s'il me voit, à la frontière de son monde, chancelante, prête à le quitter d'un bond. Mais il ne peut me voir, il doit être de l'autre côté de la petite maison. Qui ressemble clairement à une cabane basse, une laiterie transformée, et non au joli petit chalet d'invités que mère Maurie essaie d'en faire. Et sa grande maison n'est rien d'autre qu'une grande caisse de bois plantée au milieu d'un terrain plat, peinte en blanc, je vois sa laideur ordinaire, sans écrin de végétation, les quelques rares arbres et buissons épars qui se battent pour survivre au milieu de cette aire surchauffée et nue qu'elle appelle une cour. Comment a-t-elle pu me tromper si longtemps, me faire croire que sa maison est un lieu vaste et désirable ? Ce n'est qu'une boîte fermée sur le monde, et je lui tourne le dos.

Mais Pan a disparu, le sentier est désert, l'obscurité grandit. Aussi clairement que s'il les avait prononcés, j'entends les mots : « Pas encore. »

Pas encore. Mais bientôt.

« Lynn-nn ! » Le nom résonne à nouveau et j'imagine y déceler une note plaintive, une question, une inquiétude. Tom. Teddy.

J'ouvre la bouche. « J'arrive ! » Je renvoie mon cri sonore en réponse au sien. Je pose le pied sur le fil de fer barbelé inférieur, soulève celui du dessus et me glisse entre les deux. Retour à l'intérieur de l'enclos, au milieu des vaches.

12
douze

La ferme, juin 1976

« Où diable étais-tu passée ? »

J'ai juste franchi le seuil, la porte est à peine refermée derrière moi et déjà j'ai trop chaud, la minuscule maison m'étouffe. Je suis échevelée après ma longue course et mon corps exsude encore la chaleur de mes efforts, chaleur qui ne se disperse pas dans la maison, mais s'accroche à moi et m'enveloppe comme un morceau de cellophane collé sur un bonbon ramolli. Une isolation fiévreuse qui me protège hermétiquement de la colère de Tom.

« Mais enfin ! Ça ne va pas, non ? Qu'est-ce qui te prend de t'en aller comme ça ? Tu sais que j'ai du travail et tu t'en vas en me laissant Teddy sur les bras. Maman me demande quand tu vas débarrasser la machine de ta lessive pour qu'elle puisse faire la sienne et je suis obligé de répondre : « Je ne sais pas. Je ne sais même pas où elle peut être. » Tu vois de quoi j'ai l'air devant mes parents !

– Je suis allée me promener dans la forêt », dis-je au moment où il reprend sa respiration, mais il n'entend pas, il a simplement interrompu sa tirade une seconde. Il continue implacablement, comme un bulldozer abattant des baliveaux. J'essaie de l'écouter mais j'ai trop de choses à rattraper. J'ai l'impression d'être un bras arraché qui essaierait de se ressouder au corps. Une artère, ici, un os là, oui, oui, et un milliard de minuscules artérioles qui ne veulent plus correspondre. Ce n'est peut-être pas le bon corps. Je ne veux pas me raccrocher à cette vie, j'ai envie de faire demi-tour et de m'enfuir en courant à travers la prairie. Tom continue la liste de ses griefs.

« Je rentre, le dîner n'est pas prêt, le ménage n'est même pas fait, alors nous allons manger chez maman. Teddy fait une crise de larmes et gâche la soirée de tout le monde. »

Clic. Toutes les lumières rouges s'allument dans mon esprit. L'urgence me sauve de la désorientation.

J'interroge : « Où est Teddy ?

– Au lit, répond fermement Tom. C'est tout ce qu'il mérite. Papa lui a donné une fessée et ensuite je lui ai dit d'aller se coucher sans manger. Ce gamin devient totalement incontrôlable, et ça n'a rien d'étonnant, avec toi qui t'en vas…

– Que s'est-il passé pendant que je n'étais pas là ? »

Tom s'arrête, muet. Je ne lui reproche rien, moi. Dans le silence soudain, c'est comme si quelqu'un d'autre avait pris la parole, comme si une tierce personne que nous ne connaissons ni l'un ni l'autre lançait tout à coup sa fureur dans notre conversation. Tom hésite. Je me rends compte que je le fusille du regard, que je suis soudain furieuse. Je fais un pas vers lui et il s'assoit devant la table.

« Nous voulions dîner, dit-il, sur la défensive. Papa et maman avaient eu la gentillesse de nous faire une place et nous étions à table. Et Teddy a posé une question à propos du poney, et papa a été obligé de lui dire que finalement il s'était aperçu que le poney n'était pas une bonne affaire. Le maréchal-ferrant nous a dit qu'il était tombé l'année dernière et qu'il n'était probablement pas aussi solide qu'il en avait l'air. Alors papa a décidé qu'il ne l'achèterait pas pour Teddy. En plus, ce n'était pas une très bonne idée au départ, qu'est-ce que tu veux qu'ils fassent d'un poney quand on s'en ira ? C'est de l'argent perdu. »

J'ai mal au cœur. Je suis séparée en deux, d'une part je suis une tête bouillonnante et furieuse, et de l'autre un estomac qui a envie de vomir sur Tom, qui veut le noyer dans la bile âcre qui le remplit. Trahison. Je le dévisage, le mettant au défi de continuer sa petite histoire.

« Alors, dit-il en parlant plus lentement, Teddy s'est mis à pleurer, à hurler qu'il l'avait promis, que ce n'était pas juste et que s'il ne pouvait pas avoir le poney, il voulait rentrer immédiatement chez lui. Alors papa lui a dit, vas-y, rentre chez toi et va te coucher, sale gamin, et Teddy a répondu que non, il voulait dire rentrer chez lui en Alaska. Et papa lui a dit, très bien, tu n'as qu'à y aller tout seul à pied, espèce de bébé, parce que personne d'autre n'a envie de rentrer. Et alors Teddy a hurlé que papa était un menteur et ne tenait pas ses promesses et qu'il ne l'aimait plus. Tout ça à table, je te ferai remarquer. » Tom fait un effort pour prendre un ton vertueux. « Enfin, quoi, on ne nous aurait jamais permis de se tenir comme ça à table quand on était petits, crois-moi ! » Il me regarde, en quête d'approbation, il s'attend à ce que je sois choquée de l'impolitesse de Teddy. Je le regarde fixement, froide comme un serpent, j'attends.

« Enfin, bon, poursuit-il, se hâtant à présent, papa lui a dit de baisser le ton, il n'a pas obéi, alors papa lui a donné une fessée et nous l'avons envoyé directement au lit. » Il reprend haleine. « Ce gamin devient infernal, Lynn ! Il ... »

La voix inconnue se fait à nouveau entendre : « Si jamais il ose encore toucher à mon fils, je le tuerai. » Oui, c'est bien moi qui parle, me dis-je vaguement, ou du moins quelqu'un avec qui je suis parfaitement d'accord. « En outre, Teddy a raison. S'il n'a pas son poney, je crois que nous devrions rentrer chez nous. Immédiatement. »

Tom me dévisage. « Qu'est-ce qui te prend? Tu parles comme ce gamin. Lynn, ça n'a pas de sens! Ce n'est pas parce que Teddy n'a pas son poney que nous devons faire nos bagages et partir!

– Ah bon? Et pourquoi pas? C'est la seule et unique raison pour laquelle j'ai accepté de rester, moi. »

Les yeux de Tom s'écarquillent. Il a l'air plus jeune tout à coup, hésitant. Au fond de moi, je comprends avec un éclair de cruauté pourquoi Tom était si furieux que je ne sois pas à la maison. Il n'aime pas la situation plus que moi, il est aussi scandalisé, mais il ne peut pas l'admettre. Au contraire, il m'en veut parce que je n'étais pas là pour intervenir, pour empêcher la crise, pour attirer les foudres sur ma tête. Pour protéger notre enfant. La cruelle inconnue qui a pris ma place retourne le couteau dans la plaie, avec joie.

« Ton père a eu tort, dis-je sans équivoque. Il a promis et n'a pas tenu parole. Nous avons toujours appris à Teddy que c'était mal. Et nous savons tous les deux que Teddy n'a nul besoin d'un animal en parfaite condition physique. Il n'envisage pas de le monter jusqu'à épuisement, il veut seulement s'en faire un compagnon, un ami. Le fait est, Tom, que ton père ne veut pas dépenser son argent. Il avait fait l'offre parce qu'il s'y sentait obligé pour obtenir ce qu'il désirait. Eh bien, maintenant, il l'a obtenu, tu as dit que nous resterions. Il s'imagine donc qu'il n'a pas besoin d'aller jusqu'à mettre sa promesse à exécution. » Je le sens poussé dans ses retranchements. « Eh bien, il a tort, figure-toi. Pas de poney, pas d'engagement. Teddy et moi, nous rentrons à la maison.

– Lynn... » Il s'étrangle, incrédule. « Tu ne peux pas me quitter comme ça! Que vont penser mes parents? Comment peux-tu me faire une chose pareille? Est-ce que je ne compte pas pour toi, est-ce que notre couple ne compte pas ...

– C'est toi qui m'a quittée le premier », lui dis-je. Et je sais que je n'ai rien à lui expliquer, il a le regard coupable, il sait depuis le début. Je lance cependant les mots, froids et aigus comme des éclats de glace. « Tout est dans ce que tu as dit. Tu ne t'es pas inquiété un seul instant de savoir où j'étais aujourd'hui. La seule chose que tu voulais, c'est que je sois ici pour faire le travail que tu considères comme mon devoir. Surveiller le petit, repasser le linge, préparer le dîner, m'interposer entre Teddy et ton père. C'est drôle. Tu faisais tout ça très bien, avant. Du temps où tu pensais que tu étais marié. »

Un léger bruit me fait me retourner. Teddy est derrière moi, vêtu d'un tee-shirt sale et de son pantalon de pyjama. Il a encore le visage barbouillé de larmes et de poussière. Tom n'a même pas pris la peine de lui faire sa toilette avant de l'envoyer au lit. Voilà un nouveau prétexte pour nourrir ma colère implacable. Je m'accroupis pour me mettre à son niveau. Il a peur et je me rends compte qu'il ne nous a jamais entendus, Tom et moi, nous disputer ainsi, il ne nous a jamais entendu nous affronter sans merci.

« Allons faire notre toilette pour dormir », lui dis-je en lui prenant la main pour le conduire à la salle de bains. Nous nous lavons le visage, nous brossons les dents. Je lui ôte son tee-shirt sale et le laisse tomber par terre. Et zut. Zut au soin, au ménage, et à toutes ces conneries de bonne épouse. Nous sommes entre nous, Teddy et moi.

« Je n'ai pas dîné », me dit-il, et toute sa détresse est contenue dans cette phrase.

« Moi non plus, lui dis-je. Nous nous contenterons d'un gros petit -déjeuner demain matin, à la place. » C'est comme si nous leur disions ensemble : « Je m'en fiche, ça ne me fait rien, vous voyez ? » d'un air de défi, et du coup le chagrin s'efface un peu du regard de Teddy. Tom est toujours assis devant la table quand nous sortons de la salle de bains. Il pense que je vais mettre Teddy au lit et revenir finir notre dispute. Il se trompe. J'emmène Teddy dans la chambre. J'ouvre en grand les deux petites fenêtres pour laisser entrer autant de nuit que possible et nous nous blottissons l'un contre l'autre dans le grand lit, Teddy dans le creux de mon ventre comme un tout petit enfant. Il s'endort très vite.

Je fais des projets à toute vitesse, sans remords. Je ferai mes bagages demain. Ça ne devrait pas prendre plus d'une heure. Est-ce que j'appellerai un taxi ? Mais l'unique téléphone se trouve dans la grande maison et je ne veux pas demander la permission de l'utiliser. Je ne veux voir personne, je n'ai pas le sentiment de devoir justifier ni expliquer ce que je fais. Qu'ils essaient de comprendre tout seuls. Non, je prendrai simplement la vieille camionnette et je la laisserai à l'aéroport. Ils mettront peut-être un certain temps à la retrouver dans le parking de l'aéroport, mais ça ne sera pas mon problème. Je paierai les billets d'avion avec notre carte de crédit. Je décide de m'arrêter à la banque sur le chemin pour retirer cinquante dollars en liquide, mais de laisser le carnet de chèques sur la table de la cuisine. Nous avons un compte épargne à la banque de Fairbanks, avec soixante ou soixante-dix dollars. Il faudra que ça suffise. Je me dis que je peux appeler Annie quand j'arriverai à l'aéroport, elle viendra me chercher. Tout est en ordre. Je m'endors en pensant comme ce sera bien de revoir notre petit chien Bruno.

Le plus bizarre, c'est que je ne pense pas à Pan une seule seconde. Il n'entre pas en ligne de compte. En tous cas, je fais comme si. J'essaie de ne pas me dire que la seule raison pour laquelle j'ai le courage de quitter Tom, c'est parce que j'ai quelqu'un d'autre à rejoindre.

Je ne doute pas que quand je serai à Fairbanks, il me trouvera dans les bois derrière mon chalet, à la saison d'été.

*

J'ai entendu dire qu'après une crise, certains épileptiques se sentent exceptionnellement lucides et optimistes. Je ne sais pas si c'est vrai. Je sais seulement que je m'éveille sans difficulté, que je retrouve instantanément ma vigilance, comme les animaux, sans aucune trace de somnolence. Il est encore très tôt et je sens la douce chaleur du corps de Teddy contre le mien. Je m'écarte lentement de lui et borde soigneusement les couvertures avant que la chaleur ne s'échappe. Il fait plus frais ce matin, comme la promesse d'une journée plus douce.

Je suis à demi habillée quand tout me revient d'un coup. Hier, j'ai vu le faune, aujourd'hui je pars. Le regret m'envahit. Quelque chose vient de s'achever. Quelque chose qui était naguère très beau est terminé. Mais le chagrin n'enlève rien à ma résolution, ne me fait même pas envisager de changer d'avis. C'est le même sentiment que l'on éprouve quand on balaie les morceaux d'un objet précieux irrémédiablement brisé. Je regrette que ça se soit passé, mais c'est ainsi. Et l'idée de quitter la ferme de la famille Potter est comme un ruisseau de soulagement qui rafraîchit mon âme asséchée. D'une certaine façon, Pan fait partie intrinsèque de tout ça, à tel point que je ne cherche pas à séparer le réel de ce qui ne l'est pas. L'espace d'un instant, je me demande si je suis folle, puis je me dis que ça n'a pas d'importance non plus. Parce que si c'est être folle que de partir, alors c'est infiniment mieux que ce que j'étais avant de prendre cette décision.

Je vais dans la cuisine, emplis d'eau la bouilloire, la pose sur la cuisinière en tournant au maximum le débit de gaz, et les flammes bleues et jaunes lèchent le fond émaillé. Puis j'ouvre en grand toutes les fenêtres de la maison pour faire entrer l'air frais du matin, pour déloger les lourdes odeurs de cuisine et de produits d'entretien.

En dernier, la porte, et je l'ouvre à la lumière, sans me soucier de laisser entrer les mouches. Qu'elles entrent, bourdonnent, fassent des taches sur le papier peint et crèvent, pattes en l'air, sur le rebord des fenêtres. Je m'en moque. Le ciel est haut et bleu pâle avec des nuages effilochés. L'air est humide d'une rosée qui va s'évaporer trop vite, mais qui permet pour l'instant de sentir l'odeur de l'herbe sèche dans les champs, de l'essence et du gasoil du magasin, des poulets dans la basse-cour.

Quelqu'un avance dans la grande allée. Comme une silhouette dans un rêve, nu-tête, blond dans la lumière matinale. Son jean est décoloré, sa chemise à carreaux ouverte. Il tire un gros poney blanc et noir par une bride de ficelle de faucheuse. Le bruit de ses bottes et des sabots du cheval me fait penser à de la glace qu'on croque. Les oreilles du poney sont dressées et il a une tête intelligente, amicale. Immobile, sans comprendre, je regarde Tom approcher.

Il sait que je l'observe, mais ses yeux ne cherchent pas à croiser les miens. Pas avant qu'il ne soit au pied des marches. La bride est trop courte pour l'attacher à la rambarde de l'escalier, mais il essaie. Puis il lève les yeux et me dit : « Le bourrelier n'ouvre pas avant au moins deux heures. »

Je reste dans l'encadrement de la porte, je vois d'en haut son visage tourné vers moi, et je ne comprends toujours pas ce que tout ça signifie. « Il a fallu que je réveille le gars pour acheter le poney, me dit Tom, essayant de prendre un ton dégagé. Bon sang ! Il était furieux. » Et sur ces mots sa voix se brise, tout se libère et s'éclaire. « Je t'en prie, Lynn, j'ai eu tort. Je ne t'ai pas bien traitée, je le vois maintenant. Ne t'en va pas. Je t'aime. »

C'est donc ça, gagner. À la façon dont j'accuse le coup, je sais que c'est la seule chose qui peut faire plus mal que de perdre. Faire céder quelqu'un qu'on aime au point qu'il vous supplie, faire trembler de peur ses mains énergiques, c'est ignoble et je l'ai fait. Les larmes me montent aux yeux. Une partie de moi se demande en aparté si Tom a déjà ressenti cette horreur quand il me fait céder, s'il souffre quand il me force à capituler. Mais après tout, peu importe s'il éprouve la même chose, parce que moi, c'est ce que je ressens, c'est ainsi que je suis faite. Ma façon d'aimer ne requiert aucune domination, la refuse même. « Je t'en prie, reste, supplie-t-il. Je vais essayer de me faire pardonner.

– Tom », dis-je. Et je descends les marches pour le prendre dans mes bras. Je l'étreins comme si c'était Teddy, effrayé par une mauvaise chute. Son corps a la même raideur, sa respiration le même rythme saccadé. Il me serre plus fort, comme s'il voulait me faire entrer en lui. Réalité. Je frotte mon visage contre lui et je sais où est la vérité. Voici la réalité, nous sommes réels, et bien que nous l'ayons presque rompu, notre amour n'a pas besoin d'être brisé.

« Si tu me dis que je t'ai perdue, Lynn », et je sais qu'il pleure, « alors j'ai tout perdu.

– Je suis là, dis-je. Je te tiens. »

Je serre sa chaleur contre moi, respire son odeur, je sens la caresse du soleil comme le prolongement de son corps, je voudrais pouvoir mettre son amour comme un vêtement, le porter pour me protéger.

Et ne pas oublier.

Le poney nous donne un coup de tête, il a envie d'être inclus dans nos activités, quelles qu'elles soient. Il lèche mon poignet d'un coup de lèvre interrogateur, et nous éclatons d'un rire de soulagement. C'est terminé. Nous avons réussi à franchir de nouveaux rapides, à revenir en eaux plus calmes. Tom frotte son visage contre mon épaule, contre mes cheveux. Il se redresse, renifle une dernière fois, puis sourit comme le soleil apparaît entre les nuages. Une vague de reconnaissance me submerge, c'est comme s'il rentrait chez nous après une longue absence, guéri d'une terrible maladie. « Voici », ai-je envie de dire au monde entier, « voici celui que j'ai épousé. »

Doucement, il se libère de mon étreinte. Il passe la tête dans l'embrasure de la porte et crie : « Teddy », avec une sévérité feinte. Un instant s'écoule, puis un bruit hésitant de petits pieds nus s'approche. Teddy avance jusque dans le living-room en nous dévisageant alternativement avec angoisse. Pendant un moment, j'ai peur d'être obligée de donner des explications, mais alors le poney, curieux, passe la tête dans la porte. Il pose les pattes de devant sur les marches étroites et Tom doit lui bloquer le passage pour l'empêcher d'aller plus loin. Il refuse de redescendre et il faut que Tom le tire, et que moi je le pousse, pour réussir à le remettre au niveau du sol. Teddy est abasourdi. Il reste à l'écart et regarde le poney qui lui semble soudain aussi gros qu'une montagne.

Tom me met la ficelle dans la main, soulève Teddy et le pose, en pyjama, sur le large dos noir et blanc. Teddy est complètement immobile. Seuls ses yeux bougent. Puis il avance timidement la main et tapote l'épaule du poney. Celui-ci tourne la tête pour voir son nouveau cavalier. Jusque là, il n'avait pas semblé conscient de sa présence. Teddy pousse un petit cri quand l'animal lui lèche les orteils, et remonte ses pieds pour les mettre hors d'atteinte des lèvres tachées d'herbe. Le poney a l'air surpris, mais ses oreilles restent dressées. Il se donne un coup de langue sur l'épaule et se retourne vers Tom.

« Tiens-toi à sa crinière, comme ça, dit Tom en plaçant les petites mains de Teddy dans les poils rêches. Accroche-toi avec les genoux. Tu sais, serre-le bien avec tes jambes. On y va. »

Et les voilà partis, à un train de sénateur. Teddy se concentre sur les deux poignées de crinière qu'il agrippe, et change un peu de position sur le dos du poney, car les poils rudes du cheval le piquent à travers le tissu léger de son pyjama d'été. « Tiens toi bien », prévient Tom en allongeant le pas, et il réussit finalement à décider le poney à suivre au petit trot. Teddy tressaute et rebondit, mais s'agrippe bravement à la crinière en essayant de serrer le gros ventre du poney entre ses petites jambes. Deux fois le tour de la cour, puis : « Papa, papa ! » crie Teddy en commencer à glisser sur le côté. Je m'élance, mais Tom est déjà là, il le rattrape et le remet en place.

« Ça suffit pour le moment », dit Teddy, et Tom l'aide à descendre. Teddy fait le tour du poney, à bonne distance, puis s'aventure avec précaution pour l'examiner de plus près. Le poney n'est pas timide. Il pousse brusquement du nez la poitrine de Teddy, manquant presque le renverser. Quand Teddy se recule, le poney le suit, mordillant ses cheveux de paille. « Arrête ! » crie Teddy, en battant de nouveau en retraite, mais Tom le prend par l'épaule.

« Écoute, bonhomme, ne te sauve pas. Il essaie juste de faire connaissance. Il ne faut pas que tu bouges, tu dois le laisser te renifler, te sentir pour apprendre à qui il appartient, maintenant. Tiens. » Il met la bride de ficelle entre les mains de Teddy. Teddy se rapproche de Tom, mais tient bon cette fois sans reculer quand le poney vient le renifler. Il caresse le museau blanc et glousse nerveusement quand le poney souffle dans sa main. Tom passe un bras autour de ma taille et m'attire contre lui. Il est chaud et solide. J'appuie la tête contre son épaule. Un sentiment de satisfaction et de sécurité m'envahit. Je soupire, et c'est comme si j'avais retenu ma respiration depuis des jours et la relâchais soudain. Il me serre encore et je cherche ses yeux, et il me regarde avec amour. Je m'aperçois que je m'accroche à lui tandis qu'il dépose un baiser sur le sommet de ma tête.

Quelqu'un se racle la gorge derrière nous. Je sursaute en m'écartant de Tom, mais c'est seulement Steffie. « Eh bien, eh bien, qu'est-ce que c'est que ça ? » demande-t-elle à Teddy avec ravissement. Son regard croise vivement celui de Tom et le félicite en silence.

À son approche, Teddy serre la ficelle du poney d'un air de propriétaire. « C'est mon poney, lui dit-il avec fierté.

– C'est sûr, cow-boy. On dirait que ce poney a grand besoin d'une bride et d'une selle.

– Un licol rouge, dit Teddy d'un air décidé.

– C'est exactement à quoi je pensais, dit-elle. Tu veux bien ? » demande-t-elle soudain à Tom.

« Je veux bien quoi ?

– Que Teddy et moi allions faire quelques achats pour le poney ?

– Bien sûr. »

Elle s'approche soudain de Tom, l'embrasse vivement puis s'écarte et se hâte d'ajouter : « Tu as raison. Il va en faire une maladie, mais tu as bien fait. Et je suis contente. » Elle se tourne brusquement vers Teddy. « Tu sais quoi ? On va mettre ton poney dans la basse-cour. La clôture devrait lui résister, et il pourra boire dans la mare, s'il a soif, pendant que nous irons lui acheter deux ou trois bricoles, d'accord ?

– D'accord », acquiesce joyeusement Tom et les voilà partis, Teddy tirant le poney par la ficelle tandis que Steffie marche à côté de lui en le tenant par la crinière. Je les regarde s'éloigner et je vois ce que je n'avais jamais compris jusque-là. Steffie aime vraiment Teddy, assez fort pour risquer la colère de son père en souscrivant à la révolte de Tom de la seule façon qu'elle connaisse, c'est-à-dire en achetant l'équipement du poney. Je suis étonnée, et surprise aussi du lien qui les unit, Tom et elle. Je me rends compte que je ne la voyais que comme un prolongement de sa mère, une unité pilotée à distance par mère Maurie. C'est la première fois que je vois Steffie faire quelque chose de sa propre initiative. Ça lui donne l'air à la fois plus jeune et plus mûre. Je les suis encore du regard quand Tom me prend par les épaules et me tourne vers lui.

Nous ne parlons pas. Il me tient un instant contre lui, puis nous retournons vers la petite maison, nous y entrons, retrouvons le lit, où nous faisons l'amour comme deux adolescents éperdus, sans quitter nos vêtements, son jeans descendu au genoux, le mien ôté d'une seule jambe, mon soutien-gorge entortillé autour d'une épaule. Puis nous nous endormons pendant peut-être une heure et, au réveil, refaisons l'amour plus calmement, avant de nous lever. La journée passe comme un rêve. Tom ne va pas du tout travailler et par on ne sait quel miracle, ses parents ne viennent pas le chercher ni demander pourquoi. Au lieu de quoi, nous allons en ville déjeuner tardivement de croissants à la cannelle, flâner de boutique en boutique, regardant tout et n'achetant rien. Nous tombons par hasard sur Teddy et Steffie. Ils ont acheté une selle, un licol rouge avec des étoiles d'argent, une brosse et un peigne, un nouveau chapeau de cow-boy pour Teddy, avec un bandana rouge et un long ruban de la même couleur. Je vois bien que Teddy n'est pas convaincu pour le ruban rouge, mais Steffie lui explique avec persuasion que le poney va adorer qu'on lui tresse la crinière avec des rubans. Tom leur demande s'ils veulent venir au cinéma avec nous, mais ils ont tous les deux hâte de rentrer et de jouer à harnacher le poney. Quand ils s'en vont, je me rends soudain compte à quel point la journée a passé vite, car il ne nous reste que le temps de dîner avant d'aller au cinéma. Nous choisissons une séance d'après le titre et les affiches de films devant la salle, car nous n'avons ni l'un ni l'autre idée de ce dont ils parlent. Tom était trop pris par ses tracteurs et moi trop enfermée en moi-même pour faire attention à l'actualité cinématographique ces derniers temps. C'est finalement une comédie très banale, pleine de malentendus d'amoureux et de situations invraisemblables. Tom regarde, et moi, assise à côté de lui dans le noir, je l'écoute rire de temps en temps, je partage son pop-corn, je m'appuie sur son épaule, je l'ai à moi seule.

Je me serre près de lui sur le siège de la camionnette pendant le trajet de retour. À notre arrivée, une seule veilleuse est restée allumée dans la petite maison, nous trouvons Teddy profondément endormi et un message de Steffie disant qu'ils ont passé une journée extraordinaire. Nous nous couchons très vite et nous faisons encore l'amour. Tom me serre contre lui, après, et s'endort en me tenant dans ses bras. Allongée, immobile dans le cercle de sa chaleur, je sens le poids de son bras sur mon ventre.

Je m'applique à fermer les yeux mais ils ne cessent de se rouvrir. Je voudrais m'endormir pleinement satisfaite, dans la tiédeur de son étreinte. Mais je me rends compte que je ne peux pas croire à cette journée, à ce miracle. Je n'arrête pas de revenir à ce matin, quand j'étais prête à partir. Je suis heureuse de ne pas être partie, contente que Tom ait amené le poney, contente d'avoir décidé de rester. Mais il y a encore en moi une étincelle de colère. Mon côté rancunier se demande : est-ce qu'il s'imagine que ça suffit ? Une journée de son précieux temps, une journée de tours de manèges et de pommes d'amour, dans un été de routes poussiéreuses pleines d'ornières ? Me prend-il pour un petit enfant, croit-il qu'il peut si facilement me faire oublier comme il m'a ignorée et blessée ? J'essaie de ne pas entendre la voix méchante. L'amour est patient, l'amour est généreux. L'amour ne connaît pas l'envie. Je me récite la litanie. Il supporte tout, croit tout, espère tout, résiste à tout. L'amour ou la bêtise, c'est l'un de ces deux-là. Quand j'étais enfant, je parlais comme un enfant, éprouvais des sentiments d'enfant, pensais comme un enfant. Alors que suis-je maintenant, je ne suis quand même pas un homme ?

Je ne parviens pas à interrompre ce dialogue intérieur, je ne peux pas dormir. Je prends mon courage à deux mains, je reconnais qu'une partie de moi est fâchée que nous soyons réconciliés, furieuse d'avoir raté l'occasion de partir. Une partie de moi veut se battre avec Tom, être dure, dévorer sans merci notre couple. Mais il y a une partie de moi qui aime son odeur fraîche, la chaleur de son bras sur mon ventre, qui aime l'idée de posséder à moi seule cet homme désirable. Je suis trop fatiguée. Comme Scarlett O'Hara, je me dis que demain sera un autre jour.

13
treize

La ferme, juin-juillet 1976

Le lendemain matin, Tom se lève et va travailler au magasin plus tôt que d'habitude, pour compenser l'école buissonnière de la veille. Ça ne me dérange pas. Il me réveille doucement avant de partir en passant les doigts sur mon visage, suivant les lignes de mon front, de mon nez, de ma mâchoire. Je m'éveille à demi sous sa caresse légère, juste à temps pour recevoir un baiser passionné avant son départ. « À ce soir », promet-il, et je me rendors, rassurée, aimée.

C'est Teddy qui me réveille la seconde fois. Il est déjà habillé, son nouveau chapeau de cow-boy sur la tête. La moustache de lait sur sa lèvre et le flocon de céréale collé à son menton m'annoncent qu'il s'est déjà servi son petit déjeuner. « Maman, réveille-toi, me dit-il d'un ton urgent. Il faut qu'on aille s'occuper de mon cheval. »

Je me tire du lit, m'habille pendant qu'il se lave la figure, me fais une tasse de thé et nettoie le plus gros du désordre qu'il a laissé tandis qu'il se brosse les dents. J'ai mal partout d'avoir trop fait l'amour. La gueule de bois du sexe, me dis-je en essayant d'en sourire. Je bois ma tasse de thé pendant qu'il rassemble ses « affaires de cheval ». Il faut transporter tout ça dans la basse-cour : la selle, la bride, une corde avec un crochet, la brosse et le peigne, la carotte prise dans le réfrigérateur. « Regarde-moi bien, me prévient Teddy en s'approchant de l'enclos, je vais te montrer comment on fait. »

Et à ma grande surprise, il se débrouille parfaitement. Le poney vient volontiers chercher la carotte et Teddy accroche rapidement la corde à son licol avant de l'attacher à la clôture. Sa timidité d'hier vis-à-vis de l'animal s'est déjà transformée en une confiance naturelle que je ne partage pas. « On pose la main sur sa croupe quand on passe derrière lui, comme ça il sait qu'on est là. C'est tante Steffie qui me l'a dit », me dit-il en passant vivement derrière les dangereux sabots. « Et on fait attention à ses démangeaisons quand on le brosse », poursuit-il superbement avant de passer cinq bonnes minutes à brosser le poney d'un côté, aussi haut qu'il peut atteindre. Il a besoin de mon aide pour la bride, car bien que le poney accepte le mors sans problème, les boucles de la bride neuve sont raides. Teddy est très exigeant pour la pose de la selle et, malgré mes efforts, il persiste à prétendre qu'elle n'est pas assez serrée. Je suis encore en train de me débattre avec quand Steffie apparaît. « Besoin d'un coup de main ? » interroge-t-elle, et je m'écarte pour la laisser faire. Elle installe Teddy sur le poney et lui passe les rênes. « Allez, on y va, cow-boy », lui dit-elle et il traverse fièrement la basse-cour. Je le regarde partir en essayant de dissimuler mon inquiétude. Bien que la basse-cour soit clôturée, c'est quand même une surface d'un demi-hectare de liberté pour le poney et Teddy. Je regrette que l'espace ne soit pas plus réduit.

« Ça ira, me dit doucement Steffie. Je crois qu'il faudrait au moins un bâton de dynamite pour faire partir ce poney au galop. Il est gras comme un cochon. »

Je hoche la tête sans rien dire en regardant Teddy et le poney. « Papa vous a dit quelque chose, à vous ? » demande-t-elle.

Je fais non de la tête en me retournant vers elle.

Steffie hausse les épaules. « Alors, c'est probablement qu'il ne dira rien. Il était vraiment furieux hier, mais personne ne lui en a parlé, et il n'en dira pas un mot lui-même. Il est comme ça. Du moment que personne ne parle du poney et du moment qu'il ne cause pas d'ennuis, l'incident sera oublié dans quelques jours.

– Oh », fais-je, ne sachant que répondre. Le silence dure. Le poney atteint l'autre côté de la basse-cour et s'arrête. Teddy tire sur les rênes et donne des coups de talon dans son gros ventre, sans grand effet. Le poney fait comme si de rien n'était et baisse la tête pour brouter. Mais Steffie a tout prévu. Elle siffle entre ses dents et brandit une carotte. Je m'efforce de ne pas montrer ma surprise. Je découvre une Steffie que je n'avais jamais vue. Malgré les longues jambes dorées, le short d'un blanc de neige, le bustier jaune et blanc assorti aux sandales, malgré sa coiffure impeccable et ses ongles manucurés, malgré son maquillage sans défaut et son allure de mannequin, elle agit comme une personne réelle. Le poney fait demi-tour et traverse sans hâte en sens inverse.

« On dirait que tu sais t'y prendre avec les chevaux, lui dis-je.

– Je montais beaucoup, quand j'étais au lycée. J'étais dans une section agricole, les Fermiers américains de l'Avenir. À cette période-là, je voulais devenir éleveur de chevaux, ou vétérinaire.

– C'est vrai ? » Voilà qui est nouveau pour moi. Steffie aurait eu des ambitions personnelles ? J'essaie de ne pas avoir l'air trop étonnée. Mère Maurie m'a dit que Steffie s'intéressait à la décoration intérieure, à la mode, à la céramique, au pochoir, au macramé. Le mardi et le jeudi soir, elles vont ensemble à des cours de confiserie et de batik. Elles assistent aux défilés de robes de mariées à la galerie marchande, commandent pour cinquante dollars de produits de beauté Avon par mois et passent des heures interminables à étudier des catalogues de mode. Vétérinaire ?

« Oui. Mais c'est presque impossible d'entrer à l'école vétérinaire et papa dit qu'il n'y a plus d'avenir dans l'élevage de chevaux. À moins de le faire à grande échelle. J'en ai discuté avec papa et maman après ma sortie du lycée. J'aurais pu intégrer un programme d'assistant-vétérinaire à l'université communautaire, mais ça n'offre pas beaucoup de débouchés. Papa dit que tout ce qu'on y fait, c'est de nettoyer des chenils et de jeter des bandages. »

Évidemment, c'est bien de lui de dire ça.

« Alors ? dis-je platement. Tu crois que tu pourras le faire un jour ?

– Uniquement si j'épouse un type riche », répond-elle d'un ton détaché.

Je ris. Mais pas elle, alors je transforme mon rire en quinte de toux. Teddy et le poney finissent par nous rejoindre. « Tu te débrouilles bien, cow-boy, », dit-elle en donnant la carotte au poney. Elle saisit le montant du harnais. « Tu veux que je le fasse trotter ?

– Non. » Teddy prend un ton soigneusement détaché. « Il fait trop chaud pour le faire courir. » Il n'est donc pas aussi rassuré qu'il le voudrait. Je suis contente que Steffie n'insiste pas. Elle tourne simplement la tête du poney et lui donne une claque sur la croupe. Teddy et le poney partent au pas autour de l'enclos.

« Alors, où es-tu allée l'autre jour ? me demande Steffie.

– Juste faire quelques courses, tu sais. Puis au ciné, et dîner en ville.

– Non. Je ne parle pas d'hier. Je veux dire quand Tommy ne savait pas où tu étais.

– Oh… » J'éprouve une réticence soudaine. « Là-bas, dans les bois, lui dis-je avec un geste vague. Juste pour me promener. Il y faisait plus frais. Je n'avais pas l'intention de rester si longtemps.

– Oui, on peut facilement s'égarer, là-dedans. » Elle jette un coup d'œil en direction de la forêt, les sourcils vaguement froncés. « Il y a des animaux, aussi, me confie-t-elle.

– Je ferai attention, lui promets-je.

– En fait, tu ne devrais probablement pas y retourner. Pas toute seule en tout cas.

– Il ne m'arrivera rien, lui dis-je, rassurante.

– Écoute, la prochaine fois que tu veux y aller, pourquoi ne pas me le dire ? On pourrait emmener Teddy en pique-nique. Je te dirai où nous allions ramasser des myrtilles avec Tommy quand nous étions petits. Ce sera bien.

– Oui, d'accord. » Je mens sans m'engager pour autant. J'ai soudain l'esprit en ébullition. Comment faire pour m'échapper seule à présent ? Si je demande à quelqu'un de surveiller Teddy, on va me demander pourquoi. Et je ne peux pas le laisser sans rien dire, comme la dernière fois. Ni l'emmener avec moi. Je réfléchis frénétiquement.

« aujourd'hui ?

– Pardon ? Excuse-moi, je crois que je rêvassais.

– Oui, on dirait. Je te demandais juste ce que tu avais l'intention de faire aujourd'hui. »

Je patauge : « Je ne sais pas. Euh… je crois que je ferais mieux d'aller chercher la lessive que j'ai oubliée avant-hier.

– Ellie l'a finie à ta place. Je crois même qu'elle te l'a rapportée et l'a rangée chez toi. »

Je reste à nouveau sans voix. « Il faut que je la remercie, dis-je indistinctement.

– Oh, ça ne l'a pas dérangée. Elle m'a dit que tu avais l'air d'avoir besoin d'un coup de main pour faire le ménage à fond dans la petite maison, pour cirer le parquet et tout ça. Elle va probablement te demander quand tu veux le faire d'ici quelques jours. Alors, tu fais quoi aujourd'hui ?

– Euh… Du ménage, probablement. » Une véritable terreur m'envahit. Passer une journée avec Ellie, l'aider à nettoyer ma propre maison. Je l'ai vue prendre un cure-dent pour enlever la cire dans les interstices du linoléum. Elle époussette le dos des chaises de cuisine, les ampoules dans les lampes et le dessus des portes. Il n'y a qu'une façon de l'éviter. « J'ai des tas de choses à rattraper que je n'ai pas faites hier. Et Ellie a probablement raison, la maison a besoin d'un grand nettoyage. Mais il ne faut pas qu'elle s'en préoccupe. Je vais m'y mettre aujourd'hui.

– Oh. » Steffie a presque l'air déçue. « Toi et Ellie ! On dirait que vous ne pensez qu'à ça. »

C'est à peu près tout ce qu'il y a à faire, me dis-je. Mais je ne m'exprime pas à haute voix. Je ne sais pourquoi, je n'ai même pas envie de savoir ce qu'elle a projeté pour la journée. Je suis sauvée par le retour de Teddy et du poney.

« Bon, maintenant, il faut que le bouchonne, » me dit Teddy au moment où le poney s'arrête nonchalamment. Steffie le rattrape au moment où il glisse pour descendre. Elle a l'air assurée et compétente quand elle aide Teddy à ôter la selle et le harnais. Je me surprends à me demander qui elle est en réalité. Celle que je vois, la petite assistante de sa maman au magasin, la beauté aux longues jambes de la galerie marchande, le vétérinaire en herbe ? Je me dis que peut-être je ne la connais pas du tout. Flûte ! Peut-être qu'elle ne se connaît même pas elle-même. Ce n'est pas mon problème, après tout.

« Je vais aider Teddy à s'occuper d'Houdini, me dit Steffie.

– Houdini ? » Je reste bouche bée.

« C'est le nom du poney. Bizarre, non ?

– Oui. Bon, je ferais mieux de retourner à mon ménage. » Et je les laisse brosser, étriller et discourir savamment sur les poneys.

De retour à la petite maison, je passe toutes les pièces au Monsieur Propre, au Vizir et autres produits d'entretien, bien déterminée à éradiquer toutes traces de notre passage. La douce euphorie d'hier s'est évaporée, me laissant insatisfaite et de mauvaise humeur vis-à-vis de moi-même. Et alors ? me dis-je à chaque fois qu'une idée me vient. Et alors je suis une souillon, j'ai transformé en soue à cochons ce joli petit chalet. Et alors ? Et alors Tom veut arranger les choses ? Et alors ? Ça ne veut absolument pas dire qu'il veut changer pour de bon, il n'a pas envie de rentrer en Alaska, il veut juste changer suffisamment pour que j'accepte de rester ici. Est-ce que par hasard je m'imaginais que j'avais remporté une victoire hier ? Merde, la seule chose qu'il faisait, c'était de tenir la promesse que son radin de père avait rompue. Et c'est pour ça qu'il faudrait que je fonde de reconnaissance ?

C'est vrai qu'hier j'étais d'une reconnaissance pathétique. Hier j'étais amoureuse. Aujourd'hui, je suis à nouveau en colère. Ça n'a pas de sens, je ne me comprends pas moi-même. Je prépare une tasse de thé, je m'assois sur les coussins douillets, dans la petite maison où il fait une chaleur étouffante. Les particules de poussière dansent dans la lumière blanche qui inonde la pièce. Mes pensées valsent avec elles, et je les laisse aller, sachant qu'elles me guideront peut-être vers la vérité. Qui me parvient en bribes insaisissables. Oui, j'aime Tom. Mais je suis en colère contre lui. Parce que si on aime quelqu'un, ce devrait être facile de lui être fidèle. Et ce n'est pas vrai. Malgré mes efforts, je ne peux empêcher mes pensées de folâtrer avec des faunes, des cornes de bois poli et des dents blanches, des flancs minces et des avant-bras ronds et musclés. Hier, j'avais une excuse. J'étais une femme délaissée, mal aimée, et le faune m'offrait une consolation. Aujourd'hui, je n'ai plus vraiment cette excuse. Le baiser d'hier peut être justifié, à mes yeux en tous cas. Mais si je quitte la maison aujourd'hui pour aller le retrouver, ce sera parce que j'en ai envie et non parce que Tom m'aura blessée ou maltraitée. Ce sera seulement parce que j'ai envie d'être avec lui.

J'étudie mes deux amours, ils sont complètement différents. Aucun n'annule l'autre, aucun ne rend l'autre moins nécessaire à mon âme. Toutes les chansons populaires de femme adultère que je connais me reviennent pêle-mêle. « *L'un a mon nom, l'autre mon cœur* », « *Ton cœur infidèle te trahira* », « *Tu as choisi le bon moment pour me quitter, Lucille !* » J'aplatis d'un poing rageur un coussin jaune, provoquant une explosion de poussières dansantes. Ce n'est pas du tout ça. Rien à voir avec ces chansons stupides.

Alors, de quoi s'agit-il ?

« C'est beaucoup plus dangereux. »
Je m'entends prononcer les mots à voix haute, j'entends la petite maison les avaler avec gourmandise. Je me demande si je suis folle, je parle toute seule, je vois des faunes dans la forêt. Non, je refuse vivement cette idée. Puis je me force à revenir en arrière, à réexaminer la journée, à trouver une miette de preuve que je puisse fournir de ma conversation d'hier avec un faune. Il n'y a rien. Je pose mes doigts sur mes lèvres, sens à nouveau la pression tiède, le choc des dents. Non, il n'y a rien. Et tout.

Mais inutile de s'inquiéter pour ça, me souffle ce qui reste de bon sens en moi. Absolument inutile. Tout ce que j'ai à faire, c'est de bien me tenir. Si je reste à la maison et suis une bonne épouse pour Tom, comme je sais que je le devrais, alors peu importe si le faune est réel ou non. Puisque je ne le verrai pas. Si je le revois, si je suis folle, ce sera d'abord parce que j'aurai été infidèle, parce que je serai allée où aucune femme convenable n'irait, parce que je me serai mise délibérément en situation de péché. En situation de péché. Il y a des années que je n'ai pas pensé à cette expression, tout droit sortie du catéchisme de Baltimore. Je me dis que finalement, je sais ce qu'elle veut dire.

Je me dis également que je suis sans doute la personne au monde qui se soucie le moins de ce que signifie l'expression. Je pense à mes camarades de chambre, à la fac, et à leurs aventures sexuelles sans lendemain. Jenny, qui croyait que « si ça te fait du bien, fais-le » était le summum de la sagesse et Stacey, qui se spécialisait dans les puceaux parce qu'« on ne sait jamais ce qu'ils vont faire ou dire. » Aussi bien l'une que l'autre, elles auraient couché avec Pan hier. Couché, je veux dire baisé, forniqué, copulé. Elles ne sont pas à une distinction verbale près. Sauf qu'elles ne l'auraient pas vu, ni l'une ni l'autre. Parce qu'elles ne se laisseraient jamais tourner la tête comme moi.

Teddy entre dans la maison, en traînant derrière lui son matériel d'équitation qui cliquette sur le lino. « Tiens, me dit-il, c'est pour toi. » Il me donne trois fragiles trilliums blancs, ces petites fleurs à trois pétales qui poussent à l'ombre au fond des bois. Leur tige est ferme, leur corolle se tient bien.

« Où les as-tu trouvés ? » Je sais déjà qu'il va falloir que j'aille m'excuser auprès de mère Maurie, que Teddy a sans doute profané un coin secret du jardin que je ne connaissais pas.

« Dehors, me dit-il vaguement, avec un geste de la main. » Il quitte son chapeau de cow-boy, le lance sur le canapé. « J'ai vu un homme brun les poser sur les marches. Moi et Steffie, on va à la rivière, tu veux venir ?

– Non, dis-je dans un murmure.

– Pourquoi pas ? Il fait frais, là-bas, et Steffie dit qu'il y a un endroit où je pourrai mettre les pieds dans l'eau. Tu veux pas venir ?

– Je reste ici, lui promets-je.

– D'accord », fait Teddy en se précipitant dans la salle de bains. Il réapparaît un instant plus tard, avec une des serviettes de bain claires de mère Maurie et un de ses jeans coupé au genou. « Au revoir, dit-il. » Et il est parti. J'entends claquer une portière, démarrer un moteur. Je suis comme une mouche prise dans la résine, figée dans la lumière blanche éblouissante qui entre à flots par les fenêtres. Les trilliums sont restés sur l'extrémité de la table de verre. Je sais que ce sont des fleurs presque inodores, mais la chaleur de la petite pièce exalte à tel point leur légère suavité qu'elle couvre toutes mes odeurs de cire et de détergent.

Je les prends, sens leur fraîcheur du bout de mes doigts, fines tiges vertes, doux pétales. Je traverse la pièce, ouvre le placard sous l'évier et les laisse tomber dans la poubelle. Je ne les garderai pas, ne mettrai pas dans un verre d'eau fraîche leurs tiges délicates, ne laisserai pas leur senteur se répandre dans toute la petite maison. Je ne me demanderai pas ce que Teddy a vu.

Quelques instants plus tard, j'ouvre le placard sous l'évier et scrute dans l'obscurité de la poubelle. Les fleurs sont encore là, blanches dans les ténèbres, et la puanteur de la peau de banane et du marc de café ne peut vaincre leur suavité.

Non. Je me fais la leçon comme à un enfant de deux ans

caressant une bouteille de bière. Non. Je ferme avec détermination la porte du placard.

Je m'attaque au ménage. Je vide les placards, remplace le papier des étagères, range les boîtes en ordre strictement contrôlé, les paquets de céréales regroupés, les boîtes de conserve par ordre de taille, les plats préparés ensemble. Jamais ça ne restera ainsi, c'est absurde de le faire, mais je classe mes placards comme si je garnissais les étagères du magasin d'Annie. Dans la chambre, je vide la penderie, réorganise tous les vêtements pour que toutes les chemises de Tom soient suspendues dans le même sens et complètement boutonnées sur chaque cintre, et groupées par couleur. Je vide les tiroirs sur le lit et je suis en train de ranger ses sous-vêtements en piles bien nettes quand j'entends klaxonner.

Au quatrième coup de klaxon, je me lève pour aller à la fenêtre de la cuisine. Le poney est immobile au milieu de l'allée et regarde d'un air ahuri le père de Tom, qui est dans sa camionnette et klaxonne. Il a le visage très rouge et même de loin je vois les gouttes de sueur qui se forment à la limite de sa calvitie. Pourtant son visage n'exprime pas l'agacement, mais la colère indignée. J'ai l'impression d'avoir six ans et d'avoir laissé traîner mon tricycle dans l'allée du garage.

Le poney n'est pas pressé de se faire renfermer dans l'enclos de la basse-cour. Il n'a pas davantage peur de moi. Je saisis le bridon de son licol et je tire. Il s'arc-boute sur ses courtes pattes et donne un coup de tête pour échapper à mon emprise. Et ne bouge pas. Je lui donne une bonne claque sur la croupe en lui disant : « Allez, avance ! » Il se déplace de deux pas, en direction de la camionnette immobile. Le père de Tom klaxonne encore une fois, en guise d'accusation sonore, à moins d'un mètre de moi. Je sursaute involontairement. « Je ne peux pas le faire bouger », m'entends-je crier à l'intention de la camionnette, comme s'il ne voyait pas ce qui se passait, comme si de lui dire que je fais de mon mieux pouvait faire une quelconque différence. Il ne dit pas un mot, ne descend même pas sa vitre, mais recommence à klaxonner. Je jette un coup d'œil aux alentours, mais Steffie est partie à la rivière avec Teddy, et Ellie nous regarde sans la moindre curiosité en secouant son chiffon à poussière sur le seuil. Je ne connais rien aux chevaux et, je m'en rends compte soudain, pas grand-chose aux animaux domestiques en général. Si Houdini était un ours brun, ou un loup, ou même un lynx, je saurais le faire bouger. Je connais ces animaux. Ce poney n'a pas le moindre respect pour moi. Je saisis le licol par les deux côtés et, en m'arc-boutant, je tente de le tirer en avant. Il résiste et cède soudain, ce qui me fait perdre l'équilibre et du coup, je manque de tomber sur les fesses dans l'allée. Il avance d'un pas avant que je puisse me reprendre et, tandis que je m'efforce de reculer tant bien que mal, quand il y a à peine la place, le père de Tom accélère brusquement et lance la camionnette dans un envol de gravillons tout en frôlant l'arrière-train du poney. Houdini se rapproche de moi, effrayé cette fois, et je trébuche en arrière sur le parterre de fleurs de mère Maurie avant de recouvrer mon équilibre. Le poney me suit docilement dans le parterre et, dès que je le lâche, s'intéresse de près au goût des œillets d'Inde.

Je lui relève la tête en le tirant par le licol. Il se libère nonchalamment de ma prise et m'arrache en même temps la moitié d'un ongle. Je me fourre le doigt blessé dans la bouche pour ne pas crier tandis qu'il se remet à brouter. Et je pense alors à faire ce que Steffie, probablement, aurait fait dès le début. Je retourne à la petite maison pour aller chercher une carotte dans le frigo.

À la vue de la carotte agitée de façon tentante devant son nez, Houdini devient très raisonnable. Il me laisse attacher la bride au licol et me suit docilement vers la basse-cour. La barrière est bien fermée, le loquet en place. Je n'ai aucune idée de la manière dont il est sorti. Je me demande un instant si Steffie et Teddy l'ont sorti, et peut-être oublié de le rentrer, pour une raison ou pour une autre. Ça me paraît peu vraisemblable, mais je décide de le demander à Teddy.

Je retourne directement à la petite maison. Je n'ai pas la

moindre envie d'aller à la grande maison pour demander au père de Tom de m'excuser d'avoir laissé le poney en liberté dans l'allée. Je me plonge au contraire dans mon ménage. Je tire tous les meubles à une extrémité du living-room. Quand la cire est sèche, je les remets tous en place, un par un, en les époussetant à mesure, je passe chaque coussin à l'aspirateur avant de le reposer.

J'ai sorti tous les draps, les serviettes, les taies d'oreiller du placard à linge et je suis en train de tout replier soigneusement en piles régulières quand Ellie entre. Elle ne frappe pas, personne ne frappe, après tout, c'est le chalet des invités de la famille et ce n'est pas parce que je l'occupe que ça leur enlève leurs prérogatives de propriétaires. Ellie entre et annonce négligemment : « Ton poney est en train d'abîmer les azalées de maman. Il ne les mange pas, c'est juste qu'il les piétine. Oh, au fait, tu sais pourquoi tes draps sont comme ça ?

– Comment ?

– Parce que tu n'utilises pas le bon détergent avant de javelliser. Je l'ai remarqué l'autre jour, quand j'ai fini ta lessive. J'ai finalement dû relaver tout deux fois. Tu as probablement remarqué que les traces de cambouis sur le short de Tommy avaient disparu. C'est à cause de l'eau qu'on a ici. Il faut laisser les enzymes faire le travail avant d'ajouter l'eau de Javel. Et il n'y a que Tide qui soit efficace pour le trempage. Tous les autres détergents font juste quelques bulles mais n'arrivent pas à mousser. Il faut que tu utilises Tide et Clorox. Tu veux que je te montre ?

– Euh… oui, bien sûr. Mais le poney ?

– Il est dans les azalées, celles qui sont plantées devant la clôture de la basse-cour. Papa est furieux et demande pourquoi tu ne l'as pas remis dans l'enclos. Il dit que tu t'imagines peut-être que tu peux le laisser brouter sur la pelouse mais en fait le crottin va s'accumuler et la seule chose qui soit pire que le crottin quand on passe la tondeuse, c'est les crottes de chien. »

Je tente de me justifier : « Mais je l'ai remis dans l'enclos ! »

Ellie se contente de me regarder avec des yeux qui me reprochent gentiment de mentir.

« Je vais le remettre dans la basse-cour », dis-je, maussade, en allant chercher une carotte dans le réfrigérateur.

Houdini se régale dans les azalées, il se roule avec délice dans leurs branches pour se gratter. Plusieurs sont complètement écrasées mais la plupart n'ont subi que des dommages mineurs. Une fois de plus, la carotte fait son effet magique et il me suit calmement vers la barrière hermétiquement fermée. Je lui donne une claque sur la croupe pour le faire entrer et je le suis en refermant soigneusement derrière moi. Je fais le tour complet de l'enclos. En aucun endroit, la clôture n'est cassée ni arrachée des piquets. Nulle part. J'observe le gros ventre de Houdini. Il cesse de brouter et lève les yeux pour me regarder complaisamment. Non, c'est impossible. Ce poney ne peut pas sauter par dessus la clôture.

Je fais un deuxième tour pour vérifier, plus lentement, en cherchant des traces. Il m'apparaît vite évident que Houdini a suivi cette clôture plus d'une fois. Je continue avec entêtement, tentant de trouver des indices sur la façon dont il s'est échappé. Rien. Mais, dans le coin le plus éloigné de la basse-cour, d'autres traces recouvrent celles du poney. Des marques de pieds fourchus. Les empreintes d'un cerf, me dis-je fermement, douloureusement consciente du soudain silence. Aucun bourdonnement d'insecte, on n'entend que le lointain gloussement des poules dans l'ombre du poulailler. Les animaux domestiques émettent des sons mais les créatures sauvages, les insectes, les oiseaux, les souris qui bruissent dans les herbes hautes de la prairie par-delà l'enclos, tout cela s'est tu. Silencieux. Dans l'expectative.

Au bout d'un moment, long ou bref, je ne saurais dire, je reviens à moi. Je cesse d'écouter et brouille les traces du cerf du bout de mes tennis avant de continuer. J'achève le tour de l'enclos sans avoir d'idée plus précise de la façon dont le poney peut s'échapper. Je suis en nage, le soleil me cogne sur la tête. Dans la forêt, il ferait plus frais, il y aurait de l'air et, dans l'ombre et l'humidité entretenues par les arbres, un air respirable. Je referme solidement le loquet de la barrière derrière moi. Le poney broute paisiblement. Apparemment, il ne songe plus à s'échapper. Je le laisse et retourne aux azalées.

Soigneusement, je ramasse dans le massif les bouts de branches brisées. Je casse celles qui ne tiennent plus que par l'écorce. Sans difficultés, les branches sont sèches, presque cassantes, mère Maurie ne les a pas assez arrosées en cette période de sécheresse. Je finis par conclure que toutes les azalées, sauf une, vont sans doute survivre. La seule victime a été brisée net au niveau du tronc. Mais même celle-ci, si on lui donne de l'engrais et de l'eau, réussira probablement à repousser à partir du pied. Je me débarrasse des branches mortes sur le tas de compost jaunissant des tontes de gazon, derrière la cabane de jardin. Je vérifie encore une fois que le poney est toujours là et je retourne à la petite maison.

Mes draps et mes serviettes ont disparu. Je jette un coup d'œil dans le placard à linge. Il est vide, mais dégage une odeur d'eau de javel à l'endroit où le papier des étagères vient d'être à nouveau frotté. Disparus également la serpillière et le seau que j'avais négligemment laissés dans le coin de la cuisine. Je les retrouve sur les marches de derrière, la serpillière passée à l'eau de javel et mise à sécher sur le fil, le seau récuré et retourné pour s'égoutter.

Je fais les cents pas dans le petit chalet. Je n'ai pas vraiment le choix, il va falloir que j'aille à la grande maison. M'excuser pour les azalées, récupérer les draps et les serviettes. Remercier Ellie de corriger mon ignorance insondable en matière de ménage. Me traîner dans la boue devant ma belle-famille. J'envisage de me faire d'abord une tasse de thé, mais j'y renonce. Je prendrai une tasse de thé après, je me la garde comme une sorte de récompense quand j'aurai fait ce qu'il fallait faire.

Soudain, je suis bien décidée à agir dans les règles. Je vais me présenter avec un visage gai, je reconnaîtrai que je ne sais pas m'y prendre avec le poney, que je ne sais pas laver mes draps plus blancs que blancs. Je rirai de mon ignorance avec eux. Je demanderai au père de Tom ce qu'il me conseille de faire pour garder le poney enfermé. Je m'excuserai de l'avoir laissé s'échapper, et pour les azalées brisées. Je proposerai de les arroser et de les soigner particulièrement jusqu'à ce qu'elles repoussent. Je serai la belle-fille modèle, et Tom sera fier de moi. Quand il rentrera ce soir, il me serrera contre lui et baisera mes cheveux, et nous serons amoureux l'un de l'autre, tout comme hier.

Je jette un coup d'œil autour de moi et je me rends compte, au bout de quelques instants, de ce que je cherche. Un cadeau, une offrande de paix. Un plat de biscuits sortant du four, un gâteau blanc décoré de fleurs roses, un bouquet de roses rouges aux longues tiges. Quelque chose à partager, pour dire que nous sommes une seule et même famille. Mais je n'ai rien.

Rien que je veuille partager.

Mais je vais ouvrir la porte basse sous l'évier. Une odeur suave s'exhale de la poubelle. Je tends la main pour prendre les trois trilliums, que je débarrasse de quelques miettes de marc de café pour leur rendre leur pureté. J'ai l'impression de sacrifier mon premier-né sur un autel en les emportant dans la chaleur, la poussière et la lumière aveuglante de la cour. Arrivée à la porte de la cuisine, je frappe, puis je me souviens que je ne suis pas une étrangère. Il faut que j'arrête de me comporter comme une étrangère si je veux être traitée comme un membre de la famille.

Le père de Tom renverse le café qu'il est en train de se servir en se retournant brusquement pour voir qui vient d'entrer. « Oh, c'est vous. Vous m'avez fichu une de ces frousses ! » fait-il remarquer en sortant de la cuisine. Je le suis dans la salle de séjour. Il s'assoit dans le fauteuil à bascule. Mère Maurie est assise sur le canapé, occupée à broder un cache-serrure. Je me demande tout à coup qui s'occupe du magasin pendant qu'ils prennent tranquillement leur café, alors que c'est la période la plus active de l'année, durant laquelle il faut absolument que Tom reste pour les aider. Ils me regardent tous deux d'un air interrogateur.

« Bonjour, dis-je.

– Je suppose que vous cherchez Ellie ? Elle a descendu tous les draps et les serviettes dans le sous-sol. Je regrette que vous ne nous ayez pas dit que vous ne saviez pas les laver avant qu'ils soient dans cet état-là. » Mère Maurie pince les lèvres sur sa couture.

Je ne savais pas les laver ? Ils me paraissaient propres, à moi. J'avale ma salive. « Je suppose que je ne suis pas habituée à l'eau que vous avez ici. Ellie m'a dit qu'elle m'expliquerait. Je descendrai la voir dans une minute. Euh… en fait, je suis venue vous dire que je suis désolée que le poney se soit échappé et tout ça… Je l'ai remis dans l'enclos. Je ne sais pas vraiment comment il fait pour sortir tout le temps. Je ne m'y connais pas beaucoup en poneys…

– Me semble que vous auriez dû penser à ça avant de dire à Tom que s'il ne l'achetait pas… » Le père de Tom a les yeux comme un bonhomme de neige, des morceaux de charbon dans de la glace. Un gouffre s'est ouvert dans mon ventre et mon estomac est tombé dedans, il s'enfonce, s'enfonce. Bien sûr, me dis-je, bien sûr. J'entends même la voix de Tom, et sa façon de s'exprimer. « Enfin, papa, tu sais comment sont les femmes ? Qu'est-ce que tu voulais que je fasse ? Achète le poney ou je m'en vais, elle m'a dit, et je n'ai pas besoin de ce genre de scène en ce moment, avec Teddy là-dedans. Alors j'ai acheté le poney. Ah, lala ! Je ne comprendrai jamais les femmes, c'est peut-être le mauvais moment du mois, ou un truc comme ça. » Je n'ai plus d'endroit où aller, pas de place pour me cacher.

La mère de Tom a dit quelque chose. Elle est en train de parler. J'essaie de l'entendre, mais je ne comprends rien à ce qu'elle dit. Ce sont des paroles qui se suivent, et je les entends, mais je ne comprends pas le sens de la phrase. Je suis mentalement malade, me dis-je, c'est ce qu'ils appellent la surdité psychosomatique, je l'entends mais je ne l'entends pas parce que dans mon subconscient je ne le veux pas, et cette idée m'occupe tellement quand elle s'arrête de parler je ne peux même pas me rappeler un seul mot de ce qu'elle a dit, je n'ai aucune idée de ce dont elle parle. Elle me regarde, l'air d'attendre une réponse. Tant pis. Je sais ce que j'ai à dire. Pas besoin de m'intégrer à leur conversation, de conjuguer mes paroles aux leurs. Je ne suis pas obligée de répondre à ce qu'a dit le père de Tom, à ce qu'il sait de moi. « Je regrette pour les azalées, reprends-je. Je crois que la plupart n'ont pas trop de mal. Mais je vais aller à la jardinerie chercher de l'engrais, je les soignerai particulièrement jusqu'à ce qu'elles reprennent. Euh, je crois qu'il n'y a que celle du coin qui risque de ne pas s'en sortir. Elle a été cassée pratiquement au pied.

– Oh non! » s'exclame mère Maurie, horrifiée. Elle laisse tomber son ouvrage sur ses genoux. Je distingue le motif, c'est une petite fille blonde assise sur un pot de chambre. Je ne me sens pas bien, ce doit être la chaleur.

« Je l'avais achetée pour maman, dit lourdement le père de Tom. Pour notre vingtième anniversaire de mariage. C'est une... comment tu appelles ça?

– Une azalée Exbury, » souffle la mère de Tom, et je suis si soulagée de l'entendre, cette fois-ci, que je lui souris. Elle me fusille du regard. « Elle n'a jamais fleuri. Cette année elle avait des boutons. Il y a six ans que j'attends que cette plante fleurisse.

– Elle avait peut-être besoin d'engrais, dis-je stupidement. Je sais que les azalées aiment les sols acides. Je savais beaucoup de choses sur les plantes, avant. Je devais être botaniste, vous savez, et j'ai beaucoup travaillé dans les serres du campus, à l'université. Je connais beaucoup de choses sur les plantes. »

Ils me regardent comme si j'étais un monstre à deux têtes. Ça ne peut pas s'aggraver, alors je continue à parler. « Je vous ai apporté des trilliums. Ils poussent dans la forêt, là-bas.

– Je sais. » Mère Maurie parle avec froideur. « J'ai entendu dire que si on les cueille, la plante meurt. Mais je suis sûre qu'une botaniste comme vous le sait. »

Je regarde les fleurs flétries dans ma main. Elles se sont complètement ramollies avec la chaleur de mes doigts serrés, sont devenues flasques comme un oiseau mort, leur corolle ballotte sur mes phalanges et les pétales blancs brunissent déjà. Je résiste à l'envie de les cacher derrière mon dos.

« Dommage, maman, quand tu étais jeune, tu n'avais pas le temps d'aller cueillir des fleurs dans la forêt », dit durement le père de Tom.

Mère Maurie répond quelque chose mais ma capacité à l'entendre s'est de nouveau enfuie. Les mots sont là, je saisis chacun d'eux, je m'efforce de les rattacher ensemble dans ma tête, mais c'est comme d'essayer de rattraper des perles qui tombent d'un fil, on en récolte une poignée sans moyen de savoir dans quel ordre elles étaient. Fleurs, draps, poney, désordre, vous ne croyez pas, essayez au moins, je saisis ces bribes mais je ne sais pas si j'ai été grondée ou encouragée. Je souris d'un air idiot. « Vous avez sans doute raison », dis-je. C'est son expression favorite, j'ai entendu Tom la lui dire des centaines de fois. « Je ferais mieux d'aller voir Ellie à présent », dis-je, et je me retourne pour partir au moment où Ellie entre dans la pièce.

« Quelqu'un m'a fait des traces partout dans la cuisine », dit-elle. Tous les regards se portent sur mes tennis, couverts de la boue de la basse-cour.

« Je suis désolée, excusez-moi », dis-je résolument. Je serai gentille, je serai gentille, je serai gentille. Et j'ajoute : « Je vais nettoyer. Et je suis venue pour laver les draps et les serviettes, comme tu me l'avais dit.

– Ils sont déjà dans la machine à laver, dit-elle. Et j'ai déjà passé la serpillière pour nettoyer la boue.

– Oh », dis-je. Uniquement oh. Je regarde les trilliums fanés dans ma main. Je ne sais pas pourquoi je ne suis pas en colère ni pourquoi je ne pleure pas. C'est seulement que je suis vide, c'est comme si j'étais dans une grande pièce noire sans meubles ni murs, et que j'essayais de me diriger dans les ténèbres. Rien ne me touche. « Bon, alors je crois que je vais aller surveiller le poney. Vous savez... – Je me tourne vers le père de Tom avec un sourire désarmant – je ne connais pas grand-chose aux poneys.

Je serais ravie que vous m'aidiez et me donniez des conseils sur la façon de le garder enfermé. Je pourrais peut-être le mettre avec les vaches ?

– Et comme ça je le nourrirais à votre place, c'est ça ? Il mangerait tout le grain qui devrait revenir aux vaches, je suppose ? Pas question. Vous auriez dû y penser avant d'acheter ce poney. Il n'y a pas de place pour un cheval, ici, un point c'est tout. »

Il est en train de se mettre en colère. Je ne sais pas pourquoi.

« Mais, euh… quand vous parliez de l'acheter pour Teddy, où est-ce que vous pensiez le mettre ?

– Pourquoi diable est-ce que vous vous imaginez que j'ai décidé de ne pas l'acheter ? Bon Dieu ! Ces gamins ne comprennent rien ! » Là, il s'adresse à nous deux, Tom et moi. « Un poney, c'est uniquement une source d'ennuis dans une maison. Ça ne sait que manger et chier. Et souvenez-vous de ce que je vous dis. Teddy va trouver que ce maudit cheval est merveilleux pendant une semaine ou deux, et ensuite il n'y pensera plus. Et moi, je me retrouverai avec le cheval sur les bras. Ces bêtes-là, tout ce que ça sait faire, c'est vous coûter de l'argent, les fers, le vétérinaire, les vers, la nourriture. Si Tommy n'était pas aussi couilles molles …

– Papa ! » s'écrie mère Maurie, choquée. Mais le vieil homme ricane méchamment. Il a le regard noir et mauvais, vicieux, animé non d'un désir sexuel, mais de l'envie de faire mal, d'être le maître, de provoquer. Ses yeux me cherchent, espérant me faire réagir d'une façon ou d'une autre, mais je ne peux pas, je ne sais pas du tout comment répondre.

« Je ferais mieux d'aller surveiller ce poney, alors », leur dis-je. J'ai mon sourire préféré collé sur le visage, sourire de soumission stupide, allez-y méprisez-moi, je le mérite sûrement. C'est le sourire qui m'a sortie de bien des mauvaises situations, mais je crois bien que celle-ci est la pire de toutes. Mon sourire ne cesse de s'élargir à mesure que mère Maurie continue à parler. Je résiste à l'envie de regarder bouger sa bouche, pour voir comment ses lèvres forment des sons que je ne peux plus traduire en paroles. Je fais demi-tour et je m'en vais. Au moment de sortir par la cuisine, je jette les trilliums flétris dans la corbeille à papiers. Ils ne me parleraient pas ainsi si Tom était là, me souffle une petite voix intérieure. Tu n'as qu'à le lui dire. Non, non, c'est ce qu'ils attendent que tu fasses, alors ne le fais pas. La seule façon de gagner, c'est de ne pas faire ce qu'ils attendent. Ce raisonnement me paraît idiot, même à moi, et je descends l'escalier en cessant complètement de penser.

Je vais effectivement vérifier où est le poney. Houdini a disparu, évidemment. Je fais le tour de la grande maison, mais il n'est pas là. Je n'appelle pas « Houdini ! Houdini ! ». Je sais qu'il ne viendrait pas et en plus, il y a quelque chose en moi qui m'oblige maintenant à me taire. Si on me passait un couteau à travers le corps, je tomberais sans émettre un son. Le silence n'est pas le résultat d'un effort, c'est plutôt un soulagement. C'est reconnaître qu'il n'y a rien à dire, personne à appeler.

Houdini n'est pas dans la cour, ni dans l'enclos, ni dans la prairie aux vaches, ni derrière la petite maison, ni dans l'allée. Je prends la grande allée poussiéreuse jusque sur la route, je passe devant le magasin et le grand hangar métallique dans lequel travaille Tom. Je ne m'arrête pas. Je regarde sur la route dans les deux directions, mais Houdini n'y est pas non plus. Je reviens en longeant les champs labourés mais laissés en jachère, envahis d'un fouillis d'orties sèches où commencent à poindre l'herbe de saint Michel, la camomille et la violette sauvage. Les plantes sauvages ne souffrent pas de la chaleur, ne se flétrissent ni ne brunissent, mais s'étalent bravement sous le soleil, sachant que toute lumière solaire dans cette région n'est au mieux que temporaire. Cette chaleur, cette lumière vont passer. En vérité, tout est temporaire. Toute douleur est passagère. Même si j'étais contrainte de passer le reste de ma vie dans un fauteuil roulant, ce ne serait que temporaire. Une simple goutte dans l'éternité du courant de Dieu. Si cette pensée est censée me consoler, je n'y trouve qu'un maigre réconfort.

Je vérifie tous les endroits où j'ai déjà regardé. Le poney n'y est toujours pas.

Je crois que je sais où il est.

Eau fraîche et savoureuse verdure à brouter. On peut se gratter la croupe contre un arbre. Des mains brunes détachent son licol, frottent les marques du harnais avec une poignée de mousse, fondent sa docilité dans la liberté de la forêt sauvage.

Au moment où je franchis les fils de fer barbelés, je sais que ce n'est pas une bonne idée. Ellie ne va pas tarder à revenir à la petite maison, les bras chargés de draps plus blancs que blancs, de piles de serviettes parfumées d'adoucissant textile. Elle se demandera où je suis, dira à ses parents que je suis partie, et ils le diront à Tom.

Ce n'est pas que je m'en moque. C'est seulement que je n'ai plus que le silence en moi.

Il y a des traces de sabots près du ruisseau que je suis, de sabots ferrés et de sabots fourchus. Quand j'arrive au harnais, je le ramasse. Je le trouve plus lourd que je ne le pensais. Le cuir est trempé de sueur et les parties métalliques sont lisses et fraîches au toucher. Je le pose sur mon bras, qu'il entraîne sous son poids. J'essaie d'imaginer que je le porte sur la tête.

L'air est plus frais sous les arbres. Je desserre ma chemise qui colle à mon dos moite et je sens mon corps se rafraîchir. J'ai chaud aux pieds, le sentier de terre ferme serait sûrement frais et doux sous la plante des pieds, mais je résiste à la tentation de quitter mes chaussures.

Je n'ai pas besoin d'aller très loin. Le poney est dans une petite clairière où miroite le soleil. Sa crinière et sa queue sont tressées de longues herbes entrelacées dans ses poils luisants. On a brossé sa robe et même ses sabots brillent. Je m'approche lentement, une main amicalement tendue. Je sens la menthe sauvage dont on l'a bouchonné.

Quand je suis à proximité, j'agrippe soudain sa crinière avec fermeté, mais il ne bronche pas. Il accepte docilement ma poigne. Il ne secoue pas la tête quand je lui ajuste le harnais de cuir sur le front et le museau, ne s'écarte pas pendant que je serre les boucles rigides. J'ai les mains qui tremblent tandis que je les passe dans sa crinière pour retirer les tiges d'herbes qui nouent les tresses, que je peigne avec les doigts les crins rudes pour que les fleurs et les brins d'herbes dont ils sont nattés tombent à nos pieds.

Quand c'est fini, je jette un coup d'œil autour de moi dans la clairière, aux troncs droits, aux branches levées, aux buissons d'épines et aux églantiers. J'ai quelque chose à dire, mais personne à qui parler. Je le dis quand même, en m'adressant à quelqu'un qui n'est pas là mais qui m'entendra.

« Non », dis-je. Je répète, pour être claire : « Non. »

Je ramène le poney qui me suit sans résistance.

quatorze 14

La ferme, juillet 1976

En rentrant, je mets le poney dans l'enclos de la basse-cour. Puis je vais chercher mon sac dans la maison et je regarde quelles sont les voitures disponibles dans la cour. Il y en a trois : l'énorme guimbarde de Bix et Ellie, la berline étincelante de mère Maurie, et la camionnette 4 x 4 rouge du père de Tom. Comme les clés sont sur la berline, je la prends. Je ne demande pas la permission. Le silence qui s'est emparé de moi ne me le permet pas.

À la quincaillerie, j'achète de la cordelette de nylon et une bélière, une longue baguette de métal et un émerillon.

À mon retour, je vais chercher une masse dans le hangar et j'enfonce la baguette métallique comme un piquet dans le sol de l'enclos. J'y fixe l'émerillon et rabats l'extrémité en y attachant la cordelette de nylon et la bélière. Finalement j'accroche la cordelette au harnais de Houdini. Il n'est pas content et essaie immédiatement de tester la longueur de la corde. Il recule en tirant dessus de toutes ses forces. Je l'observe assez longtemps pour m'assurer que mon piquet ne va pas s'arracher du sol, puis je retourne au hangar poser la masse. Houdini est encore en train de s'arc-bouter sur la cordelette quand je reviens. Tant pis. Il se fatiguera bien assez vite.

Je rentre à la petite maison et vais directement au placard à linge. Les draps et les serviettes sont là, en piles blanches bien nettes. On a collé sur la porte du placard un petit désodorisant. Parfum citronnelle. Oh, quelle chance ! Je referme le placard.

Teddy rentre de la baignade, les cheveux plaqués sur sa petite tête. Tom rentre plus tard. Nous dînons. Teddy court retrouver Steffie pour regarder Disney à la télé. Il revient plus tard pour se coucher. Puis Tom va au lit, et moi aussi. Il dort. Personne ne remarque mon silence, personne ne fait de commentaires ni ne me demande si je vais bien, si je suis fâchée, si je suis triste. Je me dis que peut-être il y a longtemps qu'ils ne m'entendent plus vraiment. Et ça ne me dérange pas. Si les parents de Tom lui ont dit quelque chose sur moi ou le poney, il n'en parle pas. Je ne peux pas croire qu'ils ne lui aient rien dit. Jusqu'à aujourd'hui, je n'aurais jamais cru qu'ils pouvaient se plaindre de moi sans qu'il m'en parle. Mais à présent je n'ai aucune peine à imaginer leurs conversations, comment il hausse les épaules en disant : « Tu sais, papa, je ne sais pas comment la prendre. » Je me demande quels sont les autres sujets dont il a discuté avec eux, si une seule de nos disputes est restée entre nous. L'impression de vide en moi devient encore un peu plus froide.

J'entends souffler le vent et sens la maison se rafraîchir. Juste avant l'aube, la pluie commence à tomber en flots réguliers qui refroidissent et inondent, abondants et glacés. Je prépare le petit -déjeuner en écoutant sa musique. Je m'aperçois que les mots et le silence ne s'excluent pas mutuellement. Je dis « Pas trop cuit ? » et « Encore un peu de café ? » et « Tes chaussettes sont dans le tiroir du haut maintenant. », et cependant mon silence n'en est pas diminué pour autant. Il résiste encore quand je sors avec Teddy pour porter un seau d'eau et du grain au poney.

Houdini reste immobile sous la pluie, l'air horriblement malheureux. « On peut pas le mettre dans la grange aux vaches ? » demande Teddy, et je suis obligée de faire non de la tête. Même pas la peine de demander. « Il est habitué à rester dehors sous la pluie », dis-je à Teddy. C'est vrai, je le sais, car ses anciens propriétaires le laissaient toujours dans le même pré, qu'il pleuve ou qu'il fasse soleil. Il a déjà tracé un cercle de terre piétinée à la limite de sa corde.

La pluie dure cinq jours entiers. Passé le deuxième jour, Teddy ne veut plus sortir sous la pluie pour aller donner à manger et à boire au poney. C'est donc moi qui le fais. Le troisième jour, Houdini a labouré un grand cercle noirâtre dans la basse-cour. Il faut que j'arrache le piquet pour le changer de place. C'est un travail dur et salissant, la boue m'éclabousse le visage quand je me bats pour enfoncer le piquet, mais je ne demande à personne de m'aider. Je ne vois personne à qui je pourrais le demander.

Je ne vois même personne à qui je pourrais parler. Je sais maintenant que parler à Tom, c'est comme parler à ses parents via un relais-satellite. Si ce n'est pas quelque chose que je veux qu'ils sachent, il ne faut pas que je le lui dise.

Je n'ai rien envie de dire à Tom.

Le premier jour où le soleil revient, Teddy met son costume de cow-boy et monte Houdini pendant une heure. Le lendemain, pendant quinze minutes. Le jour suivant, c'est un samedi et il va regarder les dessins animés avec tante Steffie. Le lendemain, c'est dimanche et il veut faire la grasse matinée. Il ne m'aide plus à donner à manger et à boire au poney tous les matins. Je ne le lui reproche pas vraiment. Houdini n'a pas exactement une personnalité qui fait rêver. À côté de l'Étalon noir ou du cheval de Zorro, il est un peu pépère.

Les journées d'été sont à présent aussi pluvieuses qu'elles ont été chaudes. Les jours s'écoulent, ruisselants, avec quelques intermèdes où le ciel est incroyablement bleu, et le souffle du vent frais sur les champs qui verdissent. Ma vie aussi s'écoule, ruisselante, périodes de grisaille entrecoupées de brefs moments de clarté. Les jours de grisaille, je déplace le piquet de Houdini de son cercle de boue et me demande en tremblant quand le père de Tom va me fondre dessus en me reprochant de saccager son enclos. Je nourris le poney, lui donne à boire, le brosse et le soigne comme si c'était le mien. Tout le monde y fait maintenant référence comme au poney d'Evelyn. C'est la plaisanterie de la famille. Je suis la plaisanterie de la famille. Ça ne me dérange pas vraiment. Tout ce que j'ai à faire est de tenir au jour le jour. Je commence à comprendre l'obsession d'Ellie pour le ménage. Il y a toujours quelque chose à faire, toujours quelque chose pour s'occuper les mains et ne penser à rien. C'est merveilleux, tous les jours il y a d'autre vaisselle à faire, d'autre poussière à balayer, d'autre linge à laver. Une réserve infinie d'ennui. Les périodes de beau temps sont beaucoup plus difficiles à gérer. Je me réveille en sanglotant au milieu de la nuit et je suis obligée d'aller me blottir dans la cuisine pour que les tremblements de mon corps ne réveillent pas Tom. Je ne sais pas pourquoi je pleure, quel rêve se dissimule en moi. Quand la crise est passée, je regarde par la fenêtre dans l'obscurité et ne ressens que haine. Je hais Tom de m'avoir prise au piège, je me hais de ma soumission, je hais Pan de m'avoir abandonnée si facilement. Pourquoi ne vient-il pas sous ma fenêtre, n'en pousse-t-il pas le battant, ne me tend-il pas la main pour m'aider à la franchir et recouvrer ma liberté ? Pourquoi est-ce que je ne l'escalade pas toute seule ? Cette seconde question est la plus douloureuse. La seule réponse que je trouve, apparemment, c'est que si je m'en vais, je perdrai tout ce à quoi j'ai toujours tenu. J'essaie de croire que si je tiens le coup, si je supporte toutes ces attaques sans fléchir, tout finira par s'arranger et quand je partirai, j'aurai gagné, puisque je remmènerai avec moi ce que j'aime.

Après l'une de ces crises, je décide que je garderai au moins Teddy. Le lendemain, le jour se lève clair et bleu et je me consacre à lui avec une attention dévorante qui se focalise sur lui comme un phare sur un chevreuil. Il ne peut pas m'échapper. Je commence par des crêpes en forme de nounours et de cygnes. Ensuite, je lui fais laver la vaisselle pendant que je reste à côté de lui pour l'essuyer. Puis nous sortons tous les deux pour entamer cette journée intacte, lavée de frais. J'insiste pour qu'il m'aide à donner à manger au poney et à l'étriller, sans tenir compte de son silence hostile ni de ses allusions non voilées aux dessins animés qu'il va rater chez Grand-mère. Sans son aide, je selle Houdini.

« Aujourd'hui, lui dis-je, tu vas sortir de ce stupide enclos. » La nouveauté est suffisante pour retenir son attention. Je les conduis sur la grande allée, en tenant fermement le poney par la jugulaire puis, en revenant vers l'enclos, je lui dis : « Et maintenant, tiens-toi bien », et je lâche la bride en donnant à Houdini une bonne claque sur la croupe. Le poney a appris à me respecter au fil des semaines et il adopte un trot décidé. « Accroche-toi bien avec les genoux, di-je à Teddy en courant à ses côtés. Le bout des pieds vers son museau. Tiens les rênes avec les pouces en l'air, comme si tu tenais des cornets de glace. Et suis -le mouvement, maintenant. » Science glanée dans les centaines de livres sur les chevaux lus quand j'étais enfant, conseils que je n'ai jamais mis en application, je lui dis de faire ce que je n'ai jamais fait moi-même. Mais il écoute, il essaie et soudain, à mi-chemin de la route, au lieu d'être ballotté de haut en bas sur le dos du poney, voilà qu'il se tient vraiment à cheval. Et ce gros coquin de poney, du fond de je ne sais quelle profondeur insoupçonnée de sa mémoire, se souvient soudain de ce qu'il savait et se lance au petit galop. Ils me distancent rapidement, mais, à ma grande horreur, quand ils atteignent l'enclos, Teddy tire effectivement sur les rênes pour obliger le poney à tourner et ils reviennent vers moi, toujours au petit galop. Je les attends de pied ferme tous les deux, cet hypocrite à quatre pattes et, sur son vaste dos glissant, tout ce que j'aime encore en ce monde. Pas question de les laisser passer, de laisser mon dernier espoir, ma dernière joie se lancer sur la grand-route sous les roues meurtrières d'une éventuelle camionnette à poulets.

Mais Teddy tire sur les rênes et Houdini ralentit, puis s'arrête. Teddy se lance vers moi pour descendre et je le rattrape au vol, comprenant à peine ses cris excités : « J'y suis arrivé ! Je l'ai monté comme un vrai cow-boy ! » Je le serre contre moi de toutes mes forces en tourbillonnant, puis il se débat pour se libérer et court retrouver le poney. Il embrasse le maudit animal et Houdini semble y prendre un indéniable plaisir. Il en avait peut-être tout simplement assez de piétiner dans cette basse-cour, me dis-je. Teddy a encore besoin qu'on le pousse pour remonter tant bien que mal et les voilà repartis, et Teddy cette fois se penche en avant en incitant l'autre à aller de plus en plus vite.

Au troisième parcours aller-retour dans l'allée, Teddy glisse en tournant et atterrit sur le sol avec un bruit distinct. Mais avant même que je n'arrive jusqu'à lui, Houdini est là qui le renifle d'un air inquiet. Il n'y a pas de mal, mais la séance d'équitation a assez duré pour aujourd'hui. Pour la première fois depuis que Teddy a eu ce poney, il y a effectivement de la sueur sur son poil quand il le bouchonne.

« Il faut que je le dise à Steffie ! » s'exclame Teddy.

Je me sens devenir perfide. « Plus tard, lui dis-je. Ce soir, peut-être. Mais pour l'instant, il faut que nous préparions notre pique-nique.

– Un pique-nique ? » interroge Teddy. J'acquiesce avec un grand sourire, un vrai sourire de loup découvrant toutes mes dents. Il est à moi, à moi toute seule.

Je n'avais pas prévu de pique-nique aujourd'hui. Tant pis. Des œufs, il y a toujours des œufs dans le poulailler. Nous allons en dénicher six, en gloussant de rire et en nous chatouillant dans l'excitation joyeuse du chapardage. De retour au chalet, nous faisons cuire les œufs durs et préparons des sandwiches au beurre de cacahouète et à la confiture, et une Thermos de citronnade. Nous n'avons pas de panier, mais un sac en papier fera l'affaire. À la dernière minute, un vieux souvenir me revient et j'ajoute un saladier en plastique et un petit couteau de cuisine.

« C'est pour quoi faire ? » demande Teddy. Mais je hoche mystérieusement la tête et je l'emmène.

À travers la prairie aux vaches.

Dans la forêt.

Quand j'avais douze ans, j'ai été poète pendant au moins six mois. De lointaines bribes me reviennent : « Au lever du soleil, je me glissais dans le sentier. Je retrouvais les bras de ma forêt. » Je retrouve les bras de ma forêt, et je lui amène mon fils. Il marche derrière moi, comme un faon suit la biche, comme les bébés porcs-épics de la taille de balles de croquet suivent leur mère à l'armure hérissée. Il me suit dans l'étroit sentier, se baisse quand je me baisse, se glisse sous les branches basses, foule les brindilles tombées. Nous nous déplaçons en silence, comme si nous n'étions qu'un. Je me retourne une fois pour lui jeter un coup d'œil et je vois ses yeux qui brillent. Je me demande pourquoi je ne l'ai pas amené plus tôt.

Nous parlons à peine, sauf quand je lui nomme des plantes. « Arbousier, lui dis-je. Bourdaine. Chardon de Russie, cresson, tiens, goûte, de la menthe sauvage, goûte aussi. » C'est une litanie initiatique, une présentation à la cour. « Mousse perlée, agaric tue-mouches, millepertuis, trinitaire, hamamélis, bouton d'or… » Je remplis sa tête comme on remplit de pâte des moules à gâteau pour les faire cuire, pour durer toute sa vie.

Et bientôt : « Et ça, c'est quoi ? Et ça ? » Je ne tarde pas à reconnaître qu'il y en beaucoup que j'ignore et je promets une visite à la bibliothèque ou même à la librairie du centre commercial pour y trouver la réponse.

Nous usurpons la clairière de Pan et installons notre pique-nique sur la berge moussue de son ruisseau. Est-ce qu'il nous observe ? Je refuse d'y penser. Nous mangeons nos œufs durs en les assaisonnant de sel apporté dans un cornet de papier, nos sandwiches au beurre de cacahouète et à la confiture, nous partageons la citronnade et tout ça est bien meilleur que d'habitude, tout simplement parce que c'est un pique-nique. Teddy roule le bas de son jean et patauge dans l'eau. Le sable tourbillonne sous ses pieds nus et retombe dans le courant. Un alevin passe en un éclair, le frôle de son flanc écailleux, lui arrachant une exclamation d'enthousiasme. Il poursuit le poisson à grand renfort d'éclaboussures et de cris de joie. L'après-midi est bien avancé quand il se lasse du jeu et sort de l'eau pour finir le dernier œuf dur et s'allonger sur la mousse pour faire sécher ses jambes nues. Il s'endort sur la berge, mollement, comme toutes les créatures sauvages dans le tiède après-midi de la forêt. Ses cheveux pâles et son visage bronzé contrastent avec le coussin de mousse où il s'est endormi. Assise, je regarde l'eau couler, les oiseaux voleter de branche en branche et mon fils dormir. L'inquiétude et l'urgence m'abandonnent, ma respiration se ralentit, comme si je dormais les yeux ouverts. La clairière a une unité que rien ne peut briser, si bien que je la vois en entier en regardant un seul galet mouillé, un unique brin d'herbe, chaque crosse de fougère, en écarquillant les yeux sans fixer le regard.

Et, bien sûr, il en fait partie.

Je le regarde s'approcher en marchant avec une grâce d'elfe grec, ses sabots entrent et sortent du ruisseau sans même une éclaboussure. Les rayons obliques du soleil à travers les branches luisent sur ses flancs, font briller ses hautes pommettes, se noient dans les ténèbres de ses yeux. Quand il remue la tête, la lumière ricoche sur ses cornes. Je ne bouge ni ne parle. Ce n'est pas moi qu'il est venu voir.

Il fait le tour de mon fils, les narines frémissantes pour intégrer son odeur. Ses pieds fourchus s'enfoncent dans la mousse, s'incrustant dans l'humus sous le tapis vert. Mon fils dort à proximité de ces sabots aiguisés et je sens un frisson d'appréhension raidir mes muscles. Ce n'est plus mon ami d'enfance qui est là, mais le dieu de la forêt, le dieu cornu au sabots fourchus qui voit un intrus pénétrer dans son domaine. À quelles règles obéit un être tel que lui ? Ma respiration se ralentit, s'arrête. Il penche la tête en observant mon fils, regarde sa poitrine se soulever et s'affaisser lentement. Je vois Teddy tel qu'il le voit, les cils noirs sur les paupières closes, les petites lèvres qui bougent à peine parce qu'il parle en rêve.

Pan lève les yeux sur moi, puis regarde à nouveau mon fils et je le vois établir des liens, retrouver les lignes de mon visage dans celui de Teddy. Découvrir aussi les caractéristiques étrangères de l'homme à qui je me suis donnée, le front de Tom, ses longs cils, ses cheveux clairs. Il me lance soudain un nouveau regard, plus sévère, mais je le reçois sans trouble et le lui renvoie sans broncher. Voilà ce que nous sommes, me dis-je, et peut-être le dis-je à lui aussi. C'est ainsi et nous n'y pouvons rien changer. Pendant un long moment nos regards sont soudés puis son visage change, lentement, adouci à la fois par le chagrin et l'acceptation du chagrin. Quand son regard revient à Teddy, je sais qu'il le voit différemment, comme une entité séparée, à part entière, un petit garçon endormi dans la clairière du faune. Teddy dans son sommeil est comme une offrande brune et dorée et je vois Pan l'observer. Il y a dans *Le Livre de la jungle* un moment où Mowgli est présenté à la meute, quand on entend résonner le cri : « Regardez, regardez bien, ô loups ! » Quand Pan hoche lentement la tête et qu'un sourire arqué découvre ses dents blanches, je sais que mon fils a la permission d'accéder librement aux champs et à la forêt, et je suis heureuse.

Il me lance avant de se détourner un dernier regard que je ne peux déchiffrer. Il repart comme il était venu, sans soulever une goutte d'eau sur son passage, sans un frémissement de feuilles. Seules demeurent les traces de ses sabots fourchus et je les touche du doigt pour m'imprégner de la réalité de la terre foulée. Son odeur même a disparu de la clairière quand Teddy s'éveille. Il ne remarque pas les traces de sabots tout autour de lui et je n'attire pas son attention sur elles. En revanche, munis du saladier et du couteau, nous nous aventurons plus profondément dans les bois. « Quand j'étais petite, lui dis-je, ma mère m'a tout appris sur les champignons. Nous partions à leur recherche dès que l'humidité matinale était propice. Elle m'a montré ceux qu'on pouvait manger et ceux qui étaient vénéneux. Et quand nous tombions sur un que nous ne connaissions pas, nous l'emportions à la maison, pour chercher dans un livre. Parfois, nous

faisions des empreintes de spores en posant le chapeau des champignons sur du papier blanc ou noir et en attendant que les spores tombent. Les spores, c'est comme des graines de champignons, en quelque sorte, mais minuscules. Ça fait de jolis dessins sur le papier, comme des rayons de roue ou des baleines de parapluie. Tien, en voilà un. Cette espèce noire et ridée, ça s'appelle une morille. Elles aiment bien les endroits qui ont été brûlés par le feu, mais parfois on en trouve aussi dans les bois. »
Nous cherchons ensemble des champignons et, bien que nous n'en trouvions pas beaucoup, nous ramenons à la maison quelques morilles, deux coprins chevelus et six vesses-de-loup. Au retour, nous reprenons au passage dans la clairière du faune notre sac et notre Thermos.

« Ma mère savait plus de choses sur les champignons que n'importe qui à Fairbanks. Quand venait l'époque de la foire de la vallée du Tanana, elle m'emmenait dans les bois, nous ramassions des branches, de la mousse, des tas de feuilles mortes pour couvrir une table de l'exposition. Puis, à l'aube, nous cueillions des champignons frais, tous les jours que durait la foire, et nous les présentions dans la mousse, avec de petites étiquettes pour dire comment ils s'appelaient, si on pouvait les manger ou non. Je n'aimais pas beaucoup la foire, mais j'adorais les petits matins avec ma mère. Nous prenions des fonds de caisses de bière, nous passions une longue ficelle à chaque extrémité, puis autour de nos cous, comme des plateaux suspendus devant nous. Nous cueillions chaque champignon entier et le posions soigneusement sur le plateau, et comme ça, en arrivant à la foire, il n'était pas abîmé ni écrasé. Ma mère connaissait si bien toutes les variétés de champignons qu'un jour, quand quelqu'un avait été hospitalisé après en avoir mangé un vénéneux, l'hôpital lui avait téléphoné et décrit le champignon pour qu'elle puisse leur dire quelle espèce c'était et quel poison il contenait. »

Je crois que c'est la première fois que je parle à Teddy de son autre grand-mère. Je suis surprise de la netteté des images, de la facilité avec laquelle les mots me viennent. En lui racontant, je la revois, elle porte un sweat-shirt à capuche tout déformé dont les manches sont retroussées presque jusqu'aux coudes, les rides de son visage ne sont cachées par aucun maquillage, elle est fière de montrer son âge. Une vague d'affection m'envahit à l'égard de cette femme qui m'a légué la forêt. Comme je la lègue maintenant à mon fils.

Le temps de rentrer à la maison, il est l'heure de préparer le dîner. Nous lavons les champignons et je les fais cuire à côté de la viande hachée des hamburgers. Tom refuse d'en manger. Il n'a jamais eu confiance en ma capacité à identifier ceux qui sont comestibles et n'approuve pas que je risque la vie de Teddy en lui faisant manger des champignons des bois. Teddy et moi ne lui prêtons pas attention et nous régalons. Et après le dîner, je ne fais pas la vaisselle ni même ne débarrasse la table. Nous nous installons sur le canapé et je lui raconte des histoires sur Fairbanks quand j'étais petite. Je lui parle des nids de canard, des bébés lapins si petits qu'ils tiennent dans une tasse à thé, je lui raconte les jeunes bourgeons d'épinette qu'on peut mâcher avant qu'ils ne deviennent vert foncé, du nid d'écureuils que j'ai découvert, fait avec une vieille paire de bas, de l'élan que j'ai vu passer près de moi au clair de lune. Il rit quand je lui raconte comment, pendant deux mois, j'ai relevé et détruit tous les jours les collets posés par quelqu'un d'autre parce que je ne voulais pas qu'on trappe le gibier si près de ma fondrière. Tom fait grand bruit avec les assiettes en débarrassant la table. Il les pose dans l'évier sans faire la vaisselle. « Chérie, où est le café ? » demande-t-il peu de temps après. Et je réponds : « Dans le placard du bas, à gauche. » Mais je ne me précipite pas pour aller lui en préparer. Au lieu de quoi, je raconte à Teddy comment j'allais nager dans les carrières inondées, comment j'épluchais les troncs des bouleaux pour récolter leur écorce de papier, cueillais des bouquets d'églantines et mitraillais les nids de guêpes à coups de pierres. Je lui parle de Rinky, de notre maison de rondins, des batailles à l'épée avec mes frères avec les longs glaçons qui coulaient des toits. Quand il s'allonge pour dormir, ses yeux sont pleins de contes.

Je vais me coucher sans Tom. Il me rejoint plus tard et veut faire l'amour. Ça m'est égal. C'est un simple accouplement, sans préliminaires, sans mots chuchotés ni longs baisers. Pas plus difficile que de faire la vaisselle, de balayer ou de laver le linge.

« Excuse-moi, dit-il quelques instants plus tard. J'ai dû aller trop vite. Je suis fatigué, je crois. Ce sera mieux la prochaine fois. » Puis il s'endort. Je suis quelque peu surprise qu'il ait remarqué que je n'avais pas joui. Je n'y avais pas vraiment fait attention moi-même. J'ai autre chose en tête.

Le lendemain est plus difficile, car je sais qu'il doit être aussi bien que la veille. Teddy m'aide à faire un biscuit pour le petit-déjeuner, avec de la cannelle et des raisins secs. Mais c'est trop long à cuire et Tom et Teddy mangent tous deux un bol de céréales avant qu'il ne soit prêt. Tom s'en va de bonne heure et Teddy et moi prenons un deuxième petit déjeuner de biscuit, rien que tous les deux. Je laisse encore la vaisselle dans l'évier. Je sais que je vais devoir la faire plus tard mais ne veux pas que Teddy risque de s'ennuyer et de filer pendant ce temps-là.

L'attitude de Houdini a complètement changé quand nous nous approchons de lui. Il lève la tête, ses oreilles se dressent et il frissonne de tout le corps comme pour se préparer à recevoir la selle. Teddy lui donne avec assurance une claque affectueuse sur l'épaule et il le selle et le harnache presque sans que je l'aide. Cette fois, je ne les conduis pas pour sortir de l'enclos, je laisse simplement la barrière ouverte et m'écarte quand Teddy le guide avec les rênes.

Bien que mon cœur batte à tout rompre, je me force à rester négligemment appuyée contre la barrière tandis que Teddy prend l'allée avec Houdini en direction de la route, au trot. Il faut que je croies en lui pour qu'il prenne confiance, me dis-je. Et au niveau de la route, il lui fait faire demi-tour avec compétence, puis je le vois se pencher en avant, genoux serrés, et sa petite main monte et descend. Ils viennent vers moi au galop, grossissant soudain comme les locomotives des dessins animés, puis me dépassent dans un coup de vent odorant, jusqu'au bout de l'allée où Teddy l'arrête. Il le fait tourner et revient au pas vers moi. Il a le visage rouge de fierté et Houdini secoue sa crinière d'un air volontaire comme s'il se prenait pour l'Étalon noir. Les petits salauds !

J'entends un bruit de pas rapides descendre l'escalier de la grande maison. Avant même de voir sortir Steffie, je sais que c'est elle.

« Eh bien, papa me l'avait dit, mais il fallait que je le voie de mes propres yeux », s'exclame-t-elle en accourant vers nous. Teddy arrête Houdini à côté de moi et attend les compliments d'un air satisfait.

« Ton père ? » Je suis ébahie.

« Oui. Il m'a dit qu'il avait vu Teddy monter hier et qu'il était impressionné par ce qu'il arrivait à faire de ce gros plein de fourrage. Il a dit qu'il regrettait presque de ne pas lui avoir acheté un vrai cheval plutôt que ce poney. Papa et maman étaient d'accord tous les deux pour dire que Teddy avait hérité le don des Potter avec les chevaux, et ils ont raison. Ce gamin se tient sur le poney comme s'il faisait du cheval depuis des années ! »

Il est gonflé ! « C'est Tom qui a acheté le poney de Teddy », fais-je remarquer calmement.

La remarque fait long feu sur Steffie. « Oui, bien sûr, mais tu vois ce qu'il veut dire. Dis donc, cow-boy, tu sais ce qui serait bien ? De t'inscrire au cours d'équitation. Tu apprendrais plein de choses sur les chevaux et le jour de la foire, tu irais à Puyallup, et tu dormirais dans la grange avec les chevaux et les autres garçons du groupe d'équitation, tu montrerais ce que tu sais faire et tu gagnerais un tas de cocardes. »

Les yeux de Teddy s'écarquillent.

« Oh, et tu sais ce qui serait vraiment génial ? » Steffie aussi a les yeux qui scintillent tandis qu'elle m'associe à son idée merveilleuse. « Je pourrais emprunter un cheval à Clemmons, le voisin, et Teddy et moi, on pourrait aller se promener à cheval dans les chemins. Il y a des allées forestières qui font des kilomètres, tu sais... Et tu sais quoi, cow-boy ? On prendrait un pique-nique et on pourrait même partir pour la journée. »

J'aimerais lui planter une flèche dans le cœur. Je voudrais lui dire : « Dis donc, pourquoi tu n'as pas un enfant à toi plutôt que de me voler le mien ? » Mais je sens quelque chose dans ses paroles, une sorte de désespoir voilé. Steffie, si belle et si parfaite. Qui s'ennuie tant dans sa cage. Qui attend d'être mannequin, décoratrice d'intérieur, artiste. Qui attend le beau jeune homme riche qui entrera un jour dans le magasin de matériel agricole, la verra, l'épousera et l'emmènera élever des chevaux. Je ne crois pas qu'elle ait jamais travaillé de sa vie, ailleurs que dans l'entreprise de papa. Ses amies de lycée sont toutes parties à la fac ou se sont mariées. Aucune d'elles n'a de temps à consacrer à Steffie, prise au piège de son mirage d'éternelle lauréate. Son maquillage est sans défaut, son vernis à ongles n'a pas un éclat écaillé, ses cheveux sont coiffés avec un naturel parfait et elle n'a pas deux cils collés ensemble, pas une égratignure ni un bleu sur ses longues jambes bronzées. La rose américaine à longue tige a atteint la perfection de la serre, à la goutte de rosée près. Elle a tout ce qu'il faut.

Et pourtant ce serait probablement pour elle le moment le plus passionnant de l'été si elle emmenait un petit garçon faire une promenade à cheval.

Je ne peux pas la haïr comme je hais ses parents et je sais que c'est là le défaut de ma cuirasse. C'est par Steffie qu'ils vont me frapper à mort et me prendre mon fils. Mais c'est comme ma manière d'aimer Tom, une chose que je ne peux pas refuser, et je m'aperçois que je suis en train d'acquiescer en regardant le visage de Teddy s'éclairer d'un grand sourire d'enthousiasme émerveillé.

« Bon ! Très bien ! dit Steffie, le souffle un peu court. Ne t'emballe pas trop, cow-boy. Il va me falloir un peu de temps pour mettre ça en place. Je ne sais plus qui donne les cours d'équitation à présent. Et il va falloir que j'aille chez Clemmons en personne, si je veux persuader Dougie de me prêter un cheval. »

Méchamment, j'imagine comment elle va regarder ce pauvre lourdaud de fermier, comment elle va sourire et se tortiller dans son short blanc en lui demandant si elle peut emprunter Morgan, auquel il tient comme à la prunelle de ses yeux. Elle l'aura, je le sais, car j'ai déjà vu comment il la regarde quand il vient au magasin pour chercher des pièces pour sa vieille charrue noire. Ça me paraît lamentable qu'elle aille vamper ce pauvre type pour lui emprunter son cheval afin d'aller se promener avec mon fils de cinq ans. Lamentable, mais humain, au moins. Impétueusement, elle embrasse Teddy, le poney et moi avant que je puisse dire ouf. Ses sandalettes blanches claquent sur le gravier de l'allée, elle court à la maison téléphoner, chercher à savoir qui donne les cours d'équitation des débutants cette année. Le fait d'avoir un but a transformé son allure indolente habituelle en course frénétique de poulette affairée. Teddy et moi échangeons un regard. « Eh bien, elle a l'air pressée, on dirait », fais-je remarquer. Teddy me surprend en éclatant de rire. « Tu veux aller te promener à cheval avec elle ? » Je connais déjà la réponse, je n'espère même pas qu'il dira non.

« Bien sûr », dit-il. Et pour illustrer son propos il tire sur les rênes de Houdini et le fait tourner à nouveau dans l'allée. Ils partent au trot, qui se transforme en petit galop, et il fait tourner le poney dans un envol de crinière et de queue avant de revenir. Il l'arrête habilement à côté de moi, cette fois, et me demande avec inquiétude : « Quand on aura fini de faire du cheval, on retourne dans la forêt, d'accord ?

– Tu en as envie ? » Je suis un peu surprise.

« Naturellement. » Il me regarde de haut comme si j'étais un peu folle. « Au ruisseau », ajoute-t-il, comme s'il avait peur que je ne le sache pas.

Il fait un autre aller-retour à la route et s'arrête pour me demander : « Est-ce que je pourrai construire un château fort ? » Il n'attend même pas ma réponse avant de repartir. Je connais la question suivante avant qu'il ne la pose, dans un fracas de sabots. « Est-ce que j'aurai le droit d'y aller tout seul ?

– Bien sûr, dis-je, convaincue de la justesse de ma réponse. Il n'y a rien là-bas qui puisse te faire du mal. »

Comment ai-je pu oublier la fascination que l'eau courante exerce sur les jeunes enfants ? Cet après-midi-là, je laisse Teddy prendre les devants, un peu impressionnée par la facilité avec laquelle il retrouve l'itinéraire exact que nous avons pris la veille. Il n'a même pas conscience de l'avoir mémorisé. Par esprit pratique, je le force à s'arrêter plusieurs fois et à regarder derrière lui le chemin par lequel il est passé, à observer la souche d'arbre avec une branche cassée, le bosquet de trois madronas, le tronc d'arbre abattu d'où poussent trois drageons, afin de s'assurer qu'il retrouve son chemin au retour. Ça l'agace un peu, comme si je lui demandais de se retourner pour regarder l'allée dans la cour de la maison. Évidemment, il sait le chemin du retour. C'est si simple que ça ne vaut même pas la peine d'en parler.

Pour l'instant, son seul intérêt pour la forêt est centré sur le ruisseau. C'est un lieu très riche de possibilités, débordant de vie, de mouvement et de lumière. Il se tisse une place dans le réseau de la clairière, s'allonge sur le ventre pour tremper dans l'eau ses mains et ses bras. Il touche et explore les plantes aquatiques qui coulent dans le courant, les grenouilles qui le remontent avec audace, l'eau elle-même qui est mouvement, il découvre tout. Il baisse la tête au ras du courant impétueux, ouvre la bouche, ne fait qu'un avec le mouvement, l'eau, la vie. Les rayons du soleil qui percent à travers les branches d'arbres viennent caresser son dos lisse et bronzé, rejaillissent sur ses cheveux clairs avec le même éclat étincelant que sur l'eau qui coule. Il a trouvé sa place dans la forêt, près de cette eau courante, et fait maintenant partie de l'ensemble. J'ai fait tout ce que j'avais à faire. Tout est sûr à présent. Je ne saurais dire ce qui est sûr, mais je sais que quelque chose vient de s'accomplir, en toute sécurité. Et j'éprouve une sorte d'assouvissement. Je m'allonge, l'ombre moirée aussi douce et chaude sur mes cuisses que la main d'un amant. Je me sens plus en paix que je ne l'ai été depuis des mois.

En fin de compte, voilà ce que Teddy m'apporte : la paix au centre des choses.

Mais les remarques désagréables de Tom se font plus précises, et il ne me faut pas longtemps pour reprendre ma routine de vaisselle, lessive et balayage. Steffie emprunte effectivement un cheval et emmène mon fils se promener. Il passe une journée merveilleuse. Mais dès le lendemain matin, avant que le soleil ne soit haut, il est reparti vers sa forêt et son ruisseau. Je sais maintenant qu'ils ne lui mettront jamais le grappin dessus car, comme le géant qui n'avait pas de cœur, le cœur de Teddy est caché au regard de ses ennemis dans une rivière d'eau pure, au fin fond de sa forteresse. La forêt lui enseigne mille choses, et moi j'écoute aux portes en vidant les poches de son short chaque soir. Un gland, le squelette délicatement blanchi au soleil d'une patte de grenouille, une agate polie par le courant, un rouleau d'écorce de bouleau, un akène d'aulne : ce sont ses notes sur l'anatomie de la forêt, les éléments de la grande équation. J'en souris comme une idiote, et je les regroupe soigneusement sur la table de verre de la salle de séjour, pour qu'il en dispose comme il l'entend.

La chaleur torride de juillet passe en une sorte de rêve. Orgasme bruyant des feux d'artifice dans le ciel nocturne, vite oubliés dans la canicule de l'été, l'herbe jaunissante et les fruits des bois qui mûrissent. Teddy me rapporte des seaux de baies, des poignées de champignons, des pincées de cresson et de menthe. Un soir, je reçois en cadeau un petit bateau fait d'une écorce roulée, avec une feuille en guise de voile. Pan et moi en faisions de semblables, me dis-je tendrement. Je souris à ce souvenir tandis que la mousse de la vaisselle coule sur mes avant-bras dans l'évier fumant, et la voix de Tom, qui ronchonne à propos du retard dans l'envoi de je ne sais quel élément d'un système d'arrosage, me semble aussi lointaine que si c'était celle de la radio venant d'une autre pièce.

Tom et sa famille ont battu en retraite. Non. Plus exactement, ils sont où ils ont toujours été et continuent à se disputer, se vanter, marchander, intriguer et calculer. Mais j'ai établi autour de moi une distance qu'ils ne peuvent franchir. Quand mère Maurie fait remarquer d'un ton critique que le soleil et le vent m'ont fait des cheveux horribles, je suis capable de ne pas y attacher d'importance. Quand un jour Houdini est subrepticement déplacé dans la prairie aux vaches, je peux le prendre avec sérénité, tout comme la jolie selle rouge qui ravit Teddy, offerte par son grand-père. À présent que le père de Tom s'enorgueillit des qualités de cavalier de son petit-fils, le poney est accepté et même nécessaire. Quand Steffie conduit Teddy à une réunion nocturne du groupe d'équitation, pour le ramener ensuite à la maison et repartir avec le jeune homme qui s'occupe du groupe, je peux sourire intérieurement et même prendre plaisir, par procuration, à l'intérêt qu'elle lui porte. Ils ne peuvent plus me faire de mal, pensé-je.

Je ne ferai jamais plus grossière erreur.

15 quinze

La ferme, juillet 1976

Tout commence le jour de l'anniversaire d'Ellie.

L'anniversaire d'Ellie n'est pas un événement. C'est seulement l'occasion de dîner tous ensemble à la grande maison. Ellie fait le ménage à fond, met une nappe sur la table, prépare un bon rôti de bœuf avec de la purée de pommes de terre et des haricots verts, et du café à profusion. Elle fait elle-même un beau gâteau au chocolat avec un glaçage blanc. Nous chantons « Joyeux anniversaire » et elle souffle les bougies. Elle ouvre ses cadeaux. De jolis cadeaux. Un tablier avec un motif appliqué représentant une grosse oie blanche, de la part de Steffie. Un livre de cuisine de la part de mère Maurie. Une douzaine de petits bocaux, avec des étiquettes personnalisées qui disent : « La cuisine d'Ellie Bishop », de la part de Bix. Je me demande si les étiquettes sont destinées à rappeler à Ellie que son nom de famille est le même que le sien à lui. De la part du père de Tom, un flacon de solvant en aérosol. « C'est un nouveau produit, annonce-t-il au moment où Ellie ouvre le paquet. Le gars du magasin m'a dit que ça s'attaque à toute la crasse sur les hottes aspirantes, les grilles de barbecue, les taches de graisse dans les fours, c'est incroyablement efficace. Mais faut porter des gants pour s'en servir, attention ! Ça devrait bien faciliter la vie d'Ellie. »

Il est de toute évidence fier de son cadeau, de son esprit pratique et de sa prévenance. Ellie lui fait un sourire rayonnant. « Merci, papa. Je ne croyais pas que quelqu'un avait remarqué le mal que j'avais eu à nettoyer la vieille hotte. »

Le dernier cadeau vient de Tom. Il est allé le chercher en ville cet après-midi. Je ne sais pas du tout ce que c'est. Ellie ouvre une boîte blanche, défait d'interminables couches de papier de soie. Un bateau dans une bouteille. Elle le tient en l'air et tout le monde le regarde. Puis tout le monde regarde Tom. Sauf Ellie. Elle regarde le bateau dans la bouteille.

« Que diable… ? fait le père de Tom.

– Rappelez-vous, dit Tom, et sa voix ne fait aucun effet dans le silence général. Quand Steffie et moi avons eu la rougeole, Ellie nous lisait *L'Île au trésor.* Nous n'avions jamais rien entendu de pareil. Et je me rappelle, Ellie avait dit que quand elle serait grande, elle aurait un bateau de pirate. Alors, quand j'ai vu ça dans la vitrine chez Ardinger, je n'ai pas pu m'empêcher de le lui acheter. » Il tente de rire. Personne ne l'imite. « Son bateau de pirate », explique-t-il. Il rit de nouveau. Tout seul.

« Ah, oui », s'écrie Steffie, à retardement. J'ai presque l'impression de voir s'allumer la petite lampe dans son crâne. « Je me rappelle. Long John Silver et Tom Hawkins, ou un nom comme ça. Oui, le gamin dans l'histoire s'appelait Tom, comme toi, non ?

– Jim », dis-je à voix basse, mais personne ne fait attention. Tom a les oreilles qui rougissent. Son père a l'air de ne rien comprendre.

« Ellie peut toujours le mettre sur le buffet, annonce gaiement mère Maurie. C'est extraordinaire comme un objet insolite peut réveiller le décor d'une pièce. »

J'éclate de rire dans ma tasse de café, en faisant semblant de m'étrangler, ce que tout le monde ignore poliment. J'ai envie de dire que rien ne peut réveiller le décor de cette pièce, mais je me tais.

Le père de Tom est toujours contrarié, offensé d'une certaine façon par un cadeau qu'il ne comprend pas. « Eh bien, c'est un drôle de cadeau à faire à ta sœur pour son anniversaire, mais je suppose que c'est une plaisanterie familiale qui me dépasse », conclut-il. Quelle chance qu'il nous ait tout expliqué. Steffie a l'air mal à l'aise, comme si Teddy lui avait demandé de lui dire ce qu'est l'inceste ou le gadget qu'elle porte au col de son chemisier. Elle change de position, gênée. Ellie est encore en train de regarder son bateau dans la bouteille, mais pour une fois ses traits anguleux ne me font pas peur. Je remarque qu'elle a le regard noir et vif, et ce visage taillé à coups de serpe aurait bien pu dissimuler un esprit érudit, ce large crâne sous la coiffure sévère aurait pu contenir le cerveau d'une archéologue ou d'une historienne. Pendant un instant, j'imagine ses mains usées époussetant des spécimens rares plutôt que des bibelots, je la vois tirer les cordages d'un bateau plutôt que tendre sa corde à linge. Ça aurait pu se faire. Heureusement, elle a épousé un bon gros fils de fermier et s'est lancée dans le ménage au lieu de gâcher sa vie ainsi.

« L'homme brun peut en faire des pareils, mais en vrai », intervient Teddy. Il enfourne une autre bouchée de gâteau.

« Quoi ? » demande vivement le père de Tom. J'ai l'impression gênante qu'il est content de changer de sujet.

« L'homme brun », explique Teddy, et des miettes de gâteau s'échappent de sa bouche avec ses paroles. « Il en fait des pareils avec du bois et des trucs.

– Quel homme brun ? Il fait quoi ? »

Teddy avale comme une autruche. « Je te dis, répète-t-il avec effort, que mon homme brun sait faire des bateaux comme ça. Avec des voiles et des cordes et tout. Mais ils flottent vraiment. Et moi je les bombarde et je les fais couler. Et alors il se fâche et me lance de l'eau ! » Teddy rit et enfourne une autre bouchée de gâteau. J'ai froid, soudain.

« Quel homme brun ? demande le père de Tom, scandalisé. Y a pas de nègres qui habitent dans le coin, que je sache. »

Je bois doucement mon café, je m'y reprends à trois fois avant de réussir à porter la tasse ma bouche. Arrête de trembler. Reste calme. Pense à autre chose. Une seule négation et le mot *nègre* dans la même phrase. Ça doit faire un effet extraordinaire de parler couramment ce langage de beauf réactionnaire. J'espère que par miracle on va changer de sujet. Mais ils attendent tous que Teddy ait fini de mâcher. Pour aller plus vite, la bouche pleine, il boit une grande gorgée de lait.

« L'homme brun, dans les bois, explique-t-il patiemment. Là-bas. » Il agite sa fourchette dans la direction générale de la basse-cour. Il fait tomber son morceau de gâteau.

« Teddy, le mets-je en garde d'un ton maternel. Tu ferais mieux de nettoyer ça, et d'arrêter de raconter des histoires.

– D'accord », dit-il sans insister, et je recommence à respirer. « Y a pas de nègres là-bas. C'est la forêt domaniale, explique le père de Tom.

– Teddy, tu as joué avec quelqu'un dans les bois ? » demande Tom à son fils, tandis que Steffie s'étonne, à la cantonade : « Il va tout seul dans les bois ? »

« Seulement avec l'homme brun », dit Teddy, les yeux baissés. Il ramasse le morceau de gâteau avec une serviette en papier. « Et pas tout le temps. Il a des jambes vraiment poilues, vous savez, ajoute-t-il comme si ça devait tout expliquer.

– Je ne veux pas que mon petit-fils joue avec je ne sais quel négro, annonce superbement le père de Tom. Teddy, tu écoutes ce que dit Grand-père. Tu ne joues pas avec des nègres, c'est compris ? Y en a pas qui habitent par ici et si y en a dans la forêt, ça veut rien dire de bon. La prochaine fois que tu vois ce nègre, tu viens me prévenir tout de suite, hein ? Je veux lui dire deux mots.

– Tu ne crois pas qu'il ferait du mal au petit, quand même ? chuchote mère Maurie, terrorisée.

– J'en sais rien. » Grand-père est manifestement agacé par la naïveté de ses femmes. « Qui sait ? Il n'a rien à faire là-bas. Teddy, tu te rappelleras ce que je te dis ? Tu m'entends, Teddy ?

– Oui, Grand-père. » Il finit d'essuyer les traces de gâteau et se gratte une piqûre de moustique sur la cheville. J'essaie de croiser son regard, mais il n'a d'yeux que pour le deuxième morceau de gâteau que lui sert Steffie. J'ai le sentiment bizarre qu'il n'entend pas du tout son grand-père. Pas plus que moi. La soirée se fait plus conviviale. Les sujets gênants, tels que l'anniversaire d'Ellie et les bateaux en bouteille, sont bientôt oubliés et la conversation s'épanouit : chacun raconte son histoire de méchants nègres. Chacun y va de la sienne, plus horrible que les autres. Je sens la famille qui resserre les coudes grâce à ces valeurs partagées. Ces contes d'abominations noires sont bien plus efficaces que les histoires de fantômes, dommage que mes oreilles ne semblent pas pouvoir les capter. Les mots surgissent et disparaissent dans le lointain comme une émission de radio sur une route sinueuse. Un peu comme le jour où le poney s'était roulé dans le massif d'azalées. J'essaie de faire attention, mais je m'aperçois que je me concentre tellement pour me forcer à écouter que j'en oublie de saisir le sens des mots. « Tu te rappelles ce qu'a dit Grand-père, hein ? » dit Grand-père en guise de bonsoir à Teddy, et il n'y a peut-être que moi qui remarque qu'Ellie embrasse Tom avec une effusion très inhabituelle.

Plus tard, quand je borde Teddy dans son lit, il me demande : « C'est quoi, un nègre ? ». Je me rends compte que c'est un mot qu'il n'a jamais entendu prononcer ni par Tom ni par moi. C'est un mot que, bizarrement, je n'ai jamais entendu Tom utiliser, même pour plaisanter. Je n'ai pas envie de dire à Teddy que c'est une façon grossière de désigner un Noir. Les histoires qu'il vient d'entendre sont trop fraîches dans sa mémoire et Teddy va naïvement répéter ma définition à son grand-père. Je hausse les épaules. « Je n'en ai jamais vu, lui dis-je.

– Alors l'homme brun, c'est pas un nègre, parce qu'il te connaît. »

Teddy se tourne de l'autre côté et s'endort.

Je ne m'endors pas. Allongée dans le noir, j'essaie de ne pas m'inquiéter. Qu'est-ce que cet homme brun a dit à Teddy sur sa mère ? Que dira Teddy à tout le monde ? Je n'ose pas lui dire de ne pas en parler. Un secret est trop lourd à porter pour ses frêles épaules. Surtout un secret qui me donne une impression de culpabilité. Je n'ai rien fait de mal. Un simple baiser ? Qu'est-ce que c'est, entre amis d'enfance ? Rien. Et tout. Je ne me suis pas aperçue que Tom ne dormait pas jusqu'à ce qu'il dise : « Chérie, c'est normal pour un enfant de cet âge d'avoir des camarades de jeux imaginaires. Teddy oubliera son "homme brun" » dès qu'il rentrera à la maternelle. »

Je suis surprise qu'il se soit rendu compte que je ne dormais pas. Aussi surprise que l'était Ellie avec le bateau. « Oui, sans doute », dis-je. L'énormité de ce que je pourrais lui confier est prête à déborder mais j'avale les mots, je cache ce que je sais. De toute façon, ce n'est pas quelque chose qu'il aurait envie de savoir. « Teddy n'aura pas de problème », dis-je finalement. Ce qui semble le satisfaire, et je ne résiste pas quand il m'attire à lui. En fait, j'y fais à peine attention.

Plus tard, pendant qu'il dort, j'essaie de comprendre où nous en sommes, à présent. Si je ne l'aime plus, je pourrais partir, non ? Juste prendre Teddy et partir ? Mais je ne peux pas dire que je ne l'aime plus. Je ne parviens même pas à prononcer mentalement les mots. C'est tellement plus facile de murmurer « Je t'aime, Tom, » dans la nuit qui n'entend pas. J'essaie d'éprouver ce que veulent dire ces mots, mais c'est un sentiment enfoui au fond de moi, mis en réserve quelque part, comme une jolie robe d'été rangée avec des boules antimites en attendant que passe l'interminable hiver. C'était vrai autrefois, je le sais. J'ai l'impression que si je peux endurer l'épreuve actuelle, un jour viendra où nous vivrons seuls à nouveau, et je serai à nouveau amoureuse de lui. Je retrouverai mon désir pour lui. Je le réveillerai au milieu de la nuit et le conduirai par la main dans le bosquet de bouleaux derrière notre maison, et je lui ferai l'amour sur la mousse épaisse, sous la caresse du vent nocturne.

Ça ressemble trop à un conte de fées.

Le lendemain matin, Teddy se lève de bonne heure. Il fait faire à Houdini le tour de la prairie des vaches, au galop, pendant que je lave la vaisselle, époussette, que je cire le parquet et m'adonne à d'autres tâches fascinantes. Je me déplace pour les surveiller par la fenêtre toutes les dix ou quinze minutes. Malgré tout, quand je regarde la fois suivante, Houdini est dessellé et en train de brouter, et Teddy a disparu du paysage. Je pousse un petit soupir, je sais où il est et regrette de ne pouvoir y être aussi. J'espère aussi que l'homme brun ne dira rien de moi à mon fils et que mon fils ne parlera plus de l'homme brun.

C'est le genre d'espoir qui défie le destin. Je sais que Teddy est revenu, je l'entends longtemps avant de le voir. Il annonce son arrivée en sifflant sur trois notes aiguës produites par une flûte de saule. Je n'ai pas besoin de lui demander qui la lui a faite. Je n'en ai d'ailleurs même pas l'occasion, car Grand-père l'intercepte au moment où il traverse la cour. Apparemment, il n'a pas non plus besoin de demander à Teddy, car ses mots me parviennent jusque dans la maison : « Jeune homme, qu'est-ce que je t'ai dit hier ? »

Je vois le soleil disparaître du visage de Teddy, qui lève les yeux pour voir son grand-père. Je n'entends pas ce qu'il dit, sa voix d'enfant est trop ténue. Je me détourne de la fenêtre au-dessus de l'évier et vais m'asseoir sur le canapé-lit de Teddy. On éprouve un sentiment horrible d'impuissance lorsqu'on ne peut pas protéger son enfant. Un sentiment de lâcheté, pendant qu'il essuie l'orage de désapprobation du grand-père. Mais je sais que si je sortais, tout ce que je pourrais dire ne servirait qu'à aggraver son cas. Mieux vaut attendre, se préparer.

Il entre, après un siècle d'attente qui dure au moins vingt minutes. Il s'assoit solennellement à côté de moi. Le sifflet a été confisqué. La voix de ma propre grand-mère me revient, remontant de je ne sais quel lointain passé : « Lave ce fruit avant de le manger. Il est possible qu'un Noir l'ait touché. »

« Bonjour, dis-je prudemment.

– Si on est brun, alors on est un nègre, m'explique-t-il.

– Ah, fais-je platement.

– J'aime bien l'homme brun. »

J'approuve de la tête. Je pourrais lui donner une leçon en lui disant que c'est malpoli de traiter quelqu'un de nègre, et aussi qu'il y a toutes sortes de gens de couleur, et qu'ils ne sont pas tous comme dans les histoires de nègres qu'on nous a racontées hier soir. Je pourrais m'étendre à loisir sur les relations raciales et la fraternité. Mais il sait déjà tout ça. Il a rencontré un homme brun et il ne gobera jamais le mythe du méchant nègre. Trop tard, Grand-père.

Au lieu de quoi, je propose : « Faisons des biscuits.

– Des brownies ? » demande-t-il. Et quand j'acquiesce naïvement, il éclate de rire.

« On va faire des négries, dit-il en s'étranglant presque. Grand-père ne voudra pas en manger ! »

Les brownies sont déjà au four quand Teddy se souvient qu'il a quelque chose dans sa poche : « L'homme brun en a fait une pour toi aussi », explique-t-il en me montrant la flûte de saule. Je ne sais pourquoi, je ne peux pas la toucher, je ne peux pas la prendre de ses mains innocentes. Ce serait comme un aveu. À chaque fois que Teddy dit que l'homme brun me connaît, un frisson glacial se faufile en moi, comme une culpabilité cachée au creux de mon estomac. Je veux qu'il connaisse son homme brun. Je ne veux pas qu'il apprenne que l'homme brun et moi, nous nous connaissons. Alors je dis : « Tu me la gardes. Et tu pourras en jouer. Pour remplacer celle que Grand-père a prise. »

Il me regarde gravement, puis acquiesce avec lenteur. « Je n'en jouerai que dans les bois », me dit-il. Je me demande si je ne suis pas en train de lui apprendre l'hypocrisie, si je ne nuis pas à sa personnalité en empoisonnant ses relations avec son grand-père. Mais au même instant la minuterie du four signale que les brownies sont cuits, et j'ai un bon prétexte pour ne plus y penser.

Ce soir-là, Tom rentre tard. Nous avons fini de dîner et j'ai déjà fait la vaisselle. D'habitude, quand il rentre aussi tard, il a mangé chez ses parents. Mais ce soir en rentrant il s'abat sur le réfrigérateur et explore tristement les maigres restes, jusqu'à ce que je me lève pour lui concocter quelque chose qui ressemble à un repas. Je lui prépare également un pot de café. J'étais assise à la table de la cuisine et je buvais du thé en lisant un des romans de Steffie, pendant que Teddy jouait aux Legos sur le plancher de la salle de séjour. Il m'est impossible de me lever et de partir pendant que Tom mange. Alors, je reprends ma place et, tout en mangeant, il parle.

« C'est le moment de faire les foins, me dit-il entre deux bouchées. Bix et moi allons aider les Clemmons cette année. On le faisait toujours quand on était gamins, alors c'est une sorte de… tu vois. »

Non, je ne vois pas, mais ça n'a pas d'importance, du moment que je lève les yeux et fais oui de la tête.

« L'épaule de Bix va beaucoup mieux maintenant, ajoute-t-il à retardement. »

Je le regarde en me demandant pourquoi il prend un ton embarrassé. Ah, oui, je me souviens. Nous étions censés rester ici parce que Bix s'était blessé à l'épaule et ne pouvait pas travailler. Pour que Tom aide ses parents. Ça me paraît très lointain. Après avoir perdu la bataille à une période où c'était si important pour moi, je trouve difficile de ressentir quoi que ce soit aujourd'hui. Est-ce qu'il croit vraiment que je suis idiote au point de ne pas avoir remarqué que Bix a repris son travail habituel depuis longtemps ? Je hausse les épaules et j'essaie de me souvenir à quel endroit de la page je m'étais arrêtée.

« Papa se disait que Teddy aimerait peut-être venir avec nous cette année. Voir comment ça se passe, monter sur le camion de foin, peut-être même sur le tracteur ? » Il prend un ton interrogatif pour inclure Teddy dans la conversation. Teddy se lève et s'approche de la table, ses Legos à la main.

« Toute la journée ? demande-t-il.

– Probablement. » Tom mange une autre bouchée. « D'habitude, on part de très bonne heure, dès que la rosée s'est évaporée mais avant qu'il fasse trop chaud. Maman pourrait te préparer des sandwiches et Bix et moi, on s'arrangera pour qu'il y ait du jus de fruits dans la glacière. Tu es d'accord ?

– Grand-père ne veut pas que je joue avec l'homme brun, explique Teddy au cas où quelqu'un n'aurait pas compris. Est-ce que Steffie va vous aider ? »

Tom me jette un coup d'œil, mal à l'aise, et hausse les épaules. « Peut-être. Elle conduira peut-être le camion de foin. Dougie l'a invitée à venir. » Tom mange une autre bouchée et me regarde. « Dis-moi, cow-boy, si tu veux venir faire les foins avec nous, tu peux. Si tu ne veux pas, ça n'est pas grave. Au fait… » Il fouille dans la poche de sa chemise et pose sur la table la flûte de saule. « Je crois que c'est à toi.

– Ouais. » Teddy la met dans sa poche sans autre forme de procès.

« C'est une jolie flûte. Tu l'as faite tout seul ? »

Teddy se contente de le regarder.

« Quand j'étais petit, dit Tom lentement, j'avais un copain qui s'appelait Georgie. Georgie savait voler dans les airs. » Les yeux de Teddy s'écarquillent. « Parce que Georgie n'existait pas, je l'avais inventé, ajoute Tom laborieusement. Mais c'était quand même mon copain, et j'aimais bien jouer avec lui. Même si Grand-père me disait d'arrêter de dire des mensonges. Georgie était encore mon copain, et mon seul ami, jusqu'à ce que j'aille à l'école. Bientôt, tu vas aller à l'école et tu vas rencontrer tous les autres enfants qui habitent sur la route, et tu pourras aller chez eux et ils viendront te voir ici. Et ta maman sera l'amie de leurs mamans, et elle ira aux réunions de parents, et il y aura plein de choses intéressantes à faire. Des sorties dans les champs avec ta classe, des anniversaires où tu seras invité. Tout un tas de choses. Tu aimeras ça, tu verras. Mais jusque là, ça ne me dérange pas que tu joues avec l'homme brun. Mais il ne faut pas que Grand-père soit contrarié, d'accord ? Parce que je crois qu'il n'a jamais eu de copains comme ça, lui, tu comprends ? »

Je me demande pourquoi c'est moi, et non pas Teddy, que Tom regarde en parlant. Il semble attendre mon approbation plus que celle de Teddy. Je hoche la tête à contrecœur, maladroitement. Je me sens un peu étourdie. Je remarque de façon abstraite que mon cœur bat à tout rompre. Trop près, nous approchons trop près de la vérité et la vérité que Tom ne doit jamais apprendre, c'est que l'homme brun était mon ami imaginaire avant d'être celui de Teddy. Je m'étonne brièvement de cette folie partagée, de cette illusion commune, est-ce génétique ? Ai-je transmis mes tares à mon fils ? Puis je me lève et je m'entends demander à Tom : « Un peu plus de café, chéri ? » Et Teddy s'échappe dans la salle de séjour comme un éclair, comme le petit alevin d'argent lui glisse entre les doigts dans le ruisseau.

« Oui, s'il te plaît », répond Tom. Puis il appelle Teddy : « Alors, on va aux foins demain, ou quoi ? Il faut bien penser à ce que je vais te dire. On ne fait les foins qu'une fois par an, et c'est amusant, même si c'est du travail. Peut-être que tu ne devrais pas rater ça.

– J'irai faire les foins, dit Teddy », en me lançant un regard en coin qui n'échappe pas à Tom. Ses yeux se fixent sur les miens pendant une minute et je lis de la peine dans les siens, mais je n'ose pas me demander quelle en est la cause.

Ils se lèvent et partent tôt le lendemain matin, Teddy tient d'une main un sac de papier brun contenant des sandwiches et des brownies, et de l'autre celle de Tom. « N'oublie pas de t'occuper de mon poney et de tout le reste », me crie Teddy en partant. J'acquiesce à regret. Je ne devrais pas m'occuper « de tout le reste » mais je sais déjà que je le ferai.

Je lave soigneusement chaque assiette, en m'efforçant d'ignorer les battements de mon cœur. J'essaie de ne pas penser qu'aujourd'hui je suis seule, qu'aujourd'hui, si je m'en vais, personne ne le remarquera. Je ne resterai pas longtemps, me promets-je en mettant de l'avoine dans le seau de Houdini. Il arrive au galop, avale son avoine puis s'en va d'un air dégoûté quand il voit qu'il n'aura pas de supplément et que Teddy n'est pas là. La grange où je range le seau est obscure et fraîche. J'ai la chair de poule sur les bras, et un frisson au creux de l'estomac. En sortant, le soleil ardent perce immédiatement à travers mes vêtements et me réchauffe la peau. C'est une journée idéale, chaude, avec un peu de vent. Une belle journée. Je ne cesse d'effacer le sourire qui persiste à s'installer sur mon visage. Je m'oblige à terminer toutes mes tâches ménagères avant de partir.

Depuis que je lui ai montré le chemin, il y a quelques semaines, Teddy a transformé ce qui était à peine une piste de lapins en un sentier parfaitement identifiable. À chacun de mes pas, mes genoux sont plus élastiques et mon cœur plus léger. Je me mets à courir sans m'en apercevoir, ce n'est que lorsque j'arrive sur le bord du ruisseau, hors d'haleine, que je me rends compte à quel point je me suis hâtée. Je m'accroupis pour me rafraîchir le visage en trempant mes mains dans l'eau du ruisseau, puis je me redresse et regarde aux alentours. Je suis vaguement agacée qu'il ne soit pas là à m'attendre, même s'il est impossible qu'il ait pu savoir que j'allais venir aujourd'hui.

Après avoir bu, je m'assois sur la berge pour attendre. Je suis en nage après ma course. Je défais ma chemise pour laisser l'air frais s'y glisser. La journée est claire, calme et chaude, bourdonnante de vies minuscules. Le soleil miroite sur l'eau courante. Je fixe son reflet si longtemps que les larmes me viennent aux yeux et que je suis obligée de les fermer. Je m'allonge, la tête dans l'ombre fraîche et le corps au soleil scintillant. Un oiseau chante au loin, suavement. Un autre lui répond, faisant écho à son mélodieux défi. Je respire plus profondément, je me sens dériver dans la lente spirale du sommeil matinal.

Quand je perçois son odeur, je suis trop profondément détendue pour réagir. Je reste allongée, immobile, je sens le soleil, l'air, la fraîcheur humide de la mousse sous moi, sa senteur se mêle aux odeurs de terre de la forêt. Je sais quand il arrive dans la clairière, je sens qu'il me regarde, et ma peau frémit de savoir son regard sur moi. Il souffle dans sa flûte une gamme descendante au moment où j'ouvre les yeux. Le soleil m'éblouit d'abord, je ne vois qu'une silhouette sombre, une tête cornue sur des épaules musclées qui se détachent sur le ciel. Je lève un bras pour le regarder en me protégeant du soleil. Il me sourit, ses dents sont d'un blanc étincelant dans son visage bronzé. Je lui rends son sourire.

Il se baisse pour me prendre les mains et m'aider à me lever. La journée n'est pas faite pour parler, je le sais d'instinct. Il n'y a rien à dire en paroles, de toute façon. C'est une de ces journées volées au temps des rêves, il me conduira et je le suivrai sans poser de questions. Comme si je franchissais une ligne, j'entre dans son monde pour obéir à ses règles, pour voir par ses yeux.

L'une de ses mains tient la mienne. L'autre est pour sa flûte. Il en joue doucement, de manière presque inaudible, tout en m'attirant vers la forêt sur un sentier différent, cette fois, qui suit le ruisseau en remontant le courant.

Nous marchons pendant un certain temps le long du ruisseau et, à mesure que nous montons, la forêt se referme sur nous, les arbres formant une voûte ombreuse de leurs frondaisons entremêlées penchées au-dessus de l'eau. Le ruisseau, en un courant puissant et régulier, creuse sa propre trace dans la pente. Par endroits, nous traversons un ravin qui plusieurs fois se rétrécit au point que nous marchons dans le lit du ruisseau. Pan souffle dans sa flûte, faisant écho au gazouillis de l'eau sur les cailloux et, quand il voit que ça me fait sourire, ses doigts se resserrent sur les miens. Il n'a pas même eu besoin de se retourner pour voir mon visage, mais maintenant il le fait. Il tire vers lui ma main captive, l'accroche à sa hanche de chèvre puis, les deux mains libres, commence à jouer la mélodie du jour. Longue et douce, presque ensommeillée dans le miroitement de lumière vive et d'ombre fraîche. Nous marchons à nouveau dans le ruisseau. J'envie la manière dont l'eau fraîche s'accroche en gouttelettes scintillantes sur ses chevilles velues. Mes tennis sont pleines d'eau, mon jean trempé claque sur mes jambes quand le lit du ruisseau finit par s'élargir et que nous marchons à nouveau sur le bord. J'ai toujours mon bras autour de sa taille. Je marche dans le cercle de sa chaleur et de son odeur.

Des traces de castors commencent à être visibles, les souches et les branches sont rongées. En levant les yeux, je vois le soleil au-dessus de nous. Je soupçonne que c'est ce qu'il voulait me montrer. Il cesse de jouer, laisse tomber sa flûte qui, suspendue au lacet autour de son cou, rebondit sur son torse nu. Il reprend ma main et, sortant de l'ombre de la forêt, m'entraîne rapidement vers une clairière de souches rongées, à un endroit où le ruisseau chante et gazouille en cascade après le barrage.

Le barrage est une merveille d'ingéniosité naturelle. Des branches et des brindilles jetées dans tous les sens, d'où des herbes et de petites plantes poussent dans la terre amassée dans le moindre interstice. Sans aucune organisation et parfaitement construit. Il se referme sur un petit lac de ciel bleu où se reflètent les arbres et les grands roseaux, sillonné d'une flèche qui fend la surface de l'eau, révélant qu'un castor vient de plonger pour échapper à l'observation des intrus. Je sais par expérience que la vie va s'installer et prospérer en un lieu comme celui-ci. C'est un fait biologique connu que plus la vie est diversifiée dans un endroit donné, plus de nouvelles formes de vie s'y installent. Ce barrage et ce lac de castors sont comme le moyeu d'une roue qui s'étend dans toutes les directions, attirant la vie, établissant un écosystème où grenouilles, poissons et insectes pourront pondre dans l'eau tiède et calme, où les oiseaux aquatiques pourront nicher, où le coyote et le renard pourront chasser. Ici, les cerfs viendront boire, et les éperviers pourront épier les souris et les taupes qui courent dans les herbes, dans les étroits sentiers des prés. Les castors sont les gardiens de cet écosystème, ils ouvrent le barrage pour relâcher l'eau, le rehaussent, abattent des arbres pour ouvrir la prairie. J'en ai la tête qui tourne rien que d'y penser, comme un enfant regardant une fête foraine, avec ses mouvements d'horlogerie aléatoires, sa musique et sa vie trépidante.

Nous explorons. Avec précaution, sur la pointe des pieds, nous traversons le barrage, comme des acrobates en équilibre sur un fil. Nous passons près d'un héliport vrombissant de libellules de toutes tailles, nous effrayons une flottille de grenouilles qui se jettent à l'eau, et finalement je craque et enlève mes chaussettes et mes tennis, dont je noue les lacets pour les porter autour de mon cou. Nous pouvons alors patauger de concert dans l'eau tiède, jambes nues et pattes de chèvre, déchaînant la fuite de bans d'alevins argentés et de têtards qui filent se réfugier dans les berges envahies de roseaux. En sortant de l'eau, nous trouvons le squelette verdâtre d'un cerf tué pendant l'hiver, et des nids d'oiseaux posés à même le sol ou entrelacés dans les buissons. Un nid de guêpes nous fait battre précipitamment en retraite dans l'eau, plus profonde que je ne le croyais à cet endroit. En un seul pas, j'ai soudain de l'eau jusqu'aux hanches. En perdant l'équilibre, je vois le sourire de Pan qui me révèle qu'il savait depuis longtemps que je finirais trempée. Je coule, l'eau qui se referme sur ma tête a la couleur du thé. Je me débats pour me redresser, crachant et soufflant. L'eau fourmille de vie végétale, elle est tapissée de minuscules feuilles uniques avec une racine blanche traînante, ou de paquets de grosses feuilles vertes et de fleurs jaunes de nénuphars. Tout ça semble s'accrocher à moi quand je reprends pied. L'eau dégouline de mes cheveux et des plantes qui s'y sont déposées et ruisselle sur mon visage. Je tends la main pour qu'il m'aide à sortir, puis je m'arc-boute et le tire dans l'eau avec moi. Il me fait plonger en même temps que lui et nous émergeons tous les deux en crachant, le souffle coupé par l'eau plus froide en profondeur. Nous sortons en pataugeant, décorés tous deux de guirlandes de plantes. Nous frissonnons malgré la chaleur. Une de mes chaussettes s'est libérée de ma chaussure et je la vois s'éloigner gaiement au fil du courant.

Nous nous éloignons du lac jusqu'à retrouver la terre ferme et sèche de la prairie, où nous nous asseyons, environnés jusqu'au cou par les hautes herbes. Je tire mes cheveux par-dessus mon épaule et les tord pour les essorer. Pan, secourable, ôte une mèche d'herbe aquatique qui y est accrochée. Une longue barbe d'algue verte lui couvre l'épaule. Je la lui enlève, je brosse ses cheveux pour les débarrasser des petites feuilles. Ses doigts retirent délicatement des plants de cresson accrochés à ma chemise, d'un geste plus léger qu'une caresse qui, combiné à mes vêtements humides, me fait monter des frissons dans le dos. Quand il a fini, il s'allonge sur le dos dans la prairie ensoleillée en fermant les yeux. Je me laisse tomber près de lui pour laisser le soleil évaporer l'humidité de mes vêtements. La tête appuyée sur mon avant-bras replié, je le regarde somnoler. Ses boucles mouillées se reforment en séchant au soleil. Il a les lèvres légèrement entrouvertes et respire profondément, régulièrement. À la fois magie, forêt et animal, mythe, archétype et ami d'enfance. Il vaut tout ce qu'ont dessiné Edmund Dulac ou Kay

Nielsen. J'aime tout en lui, des sabots aux cornes, chacune des lignes gracieuses de ses muscles, la gaucherie sans défense de son abandon au sommeil, les quatre fers en l'air. Tout en le regardant, je m'endors avec un sentiment de satisfaction et de sécurité que je n'ai pas éprouvé depuis longtemps.

Du profond sommeil, je passe à un état de rêve où je sens des doigts légers sur les boutons de ma chemise, puis en un endroit où j'ai douloureusement conscience de chacune de leur caresse, tout comme du souffle étouffé de sa bouche ouverte quand il se penche sur moi, mais je ne bouge pas, je refuse de reconnaître que je suis éveillée. Tant que je dors, c'est quelque chose qu'il me fait, quelque chose que je n'ai pas à décider. Il ouvre ma chemise avec autant de précision que s'il faisait une dissection. Quand il se penche sur moi, je sens son ombre entre le soleil et mes yeux fermés. Ses lèvres frôlent mes paupières, se posent sur ma bouche. Je lève la main et la pose sur son épaule. Je veux ce qu'il m'offre mais je sais que je ne dois pas l'accepter. Je le repousse. Mais la journée est trop chaude, l'odeur de son musc trop suave, sa bouche trop experte. Il s'accroche seulement à ma main, s'appuie dessus tandis qu'il respire ma peau, puis la goûte d'un coup de langue circonspect. La chaleur explose en moi et je le désire comme je n'ai jamais rien désiré d'autre. Je m'allonge, le souffle court, et le laisse faire ce qu'il veut.

Il ne fait pas l'amour comme un homme. Comme un humain. Je m'en rends compte quand il se débat avec des agrafes familières à tout homme, quand il prend autant de plaisir à me sentir qu'à me toucher. Je commence à prendre conscience que cet être qui me mordille les seins n'est même pas de la même espèce que moi, ce qui n'est pas sans créer quelques légères discordances dans la mélodie qu'il joue sur mon corps. Je pose la main sur sa nuque, attire sa bouche sur la mienne, l'embrasse profondément pour tenter de noyer ma gêne en lui, mais mes mains rencontrent ses cornes dures dont la base vrillée est cachée dans ses cheveux. Ce n'est pas du tout un homme. Son odeur musquée nous environne, il se frotte contre moi en m'enduisant le corps de sa senteur. C'est un geste d'animal, choquant et étranger, mais son odeur est irrésistible, riche, épicée et bonne, si bonne. Je sais qu'aussi longtemps que je la respirerai, je le désirerai. C'est comme la cataire pour les chats, cette odeur, et je me frotte contre lui, à la manière d'une chatte en chaleur. Il me caresse comme on ne m'a jamais caressée, éveillant en moi des réactions instinctives que je ne savais pas avoir. Me faisant réagir comme un animal. Je sens des pattes velues séparer mes cuisses. Je fais l'amour avec un animal. Une chèvre. Cette idée me fait soudain ouvrir les yeux au moment où ses pattes s'agenouillent, pliées dans le mauvais sens entre mes jambes pâles et glabres. Le pénis au-dessus de moi n'est pas celui d'un homme.

La révulsion me saisit au moment où il touche ma peau, et mes muscles abdominaux tressautent comme des grenouilles quand je m'écarte d'un bond. Prise de panique, tremblante. « Non ! » dis-je, tandis que des mains brunes me prennent par les épaules et me forcent à me rallonger. Pendant un instant terrifiant, je crois qu'il va me forcer, me clouer au sol parce qu'il est plus fort que moi et s'introduire en moi malgré mes dénégations, comme l'animal que je vois. Mais non.

Il reste couché au-dessus de moi, me maintenant au sol, oui, mais en ne me touchant qu'avec les mains. Je regarde son visage en tentant de le déchiffrer. Et pour une fois ses yeux de forêt ne sont pas un endroit fermé dans les profondeurs duquel il se cache. Il regarde au fond de moi et ses yeux m'attirent dans leurs profondeurs, me ramènent à ces centaines de fois ou nous étions ensemble, et je vois soudain que chaque jour, chaque moment passé avec lui était un compte à rebours de cet instant, de l'acte que nous sommes en train d'accomplir. Il n'y a rien d'animal dans ses yeux profonds, ou du moins pas plus que dans les miens. Il n'y a que Pan et ce qu'il est, ni homme, ni bête, mais le faune que j'ai toujours connu et les promesses non formulées que nous nous sommes répétées plus de mille fois. Quoi qu'il soit, il me ressemble plus que n'importe quelle autre créature que j'ai pu rencontrer. Notre parenté va trop loin pour être contredite par les différences de nos corps. Nous nous connaissons trop bien pour qu'un mur puisse se dresser entre nous. Ce que nous sommes en train de faire dépasse les lois de tous ceux de nos espèces. Mes doutes se sont enfuis, ne laissant place qu'au désir.

Je pose mes mains sur ses minces hanches de chèvre et l'attire vers moi. Son poil est soyeux, les muscles fermes, mes mains glissent sur sa fourrure, je n'arrive pas à bien le saisir. Il résiste calmement, m'oblige à me faire admettre que ce sont mes propres exigences que je veux satisfaire. Et non une simple manière de consentir gentiment et de le laisser continuer. Il faut que ça vienne de moi. Je cède et le tire plus fort, lui enfonçant mes ongles dans le poil, et il résiste encore. Je le fusille du regard, frustrée et furieuse de cette attente, se moque-t-il de mon désir ? Et je le vois sourire. Ce n'est pas, semble dire ce sourire, aussi dramatique que je le crois. Il ne s'agit pas d'une décision bouleversante, d'une action cataclysmique. Ce n'est, après tout, qu'un accouplement, et l'univers estival qui nous environne vibre des bruits d'autres vies qui sont en train de faire la même chose que nous. Le bourdonnement des insectes, le chant des oiseaux, le croassement des grenouilles, tous ces refrains parlent de la même chose. Nous sommes au centre de la vie et, en cet endroit, il faut que cela se fasse. Inutile de se presser, nous avons toute la journée. Sa bouche descend sur la mienne, douce comme les fleurs, épicée comme l'herbe, chaude comme l'été. Je m'y abandonne, ignorant le bourdonnement coléreux d'un insecte près de mon oreille, ignorant même la piqûre de son aiguillon sur mon épaule nue, tellement subjuguée par les caresses de mon partenaire que la perforation de l'insecte me laisse insensible. Pan se glisse en moi, chaud, humide, et les hanches de chèvre qui ondulent sous ma main, le frôlement des poils rudes de ses pattes contre l'intérieur de mes cuisses quand il plonge et me martèle, tout est exactement tel que ce doit être, tel que j'ai toujours su que ce serait.

16 seize

La température fraîchit. Je frissonne et change de place pour tenter de me blottir davantage dans la chaleur de son corps. Je me rends vaguement compte que nous nous sommes endormis tous deux en faisant l'amour, quelle grossièreté de ma part, me dis-je en souriant, car nous sommes encore mollement unis et il est aussi satisfait que moi. Au moment même où je bouge sous lui, il reprend conscience, son étreinte se resserre et il a instantanément une nouvelle érection. Je le sens à nouveau gonfler contre moi. Je sais que demain je vais avoir mal, très mal, mais je n'y porte pas attention et je tends ma bouche vers la sienne. Il commence très lentement, rythme pour corps ensommeillés par jour de grand soleil, échange qui nous amène langoureusement et sans peine à une satiété totale.

Il s'écroule lourdement sur moi et je grogne un bienveillant « Pousse-toi ! » en lui chatouillant les côtes.

« Il faudrait savoir ! » réplique-t-il, mais il se déplace sur le côté, ce qui me permet de respirer à nouveau normalement.

J'appuie la tête sur son épaule musclée et parle dans son cou. « Je vais avoir des piqûres de moustique partout.

– Probablement », acquiesce-t-il. Sa voix est somnolente et repue mais quand je regarde son visage, il a les yeux ouverts, le regard alerte et très satisfait.

« Qu'y a-t-il ?

– C'est drôle. C'est toujours meilleur qu'on ne se rappelle. Mais c'est seulement après qu'on s'en souvient. Et – il tourne son visage vers moi – ça ne cessera de s'améliorer. » Il m'embrasse en murmurant : « Mais les premières fois ont un charme bien particulier. »

Je ne suis pas contente, ni d'être comparée aux autres, ni de m'entendre vanter ses performances. Il perçoit ma mauvaise humeur au travers de mon silence. Au bout d'un moment, il ajoute doucement : « Mais peut-être que mon opinion n'est pas partagée ? »

Je crois sentir de l'ironie. Je m'écarte et observe son visage avec méfiance. Ses yeux expriment une incertitude sincère. « Je ne me suis jamais sentie comme ça après avoir fait l'amour, lui dis-je, et il ne se méprend pas sur mes paroles. C'est seulement que je n'aime pas qu'on me rappelle qu'il y en a eu d'autres avant moi.

– Humm, dit-il. » Son regard s'adoucit, devient vague et semble se perdre dans les méandres de son souvenir, et moi je me demande où, quand et qui il a aimé ainsi.

« Pas depuis plusieurs générations, réfléchit-il à voix haute.

– Comment ?

– C'est la mémoire de ma race, dit-il, l'air supérieur et content de lui. Quelque chose que ceux de ton espèce ne peuvent qu'imaginer. Mais moi, en regardant en arrière, je peux me souvenir que depuis plusieurs générations il n'y a pas eu un aussi bel accouplement dans ma lignée. Et même, ajoute-t-il malicieusement, je ne crois pas que mon ancêtre ait fait aussi bien la première fois que moi aujourd'hui. »

Ses paroles contiennent trop d'informations pour que je les assimile immédiatement. La mémoire de sa race ? Partager les souvenir de ses ancêtres ? Ce « ceux de ton espèce » qui implique que nous sommes différents, érigeant de ce fait une barrière entre nous. Je passe là-dessus et considère le reste. « C'est la première fois que tu fais l'amour », dis-je lentement.

Il hausse les épaules, et ma tête tressaute. « Dans ce corps, oui. Mais j'ai l'expérience des siècles. Tu veux que je te montre ? » Ses doigts bronzés glissent sur mon corps, tracent des cercles langoureux sur l'un de mes seins.

« Non », dis-je. Mais je ne m'écarte pas pour éviter sa caresse. « Raconte-moi plutôt. Peux-tu réellement te rappeler la vie de tes ancêtres ?

– Assurément. Enfin... – il s'arrête, titille la pointe de mon sein – Il y a des limites, évidemment. C'est comme pour toi, il est plus facile de te rappeler ce qui s'est passé la semaine dernière que ce qui s'est passé il y a douze ans. Les trois ou quatre dernières générations sont les plus claires. Avant ça, les choses se mélangent un peu, à moins de vraiment se concentrer. Mais certaines choses... – rapide comme l'éclair, il colle sa bouche à mon sein – ne s'oublient jamais », dit-il entre ses dents serrées. Je sens déjà son sexe durcir contre ma cuisse.

« Tu n'en as donc jamais assez ? » Il fait non de la tête, imperceptiblement, les yeux brillants d'une lueur espiègle.

« Eh bien moi, si. » Sur cette déclaration, je me libère, me lève d'un bond et m'enfuis. J'arrive à la lisière de l'étang avant qu'il ne me rattrape et nous rions comme des fous en tombant dans l'eau avec force éclaboussures. Il saisit mon poignet, non sans douceur, et me force à m'allonger dans l'eau peu profonde près du bord, puis me fait encore une fois l'amour, sans se soucier de la boue ni des vaguelettes tièdes. Ensuite, nous pataugeons tous deux dans l'eau plus profonde et plus claire pour rincer nos dos et nos visages de la boue et des petites plantes aquatiques qui y sont collées. Puis je me détourne, inexplicablement timide, et en me lavant, je sens que je suis toute gonflée et irritée d'avoir trop fait l'amour. Il s'approche et murmure : « Tu veux que je t'aide ?

– Non », dis-je fermement en reculant, plutôt intimidée par son infinie capacité sexuelle. Il hausse ses épaules musclées et, avec un intérêt non dissimulé, me regarde achever ma toilette intime. Je sais que si je me tournais vers lui, si je manifestais la moindre réceptivité, il me reprendrait encore. Encore et encore. Cette idée me fait peur et me calme. En sortant de l'eau pour me sécher avec ma chemise, je remarque que les ombres des arbres au-dessus de notre nid d'amour ensoleillé sont plus longues.

Les insectes diurnes commencent à se taire, la grosse chaleur du jour diminue. Nous savons tous deux, sans paroles, qu'il est temps pour moi de partir.

Tom et Teddy sont peut-être déjà rentrés. Cette pensée me prend au dépourvu, accompagnée d'un énorme poids de … je ne sais quoi. Pas vraiment de la culpabilité. C'est plutôt comme le devoir oublié à rendre pour le lendemain alors qu'on n'est même pas encore allé à la bibliothèque, ou les invités qui arrivent pour dîner dans une heure et que le rôti n'est pas encore sorti du congélateur. Je me sens suffoquée par l'urgence d'une foule de choses à faire, immédiatement, étranglée par la chaîne de la responsabilité d'adulte qui se resserre soudain sur mon cou. Je me débats contre ce poids, j'essaie de trouver un moyen de justifier cette liberté d'un jour que j'ai volée, la goinfrerie de plaisir où je me suis vautrée. Cette journée ne va pas avec ce que je croyais savoir de moi-même, avec l'image que j'ai consciencieusement bâtie. Ne suis-je pas fidèle, indéfectiblement loyale, honnête, douée de sens pratique, et soumise ? La liste de mes vertus me fait penser au *Manuel du bon scout*. Alors pourquoi suis-je en train de me rhabiller dans la forêt après avoir forniqué avec un faune ? Dans le déroulement de ma vie, les images de nos accouplements sont comme des cartes de tarot mélangées à des photos de famille. Oh, regarde : c'est Micky, Bobby Sue et tes cousins, et grand-père et grand-mère avec Frisky, le chat, et celui-ci, c'est le pendu…

« Tu pourrais rester », dit-il.

Ma petite culotte est humide, elle me colle aux cuisses quand je veux la remonter. Si vous voulez vous sentir ridicule, je vous conseille d'essayer de vous rhabiller devant un satyre dont l'érection est encore dirigée vers vous. Mon jean est trop serré, on dirait qu'il a rétréci en séchant au soleil. Où diable est passée ma deuxième chaussette ? Ah oui, elle doit être au fond de l'étang, maintenant.

« Tu n'es pas obligée de rentrer », répète-t-il, de façon différente.

Je hoche la tête, muette, la gorge soudain follement serrée, j'étouffe de larmes impossibles à verser. Je jette ma chaussette, fourre les pieds dans mes tennis mouillés. Je ne trouve pas mon soutien-gorge, le voilà, à quelques mètres, je me demande comment il est arrivé là. Je m'approche, me baisse pour le démêler d'une touffe de chardons. J'essaie de l'enfiler gracieusement, c'est un vêtement ridicule et de toute façon, pour moi, totalement inutile. Un simulacre de civilisation.

« Pourquoi es-tu obligée de rentrer ? » demande-t-il doucement.

De la part de n'importe qui d'autre, ce pourrait être une sorte d'accusation, une prière déguisée pour me faire changer d'avis. Mais de sa part, c'est simplement une question et la façon dont il la pose me fend le cœur. Parce que je meurs d'envie de rester. Je hausse sèchement les épaules, ramasse ma chemise mouillée. « Teddy », dis-je. Puis je me force à être complètement honnête. « Et Tom. »

« Oh », dit-il. Non pas, « je vois » ou « je comprends », parce que ce n'est pas vrai. Uniquement « Oh », parce qu'il sait que je dis la vérité. Je suis effectivement obligée de partir. Je boutonne ma chemise, m'attendant à ce qu'il me demande quand je reviendrai. Mais non. Au bout d'un instant je comprends que c'est parce qu'il sait que je ne le sais pas. Pas encore. Je ne le saurai probablement que lorsque je reviendrai. Ou pas. Je n'ai pas envie de dire au revoir, je ne veux pas faire de geste d'adieu. Lui non plus, apparemment, car quand je lève les yeux de mes boutons, il n'est plus là. Et j'en suis heureuse.

Facile de retrouver le chemin de la maison. Parallèle au ruisseau, sous l'ombre plus fraîche des arbres, dans le soir qui tombe, zut, il doit être déjà plus de cinq heures, tout le monde va être rentré. On va me poser des questions. Encore. Il y aura probablement encore une dispute. Je dirai que je suis tombée dans l'étang des castors, et ils me croiront. Juste un détail de plus dans la légende familiale des bizarreries d'Evelyn. On va sans doute raconter des histoires sur mon compte pendant des générations. La belle-fille qui rêvassait devant la basse-cour au clair de lune.

La belle-fille qui ne savait pas laver le linge blanc. La belle-fille qui était tombée dans l'étang des castors.

Mes piqûres d'insectes commencent à me démanger, et je me rends compte avec consternation que certaines d'entre elles se trouvent à des endroits embarrassants. Explique moi ça, Evelyn. Je marche vite, chaque pas me rapproche de la confrontation. Une part de moi sait qu'il n'y a pas de justification pour ce que j'ai fait aujourd'hui. Une autre s'en moque. Une autre encore espère avec un optimisme puéril que personne ne remarquera rien. C'est sans doute cette part-là qui m'amène à me passer les doigts dans mes cheveux emmêlés pour en ôter les feuilles et les brindilles. Je remarque que ma chemise est boutonnée de travers, je la reboutonne correctement et la rentre fermement dans mon jean. Quand j'émerge de la forêt et me faufile sous les fils de fer barbelés de la clôture, j'ai l'air aussi respectable que possible, compte tenu des circonstances. Je traverse la prairie avec l'impression d'avoir un poids énorme sur la poitrine, m'attendant à tout moment à entendre crier. Houdini lève la tête, me reconnaît et se remet à brouter. C'est tout.

J'arrive dans l'allée, jette un coup d'œil et ne peux croire en ma chance. J'ai touché le jackpot, gagné le gros lot. Il n'y a pas un véhicule en vue. Pas un seul, ce qui veut dire que personne n'est encore rentré. Je suis sauvée. Je jette un coup d'œil aux fenêtres, pensant y voir au moins Ellie guettant du dernier étage, mais tous les rideaux blancs sont tirés. Personne dans la maison.

Je quitte mes chaussures mouillées à la porte. Je me débarrasse de mes vêtements dès que j'ai passé le seuil, sans les laisser tomber, je les roule en boule sous mon bras. Ils sentent le sexe, indéniablement. Je les enfouis au fond du panier à linge et je saute sous la douche. La vapeur chaude, en touchant mon corps, semble d'abord intensifier l'odeur de musc, la salle de bains tout entière empeste le sexe et le faune. Mais le savon Avon parfumé fourni par mère Maurie a vite fait d'en venir à bout et pour une fois, je suis contente de son parfum pénétrant de cocotte. Lorsque je me lave les cheveux, je vois avec horreur le ruisseau marron qui dégouline sur mes épaules et mon ventre. Je ne m'étais pas rendu compte que j'étais sale à ce point. Je me shampouine deux fois avant que l'eau de rinçage ne soit claire. J'arrête la douche, tord mes cheveux et les enveloppe d'une serviette.

Je m'examine soigneusement devant le miroir de la salle de bains. J'ai bon nombre de piqûres d'insectes, quelques égratignures, mais pas de bleus, de traces d'ongles ni de suçons. Il n'a laissé aucune trace visible sur mon corps et, mise à part la sensibilité de mes parties intimes, je pourrais avoir tout imaginé. Voilà une pensée angoissante, je la rejette hâtivement. Je ne suis pas folle à ce point et, en outre, Teddy a vu Pan, lui aussi. Il existe. Il est réel.

Je vais dans la chambre, j'enfile en hâte un short large cette fois, car un jean serait trop inconfortable, un débardeur et l'une des chemises en coton de Tom, par-dessus. Des chaussures sèches, – il faut que je me contente de sandales –, et ça y est. Je brosse impitoyablement mes cheveux puis les tresse en une longue natte. Et voilà ! Je suis prête, vous pouvez tous rentrer maintenant.

Je vais dans la salle de séjour où je m'assois un instant puis me relève d'un bond pour revenir dans la cuisine. Le dîner ! Je devrais être en train de préparer le dîner ! Mais tout en sortant en hâte les casseroles du placard et les ingrédients du frigo, il me vient à l'idée que s'ils ne sont pas rentrés à cette heure-ci, c'est probablement qu'ils dînent à la ferme, ça fait sans doute partie de la fête, on travaille tous ensemble et après on mange et on boit et on s'amuse et on discute. À retardement, je remarque que je n'étais pas invitée. Il y a quelques semaines, ça m'aurait mise en rage, il y a quelques jours j'en aurais été déprimée, mais aujourd'hui je n'éprouve absolument rien. Non, j'en suis presque contente. Ils ont leurs plaisirs et moi les miens. Qu'ils m'aient exclue une fois de plus excuse en quelque sorte ce que j'ai fait aujourd'hui. Bien fait !

Je range les casseroles et me fais un sandwich, je trouve une poignée de chips ramollies au fond d'un sachet entamé, prépare une tasse de thé et m'assois avec un livre. Mais quelques minutes après, je me relève, je fais les cents pas, le sandwich à demi mangé, racorni par la chaleur, délaissé en compagnie des chips spongieuses, le livre abandonné. Je ne peux rester immobile. Je veux que Tom et Teddy rentrent, je veux qu'ils rentrent tous, parce que j'ai besoin de savoir ce que je vais faire. Différents scénarios se bousculent dans ma tête. Vais-je me jeter aux pieds de Tom, tout lui avouer et implorer son pardon ? Ou vais-je froidement faire comme si rien ne s'était passé, jouer la soumission conjugale et l'hypocrisie ? Vais-je me contenter de rester froide, de ne rien dire, pour le laisser se demander ce qui s'est passé ? Je ne sais pas.

Pire, je n'arrive même pas à me concentrer sur ces questions. Mon corps ne cesse de se rappeler ses caresses, son odeur, le goût de sa bouche. Je suis trop pleine de lui pour pouvoir penser à autre chose. Trop pleine de lui pour penser à la culpabilité qui commence à s'infiltrer à la limite de ma conscience. Incroyablement, je le désire à nouveau, comme si son appétit sexuel constant m'avait contaminée. Je repense à tout ce que nous avons fait, m'attendant à éprouver de la honte ou de la culpabilité, mais je sens au contraire l'aiguillon du désir. Est-ce là ce qui fait hurler un animal en chaleur ?

J'arpente la maison avec impatience jusqu'à ce que le crépuscule se transforme en nuit noire. Je jette le sandwich et les chips à la poubelle, verse le thé froid dans l'évier et en prépare une nouvelle tasse. Je vais la boire dehors, à la fraîche. Je me demande ce qu'il est en train de faire. Est-il couché sous un arbre, joue-t-il de la flûte en pensant à moi ? Mais aucun souffle ne m'apporte de notes égarées et tentatrices. Au contraire, je remarque quelque chose d'étrange. Il n'y a aucune lumière. Seule le grand lampadaire est allumé dans la cour. La grande maison est noire et silencieuse, totalement dépourvue de vie. Je ne l'ai jamais vue ainsi. Même si les parents Potter sont absents, Ellie et Bix sont généralement là, et même si Bix est encore à la fenaison, Ellie devrait être rentrée. Un frisson glacé me retourne l'estomac.

Je retourne à la petite maison, en comptant mes pas. Où sont-ils tous passés ? Ont-ils décidé de sortir tous ensemble sans moi parce que je n'étais pas rentrée ? Peut-être, mais c'est peu vraisemblable. Le père de Tom est trop méfiant pour se retrouver obligé de payer le dîner de tant de gens, et Tom et Bix n'ont tout simplement pas d'argent. Non. Ils sont probablement tous partis dans des directions différentes. Ou alors, après avoir passé l'après-midi avec un faune, je suis victime d'un charme, je suis maintenant si totalement intégrée à son monde que je ne peux plus ni voir ni entendre ceux de mon entourage. Comme quand je ne pouvais pas entendre mère Maurie. Ce n'était peut-être que le début du processus. Peut-être sont ils tous autour de moi, ils mangent, ils parlent, ils font les comptes. Un frisson me parcourt la colonne vertébrale, je repousse cette idée. Teddy, je pourrai toujours voir Teddy, car comme moi il est en contact avec les deux mondes. Si Teddy était ici, je le verrais.

Donc. Il ne reste qu'une chose logique à faire. Téléphoner à la ferme des Clemmons et demander si Teddy et Tom sont déjà partis. J'aurai peut-être l'air d'une idiote s'ils me disent, mais voyons, ils sont partis depuis des heures. Ou je me sentirai encore plus bête si la voix répond, bon sang, mais bien sûr qu'ils sont là, hé, Tommy, ta bourgeoise est au téléphone. Qu'est-ce qu'on dit dans ce cas-là ? N'y pensons plus, de toute façon je n'ai pas le téléphone, le téléphone est dans la grande maison, et il n'y a personne pour me donner la permission de l'utiliser.

Je tiens le coup pendant une heure, une heure à faire les cents pas, à préparer des tasses de thé que je pose dans différents endroits de la maison et que je retrouve, glacées, après m'en être fait une nouvelle. Je finis par mettre un chandail car la nuit est devenue fraîche et j'ai froid tout au fond de moi. Personne dans la famille Potter ne sort si tard le soir, encore moins tous à la fois. Il est presque dix heures.

Je traverse la cour, furtive comme un raton laveur traversant une autoroute, m'attendant à ce que des projecteurs s'allument d'un seul coup, qu'une alarme se déclenche. La poignée de la porte est froide et bloquée. Mais la clé secrète est à sa place sur le linteau. Je la prends et l'introduis dans la serrure, tourne la poignée, pousse la porte. Je remets vite la clé en place, me disant que si j'entends des bruits de voitures dans l'allée, je repartirai en vitesse en refermant la porte derrière moi, pour qu'ils ne sachent pas que je suis entrée seule chez eux en leur absence, pour qu'ils ne me demandent pas : « Qu'est-ce que vous faisiez là ? »

Je me faufile dans la maison mais bien entendu il n'y a personne, il n'y a que la lumière grisâtre de la cour qui dessine par la fenêtre des carrés sur le sol, l'odeur de cigarette froide et le parfum écœurant du désodorisant Avon en spray. Aucun signe de vie, rien n'est dérangé. Ça ressemble plus au hall d'un hôtel qu'à une maison d'habitation. Le journal, le magazine *Sunset* et le *Reader's Digest* sont étalés sur la petite table. Les sets de table en liège sont dans leur présentoir. Personne dans cette maison n'oublie ses pantoufles à côté du canapé, personne ne laisse traîner un Kleenex froissé, un morceau de biscuit, personne.

Le téléphone est sur une console près d'une grosse lampe. Malgré mon appréhension, en plissant les yeux à l'avance, j'allume la lampe. Sinon, je ne pourrais pas trouver l'annuaire. Mais de toute façon, je ne le trouve pas non plus. Je fini par le découvrir dans le tiroir de l'autre console. J'essaie de chercher le numéro, mais je me rends compte que je ne connais pas les prénoms. Je cherche désespérément une note quelconque griffonnée par Tom, était-ce les Cullens ou les Clemmons chez qui ils devaient aller faire les foins ? Je ne peux pas me rappeler le nom de famille, et encore moins le prénom. L'annuaire ne me sert à rien, et il ne contient aucune indication griffonnée.

Je le remets soigneusement à sa place, exactement comme je l'ai trouvé. J'éteins la lampe et, immobile dans l'obscurité soudaine, je réfléchis. Le téléphone entre soudain en éruption avec une sonnerie stridente qui me fait bondir, trébucher et me précipiter pour tenter de le faire taire, réaction irraisonnée. Mon sursaut a déplacé le combiné, merde, je n'ai plus qu'à répondre maintenant, je ne peux me contenter tout simplement de le raccrocher, c'est peut-être même quelqu'un de la famille.

« Matériel agricole Potter », dis-je. C'est toujours ainsi qu'ils répondent, à la maison ou au magasin, car c'est le même numéro.

« Allô ? » demande une voix féminine hésitante. Une voix de la campagne, douce, à l'accent rural, mais non dépourvue de gentillesse.

« Allô ? » dis-je en réponse, la voix tremblante malgré moi. « Je … je voulais seulement … Je sais que ce n'est sûrement pas le moment de vous déranger, mais… je voulais juste vous dire que nous sommes tous désolés. D'apprendre ce qui s'est passé.
– Oh », fais-je bêtement, ne sachant quoi dire d'autre. Je ne peux quand même pas lui demander de quoi elle parle, c'est trop bizarre, alors je demande : « Euh… Qui est à l'appareil ?
– Jenny Snow. Vous savez, j'ai encadré son groupe d'équitation. Et ça m'a fait un tel choc d'apprendre… je voulais juste dire que… » Elle pleure à présent, mais je suis très calme, très froide, tout devient noir autour de moi. « Nous sommes tellement désolés… Alors qu'il avait fait tant de progrès avec son poney, en plus. C'est tellement dommage, tellement dommage. »

Elle se tait. Je ne peux rien dire. Mais je suppose que j'ai dû parler. J'entends chuchoter « Teddy », et le son flotte encore dans l'air.

« Je…, je ne peux pas vous dire à quel point nous sommes désolés. C'est tout. » La voix à l'autre bout du fil sanglote maintenant sans retenue. « Je voulais juste que la famille le sache », dit-elle. Puis : « Au revoir. »

Elle raccroche, mais je garde le téléphone muet collé à l'oreille, je le serre de toutes mes forces.

Le temps passe doucement dans l'obscurité et le silence. À un moment, je pose le téléphone, très doucement, je le raccroche à son support. Le combiné est mouillé. Je l'essuie d'un revers de manche. Je me relève, je ne me rappelle pas quand je me suis accroupie, mais j'ai presque aussi mal aux jambes qu'à la main qui agrippait le téléphone. Sans bruit, je me déplace dans leur maison, aussi silencieuse qu'une volute de fumée, je n'ai besoin d'aucune lumière pour éviter leurs obstacles. Je pousse la porte de la cuisine. Mes mains alertes trouvent le bouton pour verrouiller la porte qui se referme derrière moi. Je laisse retomber la contre-porte, et je m'assois sur la dernière marche en ciment.

La nuit est magnifique. Les étoiles sont sorties, si brillantes que même le lampadaire extérieur ne peut noyer leur éclat. La terre nocturne sent le bétail et les moissons, avec juste un soupçon de gasoil qui monte du magasin. Ce n'est peut-être que mon imagination, mais j'ai l'impression de sentir une odeur de foin coupé. C'est une odeur qui m'est peu familière, car en Alaska, j'habitais près de la forêt, loin des champs. Mais je crois que c'est ce que je sens. Peut-être que je l'imagine.

Je réentends mille fois l'appel téléphonique. Je serre mes bras contre moi, agrippe ma chemise, je sens mes côtes sous le tissu. Et alors ? Que sais-tu réellement ? Qu'il s'agit de Teddy. Teddy est… blessé, peut-être, c'est possible. Oh, vraiment ? Crois-tu que les voisins appellent comme ça si un enfant est blessé ? Seulement si l'enfant est gravement blessé. Très gravement. Ou mort.

Mort ?

Ne jouons pas à ce petit jeu, Evelyn. C'est exactement à quoi ça ressemblait. À un appel de condoléances.

Mais attends ? Où ? Comment ? Où seraient-ils donc tous, si ça s'est passé il y a plusieurs heures, depuis assez longtemps pour que la nouvelle se répande, ils devraient être rentrés maintenant, non ? Non ?

Ou à l'hôpital. À la morgue. Au funérarium.

NON !

Une partie de moi veut se lever et courir, courir si vite et si loin que mon corps prendrait toute la place de mon esprit. Cette partie de moi crie et court en tous sens dans ma tête comme une souris de dessin animé. L'autre partie reste assise là sur les marches de ciment froid et pense à des choses stupides, que par exemple c'est une bonne manière d'attraper des hémorroïdes, que la piqûre de moustique sur ma cheville me démange, je me demande quelle heure il est, peut-être qu'ils sont tous partis manger une glace en ville et ils ont eu une crevaison, peut-être que l'appel téléphonique était un faux numéro. Je force l'apparition de Teddy qui, une tache de glace au chocolat sur le menton, saute de la voiture en criant : « Maman, où étais-tu ? »

Je dois avoir des pouvoirs magiques plus forts que je ne le croyais, car en réponse à ma prière, des phares éclairent soudain l'allée, une, deux, trois paires, les voilà tous à la queue leu leu, comme une procession funéraire, non, comme un défilé. Je me lève, époussette mes fesses gelées, et m'approche pour les accueillir, je me dépêche, en fait, d'arriver à la petite maison, je ne veux pas avoir l'air d'être le chien qui attend qu'on le laisse entrer. Ils passent devant moi sans s'arrêter et vont rejoindre leurs places de parking habituelles. Les moteurs se taisent, les phares s'éteignent. L'espace d'un bref instant, le silence dure, puis Ellie et Bix sortent du break, Tom et Steffie sautent de la camionnette. Toujours aucun signe de Teddy, mais ils convergent tous vers la berline. Il y est probablement, il a fait le voyage avec Grand-père et Grand-mère. Je fais trois pas hésitants, puis je me retrouve en train de courir vers eux tandis que le père de Tom sort de la voiture en disant : « Bix, tiens la portière. Tom, aide-moi avec ta mère. »

Ils n'écoutent pas ce qu'il dit, chacun gênant les gestes de l'autre, tandis que je reste à distance et demande timidement : « Que s'est-il passé ? » et « Où est Teddy ? »

Ce n'est pas tant qu'ils m'ignorent, mais je ne comprends rien aux ordres qu'ils se marmonnent l'un à l'autre, le père de Tom prononce des mots de réconfort, Tom se penche dans la voiture et en sort sa mère dans ses bras. Elle semble toute petite, très différente de la femme énergique qu'elle a toujours été, et sa tête ballotte contre son épaule. Je demande encore : « Où est Teddy ? » au moment où le père de Tom ordonne : « Allumez la lampe de la véranda, bon sang ! » Personne ne m'entend ni ne me répond.

Je crie : « Où est Teddy ? » et j'entends l'hystérie percer dans ma voix. « Teddy ! » dit mère Maurie, levant à peine la tête, et sa voix se perd dans un gémissement. « Taisez-vous ! » rugit le père de Tom, puis il ajoute plus doucement, mais ce n'est pas moi qu'il veut ménager : « Vous allez encore la bouleverser. Le médecin a dit qu'elle avait besoin de calme. »

La procession passe devant moi, Tom passe déjà la porte avec sa mère dans les bras, j'entends Ellie, à l'intérieur, qui appuie sur les interrupteurs et parle à voix basse avec Bix. Je saisis Steffie par le coude, je la force à se retourner alors qu'elle entre à la suite de son père. « Où est Teddy», dis-je, et ma voix est sourde, ce n'est plus une question, mais une menace.

Elle me regarde, son visage de star de cinéma s'est aplati, son regard est terne. « Il est mort», dit-elle, sans expression. Puis, comme si on avait appuyé sur un bouton, elle est secouée d'un profond hoquet et les larmes ruissellent sur son visage. « Oh, mon Dieu ! Lynn, il est mort. Je suis désolée, tellement désolée, oh, mon Dieu ! »

Je la dévisage, sans réactions, quand son père descend l'escalier pour me la reprendre. « Voyons, voyons, bébé, ça va aller », dit-il d'une voix réconfortante. Puis il me lance : « Bon sang, vous ne voyez pas qu'elle n'en peut plus ? Vous croyez peut-être que j'ai envie d'être obligé de l'emmener à l'hôpital pour qu'on lui donne des calmants, elle aussi ? »

Ils me laissent, et la contre-porte se referme. J'ai à peine le temps de demander : « Que s'est-il passé ?

– Pas maintenant ! grogne-t-il méchamment en se retournant vers moi. Vous ne voyez pas qu'elle n'est pas capable d'en parler ? »

J'essaie de les suivre, au moins pour retrouver Tom, mais son père se tourne à nouveau vers moi : « Pas maintenant, bon Dieu ! Tom va sortir dans une minute. Vous avez attendu jusque là, vous pouvez bien attendre un peu plus longtemps ! On peut dire que vous vous en foutiez bien au moment où c'est arrivé !

– Oh, papa, gémit Steffie. » Et je ne peux pas dire si elle tente de lui reprocher ses paroles injustes ou si elle se plaint de l'injustice du monde en général. Peu importe, je dégringole les marches comme si on m'avait poussée, et il claque la porte derrière eux. Le choc me fait mal physiquement. Mon exclusion est totale. Un coup de poing dans la figure n'aurait pu m'arrêter plus efficacement. Je me retrouve seule dans le noir.

Ne me laisse-t-on pas toujours seule dans le noir ?

Je me détourne de la maison, maintenant éclairée et pleine d'ombres vivantes, et je m'en vais à pas lents vers la petite maison. J'entre, sans prendre la peine d'allumer. Je me dirige sans hésiter dans l'obscurité trop familière et m'accroupis près du canapé de rotin. Non, il n'est pas là. Pas là du tout, à peine une trace. Un livre ou deux, une couverture encore imprégnée de l'odeur de ses petits pieds. C'est tout. Ç'aurait peut-être été moins horrible si nous étions chez nous, me dis-je. J'aurais pu m'agenouiller près de son petit lit, toucher son oreiller, ses animaux en peluche, le métal froid de ses camions Tonka. Ici, il n'y a rien, hormis son absence. Rien à quoi je puisse m'accrocher.

Je trouve *Le Pays des bêtes sauvages*, serre contre ma poitrine le livre abîmé d'avoir été lu et relu, je sens les coins de la couverture me rentrer dans la chair. C'est tout ce qui reste. Et j'attends. Tom va bientôt rentrer. Il va tout m'expliquer, me dire comment mon Teddy a pu mourir, où il est maintenant, ce qui s'est passé. Tout. Il faut juste que j'attende. Le besoin de savoir comment ça s'est passé monte en moi, m'envahit jusqu'à me donner envie de hurler, puis reflue soudain en un refus de savoir, une angoisse terrifiée des détails et des images. Tout ce qu'il va me dire, je le garderai en moi jusqu'à la fin de ma vie. Ce sont peut-être les derniers instants où j'ai des images de Teddy vivant, en train de courir, de rire quand je le chatouille, de faire du poney.

Le temps passe très lentement. Très, très lentement, me semble-t-il. Tom doit avoir porté sa mère dans sa chambre à l'étage, doit l'avoir déposée sur son lit. Ellie le fera vite sortir pour aider sa mère à se déshabiller. Tom restera peut-être quelques instants pour parler à son père. Je le sais, et ensuite il va vite venir me rejoindre. C'est seulement l'attente qui me donne l'impression que c'est long, pas le temps réellement passé. Il va venir très vite. Il va me dire des choses qui vont enfin me permettre de pleurer, au lieu de rester là sans rien comprendre, stupide et désorientée. Il va venir me faire partager son chagrin car, après tout, c'est notre enfant qui est mort, l'enfant que nous avons eu ensemble, donc nous devons être ensemble dans notre souffrance. J'attends.

J'attends pendant ce qui me semble être des heures. J'ai les jambes endolories, je me sens glacée et le poids à l'intérieur de moi s'alourdit de minute en minute. Lentement, je commence à croire que tout ça est vrai. Il est possible que Tommy soit vraiment mort, ce n'est peut-être pas une erreur bizarre, une méprise spécifique aux Potter.

À trois heures du matin, je prends conscience que Teddy est mort. Trois heures. Oui, il a fallu tout ce temps. Et les lumières de la cuisine et de la salle de séjour brillent toujours dans la grande maison. Là-bas, ils parlent et pleurent encore ensemble.

Je vais à la porte. Je l'ouvre. Je sors sur le perron, je descends les marches.

Je ne peux pas aller plus loin. C'est tout ce que je peux faire pour me rapprocher de Tom. Je ne sais pas pourquoi, mais c'est ainsi. Je m'assois sur les marches et attends. Je ne pleure toujours pas. Je n'ai jamais été très forte pour pleurer dans les situations graves. Pleurer pour un doigt écorché, l'insulte d'un garçon que je ne connaissais même pas, d'accord. Mais pas quand mon chien a été écrasé par un camion, ni pour la mort de mes parents. Ni pour mon petit garçon.

J'essaie de me représenter Teddy mort, mais je n'arrive pas à un semblant de réalité. Peut-être que ça ne me semblera pas réel tant que Tom ne viendra pas me le dire.

Très longtemps après, la porte de la grande maison s'ouvre. Tom en sort. C'est forcément Tom, parce que ce n'est ni Bix ni son père. Mais il ne marche pas comme Tom, il traîne les pieds, la tête basse. Il traverse lentement la cour, s'arrête près des marches en me voyant.

« Oh, ma chérie, qu'est-ce que tu fais là toute seule ? » me demande-t-il doucement en m'aidant à me relever.

Je demande, ne sachant soudain plus où j'en suis : « Où est-ce que je pourrais être ?

– Je croyais que tu serais peut-être allée te coucher, que tu serais aussi fatiguée que nous autres », dit-il dans mes cheveux.

Il ouvre la porte, allume la lampe. Il a vieilli de dix ans. Il a le visage ridé, les yeux injectés de sang, ses cheveux clairs ont l'air plus gris que blonds dans la lumière artificielle. En me tenant toujours dans ses bras, il se dirige vers la chambre.

« Que s'est-il passé ? » Je suis obligée de poser la question. Ma voix a l'air étonnamment calme.

« Oh, bébé... », dit-il. Un sanglot l'interrompt. « Il ... a glissé, je crois. Avec tout le bruit et les machines. Il est tombé, je pense. »

Je peux à peine déchiffrer ses paroles. Il les éructe entre deux sanglots réprimés. Il ne me regarde pas. Il prend plusieurs respirations profondes.

« Et maman... On a été obligés de l'emmener à l'hôpital, quand elle l'a appris. Le médecin a dit qu'il était possible que ce soit simplement le choc, ou peut-être son cœur. Il faut qu'on fasse très attention à elle pendant les deux jours qui viennent... »

Nous sommes dans la chambre. Il allume. Commence à quitter ses vêtements, les laisse tomber sur le sol. Ouvre le lit à tâtons, se couche.

Je demande à nouveau : « Qu'est-il arrivé à Teddy ?

– Oh, Lynn ! » C'est un cri de douleur, une prière. « Je ... j'aurais dû être plus prudent. Je n'aurais pas dû le laisser venir. J'aurais dû le laisser avec toi. C'est ma faute. C'est ce que tu veux m'entendre dire ? »

Il se met à trembler, secoué d'énormes frissons. Je ne veux pas l'entendre dire ça. Je ne crois pas que ce soit vrai. Mais je suis sûre que son père le lui a déjà fait dire une douzaine de fois, et je suis tout aussi sûre que c'est exactement ce que son père voulait lui entendre dire. J'ai l'impression d'être une misérable sans cœur, mais je dois encore l'interroger, je dois encore dire : « J'ai besoin de savoir exactement ce qui s'est passé.

– Je ne peux PAAAS ! » Il est hystérique. Ce mot qu'on utilise dans les romans à l'eau de rose. Hors de lui. Notre fils est mort et mon mari est tellement sonné qu'il ne peut pas prononcer trois mots cohérents. Il a les yeux de Teddy, écarquillés, affolés, il ne peut pas reprendre son souffle, ne peut plus respirer, ni prononcer les mots, seulement des sons qui ressemblent à des débuts de mots. Je quitte mes sandales d'un coup de talon, m'insinue dans le lit à ses côtés, le prends dans mes bras et commence à le bercer doucement. Je le berce. Il tremble et pleure et je sais que jusqu'à ce moment il n'a pas pu trembler ni pleurer. Ils lui en ont enlevé la possibilité pour l'offrir à Steffie et à mère Maurie. Elles ont eu le droit de pleurer leur petit-fils, leur neveu, mais Tom a été obligé de rester fort, responsable et viril. Et maintenant, lui qui était présent, qui a vu l'accident, peut donc enfin laisser libre cours à sa douleur. Je pleure avec lui en le berçant contre moi, mais ce n'est pas pour Teddy. C'est pour lui que je pleure, et c'est pour moi, enfin. Je sanglote parce que je ne peux même pas pleurer la mort de mon fils, ils ne me laisseront même pas ça.

Il se recroqueville en position fœtale, mais je continue à le serrer contre moi, mon ventre chaud contre son dos froid, j'essaie de le protéger, de le tenir. Peu avant l'aube, il se calme. Je crois qu'il s'est endormi, mais il chuchote : « Je te le dirai demain. D'accord ? Demain…

– D'accord », lui dis-je doucement sans cesser de le tenir. Je le sens soudain se ramollir dans mes bras. Il s'est endormi.

dix-sept

Je n'ai jamais su comment Teddy était mort.

Ils croient qu'ils me l'ont dit. À chaque fois que j'essaie de poser des questions, ils se mettent en colère. C'est tellement simple pour eux. Il est tombé et a été tué. Écrasé par une machine ? Sa tête a-t-elle heurté un obstacle ? Je ne sais pas. Seulement qu'il a glissé. C'est tout ce que j'ai réussi à comprendre dans les mots hachés de Tom, et sans doute devrais-je m'en contenter. Mais quelque chose en moi réclame de connaître tous les détails les plus douloureux. Où était-il ? Sur le tracteur avec Bix, ou sur le camion avec les bottes de foin ? Est-ce qu'il y a eu un cahot et qu'il a glissé, est-ce qu'une botte de foin l'a heurté et fait tomber ? Est-ce qu'il faisait des imprudences, sautait dans la remorque, excité par le bruit, le mouvement, la poussière ? Ou au contraire est-ce qu'il somnolait, à cause de la chaleur, est-ce que le ronronnement des machines le berçait dans le fond sonore assourdissant, a-t-il glissé sans s'en rendre compte sous les énormes roues ? Est-ce qu'il a crié, et que son cri n'a pas été entendu, noyé dans le fracas des machines, ou au contraire est-ce qu'il a suffi à alerter les adultes, qui ont immédiatement regardé dans sa direction en disant : « Où est Teddy ? »

Je me rejoue la scène dans un million de versions différentes. Parfois, il tombe du tracteur, juste sous les énormes roues qui l'écrasent silencieusement, sans que personne ne le remarque.

Celle-là, c'est la pire. Quand les machines qui font un bruit infernal lui passent sur le corps et continuent leur chemin, tandis qu'il reste sur le champ brûlant sous l'immense ciel bleu et le soleil blanc, et que son dernier souffle de vie s'échappe dans l'indifférence générale.

Je le vois écrabouillé et oublié dans les éteules, une scène au pastel comme dans *Le Monde de Christina*, le tableau d'Andrew Wyeth, une petite tache de couleur dans un immense champ où des machines bruyantes s'activent dans le lointain. Ces images me donnent envie de hurler. Je ne veux pas qu'il soit mort comme je vis, sans une miette d'attention, sans importance aux yeux du monde actif et bruyant qui nous entoure.

D'autres scènes m'obsèdent aussi, leurs images se répètent dans mon esprit, en contrepoint les unes des autres. Est-ce quand le faune et moi faisions l'amour dans l'herbe qu'il est mort, le sang coulant au coin de sa bouche ? Quand nous nous éclaboussions, en riant et criant de plaisir, m'a-t-il appelée, ou était-il déjà mort et silencieux dans le soleil brûlant de l'immense champ aride ? Ou la vie lui a-t-elle été arrachée quand nous nous chevauchions, Pan et moi, dans l'eau de l'étang aux castors, comme des animaux en rut ? Pourquoi n'ai-je rien senti, rien remarqué quand la clé de voûte de ma vie a lâché ? Comment a-t-il pu mourir sans que je le sache, tandis que je continuais à baiser joyeusement sous l'éclatant soleil de la forêt ? Personne à qui je puisse poser ces questions. Personne même qui semble percevoir mon angoisse. Ils sont tous trop occupés, et je suis incluse de force dans leur activité frénétique.

La mort de Teddy n'est plus seulement un événement, c'est devenu un projet familial. On n'a pas le temps pour le chagrin ou la méditation silencieuse. Il y a trop à faire. Ils cachent sa mort sous tout ce qui s'ensuit, les courses à faire, les projets, les protocoles. Les quelques jours suivants sont noyés sous un déluge d'activités, comme si nous organisions une fête ou un bal masqué. Personne n'a le temps de parler de ce qui s'est passé. On parle de tout ce qui tourne autour, on s'occupe de mille détails qui en découlent, mais de ce jour-là, personne ne dit rien. Jamais.

Tom, Steffie et moi allons au funérarium pour voir les cercueils. Tom a l'air d'un paysan hagard avec ses cheveux en broussaille, sa chemise à carreaux et son jean fripé. Steffie ressemble à une poupée de porcelaine, pâle, mais parfaite dans son chagrin. Dans sa discrète robe bleu marine à col blanc, elle me fait penser à une pleureuse quaker. Je ne sais pas à quoi je ressemble, moi. Je ne crois pas que les autres me voient. Le vendeur ne s'adresse pas à moi, en tout cas. Il confère à voix basse avec Tom, et regarde les jambes de Steffie. J'erre à pas lents dans la salle d'exposition, je tâte les doublures de satin, les poignées de laiton, j'étudie des vues en coupe de cercueils construits en matériaux artisanaux magnifiques. Rien ne me touche. Je ne comprends pas ce que suis censée regarder. Quelle importance ces détails peuvent-il avoir ? Je me replie dans mon silence, ma solitude peuplée de questions.

Steffie craque, juste après avoir choisi un cercueil blanc avec une doublure de satin bleu, plus l'option de luxe. Elle s'accroche en sanglotant à l'épaule de Tom. Son fond de teint dégouline en traces roses sur sa chemise. Le vendeur passe à côté de moi, se tenant à distance discrète de cette femme en pleurs et me chuchote : « La pauvre dame. C'est vraiment dur pour elle, hein ? » Je ne réponds pas, et il ne le remarque même pas.

Et nous nous lançons dans une gigantesque frénésie d'achat. Chez le fleuriste, des fleurs pour l'enterrement. Un carré de terre pour creuser la tombe. Une pierre tombale, pour que personne n'oublie. Une robe pour Steffie. Une robe pour mère Maurie, qui est encore trop faible pour faire elle-même ses achats, mais qui a donné à Steffie un note sur papier blanc indiquant ses taille et préférences. « PAS DE POLYESTER », a-t-elle noté de son écriture nette en capitales d'imprimerie. Chapeau pour Steffie et mère Maurie, noirs, naturellement. Celui de Steffie a une petite voilette. Souliers noirs stricts. Bas noirs. Livre d'invités. Des invités ? Je me demande avec lassitude de quels invités il s'agit. Costume pour Tom, pour l'enterrement. Cravate convenable. Tout ça prend presque une heure. Elle choisit des vêtements neufs pour habiller le corps de notre fils. Nous suivons dans son sillage d'efficacité endeuillée. Parfois, quand personne ne regarde, je prends la main de Tom et la serre entre les miennes. Elle est toujours froide, si froide qu'il ne semble même pas sentir que je la tiens. Et dans tous les magasins, je dois la lâcher très vite, car dans tous les magasins sans exception Steffie craque peu de temps après avoir fini ses achats. Elle se détourne toujours du comptoir ou de la vendeuse et émets quelques reniflements avant-coureurs qui avertissent Tom que c'est le moment de s'avancer, de mettre son bras autour des épaules de sa sœur et de la réconforter. À chaque fois, elle se tourne vers lui, pose son front clair sur son épaule, sa main menue sur son bras, et fond en larmes. Comme les vendeurs du magasin, je la regarde, immobile. Peut-être suis-je ici pour servir de témoin, peut-être un jour serai-je appelée à certifier sous serment de la profondeur du chagrin de Steffie. Je ne sais pas.

Je ne sais plus rien.

Je ne vois pas beaucoup Tom. Et jamais seul. Quand il rentre, il dort, d'un sommeil lourd qui lui laisse les paupières collées et le blanc des yeux réticulé de rouge. Dans la journée, il fait les courses, parle au téléphone, écoute Steffie, Ellie et son père. Dans la grande maison. Il passe la soirée au chevet de sa mère, ou dans la cuisine de la grande maison, à régler des détails, rédiger des chèques, additionner les dépenses, tout ça avec Steffie à son côté. Ils me donnent l'impression d'être devenus des miniatures de leurs parents. Teddy aurait dû être leur fils, l'enfant Potter idéal, né d'un Potter, et d'une Potter, sans une goutte de mon sang sauvage pour l'abîmer. Comme ils se rapprochent l'un de l'autre, avec quelle efficacité ils m'excluent de leur cercle sans même s'en rendre compte !

Je passe mes soirées seule, dans le noir, un livre à la main, assise sur le canapé de rotin. J'essaie de pleurer, de faire mon deuil, mais je ne peux pas. C'est comme si ce n'était pas mon tour. Alors j'attends. J'attends que ça s'arrête, que la vie reprenne, que tout redevienne comme avant. C'est presque drôle, je croyais que je détestais ma vie d'avant, et maintenant je la regrette. Je ne pense qu'à une chose, la retrouver. On dirait que je ne peux pas avoir de chagrin, en tous cas pas comme je suis censée l'exprimer, et je sais que cela rend le père de Tom furieux. Je ne peux pas fondre continuellement en larmes, comme le fait Steffie, ni faire mon ménage en murmurant : « Teddy, oh mon petit Teddy, » comme Ellie. Moi, je fais des choses idiotes. Je donne à manger au poney, je le soigne. Houdini devient maussade et imprévisible quand on ne s'occupe pas de lui, et je ressens vis-à-vis de Teddy l'obligation d'assurer le confort du poney. Je lave, reprise et plie tous les vêtements de Teddy. Ce qui était naguère un travail sans cesse recommencé est devenu une finalité. Tous ses jouets sont rangés dans un carton sous le canapé de rotin. Ils y restent, miraculeusement, comme jamais auparavant. Il n'y a plus de camion Tonka qui traîne dans l'entrée la nuit, plus de cow-boy en plastique dans le fond de la baignoire. Je range ses livres en pile en me demandant ce que je vais en faire. Est-ce que je range Teddy de ma vie, est-ce que je referme les espaces vides en enlevant tout ce qu'ils contenaient ? Ses affaires me font penser aux zéros dans les problèmes de maths. En eux-mêmes, ils ne sont rien, mais ils représentent la valeur que Teddy avait dans notre vie. Ils gardent la blessure ouverte pour que je puisse la sonder, et tous les jours je touche aux objets qu'il possédait pour garder ma peine brûlante et réelle.

Il me vient à l'idée que le faune se demande probablement ce qu'il est advenu de Teddy. Je le vois en train de l'attendre près du ruisseau, mais je repousse cette image. Non. Je ne veux pas l'imaginer inquiet et soucieux. Je veux le voir sournois et charnel. Je veux me dire que d'une certaine façon il m'a entraînée à faire ce que j'ai fait ce jour-là, que d'une certaine façon il y a eu coercition, traîtrise, et même violence de sa part. Mais même mon imagination fertile ne peut rendre ceci plausible. Ce que j'ai fait ce jour-là, c'est bien moi qui l'ai fait. Et je l'ai fait tandis que mon enfant mourait, et c'est à cause de ça que c'est mal, que c'est honteux et dégoûtant. Mais je ne parviens pas à établir un lien de cause à conséquence entre les deux choses. Je ne peux même imaginer que c'est une punition de Dieu pour avoir copulé avec un animal. Ce n'est pas de la culpabilité que je ressens. Seulement du dégoût de moi-même parce que, tandis que mon enfant connaissait l'agonie de la mort, j'étais joyeusement en train de forniquer avec insouciance.

Je voudrais pouvoir rester sans bouger dans un endroit tranquille, et réfléchir. Très souvent, je regrette que Tom ne soit pas là pour me serrer contre lui, que nous ne puissions pas rester tranquillement ensemble, l'un près de l'autre, pour penser à notre fils et à tout ce qu'il était. Mais Tom est constamment occupé, sa mère a besoin de lui, le directeur des pompes funèbres a appelé, le bedeau de la paroisse a appelé, est-ce que quelqu'un a pensé à téléphoner au cousin Ed pour lui annoncer la triste nouvelle ? Tom est obligé de parer à tout, ce qui ne peut se faire que de la grande maison, et moi, je ne peux plus y aller.

Personne ne me l'a interdit, bien entendu. Personne ne m'a dit que je n'étais pas autorisée à y aller. C'est simplement quelque chose que je ne peux pas faire, je ne peux forcer mes jambes à traverser la cour, ni ma main à tourner la poignée de la porte. Je sais que c'est un mauvais point pour moi, car je ne suis pas allée m'asseoir au chevet de mère Maurie pour lui exprimer mes condoléances pour la perte de son petit-fils. Parfois, je me dis que personne, à part moi, ne remarque que Tom et moi avons perdu notre fils. Comme si le deuil était une sorte d'honneur dont nous ne sommes pas dignes, si bien que ses parents sont obligés de l'assumer à notre place. Aucune voiture ne s'arrête devant la petite maison pour demander de mes nouvelles, apporter des plats préparés ou prodiguer des mots de réconfort. Elles vont toutes à la grande maison, toute la journée, va et vient de breaks poussiéreux, de camionnettes, de voisines chargées de ragoûts et de salades de Jell-O, telles des émissaires venus apporter leur tribut. J'observe leurs allées et venues, assise sur les marches de la petite maison comme une enfant mentalement déficiente, silencieuse, le regard vide, à laquelle personne ne porte attention. Quand ils passent à côté de moi dans un nuage de poussière et d'air chaud, ils ne me regardent même pas. On dirait qu'ils savent ce que je faisais ce jour-là, mais évidemment c'est impossible. Je me sens obscurément coupable, à la façon dont ils m'ignorent, comme si la perte de mon fils était un crime que j'ai commis, et que mon exclusion était la punition qu'ils m'infligent.

Le grand jour arrive finalement. Nous nous levons tôt, nous habillons de vêtements sombres, Tom dans son costume neuf, moi avec la jupe noire et la veste que je portais dans l'avion pour venir. Nous parlons très peu, Tom me dit seulement quelle heure il est et combien de minutes restent avant notre départ. Ces derniers jours, Tom est devenu très conscient du temps depuis qu'il a entamé le compte à rebours jusqu'à ce jour. Tom a lavé toutes les voitures la veille, et elles portent toutes des petits fanions noirs accrochés à l'antenne, pour que tout le monde sache qu'il s'agit d'un enterrement. Steffie a rapporté hier les petits fanions noirs du salon funéraire. Elle a fait le voyage exprès pour aller les chercher. Elle ne néglige aucun détail pour que tout se passe à la perfection.

Tom va chez sa mère pour s'assurer que tout le monde est prêt, et pour aider mère Maurie à franchir les quelques mètres entre l'escalier et la voiture dans le fauteuil roulant pliable qu'ils ont loué pour l'occasion. Je ne crois pas qu'elle en ait vraiment besoin. Je pense que c'est une sorte d'accessoire pour son rôle de grand-mère affligée. Je reste dans la petite maison, je le regarde la charger dans la voiture, se battre pour replier le fauteuil avant de le mettre dans le coffre. Tous les autres sont prêts. Le père de Tom a l'air d'aller à un mariage. Sa chemise blanche est trop serrée et son cou en déborde en plis plus rouges que les fanons d'un dindon. Ellie porte une robe noire digne d'un épouvantail, qui bride ses épaules larges et pendouille sur ses mollets. Steffie devrait toujours porter du noir, elle est extrêmement élégante. Sa petite robe est parfaite pour n'importe quelle circonstance, mais particulièrement pour un enterrement. Elle serre d'une main un petit mouchoir de dentelle noire.

Tom conduit la berline de ses parents. Son père et lui sont sur le siège avant. Je suis censée prendre place sur le siège arrière avec mère Maurie. J'attends un bon moment, en souhaitant qu'ils partent sans moi. Puis je me résigne à poser *Le Pays des bêtes sauvages* et je sors pour les rejoindre. Je voulais l'emporter, le mettre dans le cercueil entre ses petites mains. Mais je ne trouve même pas le courage de le faire.

Je suis sur le siège arrière avec mère Maurie. Quand je monte, elle regarde fixement par la vitre. Je comprends ce qui me reste à faire et m'assois le plus prêt possible de ma portière en regardant fixement dehors, de mon côté. Devant, Tom et son père parlent à voix basse, leurs voix graves bourdonnent comme des insectes d'été. Ils parlent des gens qui sont venus, et de ceux qui ne sont pas venus. Le père de Tom fait allusion au courage dont a fait preuve Steffie, et Tom acquiesce. Ils ne prononcent pas une seule fois le nom de Teddy, ni les mots « mort » ou « enterrement ».

Nous allons à l'église baptiste. Nous ne sommes baptistes ni les uns ni les autres, mais c'est une très belle église, Steffie est allée au lycée avec la fille du pasteur, si bien que toutes les dispositions ont pu être prises. J'ai entendu Steffie dire à Tom qu'elle trouve que c'est mieux que le salon funéraire, où ils font plusieurs enterrements par jour, alors qu'ici celui de Teddy sera le seul de la journée. C'est plus familial et intime, en quelque sorte. Steffie estime que c'est ainsi que doivent être les enterrements. Familiaux et intimes.

Mais le parking de l'église est plein de voitures, l'église bondée. Les Potter sont une vieille famille de cette vallée, et tout le monde a tenu à venir en leur honneur. Ils nous ont laissé des places pour nous garer juste devant l'église. Le corps a déjà été amené et exposé, comme prévu. Les fleurs correspondent exactement à ce qui a été commandé, mais Steffie se doit d'aller déplacer l'un des vases d'environ trente centimètres sur la gauche. Les bancs du premier rang ont été délimités par des banderoles de crépon noir. Après la cérémonie et l'enterrement, il y aura un dîner à la fortune du pot dans le hall de l'église. Les effluves des haricots à la sauce tomate et de la salade de macaroni nous parviennent, se mêlant à l'odeur de gymnase du hall et aux parfums artificiels des femmes, recouvrant celui des fleurs. Ça me rappelle les kermesses paroissiales de mon enfance, et la foire de printemps de St Judith. Je me demande s'il y aura un stand de jeu de massacre et de pêche à la ligne pour occuper les enfants pendant que les parents seront occupés à manger et à présenter leurs condoléances.

J'erre quelques instants en regardant autour de moi et je me rends compte soudain que tout le monde me regarde. Même mère Maurie est à sa place, on l'a conduite dans sa chaise roulante comme une impératrice douairière, et on l'a aidée avec ménagements à prendre place dans la stalle. Ils sont tous installés, sauf moi, et Tom me jette un regard où passe quelque chose comme de l'agacement. Je m'y prends mal, je suppose, mais c'est la première fois que je vais à un enterrement. Quelqu'un aurait dû me passer des notes de mise en scène.

Je prends place dans la stalle, m'agenouille, fais le signe de croix. Tout faux ! La famille de Tom est assise. Ils sont là pour un enterrement, pas pour prier, et je retarde la procédure. Je m'assois avec précaution. Personne ne m'a communiqué le programme. Il faut que je devine les répliques. Quelqu'un commence à jouer de l'orgue, ce n'est pas une hymne que je connais, j'ai l'impression que c'est seulement une série d'accords solennels répétitifs. Les gens se lèvent et se mettent en rang pour aller regarder l'enfant mort dans le cercueil. J'observe les gens qui regardent Teddy. Certains jettent un simple coup d'œil, l'air de se dire « Tiens, oui, en effet, il y a bien là un enfant mort », avant de passer leur chemin. D'autres le dévisagent avec curiosité, le dévorent des yeux jusqu'à ce qu'ils soient obligés d'avancer quand les suivants les poussent. Un spectacle de foire, voilà ce que ça me rappelle.

Bientôt, tout le monde a vu ce qu'ils étaient venus voir, exception faite de la famille. Nous nous levons donc à la queue leu leu, mère Maurie sans son fauteuil roulant cette fois, mais lourdement appuyée sur le bras de son mari et d'Ellie. Je les suis, essayant toujours de deviner la procédure et le protocole. Au fond de moi, je me dis que tout ça a été orchestré par Steffie, de toute façon, et que toute l'expérience en matière de funérailles que j'aurais pu avoir antérieurement ne m'aurait servi à rien. J'ai l'impression d'être une actrice qui n'a pas eu le temps de lire le script et, quand nous approchons du cercueil, j'ai la certitude que je vais faire rater la scène.

Chacun a un rôle bien au point. Je me demande s'ils l'ont préparé, discuté, répété peut-être dans la salle de séjour de la grande maison. Ont-ils utilisé la petite table comme accessoire pour remplacer le cercueil ? Plus nous avançons et moins tout ça semble réel. C'est Bix qui passe le premier. Il jette un regard à son neveu, et dit d'une voix distincte : « Bon Dieu ! Si c'est pas triste ! » avant de poursuivre son chemin. Steffie s'arrête, se penche vers le cercueil pour replacer une mèche de cheveux en murmurant des paroles apaisantes comme à un enfant endormi. Elle reste là, immobile, à peine quelques instants de trop. Puis elle se met à trembler, et Bix est obligé de lui prendre le bras et de l'entraîner. Ellie, mère Maurie et le père de Tom le contemplent en groupe. Ellie agrippe le bord du cercueil, tandis que mère Maurie éclate en sanglots étouffés et s'appuie sur l'épaule de son mari. Le père de Tom a l'air vieux, et las, et amer, mais encore énergique, c'est le pionnier, le père qui guide sa famille au travers des difficultés de la vie. Il s'éloigne le premier, entraînant sa femme en sanglots. Ellie s'attarde derrière eux, s'essuie les yeux à l'aide d'un immense mouchoir blanc.

Puis c'est Tom qui regarde le cercueil. Ou ne le regarde pas. Je suis juste à côté de lui et je sais qu'il ne regarde pas le corps, qu'il fixe un point précis sur la doublure de satin bleu. Je fais un pas en avant et me force à regarder. Une vague soudaine de soulagement me submerge. Ce n'est pas Teddy ! J'agrippe la main de Tom, la serre pour le forcer à regarder cet enfant. Ce n'est pas Teddy, il y a eu une abominable erreur, mais tout est fini maintenant. C'est l'enfant de quelqu'un d'autre qui est mort, pas le nôtre. Cet enfant est plus petit, plus pâle, les os saillent de son visage, ses cheveux blonds sont coquettement lissés sur le côté, ses jambes paraissent maigres dans le pantalon noir. Ce n'est pas notre petit bonhomme costaud, notre vigoureux petit garçon bruni par le vent et le soleil. Je chuchote à Tom en lui serrant à nouveau la main : « Ce n'est pas Teddy. C'est quelqu'un d'autre. »

« Evelyn ! » dit-il d'une voix méchante, pleine de reproche. Une angoisse affreuse marque son visage quand il se penche pour toucher la petite cicatrice sur la main du garçon, une cicatrice qui ressemble à la trace acérée d'une boîte de conserve, une cicatrice comme celle qu'avait Teddy quand il s'était coupé à trois ans en voulant donner tout seul à manger au chien. Je fixe désespérément cette marque, j'essaie de prétendre que ce n'est pas une preuve suffisante, mais rien à faire. Je regarde encore une fois. Ce corps rabougri est tout ce qui reste de notre fils.

C'est vrai.

Maintenant, à cette minute même, je sais pour la première fois que mon fils est mort. Avant, je faisais seulement comme eux, je faisais semblant de croire ce qu'ils me disaient, par politesse, parce qu'apparemment je n'avais pas le choix. Non, vraiment, je pensais que je l'avais cru, mais ce n'était pas vrai. Je n'avais pas vu le corps. Teddy absent n'était pas Teddy mort. Je ne pouvais le « sentir » mort, d'une certaine façon il était encore là, au coin de la maison, dans la grange, dans la grande maison. Une partie de moi n'avait rien cru de tout ça, avait pensé que c'était une sorte de torture élaborée qu'ils m'infligeaient, mais que tôt ou tard ils seraient obligés de me le rendre. Je n'avais jamais cru qu'il pouvait être mort. Mais maintenant si. Je m'entends émettre un son étrange, pas un sanglot, ni un rire, ni un hoquet, juste un drôle de bruit animal. Et Tom referme le cercueil, me repousse pour que mes doigts ne se retrouvent pas pincés par le couvercle, et son père s'approche derrière moi en disant : « Je vous en prie, Evelyn ! » comme s'il était totalement dégoûté de moi, cette fois. Il me saisit par les épaules, je ne sais pas ce qu'il a l'intention de faire, mais Tom s'interpose et dit : « Je m'en occupe, papa, laisse-moi faire. » Et Tom me prend fermement par le bras et m'entraîne dans la nef fraîche et faiblement éclairée, tout le monde nous regarde d'un air ébahi, c'est comme une procession de mariage à l'envers, et nous nous retrouvons dehors dans la chaleur poussiéreuse.

C'est encore pire. Nous sommes en été, c'est une belle journée chaude, personne ne peut être mort aujourd'hui, la mort, ça se passe la nuit quand il fait froid, ou à la télé, juste avant les spots publicitaires, mais ça n'arrive jamais aux personnages principaux, jamais à ceux qui sont importants. Comment cela a-t-il pu arriver à Teddy ? Et je ne peux m'arrêter d'émettre ce son bizarre. Je n'essaie même pas. Tom me prend par les deux épaules et me secoue. « Arrête, dit-il, et sans douceur. Arrête ça tout de suite. Bon sang, j'en ai déjà assez comme ça sur le dos. Alors arrête tout de suite. Tu ne vois pas qu'il ne nous reste plus que ce dernier truc-là ? On n'a plus qu'à l'enterrer, puis ce foutu dîner, et après c'est fini, terminé. »

Ce qu'il dit me paraît absurde. Teddy va être mort pour toujours. Ce n'est pas parce qu'on va faire ces derniers gestes que ça mettra fin à sa mort. Je le dévisage, j'essaye de le voir à travers mes larmes. Son expression reflète le dégoût. Je sais que je dois avoir une tête affreuse, j'ai toujours le nez qui coule quand je pleure et mon visage se marbre de rouge. Mes yeux verts rougissent immédiatement. Je sais que je dois avoir l'air épouvantable et dégoûtant, mais Teddy est mort, c'est une chose si horrible et si grave qu'il ne devrait pas attacher d'importance à mon aspect. Rien ne devrait avoir d'importance, hormis que notre fils est parti pour toujours.

Je tâtonne pour chercher un Kleenex, n'en trouve pas, me passe la manche sur le visage. C'est apparemment la goutte d'eau qui fait déborder le vase, car Tom me relâche brusquement, se détourne. « Merde ! » dit-il, d'une voix morne, sans espoir. Je me ressaisis, ravale mes sanglots, bien qu'ils me fassent d'énormes trous dans la gorge. Tom a le regard perdu en direction du parking. Il finit par se retourner vers moi aussi brutalement qu'il s'est détourné. Il y a une nouvelle expression sur son visage, que je n'ai jamais vue. Il sourit presque, comme parfois les petits enfants quand ils s'efforcent de ne pas pleurer. « Pourquoi fais-tu tout ce cirque maintenant ? » demande-t-il, la voix soudain cruelle mais étranglée. Il a les yeux très brillants. « Pour te donner en spectacle devant tout le monde, pour leur montrer à quel point tu l'aimais ? Bon Dieu ! Tu n'étais même pas là ce jour-là ! S'il avait été à la maison avec toi, rien de tout ça ne se serait passé. Bon Dieu, si tu avais fait ne serait-ce que l'effort de venir avec moi, au moins pour le surveiller, rien de tout ça ne se serait passé. Mais non, il fallait que tu boudes, que tu t'en ailles te balader toute seule, et me laisse m'occuper de Teddy ! »

Ce n'est pas vrai, pas un seul mot de ce qu'il dit, et en le regardant avec horreur, je sais qu'il sait que c'est un mensonge. Mais une partie de lui me supplie de l'admettre, comme lui a été obligé de l'admettre avec sa famille tous les jours depuis l'accident. Je comprends comment ça a dû être. Dans la famille Potter, rien ne se passe simplement. C'est toujours la faute de quelqu'un, il faut toujours qu'il y ait un responsable à blâmer. Une crevaison, ça se produit si on conduit trop vite, ou parce qu'on a pris le chemin qu'il ne fallait pas prendre, ou parce qu'on a heurté trop violemment une bosse. Les machines à laver tombent en panne parce qu'on les charge trop, ou qu'on utilise trop de détergent, ou parce qu'on n'a pas passé l'aspirateur dessous. Teddy est mort parce que son père l'a emmené faire les foins. Ou parce que sa mère ne l'a pas gardé à la maison.

Je crois qu'il me demande quelque chose. Je ne suis pas sûre qu'il le sache lui-même, mais c'est vrai. Il ne lui reste rien. Ce qu'il y avait entre nous a disparu, a été démantelé pierre à pierre au cours des derniers mois. Son fils est mort. Il ne lui reste que sa famille. Mais uniquement s'il n'est pas coupable d'avoir tué son enfant. Je n'ose pas imaginer comment ils ont dû le harceler pendant ces derniers jours. Mais c'est évident, je le vois aux rides gravées sur son visage, à ses cheveux naguère blond doré qui ressemblent désormais à de la paille sèche, à ses yeux mornes et hagards. Le choc de ce que je découvre a fait taire ma propre douleur, comme un cri lointain dans la nuit. Je m'essuie encore une fois le visage d'un revers de manche, je le vois frémir de dégoût devant mon geste inélégant. Il m'aimait naguère. Comme il doit avoir honte à présent.

C'est comme d'achever son chien. J'ai été obligée de faire ça une seule fois dans ma vie. Vous voyez le corps brisé par le semi-remorque qui l'a heurté et écrasé et c'est comme si votre chien était pris au piège à l'intérieur de quelque chose qui n'est plus lui. Il est en train de mourir, mais pas assez vite. Si la mort avait une porte, il y gratterait en gémissant tant il a envie de la franchir. Et il n'y a que vous qui puissiez le faire sortir. Alors vous armez le quarante-cinq de votre père, ce qui fait le bruit le plus sinistre du monde. Vous le tenez à deux mains, et vos doigts sont à peine assez longs pour débrayer la sécurité. En un éclair, vous vous dites que si jamais il y a une pierre dans le sol sous le crâne de Rinky, la balle va ricocher directement sur vous. Mais en fait ça ne semble pas si grave, et vous mettez le canon dans l'intérieur rose de son oreille, et c'est absurde, la manière dont il peut encore agiter l'oreille pour essayer de le déloger, comme si c'était un insecte et non le métal froid, et comme si ça le gênait davantage d'avoir quelque chose dans l'oreille que les os qui lui sortent des flancs sous la fourrure. Et vous appuyez sur la détente. Par amour. Par compassion. Dans une explosion infernale, le pistolet vous saute dans la main tel un être vivant, et des morceaux de Rinky vous éclaboussent avec une force brûlante incroyable, comme s'ils allaient vous transpercer. Et c'est fini, il est mort, et vous ne gardez même pas le bon souvenir de ses yeux pleins de sagesse, de sa grosse tête et des ses oreilles douces comme du velours sous vos doigts, tout a disparu, a volé en éclats et en fragments de fourrure ensanglantée.

Mais c'était ce que vous deviez faire. Ce que ses cris subliminaux vous suppliaient de faire. Alors vous l'avez fait. Vous avez détruit ce qui restait de lui pour le libérer.

« J'ai un amant, dis-je. J'étais avec lui quand Teddy est mort. C'est pourquoi je l'ai envoyé faire les foins avec toi au lieu de le garder en sécurité à la maison. Pour pouvoir être avec l'homme brun. »

La journée est chaude, poussiéreuse et immobile, écrasée sous le soleil blanc dans le ciel. Il y a trop de lumière pour qu'on puisse voir clair. Je crois que c'est à cause de ça que tout d'abord je ne vois aucun changement sur son visage. Puis, c'est comme une pieuvre qui passe par toutes les couleurs, comme j'en ai vu une un jour dans un aquarium. Il y a un bourgeonnement de Tom, une multitude de Tom qui vacillent dans son expression, et ils me regardent tous tour à tour par ses yeux. Certains me croient, d'autres non, certains ont de la peine, d'autres sont en colère et, enfin, j'en perçois un qui comprend exactement ce que je suis en train de faire. Mais celui-là disparaît très vite et c'est le dernier, le Potter furieux, scandalisé, qui avance d'un pas et me gifle à la volée, ce qui me projette sur le capot de la berline. Quand je réussis à me relever, il m'a déjà tourné le dos et se dirige vers l'église pour y retrouver sa famille. La porte se referme lentement derrière lui, silencieuse sur ses charnières pneumatiques, et j'entends enfin le déclic du loquet qui s'enclenche.

Adieu, Tom.

Tous les Potter ont des clés de rechange cachées sous le capot. Il me faut une minute ou deux, parce que je n'arrive pas à comprendre comment on ouvre le capot, mais je finis par prendre la clé, je démarre et m'éloigne. Les petits fanions noirs flottent gaiement dans la brise, et le sang coule de mon nez et de ma lèvre fendue sur mon menton, jusqu'au moment où j'ouvre la fenêtre pour laisser le vent chaud le sécher sur mon visage. Mère Maurie sera bouleversée de voir du sang sur le volant et du gravier dans sa voiture. Tom sera sans doute obligé de la nettoyer. Steffie l'aidera probablement. Ce sera peut-être à ce moment-là qu'il se confiera à elle, qu'il lui dira ce que j'ai dit, ce qui explique pourquoi j'ai quitté l'enterrement. Elle le répétera à ses parents. Et ils auront tous eu raison en ce qui me concerne, et la mort de Teddy sera uniquement de ma faute. Pauvre Tom. Et la vie continuera pour eux tous.

L'aspect faussement gai de la petite maison me paraît encore plus évident pour ma dernière visite. Je me hâte, comme un cambrioleur, comme si je devais être dérangée d'une minute à l'autre. Non par Tom et sa famille. Par Teddy. La maison vide donne l'impression d'être hantée, je m'attends presque à entendre le bruit d'un petit camion Tonka dans l'entrée, ou le fracas d'un bol de céréales qui tombe.

Mais non, rien. J'emplis à la hâte un sac de voyage. C'est un petit sac à bandoulière avec beaucoup de poches, un de ces accessoires bon marché achetés par correspondance et qui ne tient jamais vraiment sous le siège d'un avion. Jeans, sous-vêtements, chemises, chaussettes. Je n'ai pas grand-chose à prendre, en fait. Brosse à dents, déodorant, couteau dans son étui, allumettes. Je me change, enfile un jean et une chemise, lace et attache mes tennis. Je laisse mes vêtements à l'endroit où je les ai quittés. Ce qui leur arrivera dépend de Tom. Un court instant, j'envisage d'emporter quelques affaires de Teddy, le tee-shirt Mickey qui porte encore son odeur, l'exemplaire abîmé du *Pays des bêtes sauvages.* Mais en fin de compte, je les laisse aussi. Je songe très sérieusement à mettre le feu à la maison. Mais c'est une idée passagère, qui ne me vient qu'au moment de passer la porte, non pas une vengeance mais plutôt un symbole, pour que tout ne soit pas seulement fini mais aussi purifié par les flammes. Mais je soupçonne que même les flammes ne viendraient pas à bout des *Poèmes pour le petit coin*, du mauvais goût des coqs et des poulettes, du toc pompeux de cette maison. Je suis certaine que ce n'est qu'une question de jours avant que Tom n'ait réintégré son ancienne chambre dans la grande maison, celle où ses fanions de lycée sont encore accrochés au mur. Steffie et Ellis vont éliminer toute trace de moi dans la petite maison, jusqu'à ce que j'aie disparu. Le Monsieur Propre et l'Ajax d'Ellie sont plus efficaces que les flammes.

Le sac n'est pas si lourd sur mon épaule. Je n'ai pas pris d'argent, en dehors des quelques billets et pièces de monnaie qui étaient dans la poche de mon jean. Il n'y a pas d'argent à prendre, tout est parti pour l'enterrement. Même le compte-épargne d'Alaska a été vidé. D'une certaine façon, c'est mieux comme ça. Ça m'est égal, en fait.

Je ferme soigneusement la porte derrière moi.

Je ne prends pas la voiture. Mère Maurie n'hésiterait pas à faire une déclaration de vol. Je ne vais pas à l'aéroport, de toute façon. Je ne sais pas où je vais, mais je sais qu'il y a deux endroits où je ne vais pas. L'aéroport et la petite clairière près du ruisseau. Parce que la mort de Teddy a mis un terme à ça aussi.

Arrivée au bout de l'allée, je m'engage sur la grand-route. Vers le nord. Autant cette direction qu'une autre. C'est une route goudronnée à deux voies, bordée de fossés et de talus broussailleux. Pas de trottoir. Pas de sentier pour piétons. L'accotement n'est pas idéal pour marcher. Il est jonché de tessons de bouteille, de détritus, de gravillons qui roulent sous les pieds. Sans réfléchir, je prends un bon pas régulier. Le sac à bandoulière heurte légèrement ma hanche, à chaque pas. Des voitures filent à toute vitesse, et de temps en temps un semi-remorque me dépasse en trombe dans une rafale de vent assourdissante. Je ne pense pas à ce qu'ils doivent se dire, je ne me demande pas si certains passagers se regardent en disant : « Hé, mais ce n'était pas la femme du fils Potter ? Comment se fait-il qu'elle ne soit pas à l'enterrement ? »

Il fait chaud et bientôt, je transpire dans ma chemise, et la bandoulière du sac commence à me faire mal. Je la change d'épaule et continue à avancer. Je me demande combien de kilomètres je peux faire en une journée. Les questions de nourriture et de sommeil me viennent brièvement à l'esprit, mais pour l'instant je ne peux même pas imaginer que j'aurai faim ou envie de dormir. Pour l'instant, la seule chose qui compte, c'est de tenir le coup et de marcher le plus longtemps possible.

Je suis capable de ne pas penser. C'est très bien. Même si c'est grâce à la migraine atroce provoquée par le soleil qui tape sur ma tête nue et à la réverbération de la lumière sur la route que j'y parviens. Je ne tarde pas à avoir soif, en plus, et la poussière soulevée dans le sillage de chaque voiture n'arrange rien. Elle me recouvre le bord des yeux, sèche sur les contours de mon nez et de ma bouche, m'irrite l'intérieur des oreilles. Je continue à marcher, me concentrant uniquement sur ce que me dit mon corps, ne prévoyant que les quelques heures à venir.

J'aurais dû emporter une gourde. J'aurais dû emporter une couverture, aussi. J'envisage de dormir sous un pont d'autoroute, comme j'ai entendu dire que certains le font. Mais je ne m'en sens pas capable. Dormir dans la lumière des phares et le flux continuel des voitures ? Non. Je n'irai pas sur la voie express, je tiendrai compte des panneaux « Auto-stop interdit » qui avertissent les piétons qui rejoignent les rampes d'accès. Non. Je crois que je suivrai des nationales comme celle-ci, en direction du nord, jusqu'à la rivière Alcan, et ensuite je la remonterai. Jusqu'en Alaska.

Je sais au fond de moi que c'est un voyage beaucoup trop long pour moi. Je sais au fond de moi qu'il faudra forcément que j'achète à manger, que je dorme et que je prenne un bain quelque part. Je sais au fond de moi que pour traverser la frontière, il faut au moins deux cents dollars. Je sais tout ça mais c'est une partie de moi que je veux ignorer, parce que c'est aussi celle qui sait que mon fils est mort, que mon mari ne m'aime plus, et qu'il n'y a aucun moyen de revenir en arrière.

Je marche tout le jour. Deux fois, des voitures ralentissent pour me demander si je veux monter, mais je leur fais signe de ne pas s'arrêter. Le soir, je marche encore. Je sens que j'ai des ampoules aux talons et j'ai tellement soif qu'on croirait que l'intérieur de ma gorge est desséché et craquelé. Quand les gens commencent à allumer les phares, je sais qu'il est temps de quitter la route. J'attends qu'il n'y ait plus de voiture en vue, puis j'escalade le talus de gravier et franchis la clôture de barbelés.

Je ne sais pourquoi le terrain est clôturé, ce n'est que de la forêt replantée. Les jeunes arbres sont tous des épinettes Weyerhauser, pas plus hautes que mon épaule pour la plupart. Mais plus loin de la route, il reste encore de vieilles souches qui révèlent la taille énorme des géants qui poussaient là avant. Et quelques troncs abattus, abandonnés pour une raison quelconque, couchés sur le sol. Ils sont devenus verts de mousse et sont presque ramollis par la décomposition. Ils feraient un excellent abri pour la nuit, je pourrais dormir contre l'un d'eux, mais j'ai trop soif.

Je regrette de ne pas avoir le flair d'un chien. Ni les yeux d'un loup. Il commence à faire nuit, je suis plus fatiguée que je ne le croyais, et finalement je me rends compte que je ne vais pas trouver d'eau aussi facilement que je l'espérais. Demain, peut-être. Je m'assois à l'endroit où je me trouve, aussi bien ici qu'ailleurs. Je sors une épaisse chemise de jean de mon sac, l'enfile, puis utilise le sac comme oreiller. Je m'allonge, me redresse pour écarter quelques brindilles et morceaux de bois qui me gênent. Je me recouche, remonte mes genoux sous le menton pour me rouler le plus possible en boule. Je ferme les yeux et essaie de dormir.

Au bout d'un moment, je les rouvre. Je ne dormais pas, j'étais seulement immobile. Il fait noir, mais peu de temps s'est écoulé. La sueur a séché sur ma peau, froide et collante, comme si j'avais été roulée dans le sel. J'ai soif. Les étoiles sont apparues, elles me regardent. Pour me distraire, je cherche la Grande Ourse et l'étoile polaire. Je les trouve puis je me dis qu'elles montrent la direction de chez moi. C'est si loin. Trop loin.

C'était puéril. Tout ça. Je ne peux pas rentrer à pied en Alaska. Et même si je le pouvais ? J'arriverais à Fairbanks juste au moment où l'hiver s'installe, sans travail, sans argent, sans famille ? Je supplierais Annie de me loger, de me donner du travail ? Non, c'est stupide.

Il faut que je rebrousse chemin. C'est une question de survie. Que puis-je faire d'autre, errer dans ces bois jusqu'à ce que je tombe d'épuisement, d'insolation, ou qu'on me tire dessus pour violation de propriété ? Je ne suis plus une enfant. La vie est réelle. J'ai fait mon caprice, me suis enfuie de l'enterrement de mon fils, me suis fâchée avec mon mari, j'ai fait ma valise et me suis sauvée comme une petite fille. Bon, d'accord, alors voyons ce qui reste, la réalité. Combien de temps est-ce que je crois pouvoir errer à travers champs sans nourriture ni équipement ? Cinq jours ? Sept ? Bon sang, je n'ai même pas de carte routière. Il faut absolument que je rentre. Que j'aille retrouver Tom et toute cette catastrophe, la mort de Teddy, sa famille qui me déteste. Retrouver Tom qui sait que je l'ai trompé. Rentrer et demander de l'aide, un abri, de la nourriture. Les supplier de me donner assez d'argent pour rentrer chez moi. Qu'est-ce qu'ils vont faire ? L'avocat de la famille va venir. L'avocat de la famille est un ancien copain d'école du père de Tom, qui l'appelle oncle Kenny. Il ne laissera Tom faire aucune erreur de compassion. C'est à ça que servent les avocats – j'ai entendu mère Maurie le dire un jour – à veiller sur vos intérêts même si vous ne les connaissez pas vous-même. Il aura du mal à voir ce qu'il pourra bien me prendre, mais je suis sûre qu'ils vont trouver quelque chose. Il faut que je rentre.

Il faut que je rentre.

Je ne peux pas. Et c'est aussi une question de survie.

Je ne veux même pas y penser. Parce que la conclusion finale est toujours la même, c'est-à-dire que je n'ai plus rien. Plus de maison, plus d'enfant, plus de mari. Rien.

Sauf un faune.

Non ? Je n'irai pas le retrouver parce que…

Mon esprit tourne en rond à toute vitesse comme un rat dans une cage, refuse de s'arrêter à une réponse. N'importe quelle réponse.

Parce que j'étais avec lui quand Teddy est mort.

Parce que je ne veux pas lui parler de Teddy.

Parce que j'ai tant envie de le rejoindre, parce que je crois qu'il me redonnerait un peu de bonheur, et je sais que ce serait mal d'être heureuse alors que mon enfant est mort. Parce que je tiens à être malheureuse ?

Qu'est-ce que je veux ?

Je veux Teddy.

Dommage, tu ne peux pas. Il est mort.

18 dix-huit

Il pleut. Les gouttes fraîches tombent doucement sur mon visage, en lavent le sel, la sueur et la poussière. Je ne me détourne pas, je n'ouvre pas les yeux. L'averse cesse, mais recommence quelques secondes plus tard, léger crépitement sur mon visage. Il faudrait que je me lève avant d'être trempée. J'ouvre les yeux. Pan est penché sur moi. L'eau tombe de ses mains dont il m'asperge de gouttelettes. Il ne sourit pas.

Je l'écarte et m'assieds lentement. Toutes mes douleurs de la veille reviennent, y compris la migraine. Je cache mon visage dans mes mains, mais il me tire par le coude, me met de force une gourde dans la main. Sur le cuir, on lit l'inscription *Boy Scouts of America.* Avant, ça m'aurait fait sourire. Je dévisse le bouchon de plastique, bois, puis verse maladroitement un peu d'eau dans ma main pour la passer sur mon visage. Je pousse un profond soupir. Pan me tend pour m'essuyer un tee-shirt qu'il a pris dans mon sac. Je le prends, m'éponge le visage, et bois encore un peu. Je cligne des yeux dans la lumière blafarde. Le jour n'est pas encore levé.

Il s'accroupit devant moi, les coudes sur les genoux, le menton dans la main. Je me souviens de cette posture quand nous étions enfants et je sais qu'il peut tenir ainsi pendant des heures.

Ses sabots fourchus sont profondément enfoncés dans la mousse. Je les fixe pendant quelques minutes, j'observe le grain strié de la corne, puis je lève les yeux sur son visage. Son regard sombre croise le mien sans fléchir. Il a l'air si jeune tout à coup, jeune comme le sont toujours les animaux. Sains de corps, libres de cœur, indemnes de toutes les difficultés qui accablent les hommes jour après jour. Il attend que je rompe le silence. Longtemps.

Finalement, je dis : « Mon fils est mort. Mon mari ne m'aime plus. Je me suis enfuie. »

Il baisse les yeux, plisse la bouche d'un air grave. Quand il les relève, son regard croise le mien. Aucun jugement. Une simple compréhension, dénuée de questions.

Puis il dit : « Alors tu es venue me rejoindre.

– Non », dis-je.

Il continue à me regarder. Ses narines palpitent légèrement, comme s'il prenait le vent. Je sens mes mâchoires qui se serrent, ma migraine qui se contracte en une sorte de colère.

« Bien sûr que si », rétorque-t-il, sans me quitter des yeux, me défiant de le contredire. Je me dis qu'il me provoque peut-être délibérément.

« Va-t-en », lui dis-je, d'une voix qui se fait dure.

Il penche la tête et me regarde, aussi perplexe que Rinky quand il entendait les cris des loups sortir des haut-parleurs de la radio. Il se lève et fait quelques pas lents autour de moi. Je vois ses narines palpiter pour percevoir mon odeur et, pour je ne sais quelle raison, ça me met encore plus en colère, ce genre de contact est aussi intime que s'il avait posé la main sur moi.

« Laisse-moi tranquille ! » Mon hurlement le fait sursauter, il fait un bond de cabri, un mouvement heurté. Son front se ride de perplexité.

« Mais tu n'en as pas envie ! proteste-t-il. Et je ne veux pas partir. Je veux rester avec toi. »

Il y a plusieurs façons d'interpréter ses mots. Je choisis de les comprendre sexuellement, pour justifier ma colère outrée.

« Va-t-en ! » J'explose en cris stridents. « Je ne veux pas de toi ! Je n'ai pas besoin de toi ! » Je lui tombe dessus à coups de poings. Ce ne sont pas les claques désordonnées d'une bagarre entre filles, mais les coups de poings précis appris dans mon enfance en réponse efficace à ceux de mes frères. Je réussis à en porter deux sur son ventre musclé avant qu'il ne fasse un bond de côté pour m'éviter. Il a le blanc des yeux écarquillés, le regard aussi fou qu'un chien battu, il montre les dents et ses narines palpitent éperdument. Ce n'est pourtant ni de peur, ni d'hostilité. Mais d'ahurissement, cette incompréhension animale, réaction instinctive qui pousse à se battre ou à fuir. Je halète, affolée, échevelée, je hurle à nouveau : « Je n'ai pas besoin de toi ! Je peux vivre dans le monde réel quand je veux ! »

Nous sommes face à face, séparés par un fossé immense et en fait tout proches. Je me dis qu'il va peut-être m'attaquer, me gifler, m'attraper par les cheveux et me jeter par terre, me faire mal, me frapper, me soumettre de force, se comporter comme un animal. C'est ce que souhaite une partie de moi, mais ce n'est pas une pulsion sexuelle. Je veux qu'il soit bestial et sauvage et vil, afin que je puisse justifier la colère et la haine que j'éprouve. Je pourrai ainsi faire comme si tout était de sa faute, alors que moi je serai la pauvre Evelyn, trompée et maltraitée.

Comme Tom. L'idée me vient, aussi soudaine qu'un pétard. Je veux un responsable, quelqu'un que je puisse haïr, pour que rien ne soit de ma faute. La prise de conscience est douloureuse, mais je l'étouffe sous des flots de rage. Non. Je ne suis pas comme Tom, moi j'ai été trompée, séduite.

C'est vrai, j'ai été aveuglée de désir provoqué par ses phéromones caprines, il m'a utilisée comme un objet, ce n'était pas moi, jamais je ne ferais ça, je vaux mieux que ça. Je suis une bonne mère, j'aurais su que mon enfant était en train de mourir, s'il n'avait pas été là. J'aimais mon fils et mon mari, je n'ai jamais voulu une chose pareille, je n'ai jamais souhaité être libre pour pouvoir suivre le faune. Ce n'était pas ma faute, je n'ai pas brisé le cercle de protection magique en ouvrant ma vie à un faune.

Ce n'est pas d'avoir trompé Tom qui a pu tuer Teddy. Je crie, je hurle : « Je ne t'appartiens pas. Il n'y a jamais eu de promesse entre nous. »

Un calme impressionnant le saisit. Je le vois, c'est comme s'il était une image peinte que l'aquarelliste est en train de diluer. Une distance qui n'implique aucun mouvement. « Je l'ai toujours su », répond-il doucement. Il s'éloigne à reculons, pas à pas, avec précaution, jusqu'à ce qu'il se fonde dans la forêt environnante et disparaisse.

Encore. Comme la dernière fois.

Et je reste seule, haletante, raide comme un piquet au milieu de la forêt dans ce qui n'est pas tout à fait l'aube. J'ai la tête qui tourne et je me sens vaseuse, comme si je m'éveillais soudain d'un rêve. Lentement, je me recouche, retrouve le coin de terre tiède où j'étais allongée. Je tire la couverture sur mes épaules et me rendors, sombrant dans le noir comme un enfant fiévreux, pour échapper à ces sentiments trop intenses.

Je me réveille, plus tard, dans ce qui me paraît être un jour nouveau. La lumière est claire et douce, des nuages d'altitude atténuent le soleil. L'air bouge au-dessus de la jeune forêt, tout alentour. Les insectes bourdonnent, les oiseaux chantent. La vie continue, ignorant toutes les questions, toutes les hésitations.

La gourde est encore à côté de moi, et je bois. La couverture dont j'étais enveloppée est bizarre, faite de poil feutré et de laine grossièrement tissée. Des graines, quelques épis barbus et des brindilles y sont accrochés. La trame semble faite d'une sorte de roseau ou de paille. Elle se roule plutôt qu'elle ne se plie et est munie d'une lanière de cuir à une extrémité, sans doute pour l'attacher. Je remets le tee-shirt dans mon sac, et fourre la chemise en jean par-dessus. Je regarde autour de moi. Et maintenant, je fais quoi ?

La logique me souffle trois solutions. Faire demi-tour pour retrouver Tom. Aller vers le nord. Attendre le retour de Pan.

Est-ce que moi, je reviendrais ? Si j'avais été repoussée, découragée ? Non. Mais je ne suis pas Pan. Il se peut qu'il revienne. Et ensuite ? J'ai trop de réponses à cette question. J'ai envie de le gifler, de lui donner des coups de pieds, de le battre jusqu'au sang. À la fois pour ce qui s'est passé l'autre jour et pour la façon dont il est parti tout à l'heure. Et peut-être aussi pour la façon dont il est parti, cet autre jour d'été, il y a si longtemps. Mais j'ai également envie qu'il me prenne dans ses bras, qu'il me console, me fasse l'amour, j'ai envie de me pelotonner dans ses bras comme un tout petit enfant, je veux qu'il me protège. Il y a trop de choses que je voudrais qu'il fasse, trop de rôles que je voudrais qu'il tienne. Ou ne tienne pas. Qu'il fasse partie de ma vie. Qu'il soit toute ma vie.

Ou qu'il ne me soit rien. Que je sois libérée de lui. Qu'il n'ait jamais existé. Comme si ça pouvait me libérer de tout le reste, de Tom, de Teddy, de la mort elle-même.

Comme un marchandage infâme. Je renoncerai à ce que j'ai eu de meilleur si tu m'enlèves ce qui me fait le plus mal. Un marché enfantin avec Dieu. Sauf que Dieu ne croit jamais en ce genre d'échange.

Pendant un certain temps, j'attends. Je me lève, je fais les cent pas, et je me rassois. J'attends. Puis, sans vraiment prendre de décision, je prends la gourde, la couverture, les accroche sur le dessus de mon sac. Et je pars. Je ne retourne pas vers la route. Je m'enfonce dans les bois, suivant la direction que le ciel nocturne m'a indiquée hier soir, plein nord.

Vers midi, je quitte la plantation de jeunes épinettes, traverse une petite route, et pénètre dans la véritable forêt. L'ombre y est apaisante. Je m'arrête près d'un ruisseau pour remplir la gourde. Je mange en marchant, par bribes, pas assez pour me donner des forces ni même parce que j'ai vraiment faim, mais par une sorte d'instinct. Prends la nourriture que tu trouves parce que tu ne sais pas si tu en auras d'autre par la suite. Alors je mange une morille, une poignée de racines d'épilobes, quelques fraises des bois pas plus grosses que le bout de mon petit doigt. Ma cueillette ne m'écarte pas du chemin que je me suis tracé. Pas plus que le reste, au demeurant.

Quand je traverse une route, je dois parfois dévier à droite ou à gauche pour éviter les habitations. Mais je traverse les prairies sans crainte, ignorant les panneaux « Défense d'entrer », toujours plus loin vers le nord. Comme un animal migrateur, un lemming à la recherche de la mer, je ne m'arrête pas pour réfléchir à ce que je fais. Je me contente d'avancer. Et je pense. Car aujourd'hui, c'est un jour pour penser.

Les pensées vont vite, si vous les laissez faire. Comme un projecteur de cinéma, elles clignotent sans interruption, continuellement, que je mange un champignon ou m'accroupisse pour faire pipi. Au soir du premier jour, j'ai déjà repassé l'intégralité de mon enfance. Mes souvenirs sont comme une mélodie qui domine les notes plus sourdes de mon chagrin. La mort de Teddy est une souffrance constante, le thème qui dirige l'enchaînement de mes souvenirs. À la fin de la journée, j'ai revu des choses oubliées depuis des années, la couleur d'une coquille d'œuf de rouge-gorge, le besoin de sentir les mains de ma mère, l'odeur de la fumée de pipe de mon père dans l'air glacé de l'hiver. Toutes ces petites choses qui sont tellement plus importantes que les grandes, parce que ce sont les véritables constantes. Je me les réapproprie.

Je pénètre à nouveau dans la forêt au moment où le soleil se couche et descend entre des arbres plus vieux que le nom de ce pays. Les arbres se moquent bien de ces sottises humaines qui consistent à nommer des territoires. Ce n'est pas parce qu'on trace une ligne autour d'une région et qu'on lui donne un nom qu'elle ne fait pas moins partie d'un tout. Comme si de me renommer épouse ou belle-fille ou mère pouvait me redéfinir, me séparer de ce que j'ai toujours été.

Voici comment les pensées affluent, comment les associations d'idées se nouent. Quand je trouve finalement un emplacement pour dormir entre les racines en forme de hamac d'un gigantesque pin, j'ai réévalué toutes mes bases et reconstruit ma vie.

Le lendemain à l'aube, je n'hésite pas en me levant. Je fais une toilette sommaire, range mes affaires et quitte mon abri temporaire. Aujourd'hui, c'est mon adolescence qui repasse dans toute sa splendeur boutonneuse. Garçons maussades rôdant dans les corridors de mon passé, motocyclettes sur les routes de l'été, commérages de vestiaires, bals de promo où je ne suis jamais allée, mensonges que j'ai dits et presque crus moi-même. Je sors de la forêt en milieu de matinée et je tombe sur une autre route goudronnée, juste en face d'une petit supermarché. J'attends qu'il n'y ait plus de circulation en vue avant de traverser la clôture de barbelés. Le panneau « Entrée interdite » qui se balance sur le fil du haut m'apprend que je me baladais sur un terrain militaire. Ce qui ne m'impressionne guère. Ce n'était qu'un territoire à traverser.

Dans la supérette, j'utilise les toilettes, me lave sommairement et dépense l'essentiel de mon argent en barres chocolatées. Le regard que me lance la caissière n'est que timidement interrogateur. Je ne donne aucune explication. En partant, je prends la route et suis obligée de marcher plusieurs kilomètres avant de trouver une étendue boisée qui me permet de m'échapper vers le nord. Chemin faisant, je mange une barre chocolatée, et le goût sucré me fait du bien. J'ai faim, mais le chocolat suffit à m'apaiser. Au lieu d'être une douleur dans mon ventre, ma faim se transforme en une sensation de légèreté, d'élasticité dans mes articulations, une bulle entre mon cerveau et mon crâne. Et pendant tout ce temps, je revis mes années de lycée et d'université, j'étudie les carrefours et les points décisifs de ma vie, me disant, si je ne fais pas ça, qu'est-ce qui me reste ?

La parcelle boisée se révèle étroite et débouche sur des prairies. Je suis les clôtures qui vont en ligne droite à perte de vue. Des vaches broutent dans certains champs, dans d'autres, le regain attend d'être coupé. Dans l'un d'eux, des bottes de foin ont été abandonnées sous la pluie et l'herbe commence à reverdir. Je détourne le regard de la luzerne qu'on a laissé pourrir en bottes. Il n'est pas encore temps de penser à ça. Je fais la liste des garçons avec qui je suis sortie au lycée, les classe par ordre chronologique. Kerry et Steve, David, Larry, Steven, Brad, Eric, Bruce, etc. Est-ce qu'il y en a vraiment eu tant en quatre ans ?

Oui. J'essaie de choisir celui que je voudrais revoir si j'avais la possibilité de le faire apparaître. Aucun. Ils étaient tous provisoires, interchangeables, et je le savais déjà à l'époque. Alors pourquoi Tom est-il devenu permanent, et quand ?

À la fin de la journée, alors que je suis toujours les lignes de clôtures, je crois que j'ai la réponse. Je ne l'ai pas choisi. C'est lui qui m'a choisie et je n'ai pas résisté. Jusqu'au moment où j'ai fini par croire que je l'avais choisi. Il m'a donné le sentiment d'appartenir à une famille, a représenté une présence quand mes parents ont disparu. C'était quelqu'un de réel à qui m'accrocher, pour prouver que j'étais capable de vivre dans la vraie vie. Alors je l'ai suivi. Simplement parce qu'il était si grand et si beau que j'aurais été folle de le refuser. Et bon aussi. Je reconnais qu'il était bon. Il était honnête, chaleureux et fort, rieur, sincère, et courageux. Tout ceci a été vrai, du moins pendant un certain temps. Je suis tentée de chercher des failles, pour en quelque sorte atténuer l'éclat de mes rêves argentés, leur ajouter un peu de corrosion. Je pourrais le regarder avec des yeux blasés, la méchanceté du pressentiment, et habiller de vilains motifs sa trop belle attitude. Mais ce ne serait ni vrai ni juste. Et c'est justement ce qui compte. Trouver ce qui était réel.

Je dors à l'abri d'une haie. Des myriades d'oiseaux minuscules sautillent et volètent encore au moment où je m'endors, ils picorent les graines des herbes sèches en se posant sur les brindilles avec une légèreté invraisemblable. J'ai le corps endolori mais une impression de bien-être, quand je m'allonge et me laisse imprégner par la tiédeur du sol. Sous la couverture de Pan, je m'endors, en m'enfonçant dans l'obscurité avec autant de maîtrise que si j'entrais dans un bain chaud.

Le matin arrive, je reprends ma route. Je me demande combien de kilomètres j'ai parcourus, puis je me dis que ça n'a aucune importance. J'arriverai quand j'arriverai. Où ? Je le saurai quand j'y serai, car ma destination finale n'est plus tout à fait claire. Je voyage autant mentalement que physiquement. Quand j'arriverai à l'étape finale, je le saurai. J'en suis à mes années avec

Tom. Moins de dix ans, mais ça semble bien plus long. Nous avons eu de si beaux jours. Parfois, je souris en marchant, et une ou deux fois j'éclate de rire au souvenir des gamineries partagées, de l'érotisme flou qui se transformait en bagarres pour rire. J'ai l'impression de classer une bibliothèque, chaque volume est soigneusement pris en main, catalogué, inspecté, répertorié, puis on passe au suivant. Les jours de notre lune de miel, les mois de grossesse, le temps passé à aménager le chalet, à planter le jardin. La réparation de la voiture par un sombre après-midi d'hiver à Fairbanks, les parties de pêche dont on rentrait bredouille sur les berges de la Chena. Les randonnées aux sources chaudes de Manley, la pêche au lancer à Chitna, avec Teddy dans le sac à dos.

Et finalement, il est temps de penser à Teddy. Mon bébé. Mon petit garçon. Je revois le moment où j'étais sûre que j'étais enceinte, avant toute confirmation du médecin. Je savoure chaque souvenir, aussi pointilleuse qu'un avare qui ne veut pas perdre un sou. J'essaie de me souvenir jour par jour, mais souvent je dois me contenter de ce que nous faisions saison par saison. Mes souvenirs sont mélangés comme de vieilles photos dans une malle, mais je les remets lentement en ordre pour pouvoir les comprendre. Je quitte les prairies et les clôtures, traverse une petite ville et me retrouve dans un lotissement peu prometteur peuplé de mobile homes et de cabanes, de clôtures branlantes et d'épaves de voitures abandonnées, avant d'arriver à un carrefour où il y a une taverne, une station-service et un magasin de cadeaux. Je traverse un pont. De l'autre côté, je quitte la route en glissant dans les graviers du talus et suis la berge de la rivière en direction du nord.

Il est plus difficile d'avancer sur la berge de la rivière. Les eaux sont basses à cette époque de l'année, et les berges sont jonchées de détritus et de bois flottants de l'hiver dernier. La rivière est boueuse, d'un gris vert vaseux, mais elle ne sent pas mauvais. Les détritus d'origine humaine sont peu nombreux. La rivière doit probablement se nettoyer seule quand l'eau monte et descend. Là où poussent herbes et roseaux, les herbes sont rugueuses et coupantes, assez hautes pour me taillader les mains. Les insectes s'envolent sur mon passage, se prennent dans mes cheveux, me bourdonnent frénétiquement aux oreilles. C'est le signal qu'il va pleuvoir bientôt. Je commence à me dire que ce n'était peut-être pas une bonne idée de suivre la rivière, mais je ne fais aucun effort pour changer de direction. Elle coule près de moi, comme un animal gris vert, dont le bruissement change avec les variations du lit. Elle va vers le sud et moi vers le nord, pas tout à fait en ligne droite, mais presque. De temps à autre, je passe à proximité d'une cour, d'un chalet d'été ou d'un terrain bien entretenu donnant sur le cours d'eau. Les gens m'ignorent poliment et je fais comme si je ne les voyais pas. Il y a un droit de passage public, c'est vrai. Je me demande vaguement pourquoi les gens quittent la ville pour la campagne et passent ensuite des heures à transformer le talus broussailleux de la rivière en pelouse impeccable, avec des chaises et des tables en plastique blanc du centre desquelles surgit un parasol. Quelle est l'utilité d'avoir une maison à la campagne si vous la déguisez en pavillon de banlieue, l'entourez de pelouse, la ceinturez de sentiers, et si vous taillez tous les arbustes aux ciseaux à ongles ? Les gens sont sur leur tondeuse, où à genoux en train de gratter dans leurs plates-bandes de fleurs, ils repeignent leur table de piquenique ou nettoient les chéneaux. Très occupés à se préparer à une journée de détente à la campagne.

Je suis contente quand la rivière s'élargit et que les berges deviennent plus marécageuses. Les maisons se font plus rares, puis cessent, et la forêt se rapproche de la rive. Voici des traces de raton laveur. Un canard s'envole du nid dans un claquement d'ailes. Je dérange des grenouilles qui plongent dans l'eau peu profonde du bord. Il y a tellement plus de vie ici que le long des terrains manucurés. Une guêpe se hâte furieusement. Un merle aux ailes rouges siffle rageusement sur le passage de l'intruse. Je me rends compte que j'ai cessé de penser.

Je m'arrête. Délibérément, je rembobine mes pensées, me

concentre et plonge à nouveau. Je pense à notre décision de rendre visite à la famille de Tom, quand la lettre est arrivée, racontant comment Bix s'était cassé la clavicule. Je revois notre enthousiasme commun à l'idée de l'aventure, de quitter Fairbanks à la fin d'un printemps tardif et pluvieux. Nous allions partir, Teddy verrait la ferme, les vaches qui font meuh et les coqs qui font cocorico. Je me revois emballer un carton de nos meilleures conserves, de la gelée de cynorhodon, de la confiture de myrtilles, de framboises sauvages, de la sauce d'Alaska, des boulettes de viande d'élan, notre vieux roi de la forêt. Rouler les pots dans des feuilles de journal pour ne pas qu'ils se cassent et bien les emballer dans un carton à bière. Prendre des photos du chalet, de Teddy avec son chiot, du garde-manger sur pilotis. Tom achète les souvenirs idiots, le poteau-totem, l'assiette fabriquée au Japon, le « Moosequito », espèce de bestiole ridicule confectionnée avec des bouses d'élan laquées et des cure-pipes. J'aurais dû me méfier à ce moment-là, me dis-je, de ce qui m'attendait.

Les premiers jours de la visite se sont si bien passés. Ils étaient tellement ravis de voir Tom, si fiers de Teddy. Et même moi, j'étais si … intéressante. Je me souviens des présentations. « Et voici Lynn, la femme du fiston. Si j'ai bien compris, il l'a capturée à l'état sauvage dans la forêt, l'a trouvée à son goût et l'a apprivoisée pour en faire sa femme ! » Rires. « Est-ce vrai, Lynn, que vous avez aidé Tommy à dépecer ce gros élan sur la photo que nous a montré Maurie ? » « Pense-tu, Jim, c'est-elle qui à fait tout le travail, tu veux dire. Demande à Tom ! Il est tout fier de sa petite pionnière ! »

La famille se vante de la jeune fille sauvage qu'ils ont adoptée, et moi je deviens de plus en plus silencieuse. Je suppose que j'ai quelque peu déçu les invités. Je voyais bien la façon dont les Potter m'avaient décrite à leurs amis. La femme que Tom a déniché en Alaska, la folle. Celle qui préfère vivre là-bas sans salle de bains, à quarante en dessous de zéro, que dans une vraie maison. C'est une vraie squaw, elle tue les animaux, tanne les peaux, casse le bois, fume le poisson. Ils ne m'avaient pas épargnée. Je suppose qu'ils avaient été obligés, pour expliquer pourquoi leur fils voulait habiter dans ce pays lointain et glacé.

Et voilà que j'arrivais. Aucun signe particulier. Peu bavarde. Pas de parka en peau de phoque, pas de bottes de fourrure. Juste une petite souris maigre. Je me rendais compte en voyant les réactions des gens à qui on me présentait que plus de la moitié s'étaient imaginé que j'étais esquimaude. « Quels jolis yeux verts ! » s'écriaient-ils pour dissimuler leur surprise que je n'aie pas les yeux noirs, la peau brune et de larges pommettes plates. Même comme sujet de conversation, j'avais déçu la famille Potter.

Les berges de la rivière se rétrécissent et deviennent plus abruptes. J'avance avec difficulté. Je traverse des broussailles enchevêtrées et émerge sur une petite plage couverte de fougères queue-de-cheval. C'est une espèce très ancienne, qui date des dinosaures, elles sont épaisses et vert foncé, aussi hautes que moi, sans feuilles découpées en frondes, uniquement des tubes segmentés verticaux et noir. Les plus jeunes forment un ensemble de verts éblouissants, de toutes nuances. Elles sont rugueuses et épaisses, bien pratiques pour frotter la poêle à frire quand on fait du camping.

Finalement, il n'y a plus de passage sur la berge. Les arbres poussent juste sur le bord de l'eau, certains se penchent du talus abrupt, d'autres sont à demi tombés dans l'eau. Il est temps de quitter la rivière. Les broussailles sont très denses et je ne repère aucun passage de gibier. Alors j'escalade le talus, c'est la pire manière de rentrer dans le bois, je casse des branches, je me fraie un passage dans des buissons de ronces. Il pousse des cèdres en cet endroit, aussi bien jeunes que vieux. Un tronc abattu me fournit brièvement un passage risqué dans mon ascension. Le tronc s'élargit et je grimpe avec précaution, à demi accroupie, évitant ce qui lui reste de branches. Je passe à côté d'une des énormes fourmilières qu'on rencontre si souvent dans l'État de Washington. On dirait toujours un gros tas rougeâtre d'aiguilles de pin, jusqu'au moment où, en approchant, on le voit grouiller de vie. L'arbre tombé prend fin dans un enchevêtrement de racines et de mottes de terre. Des fougères ont germé sur la terre retenue par les racines, en délicates frondes cloutées de minuscules sacs de spores sur l'envers. On peut manger les têtes des fougères si on cueille les jeunes crosses encore enroulées bien serrées comme les clés d'un violon, en les rinçant soigneusement et en les faisant sauter au beurre. Mais celles-ci sont toutes trop avancées, leurs feuilles sont largement déployées, mystérieuses dans la lumière diffuse du sous-bois.

Je ne vois pas du tout le ciel. C'est la forêt de cette région, sa voûte de feuilles presque aussi dense que la canopée tropicale, mais sans les lianes enchevêtrées qui relient les frondaisons. Je dégringole de mon tronc d'arbre et me retrouve presque noyée dans les broussailles plus hautes que moi. Je descends mes poignets de chemise pour recouvrir mes mains, car la pente est rude et couverte par endroits d'une profusion d'orties. Je suis obligée de les traverser de front. Je sais que je vais me faire piquer, et c'est effectivement le cas, mais je cueille une fronde épaisse de fougère dont je presse le suc pour apaiser la démangeaison. Les piqûres d'orties sont dues à l'acide oxalique, je crois, comme le venin des abeilles. Ou bien est-ce plutôt un acide qui commence par un *f*? Ou peut-être n'est-ce ni l'un ni l'autre. Peu importe le nom, me dit la forêt, tandis que la sève de fougère adoucit la sensation de brûlure, et tant pis pour la cause. Il y a dans l'humidité verte qui m'environne, des plantes auxquelles je ne peux donner de nom, d'immenses choses feuillues avec des fleurs vertes dénudées comme des pistils de lis, de petites fougères dentelées que je ne connais pas, de minuscules plantes avec de délicates fleurs à pétales blancs. Peu importe leurs noms. Seule leur existence compte. Je suis obligée de me frayer un passage en force, je casse des branches, j'écrase des tiges craquantes, je laisse un sillage semblable à celui d'un hippopotame qui se serait vautré dans la végétation de cette colline. Je ne suis pas fière des dégâts produits. Ce n'est pas naturel de laisser autant de traces de son passage.

J'atteins enfin le sommet du talus. Je regarde en arrière mais je ne peux ni voir ni entendre la rivière, tant la végétation est dense. Je suis à présent au milieu des cèdres, ces grands arbres odorants. Si jamais l'un d'eux tombe, si un arbre s'écrase dans l'humus de la forêt, d'autres surgiront de son tronc en rangs serrés. On les appelle les arbres pépinières. C'est la vie, me dis-je. Utilise ton corps pour vivre, ou quelqu'un d'autre en fera usage. Arbrisseaux, carpophores en console, champignons, fougères, mousses, ils recouvrent tous le géant abattu, se nourrissent de sa substance pourrissante.

Je me dis que c'est la meilleure solution. Ils ont injecté dans le corps de Teddy des quantités de produits chimiques et l'ont hermétiquement enfermé dans une boîte. Conserve d'enfant. Confiture de Teddy. Comme des pickles dans le vinaigre. Si jolis à regarder. Puis ils ont pris cette boîte, si soigneusement conçue pour être isolée du reste du monde, et l'ont descendue dans un trou pour l'enterrer. Je pense à son petit corps dans ses habits du dimanche, tout seul dans sa boîte, sous la terre noire. Combien de temps l'embaumement retarde-t-il la décomposition ? Combien de temps avant que ses sucs corporels, ou ce qu'il en reste, ne se mettent à agir sur sa chair, afin d'essayer de lui redonner son utilité nourricière originelle, son unicité universelle ? Mais ils n'auront pas raison des parois robustes du cercueil, faites de couches résistantes à la pression. Comme il est seul, là-dedans. Je me souviens d'une histoire que j'ai entendu un jour raconter par un employé des pompes funèbres. Il y a longtemps, là-bas, à Fairbanks, quand j'étais petite et que ce genre de transaction se faisait encore au porte à porte. Il parlait à ma mère qu'il incitait à acquérir un bout de terrain dans un cimetière pour le caveau familial, tandis que, debout dans la cuisine, elle repassait des chemises et que lui, assis à la table, lui vantait les avantages des nouveaux modèles de cercueils, qui ne s'affaissaient pas sur le cadavre comme le faisaient les anciens. Et il nous avait raconté une histoire censée être horrifiante, où une veuve se rendait un jour de printemps sur la tombe de son mari et la trouvait tout affaissée. Alors elle saisissait une pelle et recouvrait la tombe de terre parce qu'elle ne pouvait pas supporter de penser à ce qui se passait là-dessous. Ma mère n'avait rien acheté à ce vendeur, mais l'avait laissé raconté toutes ses histoires avant de le laisser repartir. Elle trouvait ça amusant.

Un jour, Tom et moi avions évoqué la question, plutôt en manière de plaisanterie, et je lui avais dit de laisser tomber la cérémonie d'enterrement et de juste me glisser dans le compost au fond du jardin. Je ferais sûrement pousser de superbes tomates. C'était pour rire, mais aujourd'hui, j'en vois l'intérêt. Je m'imagine en train d'installer Teddy dans la chaude terre noire, enveloppé d'un linge, de le planter comme le bulbe d'une fleur extrêmement précieuse, de le recouvrir de terreau en le tapotant pour bien lui donner sa place. En fait, ce serait mieux que cet égoïsme humain qui consiste à enfermer hermétiquement les dépouilles, comme si empêcher le corps de réintégrer le cycle naturel allait en quelque sorte préserver une certaine essence d'humanité. En fait de préservation, ça me paraît au contraire un isolement très cruel.

Je m'arrête. Le crépitement léger des gouttes de pluie résonne sur les feuilles au-dessus de moi. Je choisis un grand cèdre et me rapproche le plus possible du tronc. J'attends un instant, debout, pour voir si c'est juste une averse passagère. Mais la pluie continue à tomber régulièrement et commence à se frayer un chemin jusqu'au sol. L'air se rafraîchit sensiblement tout en s'animant de diverses senteurs.

Je soupire. Mon esprit est comme un animal rétif, ramené une fois encore dans le droit chemin, en direction de l'obstacle à franchir.

Si j'avais voulu, j'aurais pu forcer la famille de Tom à m'aimer. Je dois le reconnaître. Voilà ce que j'aurais dû faire : il aurait fallu que je change suffisamment mon apparence extérieure pour leur donner l'impression qu'ils me comprenaient. J'aurais dû accepter avec enthousiasme les expéditions dans les magasins. J'aurais dû demander à Steffie de m'aider à choisir des vêtements élégants. J'aurais dû poser des questions à mère Maurie sur l'âge auquel Tom avait été propre. J'aurais dû interroger Ellie sur le choix du meilleur détergent. Elles m'auraient aimée.

Je ne l'ai pas fait. Parce que je ne le voulais pas. Parce qu'être moi-même était encore plus important que d'être aimée. Et c'est là-dessus que Tom et moi avons toujours été différents. Être aimé a toujours été plus important pour lui qu'être Tom. À l'école, dans notre chalet en Alaska, chez lui, il a toujours été ce qu'il fallait qu'il soit afin d'être aimé. Avant, j'admirais sa capacité extraordinaire à être ce que tout le monde voulait qu'il fût. Maintenant, ça me paraît un talent de chien savant.

J'ai essayé de me creuser la tête, de voir les jours passés en Alaska du point de vue de Tom. Qu'avait-il vraiment ressenti la première fois qu'il avait tué un élan, avait-il aimé construire notre chalet, défricher le jardin, suer pour faire démarrer la camionnette en plein hiver ? Je n'en savais rien. Il avait fait tout ça trop bien, avait trop bien réussi à être le Tom Potter que je voulais qu'il soit. Je ne connaîtrais jamais le véritable Tom.

Peut-être n'existait-il pas. Peut-être cherchait-il à faire plaisir aux autres depuis si longtemps qu'il n'y avait plus de véritable Tom Potter. Peut-être allait-il passer le reste de sa vie à être ce que sa famille voudrait qu'il soit. La vie de Tom Potter déterminée par plébiscite populaire. Ça lui avait toujours réussi. Jusqu'au moment où il avait eu un public divisé et avait dû choisir celui pour lequel il voulait jouer. Et dire que ça marchait encore !

Peu à peu, l'idée me vient qu'il n'a probablement même jamais considéré qu'il avait le choix. Qu'il n'y avait probablement même jamais réfléchi. Sois ce que la majorité des gens veut que tu sois. J'étais la seule pour qui ça n'avait pas marché. Tom avait cessé de jouer pour moi, avait opté pour le public plus nombreux.

Je suis assise, complètement immobile. La pluie tombe sur les branches et les aiguilles au-dessus de moi. Puis elle s'écoule le long de chacune d'elles et retombe par terre. Si j'écoute très attentivement, j'entends le crépitement des gouttes sur les feuilles et leur son différent qu'elles rendent quand elles atteignent le sol. La même pluie, qui tombe deux fois.

Je découvre soudain que j'ai fini de penser à Tom et moi. Un étrange soulagement, frais comme la pluie, m'envahit. Plus de culpabilité, plus de ressentiment. Inutile d'essayer de faire une grande tragédie de quelque chose qui n'avait l'étoffe que d'une opérette. Nous étions des personnages de comédie télévisée, moi la mégère, ou l'épouse incomprise qui a beaucoup souffert, selon le parti que vous voulez prendre. Lui le bon fils, le bon mari, selon celle des deux caméras qui suivent Tom. La famille de fermiers typiquement américaine, orgueil de notre pays, ou panier de crabes incestueux. J'en ai assez. Et j'en ai fini de tout ça.

Il ne me reste plus qu'à penser à un sujet. Teddy. Et la mort de Teddy.

Teddy me revient sous forme de sensations plus que de souvenirs. Le gant de toilette savonneux qui essuie la sève de pin collante sur ses petits doigts. L'odeur de sa peau quand il s'endort sur mes genoux pendant les longs voyages dans la camionnette, et la masse complètement détendue de son petit corps ensommeillé. Le laçage de ses chaussures. L'étreinte ferme de ses petits bras ronds et duveteux autour de mon cou.

Ce qui était et qui n'est plus. Qui a disparu. Comme les traces de pas humides qu'il laissait sur le sol de la salle de bains, les empreintes de doigts sur les miroirs, la marque de ses lèvres collantes de beurre de cacahouètes sur le bord de son verre de lait. Teddy lui-même se révèle aussi éphémère que les traces qu'il a laissées.

Je regimbe, soudain. Assez. Je n'en peux plus. Je ne suis pas prête à penser davantage à Teddy.

Alors, je reviens à mes vies et à mes réflexions antérieures et reprends le fil direct et authentique qui les a traversées de part en part. Celui à qui je n'ai pas eu à penser au cours de ces trois derniers jours. La pièce qui n'a pas besoin de trouver sa place dans le puzzle, car elle est complète en elle-même et par elle-même. Qui est-ce qui est à la fois en dehors de ma vie et qui en fait totalement partie ? Qui a laissé sur chacun de mes jours la marque de ses pieds fourchus ?

Je m'adosse contre le grand cèdre en fermant les yeux. « C'est bon, dis-je dans le crépitement de la pluie. Tu peux revenir à présent. »

Mais quand j'ouvre les yeux, je suis encore seule.

Et je pleure enfin. À gros sanglots qui me secouent et m'épuisent. Je m'endors en pleurant. Et tu t'imaginais que ça te ferait du bien ?

19
dix-neuf

Je suis en sûreté. Même en dormant, je sais que je suis en sûreté. La sécurité est quelque chose qui se sent à l'odeur, quelque chose de chaud et de solide autour de moi. Maintenant, il n'y a plus de danger à dormir, plus de danger à rêver. Sensation oubliée depuis bien longtemps. Comme un nageur qui plonge dans l'eau tiède, je cherche à aller encore plus profond, je sens le rêve se refermer sur moi.

Je rêve d'un jour d'été quand j'avais neuf ans, le jour de mon dernier anniversaire à un chiffre. Je suis dans la forêt. C'est le plein été et la forêt ressemble à un animal assoupi. Je marche sur sa peau, sens sa respiration tout autour de moi. Je la perçois dans son intégralité, feuille et brindille, insecte et oiseau. J'en ai assez d'être une intruse. Je veux en faire partie, être à l'intérieur d'elle et l'avoir en moi.

Il fait très chaud, tellement chaud que je défais mes vêtements et m'en débarrasse en marchant. Je déboutonne ma chemise et la laisse tomber, passe ma chemisette par-dessus ma tête et la jette sur une branche. Ma peau pâle a l'air morte, contre nature, mais en quelques instants le soleil bronze ma poitrine, mon dos et mon ventre, qui deviennent aussi bruns que mes mains. Je m'arrête juste le temps de quitter mon jean, de dénuder mes jambes blanches et mes pieds plats de primate. Mais aussi vite que j'ai bronzé, le poil surgit de mes vilaines jambes et les recouvre d'une toison. Je sens mes muscles et mes os se serrer et se tordre, mes pieds se contracter en jolis petits sabots blancs. Et voilà, je suis un faune, aussi libre que lui, et j'appartiens enfin à la forêt. Je teste mes nouvelles jambes, et je suis capable de gambader et de cabrioler avec autant d'élégance que lui. Je découvre que mes muscles peuvent faire frétiller ma queue, en rythme avec mes cabrioles.

Une idée me vient, je m'arrête brusquement et mes sabots marquent des sillons dans la mousse. Je porte une main précautionneuse à ma tête pour tâter si je les sens dans mes cheveux. Elles sont encore petites, et ça fait un bien fou de gratter autour de ces bourgeons de cornes. Je me gratte à loisir, puis je remarque la position du soleil. L'heure va bientôt être passée. Je suis presque en retard. Mon moi endormi l'ignore, mais je le force quand même à se presser. À travers la coupe de baliveaux, les marécages, je saute et bondis de motte de terre en touffe d'herbe avec une grâce toute nouvelle. Cette fois, ça va aller.

Je suis le courant de l'eau dans la fondrière, arrive au confluent avec un petit ruisseau, qui coule bientôt dans un goulet aux berges escarpées. La journée est chaude, mais ici il fait frais car les aulnes et les bouleaux surplombent et ombragent les rives. Des fougères d'un vert rafraîchissant dégringolent sur les bords et des étendards de mousse drapent les enchevêtrements de racines mises à nu. La gypsophile est en fleurs, les petites corolles blanches embaument l'air presque trop suave pour être respirable. J'ai découvert ce lieu le week-end précédent, une petite plage lisse sur la berge qui révélait une multitude de traces de sabots et l'empreinte presque fossilisée d'un flanc velu dans la terre fraîche. Je crois que c'est là que vient dormir un jeune élan pour échapper à la chaleur. Aujourd'hui, je vais le surprendre dans son sommeil.

J'arrive sur lui comme ce jour-là, avec une soudaineté qui me coupe le souffle. Celui qui dort, le flanc appuyé contre la fraîcheur du sol, n'a rien d'un jeune élan, c'est le petit dieu de la forêt. Ses lèvres sont rougies du jus de baies sauvages. Il en tient encore quelques-unes dans sa main ouverte. Pendant un instant, je reste de l'autre côté du ruisseau, je le regarde fixement, comme je l'ai fait cet été-là, il y a tant d'années. L'autre fois, j'avais peur de le réveiller, redoutant à la fois la rage du dieu de légende, et qu'il ne s'enfuie sans que je puisse jamais retrouver pareil émerveillement. Cette autre fois, je l'avais laissé dormir et j'étais revenue, jour après jour, pour le voir dormir jusqu'au jour où il s'était réveillé, m'avait découverte et n'avait pas eu peur.

Mais cette fois-ci, je traverse le ruisseau en posant avec précaution chaque sabot sur les cailloux mouillés qui glissent sous mon poids. Je l'éveille en lui tirant doucement les cheveux, et il s'assoit en se frottant les yeux d'un air endormi mais pas du tout effrayé. Puis ses yeux ensommeillés s'écarquillent et d'un bond, il se met debout. Il m'examine des pieds à la tête avec un ravissement évident: il voit que nous sommes semblables, que nous appartenons à la même espèce. Il me serre contre lui comme un enfant fou de joie et je lui rends son étreinte, le tenant si fort que je me demande si nous allons nous fondre en une seule créature. Soudain, il fait un pas en arrière. Il agite la main et le vent se lève, soufflant une mélodie effrénée dans les branches des arbres. Nous nous prenons la main et nous mettons à danser.

Nous virevoltons harmonieusement, effectuons les pas audacieux à la perfection, tourbillonnant et bondissant, les années dansent autour de nous. Les saisons défilent, automnes dorés, hiver blancs, printemps pâles et étés verdoyants, et nous grandissons ensemble, mes cheveux s'allongent, sa barbe pousse. Il me dépasse en taille mais mes petits seins tout neufs saillent plus fièrement que la pointe vernie de ses cornes coquines. Son torse et ses épaules prennent des muscles de jeune homme, mais mes bras brunis sont aussi ronds et aussi forts que les siens. À la même cadence que lui, je suis le rythme de la danse qui nous oppose. Je sens sous ma main les muscles de son dos, et il me retient quand nous virevoltons, refusant de nous laisser séparer par la force de notre élan. La danse nous rapproche de plus en plus, au point que nous dansons poitrine contre poitrine, bouche contre bouche, sans jamais fermer les yeux, sans que jamais la danse ne s'arrête, et je le sens entrer en moi, créant le lien qui fait de nous un seul être.

Le soulagement m'envahit que nous puissions être unis, que je puisse enfin éprouver ce sentiment d'appartenance. « Je suis rentrée chez moi » dis-je dans sa bouche, et il rit dans la mienne. Tout ce qui me liait et m'empêchait de le rejoindre a disparu, balayé comme les débris emportés par la rivière en crue. Je ressens la force du coup de boutoir qui plante en moi sa semence, et, soudain, je perçois le sol sous mon dos, et j'ai conscience de mon corps, dolent, étalé sous le poids d'un autre. Le monde tourne follement autour de moi tandis que je me réoriente : je suis allongée sur le dos, avec la lune et les étoiles au-dessus de moi dans un enchevêtrement de branches. Et son visage, qui me regarde, aux yeux plus brillants que toutes les étoiles. C'est encore un rêve, me dis-je, jusqu'au moment où je perçois sa voix toute proche à mon oreille, les mots tièdes de son haleine quand il me dit : « Oui, tu es rentrée. » C'est au moment où il se retire, mouillé et chaud, que je m'éveille complètement.

Je frémis en prenant conscience de cette séparation soudaine, frémissement qui se transforme en un frisson incontrôlable. Mais il me serre contre lui et la force de ses bras, la chaleur de sa peau sont tout ce que j'ai pu désirer. Lentement, mon tremblement s'apaise, mais je ne le lâche pas et, heureusement, il me serre fermement contre lui. Son étreinte est la sécurité dont je rêvais, son odeur me dit que je peux abaisser ma garde.

Le temps s'écoule comme une rivière paresseuse. Tous deux sous sa couverture, avec mon sac comme oreiller, nous sommes dans la fourche formée par les racines de cèdre où j'avais décidé de m'arrêter pour dormir. Peu à peu, je prends conscience d'autres détails, mes jeans et ma petite culotte sont entortillés autour d'une de mes jambes, ma chemise est ouverte, mon soutien-gorge remonté. Je ne me demande même pas comment j'ai pu ne pas me réveiller, je me contente de me débarrasser de mes vêtements pour sentir sa peau contre la mienne.

Ses paupières se ferment, sa respiration est déjà profonde et régulière. J'ai mille choses à lui dire, mille questions à lui poser, des excuses à lui faire. Je prends une profonde inspiration pour me lancer, mais sa main se lève prestement et de deux doigts il me fait taire. « As-tu déjà remarqué, demande-t-il à au ciel nocturne, comme tout est mieux quand on ne parle pas avec des mots ? D'abord, c'est beaucoup plus difficile de se mentir quand on ne parle pas. »

Je m'immobilise, puis je hoche la tête avec précaution. Il ôte les doigts de mes lèvres et les glisse doucement sur mon visage. Je ne bouge pas, hypnotisée par son contact. « Dors », suggère-t-il. Le mot bourdonne vaguement à mon oreille et j'obéis, je sombre dans un sommeil si profond que les rêves n'y peuvent suivre.

Ce n'est pas le matin quand il me réveille. Ce n'est même pas encore l'aube. Mais quand il m'a fait deux fois l'amour, la lumière commence à changer. Je suis habillée et j'ai réuni mes affaires quand le jour qui se lève nous permet de distinguer les formes. Pan semble n'avoir comme tout bagage que sa flûte, accrochée à un lien autour de son cou, et la couverture que nous avons partagée. Nous avançons silencieusement à travers les arbres, tâchant de ne pas déplacer les branches lourdes de rosée et de la pluie de la veille. Nous sommes dans un monde gris et noir, qui me rappelle les vieux films d'ambiance. La lumière est trop faible pour distinguer les couleurs mais à mesure que mes yeux s'habituent, je m'aperçois que c'est très reposant. La forme et le mouvement prennent plus d'importance que la couleur. Mes sens sont étrangement aiguisés, et je crois que je vois mieux dans cette pénombre que dans l'éclat étincelant du soleil.

La journée s'imprègne peu à peu de couleur et de vie. Nous sommes à plusieurs kilomètres de l'endroit où nous avons dormi quand les oiseaux commencent à s'agiter. Nous débouchons sur une route et la suivons, non pas sur l'accotement, mais en marchant parallèlement dans la forêt. À un moment, il s'arrête et se penche en arrière pour m'attirer contre lui. « Suis-moi de très près, murmure-t-il à mon oreille, reste dans le sillage de mon odeur. » Je suis intriguée mais je lui obéis.

Il est encore trop tôt pour rencontrer des humains quand nous quittons la route. Il me précède avec audace dans un chemin qui serpente pendant huit cents mètres entre de hauts peupliers avant de déboucher dans la cour d'une ferme. Il y a un petit mobile home blanc avec des décorations roses, un colley endormi sur le porche branlant Le chien ne bouge même pas une oreille à notre passage.

Derrière le mobile home se trouve la vieille grange, aux planches argentées par l'âge. Relique d'un temps révolu, il y a dans le grenier assez de place pour garder paille et foin pour un hiver entier. La vaillante indifférence de la bâtisse aux outrages du temps confère au mobile home l'apparence d'un gadget sans valeur, et sa taille nous donne l'impression d'être des nains, mais

Pan ne s'arrête même pas pour la regarder. Lui obéissant à la lettre, je le suis comme son ombre et quand il trouve une porte entrouverte et la franchit, je me faufile à sa suite.

À l'intérieur, l'obscurité tiède est chargée d'une odeur d'haleine animale, de foin, de grain et de crottin. Nous passons près de deux chevaux dans leur stalle, puis d'une truie avec une nichée de porcelets à la mamelle. Aucun des animaux ne manifeste la moindre surprise ni le moindre intérêt. Aussi sûr de lui que s'il était le maître des lieux, Pan m'entraîne vers un poulailler en grillage, où les poulets dorment sur leur perchoir et dans leurs nids. Il me fait signe de ne pas bouger, entre et dérobe des œufs sous les poules endormies sans même provoquer un caquètement. Je relève le devant de ma chemise qu'il remplit de petits œufs bruns mouchetés. Puis nous quittons la grange comme nous y sommes entrés, sans toutefois retourner sur la route. Nous coupons à travers un champ de maïs, entre les hautes tiges. Il ajoute quatre épis de jeune maïs au contenu de ma chemise et, dans le champ voisin, récolte six carottes dont l'orange vif est encore maculé de terre humide.

Il ne s'arrête pas une seule fois, et d'un pas régulier nous quittons les terres cultivées pour pénétrer à nouveau dans les bois. C'est une forêt assez jeune, cette fois, qui a été essartée et brûlée, mais jamais replantée. Les arbres et les taillis ont repoussé au hasard et la forêt est moins dense et plus aérée que celle où nous étions hier. Les verts sont plus pâles, les arbres sont plus grêles et la brise matinale fait frémir toutes les feuilles. Quand le soleil apparaît dans le ciel et que les oiseaux diurnes et les insectes se mettent à chanter, Pan décide d'interrompre notre marche.

Nous nous asseyons dans une clairière à l'ombre miroitante, pour gober les œufs dont nous laissons les coquilles brunes amoncelées. Il frotte les carottes sur la mousse pour les nettoyer pendant que j'épluche les épis de maïs pâle. Les grains sont clairs mais bien pleins et très sucrés, si tendres que Pan mange même les rafles. Il partage les carottes nettoyées qui finissent notre repas. C'est plus que je n'ai mangé depuis plusieurs jours et, après une gorgée d'eau de la gourde, je me sens rassasiée.

Je m'étends sur la mousse et les herbes parfumées, et il semble tout à fait naturel qu'il s'allonge près de moi. Je ferme les yeux pendant qu'il défait mes vêtements et me déshabille. Faire l'amour avec lui paraît naturel et facile. Je n'ai même pas besoin de penser à l'orgasme, que nous partageons comme un cadeau le moment venu. L'accouplement est simple et direct. Pas de temps perdu à chercher des positions inélégantes et compliquées. Nous ne rivalisons pas pour prouver notre imagination. Et pourtant chacun de nos actes est infiniment varié. Ce ne sera jamais la routine, je sais que le temps ne viendra jamais où le contact de sa peau me fera moins d'effet. Ensuite, nous dormons pendant la période la plus chaude de la journée et nous accouplons à nouveau quand les ombres commencent à rallonger, avant de reprendre notre route dans la fraîcheur du crépuscule.

La forêt brûlée s'étend à perte de vue autour de nous. Nous traversons un ruisseau où nous buvons et emplissons notre gourde. J'enlève mes chaussures et me rafraîchis brièvement les pieds, tandis que Pan attend. Il ne manifeste aucune impatience mais je sens sa hâte à nous voir repartir et ne m'attarde pas.

Au moment où les couleurs du jour commencent à faner, je tue une proie. C'est lui qui voit le lapin le premier et me le montre d'un coup de menton. Je m'immobilise instinctivement et il continue à marcher comme si de rien n'était pour s'en rapprocher. Le lapin est aussi immobile que moi, les oreilles dressées, le corps tendu, mais presque invisible dans la pénombre du taillis. Pan bondit soudain, trop tôt, il a mal calculé la distance. Il tombe la tête la première dans les broussailles et je vois sa main glisser sur l'arrière-train du lapin qui part en flèche. En deux bonds, j'intercepte la fuite de l'animal qui se précipite dans mes mains. Je le saisis fermement, l'une de mes mains se referme sur la tête veloutée. Je le soulève en l'air tandis qu'il se débat frénétiquement et le balance comme un fouet. Le poids de son corps lui brise le cou avec un claquement audible. Quelques faibles soubresauts et il ne bouge plus.

Debout, j'agrippe encore la tête et je sens peser le poids du corps. C'est un gros lapin, aussi lourd qu'un enfant nouveau-né. Je le soulève, soupèse le corps tiède et mou. Vivant. Mort. Rapide comme l'éclair. Aussi vite que d'appuyer sur un interrupteur. Vivant. Mort. Voici son cadavre, en parfait état de marche à part une fracture de la colonne vertébrale. Si c'était une machine, un mécanicien pourrait l'opérer, renouer les connections, remettre en place les rouages protecteurs, tourner la clé, et hop, le lapin redémarre. Mais non. Le meilleur chirurgien du monde ne pourrait pas réparer ce lapin et le faire repartir. Même si on ressoudait parfaitement tous les contacts par microchirurgie, même si on réchauffait le corps, si on renouvelait tous les fluides, on ne parviendrait pas à le relancer. Vivant. Mort. C'est sans doute la plus étrange caractéristique des êtres vivants. Une fois que l'étincelle est éteinte, elle a disparu, comme si elle n'avait jamais existé.

Pan me prend le lapin des mains. Il me regarde bizarrement. Je lui rends son regard et m'aperçois avec une horreur soudaine à quel point il est fragile. Ce ne sont ni son corps robuste ni ses yeux brillants, ni ses cheveux légers ni la courbe de sa lèvre qui révèlent sa vulnérabilité. C'est qu'il est vivant et que si cette vie s'interrompt, si le cœur cesse de battre, le cerveau de penser, les poumons de se gonfler d'air… il n'est plus. Pas moyen de le réparer. Il suffit d'un bref arrêt. Il me touche le bras d'un air interrogateur, mais ce contact me fait m'écarter d'un sursaut. C'est dangereux de l'aimer, aussi dangereux que d'aimer Teddy. Traces de doigts, traces de sabots, la pluie les efface toutes, aussi vite.

En regardant autour de moi, je ne vois soudain que souches et cadavres. Tout est provisoire, chaque feuille, chaque insecte bourdonnant. Rien ici n'est éternel.

Rien n'est éternel sauf la terre sous nos pas. Tout ce qui y tombe ne périt jamais, mais est aspiré, broyé, pour être renouvelé, revivre sous forme de rhizome, de spore, d'œuf de papillon ou de faon tacheté. Je secoue brusquement la tête et je sens s'éloigner cette vision d'un monde hostile. Je croise le regard du faune, qui hoche lentement la tête. Je suis persuadée qu'il sait exactement ce qui passe dans mon esprit. Nous reprenons notre marche, il tient par les pattes de derrière le lapin qui ballotte mollement au rythme de notre pas.

Quand la nuit est complètement noire, nous nous arrêtons et allumons un feu. Je lui offre mon couteau mais avec un haussement d'épaules, il découpe d'un coup de ses dents blanches une minuscule incision dans le ventre du lapin. Il insère ses doigts robustes dans le petit trou, qu'il élargit d'une secousse, puis arrache la peau d'un seul coup sec. Il passe les doigts entre chair et peau, les glissant par-dessus la tête du lapin dénudé en agrandissant graduellement le trou. Ses doigts sont puissants. J'entends le craquement des os quand il brise les jointures des pattes de devant et de derrière, qu'il laisse à l'intérieur de la peau. Il sort complètement le reste du lapin et, d'une dernière torsion, en arrache la tête. D'un côté, il lui reste la peau de lapin avec la tête et les pattes, et de l'autre un cadavre ensanglanté contenant encore la poche d'entrailles. De ses doigts tranchants, il sort les tripes et en sépare le cœur et le foie. Il me les offre, mais je refuse d'un haussement d'épaules et il les mange lui-même, croque le cœur d'un coup de dents hâtif et mâche plus lentement le foie tendre. Il a les lèvres et la bouche rouges de sang. Je le sais, mais dans la lumière vacillante des flammes, elles sont simplement plus sombres. Il casse le lapin en plusieurs morceaux et les embroche sur des branches de bois vert avant de les installer sur le feu. Il vérifie qu'ils sont bien fixés. Puis il vient vers moi.

Nous faisons l'amour pendant que la viande cuit. La lumière du feu enduit son corps de l'éclat humide du bois poli et vernit le mien d'or. Sa bouche a goût de sang et ses mains laissent des traînées noires sur ma peau. L'odeur du sang frais se mêle à son parfum intime et enivrant, lui ajoutant une tonalité plus sombre. J'ai de lui, au moment où il me prend, la vision fugitive des légendes anciennes, ce côté sauvage qui effrayait les vierges romaines à sa vue, sa sensualité tenace. Ce n'est pas un faune bondissant de Disney. C'est le satyre, pénis levé, qui figure sur des centaines de vases et de bas-reliefs grecs. Abandonnant tout semblant de civilisation, je l'attire hardiment à moi, osant embrasser la partie la plus sombre de son corps. L'espace d'un instant, il résiste et je sais que je l'ai surpris, qu'il s'attendait à ce que je recule devant cet aspect de lui-même. Mais il a un rire d'étonnement ravi en m'abandonnant le contrôle de la situation. Le feu est presque éteint quand nous attaquons la viande. Je m'attends à ce qu'elle soit brûlée, mais elle est plus fumée que cuite. Nous la dévorons rapidement et jetons les petits os dans le feu après les avoir consciencieusement rongés. Je me dis que nous allons encore faire l'amour mais pour une fois, Pan a l'air repu. Il s'essuie les mains sur la mousse et prend sa flûte. Il joue très doucement près du feu qui s'éteint, une mélodie tissée d'allers et de retours, la musique de la vie qui se consume et devient nourricière de nouvelles vies. Couchée sur le dos, je regarde les étoiles et me laisse consoler par la musique. La flûte s'empare des arrêts soudains de la vie, des haltes discordantes de la mort, et les entrelacent de moments de repos, de pauses douces, pour en faire un chant qui se poursuit encore et encore. Rien a craindre, dit la flûte, la chanson continuera éternellement, même si chaque note n'est jouée qu'un court instant. Sous l'influence de la mélodie, je m'abandonne à la petite mort d'un sommeil sans angoisse.

Tous les jours qui suivent sont sur le modèle du premier. Tous les jours il me réveille en me faisant l'amour. Nous voyageons durant les périodes de lumières changeantes et passons à nous reposer les heures de pleine lumière ou d'obscurité totale. Toujours nous allons, toujours vers le nord, bien que je n'aie jamais parlé d'aucune destination. Chaque jour, nous vivons de cueillette ou rapine, prélevant la nourriture nécessaire dans les jardins, la forêt, une fois dans un stand sur le bord de la route, et même du fumoir d'un fermier. Je maigris et deviens plus agile, j'ai l'impression de rajeunir, puisque je ne fais rien d'autre que marcher, manger et faire l'amour. Je n'ai jamais vécu de vie plus simple, ni plus douce.

Nos copulations fréquentes, cinq ou six fois par jour, semblent faire partie d'un rythme. À chaque fois qu'il me touche, j'ai envie de lui. C'est tout simple. Je suis consciente, vaguement, de la manière dont son odeur change, dont il la masque quand nous traversons des cours de ferme en émettant une senteur neutre. Je sais au fond de moi qu'il y a quelque chose dans son odeur quand il s'approche de moi, une attraction puissante d'épice musquée qui efface toutes mes éventuelles hésitations ou mes inhibitions. Phéromones, me dis-je parfois, à demi endormie, et j'ai la vision de milliers de papillons de nuit qui volent pendant des kilomètres pour suivre un parfum fugace. Mais, comme pour les arbres de la forêt, les noms n'ont pas d'importance. Amour ou phéromones, la sensation est très agréable.

Très vite, je perds conscience des jours, car chacun est divisé en deux temps de veille et deux temps de sommeil. Je n'ai pas non plus la moindre idée de la distance parcourue. Pan nous conduit en suivant un chemin tortueux qui évite toutes les agglomérations, à l'exception des plus petits villages. Deux fois, il me terrifie en me faisant passer en plein centre d'une petite ville pendant les heures les plus sombres. Une fois, dans la rue principale, éclairée de lampadaires, où ses sabots résonnent sur le pavé, nous passons devant une taverne où tonitrue de la musique country, puis une petite épicerie où une vendeuse, les coudes appuyés sur le comptoir, nous regarde dehors. Mais personne ne nous voit et, en m'endormant ce soir-là, je me demande si je fais encore partie du monde réel.

La deuxième fois, c'est encore plus effrayant, car il m'emmène dans des impasses et des jardins, me fait franchir des clôtures, sans tenir compte des aboiements des chiens alertés par le bruit de notre passage. Un labrador se met aboyer en nous voyant. Même mon odorat peu développé perçoit le changement de l'identité de Pan en un mélange de loup et d'ours qui renvoie le labrador à sa niche, bien qu'il grogne en montrant les dents. Les chiens de tout le voisinage se mettent à hurler, sirènes aboyantes alertées par l'odeur inconnue. Nous sautons dans la cour voisine, traversons à toutes jambes avant d'escalader la clôture en toute hâte. J'entends au même moment le craquement d'une porte et une voix masculine en colère qui s'exclame : « Maudits garnements ! »

Mais après avoir laissé derrière nous cette dernière ville, nous restons dans les bois pendant des jours, contournant des collines, les franchissant parfois. Les jardins humains et les poulaillers me manquent, mais il y a partout d'immenses buissons des ronces couverts de fruits noirs. Il y a aussi des mûres à trois feuilles, de la couleur d'œufs de saumon. Les noisettes sauvages mûrissent dans leurs coques vertes et les lapins foisonnent. Pan et la forêt me nourrissent.

Il semble savoir où il va. Pas seulement vers le nord – même moi, j'en serais capable, mais quand il faut suivre une rivière ou quitter ses rives, quand il faut escalader une colline ou la contourner. Il ne nous conduit jamais près des grandes agglomérations. En fait, il se dirige vers le nord à travers un patchwork de terrains incultes, inhabités ou presque.

Les nuits deviennent plus fraîches. C'est la saison qui avance et notre progression vers le nord qui nous portent vers un monde plus froid. Nous échangeons peu de mots au cours de notre migration mais un soir, je lui demande : « Crois-tu que nous arriverons avant l'hiver ?

– Où ça ? » demande-t-il.

Nous sommes sous un cèdre, étendus pour dormir sur une énorme couche d'aiguilles odorantes que nous avons accumulées ensemble. Ma tête repose sur son épaule, et je sens mon ventre chaud quand je le colle contre lui. Mais j'ai froid au dos malgré la couverture. Je réponds : « Je ne sais pas, là où nous allons… » J'ai un petit sursaut d'angoisse en me rendant compte que je n'ai plus aucune destination précise en tête. Au début, c'était Fairbanks, puis l'Alaska… Maintenant, c'est au bon vouloir de Pan. Je l'ai suivi chaque jour sans réfléchir. De son bras, il me serre contre lui et tourne son visage vers moi pour m'embrasser doucement sur le front.

« Ne t'inquiète pas, me dit-il. Hiver, automne, printemps, été, peu importe. Je peux te garder en sécurité. Tu fais partie de mon monde à présent et même si on ne me compte plus vraiment parmi les dieux, j'ai encore un certain pouvoir sur les choses. » Il s'interrompt, puis me demande doucement : « Pourquoi poses-tu la question ? Tu es fatiguée ? »

Je suis obligée de réfléchir avant de répondre. Il a raison. Depuis ces derniers jours, je sens davantage la fatigue. Il a plus de mal à me réveiller et je m'endors plus facilement, quel que soit l'endroit où nous nous trouvons. J'ai les jambes lourdes et mal dans le bas du dos à la fin de la journée. « Un peu, lui dis-je, quelque peu honteuse d'avouer ma faiblesse.

– Ne t'inquiète pas », répète-t-il. » Il me tient plus serrée et me masse doucement le dos pour soulager une douleur dont j'avais a peine conscience. « Nous marcherons moins vite, si tu veux.

– Ça va aller », dis-je à demi endormie. » La pression caressante de ses mains sur mon dos a un effet presque hypnotique. Des questions sans suite me viennent à l'esprit. « Si tu n'es plus un dieu, qu'est-ce que tu es ?

– Chut… » me fait-il doucement, tandis que ses doigts parcourent mon dos avec légèreté. « Je suis ce que je suis, ajoute-t-il, presque involontairement. Tout comme tu es ce que tu es.

– Qu'est-ce que je suis ? dis-je indistinctement dans son cou.

–Oh, toi… » dit-il, et Sa voix devient plus grave et ronronnante, comme une berceuse dont il chantonne à moitié les mots. « Tu es un souvenir retrouvé, un lien renoué, la femme qui nous donne le baiser de vie avec les lèvres de l'humanité. Tu es celle qui donne la vie, le sein chaud, les bras qui bercent. Tu es ce dont nous avons besoin et que nous aimons le mieux, la forêt dans la femme, la femme dans la forêt… »

Il continue, mais je suis sous le charme de sa voix de basse caressante dont le son est plus important que les mots qu'il prononce. Je dérive en spirale dans le sommeil, entre ses bras.

Le lendemain matin, je m'éveille seule. J'ai dormi trop longtemps, l'aube blanchit déjà le ciel et les dernières étoiles ne sont plus visibles. Il n'est pas près de moi et l'espace d'un instant, la panique m'envahit, non en le voyant, mais en sentant son absence. Je m'assois d'un bond. Mais il est là, près d'un petit feu qui brûle presque sans fumée. De la viande rôtit sur des brochettes. Il est en train de sculpter quelque chose avec mon couteau de chasse. Quand il voit que je suis réveillée, il lance quelques brindilles sur le feu. Il vient vers moi et je soulève la couverture en l'invitant à me rejoindre, mais il se contente de s'accroupir près de moi. « Tu as faim ? demande-t-il en me caressant les cheveux.

– Un peu », dis-je, intriguée par ce changement dans nos habitudes. » Il le voit dans mes yeux.

« J'ai été imprudent, me dit-il d'un air grave. Trop exigeant, car, ma belle, il est difficile de résister à ta douceur. » Il prend mon menton dans sa main. « Allonge toi, je t'apporte à manger. »

Il m'apporte non seulement la viande, mais des pissenlits et du cresson, ainsi que quelques racines soigneusement grattées que je ne sais pas identifier. Il installe tout ça sur un tapis de feuilles d'érable. Je me sens mal à l'aise. Il est visiblement réveillé depuis un bon moment, s'il a ramassé tout ça. Je l'interroge : « Nous ne marchons pas, aujourd'hui ? »

Il sourit et toute l'inquiétude que m'a causée son attitude insolite fond avec son sourire. Il me connaît trop bien.

« Tu n'aimes pas quand je suis gentil et attentionné ?

– Si, mais… Pourquoi ?

– Pourquoi les fleurs s'ouvrent-elles au soleil ? » me demande-t-il, et j'entends à nouveau dans sa voix cette tonalité chantante, comme si les mots ne suffisaient pas à ce qu'il a à dire. « Pourquoi les petites plantes germent-elles dans la chaleur du printemps ? » Il s'arrête et éclate de rire, visiblement ravi de ma confusion.

« Je veux être plus doux avec toi, me dit-il tendrement, d'un ton rassurant. C'est tout. Pour prendre mieux soin de toi. »

Tout ça m'intrigue fortement, mais je sais d'expérience que je n'obtiendrai pas de réponse avant qu'il n'ait décidé de m'en donner. Nous mangeons ensemble, mais il m'accorde la part du lion, car la vue de la nourriture semble me faire prendre conscience que j'avais effectivement très faim.

Nous marchons ce jour-là, mais seulement pendant deux heures. Puis il décide de faire halte. C'est probablement une journée caniculaire dans le monde des autoroutes et des trottoirs d'asphalte, mais ici, il fait simplement bon. La voûte de feuilles et d'aiguilles au-dessus de nous adoucit la lumière en une pénombre apaisante. Quand je m'assois pour me reposer, il s'assoit près de moi et m'attire pour que je m'appuie contre lui, mais ne fait aucune tentative pour me faire l'amour. En revanche, il prend sa flûte et joue pour moi. Bien que la mélodie soit très douce et étrangement familière, je suis incapable pour une fois de dire ce qu'il joue. Cela semble lui plaire, car il recommence encore et encore, de plus en plus tendrement, de plus en plus lentement, jusqu'à ce que je m'endorme au son des notes doucement soufflées à mon oreille.

Quand je m'éveille, tard dans l'après-midi, il y a encore à manger, et d'une telle variété que je suis stupéfaite de ses capacités de récolte. Nous mangeons lentement avant de repartir. Nous croisons la piste d'un chevreuil, que nous suivons. La marche est beaucoup plus aisée et je ne tarde pas à me rendre compte que nous marchons moins vite qu'avant. Je demande à son dos : « Est-ce qu'il y a un problème ? ». Il se retourne, avec encore le même sourire.

« Tout va mieux que bien, », me dit-il, et il se penche en arrière pour me prendre la main.

Ainsi, nous poursuivons notre chemin et nous arrêtons avant

que la nuit ne soit complètement noire, non loin des berges d'une rivière. J'écoute le bruit de l'eau tandis qu'il allume un feu, et je comprends qu'elle est rapide et impétueuse. On devine les pierres roulées dans le courant. Je me demande si nous allons devoir la traverser, et comment. Je me dis que je devrais aller voir, elle n'est pas à plus de cinq minutes de marche, à l'oreille, mais je me sens soudain trop fatiguée. Je m'assoupis jusqu'à ce qu'il me réveille pour m'aider à m'allonger dans un nid de branches de pin. Au lieu de m'y rejoindre, il me borde sous la couverture. Il s'assoit à mes pieds et, éclairé par le feu, prend sa flûte et recommence à jouer. Sa silhouette noire se découpe dans la lumière orangée du feu. De temps à autre, une goutte de sève explose dans les bûches en une gerbe d'étincelles qui se joignent dans la nuit aux notes de sa musique. Ce soir, il joue la mélodie de la rivière et du héron qui pêche dans les eaux calmes. Les dernières notes que j'ai conscience d'entendre sont les gouttelettes d'argent qui tombent en voltigeant du poisson frétillant que le héron attrape dans son bec.

Je me réveille le lendemain matin avec un léger mal de tête. Nouvelle profusion de nourriture et de sollicitude. Mais mon mal de tête me rend irritable et grincheuse. « Arrête de me traiter comme une invalide, lui dis-je quand il s'accroupit près du lit pour m'apporter à manger. Tu me donnes l'impression d'être en verre !

– En cristal, mon cœur, en ambre, avec des éclats d'émeraude dans les yeux, », me dit-il avec un sourire ravi quand je le fusille du regard. Sa gentillesse commence à me taper sur les nerfs.

Je demande avec colère : « Qu'est-ce qui t'arrive ?

– C'est que je suis trop heureux pour me disputer, mon amour.

– Pourquoi n'as-tu plus envie de moi ? » Je me rends compte avec surprise en le disant que c'est là l'essentiel de ma colère. « Plus envie de toi ? Ce serait plus facile de ne plus avoir envie d'air dans mes poumons. C'est seulement que tu es fatiguée, et que parfois je suis un peu trop…enthousiaste.

– Je ne me suis pas plainte, lui fais-je remarquer sèchement. » Sa poésie commence à m'énerver. J'ai envie d'éclater en sanglots, sans aucune raison, ce qui m'agace encore plus et relance la vigueur de ma migraine.

« Oh, mon amour ! » dit-il avec sollicitude, et son ton doucereux et le fait qu'il sache que j'ai mal à la tête sans même que je lui dise ne font qu'augmenter ma rage.

« Arrête !

– D'accord, », dit-il docilement. Mais il reste assis à me regarder avec le regard d'adoration muette d'un cocker.

Je hurle : « Arrête, je te dis ! » et j'entends ma voix de mégère. Mais je ne peux pas m'empêcher de le supplier : « S'il te plaît, reste comme tu étais avant. Arrête d'être si mielleux !

– Je vais essayer, dit-il sérieusement. Je te promets. »

C'est tout ce que je peux obtenir de lui.

20 vingt

Il m'emmène en remontant la rivière. Les berges sont faites de gros rochers ronds et de gravier, avec de temps à autre des bandes de sable entre les graviers et le bord de l'eau. Difficile d'y poser avec sûreté le sabot ou le pied. Le cours de la rivière varie suffisamment d'une année sur l'autre pour empêcher les gros arbres de pousser tout près, il ne reste que des souches blanchies par le courant et de petits buissons et arbrisseaux enracinés dans la vase et le sable, condamnés à une mort précoce à la prochaine crue. La lumière éclatante du soleil miroite sur l'eau, m'éblouit et laisse des points lumineux sur mes paupières à chaque fois que je cligne des yeux. La rivière semble habitée d'un souffle qui suit le courant, et ce vent frisquet me siffle douloureusement aux oreilles. Je lève les mains pour les couvrir, mais les laisse retomber en voyant le regard anxieux que me jette Pan en se retournant.

J'ai toujours détesté qu'on manifeste de la sollicitude à propos de ma santé. Il me semble que c'est une invasion intolérable de mon intimité. En voyant Pan si inquiet, j'éprouve comme un sentiment de trahison. De condescendance. Ce que j'attends de lui, je m'en aperçois, c'est qu'il soit le meilleur ami possible. Oui, ainsi qu'un partenaire sexuel, aussi bien dans le jeu que pour les caresses érotiques. Sa sentimentalité poétique et sa façon de me chouchouter me tapent sur les nerfs. C'est un peu comme d'être avec quelqu'un qui devient gâteux, ou qui tombe dans la sensiblerie parce qu'il a trop bu. Même si on aime bien cette personne, on se lasse vite de cette attitude peu naturelle. Cependant, je suis touchée d'une certaine façon par ses regards obliques et attentifs, j'apprécie la façon dont il me tient les branches qui traversent le sentier pour qu'elles ne me fouettent pas le visage. Et, d'autre part, j'enrage de me dire qu'il m'a toujours crue assez stupide pour me laisser gifler par une branche. En fait, je me rappelle certaines fois, quand nous étions enfants, où nous marchions l'un derrière l'autre en faisant exprès d'essayer de nous cingler mutuellement. Une amitié comme celle-là ne se termine jamais, me dis-je pour me réconforter. D'accord, mais les histoires d'amour se terminent, elles. Presque toujours, les amoureux se disputent et se séparent, et alors qu'advient-il de l'amitié qu'ils ont échangée contre la romance ?

Pan s'est arrêté et regarde fixement de l'autre côté de la rivière. Voici un endroit, indiqué par un panneau, où les gros animaux traversent le courant. Une barre de gravier forme une barrière d'écume en travers du courant et rejoint presque une deuxième barre qui vient de l'autre rive. C'est possible. Le panneau le prouve. Mais Pan reste immobile un long moment, le regard fixe. Puis il me jette un coup d'œil.

« Il y a un autre endroit, suggère-t-il. Un gué plus praticable, à peine trois kilomètres plus haut.

– Celui-ci me paraît très bien. » Mon ton est cassant, je sais que je dois sembler contrariante.

Il me regarde sans rien dire pendant quelques instants, puis tend le bras pour prendre la bretelle de mon sac. « Laisse-moi le porter un peu, propose-t-il. Il a l'air lourd et je sais que tu es fatiguée. »

Je suis, je m'en rends compte soudain, lasse et épuisée, rien qu'après notre courte marche de ce matin. Il tire sur mon sac et brusquement, je suis furieuse de ma faiblesse. Le moindre signe de fragilité humaine, me dis-je ironiquement, et déjà le faune pense que je suis trop faible, que j'ai besoin d'être dorlotée et réconfortée. Il s'imagine que je ne fais pas partie de sa forêt, de son monde.

Je lance sèchement : « Ça va très bien ! » et j'avance pour le dépasser, fais un faux pas et glisse sur un banc de gravier et de sable jusque dans la rivière.

L'eau est froide, alimentée par les glaciers, et se referme comme les mâchoires d'un étau. Les graviers roulent traîtreusement sous mes tennis quand je tente de ressortir en pataugeant. Le courant est plus fort que je ne le croyais et, à mesure que l'eau devient plus profonde, je me sens prise dans son tourbillon. « Evelyn Sylvia ! » souffle le faune comme une prière, et soudain il est à mes côtés, en amont. « Tiens-toi à moi ! m'ordonne-t-il.

– Tiens-toi toi-même », lui réponds-je avec une grossièreté intentionnelle, en me lançant devant lui, hors de sa portée. L'eau froide m'arrive aux genoux. Je suis environnée par le bruit de la rivière qui roule les graviers dans son lit. La vase des rives reflète la lumière du soleil et darde des rayons étincelants qui m'éblouissent. Je fais un pas et soudain le gravier s'enfonce sous mon pied, et je suis dans l'eau jusqu'au dessus du genou. J'ai encore plus de la moitié de la rivière à traverser. Je sens Pan se saisir de la bretelle de mon sac. « Faisons demi-tour ! » crie-t-il par-dessus le vacarme de l'eau. « C'est un mauvais passage. Il a fait très chaud ces jours derniers et beaucoup de neige a fondu des glaciers. »

Je sais qu'il a raison, mais une folie s'empare de moi, je me sens obligée de faire mes preuves.

« Allons, on peut y arriver ! » Je hurle sur le ton des défis qu'on se lance entre copains d'aventure. « Ne sois pas trouillard ! »

Un autre pas, et j'ai de l'eau jusqu'aux cuisses. Mes jambes tremblent, à cause du froid et parce que je résiste au courant.

« C'est trop profond », proteste-t-il. » Et je sens qu'il tire sur mon sac.

J'avance encore d'un pas. Tout arrive d'un coup, les pierres roulent sous mes pieds, la rivière me saisit, la bretelle du sac se rompt. Je chancelle, le ciel chavire et je sombre dans un lait gris bouillonnant qui se referme sur moi. Le choc glacé de l'eau sur mon torse me coupe le souffle et je bois la tasse en aspirant de l'eau par le nez. J'ai froid aux sinus, c'est bizarre de penser à ça quand on se noie. Je n'ai jamais été à l'aise en eau profonde, jamais appris à nager, mais la panique libère les instincts et je remonte en battant l'eau avec les bras. Mes pieds frôlent le gravier, je me sens tourbillonner dans le courant. J'ai les yeux ouverts, mais l'eau vaseuse est opaque, je ne vois strictement rien. La bretelle du sac est entortillée autour de mon bras et je ne peux m'en libérer. Soudain, je sens mon corps traîner sur un fond de graviers. Dans un sursaut d'énergie déclenché par l'adrénaline, je roule sur les genoux, me relève et me retrouve vacillante avec de l'eau jusqu'aux mollets.

Mes cheveux dégoulinent dans mes yeux, la seule chose que je puisse voir, c'est la lumière. Je crache et hoquette, essayant de reprendre mon souffle en même temps que j'évacue l'eau de mes poumons. L'eau et le vacarme de la rivière m'assourdissent. J'appelle : « Pan ! » en m'ébrouant comme un animal qui sort de l'eau.

Pour toute réponse, j'entends un plongeon et un gargouillis. Je me frotte les yeux, les ouvre malgré le sable fin qui me brûle. Il est à trois ou quatre mètres de moi, dans l'eau profonde, et se débat contre le courant. Je tends les mains, fais deux pas vers lui dans une eau qui m'aspire violemment. Il se lance désespérément vers moi, nos mains se touchent et s'agrippent. Il a le visage fou de peur, puis ses pieds touchent le fond et, comme une grenouille tétanisée, il bondit et nous tire tous les deux de l'eau en une ultime secousse.

Nous ruisselons tous deux d'eau laiteuse. Le pauvre soleil est impuissant à nous réchauffer. Je tremble trop violemment pour pouvoir parler tandis que nous remontons à quatre pattes la berge en pente jusqu'à l'abri précaire des buissons. Du moins, ici, le vent est moins fort. Je m'écroule immédiatement, presque sur le dos de Pan, et je libère rageusement mon bras de la bretelle et du sac. « Idiote ! » aboie-t-il en claquant des dents. « Espèce d'âne ! Tu as bien failli nous noyer ! » Il m'étreint et me serre contre lui de toutes ses forces. Sa peau est froide au toucher, mais nous restons serrés l'un contre l'autre. Quand le tremblement se transforme en frisson, nous nous relevons pour nous éloigner en chancelant de la rivière, vers une étendue de hautes herbes sèches.

Le vent semble moins fort quand nous nous y enfonçons, mais j'ai encore froid. En claquant des dents, je quitte mes vêtements trempés, les tord et les étends pour qu'ils sèchent. Tout le contenu du sac est également trempé. Je le sors, l'étale au soleil. Pan est encore couché dans l'herbe, sur le côté, presque roulé en boule, les yeux fermés. Son visage est crispé comme s'il souffrait. Je m'agenouille près de lui et demande : « Tu as mal ? »

Ses paupières s'ouvrent et je n'ai jamais vu autant de frayeur dans ses yeux. « Le pire moment de ma vie. De toutes les vies que je peux me rappeler ! Tu as coulé et la seule chose que je pouvais faire, c'était de sauter après toi, en sachant que c'était inutile. » Il est secoué de frissons. « Evelyn, je ne sais pas nager !

Pas plus qu'aucun de mon espèce. J'étais sûr que nous allions tous nous noyer. »

Je m'allonge derrière lui dans l'herbe sèche et crissante et m'enroule autour de lui, mon ventre contre son dos, et je mets mes bras autour de lui en pensant aux mots qu'il vient de dire. C'est biblique. Il n'est d'amour humain plus grand que de donner sa vie pour celle d'un autre. Ça s'applique aussi aux faunes, probablement. Ce n'est pas quelque chose que je peux comprendre, que quelqu'un puisse m'aimer à ce point. Ni que je peux accepter. Je n'en veux pas, c'est une trop grande responsabilité. « Ne m'aime pas comme ça, lui dis-je doucement. Je ne sais pas comment être aimée de cette façon-là. » Déjà endormi, il ne répond pas. Je mets très longtemps à m'assoupir à mon tour à ses côtés.

Quand je me réveille, la couverture encore mouillée est posée sur moi. Le plongeon dans la rivière ne l'a pas arrangée, mais du moins permet-elle de conserver un peu la chaleur de mon corps. Je n'ai pas envie de bouger, je me sens nauséeuse et j'ai mal partout. Mais je me force à remettre mes vêtements humides. Le jean est encore mouillé à la ceinture et à l'entrejambe mais la chemise est presque sèche. Mes chaussettes sont encore désespérément trempées. Pieds nus, je pars à la recherche du faune.

Il a allumé son feu sur des pierres plates au bord de la rivière, avec des morceaux de bois flotté sec. Plusieurs petits poissons cuisent sur des pierres près du feu. Au moment où j'arrive derrière lui, il est en train de les piquer avec un bâton. Il a les cheveux encore mouillés et ma chemise de denim sur les épaules. Quand je le touche, il fait un bond. « Pan », dis-je d'une voix apaisante et pendant un instant, il me regarde comme s'il ne me reconnaissait pas. Il a un visage hagard que je ne lui ai jamais vu. « Ça va ?

– Je… je suis en train de me souvenir. De remonter très loin. Si nous descendons le courant, assez loin, pendant huit ou neuf kilomètres, la rivière doit avoir un affluent. C'était très facile de traverser à cet endroit. Évidemment, c'était il y a très longtemps... »

Sa voix traîne à nouveau sur les mots et, l'espace d'un instant, c'est quelqu'un que je ne connais pas qui me regarde avec ses yeux. Qui me jauge. Il se met à hocher la tête et soudain, il redevient Pan, mon Pan. L'expérience est troublante.

« Tu as faim ? demande-t-il.

– Oui, dis-je franchement. Tu sais, ces derniers temps, je ne fais que manger et dormir. Je me demande ce qui m'arrive, mais je n'ai pas l'impression d'être à la hauteur.

– Bien sûr que si », dit-il, avec un sourire horripilant. » Ses yeux scintillent de quelque secret. Je refuse de me laisser appâter.

Nous mangeons les poissons, lui croque les siens à belles dents et moi je trie les miettes de chair blanche dans l'infinité d'arêtes minuscules. Nous buvons l'eau de la gourde, car celle de la rivière est trop vaseuse pour être bonne.

Ensuite, je vais vers lui et, me plaçant devant lui, je pose ses mains sur mes hanches. Je suis à quelques centimètres de lui. Ses yeux scrutent mon visage. « Tu n'es pas trop fatiguée ? » demande-t-il doucement. » en guise de réponse, je l'embrasse. J'ai besoin de lui. Pas pour le sexe, mais pour la tendresse. Nous retournons vers nos vêtements étendus et il m'allonge avec lui sur la couverture humide. Il a une façon très particulière de faire l'amour, cette fois-ci. Ses baisers me touchent à peine, il ne s'appuie pas sur moi et ne me pénètre qu'assez longtemps pour me faire jouir. C'est un contact délicat et frôlant, mais la légèreté même de notre union provoque un plaisir étonnamment explosif. Il s'écroule à mes côtés plutôt que sur moi. Ensemble, nous fixons l'immensité du ciel bleu.

« Il va faire froid cette nuit, dit-il tout à coup.

– Comme d'habitude à cette période de l'année.

– Je me suis souvenu d'un endroit où nous pouvons aller. » Il s'interrompt, puis reprend sur un ton d'excuse : « C'est encore bien loin d'ici.

– De l'autre côté de la rivière ?
– J'en ai peur. Et à des jours et des jours de marche.
– Pas grave, dis-je négligemment, pleine d'angoisse. Tu veux qu'on parte ? On peut arriver au gué dont tu parlais avant la nuit ? Je ne veux pas traverser au crépuscule. »

Il secoue nonchalamment la tête. « Non. Laissons sécher nos affaires et reposons nous un peu. » Il roule soudain sur le côté pour me faire face. « Evelyn, si je te perds, je perds tout. Tout. » Il parle calmement, mais avec une telle intensité que ses mots sont comme un cri.

« Ne t'inquiète pas. Tu ne vas pas me perdre. » Je parle comme si de rien n'était mais ses mots ont fait naître en moi un malaise.

« Promets-moi que tu seras plus prudente, exige-t-il.
– Ça va aller, ne te fais pas de souci. » J'essaie de détourner son attention.

« Promets-moi ! » insiste-t-il. Les mots sont comme un nœud qui se resserre autour de mon cou. « S'il te plaît », ajoute-t-il, et le mot me blesse. Il ne devrait jamais y avoir de « s'il te plaît » entre nous.

« Je te donne ma parole que je ferai attention », dis-je en guise de compromis. »

Pendant un long moment, nous nous taisons, tous deux mal à l'aise. Le poids de la promesse donnée reste suspendu entre nous. J'ai l'impression que ça n'est pas naturel d'être si importante pour lui. C'est comme si je ne m'appartenais plus tout à fait. Comme si je lui avais donné une part de moi même à surveiller et contrôler. Mon cœur se serre en me demandant si j'ai jamais fait cette impression à Tom. Si lorsqu'il me repoussait, m'évitait, c'était parce que j'étais trop proche et que ça lui était insupportable. Je ne veux pas être responsable du bonheur de quelqu'un d'autre.

« Ohé ! » fait-il doucement, un peu plus tard. Je me tourne vers lui. Après avoir fixé le ciel, mes yeux sont éblouis, je peux à peine distinguer ses traits.

« Quoi ?

– Rien », dit-il avec un grand sourire. » Mais ça va mieux. Je me lève et retourne les vêtements mouillés en les secouant pour essayer de les faire sécher plus vite. Mais l'après-midi est bien avancée quand les vêtements sont suffisamment secs pour pouvoir les plier et les remettre dans le sac. Ils sont encore un peu humides et je me promets de les ressortir pour les étendre demain pendant notre halte de midi.

Nous quittons le bord de la rivière et retournons dans la forêt pour la nuit. Pan allume son petit feu habituel pendant que je prépare un lit d'aiguilles de cèdre et d'herbes sèches. Je pense aux grands singes qui font leur couche tous les soirs et je me demande si nous sommes si différents d'eux. Il rapporte encore du poisson et, après que nous l'avons mangé, il s'assied près du feu et taille un morceau de bois. Je fixe les flammes sans trop faire attention à lui jusqu'à ce qu'il se lève et vienne s'asseoir derrière moi.

« Ne bouge pas, », me dit-il quand je cherche à me retourner vers lui. J'obéis, me retourne vers le feu. Je sens qu'il touche légèrement mes cheveux. Brusquement, quelque chose s'y accroche et il tire fort.

« Aïe ! dis-je portant la main à ma tête. Qu'est-ce que tu fais ? »

Il laisse tomber ses mains et mes doigts rencontrent un peigne de bois fixé dans mes cheveux. Je le retire pour le regarder. C'est ce qu'il sculpte depuis plusieurs jours. Les dents sont larges et lisses, la tête porte un motif sculpté de feuilles de vigne. Je n'ai jamais rien vu de si joli et délicatement compliqué. « J'en avais déjà un en plastique », lui dis-je. Pas du tout ce que je voulais dire.

Il sourit comme si je l'avais remercié avec effusion et dit simplement : « En bois, c'est mieux. »

Je remonte mes cheveux sur mon épaule et commence à les démêler. Bizarre de me dire que je ne m'en suis pas préoccupée depuis plusieurs jours. Ils sont pleins de brindilles, de mousse, de graines et même de résine. J'ai du mal à les démêler mais je ne résiste pas quand au bout d'un instant, il me prend le peigne des mains. Doucement, il tire mes cheveux en arrière et se met à les lisser de la racine aux pointes. Il n'est pas très habile, mais je supporte les petits tiraillements parce que j'aime bien qu'il me touche. Mais après quelques instants, je commence à me sentir gênée. Égoïste. Coupable qu'il m'accorde tant d'attention. J'ai l'impression que c'est moi qui devrais m'occuper de lui pendant qu'il se repose et fait le lézard. « Dans tous les couples, ai-je entendu ma mère dire un jour, il y a celui qui aime, et celui qui est aimé. » Jusqu'à maintenant, j'ai toujours été celle qui aime. Je ne sais pas rester immobile et accepter son attention.

Je m'agite, me retourne pour lui reprendre le peigne. « Laisse-moi finir », dis-je en ignorant son regard perplexe. » Je me hâte de terminer ma tâche en tirant sur les nœuds qu'il essayait de démêler si soigneusement. Je commence à faire des nattes, mais il pose une main sur mon épaule pour m'arrêter.

« Laisse les libres », me demande-t-il doucement. »

Je hausse les épaules et cesse de les natter. Je range le peigne et m'approche de lui. Je lui masse le cou et les épaules en cherchant des tensions que je ne trouve pas. Il ferme à demi les yeux de plaisir, puis les rouvre en disant : « Tu fais ça pour éviter que je te touche.

– Peut-être », dis-je à contrecœur. Je passe derrière lui et mes doigts s'attaquent à sa colonne vertébrale, là où elle disparaît dans les poils de chèvre, puis jusqu'à la base de sa queue. Son corps ne cesse de me fasciner. Mes mains remontent à nouveau vers son dos.

« As-tu déjà pensé que ça pouvait me procurer beaucoup de plaisir de te toucher ? Que, pour moi, te toucher pouvait être aussi agréable que quand tu me caresses ?

– Non. » Ma réponse est sèche, à la fois admission et refus. Je me rends compte que cet état d'esprit remonte plus loin que je ne le croyais. À mon éducation. Ce serait de la vanité de croire une chose pareille, et la vanité est un péché. Ce serait également égoïste et prétentieux, ce qui serait mal élevé. Bizarre. Je peux plus facilement faire l'amour avec l'homme-bouc qu'admettre qu'il m'aime. Ou qu'il aime me toucher. Des larmes irrationnelles me montent aux yeux. Je me sens frustrée de ne pouvoir croire que quelqu'un puisse m'aimer vraiment. Je soupçonne immédiatement que je m'apitoie sur mon sort, ce qui me met en colère.

« Aïe ! » se plaint le satyre. Ma colère s'est inconsciemment transmise à mes mains et je lui ai serré les muscles de l'épaule avec plus de poigne que je n'en avais l'intention. Il se tourne vers moi et je sais que la lumière du feu se reflète dans mes larmes.

« Idiote ! » dit-il. Et il y a tant de tendresse dans ces mots que j'éclate presque en sanglots. Je m'écarte de lui.

Je m'entends lui dire, stupidement : « Ce n'est pas toi. C'est moi. Je ne sais pas ce qui ne va pas. » Je referme les bras contre moi en me balançant comme une enfant malheureuse. Pourquoi est-ce que je me sens si mal ?

« Tu vas très bien », me dit-il avec gravité en m'attirant pour me reprendre dans ses bras. Pendant un moment, il se contente de me tenir et je sens la chaleur du feu sur mon visage, la chaleur de son corps contre mon dos. Puis nous allons nous coucher tous les deux. Il me tient contre lui jusqu'à ce que je glisse de son emprise dans celle du sommeil.

Je rêve de Fairbanks. C'est un rêve multiple, je jardine, je répare la voiture. Je n'arrête pas de chercher Tom en faisant tout ça, mais il n'est jamais là. Mais en fait ça ne me préoccupe pas. Je me déplace péniblement du garage au chalet, car je suis enceinte jusqu'au cou. Quand je rentre dans notre chambre, l'ancien lit à deux places a disparu, remplacé par une couche odorante de branchages et d'aiguilles de pin. Je suis très fatiguée et je m'y allonge. Puis j'entends les pas de Tom dans la cuisine. Je ne l'appelle pas, car je sais qu'il va bientôt entrer dans la chambre et m'apporter une assiette de biscuits salés avec quelques morceaux de fromage. Il sait que ça m'aide à surmonter mes nausées matinales si je mange quelques biscuits avant de me lever. Alors j'attends, et les pas se rapprochent, mais n'entrent jamais dans la chambre.

Je me réveille. Mais pas complètement. Je sens le soleil chatoyer sur mes paupières, mais je n'ouvre pas les yeux. Il y a quelque chose qui n'allait pas dans ce rêve. Tom ne m'a jamais apporté d'assiettes de biscuits au lit. J'avais une boîte de pastilles dans la table de nuit. Tout le temps où j'attendais Teddy, Tom était mal à l'aise, comme si j'avais eu en moi une espèce de parasite géant qui pouvait être contagieux. Une nuit que mon ventre gonflé touchait son dos, Teddy lui avait donné un coup de pied à travers la paroi de l'utérus. Tom avait bondi comme si on l'avait électrocuté. J'avais éclaté de rire, ravie, mais Tom avait déclaré : « Je déteste ça ! C'est tout mou, c'est dégoûtant. Comment peux-tu le supporter ? – C'est notre bébé », lui avais-je dit, et à l'époque je croyais que ça ne m'avait pas choquée. Mais à présent que je m'en souviens, je suis un peu surprise de constater que c'est encore si douloureux.

Je m'étire lentement et j'entends bruire les aiguilles de pin. Une vague de nausée familière monte en moi. Ne bouge pas, me dis-je, et ça va passer. Mange un biscuit salé.

Puis j'ouvre les yeux et vois les branches sombres des épinettes sur le ciel bleu. Le contraste est tel qu'elles paraissent presque noires. Je comprends soudain ce que me disait mon rêve. Réveille-toi, et saisis ce que tu sais déjà. Tu es enceinte.

Tous les détails sont là. Je me sens un peu douloureuse, un peu gonflée. Le syndrome manger-dormir. J'essaie de m'en inquiéter, mais au contraire je me retrouve la main posée à plat sur le ventre, avec un sourire béat. Ce qui semble la confirmation ultime, car j'ai passé toute ma première grossesse sur un nuage de satisfaction bovine. Tom lui-même s'était vanté auprès de ses copains que j'étais si docile depuis que j'étais enceinte qu'il pouvait faire ce qu'il voulait. Gavée d'hormones, je ne souhaitais rien d'autre que manger, dormir et faire mon bébé. Je revois mon comportement de ces derniers jours et me rends compte, incrédule, de l'aveuglement avec lequel j'ai suivi Pan, de la confiance avec laquelle j'ai mis ma vie entre ses mains. Déjà.

Depuis combien de temps suis-je enceinte ? Je n'en sais rien. J'ai perdu le compte des jours depuis que je suis dans la forêt, mais je sais que je n'ai pas eu mes règles. Une autre pensée me paralyse. De qui est le bébé ? De Tom ? Du faune ?

Aucune des deux réponses n'est acceptable.

Je ne veux pas d'un bébé de Tom qui grandirait en moi. Puisqu'il ne m'aime plus. Et même si nous ne nous étions pas quittés, je ne voudrais pas d'un enfant aussi vite, tout de suite après la mort de Teddy. Ce serait une trahison, en quelque sorte. Comme de dire, bon, cet enfant est mort, dépêchons nous de le remplacer. Mettons-en un autre en route, vite fait, ça ne prendra que neuf mois…

Mon ventre est plat sous ma paume protectrice. Peut-être ne suis-je pas enceinte, me dis-je. Peut-être n'est-ce que le rêve et mon imagination. Je suis sans doute idiote. Mais je ne suis pas convaincue. Je vérifie mes seins, dont les mamelons sont sensibles au toucher. D'avoir trop fait l'amour, me dis-je. C'est tout. Je ne peux pas être enceinte. Pas de l'enfant de Tom.

Et si c'était celui de l'homme-bouc ?

Mon esprit renacle devant pareille idée. Je ne veux pas m'imaginer en train de mettre au monde une créature à sabots, au milieu d'un champ. Un petit corps velu, mi-enfant, mi-chèvre, qui grandirait dans mon ventre ? Qu'est-ce que j'en ferais ? Où est-ce que je l'élèverais ? Comment irait-il à l'école ? Il n'aurait aucune place dans mon monde. Un monstre. Pire, s'il me ressemblait et ne portait aucun signe de son père satyre ? Qu'est-ce que je lui dirais quand il serait grand ? Ne tombe pas amoureux d'une femme, tu lui feras des enfants chèvres ? Et si c'est une fille ?

Et si ce n'est aucun des deux, mais une combinaison ? Pieds de chèvres et jambes humaines, ou petit d'homme couvert de poils sur la partie postérieure du corps ?

Je me lève soudain et commence à fourrer mes affaires dans mon sac. Avec une sorte de frénésie, je ramasse les jeans que j'avais étendus tout à l'heure sur les branches basses dans l'espoir de les faire sécher un peu plus. Je les jette dans mon sac, n'importe comment. Il faut que je parte d'ici, que j'oublie cette idée. Je sais bien que je vais emporter ma grossesse avec moi, où que j'aille, mais je me dis que ce sera différent si je suis seule. Les problèmes sont toujours plus faciles à résoudre quand on est seul.

Au moment où je pars, où je quitte le camp, je prends conscience de sa présence. Comme d'habitude, c'est son odeur qui le précède. Et comme toujours, m'attire, mais cette fois je résiste. J'y plonge comme en eau profonde, me propulse en avant, pour rentrer dans la forêt. Il sera au camp, me dis-je en écartant une branche sur mon passage. J'entends sa voix, pas un appel, mais une question : « Evelyn ? » derrière moi. Claire comme l'appel d'un oiseau, sans crier. J'avance.

Les bois eux-mêmes semblent se retourner contre moi. Les ronces obstruent ma route, des arbres tombés me retardent. Mon esprit réunit des informations dispersées et me les transmet. Qu'est-ce que je croyais donc que signifiait cette insistance constante à faire l'amour, sinon pour m'imprégner de sa semence ? Est-ce que je croyais sincèrement qu'il me trouvait désirable à ce point ? Et il sait, il sait qu'il a réussi, c'est ce qu'il y a derrière toute cette soudaine tendresse et cette sollicitude. Qu'a-t-il dit hier ? « Tu as failli nous faire tous noyer ! » Pas nous faire noyer tous les deux. Tous.

Les mots doux et les moments de tendresse me semblent soudain un piège insidieux, son odeur épicée un leurre pour m'attirer. Il s'est joué de moi, me dis-je, et la colère monte en moi, mais moins forte que la peur. Je ne me laisserai pas reprendre, me dis-je, mais au même moment, j'entends derrière moi sa voix, toujours aussi douce : « Evelyn ? »

Je fonce furieusement dans des broussailles qui s'accrochent à moi, me giflent et m'écorchent la peau et où je m'empêtre les pieds. Je sais que je ne peux pas courir plus vite que lui, mais j'essaie.

« Evelyn ? » appelle-t-il encore, et cette fois une note de frayeur accompagne la question. Je sors des taillis en arrivant dans une clairière. Je bondis, comme un chevreuil poursuivi, me mettant instinctivement à courir sans même faire attention aux obstacles que j'évite ou franchis d'un saut à mesure que mon corps le décide. Et je suis à nouveau sous le couvert, je cours dans un sentier de chevreuils.

Je crois l'entendre derrière moi, mais ensuite le bruit décroît. Je ne regarde pas derrière moi, je ne peux pas, je ne regarde même pas sur le côté en entendant déguerpir un gros animal. Soudain, je sens son odeur, devant moi, non, à côté de moi, partout, elle m'environne. Je m'arrête brusquement, haletante, j'essaie de changer de direction mais l'odeur me parvient de toutes parts, calmante et tiède, suave comme le lait frais. Je ne peux prendre aucune décision dans le calme qui m'enveloppe. En sueur, immobile, je tremble tandis qu'il s'approche sur le sentier. Quand il arrive près de moi, je regimbe comme un cheval ombrageux mais il pose une main apaisante sur mon épaule et l'autre sur ma joue. « Evelyn, dit-il, ses yeux rivés aux miens. Tout va bien, mon amour. Il n'y a rien à craindre. »

Je me sens glisser dans les profondeurs de son regard. Ses mains me redonnent des forces, j'ai envie d'ouvrir les bras et de m'accrocher à lui. Son odeur m'environne, m'enveloppe comme une couverture vaporeuse.

« Arrête ! », dis-je en lui donnant une claque sur les mains pour les détacher de moi. Un instant, ses yeux n'expriment que l'ahurissement. Puis quelque chose comme une lueur d'amusement les éclaire.

« D'accord », accepte-t-il en s'écartant de moi. Je reprends mon souffle en plusieurs inspirations pour me calmer. L'air ne sent plus que les feuilles tombées, la terre et les plantes. Mon esprit s'éclaircit. Pas de panique, pas de crainte, pas de calme hébété non plus.

« Je… euh… » dit-il. Je lève les yeux, il sourit, mais d'un air gêné. « Je ne l'ai pas fait exprès, je veux dire… » balbutie-t-il en voyant que je ne lui rends pas son sourire.

« Je ne te crois pas, dis-je froidement. Tu m'as manipulée. » Son expression change. « Exactement comme tu m'as manipulé, toi aussi.

– Ce n'est pas vrai !

– Pas vrai ? Tu penses que je suis insensible à tes phéromones ? Tu penses que c'est facile pour moi de ne pas te toucher quand ton corps affiche une fertilité aussi ostensible ? En ce moment même… » Il fait un pas en arrière. « Tu es là, tu me défies, tu me reproches mon odeur. » Son expression change à nouveau, un sourire ravi se répand sur son visage. « Comment puis-je discuter avec toi quand ton odeur me dit : " Protège-moi ! Défends-moi, abrite-moi de tout danger, car je suis enceinte de ton enfant. " Tu crois que c'est juste ? Tu ne crois pas que tu me manipules ?

– C'est comme ça que tu sais que je suis enceinte ? » demandé-je, oubliant un instant ma colère.

Il acquiesce de la tête, son sourire se fait tendre, ses yeux doux.

« Arrête ! dis-je d'un ton de commandement. En plus, ce n'est pas comme si je le contrôlais.

– Mais si. C'est seulement que tu n'en as pas conscience. Moi, si. Même loin de toi, chaque bouffée de ton odeur me donne envie de t'apaiser, de te donner des forces, de protéger l'enfant que tu portes. Sais-tu à quel point c'est difficile de résister à cet instinct, de garder ça en moi ? Sais-tu seulement ce que tu me demandes ? »

Je suis soudain fatiguée et troublée. Je ne sais plus qui manipule qui. Ça m'est égal. Je veux seulement m'asseoir et me reposer. Ce qui doit se voir un peu sur mon visage, car soudain ses yeux s'élargissent de sollicitude, et c'est tout juste s'il ne m'assomme pas d'une de ses bouffées de musc. « Je veux seulement… » Je n'achève pas et cherche un endroit pour m'asseoir. Il y a un arbre tombé, vert de mousse, d'où surgissent quelques fougères. Je sais que sa main est sur mon bras, et qu'il m'aide pour aller jusque là, mais tout à coup, je lui suis reconnaissante de sa présence. « Je ne comprends rien… dis-je en gémissant, soudain anéantie par tout ça. Tu ne m'as jamais rien dit. Je ne pensais même pas que je pouvais être enceinte. Je ne m'en inquiétais pas, il ne m'est pas venu à l'idée que c'était possible. Et maintenant, je ne sais pas ce qui va se passer.

– Tout ira bien », m'assure-t-il, accroupi à mes pieds. » Mais son expression inquiète dément ses paroles.

« Alors pourquoi suis-je si fatiguée ? Ça ne peut dater que de quelques semaines, même pas. Je ne devrais même pas pouvoir dire que je suis enceinte. Mais je suis tellement lasse ! »

Il exhale une vague de musc apaisant. J'ai l'impression que je vais me noyer dans cette odeur. Mon intelligence se bat contre mes instincts. Ce faune a l'odeur de la sécurité, mon corps me dit qu'il représente la protection, l'abri, mais mon esprit peut lire la profonde inquiétude de son regard. Le conflit me bouleverse et je le vois presque trembler au moment où son corps perçoit l'odeur de mon angoisse. Je me lève avec l'intention de m'éloigner de lui, mais il bondit sur ses pieds.

« Non. Tu ne bouges pas et tu te reposes. Je m'éloigne. » Il s'écarte en cercle et s'arrête à trois mètres de moi. Pendant quelques secondes, il regarde par terre. Quand il lève les yeux, ils scintillent.

« Peut-être que maintenant tu comprends-tu ce que j'ai ressenti le jour où je t'ai trouvée dans l'herbe et que soudain tu avais l'odeur d'une femme. Pas fertile à ce moment-là, mais nubile. Et moi j'étais là, qui commençais seulement à me rappeler le concept de mâle et femelle. » Il secoue la tête, regarde à nouveau le sol. « C'était comme si quelqu'un avait fait retentir un sifflet juste dans le tuyau de mon oreille alors que j'étais sourd depuis ma naissance. Il fallait que je me sauve. »

Je ne sais pas quoi dire. Il lève les yeux vers moi. « Qui sait ? Peut-être est-ce à ce moment que le lien entre nous s'est noué. Je sais seulement que tu n'es pas une grosse brebis ou une grande biche que je peux apprivoiser et utiliser selon mes besoins. Tu es mon amie, Evelyn, d'abord et toujours. Et si je me suis servi de toi, c'est avec la permission de ton corps. Il a toujours su pourquoi nous jouissions ensemble. Je croyais... » Il s'interrompt, change de mots. « Ton odeur me disait que tu comprenais. Je ne me rendais pas compte que tu avais aussi besoin de mots.

– Menteur, dis-je platement.

– Oui, reconnaît-il sans difficulté. Mais à peine. Je savais que tôt ou tard, il nous faudrait parler comme ça. Mais pour ce qui est de porter mon enfant... je n'avais jamais pensé que tu t'y opposerais. Ou que tu aurais peur.

– C'est toi qui as peur. » Étrange comme nos propos sont directs. Nous n'avons jamais échangé autant de mots pendant tout le temps que nous avons passé ensemble, mais il n'y a aucune hésitation entre nous. Nous sommes trop proches pour faire des simagrées.

« Oui, c'est vrai. » Il fait quelques pas, vire comme pour revenir vers moi, mais s'arrête. « Ces grossesses. Entre nos deux races. Elles ne sont jamais faciles. Porter l'enfant d'un faune n'est jamais simple pour qui que ce soit. Quoi que ce soit.

– Pourquoi ? »

Il pousse plusieurs soupirs hachés. « À cause des conflits. Entre le fonctionnement de ton espèce et les besoins de ce qui grandit en toi. Un bébé humain met neuf mois à pousser dans le ventre de sa mère. Mon enfant n'en aura besoin que de six. Et pourtant, il sera tout aussi gros qu'un petit d'homme, parfois plus. Le rythme de croissance est plus rapide que ce pour quoi ton corps est prévu. Tu es donc plus fatiguée, tu as plus faim et tu es souvent mal à l'aise. » Sa voix baisse sur les derniers mots. « Mon enfant va grandir plus vite que ton corps ne pourra s'y adapter. »

Le silence est long, mais seulement entre nous deux. La vie de la forêt se poursuit. Un oiseau lance un appel tout proche, sur deux notes. Il y a une légère brise dans les hautes branches des arbres et on entend, derrière nous, le murmure lointain de la rivière.

« Il va me faire mourir, non ? » Je l'interroge parce que je sais qu'il me dira la vérité.

« Non », dit-il à voix basse, mais dans sa voix, c'est la prière que j'entends, non la dénégation. Il me regarde, les yeux soudain pleins d'angoisse. « C'est impossible. Je ne le permettrai pas. Je mourrai plutôt que de vouloir te faire du mal.

– Et ton enfant ? »

Il ne comprend pas ma question.

« Tu préfèrerais que ton enfant meure plutôt que moi ? » dis-je simplement.

Il me dévisage, sans mot dire. Puis il s'humecte les lèvres, avale sa salive. « Je ne sais pas, mon amour », chuchote-t-il. Il prend une profonde inspiration : « Et toi ? »

Je cligne des yeux pour me soustraire à son regard, et je le regarde à nouveau. Je le vois tout entier, debout, où le sentier sépare la voûte. Le faune, dans la lumière oblique de ce matin sylvestre, doré par la caresse du soleil. Lèvres vermeilles, peau sombre, yeux scintillants, cheveux ébouriffés sous ses cornes orgueilleuses. Sa peau luit de santé et de la sueur de m'avoir poursuivie en courant. Pattes minces et velues, robustes sabots écartés sur la terre battue. Il est trop éloigné pour que son odeur m'affecte mais, tandis que je l'observe, l'amour me submerge. Non pour Pan en particulier, mais pour ce qu'il est. Le dernier chaînon d'un mythe, d'une espèce étrange, compagnon de la mienne depuis tant et tant de générations. J'avais lu sur toi avant de te connaître, je t'avais aimé, avais révéré le dieu de la forêt, au fond de mon cœur d'enfant sauvage, au-delà de tout enseignement civilisé. Je savais que tu devais exister. Tout le bon sens du monde n'aurait jamais pu me dissuader de croire en toi. Je t'aime comme j'aime les loups hurlant dans la forêt et les baleines dans la mer, comme j'aime tout ce qui est sauvage et en passe de disparaître. Combien êtes-vous à rester en ce monde ? Mourrai-je en augmentant votre nombre ?

Je sais soudain que tout ça est vrai. Mon corps a consenti bien avant mon esprit, mais mon cœur n'est pas loin derrière.

Je le ferai. Non seulement pour Pan, mais pour ce qu'il est. C'est en quelque sorte une façon de m'acquitter d'une dette. Ne te demande pas ce que ta forêt peut faire pour toi, mais…

Il me sourit. Inutile de lever les yeux, de faire oui de la tête, de lui ouvrir les bras, inutile même de sourire. Il sait. Et quand il vient à moi, ce n'est pas seulement le faune, l'ami d'enfance. C'est mon compagnon, ma moitié.

21 vingt-et-un

Nous ne redescendons la rivière qu'à peu près sur six kilomètres avant qu'une route à deux voies ne coupe notre chemin. Après avoir regardé dans les deux directions, nous traversons rapidement. Je cours en me demandant si je sens vraiment le poids de mon enfant dans mon ventre, ou si je l'imagine. « C'est une nouvelle route », remarque Pan, dont les sabots tintent sur le goudron tandis qu'il trotte en hâte à mes côtés, « je ne me souviens ni de ce pont ni cette route. » Quand nous quittons le pont, je hoche la tête sans dire un mot en direction de la date : 1944, gravée dans le ciment.

« Enfin, dit-il en haussant les épaules, ce n'était pas un souvenir personnel, de toute façon. Disons que ça a changé depuis la dernière fois qu'un de mes ancêtres est passé par ici. »

Je roule des yeux perplexes et nous nous éloignons du bord de la route, escaladant des enrochements puis en nous glissant dans les graviers jusqu'au bord de la rivière. Nous avons repris notre route sur la berge herbue quand nous parvient le ronronnement d'une voiture qui se rapproche. Pan s'arrête, se retourne et fait effrontément un grand geste de la main en direction d'une Coccinelle Volkswagen. Un instant plus tard, nous entendons un crissement de pneus mais, avant que le conducteur puisse faire marche arrière, nous avons regagné l'orée de la forêt. Cachés derrière les arbres, nous retenons nos rires dans nos mains en coupe, avec des yeux d'enfants malicieux. Nous ne bougeons pas avant que la voiture ne redémarre lentement. À ce moment là, nous éclatons de rire à gorge déployée en dansant sur place jusqu'à en perdre le souffle.

Quand nous avons repris notre respiration, il s'arrête. Il lève la tête, aussi royal qu'un cerf, et se retourne lentement comme s'il répondait à un signal. « Par ici », me dit-il en partant d'un pas décidé dans la forêt. Je le suis.

Le rythme de nos journées change de plus en plus. Nous marchons de moins en moins vite et nous arrêtons plus souvent pour que je me repose. Il me fait l'amour si c'est moi qui en prends l'initiative, et dans ce cas avec un luxe de précautions agaçantes. Et parfois je suis trop fatiguée pour en avoir envie, car ce qu'il m'a dit est vrai. Cette grossesse pèse lourd et ce, précocement. Au lieu de chasser avec lui et de faire la cueillette en marchant, c'est lui qui se charge de tout pendant que je me repose le soir. Naguère, mon orgueil en aurait été blessé. À présent, ça me parait juste et naturel. Quand j'y pense, je n'éprouve que soulagement.

Une fois, je lui demande combien de kilomètres nous parcourons par jour. La question semble n'avoir aucun sens pour lui. Je décide donc qu'elle n'a pas non plus d'importance pour moi. Nous ne marchons pas en ligne droite, mais à travers les contreforts des montagnes. Il y a des rivières à passer à gué, des villes à contourner et des obstacles naturels à éviter. Nous ne nous dirigeons plus vers le nord, mais selon un itinéraire en zigzag choisi par Pan. Il devient ma boussole et c'est lui que je suis, confiante.

Tous les soirs je m'endors en me demandant quel temps il fera le lendemain. Jamais la couleur du ciel n'a eu tant d'importance pour moi. Mais l'hiver semble se retenir. Il fait beau la plupart du temps, bien que les journées soient fraîches. Je peux combattre le froid, en marchant à un rythme soutenu pendant la journée et grâce à la chaleur corporelle de Pan pendant la nuit. C'est la pluie que je redoute, car elle me transperce de ses flèches d'argent glacées. Quand les averses surviennent, elles me trempent, me volent toute ma chaleur, alourdissent mes vêtements de leur humidité de plomb. Mes tennis sont usées et glissent sur le sentier escarpé et mouillé. À la fin de la journée, les genoux de mon jean sont enduits de boue à la suite de mes fréquents faux-pas. Les jours de pluie, nous ne parcourons que peu de kilomètres, et la torture qu'ils représentent vaut à peine l'effort supplémentaire. Ce qui me fait le plus peur, c'est la neige, mais la chance nous sourit en nous offrant un automne qui n'en finit pas. Je pourrais presque croire que c'est par la volonté du dieu des bois que je suis docilement.

Je me rends compte que nous sommes au Canada, une nuit que nous contournons une petite ville : toutes les plaques d'immatriculation des voitures stationnées dans la nuit sont canadiennes. Il m'emmène dans un terrain de camping, ce soir-là, et dérobe une glacière en polystyrène qu'on a laissée sur une table. Du lait, des fruits, des sandwiches à la viande froide et à la laitue enveloppés de papier glacé. Ce soir-là, je mange tout, tandis qu'il me regarde en souriant. Dans le même camping, il a volé une vieille couverture de laine, sans doute un plaid de piquenique. Nous sommes bien contents de nous y blottir, car le froid nocturne se fait de plus en plus menaçant.

Mais, s'il ne peut répondre à mes questions concernant les distances et les dates, il est du moins devenu délicieusement disert sur tout le reste. Le soir, après avoir mangé, il me joue de la flûte ou me conte des histoires. J'en viens à préférer les histoires. Rares sont celles qui parlent de sa vie. Certaines sont incroyablement anciennes, parsemées de mots que je ne comprends pas, car dans certains cas il ne dispose pas du vocabulaire anglais correspondant. D'autres datent de la vie de son père. Son père, me dit-il fièrement, est allé à l'école autrefois. Il a suivi des cours de biologie. C'est de son père qu'il tient sa connaissance de ce qu'il est en termes biologiques. Quand je le contredis, il se lance dans une histoire compliquée de deux vieux qui passaient l'hiver dans un chalet de leur ferme près de Nenana.

« Ils étaient trop vieux et auraient dû le savoir, me dit-il. Je crois qu'ils le savaient mais qu'ils ne voulaient pas l'admettre. Le vieux posait des collets et coupait du bois pendant que la vieille entretenait le feu, faisait la cuisine et préparait les peaux que ramenait son mari. Ils avaient une vieille camionnette et, trois ou quatre fois par an, le vieux la démarrait à la manivelle, et ils allaient en ville pour vendre les fourrures et ramener des provisions. Je suppose qu'ils vivaient ainsi depuis des années. Mon père était dans le coin depuis pas mal de temps et les considérait comme ses voisins. En été, il se servait dans leur jardin et leur fumoir, en hiver dans leur garde-manger et dans la souillarde où la vieille gardait les conserves. Jamais trop, remarque, et juste en cas de nécessité. Il avait toujours soupçonné qu'ils étaient au courant, mais ça ne semblait pas les déranger outre mesure. Tu es bien, mon amour ? »

Je change de position contre lui, sans répondre. Non, je ne suis pas bien. J'ai le ventre déjà gonflé et sensible. Si je me couche sur le côté, le poids me tire la colonne vertébrale. Si je me couche sur le dos, je ne peux pas respirer. Impensable de me coucher sur le ventre. Je m'appuie donc sur lui, en soutenant mon ventre entre mes mains. Il caresse mes cheveux et continue son récit.

« Mon père avait l'habitude de suivre le vieux quand il relevait ses pièges. Pas sur ses traces, évidemment, mais à côté. Ce jour-là, le vieux a trouvé un glouton pris dans un des pièges. Il lui a tiré dessus, le glouton est tombé et le vieux s'est avancé pour récupérer la fourrure. Mais l'animal n'était pas mort et il attaqué le vieux, malgré le piège, et lui a mordu les jambes.

Le vieux a réussi à faire un pas en arrière et, heureusement, la chaîne du piège a tenu. Il a tiré un ou deux coups de fusil et a fini par le tuer, puis s'est effondré. Quand mon père a vu qu'à l'évidence il ne se relèverait pas, il est allé le relever et l'a porté chez lui. »

Il s'interrompt, regardant fixement les flammes. Je le laisse faire. J'ai appris qu'il doit s'arrêter de temps à autre afin de se rappeler avant de poursuivre son histoire. Il semble que les souvenirs lui reviennent par bribes.

« Il n'est pas entré dans la maison. Pas la première fois. Il s'est contenté d'ouvrir la porte et de déposer le vieux à l'intérieur. Il est parti avant que la vieille n'arrive et puisse le voir. Mais le lendemain, il y avait une Thermos pleine de soupe chaude posée à son intention sur le perron de derrière. Alors mon père a surveillé le chalet et, à mesure que le tas de bois de la vieille diminuait, il commençait à s'inquiéter, car il n'avait pas vu le vieux depuis plusieurs jours. Puis, un jour, il a vu la vieille dehors, qui essayait de fendre des bûches que le vieux avait entassées pendant l'été. Elle en a coupé quelques-unes, mais à peine de quoi tenir la nuit. Alors cette nuit-là, mon père est descendu, il a pris la hache et il a fendu le bois à sa place. Il en avait peut-être coupé la moitié quand la porte du chalet s'est ouverte et qu'une large bande de lumière jaune a éclairé mon père. Et la vieille a lancé : " La nuit est froide, il fait trop froid pour travailler. Homme ou bête, vous êtes le bienvenu chez nous. Entrez donc vous réchauffer. " Et mon père est entré et c'est ainsi qu'ils sont devenus amis. »

Je m'agite dans le creux de son bras, à demi ensommeillée. « Ça n'explique toujours pas comment il est allé à l'école », dis-je en protestant. Ses doigts parcourent paresseusement mon dos, trouvent les points douloureux et les apaisent.

« Les jambes du vieil homme étaient très abîmées. Mon père les a aidés pendant tout l'hiver et le début du printemps, et il a fait de son mieux pour s'occuper d'eux jusqu'à ce que des amis viennent, qui se demandaient pour quelle raison ils n'avaient pas apporté leurs fourrures en ville. Le vieux a été obligé d'aller à Fairbanks pour voir si on pouvait faire quelque chose pour ses jambes. Ils sont partis pendant quelque temps. Alors mon père est resté dans leur chalet, il a cultivé leur jardin, et même posé les collets du vieux pendant son absence. Quand ils ont fini par revenir, le bonhomme marchait avec des béquilles. Il n'a survécu qu'un an ou deux. Quand la vieille a dû vendre la ferme pour aller à Fairbanks, c'est elle qui a eu l'idée d'emmener mon père. Ils ont utilisé le fauteuil roulant du vieux pour le faire passer pour son neveu handicapé. Il a étudié avec elle pendant quelques années, pour retrouver ses connaissances en lecture et en mathématiques…

– Retrouver ? dis-je d'une voix somnolente.

– Bien sûr. Comme nous vivons depuis longtemps à côté de ceux de ton espèce, nous sommes obligés d'acquérir vos connaissances. La langue et l'écriture changent lentement, mais changent quand même, surtout quand nous voyageons beaucoup au cours de notre vie. Nos connaissances doivent être mises à jour. Tu crois que nous ne nous servons pas de votre signalisation routière, de vos panneaux d'affichage ?

– Oh.

– Enfin, bon. Un voisin de la vieille femme s'intéressa un jour à son neveu handicapé et l'encouragea à poursuivre ses études en biologie. Il fit en sorte que mon père puisse suivre certains cours à la faculté. Il réussissait fort bien, jusqu'au jour où il se mit à contester leurs informations concernant les habitudes naturelles de la flore et de la faune de la région. Naturellement, mon père avait l'impression qu'il était mieux placé que le professeur pour le savoir. C'est là que tout a commencé à se gâter, et le pire, malheureusement, fut quand mon père abandonna son fauteuil roulant pour s'enfuir avec une grosse brebis de la ferme voisine. Il n'a jamais revu la vieille femme, mais il était sûr qu'elle comprendrait qu'il avait vécu aussi longtemps qu'il le pouvait parmi les hommes.

– Une brebis, répété-je, à demi endormie.

– Ma mère. Dors maintenant, mon amour, il y a assez longtemps que je te tiens éveillée. »

Je ris et m'assoupis dans ses bras.

Ce n'est que bien des jours plus tard que notre conversation revient sur le sujet.

« Qu'est-il arrivé à tes parents ? » Ma question est un subterfuge, en fait. Nous sommes sur un sentier en pente raide. Il y a quelques semaines, j'aurais dit qu'il n'était pas si escarpé. Aujourd'hui, j'ai l'impression de monter une échelle interminable. J'ai mal aux mollets, au dos et j'ai l'impression de ne pas pouvoir respirer à fond. Pan avance sans effort devant moi, ses sabots prennent aisément appui dans le terreau noir du sentier. La journée est grise et fraîche, la brume s'enroule sur les branches supérieures des grands cèdres qui forment un toit au-dessus de nos têtes, mais je transpire et j'ai chaud. Pourtant, je ne veux pas lui demander de ralentir. Ces derniers temps, il a l'air préoccupé. Il regarde souvent le ciel pendant la journée et, la nuit, guette les éclaircies pour étudier les étoiles. Le temps ou la direction, je ne sais ce qui l'inquiète, mais mes questions ne produisent que des réponses insignifiantes destinées à me rassurer. Je lui pose donc ma question, espérant qu'il ralentira pour y réfléchir. « Je veux dire, je n'ai jamais vu aucune trace de tes parents quand nous étions petits. Est-ce que tu les avais déjà quittés ?

– Ma mère a été tuée par un lynx quand j'étais encore tout petit. Par chance, j'étais déjà presque sevré. Mon père… Bon, ce n'est pas l'habitude parmi ceux de ma race de garder leurs enfants très longtemps. Dès que j'ai eu quatre ou cinq ans, j'étais prêt à vivre seul. Les souvenirs nécessaires à ma survie étaient presque tous reconstitués et je pouvais m'en servir pour me débrouiller. Il était temps pour moi de me trouver un territoire. En tant qu'adulte, c'était à mon père de partir. Si nous sommes trop nombreux dans une région, ça devient très vite dangereux. Surtout que la région autour de Fairbanks se peuplait très rapidement. Si tu n'avais pas été là, je ne serais jamais resté si longtemps. »

Je fais halte et pose la main sur un tronc d'arbre pour me stabiliser pendant que je reprends mon souffle. « Un lynx a tué ta mère ? » Je ne sais si c'est le ton désinvolte qu'il a pris qui m'étonne, où l'idée soudaine qu'un lynx puisse avoir l'audace de s'attaquer à un humain.

« Humm », acquiesce-t-il. » Il s'arrête et jette un coup d'œil en arrière. Il redescend le sentier pour me rejoindre, sort la gourde du sac qu'il porte désormais tous les jours. « Mon père l'avait mise à brouter dans une clairière. Je suppose que j'ai eu de la chance de ne pas être avec elle ce jour-là. Il m'avait emmenée au ruisseau pour me laver. Ça a été un fameux choc quand nous sommes revenus. Il ne restait pas grand-chose d'elle en dehors de la laine et des sabots.

– Ta mère était un mouton », dis-je stupidement. »

Il fait oui de la tête, avec gravité. « Je me demandais si tu écoutais bien l'autre soir, car quand je te l'ai dit, je m'attendais à une réaction de ta part. » Il me prend la gourde des mains, boit modérément et la remet en bandoulière sur le sac. Il parle la tête détournée en faisant semblant de se concentrer sur ce qu'il fait. « Mon père, lui, était né d'une chevrette à queue blanche. Je me souviens que mon grand-père l'avait attrapée quand elle n'était guère plus grande qu'un faon, et l'avait apprivoisée. Avant lui, plusieurs générations de moutons. Ils se plient facilement à nos volontés, comme le savent bien les bergers. »

Un malaise me saisit en l'entendant parler ainsi. Ça se voit sur mon visage, mais je ne peux le masquer.

« N'importe quel mammifère de grande taille, ou presque », répond-il à la question que je n'ai pas posée. Il regarde fixement en direction de la pente, comme s'il évaluait la difficulté du chemin à prendre. « Mais nous sentons une parenté plus proche avec ceux qui ont des sabots fourchus. Et avec les humains. Il est plus facile, bien entendu, de prendre une bête brute. Elle ne pose pas de questions, et a peu d'exigences. Elle est facile à nourrir et, si elle meurt pendant le processus, ou peu de temps après, la perte est plus facile à supporter. »

Sa voix s'étrangle et il ne veut pas me regarder en parlant. Je prends sa main et l'entraîne hors du sentier, vers un endroit moussu où je peux m'asseoir confortablement. Je me mets à l'aise et il s'accroupit près de moi. « Qu'est-ce que tu as besoin de me dire ? »

Il met sa main maigre et brune devant sa bouche en serrant sa mâchoire inférieure comme pour maîtriser un tremblement. Quand il laisse retomber sa main, il prend une profonde inspiration. « C'est que je … que les souvenirs d'une femme mettant au monde un de nos enfants sont très, très anciens. C'est parmi celles de ta race que nous trouvons nos vraies amours. Il est rare qu'elles conçoivent nos enfants. Comme toi. Habituellement, quand une femme se retrouve enceinte d'un de nos petits, elle s'en débarrasse avant qu'il n'arrive à terme. Il y a très longtemps qu'une femme n'a pas accepté de mettre au monde un enfant de notre race. Et quand le moment viendra, je ne sais pas quelle aide je pourrai t'apporter. Les souvenirs sont très anciens. Et alarmants. Et si quelque chose devait t'arriver… »

Une larme coule de ses yeux noirs brillants. C'est inconcevable pour moi, comme de voir pleurer un loup. Le faune n'est pas fait pour les angoisses et les chagrins humains. J'en suis venue à attendre de sa part la sérénité confiante d'un animal, l'acceptation du monde naturel tel qu'il est. Cette larme m'effraie et je me penche pour l'essuyer en hâte.

« J'ai déjà eu un enfant, lui dis-je d'un ton rassurant. Je sais ce qu'est un accouchement. Je m'en sortirai.

– Ce sera dur, me dit-il naïvement. Je commence à me demander si c'était raisonnable. Si ce n'était pas une terrible erreur pour nous deux. »

Voilà bien les derniers mots que j'ai envie d'entendre. « Partons, dis-je soudain en me mettant debout avec quelque difficulté. La lumière est en train de tomber, nous perdons du temps. Et je commence à avoir froid à rester sans bouger. »

Il se lève, mais cette fois ne passe pas devant. Il me laisse fixer le rythme et me suit à quelques pas de distance. Il attend. Finalement, je pose la question.

« Cet enfant, ce ne sera pas le mien, c'est ça ? Il n'aura rien de moi ?

– Clone, c'est le mot auquel tu penses, dit-il doucement. Non, en effet, la graine que nous plantons est complète et n'a besoin que d'être nourrie par la mère. Il ne prendra aucune de tes caractéristiques. Ce sera une répétition de moi-même, tout comme je suis mon père et mon grand-père et mon arrière-grand-père.

– Mais comment ?… » Je me débats avec les mots, tout en m'efforçant de continuer à marcher. J'ai le sentiment d'avoir perdu quelque chose, d'avoir été lésée. Trahie. Le sentier semble de plus en plus escarpé à chaque pas. J'en suis réduite à faire trois pas, puis à m'arrêter, puis à en refaire trois. « Comment est-ce que ça a commencé ?

– Ça suffirait presque à te faire croire au créationnisme, non ? » demande-t-il sèchement. » Puis, plus sérieusement : « Comment le coucou a-t-il vu le jour ? Ou le gui ? Je sais seulement que c'est vrai, Evelyn. S'il existe une niche biologique, quelque chose viendra la combler.

– C'est à peu près ce que j'ai l'impression d'être, en ce moment même. Une niche biologique. Et tu es venu me remplir. » J'ai le souffle court et mes mots résonnent plus sèchement que je n'en avais l'intention. Je l'entends qui s'arrête derrière moi et je me force à poursuivre mon chemin avec détermination. Il y a de la lumière devant, peut-être une clairière. J'avance dans cette direction. Je ne l'entends plus derrière moi. Il laisse délibérément la distance grandir entre nous.

« Tu crois, me crie-t-il, que tu n'es qu'un utérus qui marche. Que je t'ai utilisée à des fins purement égoïstes. Que je t'ai fait un enfant, mon enfant, uniquement pour ma satisfaction personnelle. Sans considération pour ce que tu voulais ou ce dont tu avais besoin. Eh bien, c'est exact ! »

Tout est déboisé. J'émerge soudain sur le sommet de la colline, dénudée comme un crâne chauve. Une des grandes entreprises forestières est venue scalper la forêt. Il ne reste pas un seul arbre de dimension respectable et les arbrisseaux ont été écrasés par des bulldozers, aucun sentier visible ne subsiste. C'était il y a peu de temps. Les sections des souches sont encore fraîches, les cendres des tas de branches brûlées sont encore noires, visiblement récentes. Je me sens nue et vulnérable sous le ciel gris. Une partie des arbustes survivra au massacre. Déjà, certains se redressent, mais leurs feuilles sont écarlates ou d'un jaune fané. L'hiver guette au détour du chemin. Il y a du vent, de surcroît, qui se faufile sous ma chemise et me glace la peau, me donnant aussi froid au corps que les paroles de Pan m'ont donné froid à l'âme.

« Evelyn ! »

Soudain, il est derrière moi. Ses bras se referment, il me serre contre lui. Je ne résiste pas. Je suis comme un arbre mort dans son étreinte. Une immobilité totale s'est emparée de moi, m'emplissant plus complètement que l'enfant qui distend déjà mon abdomen. Il a les deux mains sur mon ventre. Il parle pardessus mon épaule, la bouche près de mon oreille.

« J'ai un souvenir, me dit-il. Très ancien. Très précieux. Ancien mais si clair, si vif, comme peu de vieux souvenirs. Je n'ai aucun mal à me le rappeler. Il m'est venu lorsque j'étais enfant, clair dans mon esprit, sans aucun effort de ma part. Sais-tu ce que ça signifie? Qu'il a souvent servi, qu'il a été transmis de génération en génération depuis qu'il a eu lieu. Il me revient aussi clairement que le souvenir de la façon dont on fabrique une flûte et dont on en joue, aussi vif que les souvenirs que j'ai acquis moi-même. Parce qu'il a été remémoré très souvent, et si précisément...

C'est le souvenir d'une femme, Evelyn. Ses cheveux sont noirs et bouclés, ses yeux immenses. Ses lèvres sourient toujours, mon amour, et elle me caresse, si douce, si rassurante. Entre ses bras, c'est le bonheur et la sécurité. Elle chante pour moi, de petites chansons absurdes, en démêlant mes cheveux. Puis elle me soulève et me pose sur son genou en ouvrant son vêtement pour me donner le sein. Une mère, Evelyn. La dernière vraie mère que nous ayons connue. Et sais-tu le vêtement qu'elle porte, Evelyn, sais-tu ce qu'elle défait pour dénuder son sein chaud et laiteux? Un chiton. Une tunique grecque. »

Nous restons immobiles, silencieux sur la colline balayée par le vent, au milieu de cette dévastation produite par la main de l'homme, et il laisse les mots pénétrer en moi. J'imagine une femme brune, il y a des siècles, debout comme moi entre les bras d'un faune, grosse de son enfant. Savait-elle qu'on se souviendrait d'elle, qu'elle serait chérie par les générations à venir? Rien de son corps ne se retrouverait dans l'enfant qu'elle mettrait au monde. Seulement son souvenir et son image, transmise de génération en génération par une échelle en spirale.

« Tous ceux qui viendront après moi te connaîtront, Evelyn. Comme amie, amante, et mère. Tu es le cadeau que je m'offre à moi-même, des centaines de fois, peut-être jusqu'à la fin des temps. Je ne le regretterai jamais. »

Son corps me réchauffe le dos et ses bras me tiennent solidement. Une rafale de vent enveloppe la colline dénudée, me glace. La sueur a séché sur ma peau et je frissonne dans ses bras. « Nous ferions bien de reprendre notre marche », dit-il. » Mais il ne bouge pas et me serre contre lui un moment encore. Son amour est si fort que je peux presque le percevoir, comme un manteau que je porterais sur les épaules. Pendant un bref instant, je m'imagine que je vois ce qu'il voit, non en remontant sa lignée, mais vers l'avenir. Je porte une centaine d'enfants dans mon ventre. Tous connaîtront ma caresse ou se souviendront de mon refus. C'est comme si j'étais sur une scène devant eux, comme si je voyais tous leurs visages tournés vers moi. Tous sont à l'image de Pan. Tous m'attendent.

Je regarde par-dessus la colline déboisée. L'endroit semble plus petit maintenant, car ce n'est qu'un coteau environné de beaucoup d'autres qui, eux, sont encore couronnés d'arbres. Tout ici a été taillé et brûlé, mais ça n'a rien de permanent. Les épilobes vont se répandre et essaimer dans les terres brûlées. Les saules écrasés au bulldozer referont de nouvelles racines, de nouvelles branches repousseront des souches de cèdre, un million de graines minuscules qui attendaient que le sol reçoive la lumière du soleil germeront au printemps prochain. Cette dévastation n'est que temporaire. C'est la vie qui est permanente. C'est à l'appel de la vie fragile, généreuse, que nous devons tous finir par répondre.

Puis Pan s'écarte de moi mais il me prend la main. Il marche devant et je le suis, enjambant des branches entremêlées, des arbustes écrasés et aplatis. Notre progression est lente et difficile, mais il me conduit avec sûreté.

vingt-deux

Il semble que nous avons laissé derrière nous toute civilisation. Cette région du Canada est entièrement constituée de montagnes boisées, toutes couronnées de glaciers, séparées par des vallées luxuriantes et des rivières. Ce sont des montagnes jeunes, vigoureuses, dont les anfractuosités et les pics se découpent sur le ciel. Elles sont d'une beauté à couper le souffle. De même que l'effort de traverser un tel territoire. Notre chemin serpente et s'enroule en lacets pour se faufiler à travers les montagnes. Nous ne défions que les contreforts, mais c'est une épreuve que je dois affronter quotidiennement. Les montées et les descentes constantes me sont une torture. Chaque jour, la ligne des neiges sur les sommets s'abaisse insensiblement. Les nuits sont froides et chaque matin nos couvertures sont ourlées de givre. Je ne savais pas que je pouvais avoir aussi froid, être aussi fatiguée et mal cependant me hâter chaque jour un peu plus.

La nourriture des hommes me manque. Pan nous approvisionne, et je lui fais confiance quand il dit que les choses qu'il rapporte sont mangeables, mais la plupart ne ressemblent guère à ce que je connais. Ce sont des racines qu'il a grattées, certaines longues et dures, d'autres comme des poignées de riz agglutiné.

Quelques légumes, mais de plus en plus rares, plus fibreux, et dont le goût est souvent amer. La viande, principalement du lièvre, est maigre et tendineuse. Avec le froid, je commence à avoir envie de nourriture grasse et riche en calories. Je rêve de frites et de poulet pané, de crème glacée, de cheese-cake et de tablettes de chocolat. Mais la nature ne fournit aucune de ces friandises. Les baies qu'il trouve ne sont plus très fraîches, flétries par le gel, bien que mangeables. Un jour que nous traversons un ruisseau, il capture le dernier survivant d'une migration de saumons. Le poisson est un vieux mâle déchiqueté et d'apparence moussue après son long séjour en eau douce. Ses dents ont énormément poussé et lui donnent l'aspect d'un monstre préhistorique. Après le frai, il rôde à l'abri des berges en attendant la mort. Et il la trouve en effet, lorsque Pan le hisse triomphalement sur la berge où il émet quelques derniers soubresauts de vie. Nous le faisons cuire sur-le-champ. C'est un gros poisson mais, quand nous avons fini notre repas, il ne reste que des arêtes et quelques lambeaux de peau. Je n'ai jamais rien mangé d'aussi bon. Je suis tentée de m'attarder au cas où Pan pourrait en trouver un autre, mais, avec un regard d'excuse, il ramasse notre matériel et nous poursuivons notre route.

Nous avançons lentement à présent, lourdement même. Je sens déjà bouger l'enfant en moi. Quelque chose, un coude, un petit poing, un sabot peut-être, forme parfois une protubérance inconfortable. Alors je me masse le ventre en marchant, pour le forcer peu à peu à reprendre sa place.

Mon jean est trop serré. Je ne peux plus le boutonner et je ne parviens que partiellement à remonter la fermeture éclair. J'ai fait avec mon couteau de nouveaux trous dans ma ceinture mais elle sera bientôt trop courte. Si je suis déjà aussi grosse, qu'est-ce que ça va être quand le bébé arrivera à terme ? Je préfère ne pas y penser. Mon soutien-gorge est trop petit, mais il est encore plus inconfortable de m'en passer. Je n'ai pas l'habitude de sentir mes seins pendre aussi lourdement. J'ai des vergetures mauves et nacrées sur le ventre, comme des traces de fougères qui s'étendent en éventail au-dessus du pubis. Ma peau est obligée de se distendre trop vite. J'essaie de ne pas penser à l'aspect qu'aura mon corps quand tout ça sera terminé.

Pan continue à manifester beaucoup de sollicitude pour ma santé. Il a l'air fatigué, car il prend toutes les tâches à son compte. Il a maigri, aussi, car le soir il ne consent à manger que lorsqu'il est certain que je suis rassasiée. Après une journée de marche, tandis que je me repose près du feu, il part à la chasse et la cueillette. Au retour, il prépare la nourriture et passe de longues heures à me frictionner le dos ou à me masser doucement le ventre. Ce genre de contact a remplacé le sexe entre nous. Je suis généralement trop fatiguée pour avoir envie d'autre chose et mon ventre gonflé n'est pas un obstacle facile à surmonter. À la place, il me caresse doucement et soulage mes douleurs. Un soir, il me joue de la flûte tandis que je me pelotonne près du feu sous nos couvertures. Encore cette mystérieuse mélodie qui m'avait semblé si familière. Je la reconnais à présent, c'est celle de l'enfant qui grandit en moi dans un monde liquide où les bruits sont étouffés. Le bébé bouge au rythme de la musique et je pose ma main sur mon ventre pour le tenir solidement. Pendant un moment, j'oublie l'inconfort de cette grossesse, le froid glacé de la nuit, la marche pénible qui m'attend demain matin. Juste un instant, nous formons un cercle fermé, rien que nous trois. Tout ce dont j'ai besoin est ici.

Le lendemain matin, Pan me réveille de bonne heure. « Il faut se lever et partir, me dit-il. Nous n'avons plus beaucoup de temps. »

Il n'a pas besoin d'expliquer. Le ciel est descendu et cache les montagnes, nous sommes dans un monde gris, sous un plafond bas. Le vent souffle au-delà des arbres qui nous protègent, et le fond de l'air est humide. Des brindilles et des aiguilles de pin tombent en rafales. Je porte sur le dos toutes les chemises que je possède, et c'est insuffisant. Aujourd'hui, en faisant notre bagage, Pan n'y range pas les deux couvertures. Il me couvre les épaules de celle qui est en laine et s'enveloppe de l'autre, qui commence à être très usée. C'est la première fois que je le vois prendre des précautions pour se protéger du froid, ce qui n'est pas rassurant.

Nous sommes sur le sentier depuis peut-être une heure quand les premiers flocons commencent à voltiger. Ils tombent en gros paquets de petits flocons mouillés, se glissent entre les arbres et fondent immédiatement sur la mousse. Si ça n'empire pas, me dis-je, tout ira bien. Mais la neige continue à tomber, et la température aussi. Bientôt, la couche prend, les flocons blancs galonnent les branches et dessinent des résilles en mosaïque sur le sol de la forêt, quand ils ne sont pas arrêtés par les branchages entrelacés de la voûte végétale. Notre sentier grimpe, comme toujours dirait-on, et la neige fraîche rend certains passages glissants. Les sabots de Pan s'y incrustent jusqu'à la terre et la mousse, mais mes tennis usées ne sont pas fiables. Consciente de la difficulté à garder mon équilibre, je pose les pieds avec précaution, et j'avance plus lentement.

Vers midi nous montons toujours. La végétation a changé. Les arbres sont plus courts, plus tordus, comme des bonzaïs naturels, mais encore plus hauts que nous. Ils se courbent sous le vent. Bientôt, me dis-je, il va décider de s'arrêter et de se reposer. Je marche tête baissée, la couverture remontée en capuchon sur les cheveux et les oreilles. Je ne vois pas grand-chose en dehors du sentier juste devant moi. Il me semble que la neige s'épaissit, que nous y laissons de plus en plus de traces. Tout à l'heure, elle fondait sur le sol dès que je l'écrasais du pied. Maintenant, elle s'entasse sous mes semelles. Je sens que la bordure de mes chaussettes est gagnée par l'humidité. Voilà à quoi je pense en marchant. Je suis fatiguée, j'ai les pieds mouillés, nous allons sûrement bientôt commencer à descendre. Rien de plus. Je me contente de suivre Pan, confiante, sans penser à rien.

Mais lorsque Pan s'arrête, en effet, et que je lève la tête pour regarder autour de nous, je suis atterrée. Nous avons laissé derrière nous la limite des arbres. Je respire avec peine et pose une main sur son épaule pour me soutenir en regardant derrière nous le chemin par lequel nous sommes arrivés. Je découvre une cuvette irrégulière, limitée par la cime des arbres. La forêt est en bas. Ici, les broussailles nous arrivent au genou, nous sommes dans les rochers, les lichens, la neige, le vent, rien d'autre. Je me retourne vers lui, l'interroge du regard.

« C'est là-haut, dit-il avec un mouvement du menton. Nous sommes presque arrivés, je crois. » La neige qui tombe étouffe ses paroles, sa voix est morne.

« Il fait plus froid ici », dis-je en protestant. Cette brève halte a suffi pour que je me mette à frissonner. Mes frissons ne vont pas tarder à se transformer en grelottement irrépressible.

« Non. » Il a l'air vague, essaie de s'expliquer. « On peut s'abriter là-haut. Il y fait plus chaud.

– Un chalet ? » J'essaie de deviner en regardant la pente dénuée d'arbres en face de nous.

« Non. » Il s'interrompt en fronçant les sourcils. « Une grotte. Avec de l'eau. Mais il y fait bon.

– Je ne crois pas que ce soit une bonne idée », lui dis-je. Je me sens moins têtue qu'incroyablement fatiguée. Autant que je puisse m'en rendre compte, le sentier ne fait que monter, de plus en plus escarpé à chaque pas. « Je n'aime pas l'idée de me retrouver coincée à mi-chemin, sans pouvoir aller plus loin. On ne pourrait pas plutôt redescendre chercher un abri sous le couvert des arbres et reprendre l'escalade, reposés, demain matin ?
Il me regarde, puis regarde en l'air, évaluant mes forces par comparaison avec la menace du ciel. « Il faut que ce soit maintenant, dit-il enfin. Cette neige ne va pas s'arrêter. Si nous n'arrivons pas là-haut avant la nuit, nous n'y arriverons jamais. Nous serons forcés de redescendre dans la forêt.

– Est-ce que ça serait si grave ? » Je referme mes bras autour de moi pour maîtriser mes tremblements. La neige tombe en rafales entre nous deux tandis que nous parlons. Elle s'accroche à ses cils et ses sourcils, il lève la main pour s'en débarrasser.

« Il y aura bientôt une épaisse couche de neige, ici aussi. C'est là-haut le seul endroit que je connaisse où nous serons en sécurité jusqu'au printemps. » Il se retourne, baisse la tête et se remet en route. Je le regarde s'éloigner de trois pas, médusée par l'énormité de ce qu'il vient de dire. Jusqu'au printemps. Là-haut, quelque part. Dans une grotte. Pendant des mois. Que ferons-nous ? Que mangerons-nous ? De quoi nous vêtirons-nous ? Comme si je prenais une douche froide en pleine figure, je me rends compte à quel point je lui ai fait une confiance aveugle jusqu'à maintenant. Et voilà où il m'a conduite. À une grotte.

Je bondis derrière lui, oubliant momentanément ma fatigue, et me hâte de le rattraper. J'ai trop de questions à poser, elles s'enchevêtrent dans ma bouche mais, avant que je puisse lui saisir le bras, il se retourne vers moi. « Il va falloir me faire confiance, dit-il en me tendant la main. Ça va aller, crois moi. »

Et je le crois. J'essaie de ne pas me demander si ce sont les phéromones, l'amour ou simplement la stupidité. J'en suis au point où je me dis que peu importe, de toute façon. Si je redescends, je mourrai de froid. Si je le suis, je mourrai peut-être de froid. Mais peut-être pas. C'est le seul argument qui me reste en ce moment précis. Je me rends compte que je lui ai laissé la maîtrise totale de ma vie, que j'ai été si préoccupée à écouter passionnément la vie qui grandit en moi que j'en ai oublié tout le reste. Ça ne me ressemble pas, et c'est stupide, me dis-je, mais je n'éprouve aucune trace de mon ancienne colère pour soutenir cette opinion. Marcher suffit à brûler toute mon énergie.

Alors je le suis. Il me tient la main, ce qui me donne de l'assurance, et ses doigts réchauffent les miens. Nous grimpons. La couche de neige épaissit à mesure que nous montons et les flocons semblent tomber plus vite. Nous grimpons. Il fait plus froid à cette altitude, mais pas assez pour que la neige s'arrête de tomber. C'est peut-être à cause du vent, qui est plus violent, c'est certain. Je resserre la couverture sous mon menton, mais le vent se faufile dessous et la fait claquer derrière moi comme une cape, me volant toute la chaleur corporelle accumulée. Et nous grimpons toujours.

J'ai les pieds complètement mouillés maintenant, et mes orteils deviennent peu à peu insensibles. Je ne peux rien y faire. Ce serait stupide d'envisager de s'arrêter pour changer de chaussettes. Elles seraient tout aussi mouillées une minute plus tard. Non, continue à avancer. Et fais confiance à l'effort pour faire circuler le sang. Bon sang ! tu as eu les pieds gelés des milliers de fois quand tu étais petite, et des engelures qui faisaient horriblement souffrir. N'y pense pas. Contente-toi d'avancer. Monte. Je continue à le suivre, agrippant sa main, sans voir beaucoup plus loin que le bout de mes pieds.

Le vent faiblit. Quelques pas encore et il mollit encore plus. Je ne prends conscience des efforts que nous avons dû faire pour le combattre que lorsqu'il est tombé, et la marche paraît presque facile pendant quelque temps. Pan nous fait passer par un ravin à l'abri de la montagne. Le vent souffle au-dessus de nos têtes, et j'en suis heureuse, mais il me semble que notre progression ne va pas tarder à être encore plus difficile. Je lève la tête pour regarder autour de moi. À notre gauche, le terrain plonge soudain, comme entaillé au couteau. Une profonde rainure descend à flanc de montagne, creusée par un torrent encombré de rochers qui gronde au fond du ravin. Notre sentier suit parallèlement le bord de l'entaille. Le sol où nous marchons retient une mince couche de terre arable et une maigre végétation. À quelques mètres à peine, à notre gauche, il n'y a plus rien, c'est là que commencent les graviers glissants et le sol pierreux et dénudé des rives du torrent. De toutes petites plantes résistent désespérément par endroits, mais il n'y a pas de véritable végétation ni de racines susceptibles de fixer la terre. Je n'aime pas marcher si près du bord. Je sais que je ne risque rien où je suis, mais j'ai la crainte irraisonnée que le sol se dérobe sous mes pas si jamais je me rapprochais du bord. Je me vois très précisément en train de déraper sur un tapis de gravier qui roule, perdant pied et tentant de me raccrocher à un soutien inexistant, glissant irrévocablement par-dessus bord et m'écrasant en bas sur les rochers abrupts. Ça m'est arrivé des milliers de fois en rêve. Ce n'est pas vrai, ce qu'on dit, qu'on se réveille avant le choc final. Pour moi, il y a toujours l'horreur de l'impact brutal et la conscience, par-delà la douleur, que mon corps est détruit, que le petit animal dans lequel je vis est anéanti. C'est ce qui me réveille.

« Nous y sommes presque. Juste là-haut », me dit gaiement Pan. Il avance et ses petits pieds de chèvre trottinent allègrement. Abasourdie, je regarde fixement l'endroit qu'il m'a montré. « Là-haut » est apparemment là où l'eau sourd de la roche et descend goutte à goutte parmi les rochers dénudés de la montagne.

« Je n'y arriverai pas, dis-je avec une certitude inébranlable. Je ne peux pas monter là-haut.

– Il y a un sentier, me rassure-t-il.

– Je suis enceinte ! » lui dis-je avec colère. Le bébé choisit cet instant précis pour tenter de se mettre debout dans mon ventre. En tous cas, c'est l'impression que j'ai. Quelque chose m'appuie sur le bas des poumons et me piétine en même temps impitoyablement la vessie. J'ai un hoquet de surprise, et Pan est instantanément à mes côtés.

« Assieds-toi une minute », me dit-il en jetant le sac dans la neige pour que je m'installe dessus. Mais m'asseoir est bien la dernière chose dont j'ai envie. J'ai l'impression que je ne pourrais jamais me relever. Et j'ai l'abdomen assez coincé comme ça, sans avoir à me plier en deux pour m'asseoir.

« Il est trop tôt pour qu'il soit déjà aussi gros », lui dis-je en respirant profondément plusieurs fois. J'ai complètement oublié la montagne et l'escalade qui m'attend. Le véritable défi est de résister à ce qui se passe à l'intérieur de mon corps.

« Je te l'avais dit. Un enfant de ma race se développe plus vite.

– Mais pas à ce point. Il y a quelque chose d'anormal. »

Il pousse un soupir tremblant. Je sais que je l'effraie, mais je ne peux m'en empêcher. J'ai peur. Je le vois avaler sa salive. « S'il te plaît, Evelyn, dit-il désespérément. Partons. Tu seras mieux là-haut. »

Le bébé se remet violemment dans une position plus confortable. Je peux à nouveau respirer à fond. « D'accord », dis-je, m'étonnant moi-même. Il est plus facile de céder que de rester à discuter sous la neige sur le flanc d'une montagne. Il ramasse le sac et se remet lentement à grimper. Je le suis péniblement. La progression devient de plus en plus malaisée. La lumière de l'après-midi semble grisâtre avec la neige qui tombe, puis décline complètement. J'ai dépassé le stade de l'inquiétude. Tout mon être se concentre sur chaque pas que je fais, l'un après l'autre, dans la maigre trace que Pan imprime dans la neige. La couche est de plus en plus épaisse et dépasse bientôt mes chevilles. J'en ai presque jusqu'au mollet quand elle s'arrête de tomber. Il fait encore plus sombre à présent que les flocons blancs ne captent plus la lumière en tombant. À mesure que la lumière disparaît, le monde se refroidit autour de nous. La neige crisse à présent sous mon pas hésitant.

De temps en temps, je lève la tête, pour regarder l'immense étendue rocheuse et de la vallée boisée que nous laissons au-dessous de nous. Je sens à quel point nous sommes minuscules, deux petites graines de vie qui se traînent péniblement sur le flanc impassible de la montagne. Derrière nous, la vallée est peu à peu gagnée par l'obscurité. Nous baignons à présent dans une lumière douce, légèrement rosée. Je jette un coup d'œil en direction du soleil. Il a trouvé une brèche dans la couverture nuageuse et nous envoie ses derniers rayons à travers la barrière des pics montagneux, comme s'il savait à quel point nous avons besoin de lumière.

« Allons », m'encourage Pan.

Notre sentier se rapproche du ravin. En fait, nous sommes presque arrivés à l'extrémité. Une centaine de mètres plus haut, il disparaît sous une énorme croûte de glace. Le glacier sale a été saupoudré de neige fraîche, dont la blancheur ne sert qu'à faire ressortir l'âge de la glace qui est en dessous. Son aspect me rappelle celui de l'ivoire ancien, en couches de diverses teintes de crème, jaune et marron. En dessous du glacier en pente douce, commence un chaos rocheux vertical, un entassement de plaques et de rochers fendus et inclinés, plusieurs fois hauts comme moi. Leurs arêtes ont été érodées par le passage de l'eau. En été, quand les vieilles neiges du glacier fondent et s'écoulent librement, ces rochers sont probablement recouverts par une chute d'eau. Aujourd'hui, le gel a immobilisé le glacier et la neige. Certains pans de rocher luisent de glace fondante. D'autres sont couverts de mousse et de vase. Quelques plantes grimpantes particulièrement robustes ont trouvé là une niche temporaire pour s'épanouir, mais leur saison est bientôt achevée. À un endroit, une épaisse tache jaune dégouline à la surface des rochers comme une flaque de peinture. Mes narines perçoivent une légère bouffée, d'une odeur qui ressemble à une allumette qu'on gratte. Du soufre.

« C'est là, dit Pan en montrant du doigt. Tu vois ? »

Je ne vois rien, sauf qu'il me montre un endroit dans cette muraille de rochers. Il me jette un coup d'œil et sourit de mon expression incrédule. Dans l'obscurité croissante, je ne peux interpréter son regard. Je ne sais s'il est joyeux où s'il cache dans ses profondeurs un doute aussi vif que le mien. Il m'attire à lui un instant, essaie de me serrer dans ses bras, mais mes couches de vêtements superposées et mon gros ventre sont aussi efficaces contre les effusions que la muraille d'une citadelle. Il me lâche. « Tu vas voir, dit-il. Je vais te montrer. Ce n'est pas si dur que ça en a l'air. »

Non, c'est pire. Il traverse avec précaution une bande de terrain caillouteux jusqu'à l'endroit où commence le rocher dénudé. De petites pierres se détachent du sol gelé et dégringolent en rebondissant dans les profondeurs du ravin. Il franchit nonchalamment une crevasse et pose le pied sur une énorme pierre plate inclinée. J'entends un crissement au moment où ses sabots glissent mais il a le pied assuré d'une chèvre et reprend immédiatement son équilibre. Ses sabots claquettent sur le rocher, et bientôt il a atteint la partie la plus verticale de la paroi rocheuse.

Je mesure à l'échelle de son corps l'immensité de ces énormes pans de rocher. Je n'ai jamais fait d'escalade et je commence à me demander si mes craintes sont superflues. Ça semble si facile, à le voir. Il reste proche de la paroi, parfois s'y accrochant, parfois passant simplement la main sur la surface. Il monte, puis redescend, suivant les contours du chaos rocheux. Il me procure un ou deux moments de frayeur quand il s'aventure sur des parois abruptement inclinées. J'entends par deux fois ses sabots glisser, et à un moment il doit battre en retraite en arrivant dans un cul-de-sac de rochers escarpés.

Il se rapproche de plus en plus de la tache jaune. Je me rends compte que je suis obligée de plisser les yeux pour suivre sa progression. La lumière décroît, et rapidement. Il grimpe jusqu'au sommet d'une grande pierre plate abrupte, se laisse glisser pour redescendre et disparaît soudain de ma vue. Avant même que je reprenne mon souffle, il réapparaît, passant la tête hors de ce que j'aurais juré être une paroi compacte. Dans la lumière incertaine, j'ai du mal à distinguer ce qui est ombre de ce qui est roche bigarrée ou fente verticale dans la paroi rocheuse. Il réapparaît entièrement et, debout sur un minuscule éperon rocheux, esquisse une profonde révérence dans ma direction. J'en ai des frissons dans le dos. C'est un spectacle totalement surréaliste, cet homme-bouc vêtu d'une vieille couverture usée en guise de cape, qui me salue comme un magicien shamanique, depuis une scène rocheuse dominant un amphithéâtre naturel.

Il revient vers moi, se déplaçant plus rapidement et plus sûrement. Je vois ses yeux se tourner vers l'endroit où le soleil forme une grosse tache brillante entre les pics montagneux. Je sais ce qu'il pense. Je saisis le sac informe qui contient nos affaires et je commence à avancer sur la bande de terre caillouteuse dans sa direction.

C'est le premier pas le plus difficile, et je me force à le faire avant qu'il ne vienne à moi. Un sentiment latent d'indépendance reprend vie en moi. Malgré mon gros ventre et ma fatigue, je ne veux pas qu'il me cajole et m'encourage pour franchir cette paroi finale. Je veux y aller comme quand j'avais douze ans, j'accepte de le suivre, d'accord, mais le suivre sans douter une seconde que je peux égaler ses exploits.

Cependant, dès la première plaque rocheuse, je comprends pourquoi ses sabots ont glissé. La fine pellicule d'eau qui recouvre la roche glacée se transforme en glace. Je ne peux trouver aucune prise. Les bras écartés, je glisse sur mes tennis usées aussi lisses que des skis. Mon cri fait écho à l'appel angoissé de Pan qui bondit vers moi, sans prendre garde où il pose les pieds. J'atterris lourdement sur les fesses sur le rocher glissant et le choc se répercute jusqu'en haut de ma colonne vertébrale. Un instant, je ne peux que rester immobile à fixer le ravin devant mes yeux. J'ai mal au cœur, la tête qui tourne, le rocher branle sous moi, je suis sûre que je vais dégringoler au fond de ce trou noir. Je ferme les yeux en faisant un effort pour me ressaisir.

J'entends claquer les sabots de Pan derrière moi. Sa voix est rauque de frayeur. Il me supplie : « Prends ma main. »

Les yeux toujours fermés, je fais non de la tête, lentement. Mais il ne s'agit pas d'entêtement. Pour l'instant, je ne veux toucher personne ni que personne ne me touche. « Si je dois franchir cette paroi rocheuse, lui dis-je, je le ferai toute seule. C'est la seule solution pour que je trouve mon équilibre. Si je me tiens à toi, je sais que je vais aller dans un sens quand tu iras dans l'autre, et nous finirons par tomber tous les deux. Donne-moi seulement une minute de répit. »

Il se tait, mais je perçois son accord réticent. Il veut me toucher, je le sais, mais il comprend ce qu'il y a de vrai dans mes paroles. « Du moins, laisse-moi prendre le sac », suggère-t-il. Je le lui désigne du geste et j'entends le crissement de la toile sur la glace quand il le tire vers lui. J'ouvre les yeux. La lumière a déjà baissé. Pas de temps à perdre. Le temps que je rassemble assez de courage pour me lancer, il fera nuit.

Je me penche au-dessus de mon ventre pour dénouer mes lacets. Ils sont mouillés et à demi gelés. Mes doigts glacés tirent sur les nœuds. En grognant de douleur, je quitte mes chaussures puis ôte mes chaussettes. Je fourre les chaussettes dans les chaussures, attache les lacets ensemble et les passe en bandoulière sur mon épaule. J'ai les pieds glacés, les orteils engourdis, mais de cette façon j'aurai quand même plus de prise sur la roche glissante. Je remonte à reculons sur les fesses. Magnifique, maintenant, j'ai le derrière mouillé, en plus. Quand je me sens assez assurée, je me mets debout. Le froid me mord les pieds mais j'ai un peu d'adhérence. Pan m'attend à deux mètres, sur le rocher que je dois escalader ensuite. Ses yeux sont immenses et noirs. « Exactement ce que j'ai toujours rêvé d'être, dis-je pour essayer de rompre la tension. Pieds nus et enceinte. »

Il ne sourit même pas. « Surtout, fais attention, mon amour », dit-il avant d'avancer pour me laisser la place.

Je le suis, ma progression est saccadée. De la plaque rocheuse inclinée à cette autre surface plate mais si étroite. D'un endroit où je peux m'accrocher à la paroi à un autre où je dois m'avancer courbée en deux, sans pouvoir me tenir. Compter uniquement sur mes pieds gelés. Je n'ose pas me redresser, je marche tête baissée sur mon ventre. Mon centre de gravité est mal placé, à aucun moment je ne me sens agile ni assurée.

L'homme-bouc me conduit et je tente de l'imiter, péniblement et à retardement. Ses sabots trouvent toutes les prises et il avance debout, alors que derrière lui, je m'agrippe avec les orteils et les doigts. Il fait de plus en plus froid et de plus en plus noir à chaque pas. Comme la mort, me dis-je et, soudain, surgi de nulle part, j'ai devant les yeux le petit visage de Teddy. J'essaie de repousser cette image mais elle se cramponne à moi à chaque centimètre du chemin. Le bébé s'agite dans mon ventre, mal à l'aise, et mon fils mort ne semble pas vouloir me lâcher non plus. Il ne savait pas que la mort planait, si proche, le jour où il était sur le tracteur sous le soleil éclatant. Elle a fondu sur lui en un éclair pour l'emporter dans ses serres crochues. Pas comme aujourd'hui, où chaque pas franchi est peut-être fatal.

Je suis dans une position très délicate. Mes deux mains cherchent une prise dans une fissure presque horizontale, tandis que

j'avance en glissant les pieds sur une autre plaque de rocher. Mon ventre collé contre la paroi me projette en déséquilibre dangereux. Je tourne la tête, mais pour le moment Pan est hors de vue et d'atteinte. « Oh, Teddy », dis-je, comme une prière, comme si mon fils pouvait, je ne sais comment, me protéger du danger. Le profond chagrin de l'avoir perdu explose à nouveau dans ma vie, comme si j'avais condamné une porte avec du papier peint qu'il revenait soudain franchir en le déchirant. J'ai l'impression de marcher sur un sentier étroit entre deux enfants. L'un grandit et s'agite dans mon ventre, exigeant sa part de chacune de mes respirations, de chacune de mes bouchées de nourriture. Sa sécurité dépend de la sûreté avec laquelle je pose le pied. L'autre semble voleter au-dessus de mon épaule et sa présence est comme un reproche. Comment ai-je le front d'utiliser mon corps pour en abriter un autre, alors que je n'ai pas été capable de le protéger ce jour-là ? Comment ai-je le front d'avoir peur du faux-pas et de la mort alors que lui, seul et sans préparation, a déjà sondé ce gouffre de terreur ?
« Evelyn, Evelyn ! » La voix de Pan me parvient. Je me rends compte que j'ai cessé d'avancer, que mon front en sueur est appuyé sur le rocher glacé. Mes pieds sont insensibles, sauf un endroit extrêmement douloureux près du talon gauche. Je suppose que j'ai dû me couper mais je n'ai aucun moyen de vérifier.
« Evelyn ! » appelle-t-il, plus vivement.

« Tout va bien. » Sur ce mensonge, je reprends mon souffle. Dieu, qu'il fait froid et que je suis fatiguée. Difficile de se souvenir pourquoi tout ça est si important. Je sais seulement que plus j'attends sans bouger, plus ce sera difficile de repartir. Et il fait nuit.
« Nous y sommes presque, dit-il. Je t'en prie, mon amour. »

Je tourne la tête, tente de regarder autour de moi, mais je suis trop collée à la paroi. Impossible de dire quelle distance j'ai parcourue. Je fais quelques pas en traînant les pieds, en suivant le son de sa voix, et j'arrive à un endroit où je dois lâcher toutes mes prises manuelles. Je sens soudain des doigts frôler mon épaule et réprime un hurlement. « Ça va, ça va », dit-il d'une voix apaisante en desserrant mes doigts. « Prends-moi la main, maintenant. Je vais te tirer. » Il recule d'un pas en me tirant. Il franchit une faille dans le rocher, entre deux plans inclinés. Et m'entraîne à sa suite.

Je ne pourrai pas franchir cet espace béant, avec mon ventre qui m'entraîne vers le fond comme l'ancre d'un bateau en train de couler. Mais j'y parviens cependant et il garde mes mains dans les siennes, continue à me tirer et tout d'un coup, nous dévalons une immense pierre plate inclinée. Il n'y a rien où je puisse m'accrocher et il fait trop noir pour voir quoi que ce soit mais, avant que je puisse m'affoler, il m'arrête d'une secousse et m'attire tout près de la paroi rocheuse.

« Entre ici », chuchote-t-il. Ses mots résonnent en écho. Je fais quelques pas derrière lui dans l'obscurité totale. J'entends un petit clapotis sous mes pieds, et soudain la coupure sur mon talon se réveille en une douleur intolérable. « Ne bouge pas », me recommande-t-il. Et, avant que je puisse protester, il lâche ma main et s'éloigne. Je reste dans le noir absolu.

Je jette un coup d'œil derrière moi. On distingue une fente grisâtre irrégulière dans l'obscurité, guère plus qu'une noirceur moins profonde là où pénètrent des restes de lumière. Qui n'éclairent rien. Mais au bout d'un moment, je commence à prendre conscience de mes pieds. Ils me démangent, me picotent, me brûlent. L'odeur de soufre se fait plus insistante, et je soupçonne que je dois être dans l'écoulement d'une source chaude dont la chaleur est en train de dégeler mes pieds.

Je reste immobile dans le noir, laissant la chaleur de l'eau imprégner mes pieds et écoutant les bruits bizarres que fait Pan. Il est en train de farfouiller, je l'entends jurer à voix basse et faire tomber quelque chose qui résonne avec un bruit sourd. Je distingue un claquement, comme un bruit de métal sur du verre. Une odeur acide que je ne reconnais pas parvient à mes narines, puis une flamme s'allume soudain. Je ferme les yeux et me détourne avant de pouvoir les ouvrir. Puis je me retourne lentement en les laissant s'habituer graduellement à la lumière.

C'est un spectacle ahurissant. Pan tient une lanterne qui vaudrait sûrement une petite fortune dans n'importe quel magasin d'antiquité. L'odeur puissante vient du pétrole contenu dans le bocal hermétique qui est à ses pieds. Il essuie la poussière du verre de la lampe avant de l'y fixer. Il accroche la lanterne à une pointe métallique plantée dans le mur et fait un geste accueillant pour m'inviter à entrer.

J'avance lentement, ma curiosité réussissant à vaincre ma fatigue. La lumière de la lanterne est jaune et tiède, mais il fait également chaud dans la grotte. Beaucoup plus que dehors, en tout cas, et on est à l'abri du vent. Au fond, dans le recoin, je distingue le scintillement d'un reflet lumineux. Une mare. Le léger mouvement qui fait miroiter la lumière provient du bouillonnement de la source d'eau chaude et sulfureuse. La chaleur qu'elle procure à la pièce compense presque l'inconvénient de sa puanteur d'œuf pourri. Je suis encore debout dans l'écoulement de la source. La lumière éclaire ici et là les murs de pierre de la grotte, et donne l'impression qu'un plafond bas s'élève au dessus de la source, mais la plus grande partie de la caverne où nous sommes est noyée dans une obscurité ombreuse.

Cependant, ce ne sont pas les merveilles naturelles de l'endroit qui m'impressionnent le plus. Ce sont plutôt les preuves nombreuses qu'elle a déjà été habitée. Il y a des meubles, faits de planches taillées à la hache, et deux coffres de bois. Près de l'entrée, des pierres brûlées et la paroi noire de suie délimitent un âtre naturellement ventilé. Pan dépose notre sac sur la table. Elle chancelle sous le poids.

« Je ne crois pas que nous puissions nous fier à la table, qu'en dis-tu ? » demande Pan en donnant une secousse à cet objet branlant. Le bois, humide et moussu, plie de façon alarmante quand il s'y appuie. Non loin de la table, il y a un lit, en bois également, d'apparence robuste, avec un sommier tendu de cordes. Les lambeaux de tissu aux couleurs passées éparpillés sur les cordes sont probablement les restes d'un matelas de paille. « Installe-toi, tu es chez toi », me dit Pan, en ramassant les lambeaux de tissu et la paille pourrie depuis longtemps pour les entasser dans l'âtre.

« Comment savais-tu que c'était ici ? » Je lui pose la question, en anticipant déjà la réponse.

« C'est une maison ancestrale. Qui n'a pas été utilisée depuis un certain temps, mais en fait plus de choses ont résisté que je ne le craignais. Le lit sera probablement correct, si je lui mets de nouvelles cordes et un matelas neuf. Le cèdre dure éternellement. Je vais allumer du feu et, pendant ce temps, tu pourras regarder dans les coffres ce qui a survécu au temps. » Impossible de ne pas voir à quel point il est content de lui. Tenant parole, il se met à briser efficacement la table pour en faire du bois à brûler. Je lance un regard de doute au bois humide à moitié pourri avant de quitter le ruisseau à regret.

Le sol de la grotte est froid sous mes pieds nus. Je m'arrête pour les essuyer et enfile deux paires de chaussettes sèches. Mes tennis sont désespérément trempées. Je les suspends, ainsi que les chaussettes, à d'autres crochets métalliques plantés dans les parois de la grotte. Je croyais être trop épuisée pour en faire plus mais ma curiosité l'emporte. Je m'avance péniblement et me laisse tomber devant l'un des coffres de bois.

Il est en cèdre, taillé à la hache, et les fentes en ont été obturées à la filasse enduite de colophane, comme un vieux bateau à voiles. Il y a un fermoir de cuivre verdi par l'âge, mais pas de serrure. Je suis obligée d'utiliser mon couteau pour soulever le fermoir, mais ensuite le couvercle s'ouvre facilement.

Des herbes sèches, réduites en miettes mais à l'odeur encore forte, reposent en bottes sur du papier brun. Je soulève le papier qui se déchire et trouve dessous des couvertures grossièrement tissées, qui sentent à peine le moisi, et encore en dessous un petit tapis noué. Sous une autre couche de papier, des ustensiles de cuisine en fonte, une poêle, un pot et une bouilloire, généreusement graissés pour résister à l'humidité. Roulés dans d'épaisses couches de papier brun, quatre autres bocaux hermétiques de grande taille, pleins de pétrole. Et un couteau à manche de corne. Les cuillers en bois n'ont pas résisté, elles sont tordues et fendues par le temps au point d'être méconnaissables. Une autre couche de papier et d'herbes aromatiques. Dessous, un vêtement de cuir et plusieurs peaux n'ont pas survécu. Elles sont verdâtres et raides et ont contaminé un couvre-pied de patchwork jadis bourré de plume. C'est tout pour le premier coffre.

Pan a allumé un feu qui brûle sans fumée, plus pour le confort des flammes que pour une utilité quelconque. « Dommage pour le couvre-pied, dit-il derrière moi. Je me souviens qu'il était très joli. Je crois que c'était le motif qu'on appelle *anneau de mariage*. Tu l'aurais aimé. Mais voyons, nous allons t'installer confortablement. »

Il parle avec une cadence étrangement rythmée. Je lui lance un regard en me demandant quel est le Pan que j'ai devant moi, le mien ou celui qui vivait ici il y a plus de cent ans ? Il comprend mon regard et a un sourire gêné. « Revenir dans un lieu comme celui-ci et le trouver si peu changé… Ça rappelle des souvenirs si forts que j'ai du mal à savoir qui je suis, et à quel moment. Mais quand je te regarde… » Il laisse sa phrase en suspens, et ses yeux quittent les miens pour se poser sur mon ventre. Quand ils reviennent à mon visage, il y a en eux une chaleur que je n'ai jamais perçue dans aucun regard d'homme. Je pourrais être Hélène de Troie, ou Ève, ou notre mère la Terre, tant ils brillent d'adoration.

« Nous allons t'installer confortablement », répète-t-il. Et sa phrase est une promesse d'Éden.

Il teste les cordes du sommier, mais le vieux chanvre cède immédiatement. En hochant la tête, il les jette au feu. « Enlève tes vêtements et va te tremper un moment, m'indique-t-il. Je vais t'arranger un lit pendant ce temps. »

Il m'aide à me mettre debout. Je suis si fatiguée que je chancelle. « Je crois que je préférerais dormir tout de suite », lui dis-je. Mais il fait un signe de dénégation.

« Viens », me dit-il doucement. Il glisse son bras autour de moi et me ramène vers la mare qui est dans l'ombre de la grotte. Je suis trop lasse pour protester ou pour l'aider tandis qu'il commence à défaire mes boutons. Je quitte mes chemises l'une après l'autre et ne tarde pas à m'apercevoir que, si l'eau sent le soufre, je sens encore plus mauvais. J'ai la chair de poule. Bien qu'il fasse beaucoup moins froid dans la caverne que dehors, ce n'est quand même pas un endroit où on peut rester nu. Il m'enlève mon jean, puis mes chaussettes tandis que je lève chaque pied et s'exclame, en voyant ma coupure au talon : « Voilà qui a grand besoin de tremper pour être désinfecté », avec la sollicitude d'une mère poule. Il fait un geste en direction de la mare. « Elle devient graduellement plus profonde et plus chaude. Vas-y doucement. » Et il me laisse.

Je mets les pieds dans l'eau avec précaution. Ce qu'il m'a dit est exact. Il y a au fond une sorte de sédiment minéral que je m'efforce de ne pas remuer. Je fronce le nez tant l'odeur est forte. Je m'aventure plus loin, dans l'obscurité chaude, et je m'aperçois que la chaleur de l'eau soulage les muscles noués de mes pieds, de mes chevilles et de mes genoux. Quand j'ai de l'eau jusqu'aux hanches, l'eau est de plus en plus chaude, presque brûlante. Je m'y enfonce doucement et je sens qu'elle décharge ma colonne vertébrale du poids de mon ventre. Pendant quelques instants, je me lave, frotte mes poils pubiens et les surprenantes touffes qui ont envahi mes aisselles. Mes doigts explorent avec précaution la coupure de mon talon. Puis je pose les paumes de mes mains derrière moi et m'allonge. Jamais eau chaude ne m'a procuré autant de plaisir. Je m'habitue à l'odeur de soufre au point de ne pratiquement plus la remarquer. Mes muscles se dénouent et la sensation de froid qui me glaçait les os disparaît peu à peu.

Je suis presque assoupie quand je sens l'eau s'agiter et entends les éclaboussures soulevées par son passage. Pan s'enfonce dans l'eau à mes côtés. Il s'assoit derrière moi en me tenant entre ses bras pour que je puisse m'appuyer sur lui. Sa peau est tiède et ferme et ses bras m'enserrent confortablement. Il pose ses mains aux longs doigts agiles sur mon ventre et le caresse d'un geste de possession. Pendant un long moment, nous restons immobiles, puis ses mains fermes commencent à me masser le corps pour en faire disparaître les dernières douleurs. Je me rapproche de lui et soudain je sens son sexe dressé contre mes fesses. J'éclate de rire.

« Tu es trop fatiguée, dit-il en s'écartant légèrement.

– Et toi ? » La réponse à ma question est dans l'odeur soudain épicée de musc que je perçois tandis qu'il se penche en avant pour m'embrasser dans le cou.

« Nous ne devrions pas, dit-il avec regret. Le bébé est tellement gros. »

Mais je me tourne vers lui en le poussant pour qu'il s'allonge dans l'eau. Il appuie ses mains au fond de la mare pour reprendre son équilibre, l'air surpris. Je ne lui laisse pas le temps de réagir. Je monte à cheval sur lui et guide son sexe dans le mien en m'asseyant. Je me rends compte avec étonnement que c'est la première fois que je suis si entreprenante avec lui. Il a l'air presque choqué. Dans la lumière jaune et vacillante de la lampe à pétrole, il a les yeux écarquillés, incrédules. Je ne peux retenir un sourire et me penche pour l'embrasser sur la bouche. Il faut un instant avant que ses lèvres bougent sous les miennes, puis il répond à mon baiser, presque timidement.

J'expérimente et ne cherche pas à ce qu'il me pénètre trop profondément. Soutenue par l'eau et dans cette position, ma grossesse me semble peu gênante. Une sorte de passion différente s'empare de moi et ma fatigue s'envole. Je suis soudain déterminée à le posséder, à lui faire l'amour comme aucune femme ne le lui a jamais fait, jusqu'à satiété. Je m'allonge sur lui et l'embrasse, ouvrant sa bouche avec ma langue et poussant délibérément sa tête en arrière, si bien qu'il doit répondre à mon baiser en relevant la tête, ou couler. Je lui fais ce que je n'ai jamais fait à aucun homme, je porte avec audace mes seins à sa bouche, je les regarde se dresser et gonfler au contact de sa langue. La troisième fois que je l'embrasse, je le sens frémir et j'en perçois l'écho en moi au moment où il jouit.

Mais je ne le lâche pas.

Un démon s'est emparé de moi, un besoin d'affirmer mon

territoire, une soif de possession, de domination, de je ne sais quoi. Des genoux et des cuisses, je l'enserre en le piégeant à l'intérieur de moi. Je saisis fermement ses cheveux sur sa nuque et force sa bouche contre la mienne. J'embrasse ses yeux, sa gorge, en savoure le goût, enfouis mon nez dans ses cheveux et les glandes odorantes à la base de ses cornes. J'attire son visage contre le mien et l'embrasse sur la bouche avec violence. Il se libère un court instant. « Evelyn ? » dit-il, et il n'y a pas à se méprendre sur la nuance de frayeur que trahit sa voix interrogative. Une certaine gêne. Il croyait me connaître.

Je croyais me connaître. Je me trompais.

« Souviens-toi de ceci, lui dis-je. Pour l'éternité et tous les enfants à venir. » Puis je m'agrippe à ses cornes pour guider sa bouche sur mon corps. Je le chevauche, dans le clapotis de l'eau tiède et la lumière pâle qui se reflète sur nos corps, je le chevauche jusqu'à le sentir céder encore deux fois sa virilité. Je lui prends son énergie, je l'épuise aussi sûrement qu'un vampire qui le mordrait à la gorge. Et je le tiens toujours, serré entre mes cuisses et accroché au fond de moi, sans me soucier de mon orgasme, mais lui prenant une sorte de soulagement à chaque fois que je le force à jouir en moi. Je le sens qui tremble légèrement sous moi et je sais que je frissonne, comme si j'avais la fièvre. La journée a été trop longue et trop ardue, j'ai faim et je suis fatiguée et chacun de mes muscles doit être douloureux. Mais je ne relâche pas mon étreinte.

« Evelyn, dit-il doucement, contre ma gorge. L'enfant. » Sa voix est presque suppliante.

« Je sais ce que je fais », dis-je. Et c'est presque vrai, car l'étreinte ferme de mes hanches sur son bassin velu l'empêche de pénétrer en moi au-delà de ce que je considère comme confortable. Je lui souris en me demandant si l'ombre peut dissimuler la cruauté que, je le sais, recèle ce sourire. J'ai peur de la pulsion qui s'empare de moi mais je ne peux la réprimer. Je me remets de nouveau à l'ouvrage, lui passe les mains sur le corps, dans l'eau, lui caresse le visage, frottant avec un abandon animal mes joues et mes seins contre sa barbe. Soudain, il me repousse violemment et, surprise, pendant un instant, je me dis qu'il se débat pour s'échapper. Puis je comprends qu'il essaie de me déséquilibrer pour passer sur moi, encore une fois.

Je ne le laisse pas faire. Il ne peut me prendre ainsi sans me faire mal et je sais qu'il ne le veut pas. Je prends son visage entre mes mains, passant les doigts dans sa barbe bouclée, me servant de lui comme je l'entends, je le contrôle, bouge sur lui vivement et sûrement, je fais croître sa passion qu'il le veuille ou non. Il crie cette fois quand je le prends, un son animal, presque de frayeur, qui s'échappe de ma bouche mouillée posée sur la sienne. Je sens jaillir son sperme, plus chaud que l'eau tiède qui clapote autour de nous. Mais ce n'est pas ça, c'est de le sentir soudain amolli, glisser de mon étreinte, qui déclenche en moi un orgasme cataclysmique.

Je tombe en avant contre lui, m'écorchant les coudes sur la roche rugueuse du fond de la mare au moment où nous nous dénouons. Séparés, l'un et l'autre haletants et frissonnants, nous nous allongeons dans l'eau tiède. Je m'entends murmurer quelques mots. Pas assez forts pour avoir été vraiment prononcés, trop ténus pour que le satyre les entende. Mais leur écho résonne dans mon esprit et me laisse pantoise.

« J'ai gagné. »

vingt-trois

Je m'éveille tôt, avant le faune. Nous dormons face à face, séparés par la masse protubérante de son fils. Nos vieilles couvertures nous servent de matelas mais la dureté du sol rocheux est encore extrêmement sensible. Les épaisses couvertures de laine filée au rouet qui nous recouvrent sont imprégnées de l'odeur épicée des plantes aromatiques du coffre. Le tapis replié nous sert d'oreiller. Ce lit rudimentaire est chaud mais ne peut expliquer pour autant l'immense bien-être que j'éprouve.

Je regarde son visage endormi. Quand j'observe ses traits, ils ont quelque chose de distinctement non humain. Pas inhumain. Non. C'est le léger frémissement d'une narine, la pointe suggérée d'une oreille découverte, la blancheur de ses dents visibles puisqu'il respire la bouche ouverte, qui évoquent une relation de proximité avec le monde de la nature. Relation ambiguë, car même s'il peut plus facilement faire face à ses rigueurs, il est également plus dépendant de ses ressources. Ces couvertures, ces ustensiles de cuisine sont des accessoires de la civilisation humaine qu'il s'est appropriés pour mon confort personnel. Si ce n'était pour moi et pour l'enfant que je porte, je doute qu'il ait choisi cet endroit pour passer l'hiver. Il compterait au contraire sur son lien avec la nature pour l'aider à surmonter les temps difficiles. Ce qui pousse en moi, comme un parasite, partagera cette parenté. Il naîtra quasiment prêt à affronter le monde, comme tous les animaux, sans cette longue période de vulnérabilité de l'enfance humaine. C'est ce que m'a dit le faune.

Mais quoi qu'il soit, homme ou bête, hier soir je l'ai maîtrisé. Je tente d'avoir honte de la satisfaction qui se révèle en moi. Je ne la comprends pas, ne peux imaginer ce qui m'a poussée. Peut-être l'avais-je suivi docilement pendant trop longtemps et éprouvais-je le besoin de m'affirmer. Peut-être l'adoration si évidente de son regard a-t-elle éveillé en moi quelque envie sadique de possession. Quoi qu'il en soit, je ne peux nier le plaisir que j'y ai pris. Il a peu parlé ensuite, mais quand je suis sortie de l'eau, il m'a essuyé le corps avec l'un de mes tee-shirts puis a fait mon lit, s'occupant de moi comme si j'étais une déesse, tout en gardant au fond des yeux une sorte de sombre émerveillement. Quelque chose avait changé entre nous, que je ne parvenais pas à identifier.

En le regardant dormir, je sais que mon affection pour lui n'a pas diminué. Il n'est ni esclave ni animal de compagnie, ni inférieur en rien à ce que je suis. Ce qui a changé, c'est que je me sens à nouveau forte et compétente. Capable de l'égaler et parfois de le vaincre. Forte de ma propre force, qu'il me soutienne ou non. C'est étrange de baser ce sentiment sur une victoire sexuelle, mais j'en suis obscurément satisfaite. Je trace du doigt la ligne de sa mâchoire sous sa barbe, puis je m'assoupis à nouveau.

Quand je me réveille, je suis seule, cette fois. Les couvertures ont été douillettement rabattues sur moi. Je me lève, me drapant dans une couverture comme dans une cape, et pars à sa recherche.

La lumière grise du jour pénètre dans la caverne, dont elle disperse le mystère et diminue en quelque sorte les dimensions. Je me rends compte à présent qu'elle ne s'étend pas très loin au-delà de l'extrémité de la mare de la source sulfureuse. Je me suis déjà habituée à l'odeur de soufre. Je remarque d'autres clous plantés dans le mur, un vieux banc vermoulu dans une petite alcôve près de la mare, les restes de plusieurs tonneaux pourris, et différents signes de son activité domestique. Le second coffre est maintenant ouvert et son contenu éparpillé sur le sol. Pan a disparu. Je vais uriner sur le rebord extérieur de la caverne, à l'endroit où cela s'écoulera rapidement le long de la paroi. Je regarde dans le ravin et jusqu'au fond de la vallée, mais ne vois aucun signe de lui. Tous les arbres sont poudrés de neige et donnent à la scène une apparence de carte de Noël. Il neigera encore aujourd'hui, promettent les nuages gris. En frissonnant, je retourne à la semi-tiédeur de la caverne.

Le second coffre contenait visiblement divers ustensiles. Il y a plusieurs petits pièges sur le sol, luisants de graisse. Une autre lanterne. Un tas d'épaisses mèches de lampe, enveloppées dans du papier ciré. Une hachette et une scie. Chacune a besoin d'un manche neuf. Un assortiment d'aiguilles, certaines en acier et deux en os. Deux assiettes en fer-blanc, bosselées mais utilisables. Deux saladiers en bois dont l'un est fendu. Une unique tasse en faïence bleue vernissée. Une pierre à aiguiser. Et, à l'écart, sur un papier séparé, dans une boîte de cèdre tressé, un collier de toutes petites perles bleues, une poignée de coquillages percés et un mince anneau d'argent.

Je fais un pas en arrière, avec le sentiment de lire un journal intime. Je comprends soudain que le satyre qui a vécu ici, quel qu'il soit, n'était pas toujours seul. Ce lieu a été installé pour y amener une compagne humaine. C'est pourquoi il l'a choisi, pourquoi nous avons fait tout ce chemin pour y parvenir. Une soudaine pulsion de jalousie me glace. Je me demande si cet endroit évoque en lui les souvenirs de cette femme. Était-ce une brune aux yeux profonds, qui a tressé cette boîte de ses mains habiles ? Ou la fille d'un colon, la veuve d'un trappeur, qui cousait le couvre-pied de patchwork à la lueur de la lanterne ? Puis je souris en me demandant si c'est ce que j'ai ressenti hier soir. Car je sais qu'hier soir j'ai marqué ce territoire et ce satyre, celui-ci du moins, de mon empreinte personnelle, qui ne sera jamais oubliée jusqu'à la fin de cette lignée.

Je m'arrête sur cette pensée, la modifie. Car l'enfant que je porte ne sera pas marqué par ce souvenir. Je me demande quand se forge le lien de mémoire. Se rappellera-t-il le moment de sa propre conception, puis plus rien pendant six mois jusqu'à sa naissance ? Il faudra que j'interroge Pan quand il rentrera. Je me demande si le premier souvenir de l'enfant peut être celui de sa mère s'accouplant avec lui dans la clairière d'une forêt. J'en suis perturbée, le temps de m'imaginer que je découvre dans les yeux d'un nouveau-né ce souvenir commun. Puis j'écarte cette pensée. Je demanderai au faune quand il rentrera.

En attendant, je décide de me consacrer aux tâches domestiques. Je prends tous les vêtements que je possède, jusqu'au dernier, et la vieille couverture de laine, et les emporte à la mare sulfureuse. Je n'ai pas la moindre idée de l'effet que fera l'eau minérale sur les tissus, mais ils pourront difficilement sentir plus mauvais et être plus raides. Je m'avance dans l'eau pour les y jeter. Un par un, je les trempe, les presse et les frotte dans l'eau chaude, puis les essore en les tordant et les étend de mon mieux sur le sommier.

Je m'aperçois un peu tard que je n'ai rien gardé pour m'habiller. Je me résous à me façonner un sari très épais dans l'une des couvertures de laine rustique, et à marcher pieds nus sur le sol rocheux. Ce n'est pas trop mal. La chaleur de la source maintient dans la caverne une température constante, malgré les courants d'air. J'essaie de ne pas penser à la faim qui commence à me tenailler, ni que Pan est parti depuis beaucoup plus longtemps que d'habitude. Mieux vaut m'occuper. Je lave les ustensiles de cuisine à l'eau chaude, avec du sable pris à l'entrée de la caverne. Je m'aventure un peu plus loin pour emplir la petite bouilloire de neige fraîche, ramassée sur les rochers saillants qui forment un toit protecteur juste à l'extérieur de la caverne. Je ne vais quand même pas tenter de boire l'eau sulfureuse. Je la pose dans la grotte en attendant qu'elle fonde. Puis, malgré mes efforts pour ne pas céder à la tentation, je retourne à l'entrée de la grotte pour guetter des signes de son retour.

Mais rien. Et je ne peux rien faire pour m'occuper. Il n'y a pas de bois pour le feu, rien à cuisiner ni à manger. Mes vêtements sont encore dégoulinants. J'ai faim, j'ai froid, je m'ennuie. Je devrais m'estimer heureuse de ne pas avoir une longue journée de marche à affronter, mais au contraire je me sens prise au piège. Je retourne une fois de plus à l'entrée de la caverne pour jeter un coup d'œil. En fait, je me suis emprisonnée en cet endroit. Je ne vais certes pas retraverser cette paroi rocheuse, à moins d'y être obligée. Et chaque jour, ma grossesse croissante rendra cette traversée plus difficile. Je suis donc condamnée à rester ici jusqu'à la naissance de mon enfant. Son enfant, plus exactement. En faisant cette correction, j'éprouve une brève bouffée de colère. J'essaie d'éloigner cette pensée.

Je décide de faire usage du seul remède que je possède. Je retourne me blottir sous les couvertures. Mon corps glacé se réchauffe peu à peu et je commence à somnoler quand j'entends dehors le claquement de ses sabots sur les rochers. Je me précipite pour l'accueillir et en entrant dans la caverne, il laisse tomber son fardeau et me serre dans ses bras. Sa peau est froide, et j'ai l'impression en l'étreignant d'étreindre l'hiver lui-même. Il fait un pas en arrière et couve du regard mon corps nu pendant un instant, et quand il lève les yeux, je croise son regard. « Ma dame », dit-il d'une voix empreinte de respect et d'amour. Je détourne les yeux pour ne pas rougir, tant son admiration est forte. Je suis soudain frappée par mon changement de statut. Dans la famille Potter, être la femme de Tom et la mère de son enfant n'était guère plus qu'avoir le rôle d'un accessoire majeur. Dans cette grotte, je suis considérée comme une déesse. Une déesse aux pieds nus, enceinte, affamée peut-être, mais néanmoins vénérée.

« Je suis désolé d'avoir mis si longtemps », me dit-il. Puis, question superflue : « On mange ? » Il a rapporté un fagot de bois lié par une lanière de cuir, et de la viande, deux lièvres des neiges presque entièrement blancs. Il porte attachés sur le dos un certain nombre de troncs d'arbrisseaux, long et droits.

Il pose les piquets en travers de deux pointes fichées dans le mur. Je m'occupe du feu tandis qu'il se met à dépouiller et vider les lièvres. Je remarque que cette fois-ci, il utilise un couteau. Il travaille très efficacement et vite, tout en parlant. « J'ai posé des collets ce matin. À présent que nous sommes installés, je vais pouvoir rapporter plus de nourriture. Avec un peu de chance, j'en aurai d'autres ce soir. Après avoir mangé, j'irai te chercher du bois pour le feu. » Il se lève pour prendre la poêle et me montre d'un signe de tête qu'il a noté qu'elle était nettoyée. Il coupe les lièvres en morceaux, les arrose de quelques gouttes d'eau de neige et les apporte sur le feu. « Il y avait des pierres… Ah ! oui, elles sont ici. » Il dispose dans mon feu trois pierres en un grossier triangle pour y poser la poêle. « Eh bien, qu'est-ce qui ne va pas, mon amour ? » demande-t-il doucement en s'accroupissant près de moi.

Je ne m'en étais pas rendu compte avant qu'il ne pose la question et soudain je comprends. « Je n'aime pas dépendre de toi à ce point, lui dis-je. Pour le bois, la nourriture, tout. J'ai l'impression de ne rien pouvoir faire seule, ici. »

Il pose tendrement la main sur mon ventre : « De même que je dépends de toi pour tout ça. Je ne peux rien faire d'autre que m'occuper de toi pendant que tu fais le reste. C'est la plus ancienne répartition des tâches qui existe, mon amour. N'en mésestime pas la valeur. Même si tu ne fais rien d'autre pendant les trois mois à venir, tu auras quand même fait ce que je n'aurais jamais pu faire moi-même. »

Ses mots ne parviennent guère à atténuer le malaise que j'éprouve. C'est une façon de penser qui m'est trop étrangère, genre Tarzan et Jane : « Toi faire bébé, moi apporter à manger ». Et même sa sincérité totale n'y peut rien changer. Il le sait et m'adresse un sourire, mi-compatissant, mi-content de lui. Il sait aussi bien que moi que la seule chose que je puisse faire est d'accepter la situation. Mon seul vrai choix est de savoir si je vais m'y résigner de bonne grâce. Je m'y résous, du moins pour l'instant, surtout parce que l'odeur de la viande qui mijote est si délicieuse que j'ai grand-peine à fixer mon attention sur autre chose.

Tandis que je pique la viande qui cuit, il s'occupe des peaux de lièvre, qu'il débarrasse entièrement de toute bribe de chair. Il les étend, la peau en l'air, sur le sol. « Il va falloir que je fabrique de nouveaux tendeurs, », commente-t-il, autant pour moi que pour lui. Je le sens presque se remémorer un autre style de vie, une existence antérieure. Une autre femme ? Le bébé dans mon ventre bouge de façon rassurante. Ça m'étonnerait.

Le reste de la journée se passe à nous installer. Il fait plusieurs voyages pour aller chercher du bois, j'entretiens le feu et parviens à faire sécher la plus grande partie de mes affaires. Quand il va ce soir-là relever ses collets, j'insiste pour qu'il mette ma veste en denim, le seul vêtement assez vaste pour contenir ses épaules. Elle lui va particulièrement bien et je sais qu'il est content de la chaleur qu'elle procure, bien qu'il n'ait jamais demandé de lui-même à l'utiliser.

Après notre repas du soir, il se met à découper en lanières le vieux manteau de cuir trouvé dans le premier coffre. Il les noue ensuite en une sorte de corde avec laquelle il retend le vieux sommier de bois. « Demain, promet-il en serrant la corde de toutes ses forces, je t'apporterai des branchages de jeune cèdre. Je crois que je peux en faire un genre de matelas. Pas aussi moelleux qu'un matelas de paille, mais beaucoup plus confortable que de dormir par terre. »

Il se relève péniblement de sa position accroupie et vient m'aider à ranger. Il y a peu à faire, en réalité. La marmite à essuyer, le feu à alimenter. Puis, aussi attentif qu'une cameriste, il m'aide à me déshabiller, s'inquiétant au passage de l'étroitesse de mes vêtements. « Il va falloir que, d'une façon ou d'une autre, je te trouve quelque chose d'autre pour t'habiller, dit-il avec inquiétude. Quelque chose de chaud et de vaste.

– Ça ira, ne t'en fais pas », lui dis-je tandis que nous nous dirigeons vers la mare.

Il sourit : « Tu dis ça parce que tu crois que j'en suis incapable. Je peux encore te surprendre, ma belle. »

Je n'en doute nullement. Nous nous baignons ensemble et nous lavons mutuellement. Nous n'évoquons ni l'un ni l'autre les excès de la soirée de la veille, ni ne faisons un geste pour les reproduire. En revanche, il m'essuie avec un tee-shirt et m'escorte vers les couvertures. Allongée et appuyée sur un coude, je le regarde ensuite trier le contenu du second coffre. Il en suspend une partie à des crochets du mur et remballe le reste dans le coffre. En arrivant à la boîte de l'autre femme, il s'arrête, touche les bijoux de son long doigt brun. Il jette un coup d'œil dans ma direction, presque avec appréhension.

« Je ne crois pas que j'aie envie de savoir », lui dis-je, et il a un sourire à la fois pensif et reconnaissant. Il remet soigneusement le couvercle sur la boîte, la renveloppe de papier avant de la replacer dans la malle.

« Les femmes de mes autres vies… », me dit-il en soufflant la lampe et en se glissant dans mon lit. « Toutes, elles t'auraient approuvée. Tu leur aurais plu, à toutes, sans exception. » Il me caresse doucement dans le noir, tenant mon sein dans sa main comme s'il soupesait un fruit mûr, et passe ses doigts écartés sur la bosse de mon ventre qui nous sépare. Je suis obligée de la surmonter en me penchant en avant pour l'embrasser. « Tu es une merveille, me dit-il. Un miracle et une merveille. » Il m'attire doucement, pour que je puisse confortablement poser ma tête sur son épaule en reposant mon ventre contre lui. Il place une main possessive sur son enfant. Et nous dormons.

Les jours passent maintenant avec la régularité des gouttes d'eau tombant des stalactites de glace qui se forment à l'entrée de notre caverne. Chaque jour apporte du changement dans la mesure où Pan fait de son mieux pour améliorer mon confort, mais la routine de base reste la même. En début de soirée, il rapporte à manger et du bois pour le feu, suffisamment pour durer jusqu'au lendemain soir. La nourriture est peu variée, constituée essentiellement de viande. Il complète avec des noisettes volées aux caches des écureuils, des baies gelées cueillies sur des buissons de ronces, des pignes de pin, des écorces pour faire des tisanes. C'est convenable, sans plus. Le soir, il allume la petite lampe et m'émerveille par son habileté manuelle. Il confectionne des manches neufs pour ses outils. Construit une table, entièrement chevillée. Il fabrique des tendeurs pour les peaux, qu'il tanne. Il bricole quantité d'accessoires de toutes sortes qui transforment notre abri en véritable maison. Le plus souvent, il cherche à distraire autant qu'à être utile. Il me fait des sifflets, des couvercles, des tournebroches, les crochets où je suspends mes vêtements ont des têtes de personnages, le manche de ma louche est aussi décoré qu'une colonne sculptée. Ainsi passent nos soirées.

Peu d'évènements marquent la différence entre les journées. Il y a le jour triomphal où il tue un chevreuil et le remonte à la grotte, quartier par quartier. Nous nous régalons de la viande grasse et savoureuse. Il en fume une partie, en sèche une autre, et garde la troisième simplement à l'extérieur, à l'endroit où maintenant le glacier surplombe presque l'entrée de la grotte. La peau du chevreuil se transforme en dessus de lit, et les peaux de lapin en pantoufles. Il me montre comment faire du fil avec les nerfs du chevreuil. Je couds les peaux qu'il rapporte, surtout de lièvres, pour me confectionner une sorte de vaste tunique. Avant peu, c'est devenu le seul vêtement dans lequel je suis à l'aise. Mes tee-shirts et mes culottes ne se rejoignent plus sur mon gros ventre. Je porte ma tunique de lapin avec la fourrure à l'intérieur, car sinon la peau rugueuse m'écorche le nombril. Des chaussettes et des bottes en lapin complètent ma tenue. Je n'ose imaginer à quoi je ressemble. Mes cheveux descendent à présent plus bas que mes épaules et il se plaît à me les brosser. J'essaie de ne pas penser à ce que dirait Tom s'il me voyait ainsi, car l'idée est encore singulièrement douloureuse. Des souvenirs de Tom et Teddy me tournent encore dans la tête. Il faut que les plaies se referment, mais le temps n'est pas encore venu.

C'est ce que je me dis chaque jour, ou presque. Quand le faune est parti, les heures sont longues. Pas de livres à lire, pas de feuilletons à regarder à la télé, personne à appeler au téléphone. Je peux m'occuper les mains en cousant ou travaillant le bois mais mon esprit continue à parler tout seul. Je me joue de longs scénarios imaginaires. Et si… ? Et si je n'avais jamais quitté Fairbanks, et si le faune et moi nous étions rencontrés de cette façon il y a des années ? Et si je n'avais jamais épousé Tom ? Ceux-là sont faciles. Mais si j'avais résisté aux parents de Tom dès le début, si je n'avais jamais endossé le rôle qu'ils m'avaient prévu ? Et si j'avais dit à Tom, bon, c'était une agréable visite, mais il faut que je rentre chez nous, que je reprenne mon emploi, tu viens quand tu seras prêt, mon chéri ? C'est là que ça devient plus difficile parce que dans ces scénarios-là, Teddy ne meurt pas. Il rentre à Fairbanks avec moi et en ce moment même, nous sommes assis bien au chaud dans notre chalet, nous lisons des livres de contes, jouons aux Legos, préparons des biscuits à décorer avec des raisins secs et du sucre roux. Il y a des « *Et si…* » qui me font faire les cents pas en sanglotant, en serrant les bras autour de mon enfant à naître comme pour trouver en lui un peu de réconfort.

Un jour, Pan me surprend ainsi. Je ne saurai jamais ce qui avait modifié ses habitudes, mais il rentre soudain en début d'après-midi, sans bruit. Je respire par saccades, presque épuisée à force de pleurer, quand il met ses bras autour de moi, par derrière. Je ne sursaute pas mais me retourne pour enfouir ma tête contre sa poitrine. « Il me manque tant », dis-je tandis qu'il me caresse les cheveux.

« À moi aussi », dit-il. Et c'est tout. Il ne me raconte pas que je vais bientôt avoir un autre enfant pour m'occuper, il ne me dit pas que Teddy est au paradis avec Dieu, ne cherche en aucune manière à apaiser mon chagrin. Il me tient seulement contre lui et pleure avec moi. Et plus tard ce soir-là, alors que je somnole sous les couvertures, il met de côté le cuir qu'il est en train d'assouplir avec du suif, s'essuie les mains sur ses cuisses velues, et prend sa flûte.

« Si tu ne veux pas entendre, arrête-moi », me dit-il en la portant à ses lèvres. Il me tourne le dos, assis en tailleur devant le feu, alors que je jurerais que ses jambes ne peuvent pas se plier dans ce sens. Il regarde les flammes en jouant et il me faut un certain temps pour reconnaître sa chanson. Alors je ferme les yeux pour retenir les larmes qui me brûlent les paupières.

Je ne crois pas qu'il puisse séparer les éléments. Je ne crois pas qu'il les perçoive séparément. Ainsi le ruisseau, les bosquets, la mousse, les grenouilles et Teddy sont joués tous ensemble comme une entité unique. Image de mon enfant, filtrée au travers des perceptions du faune. Il s'attarde d'abord sur les jambes nues et bronzées, les mollets ronds, les orteils roses et humides, comme si ces membres qui lui sont étrangers étaient très importants dans la compréhension du petit garçon. J'observe Teddy comme au travers d'un écran de feuillage, je l'aperçois par bribes. J'entends des morceaux de ma propre mélodie s'entrelacer à la sienne, et une cadence profonde et discrète qui évoque brièvement Tom avant que la musique de Teddy n'émerge soudain, entière et distincte. Je ne l'entends pas comme Teddy mon enfant, mais comme Teddy, l'ami du satyre. La mélodie chante autant le ravissement de Pan devant ce petit humain, que Teddy dans la forêt. Leurs petits bateaux tourbillonnent dans le ruisseau scintillant, ils se lancent des glands, somnolent au soleil comme des lézards. La flûte s'arrête brusquement. Mon faune la laisse tomber à côté de lui et plonge soudain son visage dans ses mains. Il reste silencieux pendant quelques instants. Puis il dit seulement, d'une voix calme et presque atone. « Je crois que c'est tout ce que je vais jouer pour le moment. »

Il souffle vivement la lampe et vient me rejoindre dans le noir comme un petit enfant qui fuit un cauchemar. Il frissonne en se nichant contre moi. Je dépose un baiser sur sa joue humide, puis il met sa main sur mon ventre. Son fils se retourne et lance des coups de pieds rassurants sous sa paume. C'est le seul réconfort que je peux nous offrir, à lui comme à moi.

Ainsi passent les jours. L'hiver recouvre maintenant toute la vallée de sa blancheur. Certains jours, je m'amuse à essayer de scruter, blanc sur blanc, le passage des lapins. Parfois je repère un chevreuil sur le versant d'une montagne voisine, et une fois je crois voir un randonneur à ski. Je me glisse vivement dans l'obscurité de la caverne, le cœur battant, déconcertée par l'étrangeté de cette silhouette surgie dans mon paysage.

Mais la plupart du temps, les jours sont scandés par les mouvements de mon bébé. Il passe le genou sur le bas de ma cage thoracique, comme un enfant qui laisse traîner son bâton sur les piquets d'une barrière. Il se cogne et se retourne en moi et me remplit à éclater, mon ventre enfle de manière visible. Je suis angoissée de ne pas pouvoir prévoir une date, de ne pas avoir de calendrier qui me dise quand l'enfant émergera de mon corps, quand je le tiendrai dans mes bras. Pan ne m'est d'aucune aide et se contente de hausser les épaules. Il n'a pas de calendrier plus précis que les saisons. « Quand ce sera le moment, il naîtra », voilà tout ce qu'il peut dire, et semble perplexe que je lui pose la question. Autant demander quel jour la rivière dégèlera, où quand écloront les premières feuilles. Le moment venu, ça se produira.

Il semble prendre tout ça très calmement. Il est possible aussi que sa chasse et la pose de ses pièges le mènent plus loin chaque jour. Vient un jour où il ne rentre pas l'après-midi, ni le soir. Je me traîne d'un bout à l'autre de la caverne en me faisant un sang d'encre, songeant aux ours et aux lynx, aux avalanches et à la glace qui cède sur les lacs gelés. Je dors mal, par bribes, espérant entendre le bruit des sabots sur le rocher, même si je prie pour qu'il n'ait pas la folie d'entreprendre l'escalade dans le noir. Au matin, j'ai les yeux brûlants et je suis en larmes, me demandant si je suis condamnée à mourir de faim dans une grotte ou à risquer ma vie en tentant d'en descendre. Je suis certaine qu'il a eu un accident. Une fois de plus, ma totale dépendance me revient à l'esprit avec une force écrasante. Je fais les cents pas en maudissant ma stupidité de m'être laissée mettre moi-même dans cette situation. Mes craintes pour son salut se transforment en une colère noire de nous avoir enfermés, mon enfant et moi, dans un lieu où je suis totalement impuissante à me défendre.

Mais, quand il finit par arriver, la colère m'a abandonnée et je ne le vois que blessé ou mort de froid. Il semble effrayé par le cri avec lequel je l'accueille et incapable de comprendre ma terreur. Je réussis cependant à lui extorquer la promesse qu'il me préviendra la prochaine fois qu'il saura devoir s'absenter pour la nuit.

À mesure que s'écoulent les longs jours de neige, ses absences nocturnes deviennent la règle plutôt que l'exception. De plus en plus, je me retrouve seule, livrée à moi-même. J'apprends à tailler et graver le bois, à jouer de la flûte qu'il m'a fabriquée, à m'occuper de mille manières. Notre lit a maintenant un couvre-pied de fourrure en patchwork, et notre table un assortiment complet d'ustensiles et de saladiers de bois. Mes mains acquièrent de nouveaux cals en même temps que mon ventre se couvre de nouvelles vergetures. Ma grossesse est immense et je ne sais toujours pas quand mon enfant naîtra.

Une neige épaisse tombe sur la vallée le matin de son retour, après quatre jours d'absence. Il porte un vieux sac à dos des surplus militaires qui fait un bruit de ferraille quand il le pose près de l'entrée. Il tient dans ses bras un bidon de pétrole. Je sais que nos réserves commencent à s'épuiser. Je soupçonne que c'est ce qu'il est allé chercher. Les flocons s'amoncellent dans ses cheveux et sa peau est froide quand je l'embrasse. Ses yeux scintillent quand il s'écarte. « Regarde ce que je t'ai rapporté, dit-il. Pendant que je vais me réchauffer les os dans un bon bain. »

Je tire le sac près du feu en m'étonnant de son poids. « Où l'as-tu trouvé ?

– Dans la cabane d'un trappeur, répond-il.

– Oh », dis-je, et je songe qu'il y a quelques mois je l'aurais considéré comme un voleur. Mais apparemment son attitude vis-à-vis de la propriété est contagieuse et je vois maintenant les choses à sa façon. C'est aussi simple que de trouver des fruits sous un arbre ou des œufs sous une poule. On prend selon ses besoins.

Je défais les lanières du sac et en déverse le contenu sur le sol. Il révèle des merveilles d'un luxe inimaginable. De grosses boîtes de lait concentré, des conserves de soupe de légumes à l'étiquette rouge et blanche. Deux serviettes de toilette. Un sachet de raisins secs. Que je déchire sur-le-champ pour en grignoter une poignée en continuant à inventorier le trésor. Un pot de miel collant, à demi plein. Un sachet de biscuits au chocolat. Encore et encore, tant que j'ai du mal à tout voir d'un coup. Toutes ces délices bourrées du sucre blanc et des conservateurs chimiques qui m'ont tellement manqué !

Je prends le sachet de raisins secs et reviens me percher sur le rebord de la mare sulfureuse pour le regarder. Il trempe, allongé sur le dos avec uniquement la tête hors de l'eau. Il a l'air très fatigué. « Tu ne devrais pas prendre de pareils risques, lui dis-je tout en continuant à grignoter mes raisins.

– Je suis prudent, dit-il. Et je m'assure de ne pas susciter de rancune. J'avais pris deux beaux renards dans mes collets, qui ne nous auraient pas été d'une grande utilité. Je les lui ai laissés, gelés, devant la porte. Les peaux lui rapporteront plus que la nourriture ne lui avait coûté. »

Il a à peine prononcé ces mots que le premier spasme me prend de plein fouet. Tellement inattendu que je ne peux même pas émettre un son. Heureusement, je suis assise, sinon la douleur m'aurait fait tomber. Une fois qu'elle est passée, je ne peux que haleter. Je réussis à lui crier : « Il y a un problème ! » et presque immédiatement une deuxième contraction me saisit. Il se précipite vers moi, dégoulinant d'eau chaude, les yeux immenses. Il avance les mains vers moi, puis recule.

La douleur passe, au bout d'une éternité. Je gémis dès que je peux retrouver le souffle : « Ce n'est pas normal ! Ce n'est pas possible. Je vais perdre le bébé, j'ai l'impression que ça n'est pas normal du tout. Ce n'est pas du tout comme la dernière fois.

– Non, dit-il. Ce n'est pas normal. Pas comme lorsque tu as un enfant. Mais je crois que c'est comme ça quand tu portes un petit de mon espèce. »

Cette pensée n'est pas rassurante. Pas plus que la peur qui se lit sur son visage. « Je n'ose pas te porter sur notre lit. Reste allongée sans bouger. Je vais t'apporter des couvertures et tout ce qu'il faut. »

Il s'empresse et la troisième vague m'assaille. C'est exactement ça, une vague de contractions musculaires qui s'empare de mon abdomen et le tord. De toute façon, la douleur de l'accouchement, c'est uniquement ça. La douleur des muscles surmenés. Je soliloque pour me rassurer. Ce n'est pas si terrible, me dis-je. Imagine seulement que tu serres le poing. Ça n'a rien de pénible. Mais imagine que tu lèves la main au-dessus de la tête, en serrant le poing le plus fort possible, et que tu tiens pendant une minute. Tu fais ça cent fois. Imagine que ta main continue même quand ton cerveau te dit que tes muscles et tes tendons ne peuvent plus résister. C'est ce qu'on ressent dans le ventre au moment de l'accouchement. Un effort musculaire interminable qu'on n'a pas le pouvoir d'arrêter.

C'est ainsi que ça s'est passé pour Teddy, mais j'étais jeune et en bonne santé. Je n'ai même pas crié une seule fois avant les trois dernières contractions.

Mais cette fois, c'est plutôt comme de passer sous un rouleau compresseur et, à la contraction suivante, j'émets un gémissement continu comme une bouilloire mourante. Pan tente de me mettre un coussin ou une couverture sous la tête mais je me rebiffe. Je halète, la respiration coupée : « Ne me touche pas. Ne me change surtout pas de place. »

Il bat en retraite, les yeux agrandis de peine. Il me regarde me tordre sous l'effort musculaire et se bouche les oreilles quand je crie. Le démarrage brutal du travail m'a prise complètement par surprise. Il n'y a pas de phase d'adaptation, de réduction graduelle du temps entre chaque contraction, pas d'accroissement progressif de la force de chacune d'elles. Non, c'est plutôt comme un électrochoc que comme un processus physique naturel. Je transpire et je grelotte déjà et je ne proteste pas quand il se hasarde à couper ma tunique de fourrure pour m'en libérer. J'ai a peine sorti les bras des manches qu'une autre rafale de contractions déferle sur mon corps. Cette fois, en plus d'avoir le ventre qui se contracte, je sens que je commence à me dilater, une sensation douloureuse d'étirement dans le bas-ventre. Tout ça se passe beaucoup trop vite. Le corps humain n'est pas fait pour supporter pareille épreuve. J'imagine ma chair qui se déchire, je me vois saigner à mort dans cette caverne ou mourir d'une infection par la suite. J'ai un soudain désir d'hôpital, de médecins en blouses blanches et de lampes aveuglantes. C'était ainsi pour la naissance de Teddy. Tom avait insisté pour que ça se passe à l'hôpital. Il avait voulu s'assurer que tout était fait selon les règles, comme si j'étais une sorte de moteur compliqué qui avait besoin d'une révision particulière. Je me rappelle clairement la compétence des infirmières qui avaient supervisé mon travail, le sang-froid avec lequel elles avaient inséré un doigt dans mon col pour mesurer le degré de dilatation, comment elles avaient écouté les battements de cœur du bébé, pris ma tension et m'avaient offert des gorgées d'eau glacée. Et plus tard, le point culminant, allongée sur le dos sur un lit dur, les pieds nus levés dans des étriers de métal froid, sous une lumière blanche censée être orientée pour ne pas m'aveugler. Tandis que l'infirmière m'attachait avec ménagement les pieds aux supports à l'aide de bandes de gaze, elle m'expliquait que c'était pour que je ne donne pas par inadvertance de coups de pied au médecin pendant les contractions. Et pendant qu'elle m'attachait les poignets pour ne pas que je me cogne aux montants du lit en agitant les bras, je regardais le visage blanc de Tom par la fenêtre de la salle d'accouchement et m'interrogeais. J'avais les genoux couverts d'un drap blanc, si bien que je ne pouvais absolument rien voir. Étrange pudeur que de ne pas laisser une femme entrevoir son propre pubis rasé, de ne pas lui laisser voir le petit crâne sanglant se frayer un chemin vers la sortie. À en juger par le visage de Tom, il valait mieux que je ne voies pas ce qui se passait. Troussée sur une table comme une dinde de Thanksgiving, avec le médecin qui s'active très sérieusement entre mes jambes et en extrait mon bébé comme si c'était un morceau choisi de farce, à la sauge et à l'oignon. Les infirmières qui s'empressent, qui gonflent le brassard pour prendre ma tension, me disent quand je dois respirer et quand je dois retenir mon souffle, quand je dois pousser et quand je dois cesser.

Je cligne des yeux et me voilà de retour dans une caverne qui sent le soufre, avec comme seule assistance celle d'un faune qui ne cesse de me tourner autour comme un vautour guettant une vache agonisante. Je le supplie : « Aide-moi ! » et vois les larmes lui monter brusquement aux yeux.

« Comment ? » demande-t-il. Je n'ai pas de réponse. Je tends la main vers lui et il vient la prendre, la serre entre les siennes. Je m'y agrippe au moment où une autre contraction me terrasse.

« Est-ce que tu le vois ? » Ma question est désespérée, je me dis que si ça fait si mal, c'est sûrement que le bébé sera bientôt né. Il se déplace pour voir puis lève les yeux pour croiser mon regard. En faisant lentement non de la tête.

Ce n'est que le début. Mon corps se débat, les muscles utérins se contractent pour expulser un enfant par un col qui n'est pas encore suffisamment dilaté. Longtemps après que j'ai perdu conscience, la lutte continue. Je ne suis plus qu'un observateur torturé. Je ne peux rien faire, et lui guère plus pour me soulager. De temps à autre, il me fait boire une gorgée d'eau fraîche. À un moment, je me rends compte qu'il essuie doucement mon visage avec une serviette humide. Je change de position, essaie de me mettre sur le côté, sur le dos, et même une fois de me lever ou de m'accroupir, comme si la gravité pouvait m'aider à accoucher de cet enfant. Mais je n'en ai pas la force, mes jambes flageolantes cèdent et je m'étale sur les couvertures qu'il a étendues près de moi.

Rien dans ma vie ne m'a jamais préparée à ceci. Je sombre dans une sorte de cauchemar éveillé. Entre les contractions, j'ai des éclairs de mémoire, aussi vifs que des hallucinations. J'ai depuis longtemps fermé les yeux sur la caverne et le faune, je suis seule de toute façon dans cette épreuve. Il n'y a plus que moi, et le bébé qui lutte à l'intérieur de moi. Je sens ses mouvements s'affaiblir peu à peu, mais je n'ai aucun moyen de le signaler à Pan. En réalité, je ne pense même pas à le lui dire, c'est comme si ça n'avait rien à voir avec lui. Il ne reste plus que cet enfant et moi, pris au piège de ce corps qui ne veut plus nous contenir tous deux. Quelque chose doit céder.

Et les contractions continuent de me tordre, m'ôtant la respiration et la pensée. Mes cris font place à des hurlements rauques et enfin à de simples hoquets quand les muscles expulsent l'air de mon corps. Entre les contractions, des images précises qui n'ont aucun rapport avec cet accouchement. Le souvenir des feuilles d'or d'un bouleau, délicatement dentelées, qui se découpent sur le ciel d'automne incroyablement bleu de Fairbanks. Quatre œufs bleutés de rouge-gorge dans un nid.

La sensation de la chaîne de Rinky en hiver, glacée dans mes mains par contraste avec la fourrure toujours tiède de son cou. Teddy qui rit aux éclats devant le sapin de Noël quand j'allume les guirlandes. Tom qui essaie d'allumer le poêle à bois avec trop de papier journal, sans utiliser le soufflet. Ma mère qui sourit en coupant le chapeau d'un champignon pour m'en montrer la chair blanche. Le parfum entêtant de la glycine en fleurs, par un jour d'été depuis longtemps enfui.

La poche des eaux se brise avec un bruit mou entre mes cuisses et je ne peux que me dire : ça a pris tout ce temps, et nous n'en sommes que là ? Mais l'odeur du liquide amniotique agit somme un catalyseur sur le satyre. Il vient s'accroupir entre mes jambes. Il pose les mains sur mes genoux levés, les maintient sans me forcer. « Il n'y en plus pour longtemps », hasarde-t-il. Nous savons tous les deux qu'il ment.

Mais ses mains sur mes genoux me procurent un appui pour m'arc-bouter. Je commence à soulever le haut de mon corps, en me pliant à chaque contraction. J'ai l'impression de me battre contre lui pendant des heures. Il ne me laisse qu'une fois, pour aller allumer la lanterne et la rapporter. C'est ma seule manière de mesurer le temps écoulé. Il la pose assez loin de moi, de peur que je ne la renverse, et reprend sa place.

Pendant la contraction suivante, il lève une main prudente, sans me toucher. « Je crois que je vois quelque chose, » chuchote-t-il. Je n'ose le croire.

Mais, à celle d'après, je sens la tête descendre dans le vagin, je sais que ça ne va plus tarder. Le bébé semble si inerte en moi que j'en éprouve une frayeur soudaine et je pousse autant que je peux, ajoutant toutes les forces de ma volonté à celles de mes muscles épuisés.

« Je le vois, ça y est ! » crie le satyre. Encore sept contractions, et son fils est né. La tête émerge et tourne et je sens les doigts de Pan frôler ma chair quand il se penche pour le soutenir. Puis les épaules apparaissent et soudain, je ne peux en supporter davantage et, sans me soucier de la douleur ni du déchirement, je me recroqueville et pousse, pousse avec violence, même une fois la contraction passée, pour expulser ce petit intrus de mon corps. Pan le saisit et le dépose sur la couverture entre mes jambes.

Je hoquette : « Il est né !

– Oui », dit son père. » Et nous écoutons tous les deux l'horrible silence. Il s'éternise et je suis trop lâche pour poser la question. Il dure au-delà de la contraction suivante qui expulse la masse globuleuse du placenta. Je vois Pan se pencher pour trancher le cordon avec ses dents blanches. Je suis trop épuisée pour ressentir quoi que ce soit, mais les larmes me montent aux yeux. Je le sais sans qu'on me le dise, sans avoir à le voir de mes propres yeux. Tout ça n'a servi à rien. Mais je veux le tenir contre moi, ne serait-ce qu'un bref instant.

« Donne-le moi, » dis-je d'une voix suppliante, et le satyre soulève son enfant, dont les pattes minces ballottent, et le pose dans le creux de mon bras.

« Il est magnifique », s'exclame son père, et le soudain reniflement que fait le bébé en sentant mon odeur est le plus beau son que j'aie jamais entendu. Il est magnifique, parfait, et vivant, tellement vivant. Mais silencieux, comme doivent l'être tant de créatures qui naissent dans la nature. Aucun gémissement pour cet enfant des bois, qui risquerait de trahir sa vie toute neuve aux prédateurs qui le guettent. Je le serre contre moi, encore tout glissant de mon propre sang. Mes mains tremblent et je suis glacée après mes longs efforts transpirants, mais je souris, souris comme une idiote, en frissonnant et grelottant, avec mon enfant dans les bras.

Il est incroyable. Il a le visage de Pan, mais avec une expression douce et comme inachevée. Et déjà sur la tête une touffe de cheveux bouclés qui ne recouvrent pas les spires osseuses que sont les prémisses de ses cornes. Il cherche aussitôt à téter et je le mets au sein. J'essaie d'encercler tendrement ses petites pattes minces dans le creux de mon bras, mais il lance des ruades furieuses de ses minuscules sabots roses. Déjà, il commence à détendre et à assouplir ses muscles. Je me résous finalement à le tenir plutôt sous mon bras qu'allongé contre moi. J'ai vite compris qu'il n'aime pas qu'on le tienne avec les jambes repliées et n'est pas à l'aise sur le dos pour téter. Nous allons nous adapter l'un à l'autre, nous deux.

Puis Pan revient soudain et nous enveloppe d'une couverture sèche. Je me rends compte un peu tard que celle sur laquelle nous sommes est trempée. « Tu peux changer de place ? » me demande-t-il avec sollicitude.

« Je ne sais pas. » Mais je m'aperçois que je peux me lever. Il est tout près de moi, soutient anxieusement le bébé d'un bras et me passe l'autre sur les épaules. Nous titubons tant bien que mal jusqu'à l'extrémité de la caverne, où se trouve le lit avec le couvre-pied de fourrure, et il m'aide à m'y glisser. Je ne ressens aucune gêne quand il me met une serviette pliée entre les jambes pour étancher le flux de sang, avant de nous envelopper d'une couverture. Il nous embrasse tous les deux puis va faire un peu de ménage. Le bébé n'a pas lâché le mamelon une seconde. Quand il le lâche, c'est en grognant de mécontentement parce qu'il n'y a encore que très peu de lait. Je le transfère à l'autre sein, je sens qu'il tète puis s'assoupit, le téton encore dans la bouche.

J'écoute, lasse, les bruits que fait Pan en lavant les couvertures avant de les mettre à sécher sur un fil de fortune tendu en travers de la caverne. Il leur faudra au moins deux jours, me dis-je avec irritation. Puis il revient avec la lanterne et son cercle de lumière jaune. Il la pose par terre près du lit, diminue la flamme et s'accroupit à mes côtés. Il est tout ébouriffé et a l'air aussi épuisé que moi. Il pose tendrement la main sur la tête de son fils en un geste de bénédiction, mais l'enlève quand le bébé émet un reniflement d'humeur. Ses yeux sont pleins d'émerveillement et de larmes. Il cherche mon regard et pendant un long moment, nous n'avons pas besoin de parler. Je sens le sommeil m'envahir peu à peu. Le bébé est chaud contre moi. Mon ventre est vaste et vide. Je suis à nouveau seule dans mon corps.

Je suis presque endormie quand il dit : « J'ai besoin de savoir. Comment était-ce, de mettre mon enfant au monde ? »

Je cherche une comparaison, mais n'en trouve pas qui soit à la fois digne et juste. Je suis trop fatiguée pour chercher à m'exprimer correctement. « Imagine, lui dis-je, imagine que tu chies une pieuvre de cinq kilos. La tête la première. »

Il rit encore quand je dérive dans le sommeil.

vingt-quatre 24

Et nous voilà trois avec bébé.

Et notre vie bien régulière se transforme en chaos total. Notre seule horloge est déterminée par ses temps de sommeil ou de veille. Le temps ne se mesure plus en jours ni en semaines, mais en émerveillement devant les nouveaux gestes qu'il découvre.

De façon singulière, il est plus animal qu'enfant et, bizarrement, c'est plus facile ainsi de s'occuper de lui. Il n'a pas besoin de couches car, d'instinct, il ne salit pas son berceau. Ses petites crottes n'ont rien de désagréable, et sont en fait faciles à balayer par-dessus le bord de la falaise. Il ne pleure pas et ne fait guère de bruit. Sa peau brunit dès les premiers jours, comme une photo qu'on développe, et il est bientôt aussi noir que son père. Camouflage, je m'en rends compte, aussi nécessaire que son silence. Un bébé braillard à la peau rose ne pourrait longtemps passer inaperçu au milieu des bosquets feuillus. En le voyant étendre ses pattes et pratiquer de vigoureuses ruades, je m'aperçois qu'il est beaucoup plus long qu'un enfant humain et je me demande avec effarement comment il a pu tenir replié dans mon ventre. Il tète avec énergie, et souvent, tout en fixant constamment mon visage de ses yeux intelligents et interrogateurs. Entre les tétées, généralement, il dort. Du moins, pendant la première semaine.

Pan m'assure que c'est normal. Ce qui ne l'empêche pas, cependant, de réveiller son fils pour le simple plaisir de le prendre dans ses bras et de regarder son visage. Et quand le bébé se rendort, il ne le recouche pas mais continue à le porter comme si c'était une trop grande merveille pour pouvoir le poser. Heureusement que nous avons de la viande fumée et séchée, car il répugne à sortir pour aller chasser. Nous agrémentons nos menus grâce au butin de la cabane du trappeur, et j'ai l'impression de faire la fête pendant une semaine pour célébrer la naissance en me régalant d'une nourriture dont j'ai été longtemps privée.

Mais, après la première semaine, les choses changent encore plus rapidement. Pan m'a prévenue, mais je suis quand même stupéfaite de la vitesse à laquelle cet enfant acquiert la maîtrise de son corps. Il n'a jamais eu le cou aussi mou ni aussi flexible que celui d'un nouveau-né humain. Dès sa naissance, il avait apparemment le dos plus résistant, et une meilleure capacité physique. Le matin du neuvième jour après sa naissance, je trouve à mon réveil le bébé, sous le regard attentif de son père, qui essaie de se mettre debout. Il s'agrippe de ses petits poings aux doigts de son père en s'efforçant de ramener sous lui ses pattes de chèvres, et tente ensuite de se soulever. Pan a disposé des peaux sur le sol de la caverne, pour amortir toute chute éventuelle. Je reste au lit et j'observe sans rien dire.

Le petit garçon regarde le visage paternel avec une expression de confiance totale, tout en s'accrochant aux index de Pan. Il a les yeux bleu foncé, qui commencent déjà à virer au brun. Il s'agrippe de tout son poids tandis que ses pattes de chèvre s'agitent nerveusement sous lui. Ses petits sabots s'écartent largement et toutes ses articulations semblent se distendre quand il tente de porter le poids de son corps sur ses pattes. Il réussit à tenir un instant, se lève sur ses petits sabots roses et fait un pas en trébuchant tout en s'accrochant aux doigts de son père. Le visage de Pan, grave d'attention l'instant précédent, se fend d'un large sourire chaleureux. Le bébé rit silencieusement, bouche ouverte. Puis son poids le fait à nouveau fléchir et il doit se rattraper, en se ployant avec un sursaut, à son point d'appui. Patiemment, il recommence à déplacer ses jambes sous lui.

Je n'ai pas émis un son mais, en fait, Pan sait que je suis réveillée et que je l'observe. « Ce ne sera plus long maintenant », dit-il à mi-voix pour ne pas surprendre l'enfant.

Je me lève avec précaution et viens m'asseoir par terre à côté d'eux. Je suis toujours courbatue, ma peau est distendue, j'ai mal partout et j'ai perdu toute souplesse mais étonnamment, il semble que ce soit là la limite de mes maux. Je souffre beaucoup moins que pour la cicatrisation des incisions et des points de suture que le médecin m'avait faits quand j'ai mis Teddy au monde. Je ressens seulement une immense fatigue, comme si j'avais marché trop longtemps. Mais c'est une bonne fatigue.

En regardant Pan avec son fils, je ressens une pointe de jalousie. Quand Teddy avait le même âge, il était entièrement à moi. Oh, bien sûr, Tom était un bon père, il tenait son fils dans ses bras et le changeait quand on le lui demandait. Mais il ne s'est jamais montré aussi possessif que Pan, qui a une expression d'éclat triomphant lorsqu'il porte son fils. Quoi qu'il fasse d'autre par la suite, il a accompli ceci : sa lignée, ses souvenirs, sa vie, vont continuer. Un autre chaînon a été forgé pour ajouter à la chaîne. L'intensité avec laquelle il regarde le visage du bébé semble éveiller en réponse une flamme dans les yeux de ce dernier. Je me sens exclue lorsqu'ils sont ainsi, comme s'ils communiquaient à un niveau que je ne pourrai jamais partager.

Au moment où le bébé m'aperçoit, une lueur différente s'allume dans ses yeux. Il lâche la main de son père et fait deux pas trébuchants pour se jeter dans mes bras. Sans se soucier de sa chute, il tire déjà avec impatience sur le devant de ma chemise tandis que je l'installe sur mes genoux. Il serre mes seins gonflés sous le tissu pendant que je défais les boutons. Je me libère de son étreinte et découvre un sein, sur lequel il se précipite d'un coup de tête en saisissant brutalement le mamelon. Il tète avec force. Je sens la montée douloureuse du lait dans mes seins, puis le soulagement quand il tire dessus. Mon utérus se contracte, presque au rythme où il tête, et continue à reprendre sa taille normale. Comme d'habitude, je suis frappée par cette étrange relation corporelle. Le lait de mon autre sein coule tout seul et dégouline sur ma poitrine. Pan me fait un sourire compatissant tout en me tendant une serviette pour éponger l'inondation.

« Tu sais, dis-je, les dents serrées, on pense toujours que le sein d'une mère est doux et moelleux. Les miens sont durs comme de la pierre quand ils sont pleins de lait. » Déjà, l'aspiration vigoureuse du bébé a diminué la tension et le poids de mon sein gauche. En dépit de ses gigotements de protestation, je le change de sein en soupirant de soulagement quand il se remet à téter le sein droit qui commence également à se détendre. En levant les yeux, je m'aperçois que Pan regarde mes seins avec admiration. « Je ne sais pas pourquoi je produis tant de lait, j'en ai assez pour nourrir des triplés », dis-je avec un embarras plaintif. Mais secrètement, je suis aussi contente que lui de la façon dont mon corps fait plantureusement face aux besoins de cet enfant. J'éprouve un sentiment d'épanouissement à lui apporter tout ce qui lui est nécessaire.

Pan me contourne et vient derrière moi pour que je puisse m'appuyer dans ses bras. Je me repose contre lui pendant que son enfant continue à téter. Les yeux immenses du bébé fixent alternativement mon visage et celui de son père. Il a le même regard déconcertant que Teddy nouveau-né, un regard qui me donne envie de tourner la tête pour voir ce qu'il fixe derrière moi. Je regarde au fond de ses yeux et demande à Pan : « Que sait-il déjà, à partir de maintenant ? Je veux dire, quand commence-t-il à se remémorer ? »

Pan parle doucement, juste à mon oreille. « Maintenant ? Pas plus qu'un enfant humain. Oh, bien sûr, il est plus costaud et a une meilleure maîtrise physique. Mais c'est à ça que sont surtout consacrés ses premiers jours : apprendre à maîtriser son corps. Dans quelques semaines, quand il marchera, il commencera à se remémorer les détails élémentaires. Tu sais, le feu est chaud, l'eau se boit, ce genre de choses. Mais pour l'instant, tout est si nouveau qu'il sait seulement que lorsqu'il est dans tes bras, il a chaud, il est en sécurité et a de quoi manger tant qu'il veut. C'est tout. » Pan roucoule en se penchant pour passer un doigt caressant sur le visage de son fils, par-dessus mon épaule : « Mais c'est assez pour le moment. »

Étonnamment, le bébé sourit, un sourire édenté qui laisse le lait dégouliner des coins de sa bouche.

Je demande timidement : « Vas-tu lui donner un nom ? »

Il me serre un peu plus contre lui. « Lui et moi sommes des créatures solitaires. Quand il sera grand et qu'il vivra seul, il n'aura pas plus besoin d'un nom que moi. Je n'en ai jamais eu, tu sais, avant que tu ne commences à m'appeler Pan. Et ce nom est comme l'écho d'un écho transmis à travers les âges, de celui qui avait été donné à l'un d'entre nous, il y a très longtemps, et commun à nous tous depuis. Mais… » – son souffle me chatouille l'oreille –« … je sais que tu es lasse de l'appeler bébé ou petit. Alors donne-lui un nom. Donne-lui quelque chose de toi, aujourd'hui, qu'il emportera jusqu'à la fin de ses jours. »

Je prends une inspiration, hésitante. Il a déjà un nom, que je lui ai donné dans ma tête, depuis le premier jour où j'ai découvert son visage. Je chuchote : « Avery », en regardant au fond de ses yeux. Et je suis récompensée par un autre sourire édenté.

« Comme les elfes ? demande Pan, légèrement perplexe.

– J'ai toujours aimé ce nom. Mais on ne peut le donner à un enfant qui doit aller à l'école et risquera d'être en butte aux moqueries des autres enfants. C'est un beau nom pour quelqu'un qui vit dans la forêt.

– Avery, dit Pan, en s'essayant à le dire. Avery. Il y a comme un écho de toi dans ce mot. Evelyn Sylvia. Avery. J'aime ça. Mon fils se nomme Avery. » Il tend la main à nouveau, suit du doigt les traits de son fils puis rejoint la colline de mon sein. « Sais-tu que je ne t'ai jamais vue plus belle ? Et je crois que ce moment sera le plus parfait de ma vie, aussi longtemps que je vivrai. »

Ses paroles provoquent un petit frisson le long de ma colonne vertébrale.

*

L'hiver s'achève et nous ne nous en apercevons même pas, tant Avery accapare toute notre attention. Le léger cliquetis de ses sabots me suit partout dans la caverne, et il porte un grand intérêt à tout ce que je fais. L'arrivée de son père est toujours saluée par une soudaine galopade, car il se précipite pour être le premier à l'accueillir. Il est incroyablement agile et assuré. Son petit ventre rond de bébé surplombe ses pattes minces et semble devoir le déséquilibrer, mais son dos lisse est droit comme un i et ses petits bras potelés se balancent pour servir de contrepoids.

C'est un enfant silencieux qui n'émet pas une parole. Ce qui ne veut pas dire qu'il n'est pas actif. Quelle que soit la tâche, ses petites mains touchent à tout. Pan me terrifie un soir, après avoir poussé un soupir exaspéré parce qu'Avery vient de s'emparer une fois de plus du morceau de bois qu'il est en train de sculpter. « Quel gamin ! » dit-il à son fils, et il se lève pour aller au coffre près du mur. Il en revient avec un autre couteau qu'il tend calmement à Avery en même temps qu'un morceau de bois.

Je m'exclame : « Il va se couper ! » mais Pan fait non de la tête.

« Non, il a seulement besoin de se rendre compte qu'il n'est pas encore capable d'y arriver tout seul », me dit-il. Évidemment, Avery s'assoit avec son couteau et son morceau de bois. Ses petits doigts potelés ne peuvent pas tout à fait se refermer sur le manche du couteau et quand il l'appuie sur le bois, la lame n'a pas assez de force pour rentrer dans le bois. Au bout de quelques minutes d'insuccès frustrant, il le pose, vient vers moi et tire sur le devant de ma chemise. Je m'assois par terre en tailleur pour qu'il puisse téter, s'appuyant contre moi comme une prostituée contre un réverbère. Je l'enserre de mon bras. Sa queue s'agite avec enthousiasme quand il tète, comme celle d'un agneau, et ses sabots ne cessent de gigoter. Il me dévisage de ses yeux calmes et intelligents.

Je demande à Pan : « Il est déjà en train de se remémorer comment on taille le bois ? »

Il hausse les épaules, encore concentré sur ce qu'il fait. « Pas vraiment. C'est plutôt l'ombre d'une ombre de souvenir. Il croit savoir quelque chose de ce que je fais, c'est comme une idée derrière la tête qui le chatouille, alors il faut qu'il y mette la main et qu'il essaie. Il va faire plein de choses comme ça. C'est une façon d'avancer en tâtonnant, et un beau jour, dans quelques années, il va prendre le couteau et se rappeler comment on s'en sert pour tailler le bois. Ou comment on fabrique une flûte. Ou comment on parle. Ou… » – il me jette un coup d'œil et sourit. « ce qui fait que les femmes sont extraordinaires et vous font tourner la tête. »

Pan a raison. À mesure que passent les semaines, Avery continue à grandir à un rythme prodigieux. Étant donné que mon lait est sa seule alimentation, je mange deux fois plus que d'habitude. Sa taille et ses capacités physiques s'apparentent plus à celles d'un veau ou d'un chimpanzé de deux mois qu'à celles d'un petit d'homme. Il est très habile de ses mains et de ses sabots. Il commence à faire des choses, spontanément. À mettre du bois dans le feu, à se faire un nid de couvertures quand il a froid, à jouer dans l'eau de la mare et dans le ruisseau d'écoulement. À s'aventurer sur les rochers à l'entrée de la caverne.

Je suis terrifiée la première fois que je l'y retrouve. Je le soulève bien qu'il se débatte et le ramène à l'intérieur. En manière de diversion, je lui donne des écuelles, des tasses et des cuillers pour jouer. Puis je retourne sur la plate-forme de l'entrée pour voir s'il n'y a pas un moyen de la barricader pour plus de sécurité. Je me retrouve en train de regarder dans la vallée.

La couche de neige est encore épaisse en bas, mais aujourd'hui la température est légèrement au-dessus de zéro. Les stalactites de glace qui surplombent la caverne scintillent en dégoulinant régulièrement. Le rocher est mouillé sous mes pieds, et non seulement par l'écoulement sulfureux de la mare. Plus bas dans la vallée, c'est déjà le printemps, et la rivière glacée qui recouvre ce flanc de montagne a commencé à reprendre son lent cheminement. La neige qui s'étend dans la vallée se creuse par endroits à la base des arbres et des buissons, fondue par la chaleur timide du soleil réverbérée par l'écorce plus sombre. Le printemps. Là-bas à la ferme, les champs seront hersés et labourés. La pelouse aura besoin d'être tondue. Je me demande si Tom a déjà déposé la demande de divorce, si ce sera en Alaska ou dans l'État de Washington. Je me demande si le terrain et le chalet, là-bas en Alaska, m'appartiennent encore ou s'il a suivi le conseil de son avocat et les a vendus pendant que je n'étais pas là pour le contester. Je me demande pourquoi je me préoccupe de tout ça.

J'entends le claquement des petits sabots derrière moi et je m'aperçois en me retournant qu'Avery s'est encore aventuré dehors. Je me penche pour le prendre dans mes bras mais il s'échappe prestement. Avant que je puisse l'attraper, il court vers le bord de la falaise, se penche négligemment pour regarder en bas. J'ai le cœur sur les lèvres. Le rocher à cet endroit est humide, c'est là que s'écoule le ruisseau sur la couche de glace hivernale. Difficile d'imaginer une surface plus glissante. J'appelle doucement : « Avery ». Il se retourne pour me regarder mais ne fait pas mine de revenir. Je m'accroupis pour me mettre à sa hauteur. « Viens, mon trésor, viens, », dis-je en lui ouvrant les bras. Il me fait un sourire de bébé puis regarde à nouveau par-dessus bord. Je commence à trembler, mais pas à cause du froid. J'appelle à nouveau : « Avery ! » et cette fois, quand il regarde de mon côté, j'ouvre ma chemise. À la vue de mes seins, sa petite queue se met à frétiller gaiement. Il trottine vers moi et je le prends vivement dans mes bras pour le ramener dans la caverne, ce qu'il n'apprécie guère. À l'intérieur, je libère mon fardeau rebelle et m'assois par terre pour le faire téter. Nous sommes encore dans cette position au retour de Pan.

Dès qu'il franchit le seuil, je lance : « Il faut absolument trouver une solution pour la falaise. Avery est allé jusqu'au bord tout à l'heure. Il m'a fait une peur bleue !

– Il est déjà si audacieux ? » demande Pan, en réfléchissant. Il pose la gelinotte qu'il a rapportée et regarde son fils avec attention.

« Je crois que c'est bon, juge-t-il. Il a à peu près l'âge de commencer à explorer. Peut-être que demain je l'emmènerai avec moi. »

Je le dévisage, incrédule, avant de regarder d'un autre œil l'enfant qui s'appuie contre moi. Je suis soudain frappée par sa maturité physique. Si quelqu'un m'avait présenté ce petit il y a un an, j'aurais dit que pour un humain, il avait à peu près un an. Non pas par sa taille, mais au vu de son développement musculaire et de sa coordination. Je demande anxieusement : « Tu es sûr qu'il ne craint rien ? »

C'est au tour de Pan d'avoir l'air incrédule. « Il sera avec moi, non ? » demande-t-il pour la forme, avant d'ajouter d'un air entendu : « Il est temps qu'il passe plus de temps avec moi, de toute façon.

– Et moins avec moi ? » Je suis blessée à vif.

« Evelyn… » Il s'interrompt avec un geste d'impuissance. « Il faut que je l'éduque, que je lui apprenne tout ce qu'il doit savoir pour survivre. Je ne te prends rien. Je lui donne seulement ce qui doit lui revenir. »

J'acquiesce lentement. Mais il me faut un effort délibéré de volonté pour oublier ma peine.

Ce soir-là, d'autres signes sont perceptibles qu'Avery est rapidement en train de grandir : lorsque Pan lui offre un pilon de la gelinotte, il l'accepte avec enthousiasme et mord dans la viande et l'os avec une énergie qui suggère que ses dents ne sont pas loin. Après avoir mordillé sans succès pendant quelques minutes, il abandonne, et vient s'appuyer contre moi pour se servir tout naturellement des morceaux plus tendres dans mon écuelle. Le simple fait de le voir manger de la nourriture solide provoque en moi un serrement de cœur inattendu. Il ne dépend plus uniquement de moi pour s'alimenter. Déjà, mon enfant satyre grandit et s'éloigne de moi.

Il a toujours dormi entre nous deux depuis sa naissance. Pendant les premiers jours de sa vie, je l'ai vu comme un lien entre Pan et moi. Ce soir-là, quand nous nous couchons tous ensemble, je le vois soudain comme une barrière.

Depuis qu'Avery est né, Pan me touche souvent, avec amour, affection et tendresse. Il me passe la main dans les cheveux, me caresse l'épaule en passant, me prend dans ses bras et me tient tendrement quand il me parle. Mais il n'y a plus trace de son joyeux appétit sexuel. Il y a plusieurs mois que l'enfant est né. J'en suis sûre, même si j'ai depuis longtemps abandonné toute tentative de compter les jours et les mois. Il est sans aucun doute parfaitement autorisé de reprendre maintenant « une activité conjugale normale », comme l'avait si poliment formulé le médecin après la naissance de Teddy. Après que l'enfant s'est endormi en tétant, je reste allongée sans dormir et regarde Pan par-dessus la tête de son fils. La lumière des flammes joue sur ses traits qu'elle caresse de brun et d'or. Il a l'air si profondément, si confortablement endormi ! Mais j'ai envie de lui soudain, non par désir physique, mais simplement pour réaffirmer cet autre lien qui nous unit, celui qui n'existe qu'entre nous deux, indépendamment de l'enfant que je lui ai donné.

Alors je libère mon bras de sous la tête endormie d'Avery et appelle doucement : « Pan ? »

Il ne bouge pas. Je tends la main au-dessus du bébé et passe la main dans ses cheveux bouclés. Il ouvre les yeux, instantanément en alerte. Je ne dis rien et me contente de le dévisager. Au bout d'un instant, il hausse un sourcil, presque surpris. Il se glisse alors sans bruit hors du lit, de son côté. Il prend le couvre-pied de fourrure en faisant attention de ne pas déranger Avery. J'enjambe le bébé avec précaution et m'assure qu'il est bien bordé sous les couvertures avant de suivre Pan au fond de la caverne, près de la mare où l'eau est plus chaude et l'obscurité plus intense.

Il a déjà étendu la couverture de fourrure sur les pierres. Je m'avance vers lui et il me prend dans ses bras. Pendant un instant, je me sens inexplicablement gênée, comme s'il m'était étranger. Je lui tends les lèvres en espérant faire disparaître la timidité soudaine que j'éprouve. Il m'embrasse, aussi passionnément et profondément que jamais. Ma gêne commence à fondre et je sens le désir monter en moi. Je passe les mains sur son dos, sur les creux et les bosses familiers de ses muscles en me disant que c'est bon de pouvoir me retrouver si proche de lui, sans l'obstacle de mon ventre, bon de pouvoir à nouveau faire l'amour librement et vigoureusement, sans être gênée par ma grossesse.

Ses baisers deviennent plus passionnés et quand il m'attire contre lui, je sens son pénis dressé contre mon ventre. Mais je suis également consciente, trop consciente, du contact de ses jambes velues contre les miennes, des ses doigts qui descendent sur mon ventre, de son autre main au creux de mes reins qui me serre contre lui. Tout ça est bon et je sens la chaleur monter en moi, mais il y a quelque chose qui manque, quelque chose qui cloche. Quand sa bouche quitte la mienne, je demande doucement : « Qu'est-ce qui ne va pas ? » Un instant, il s'immobilise complètement, comme s'il écoutait. Puis il me serre plus fort dans ses bras, comme s'il voulait me faire entrer à l'intérieur de lui.

« Ne t'inquiète pas, dit-il, la voix rauque. Tout ira bien. Je t'assure que tout ira bien. Toujours. Fais-moi simplement confiance. Laisse-moi te caresser. »

Je le laisse faire. Ses mains se déplacent lentement sur mon corps, avec précaution, dessinant des motifs compliqués comme s'il me tatouait de son amour. Sa bouche est chaude et humide, sa langue agile et experte. Quand il me pousse doucement sur la fourrure et me chevauche, je halète de désir frénétique, je l'enfonce en moi en essayant de noyer ma conscience dans une pure sensation sexuelle. Mais il est d'une habileté implacable. Il joue de moi comme de sa flûte, tirant de mon corps toutes les notes l'une après l'autre, à tel point que je jurerais entendre le son de ses caresses, comme si nos corps ne bougeaient qu'en harmonie avec la musique qu'il crée à partir de notre peau. Il me fait jouir, me laisse totalement ramollie de satisfaction.

Mais je ne suis pas dupe.

Quand tout est redevenu calme et que nos corps sont assez apaisés pour être allongés tout près l'un de l'autre, je me hasarde à lui demander : « Que s'est-il passé ?

– Nous avons eu un enfant », dit-il. Dans l'obscurité, sa voix énonce simplement un fait, sans aucune dureté. Peut-être est-ce seulement mon imagination qui y décèle un sentiment de perte. « Nous avons accompli notre but.

– Je ne comprends pas, dis-je en essayant de maîtriser le tremblement de ma voix.

– Quand le fruit est fécondé, la fleur et le nectar ne sont plus nécessaires. L'arbre les laisse tomber. »

Dans le noir, l'étreinte de sa main se resserre brièvement sur mon épaule, comme pour l'aider à exprimer les mots. J'avais la tête posée sur son épaule. Je niche à présent mon visage dans le creux entre sa gorge et son menton. Je l'embrasse dans le cou. Je ne perçois que l'odeur de sa sueur, et son goût de sel. Il sent bon, sa sueur a une odeur franche et propre, mais le parfum épicé de musc et la merveilleuse suavité de sa peau ont disparu. À présent que l'attraction n'est plus nécessaire, son corps s'en est débarrassé. On dirait qu'il a compris ma conclusion.

« Est-ce si grave, mon amour ? »

Je ne réponds pas mais demande : « Quand est-ce que ça reviendra ? C'est long ? »

Il soupire. « Ça ne revient jamais. Cette partie-là est terminée entre nous. Maintenant, nous devons nous aimer comme ceux de ton espèce, en provoquant nos désirs, en initiant nos caresses, en organisant nos conclusions. Les hommes ont une façon différente de faire l'amour. Mais je crois que nous aurons encore du plaisir ensemble. Pas toi ?

– Pourquoi est-ce que ça ne revient pas ? » Je me sens glacée en posant la question. Je sens que je suis sur la piste d'une révélation, je brûle, je suis devant la porte de quelque chose qu'il aimerait mieux garder secret. Mais j'ai besoin de savoir. Son silence semble plus long que la nuit.

« Parce que cette douceur n'existe qu'une fois, dit-il enfin. Cette ivresse a pour but de faire un enfant. Toutes les femmes n'accueilleraient pas avec plaisir le contact d'un homme animal. Il doit y avoir persuasion, contrainte.

– Viol par sensualité irrésistible, dis-je dans le noir.

– Pour certaines, il est possible que ça se passe ainsi, reconnaît-il à contrecœur. Pour certaines femmes, il serait impossible de tomber dans les bras d'un faune sans l'attraction des odeurs corporelles et du désir physique, sans que l'intellect soit noyé dans l'instinct. Mais pas toi, mon amour. Pas toi. Même si j'avais été aussi inodore qu'une pierre, aussi timide qu'un jeune humain dans mon approche amoureuse, tu serais quand même venue à moi. C'est toujours toi qui as décidé de nous. C'est toi qui es venue dans ma forêt, mon amour, pas moi dans ton jardin. »

L'immobilité nous enveloppe tous deux. Il a raison. Même sans son odeur suave, je serais venue à lui. J'aurais porté son enfant.

Je dois savoir : « Mais pourquoi ? Pourquoi faut-il que la passion disparaisse ?

– Parce que c'est une attirance uniquement destinée à la reproduction, répond-il patiemment. Et qui ne peut se produire qu'une seule fois entre nous.

– Pas nécessairement. Je suis encore jeune, je suis fertile. Ce n'était pas facile, Pan, mais je n'en suis pas morte. Dans un an ou deux…

– Jamais plus. » Tendrement définitif.

« Mais pourquoi ?

– Ton corps ne se laisserait pas prendre si facilement une deuxième fois, voilà ce que je crois. Je ne sais pas vraiment. Je sais seulement que ma semence ne prendra pas à nouveau racine en toi. Ça vient de nos corps, de la façon dont mon espèce s'accouple avec la tienne. C'est biologique. »

Je reste un long moment silencieuse, à réfléchir et je finis par demander : « Comme une histoire de facteur Rhésus ? Quand le premier enfant peut naître sans problème, mais que pour les suivants…

– Je ne sais pas. Il est possible que ce soit quelque chose comme ça. Peut-être un genre d'immunisation. Tout ce que je sais, c'est que ton corps ne se laissera pas prendre une deuxième fois à nourrir ma descendance. Et mon corps ne perdra pas d'énergie à essayer de séduire le tien. »

Sa voix est calme, complètement réaliste. Je songe à ce qui est perdu à jamais pour nous et j'ai l'impression d'avoir été expulsée du paradis. Faire l'amour avec lui était si facile. Jamais je ne me sentais trop fatiguée, j'avais toujours envie de lui quand il avait envie de moi. Je ne me demandais jamais si j'arriverais à l'orgasme, s'il jouirait trop vite pour moi, s'il me caressait de telle ou telle façon pour son plaisir ou pour le mien. Jamais je ne me demandais s'il imaginait une autre femme à ma place. S'il se retenait, comme un gentleman, pour me laisser atteindre au plaisir avant lui. Dans la magie de ses odeurs, nous savions nous accoupler aussi simplement que des animaux, libres de toutes les politesses et de toutes les questions de la copulation humaine. Jusqu'à présent, je ne m'étais jamais aperçue à quel point l'incertitude me déplaisait dans les relations sexuelles avec Tom. Il me faisait toujours prendre conscience du mécanisme du désir et ne cessait de me demander : « Tu aimes ceci ? Tu veux bien que je fasse cela ? » Je n'ai que faire des talents d'expert ni des habiles manipulations de nos corps. Je veux que tout redevienne comme avant, quand je n'y pensais pas du tout. Cette chorégraphie, orchestrée par la nature et la chimie, était parfaite. Je me sens trahie qu'elle n'existe plus.

« C'était tout, alors ? » J'essaie de paraître aussi calme que lui. « Uniquement une affaire de biologie ? De phéromones ? De chimie ? De séduction sexuelle instinctive ?

– Tu sais bien que non », me dit-il d'un ton de reproche. Je me tais une minute. Je sais, d'accord. Mais j'ai besoin d'un prétexte pour discuter et pleurer. Si Tom était à sa place, nous nous disputerions. La dispute s'envenimerait, les vieilles rancœurs ressortiraient, et nous finirions par nous endormir tous les deux, blessés, en gardant notre peine au fond de nous afin de nous en resservir comme arme un autre jour.

Mais ce n'est pas Tom. Et si je n'ai rien appris d'autre de l'homme-bouc, j'ai au moins appris ça. Je peux laisser passer une querelle, la laisser s'éteindre avant qu'elle ne soit née. Parce que je sais qu'il a raison, qu'il y a entre nous plus que l'attraction et la nécessité biologiques. La magie animale va me manquer, par la simplicité qu'elle donnait à notre amour. Mais je sais qu'il la regrette autant que moi. Et c'est parce que je le sais que je peux lui dire simplement : « Ça me donne envie de pleurer.

– Pleure, alors, me dit-il très tendrement. Je ne t'en aimerai pas moins pour autant. »

Ses paroles m'ôtent le besoin de pleurer. En revanche, j'ai soudain envie de retourner au lit, avec le bébé.

Je comprends soudain.

J'interroge l'obscurité. « C'est à cause de son odeur, c'est ça ? C'est ce qui fait que je l'aime tant ? »

Son rire de gorge a la douceur et la suavité du chocolat fondant. « Je croyais être le seul. Il te fait cet effet-là, à toi aussi ? » Impossible de partager son humour. « Alors il me manipule par son odeur, lui aussi ? »

Dans le noir, il se retourne pour me faire face. « Tu te souviens de ce premier jour, avec Teddy, près du ruisseau ? J'étais à côté de lui, je le regardais et je me disais, voilà ce qui la retient loin de moi. Ce n'est pas l'homme, mais cet enfant. Et à cet instant, j'aurais pu lui vouloir du mal. Je sais que tu l'as perçu, ce besoin du mâle de tuer le petit de l'intrus et de lui prendre ses femelles. Sauf qu'il y avait cette odeur tiède qu'il exhalait. L'odeur d'un petit, d'une créature innocente, qui a besoin d'être protégée. Les petits nous manipulent tous, mon amour. Pourquoi crois-tu qu'il y a parfois des chiens qui élèvent des chatons, ou des truies qui les allaitent, ou même des loups qui veillent sur des petits d'homme ? Mais ce n'est pas son odeur qui fait que tu l'aimes. Je pourrais le rouler dans la pourriture et tu le prendrais quand même dans tes bras. Tu l'aimais avant même sa naissance. » Il s'interrompt. « Et maintenant, retournons nous coucher avec lui car, comme toi, je me sens anxieux lorsque je suis loin de lui trop longtemps. »

Nous retournons au lit et nous glissons de chaque côté d'Avery. Il s'éveille immédiatement et veut encore téter. Je le persuade de rester allongé et commence à m'assoupir alors qu'il tire encore sur mon sein. Avec une curiosité somnolente, je penche la tête pour renifler le sommet de sa petite tête bouclée, à la base de ses bourgeons de cornes, là où son odeur devrait être la plus forte. Il sent le lait, la tiédeur, le bébé. La même odeur que celle de Teddy, autrefois. Je le serre tendrement contre moi et m'endors.

Le lendemain matin, j'observe non sans quelque émoi les préparatifs de Pan qui va sortir avec l'enfant. Je veux couvrir les épaules nues du bébé mais Pan me regarde avec consternation quand je le lui dis. « Comment son corps va-t-il apprendre à s'adapter au froid si tu l'emmitoufles ? » me demande-t-il. Je n'ai pas de réponse. « En outre, ajoute-t-il en finissant d'aiguiser son couteau, tu ferais mieux de te préparer si tu veux venir avec nous. »

C'est à mon tour d'être surprise. Je me demande pourquoi j'avais supposé que je devais rester ici pendant leur absence. En un clin d'œil, j'enfile un jean que je réussis à fermer à la taille, bien qu'avec quelque difficulté. Je mets plusieurs paires de chaussettes avant d'enfiler mes tennis usées, et j'en fourre une paire supplémentaire dans ma poche. Je sais que j'aurai froid, que je serai trempée avant de rentrer, mais l'attraction du monde extérieur, qui m'a si longtemps été refusé, rend ce souci négligeable.

Je négocie l'entrée rocheuse de notre caverne avec une aisance surprenante. Le cauchemar de ma première traversée me hantait depuis des mois. Tout en suivant Pan, qui porte son fils perché sur une épaule, je ne rencontre guère de difficultés sur le sentier. Je me borne à suivre le passage que ses sabots ont laissé dans la glace humide. C'était l'énormité de ma grossesse, je m'en rends compte à présent, qui avait rendu l'épreuve si difficile. La soudaineté de ma liberté retrouvée me donne envie de rire tout haut.

Quand nous atteignons le flanc de la montagne, Pan dépose Avery sur le sol. Il lui laisse le temps de toucher et de renifler la neige, et nous partons. Avery le suit, à pas confiants. Le passage quotidien de Pan a tassé la neige sur le sentier et nous avançons tous avec une relative aisance. De temps à autre seulement, le printemps nous trahit, et Pan ou moi nous retrouvons jusqu'aux genoux, jusqu'aux hanches dans la neige, quand la pellicule de glace cède sous notre poids. Nous pataugeons pour nous en sortir avant de poursuivre notre chemin.

Plus nous descendons et plus les signes de l'arrivée du printemps sont nombreux. Même la neige vierge semble tassée et mouillée. La sève monte déjà dans certains arbres, je le sens. Le bout des branches des saules en est rougi et l'écorce des quelques rares bouleaux a pris une tonalité rose. Mais le signe le plus évident est la touffe d'aiguilles nouvelles qui pousse à l'extrémité de presque toutes les branches des résineux. J'en cueille une, que je débarrasse de son étui brunâtre, et la mâche en marchant. L'eau acidulée et la résine de pin se mêlent dans ma bouche.

Nous suivons le parcours des pièges posés par Pan. Nous visitons six collets à bonne distance l'un de l'autre, et il ramasse deux lièvres comme récompense de ses efforts. Je remarque qu'à chaque arrêt, il relève ses collets, les enroule et les range dans la gibecière qu'il a emportée. Ses gestes semblent empreints d'une singulière finalité. Avery est épuisé longtemps avant que nous ayons atteint le sixième collet. Je finis par le porter, étonnée de la longueur qu'ont atteinte ses jambes pendantes. Il s'endort, son visage de bébé blotti contre mon cou, et je sens son haleine tiède.

Le sixième collet est tendu sur la mousse verte dénudée. Non loin, la neige a révélé en fondant le cœur vert tendre des frondes d'une fougère. En bas de la montagne, à cet endroit, la neige s'étend en plaques et en langues, séparées par des îlots et des péninsules de terre mouillée. De la main, Pan balaie une couche de neige cristallisée sur un tronc d'arbre tombé afin de me faire une place où m'asseoir. Je ne suis pas plutôt assise qu'Avery se réveille et veut téter. Mais, tout en tétant, son attention semble distraite. Il s'écarte, sans se soucier du lait qui dégouline à flots de mon mamelon. La verdure le fascine. Après l'avoir observée fixement pendant quelques instants, il se remet à téter, mais son regard continue à se promener sur le paysage. Il ne faut pas longtemps avant qu'il ne cesse de boire et se libère de l'étreinte de mon bras. Pan s'assoit sur le tronc d'arbre à côté de moi, et nous regardons Avery explorer les frondes de fougères et les plaques de mousse. Il tente de goûter une bouchée de fougère puis la recrache avant que nous n'ayons pu dire un mot, ni l'un ni l'autre. La mousse subit ensuite un examen minutieux, puis c'est le tour de l'écorce de l'arbre sur lequel nous sommes assis. Il en décolle une poignée et regarde dessous avec attention.

« Il cherche des insectes ? » J'interroge Pan avec quelque hésitation.

« Probablement, me répond-il nonchalamment. L'instinct de survie fait partie des premiers souvenirs à réapparaître. »

Je suis soulagée que sa recherche soit infructueuse. Pan le laisse explorer consciencieusement l'endroit avant d'annoncer : « Il est temps de rentrer. »

Il me tend le sac et reprend Avery sur son épaule. Nous reprenons notre ascension pénible et régulière. Quand j'estime que nous sommes arrivés à mi-chemin, je demande avec curiosité : « Est-ce que nous n'allons pas reposer les collets ?

– Non », dit-il, si doucement que je l'entends à peine.

L'émoi m'envahit. Je sais ce qui va suivre, je le sais depuis des semaines, je l'ai perçu comme les oies sentent le moment de la migration, comme les poissons se rappellent la crique où ils vont frayer.

« Pourquoi ? » Je l'interroge avec l'espoir de m'être trompée, sûre que non.

« Parce que c'est le printemps », dit-il. Et sa voix se fait soudain rauque. Mais c'est sur les mots suivants qu'elle se brise. « Il est temps que je te ramène chez toi. Chez ceux de ton espèce. »

vingt-cinq 25

« Je n'ai pas envie de partir. »

Ses doigts sont en train d'enduire de suif les parties métalliques de ses pièges. Il a la tête penchée sur son travail. Je suis allongée sur le lit, son fils pelotonné à mes côtés. Pan est face au feu et non tourné vers moi, si bien que je ne vois de lui qu'une silhouette sombre qui se découpe sur les flammes. Je remarque que les boucles de ses cheveux descendent maintenant jusqu'à sa nuque. Ce qui adoucit son profil et le fait paraître plus jeune.

« Je n'ai pas envie de partir, dit-il finalement.

– En ce cas pourquoi faut-il que je parte ? Pourquoi ne pouvons-nous simplement rester ici ? »

Il soupire. « Rester au même endroit pendant trop longtemps devient dangereux. Les traces de passage dans la neige fondent et s'effacent, mais si nous restions ici pendant tout l'été, nos allées et venues seraient rapidement faciles à détecter. Et un randonneur ou un autre pourrait se montrer curieux. En outre, cette caverne est une résidence beaucoup moins agréable en été. Le glacier fond et coule, si bien qu'on est pour le moins trempé à chaque fois qu'on entre ou qu'on sort, et parfois le flot est tel qu'il peut devenir dangereux, assez fort pratiquement pour vous emporter. Et il y a le bruit, c'est comme de vivre à l'intérieur d'un tambour. Et… ce n'est pas agréable, Evelyn, c'est tout. Je suis sûre que tu n'aimerais pas y vivre. » Il enveloppe le piège dans une feuille du papier brun qu'il a soigneusement conservé et le range avec les autres dans le coffre. Qui est déjà presque plein.

« Je ne veux pas dire que j'ai envie de rester ici. Je veux dire que j'ai envie de rester avec toi. »

Il reste silencieux pendant un long moment. Je brûle d'aller vers lui, de le toucher, mais je sais que ce ne serait pas honnête. Je l'inciterais à me mentir. « Ça ne marcherait pas, dit-il enfin.

– Pourquoi pas ?

– Ce serait trop dur pour toi.

– Ça m'est égal ! » J'ai crié et Avery se réveille en sursaut. Sa petite tête pivote en tous sens pour essayer de déterminer de quel côté vient le danger. Pan s'approche pour poser sur lui une main réconfortante. Il s'assied sur le bord du lit, s'appuie contre moi. Sa proximité est un langage corporel. Il ne veut pas plus être séparé de moi que moi de lui. Ses mots sortent à regret.

« Evelyn, il faut que j'emmène Avery dans un lieu plus sûr que celui-ci. Un endroit plus sauvage, où les humains ne viennent presque jamais. Il faut que je veille sur lui jusqu'à ce que je sois sûr qu'il puisse se débrouiller seul. Ce qui veut dire vivre de manière plus… rudimentaire. Pas ce que tu appellerais primitive. Bestiale, plutôt. Comme les animaux que nous sommes. Crois-tu que je fasse toujours cuire la viande que je mange ? Est-ce que tu te partageras le butin avec nous quand il fendra un tronc pourri pour y chercher des insectes ? Quand nous nous blottirons sous un arbre pendant une tempête, t'accroupiras-tu à nos côtés ? Courras-tu avec nous quand nous poursuivrons un chevreuil ? Evelyn, mon cœur… » Ses doigts essuient les larmes qui coulent sur mes joues.

« J'y arriverais, dis-je d'une voix entrecoupée.

– Peut-être. Mais nous ne pourrions supporter ni l'un ni l'autre ce que tu deviendrais. Et alors nous ferions des compromis, des compromis dangereux. Et quand le moment viendrait de laisser partir Avery, de l'abandonner à son sort, de s'éloigner de lui, en serais-tu capable, là aussi ? Je ne veux pas te quitter, Evelyn. Mais il le faut, pour que notre enfant survive. »

Je me faufile dans ses bras, en entraînant Avery. Pendant un long moment, il nous serre tous les deux contre lui. Je chuchote : « Je t'en prie, je t'en prie. J'y arriverai.

– Nous verrons », dit-il, avec prudence.

Tard dans la matinée, le lendemain, nous sommes prêts à partir. Le cadre du lit est vide, les deux coffres ont été repoussés dans le coin le plus sombre de la caverne. Le sac à dos en lambeaux est plein, ainsi qu'un baluchon enveloppé dans le couvre-pied de fourrure de notre lit. Il contient surtout des couvertures et de la viande fumée. Juste avant de partir, Pan remplit la lampe et l'accroche à un clou juste à l'entrée de la caverne. En le voyant, je lui demande : « Tu crois que tu reviendras ici un jour ?

– Pas moi. Mais peut-être un autre », dit-il, et je saisis un éclair fugitif de cette existence étrange, en pointillés. Celui qu'il est aujourd'hui pourvoit aux besoins de celui qui viendra peut-être demain. Pas seulement Avery, mais tous ceux qui sont porteurs de ses souvenirs et qui peuvent avoir un jour besoin d'un abri. Ce qu'il fait pour son fils, il le fait aussi pour lui, me dis-je.

Et je me rends compte alors que c'est tout aussi vrai pour les hommes. Seulement, nous faisons comme si ça ne l'était pas.

Nous partons. Une fois de plus, Pan porte Avery sur ses épaules jusqu'à ce que nous soyons en sécurité sur le flanc de la montagne. Il le pose alors et nous marchons en file indienne, Pan, Avery, et finalement moi. La neige est encore plus molle aujourd'hui et nous nous y enfonçons plus souvent. Je respire quand nous parvenons à la limite des névés et que nous pénétrons dans une partie de la forêt où la neige se réduit à des plaques et des îlots. Pan adopte un pas régulier et nous avançons rapidement entre les arbres, à la façon dont j'ai toujours imaginé que les Indiens se déplaçaient. Sans pause ni hésitation, nous faufilant à travers la forêt comme un ruisseau qui coule. Je suis stupéfaite de la vitesse à laquelle nous nous frayons silencieusement un chemin parmi les ombres. À force de vivre avec lui, j'ai finalement pris à mon insu beaucoup de ses habitudes physiques. Une façon de poser les pieds, de choisir le passage. Nous allons comme les créatures sauvages, nous faufilant entre ombre et lumière dans le jour changeant du sous-bois.

Nous ne nous arrêtons que pour les tétées d'Avery. La deuxième fois que je lui donne le sein, je remarque qu'il semble très nerveux. Il tète, s'arrête, mâchouille, et recommence à téter. En passant le doigt sur sa gencive inférieure, je trouve ce que je soupçonnais : deux minuscules incisives sont en train de sortir sur le devant. Nous lui donnons une languette de viande séchée pour se faire les dents, et Pan le porte pendant plusieurs kilomètres, tandis qu'il la mâchonne jusqu'à la ramollir complètement avant de l'engloutir.

Nous marchons pendant toute la journée et une bonne partie du crépuscule avant de nous arrêter. Nous sommes sur les berges d'un cours d'eau. Le lac qu'il alimente est derrière nous, mais était encore couvert de glace à notre passage. Notre campement est rudimentaire. Pas de feu. Viande séchée et eau. Après notre repas et la tétée d'Avery, j'installe nos couvertures.

Je quitte mes tennis, qui ne sont plus guère que des lambeaux de tissu et de semelle. Je vais bientôt devoir utiliser les chaussons de fourrure que j'avais confectionnés pour porter dans la caverne. J'essaie de ne pas penser à la façon dont ils résisteront à un usage intensif.

Avery explore avec enthousiasme les berges de la rivière. Voilà que, dans un buisson détrempé, il découvre les restes d'un nid de guêpes. Il l'arrache aux branches et le rapporte en cabriolant vers son père. Pan s'accroupit silencieusement à côté de lui. Le garçon lui montre sa trouvaille en quêtant un signe d'approbation sur son visage. Pan est apparemment d'accord, car les petits doigts d'Avery se mettent immédiatement à décoller les opercules des alvéoles contenant les larves. J'observe ses petits doigts qui s'évertuent à sortir les larves de guêpes de leur enveloppe avant de les porter à sa bouche. Il en offre une à son père, qui l'accepte gravement. Pan est assis par terre, adossé à un arbre, et Avery s'appuie nonchalamment sur lui. Je vois ses yeux se fermer. Quelques instants plus tard, il s'est endormi.

Je souris à Pan et son regard croise le mien. Je tends les bras pour lui faire comprendre de m'apporter l'enfant. Il ferme un instant ses yeux brun-vert, puis hoche lentement la tête en signe de dénégation. D'abord, je suis stupéfaite. Puis l'idée me vient soudain qu'il a l'intention de dormir comme ça, avec l'enfant près de lui. Je regarde les épaules nues et duveteuses, les petits bras dodus blottis contre sa poitrine. Quelque chose qui ressemble à une douleur me transperce. Je me sens défiée, presque comme si on se moquait de moi. Lentement, je me lève de mon nid de couvertures moelleuses et chaudes. Je vais pieds nus jusqu'à l'endroit où ils sont serrés l'un contre l'autre. Je m'assois de l'autre côté d'Avery, mon épaule juste contre son petit dos recroquevillé. Je croise le regard de Pan, sans baisser les yeux, pendant un instant. Puis j'appuie la tête contre l'arbre. Et essaie de dormir. Je suis fatiguée et j'ai les muscles douloureux après la longue journée de marche, mais j'ai du mal ne serait-ce qu'à m'assoupir. Je ne cesse de me sentir exclue. Rejetée par leur « faunitude «. Le sentiment de solitude qu'elle réveille en moi n'est que trop familier.

Le matin arrive, trop tôt. Je suis raide et glacée malgré la couverture dont on m'a traîtreusement enveloppée. Pan et Avery sont déjà debout tous les deux, et jouent en s'éclaboussant à cœur joie dans la rivière. Je me débarrasse de ma couverture pour aller les rejoindre mais je commence par arroser d'eau mon visage tendu. Dès que j'ai chassé le sommeil de mes yeux gonflés, j'attaque Pan.

« Je n'avais pas besoin de couverture, lui dis-je. Je pouvais très bien m'en passer.

– Je sais », dit-il, refusant la querelle.

J'insiste : « Tu me prends pour une poule mouillée. Tu t'imagines que je ne peux pas supporter la même chose que toi et ce bébé. »

Le problème, avec ce satyre, c'est qu'il ne sait pas se disputer correctement. C'est le genre de situation qui le rend perplexe, c'est tout. Pendant quelques instants, il fronce les sourcils. « Mon amour, dit-il doucement, tentant d'expliquer l'évidence. Avery et moi n'étions pas mal pour dormir. Nous n'avons pas frissonné une seule fois pendant la nuit. Toi, si. Alors je t'ai mis une couverture, pour te protéger du froid auquel ton corps n'est pas adapté, c'est tout. »

Et pour lui, c'est tout, en effet. Mais je me sens obligée d'ajouter : « C'est blessant pour mon amour-propre quand tu agis comme si j'étais... » Ma voix s'éteint, impuissante, je ne suis pas sûre du mot que je dois utiliser. Faible. Inférieure. Vulnérable.

« Différente ? propose-t-il pour m'aider. Mais, mon amour, tu l'es. Pourquoi voudrais-tu que je te regarde frissonner toute la nuit alors que nous avons des couvertures pour t'envelopper ? À quoi cela servirait-il ? »

Je n'ai pas de réponse, et la conversation s'éteint, quand Avery daigne soudain remarquer ma présence. Il s'élance à travers la rivière dans un poudroiement argenté en cabriolant vers moi.

Cabrioler est le seul verbe qui convienne. Il gambade comme une chèvre, bondit sur le côté, s'arrête pour défier la pesanteur en un bond incroyable qui change de direction en plein saut. Je suis hilare quand il me rejoint et même son père sourit de ravissement. Je m'accroupis immédiatement pour ouvrir ma chemise. Mais il me surprend en me jetant les bras autour du cou et en me serrant de toutes ses forces pendant un instant. En refermant mes bras sur lui, je sens à quel point ses muscles sont développés, il est déjà beaucoup plus agile que lorsque nous avons quitté la caverne. Mais son étreinte ne dure qu'une seconde. Il se met à téter avec énergie, me rappelant qu'il y a des préoccupations plus importantes que les câlins. Mais c'est le câlin qui me reste dans la tête pendant toute cette journée de marche.

Ce soir-là, Avery vient vers moi pour téter quand je me roule en boule sur les couvertures. Il reste ensuite à mes côtés, les yeux ensommeillés, mais au moment où je m'endors, je le sens qui s'agite avec impatience. Il rejette les couvertures et va rejoindre son père qui dort déjà à poings fermés sur la mousse non loin de là. Trop chaud pour lui, je m'en rends compte. Et toutes les fois où Pan a dormi avec moi sous les couvertures ? En partageant sa chaleur avec moi pour compenser la déficience de mon pauvre système humain. C'est une question biologique, me dis-je. Je suis différente, et non pas inférieure.

Mais dans son univers, je suis indéniablement inférieure, et chaque jour me force à regarder la réalité en face. Nous allons vers le nord, en suivant la retraite maussade de l'hiver, si bien que les journées et les nuits sont à peine plus chaudes à mesure de notre progression. Impossible de prétendre que je ne souffre pas davantage du froid qu'eux. Quand nos réserves de viande séchée finissent par s'épuiser, j'en suis presque soulagée, car ça signifie que Pan et Avery vont chasser pour notre nourriture et que Pan allumera du feu pour que je la fasse cuire. Avery est souvent trop impatient pour un tel raffinement, et mange sa viande crue. J'essaie de ne pas broncher quand je le vois farfouiller dans les entrailles d'un lapin à la recherche d'un morceau juteux. Je veux son bien, je veux qu'il se débrouille, qu'il survive, me dis-je. Les dents apparaissent dans sa bouche comme les tulipes dans un jardin au printemps. Impossible de nier que chaque jour il me prend moins de lait. Ma provision diminue en proportion. Bientôt, il se limite à une tétée le matin et une le soir, plus pour le confort d'être câliné que par véritable faim.

Et Pan ? Il parle très peu, mais remarque tout. Je surprends parfois son expression de compassion lorsqu'il me voit en train de regarder Avery quand il dort, ou chercher des insectes, ou manifester son indépendance en gambadant devant nous sur le sentier. Il n'en parle qu'une seule fois. « Ce sera dur pour moi … », dit-il doucement, les yeux fixés sur la petite queue d'Avery qui frétille avec enthousiasme en disparaissant derrière un tronc particulièrement intéressant, « de le laisser partir quand le temps sera venu. Même en sachant tout ce que je sais, ce sera difficile. »

Je ne réponds pas.

Une nuit, Pan me réveille dans l'obscurité. Tout d'abord je crois que c'est dans une intention romantique. Nous n'avons pas fait l'amour depuis que nous avons quitté la caverne. Avery a toujours le sommeil trop léger, ou je suis trop fatiguée. Je tombe dans ses bras, le serre contre moi, l'embrasse. Il me rend mes baisers mais au bout d'un moment, je sens qu'il est préoccupé. Je l'interroge. « Qu'y a-t-il ?

– La frontière », chuchote-t-il. Il soulève Avery en essayant de ne pas le réveiller. « Je suis allé en reconnaissance. Apparemment, ils sont beaucoup plus stricts qu'ils ne l'étaient. Nous avons intérêt à traverser maintenant, tant qu'il fait nuit. » Je tâche de réprimer ma déception tout en ramassant les quelques affaires qu'il n'a pas rangées dans le sac. L'idée de s'inquiéter de la frontière me prend au dépourvu. Nous sommes arrivés à la frontière entre le Canada et l'Alaska. Cette division artificielle du territoire en deux pays différents me semble encore plus stupide qu'avant. J'avais presque oublié ce genre de choses, car Pan nous a jusqu'ici méticuleusement tenus à l'écart des villes et des routes. Pendant un instant, j'entrevois l'étrangeté de la race humaine, comme il doit nous voir. Une frontière.

Je le suis à travers bois, m'efforçant d'avancer aussi silencieusement que lui. Il porte Avery endormi sur son épaule. Nous arrivons à un endroit où les arbres s'interrompent, en une longue entaille droite dans la colline, une bande dénudée de forêt. En bas de la colline, j'aperçois une route. Une faible lumière qui ne vient ni de la lune ni des étoiles troue l'obscurité. Il me fait signe d'arrêter et vient près de moi. Avery me frôle quand Pan se penche pour me chuchoter à l'oreille : « Si on nous voit, commence-t-il. Si on nous poursuit… » Il s'arrête, attendant que je termine sa pensée.

Je scrute l'obscurité en direction de la vague lueur qui grisaille la forêt et tend des ombres en travers du sentier. J'imagine des gardes-frontières avec des fusils et des torches. De grands types costauds avec des bottes de cuir. « Tu portes l'enfant en sécurité », lui dis-je. C'est la seule réponse possible.

« De l'autre côté, chuchote-t-il, tu vas trouver une rivière. Très rapide et très froide. Ne cherche pas à la traverser seule. Redescends le courant. Nous t'attendrons plus bas. » Il se penche pour caresser ma joue. Puis nous nous levons pour partir.

La frontière ici est constituée par une bande où on a rasé la forêt. Au milieu, une clôture symbolique de fils de fer barbelés. Plus loin, en bas de la colline, le ruban noir d'une route, un parking, un groupe de voitures et des petits magasins. Ils sont éclairés, et d'autres lumières, des lampes au mercure, laissent deviner le versant de la colline. Je ne vois aucune trace de vie humaine. Et pourtant, mon cœur bat à tout rompre quand Pan me tend les deux sacs. J'attends dans l'ombre tandis qu'il se risque à sortir. Il avance avec la précision précautionneuse d'un cerf et il me donne la même impression de noblesse. Avery continue à dormir, la tête nichée contre l'épaule de son père. En approchant des barbelés, Pan franchit la dernière partie au pas de course et saute soudain par-dessus. Il ne s'arrête pas de l'autre côté, mais disparaît en quelques bonds dans l'ombre protectrice des arbres. Quand je ne le vois plus, je laisse échapper un silencieux soupir de soulagement.

Je compte jusqu'à cent, très lentement. Maintenant, ils sont sûrement bien loin sous le couvert des arbres. Maintenant, il n'y a sûrement plus de danger à les suivre. Mais je prends une autre inspiration, compte encore une fois lentement jusqu'à cent. Et encore une fois. Et une autre encore. Puis je me lève et je les suis. Je ne saurais courir et bondir. Alors, je trottine comme une souris. Je n'ose même pas lancer les sacs de l'autre côté, de peur qu'ils ne fassent du bruit en tombant sur le sol et ne réveillent quelque garde invisible. Alors, je passe dans les barbelés, qui me griffent et m'égratignent les vêtements et la peau et lentement, délibérément, je me fraie un chemin en les écartant à mesure. Ce qui me prend une éternité car je n'ai pas plutôt détaché un des crocs barbelés qu'un autre m'agrippe. Je pense m'en être presque libérée quand j'entends le claquement aisément reconnaissable d'une portière de voiture. Un moteur démarre tandis que des phares s'allument dans le parking, en bas. Ce qui me galvanise, sans raison logique, et je m'arrache des barbelés en y laissant quelques derniers lambeaux de peau.

Je prends lourdement ma course, mes pas crépitent sur le sol, jusque dans la forêt, ou plutôt dans les ombres horriblement trompeuses produites par les lumières d'en bas. Je saute par-dessus les ombres des arbres et trébuche sur les troncs eux-mêmes, qui ont été abattus. Je sanglote silencieusement avant d'avoir fait dix mètres dans la forêt. Je me force à m'arrêter, à respirer, puis à reprendre ma marche en faisant très attention où je mets les pieds. J'ai envie d'appeler, je voudrais que Pan vienne me prendre le bras et me guider, mais je ne peux pas risquer de les trahir. Alors je continue à trébucher pendant ce qui me semble une éternité. Ce n'est que quand je ne peux plus du tout distinguer de lueur grisâtre que je m'arrête. Pendant un moment, totalement immobile, j'écoute. J'espère le craquement d'un pas, entendre chuchoter mon nom. Je guette, aussi, le grondement de la rivière. Mais je n'entends rien que les bruits nocturnes normaux de la forêt. Je finis par m'écrouler et sortir une couverture de mon baluchon. Je me faufile sous les branches basses d'une épinette et me roule dans la couverture. Je m'endors en refusant de me demander si je les reverrai un jour.

C'est la pluie qui me réveille le lendemain matin. Ce n'est pas la première fois qu'il pleut au cours de nos pérégrinations. Mais c'est la première fois que je me réveille seule sous la pluie ce qui, je ne sais pourquoi, semble significatif. C'est une pluie âpre, accompagnée d'un vent qui courbe les hautes branches des arbres et en secoue la charge d'eau amassée sur les feuilles à des moments imprévisibles. Tandis que je roule la couverture et referme les sacs, la pleine signification de ma situation m'apparaît brusquement. Me voici, juste de l'autre côté de la frontière de l'Alaska, mais sans la moindre idée de l'endroit précis où je me trouve. Fairbanks pourrait être à cinq cents kilomètres, ou à mille. Y a-t-il des rivières à traverser ? Des cols à franchir dans la montagne ? Je n'en sais rien. J'ai des couvertures et il reste, je crois, quelques allumettes au fond du sac. Je n'ai rien à manger. Aucun moyen de me procurer de la nourriture, à part avec mes mains nues. Pas de boussole, hormis le ciel nocturne. Et vu la pluie, il n'y a guère d'espoir de se repérer cette nuit grâce aux étoiles.

J'essaie de faire contre mauvaise fortune bon cœur. La rivière ne peut plus être loin maintenant. Ce soir, j'aurai rejoint Pan. Et même si je ne le rejoins pas, bon sang, nous faisons ça depuis des jours. Ce n'est pas si difficile. Je peux me débrouiller toute seule. Je charge mes sacs sur mes épaules et me fraie péniblement un chemin dans la forêt ruisselante. J'essaie de continuer en ligne droite par rapport à l'itinéraire de la veille. Bien que je ne sois pas certaine que ce soit utile. Pan, lui, nous faisait sans cesse changer de direction, pour passer au large des obstacles difficiles. Je ne suis même pas sûre qu'il se dirigeait vers la région de Fairbanks. Mon estomac recommence à se tordre. Je me rends compte que si je lisais dans le journal l'histoire de quelqu'un qui se retrouverait dans semblable situation, je me dirais, cette imbécile mérite bien ce qui lui arrive. Quelle idée de se lancer dans une expédition aussi mal préparée! Et je replierais mon journal en me disant avec satisfaction que moi, je serais beaucoup plus responsable et que je saurais beaucoup mieux me débrouiller dans la forêt. Pauvre bécasse, pauvre écervelée, penserais-je. Trempée jusqu'aux os, sans rien à manger, sans boussole. Quelle idiote!

J'ignore le vent et la pluie incessante. J'essaie de me déplacer sans bruit, de garder les yeux ouverts pour repérer quelque chose à manger. Je ne veux pas attendre d'avoir faim pour cela. Quel genre de nourriture, je ne sais pas trop. Je doute de pouvoir poursuivre un lapin avec ces sacs sur le dos et si je les pose, saurai-je les retrouver? Ce que je peux espérer de mieux, ce sont sans doute des jeunes pousses.

Je n'ai pas fait beaucoup de chemin que mes seins sont déjà gonflés de lait. L'inconfort augmente à mesure que j'avance, ils sont de plus en plus lourds et de plus en plus durs, jusqu'à ce qu'ils commencent à dégouliner et à se répandre en taches collantes sur le devant de ma chemise. Je me demande si Avery a faim, si je lui manque. Je me demande où ils sont, s'ils me cherchent, m'attendent avec impatience.

Il est midi quand mes oreilles font la distinction entre le grondement des eaux et le mugissement du vent dans la cime des arbres. Avec une sorte de désespoir morne, je me rends compte que je dois virer à angle droit pour me diriger vers la rivière. La pluie m'en avait masqué l'odeur, le vent dans les arbres caché le bruit des eaux. Depuis combien de temps est-ce que je suis parallèlement son cours? Je n'ai aucun moyen de le savoir.

En serrant les dents, je me mets en route vers la rivière. Le sous-bois semble de plus en plus dense et épineux à mesure que je m'en rapproche, et je finis par adopter la simple technique du bulldozer, en me frayant un passage à travers les buissons jusqu'aux berges. En arrivant, je découvre qu'une autre de mes suppositions était fausse. Je me voyais marcher sur les graviers d'une rive sablonneuse où j'aurais trouvé Pan et Avery, campant en m'attendant, sur une jolie petite plage. Mais c'est la période de la fonte des neiges, et la rivière roule jalousement sur toute la largeur de son lit, en érodant le dessous des berges sur lesquelles je suis. Pas question de descendre facilement, je passe la journée à me frayer un chemin à travers les bosquets, à dégringoler puis escalader les ravines creusées par la multitude de ruisseaux qui alimentent cette rivière. Ni le vent ni la pluie ne se calment.

La journée semble durer une éternité. J'essaie de me dire que je couvre une bonne distance. Mais, ne sachant pas jusqu'où je dois aller, je ne suis pas sûre que ce soit judicieux. Je trouve quelques pousses, les crosses encore enroulées de fougères qui ont le goût des jeunes asperges, mais qui, malheureusement, ne suffisent guère à me remplir l'estomac. Bizarrement, je n'ai pas faim. Je suis trop occupée à être mouillée et à avoir froid. Et à m'inquiéter. J'aurais dû déjà les retrouver. Ce n'est pas normal. Ils m'ont attendue, bien sûr. Je refuse d'imaginer les sabots assurés, le pied ferme de Pan, en train de trébucher sur cette berge, entraînant Avery avec lui dans les flots tumultueux de la rivière. C'est à moi qu'est réservé ce genre d'aventure stupide. Ils sont en sûreté, ils vont bien et je suis sûre qu'ils m'attendent. Je m'efforce de me hâter.

La nuit arrive avant que je m'y sois préparée. L'aisance de Pan, qui trouve toujours un arbre à l'abri duquel camper au sec, me fait défaut. Quand je m'arrête, c'est uniquement parce qu'il fait trop sombre pour continuer, et non parce que l'endroit me convient. Il y a quelques grands arbres qui abritent un tant soit peu de la pluie. À l'aide des couvertures et des fourrures, je me fais un nid au pied d'un arbre, et me débarrasse de mes vêtement trempés avant de m'y blottir. Je ne me fais pas d'illusions, ils ne seront pas secs au matin, mais du moins je dormirai plus confortablement ainsi. De nouveau, je me rassure en me disant qu'ils m'attendent probablement, qu'ils vont peut-être même venir me chercher. Et, fuyant la réalité, je m'assoupis très vite.

Dans mon rêve, je me présente devant les Bêtes sauvages et je leur dis : « Je suis venue pour être la Reine de Toutes les Bêtes sauvages. Et la grosse bête aux serres crochues me toise de ses yeux jaunes en disant : « Tu plaisantes. Tu n'es pas une bête sauvage. Tu n'es qu'une grosse tricheuse. »

Il fait jour quand je m'éveille, mais je ne bouge pas. Je reste blottie sous les couvertures. Je remonte les genoux sous mon menton, les entoure de mes bras et laisse mon regard errer sur la grisaille brumeuse de la forêt. Je la vois vraiment à présent. La nature sauvage. Des milliers de kilomètres carrés. Aucune route ne la traverse, elle n'a jamais été domestiquée, explorée par l'homme. Et je me demande quand j'ai commencé. Était-ce quand j'avais dix ou douze ans, que je parcourais ce qui n'était probablement guère plus que quelques centaines d'hectares en me faisant croire que c'était ça la grande immensité naturelle ? Quelques centaines d'hectares quadrillés par des chemins cadastraux, et bordés de routes. Routes qui n'étaient que de larges chemins de terre, d'accord, mais au moins sur trois côtés. Je revois soudain l'étendue de ces forêts avec une perspective d'adulte. Un terrain de jeux. Un vaste terrain de jeux, avec des élans et quelques lynx, un porc-épic et des lapins pour faire bonne mesure. Mais un terrain de jeux cependant, comparé au désert inculte dans lequel je me trouve aujourd'hui. Et je m'étais prise pour une fille de la nature ? Sûr. Une fille de la nature avec des allumettes plein les poches, ou une carabine, un couteau, et une demi-douzaine de barres chocolatées. Une fille de la nature qui rentrait le soir à la maison dormir dans son lit, manger les provisions du frigo bien rempli. Mon indépendance, ma sauvagerie, tout ça n'avait été qu'une comédie élaborée. À l'intention de ma famille, de Tom, de la famille de Tom. Mais surtout vis-à-vis de moi-même.

Pan n'a pas été dupe une seule seconde.

Il m'a nourrie et protégée, j'ai été sa petite princesse de la forêt. Je me mordille la lèvre inférieure en réfléchissant à tout ça. Qu'est-ce que je lui ai dit l'autre jour dans la caverne ? J'y arriverai, je peux le supporter ? Arriver à quoi, supporter quoi ? Continuer à faire ce qu'il me disait, continuer à prendre la nourriture qu'il me procurait, et à me faire croire que j'étais capable de tenir le coup, d'être indépendante ? Sous prétexte que je suis capable de dormir à la belle étoile et de manger de la nourriture cuite au feu de bois.

Je remonte les couvertures sur mes épaules, je m'y blottis plus profondément. Quelle difficulté est-ce réellement pour lui de garder un rythme que je puisse suivre, d'éviter les obstacles trop difficiles pour moi, de chasser assez de gibier pour nous nourrir, lui, l'enfant et moi ?

Que me demandait-il vraiment, là-bas, dans la caverne ?

Je suis envahie de trop d'émotions différentes, impossible de les démêler. La stupéfaction, d'abord, d'avoir été aussi stupide. La honte. Le chagrin. La colère qu'il n'ait jamais osé me le dire. Le soulagement qu'il ne l'ait pas fait. La confusion de ne m'être jamais rendu compte de ce qu'il faisait pour moi. Et la honte encore. Parce qu'il me semble que mes premières pensées n'ont jamais été sincèrement pour lui, jamais véritablement pour l'enfant.

Je ne pleure pas. Pleurer me semble puéril à présent, et j'ai été puérile pendant assez longtemps. Il est temps d'essayer d'être ce que j'ai fait semblant d'être. Indépendante. Car je soupçonne qu'en vérité je suis perdue. Qu'il est possible que j'aie rejoint la rivière plus bas que l'endroit où m'attend Pan et que chaque pas que je fais en aval m'éloigne de lui. Je me rends compte que je n'ai aucun moyen de le savoir. Lui non plus. Quand il décidera de se lancer à ma recherche, il ira vers l'amont. Mais je suis en aval. Peut-être. Ou peut-être pas.

Si vous êtes perdu en forêt, le bon sens veut que vous restiez où vous êtes. Pour que les sauveteurs puissent vous retrouver. La seule chose qui me reste à faire est de me tapir sur le bord de cette rivière et tôt ou tard, Pan viendra me chercher. Il m'apportera à manger, me serrera dans ses bras, il me protègera et me guidera.

Sans se soucier de ce que ça lui coûtera.

Ni de ce que ça coûtera à Avery ?

Je remballe mon matériel, en triant impitoyablement. De quoi ai-je vraiment besoin ? J'élimine le superflu, ne garde qu'un seul sac. Ce n'est pas si difficile que je l'aurais cru hier. Je roule le reste en boule et le laisse sous un arbre pour que les écureuils s'en fasse des nids. Et je pars. Mon plan est simple et réaliste. Suivre la rivière vers l'aval. Non pas pour chercher Pan. Mais parce que les rivières attirent les pêcheurs, les amateurs de bateau et les promoteurs. Ce qui implique des routes. Et les routes impliquent des voitures, je peux faire du stop. Échafauder une sombre histoire de petit ami qui m'a virée de sa voiture à la suite d'une dispute. Arriver dans une ville. D'où je peux m'envoler.

Retourner où je ne serai pas un fardeau pour ceux qui m'aiment.

Quand, au milieu de l'après-midi, j'arrive à un cours d'eau propre, je m'y arrête, non seulement pour boire, mais aussi pour me ressaisir. Me laver le visage, les mains, les bras. Me coiffer tant bien que mal. Arranger mes vêtements de mon mieux. Quand j'arriverai à la route, je mettrai la plus propre de mes chemises. Je bois encore, le plus possible, pour essayer de convaincre mon estomac qu'il est plein. L'eau froide engourdit les tiraillements de la faim. Mes seins recommencent à dégouliner. Mais ils sont beaucoup moins tendus. Encore un jour sans allaiter et mon lait va probablement se tarir complètement. Le dernier lien avec Avery, asséché, disparu.

Je traverse le cours d'eau et continue à descendre la rivière. La pluie diminue, et la marche est relativement facile sur ce terrain. Je me hâte, résolue à couvrir un maximum de distance dans la journée. Demain, j'aurai très faim. Je remarque déjà que mon corps a de plus en plus de mal à garder sa chaleur.

La troisième fois que je trébuche sur une souche que je n'avais pas vue, j'en déduis qu'il est temps de m'arrêter pour la nuit. Je refais mon nid et hésite à allumer un feu. Mais un rapide inventaire me montre qu'il ne me reste que trois malheureuses allumettes de carton. Mieux vaux les garder en cas de nuit vraiment froide.

J'ai plus de mal à m'endormir ce soir, peut-être parce que j'ai faim, peut-être parce que j'ai trop de choses à me reprocher. Je me lamente en silence. Ôh, mon amour. Pourquoi ne m'as-tu rien dit ? J'ai honte de n'avoir pas compris. La quatrième fois que je me retourne pour trouver une position plus confortable, je vois la lumière à travers les arbres. Elle est assez loin, mais c'est une lumière blanche. Pas jaune. Ce n'est pas un feu de camp, mais la fenêtre d'une maison, qui luit dans l'obscurité.

Je me lève et la fixe, incrédule. Je n'avais pas envisagé ce scénario. Bon, je suis une stupide Américaine qui est partie en randonnée avec son copain, ils se sont disputés, elle a fichu le camp et s'est perdu. Où étions-nous censés aller ? Je n'en sais rien, c'est lui qui était responsable de l'itinéraire. D'où sommes-nous partis ? Oh, vous savez, la route à côté du pont. Il y a forcément une route à côté d'un pont dans le coin. Bien, vas-y tout de suite, avant d'avoir perdu courage, avant de te donner le temps de réfléchir à toutes les invraisemblances de ton histoire. Même s'ils ne me croient pas, ils seront obligés de me laisser entrer, de me donner les indications pour reprendre la route demain. Quel danger représentent-ils ? Et si c'étaient des violeurs ou des meurtriers ? Je me mens à moi-même en me disant que je verrai bien si ce sont des gens corrects d'après l'aspect de leur chalet. Et je ramasse mes couvertures et me dirige vers la lumière.

Pendant une heure, je trébuche et me cogne contre les arbres, tombe deux fois dans un ravin dont je m'extrais péniblement à quatre pattes, avant d'arriver au chalet. Il a l'air prometteur. La lumière d'un blanc bleuté provient apparemment d'une lampe Coleman. J'observe le jardin par-dessus une clôture destinée à protéger de l'intrusion des lapins. Il n'est pas emblavé ni même bêché, il est encore trop tôt dans la saison. Mais je sens l'odeur d'un tas de compost. Des partisans du retour à la terre. Quelqu'un qui croit aux vertus du compost ne peut être totalement mauvais. Au moment où j'hésite à faire le tour pour trouver une porte d'entrée, un chien se met à aboyer. Il est attaché, une sorte de chien de chasse. Les habitants du chalet perdent des points dans mon estime pour avoir enchaîné leur chien et pour avoir choisi une espèce aux oreilles tombantes. J'attends silencieusement, sûre que quelqu'un va sortir pour voir ce qui a alerté le chien. Écoutons le son de leur voix avant de me montrer.

Une porte s'ouvre et se referme. Ce qui se passe ensuite me prend totalement au dépourvu. Une voix dans les arbres derrière moi me hèle à voix basse : « Evelyn », et au même moment je me retrouve dans le faisceau d'une lampe halogène. Je suis aveuglée, abasourdie par la lumière, paralysée. Bêtement, je me demande s'ils peuvent me voir, je me dis que, peut-être, si je reste totalement immobile, ils ne seront pas sûrs de ce qu'ils voient. Les herbes sont hautes près de la clôture, mes vêtements sont de couleur neutre. « Qui est là ? » demande une voix féminine.

« Evelyn ! » halète quelqu'un derrière moi, et une main puissante m'agrippe le poignet. Il me tire et je commence à avancer, prête à leur dire je ne sais quoi. « Qui est là ? » répète la voix, en tremblant cette fois. Quelque chose dans le ton, je ne sais quoi, je reconnais le danger, je crie dans un souffle : « Sauve-toi ! » Et le coup de fusil explose.

Je ne parviens pas à faire la différence entre le bruit, la lumière aveuglante et le sifflement chaud qui me frôle l'oreille. Tout est silencieux un instant, puis des cris et des hurlements éclatent dans le chalet, le chien aboie et tire frénétiquement sur sa chaîne. Je me retourne et, en un éclair terrifiant, je vois que Pan porte Avery. « Sauve-toi ! » Je crie et c'est moi qui l'entraîne par la main, qui fonce vers l'ombre et la sécurité de la forêt, tirant Pan en remorque. Il trébuche et je sens l'odeur chaude et écœurante du sang. Mon cœur fait un bond et manque s'arrêter, mais une force inconnue prend la relève et je garde sa main dans la mienne, je parviens même à le guider pour contourner les obstacles les plus importants. Les cris et les aboiements s'éteignent derrière nous.

Continue. Ne t'arrête pas. Tu as la gorge sèche, le cœur qui bat la chamade, mais continue. Dans l'eau du ruisseau, c'est plus facile de remonter le courant que d'escalader l'autre rive. Continue. Il boite, je prie que ce ne soit qu'à cause du poids d'Avery. Quand je me rends compte que j'ai cessé de courir et n'avance plus que d'un pas saccadé, je m'arrête. Je tremble des pieds à la tête. Pan n'a pas émis un son, pendant tout ce temps. Je grimpe à quatre pattes le talus du ruisseau, débouche dans une sorte d'épais bosquet. Je le vois comme un abri et m'y fraie un chemin. Nous nous effondrons tous les trois, nous blottissant l'un contre l'autre. Avery hoquette soudain et vient s'accrocher à moi, se recroqueviller dans mes bras. Je le serre de toutes mes forces, aussi fort qu'il m'étreint. Après ce qui me semble une éternité, je cesse de trembler. Pan est lourdement appuyé contre moi.

Je chuchote dans le noir : « Est-ce que ça va ?

– Ça va », ment-il, et je perçois la douleur dans sa voix. Je suis trop lâche pour le toucher, pour essayer d'évaluer sa blessure. Je me contente de ramper dans l'obscurité pour sortir et déplier une couverture dont je nous enveloppe tous les trois. Avery a suffisamment récupéré pour tirer sur le devant de ma chemise. Je l'ouvre et il tète le peu de lait qui reste, mais je sens bien que c'est plus pour se réconforter que parce qu'il a faim. Il ne peut pas être blessé, me dis-je, s'il a encore envie de téter. Sauf que Teddy voulait toujours téter quand il était faible ou malade. Je me penche pour déposer un baiser sur le sommet de sa tête bouclée. Je réussis à libérer un bras et à attirer Pan plus près de moi.

Il s'agite dans mes bras. « Tu allais retourner chez eux », dit-il, éperdu.

« Chut… », dis-je, et je les berce tous les deux jusqu'à ce que le sommeil nous prenne.

26 vingt-six

Mon chalet a l'air différent, vu de la crête. Étranger et à l'abandon, comme dans une scène d'actualités d'un lointain pays de l'Est. On dirait que l'un des coins du toit de la terrasse s'est écroulé sous le poids de la neige. Le jardin est complètement envahi par les mauvaises herbes de l'été dernier. La camionnette attend devant, de guingois, l'un des pneus avant est à plat.

« Tu es sûre ? » me demande-t-il encore une fois.

Comme je voudrais qu'il se taise.

Je lui ai enlevé sept plombs de l'épaule et dans le côté du cou, ce matin-là. Mais c'est celui que nous avons sorti du petit bras potelé d'Avery qui nous a fait le plus souffrir, tous les deux. J'ai regardé Pan aspirer et lécher le petit trou rouge jusqu'à ce qu'il soit sûr qu'il ne contenait rien d'autre. Puis j'ai encore donné le sein à Avery jusqu'à ce qu'il s'endorme, et nous l'avons tendrement emmitouflé dans un nid de couvertures. Puis nous nous sommes regardés. Tristement. Avec lassitude.

Au bout d'un moment, j'ai pris la dernière couverture, je l'ai étendue pour nous deux, et j'y ai attiré le satyre à mes côtés. Pendant que nous faisions l'amour, j'ai tendu la main pour arrêter ses caresses. Je lui ai demandé : « Tu fais ça pour me faire plaisir, hein ? »

Il a gardé longtemps le silence. Puis. « Ça ne me gêne pas », m'a-t-il dit.

J'ai insisté : « Mais tu ne comprends pas. »

Il s'est écarté de moi de quelques centimètres. « Nous ne ferons pas d'enfant, a-t-il reconnu. Il ne peut rien en advenir. Sauf du plaisir. Le même genre de plaisir que lorsqu'on mange même quand on n'a pas faim. Les hommes font ça aussi.

– Oui, c'est vrai. » Il a bougé la main, mais je l'ai de nouveau immobilisée en posant la mienne dessus. Après réflexion, j'ai demandé : « Crois-tu que tu auras encore envie de moi ? Que tu voudras me toucher, me caresser, sans que ce soit moi qui te touche la première ? »

Il n'a pas répondu exactement à la question. « Je comprends le désir d'avoir un enfant, finit-il par dire. Cette passion-là, je la connais.

– Mais ma faim à moi, c'est le désir du cœur, lui ai-je dit. Celle dont les humains souffrent toujours. Et je te demande, une dernière fois, de l'apaiser. »

C'est ce qu'il a fait. Je l'ai senti me caresser non pour satisfaire son propre désir, mais pour l'amour de moi. Je l'ai laissé me faire l'amour, pour moi uniquement, j'ai accepté ce qu'il m'offrait de bon cœur. Et je ne me suis sentie ni coupable, ni inférieure, ni méprisée. Je me suis sentie aimée. Et ensuite je lui ai dit : « Maintenant, tu peux me ramener chez moi. »

Il y a des jours et des jours. À des kilomètres d'ici. Et à présent que nous sommes revenus, sa simple question fait à nouveau surgir la difficulté.

« J'en suis sûre », dis-je finalement.

Je me retourne et me baisse pour prendre Avery dans mes bras. Pendant les deux derniers jours, il a refusé de se laisser porter. Il

est trop grand maintenant. Je regarde au fond de ses immenses yeux bruns, je respire en les embrassant ses cheveux bouclés. Je baise la paume de chacune de ses mains, et son nombril, et enfouis mon visage dans la douceur de son cou, pendant une dernière minute. Puis je me relève. Je n'ose pas serrer Pan contre moi, ni l'embrasser. Je le regarde seulement et lui dis : « Prends soin de lui. Apprends-lui tout ce qu'il doit savoir.
– Je te le promets », assure-t-il.

Je reste un instant immobile, à le regarder. Il n'a plus besoin de moi. Avery non plus. Mais ils m'aiment. Aimer sans avoir rien à prendre. C'est possible. Je m'y efforce en ce moment. Mais je ne sais quel démon pervers, du fond de moi, dit au faune : « Reviens me voir. Si jamais tu éprouves la faim du cœur. Je serai là. Tu connais le chemin. »

Puis je fais demi-tour et descends la colline. Je m'efforce de ne pas me retourner. Mais en arrivant sur le seuil de ma porte, je ne peux plus tenir. Je regarde sur la crête. Ils sont partis. Je savais qu'ils seraient partis, dis-je à mon cœur battant. C'est moi qui leur ai dit de partir.

La porte est fermée à clé. Quelqu'un est venu, qui a réglé les affaires en suspens. J'entre et fais le tour de la maison à pas lents. Les affaires de Tom ont disparu, ainsi que la plupart de celles de Teddy. C'est aussi bien.

Une grosse enveloppe beige sur la table. Les papiers du divorce. Un chèque certifié d'un montant de cinq cents dollars. Je me demande qui a eu cette idée. L'acte de propriété du terrain, agrafé avec le désistement de Tom. Les clés de la maison et de la camionnette. Le désistement des droits sur la camionnette. Et un exemplaire tout usé du *Pays des bêtes sauvages.*

Je pose les papiers et le livre et regarde autour de moi. « Il m'a aimée, un petit peu du moins, dis-je aux murs. Pendant quelque temps. » Puis je jette un coup d'œil aux crottes de souris sur le comptoir et à la poussière sur la table. « Il est temps de faire le ménage ! » dis-je à haute voix. Et je m'exécute. Je tire de l'eau, j'allume le feu, je nettoie les placards. Je peux faire tout ça toute seule, pour moi toute seule. Je pense aux bouchons, aux couvercles que je vais sculpter, aux pantins auxquels je donnerai un visage joyeux, et que je porterai à la boutique d'Annie. Je me débrouillerai, j'en suis sûre. Je mange le contenu d'une boîte de ragoût en conserve en m'efforçant de croire à demain.

Je fais mon lit avec des couvertures rustiques qui sentent encore le faune. Cette nuit-là, quand je m'endors, je suis épuisée. Mais je rêve d'une vieille femme, qui fabrique des jouets de bois et se réveille la nuit, va à la fenêtre et regarde son jardin. Des petits pois et des pensées, des carottes et des roses. Elle pose le front sur la vitre froide et regarde dehors. Parce qu'elle entend quelqu'un jouer de la flûte au clair de lune. Et elle n'a pas peur de sortir en courant, dans sa chemise de nuit blanche, ses cheveux grisonnants tombant sur les épaules. Pour retrouver le pays des créatures sauvages.

Impression réalisée sur CAMERON par

BRODARD & TAUPIN

GROUPE CPI

La Flèche
pour le compte des Éditions SW Télémaque
7 rue Pérignon
75015 Paris

Imprimé en France
Dépôt légal : octobre 2004
N° d'impression : 26356